SILENCIADAS

D0957670

SILENCIADAS

KARIN SLAUGHTER

HarperCollins *Español*

SILENCIADAS. Copyright © 2021 de Karin Slaughter. Todos los derechos reservados. Impreso en los Estados Unidos de América. Ninguna sección de este libro podrá ser utilizada ni reproducida bajo ningún concepto sin autorización previa y por escrito, salvo citas breves para artículos y reseñas en revistas. Para más información, póngase en contacto con HarperCollins Publishers, 195 Broadway, New York, NY 10007.

Los libros de HarperCollins Español pueden ser adquiridos con fines educativos, empresariales o promocionales. Para más información, envíe un correo electrónico a SPsales@harpercollins.com.

Título original: *The Silent Wife*

Copyright © William Morrow, 2020

PRIMERA EDICIÓN DE HARPERCOLLINS ESPAÑOL, 2021

Traducción: Victoria Horrillo Ledesma

Publicado originalmente por HarperCollins Ibérica, 2020

Este libro ha sido debidamente catalogado en la Biblioteca del Congreso de los Estados Unidos.

ISBN 978-0-06-293838-1

21 22 23 24 25   LSC   10 9 8 7 6 5 4 3 2 1

Para Wednesday

SILENCIADAS

Háblame.

Déjame mirar dentro de esos ojos mientras aprendo.
Por favor, no me los escondas solo por las lágrimas.
Deja que te dé las buenas noches con un
«ea, ea, no le des más vueltas».
Dime dónde está la herida y cómo curarla.

¿Ahorrarme preocupaciones? No me ahorres ninguna.
Preocúpame, inquiétame con todas tus penas
y tus agobios.
Háblame y que nuestras palabras
levanten un refugio contra la tormenta.

—*Trouble Me*, de Natalie Merchant
y Dennis Drew, 10,000 Maniacs

Téngase en cuenta que este libro es una obra de ficción.
Me he tomado ciertas libertades con la cronología.

PRÓLOGO

Beckey Caterino hurgaba en los rincones más recónditos del frigorífico de su apartamento del colegio mayor. Leía enfadada las etiquetas de la comida, buscando en ellas sus iniciales garabateadas. Queso fresco, bocadillos envasados, *minipizzas*, salchichas veganas; palitos de zanahoria, incluso.

KP: Kayleigh Pierce. *DL*: Deneshia Lachland. *VS*: Vanessa Sutter.

—Hijas de puta.

Cerró tan violentamente la puerta del frigorífico que hizo temblar las botellas y dio una patada a lo primero que encontró, que resultó ser una papelera.

Se desparramaron por el suelo envases de yogur vacíos, bolsas arrugadas de palomitas bajas en calorías y botellas de Coca-Cola *light* vacías. Cada una de aquellas cosas con sus dos letras correspondientes, escritas con rotulador negro.

BC.

Beckey miró los envases vacíos de la comida que había comprado con el poco dinero que tenía y que sus odiosas compañeras se habían comido mientras ella pasaba la noche en la biblioteca, trabajando en un artículo cuya evaluación constituía la mitad de su nota de Química Orgánica. Había quedado en reunirse con la profesora a las siete para asegurarse de que tenía el trabajo bien encarrilado.

Fijó los ojos en el reloj.

Eran las 4:57 de la madrugada.

—¡Qué hijas de puta sois! —gritó mirando al techo.

Encendió todas las luces que encontró. Sus pies descalzos abrieron un surco en la moqueta del pasillo. Estaba agotada. Apenas se tenía en pie. La bolsa de Doritos y los dos bollos de canela gigantes que se había comprado en la máquina expendedora de la biblioteca se le habían vuelto de cemento en el estómago. Lo único que había conseguido impulsarla desde la biblioteca al colegio mayor era la esperanza de alimentarse.

—¡Arriba, ladronas de mierda! —Aporreó con el puño la puerta de Kayleigh con tanta fuerza que se abrió.

El techo estaba velado por una nube de humo de marihuana. Kayleigh pestañeó, arropada. El tipo acostado a su lado se dio la vuelta.

Markus Powell, el novio de Vanessa.

—¡Joder! —Kayleigh se levantó de un salto, desnuda, salvo porque llevaba puesto el calcetín del pie izquierdo.

Beckey aporreó las paredes mientras avanzaba hacia su habitación, la más pequeña del apartamento, la que se había ofrecido a ocupar porque era una arrastrada, un felpudo que no sabía plantar cara a tres chicas que, aunque eran de su misma edad, tenían el doble de dinero en la cuenta bancaria.

—¡No se lo digas a Nessa! —Kayleigh corrió tras ella, todavía desnuda—. No ha sido nada, Beck. Nos emborrachamos y...

«Nos emborrachamos y...».

Todas las historias que contaban aquellas zorras empezaban de la misma manera, con esas tres palabras: cuando a Vanessa la pillaron haciéndole una mamada al novio de Deneshia; cuando el hermano de Kayleigh se meó accidentalmente en el armario; y cuando Deneshia le «cogió prestada» a Beckey su ropa interior. Siempre estaban borrachas o fumadas o tirándose a alguien o follando entre sí, porque esto no era un piso de estudiantes, era un Gran Hermano del que no se expulsaba a nadie y en el que todo el mundo acababa pillando la gonorrea.

—Venga ya, Beck. —Kayleigh se frotó los brazos desnudos—. Nessa iba a cortar con él de todos modos.

Beckey podía hacer dos cosas: o ponerse a gritar y no parar, o largarse de allí lo antes posible.

—Beck…

—Voy a salir a correr un rato.

Abrió un cajón. Buscó unos calcetines, pero, naturalmente, no había dos iguales. Su sujetador deportivo favorito estaba tirado debajo de la cama. Sacó sus mallas sucias del cesto de la ropa y eligió un par de calcetines desparejados, uno de los cuales tenía un agujero en el talón, pero que le saliera una ampolla no era nada comparado con quedarse allí, donde se volvería loca y arremetería contra todo bicho viviente.

—Venga, Beckey, tía, no te pongas así. Estás hiriendo mis sentimientos.

Beckey hizo caso omiso de sus gimoteos. Se colgó los auriculares del cuello y le sorprendió encontrar su iPod exactamente donde tenía que estar. Kayleigh era la mártir del grupo: todas las barbaridades que hacía, las hacía por altruismo. Si se acostaba con Markus, era porque Vanessa le había roto el corazón al pobrecillo. Si copiaba a Deneshia en un examen, era porque su madre se llevaría un disgusto si suspendía otra vez. Si se comía los macarrones con queso de Beckey, era porque a su padre le preocupaba que estuviera tan flaca.

—Beck —añadió tratando de desviar la cuestión—. ¿Por qué no me hablas? ¿Qué te ocurre?

Beckey estaba a punto de decirle sin rodeos lo que le pasaba cuando vio que su pinza del pelo no estaba en la mesilla de noche, donde siempre la dejaba.

De pronto se quedó sin oxígeno en los pulmones.

Kayleigh levantó las manos, fingiéndose inocente.

—Yo no la he cogido.

Beckey se distrajo un momento al reparar en sus pezones perfectamente redondos, que parecían mirarla como un par de ojos suplementarios.

—Vale, tía —dijo Kayleigh—, me he comido lo que tenías en el frigorífico, pero yo nunca tocaría tu pinza del pelo, ya lo sabes.

Beckey sintió que se le abría un agujero negro en el pecho. Aquella pinza era barata, de las de plástico que se compran en cualquier perfumería, pero para ella lo era todo, porque era lo último que le había dado su madre antes de subir al coche para irse a trabajar y morir asesinada por un conductor borracho que conducía en sentido contrario por la interestatal.

—Eh, vosotras, Blair y Dorota, callaos de una vez. —La puerta del cuarto de Vanessa se había abierto. Sus ojos eran como dos ranuras en medio de la cara abotargada y soñolienta. Echó un vistazo al cuerpo desnudo de Kayleigh y clavó la mirada en Beckey—. Tía, no puedes salir a correr, es la hora de las violaciones.

Beckey echó a correr. Pasó junto a aquellas dos arpías. Recorrió el pasillo. Entró en la cocina. Cruzó el cuarto de estar. Salió por la puerta. Cruzó otro pasillo. Bajó tres tramos de escaleras. Llegó a la sala de recreo común. Para volver a entrar en el colegio mayor por la puerta de cristal principal hacía falta una tarjeta-llave, pero Beckey se dijo que a la mierda: tenía que alejarse cuanto antes de aquellos monstruos. De su perversidad barnizada de simpatía. De sus lenguas viperinas, de sus pechos turgentes y sus miradas cortantes como cuchillos.

El rocío le mojó las piernas cuando echó a correr por la pradera del campus. Sorteó un murete de cemento y salió a la calle principal. El aire estaba impregnado aún del relente nocturno. Una a una, las farolas iban apagándose con un parpadeo a la luz del alba. Las sombras se abrazaban a los árboles. Oyó a alguien toser a lo lejos y un súbito escalofrío le recorrió la espalda.

«La hora de las violaciones».

Como si les importara que la violaran. O que apenas tuviera dinero para comprar comida; o que tuviera que esforzarse el doble que ellas, estudiar más, poner más empeño, correr más deprisa, y que a pesar de todo siempre, siempre, por más que se esforzase, acabase yendo dos pasos por detrás desde la línea de salida.

«Blair y Dorota».

La chica «popular» y la criada gorda y servil de *Gossip Girl*. Era fácil adivinar qué papel le correspondía a ella, a ojos de todas.

Se puso los auriculares y encendió el iPod que llevaba sujeto al bajo de la camiseta. Empezó a sonar Flo Rida.

Can you blow my whistle baby, whistle baby…

Sus pasos siguieron el ritmo de la canción mientras corría. Cruzó la verja que separaba el campus de la pequeña y desangelada zona comercial del centro del pueblo. No había bares ni locales de estudiantes porque en aquel condado estaba prohibida la venta de bebidas alcohólicas. Su padre decía que aquello era como Mayberry, el pueblecito del *Show de Andy Griffith*, solo que más blanco y aburrido. La ferretería. La clínica pediátrica. La comisaría. La tienda de ropa.

El dueño de la cafetería, un señor mayor, regaba la acera con una manguera mientras el sol se alzaba por encima de las copas de los árboles. La luz del amanecer lo cubría todo de un resplandor irreal, anaranjado como el fuego. El hombre saludó a Beckey llevándose la mano a la gorra de béisbol. Ella tropezó en una grieta del asfalto. Recuperó el equilibrio y fijó la vista al frente, fingiendo que no le había visto soltar la manguera y hacer amago de ayudarla, porque quería tener bien presente que todo el mundo era gilipollas y que su vida era un asco.

—Beckey —le había dicho su madre mientras sacaba la pinza de pelo del bolso—, esta vez lo digo en serio. Quiero que me la devuelvas.

La pinza de pelo. Dos peinecillos unidos por una bisagra, con un diente roto. De carey, como un gato. Julia Stiles llevaba una muy parecida en *10 razones para odiarte*. Beckey había visto la película con su madre mil veces porque era una de las pocas que a las dos les encantaban.

Kayleigh no le habría quitado la pinza de la mesilla de noche. Era una puta desalmada, pero sabía lo que significaba aquella pinza para ella porque una noche se fumaron un porro y Beckey se lo contó. Le contó que estaba en clase de Lengua cuando el director del instituto vino a buscarla. Que había un agente de policía esperándola en el pasillo y que ella se asustó porque nunca se había metido en líos. Pero no se trataba de eso. En el fondo de su ser, Beckey debió de intuir que había pasado algo horrible, porque cuando el policía empezó a hablar notó que su sentido del oído se apagaba y se encendía, como si hubiera interferencias, y solo algunas palabras sueltas llegaran a distinguirse entre el zumbido de una línea telefónica.

Madre…, carretera…, conductor borracho…

Curiosamente, en aquel instante Beckey se echó mano a la cabeza buscando la pinza. Lo último que había tocado su madre antes de salir de casa. Abrió la bisagra. Se pasó los dedos por el pelo para soltárselo. Y apretó tan fuerte la pinza en la mano que rompió uno de los dientes. Recordaba haber pensado que su madre iba a matarla: «Quiero que me la devuelvas». Y entonces se dio cuenta de que su madre ya nunca podría matarla, porque había muerto.

Al acercarse al final de la calle mayor, se limpió las lágrimas de la cara. ¿Izquierda o derecha? ¿Hacia el lago, donde vivían los profesores y los ricos, o hacia las parcelas salpicadas de caravanas y casas prefabricadas?

Torció a la derecha, en dirección contraria al lago. En su iPod, Flo Rida había dado paso a Nicki Minaj. Su estómago centrifugaba los Doritos y los bollos de canela, extrayendo el azúcar para mandárselo a la garganta. Apagó la música y dejó que los auriculares le colgaran del cuello. Los pulmones le temblaban como queriendo indicarle que debía parar, pero aun así siguió adelante, tragando el aire a bocanadas, con los ojos todavía llorosos, mientras volvía a pensar en las veces que su madre y ella, sentadas en el sofá, comían palomitas y cantaban la canción de Heath Ledger en *10 razones para odiarte*.

You're just too good to be true…

Apretó el paso. Cuanto más se internaba en aquel barrio deprimente, más se enrarecía el aire. Las calles tenían, curiosamente, nombres de opíparos desayunos: SW Omelet Road, Hashbrown Way… Beckey nunca iba en esa dirección, y menos a esas horas. La luz anaranjada y roja se había vuelto de un sucio color marrón. En la calle, aquí y allá, había camionetas descoloridas y coches viejos. La pintura de las casas se caía a trozos y había muchas ventanas condenadas con tablones. Empezó a dolerle el talón. Sorpresa. Le estaba saliendo una ampolla por culpa del agujero del calcetín. De pronto le asaltó un recuerdo: Kayleigh levantándose de la cama con un calcetín puesto.

El suyo, su calcetín.

Aflojó el paso y se detuvo en medio de la calle. Con las manos apoyadas en las rodillas, se inclinó para recuperar el aliento. Le escocía el pie como si tuviera una avispa atrapada dentro de la zapatilla. Se desollaría del todo el talón si volvía andando al campus, y había quedado con la doctora Adams a las siete para revisar su trabajo. No sabía qué hora era, pero sabía que la doctora Adams se enfadaría si la dejaba plantada. Aquello no era el instituto. Los profesores podían joderte la vida si les hacías perder el tiempo.

Tendría que venir Kayleigh a recogerla en el coche. Era una persona despreciable, pero siempre podía confiarse en que fuera a recogerte, aunque solo fuera por lo mucho que le gustaban los dramones. Beckey se echó mano al bolsillo y otra imagen surgió de su memoria: ella en la biblioteca, guardando el móvil en la mochila, que había dejado en el suelo de la cocina al llegar a la residencia.

No llevaba teléfono, así que no podía pedirle a Kayleigh que fuera en su auxilio. Ni a ella ni a nadie.

El sol se había elevado sobre los árboles, pero ella seguía sintiéndose envuelta en una oscuridad asfixiante. Nadie sabía dónde estaba. Nadie esperaba su regreso. Estaba en un barrio desconocido. Desconocido y de mala fama. Llamar a una puerta cualquiera, pedirle a alguien que la dejara llamar por teléfono, sería como el comienzo de una de esas series de televisión que recreaban crímenes reales. Ya oía la voz del narrador dentro de su cabeza: «Las compañeras de Beckey en el colegio mayor pensaron que había salido a dar un largo paseo para despejarse. La doctora Adams, su profesora, dio por sentado que no había acudido a su cita porque no había podido acabar el trabajo. Ninguno de ellos podía adivinar que la joven estudiante de primer curso, enfadada y herida, había llamado a la puerta de un violador caníbal…».

Un intenso olor a podrido la devolvió a la realidad. Un camión de basura acababa de aparecer en el cruce del principio de la calle. Se detuvo con un chirrido de frenos. Un tipo vestido con mono se apeó de un salto de la parte de atrás y tiró de un cubo de basura con ruedas y lo sujetó al mecanismo elevador. Beckey observó cómo se accionaba el rodillo dentro del camión. El tipo del mono no se había molestado en mirarla, y sin embargo ella tuvo de pronto la sensación de que la estaban observando.

«La hora de las violaciones».

Dio media vuelta tratando de recordar si había girado a la izquierda o a la derecha en aquella esquina. Ni siquiera había un cartel con el nombre de la calle. La sensación de que alguien la observaba era cada vez más intensa. Escudriñó las casas, los coches y las traseras de las camionetas. No vio a nadie mirándola, ni cortinas que se movieran en las ventanas. Ningún violador caníbal salió a ofrecerle ayuda.

Su cerebro hizo de inmediato lo que una mujer nunca debe hacer, supuestamente: se reprendió por dejarse llevar por el pánico, reprimió su instinto visceral y se dijo a sí misma que debía enfrentarse a la situación que la asustaba, en vez de salir corriendo como un bebé.

Fue contrarrestando, uno a uno, sus propios argumentos: debía apartarse del centro de la calle; pegarse a las casas porque había gente dentro; gritar a voz en cuello si alguien se le acercaba; volver al campus porque allí estaría a salvo.

Todos muy buenos consejos, pero ¿dónde estaba el campus?

Se metió entre dos coches aparcados y se descubrió no en la acera, sino en una estrecha franja de terreno llena de hierbajos, entre dos casas. En una ciudad habría sido un callejón, pero allí era más bien un solar abandonado. Había colillas y botellas de cerveza rotas por el suelo. Vio un campo perfectamente segado detrás de las casas y, justo al otro lado de una loma, el bosque.

Meterse en el bosque parecía absurdo, irracional, pero ella conocía a la perfección los senderos de tierra que lo cruzaban. Seguramente se encontraría con algún otro estudiante tan aplicado como ella que hubiera salido a montar en bici, o a hacer taichí al lago o a correr a primera hora de la mañana. Levantó la vista y, orientándose por el sol, se dirigió al oeste, de vuelta al campus. Con ampolla o sin ella, en algún momento conseguiría llegar al colegio mayor, porque no podía permitirse suspender Química Orgánica.

Se le vino a la boca un eructo agrio, con un leve regusto a canela. Notaba la garganta como inflamada. Las cosas que había comprado en la máquina expendedora parecían a punto de hacer de nuevo acto de aparición. Tenía que volver al colegio mayor antes de vomitar. No quería echar la pota allí, entre la hierba, como un gato.

Al pasar entre las dos casas, sintió un escalofrío tan intenso que le castañetearon los dientes. Apretó el paso al cruzar el campo. No iba corriendo, pero tampoco paseando. Cada vez que pisaba, notaba un alfilerazo en el talón herido. Hacer muecas de dolor parecía aliviarla. Luego empezó a apretar los dientes. Y por último arrancó a correr por el campo, sintiendo clavadas en la espalda un millar de miradas, probablemente inexistentes.

Probablemente.

Al cruzar la linde del bosque, notó que bajaba la temperatura. Las sombras se movían a su alrededor, entrando y saliendo de su campo visual. Encontró enseguida una senda por la que había corrido un millón de veces. Echó mano del iPod, pero cambió de idea. Quería oír el silencio del bosque. De vez en cuando, un rayo de sol lograba abrirse paso entre el espeso ramaje de los árboles. Pensó en lo que había pasado esa mañana. En ella delante del frigorífico. En el aire fresco que le daba en las mejillas acaloradas. En las bolsas de palomitas vacías y las botellas de Coca-Cola tiradas por el suelo. Le pagarían la comida. Siempre se la pagaban. No eran ladronas. Solo eran demasiado perezosas para ir a la tienda o tan desorganizadas que eran incapaces de hacer una lista cuando Beckey se ofrecía a ir a comprar.

—¿Beckey?

Volvió la cabeza al oír una voz de hombre, pero su cuerpo

siguió avanzando. Vio su cara una fracción de segundo, entre que tropezaba y caía. Parecía amable, preocupado. Le tendió la mano mientras caía.

Se golpeó la cabeza contra algo duro. La boca se le llenó de sangre. Se le enturbió la mirada. Intentó rodar por el suelo, pero solo lo consiguió a medias. Se había enganchado el pelo con algo que tiraba de ella hacia atrás. Intentó tocarse la cabeza creyendo que encontraría la pinza de pelo de su madre, pero palpó madera y luego hierro. Vio entonces con nitidez la cara del hombre y comprendió que lo que tenía incrustado en el cráneo era un martillo.

ATLANTA

1

Will Trent se movió un poco, tratando de encajar más cómodamente sus largas piernas y su metro noventa y tres de estatura en el Mini de su compañera. Su cabeza encajaba perfectamente en el hueco del techo solar, pero el asiento para bebés de la parte de atrás le dejaba muy poco espacio delante. Tenía que mantener las rodillas unidas para no golpear accidentalmente la palanca de cambios. Seguramente parecía un contorsionista, aunque él se veía más bien como un nadador que metía y sacaba la cabeza en la conversación que Faith Mitchell parecía estar teniendo consigo misma, solo que en lugar de dar dos brazadas y luego respirar, él se despistaba dos segundos y luego se preguntaba: «¿Y ahora qué ha dicho?».

—Así que ahí me tenías, a las tres de la madrugada, colgando en Internet una crítica mordaz sobre una espátula claramente defectuosa. —Faith despegó las dos manos del volante y fingió teclear—. Y entonces me di cuenta de que había metido una cápsula de detergente para la ropa en el lavavajillas, lo que es de locos porque el cuarto de la lavadora está en el piso de arriba, y luego, diez minutos después, me quedé mirando por la ventana y me puse a pensar como Patricio, el de *Bob Esponja,* «¿Será la mayonesa un instrumento musical?».

Will notó que subía el tono al final de la frase, pero no sabía si quería que respondiera o no. Intentó rebobinar la conversación de memoria y no consiguió aclararse. Llevaban casi una hora en el coche y Faith ya había hablado, sin orden ni concierto, del precio exorbitante del pegamento en barra, de cierto local de celebración de fiestas infantiles y de la tortura que era, en su opinión, que los padres colgaran fotos de niños volviendo al colegio mientras su hija pequeña seguía en casa.

Will ladeó la cabeza para volver a sumergirse en la conversación.

—Y entonces viene la parte en que Mufasa se mata cayéndose por el barranco. —Por lo visto, Faith estaba hablando ahora de una película—. Y Emma se puso a llorar como una magdalena igual que le pasaba a Jeremy cuando tenía su edad, y entonces me di cuenta de que cada uno de mis hijos había nacido al mismo tiempo que un Rey León.

Will volvió a sacar la cabeza de la conversación. Se le había encogido el estómago al oír mencionar a Emma. La culpa se le esparció por el pecho como un disparo de perdigones.

Había estado a punto de matar a la hija de dos años de Faith.

Fue así: él y su novia, Sara, estaban cuidando de Emma. Sara estaba en la cocina, ocupándose del papeleo de su trabajo. Él estaba sentado en el suelo del cuarto de estar, con Emma. Le estaba enseñando a cambiar la pila de botón de su araña mecánica. El juguete estaba desmontado encima de la mesa baja. Will sostuvo la pila, del tamaño de un caramelito de menta, en la yema del dedo para que Emma la viera. Le estaba explicando que debían tener mucho cuidado de no dejarla en el suelo, no fuera a ser que Betty, su perrita, se la comiera, cuando de pronto y sin previo aviso Emma se inclinó y se metió la pila en la boca.

Will trabajaba en el GBI, la Oficina de Investigación de Georgia. Había intervenido en numerosas situaciones de emergencia en las que la vida de una persona pendía de un hilo y lo único que inclinaba el fiel de la balanza hacia la vida o la muerte era su capacidad de actuar con decisión y presteza.

Y, sin embargo, cuando Emma se metió la pila en la boca, se quedó paralizado.

Levantó el dedo y señaló con gesto impotente. Su corazón se plegó como una bici alrededor de un poste de teléfonos. Vio como a cámara lenta que Emma se echaba hacia atrás con una sonrisa angelical, dispuesta a tragar.

Fue entonces cuando Sara acudió en su auxilio. Con la misma rapidez con que Emma había absorbido la pila, se precipitó sobre ella como un ave de presa, le metió el dedo en la boca y extrajo la pila.

—En fin, que estaba yo en la cola de la caja y vi que la chica que iba delante de mí estaba escribiéndole a su novio por el móvil, muy cabreada, y yo leyendo los mensajes por encima del hombro de la chica. —Faith ha pasado a otro capítulo—. Y entonces se va y yo me quedo con tres palmos de narices, sin saber si de verdad el novio se había liado con su hermana.

Will clavó el hombro en la ventanilla cuando el Mini tomó una curva cerrada. Casi habían llegado a la prisión estatal. Sara estaría allí, lo que hizo que la culpa que sentía Will por aquel incidente con Emma dejara paso al nerviosismo que le causaba volver a verla.

Se removió otra vez en el asiento y la espalda de su camisa se despegó del respaldo de cuero. Por una vez, no era el calor lo que le hacía sudar. Sudaba por su relación con Sara.

Las cosas les iban genial, pero en cierto modo también iban de pena.

Aparentemente, nada había cambiado. Seguían pasando casi todas las noches juntos. Durante el fin de semana, habían compartido la comida favorita de ella, el desayuno desnudo de los domingos, y la de él, el almuerzo desnudo de los domingos. Sara le besaba como siempre. Parecía quererle como siempre. Seguía tirando su ropa sucia al suelo a cinco centímetros del cesto de la colada, y pidiendo ensalada para luego comerse la mitad de las patatas fritas de Will, y sin embargo algo se había torcido horriblemente.

Sara, que durante los dos años anteriores le había obligado machaconamente a hablar de cosas de las que él no quería hablar, estaba empeñada de pronto en que había un tema tabú entre ellos.

Sucedió de la siguiente manera: hacía un mes y medio, Will había vuelto a casa después de hacer unos recados. Sara estaba sentada a la mesa de la cocina. De repente, empezó a hablar de reformar la casa de Will. Y no solo de reformarla, sino de tirarla abajo para que ella tuviera más sitio, lo que era una manera un tanto oblicua de decirle que deberían vivir juntos. Así que Will decidió declararse también de soslayo diciéndole que deberían casarse por la iglesia porque a la madre de ella le haría ilusión.

Y entonces oyó un crujido, como si la tierra se helara bajo sus pies. Una capa de escarcha pareció cubrirlo todo y el aliento de Sara apareció como una nubecilla en el aire cuando, en vez de decirle «Sí, amor mío, me encantaría casarme contigo», dijo en un tono más gélido aún que los carámbanos que colgaban del techo:

—¿Se puede saber qué coño pinta mi madre en todo esto?

Discutieron, claro, y para Will fue un mal trago, sobre todo porque no entendía muy bien por qué estaban discutiendo. Tuvo que encajar un par de pullas a cuenta de si su casa era o no lo bastante buena para ella, lo que a su vez dio paso a una discusión sobre el dinero, y eso le permitió pisar terreno un poco más firme porque él era un funcionario del Estado mal pagado y Sara… Bueno, Sara también, ahora, pero antes, cuando se dedicaba a la medicina, había sido rica.

Siguieron discutiendo hasta que llegó la hora de reunirse con los padres de ella para el *brunch*. Sara decretó entonces una moratoria de tres horas sobre el asunto del matrimonio y de la convivencia, y esas tres horas se prolongaron al resto del día, y luego al resto de la semana, y ahora, un mes y medio después, la situación era que Will compartía piso con una tía que estaba buenísima y a la que seguía apeteciéndole acostarse con él, pero que, en cuanto a temas de conversación, solo quería hablar de qué iban a pedir para cenar, del empeño de su hermana pequeña en joderse la vida y de lo fácil que era aprenderse los veinte algoritmos que resolvían el cubo de Rubik.

Faith entró en el aparcamiento de la prisión.

—Y claro, cómo no —iba diciendo—, justo en ese momento me vino por fin la regla.

Se quedó callada un segundo mientras aparcaba, pero su última frase parecía haber acabado con puntos suspensivos. ¿Esperaba una respuesta? Estaba claro que sí.

Will optó por decir:

—Vaya rollo.

Ella pareció sobresaltarse, como si acabara de darse cuenta de que estaba en el coche.

—¿Vaya rollo qué?

Él comprendió enseguida que se había equivocado: en realidad, no esperaba que le respondiera.

—Joder, Will —dijo, enfadada, mientras metía la marcha atrás—. La próxima vez que me estés escuchando, avísame.

Salió del coche y se dirigió con paso decidido a la entrada de personal. Aunque estaba de espaldas a él, Will se la imaginó refunfuñando a cada paso que daba. Faith acercó su identificación a la cámara de la puerta. Él se frotó la cara. Aspiró el aire caliente del coche. ¿Es que todas las mujeres con las que tenía relación estaban locas, o es que él era idiota?

Solo un idiota se haría esa pregunta.

Abrió la puerta y consiguió desdoblarse para salir del coche. Sudaba tanto que le picaba el cuero cabelludo. Estaban ya a finales de octubre y fuera del coche hacía tanto calor como dentro. Se ajustó la pistola que llevaba en el cinturón y cogió su americana, que había dejado entre la silla de Emma y una bolsa de galletitas de queso cheddar con forma de pez. Se comió la bolsa entera de un tirón, a lo Homer Simpson, mientras observaba un autobús de transporte de presos que estaba saliendo a la carretera. El autobús se escoró ligeramente al pasar por un bache. Detrás de los barrotes de las ventanas, las caras de los reclusos eran un muestrario de tristeza en distintas tonalidades.

Tiró la bolsa vacía de galletas al asiento de atrás. Luego volvió a sacarla y se la llevó consigo al dirigirse a la entrada de personal. Levantó la vista hacia el edificio achatado y deprimente. La Prisión Estatal de Phillips era un centro penitenciario de seguridad media situado en Buford, más o menos a una hora de Atlanta. Cerca de un millar de presos, todos ellos varones, cumplían condena en sus diez módulos, en cada uno de los cuales había dos alas dormitorio. En siete de los módulos, las celdas eran para dos reclusos. En los demás, las había unipersonales, dobles y de aislamiento. Estas últimas albergaban a reclusos del tipo EM/RES, es decir, con alguna enfermedad mental diagnosticada o que se hallaban en régimen especial de seguridad (o sea, expolicías y pederastas, los dos tipos de reclusos que mayor odio despertaban dentro de cualquier establecimiento penitenciario).

Era lógico que se segregara a este tipo de presos. Tener una celda para ti solo podía parecer, a simple vista, todo un lujo, pero, para un preso en aislamiento una celda unipersonal equivalía a pasar veinte horas diarias encerrado a solas en una caja

de cemento de dos metros quince por cuatro y sin ventanas. Y
eso después de que una sentencia judicial revolucionaria decla-
rara inhumanas las condiciones de vida del régimen de aislamiento en las cárceles de Georgia.

Cuatro años atrás, la prisión de Phillips, junto con otros
nueve centros penitenciarios del estado, había sido objeto de
una investigación del FBI que concluyó con la detención de
cuarenta y siete funcionarios de prisiones acusados de corrupción. Los que quedaron fueron trasladados a distintos centros.
El nuevo director decidió ponerse firme, lo cual tenía su lado
bueno y su lado malo, dependiendo de hasta qué punto se considerara intrínsecamente peligroso mantener a tantos hombres
encolerizados en régimen de aislamiento. En esos momentos,
los presos tenían prohibido salir de sus celdas tras dos días de
tumultos. Seis guardias y tres reclusos habían resultado heridos
de gravedad y un preso había sido asesinado en la cafetería.

Esa muerte era el motivo de su visita.

Conforme a la legislación estatal, el GBI se encargaba de investigar las muertes ocurridas en un establecimiento penitenciario. Los reclusos que acababan de marcharse en el autobús no
estarían implicados en el asesinato, pero habrían participado de
algún modo en el motín. Iban a recibir la llamada «terapia die-
sel». El director habría ordenado el traslado inmediato de los
chivatos y los correveidiles, de los que removían la mierda, de
los presos que actuaban como peones en las pugnas entre bandas. Librarse de los alborotadores era beneficioso para la salud
carcelaria. Para los presos trasladados no lo era tanto: a fin de
cuentas, perdían el único hogar que tenían en esos momentos y
se encaminaban a una nueva prisión, mucho más peligrosa que
la que dejaban atrás. Era como empezar en un colegio nuevo,
solo que en vez de matones y chicas con muy mala idea iban a
encontrarse con violadores y asesinos.

Departamento de Instituciones Penitenciarias de Georgia,

anunciaba el letrero metálico colgado de la verja de entrada. Will tiró la bolsa de galletas a la papelera que había junto a la puerta y se limpió las manos en los pantalones para quitarse el polvillo amarillo. Luego, se sacudió las huellas que se había dejado en las perneras hasta que estuvo presentable.

La cámara quedaba apenas a cinco centímetros de su cabeza. Tuvo que dar un paso atrás para enseñar su tarjeta de identificación. Se oyó un fuerte zumbido seguido de un clic y unos segundos más tarde estaba dentro del recinto de la prisión. Metió su pistola en una taquilla y se guardó la llave en el bolsillo, pero un momento después tuvo que sacarla, junto con todo lo que llevaba en los bolsillos, para pasar por el control de seguridad. Un guardia taciturno le hizo pasar por el portillo y, haciéndole un gesto con la barbilla, le dijo: «¿Qué pasa, tío? Tu compañera está al fondo del pasillo, ven conmigo».

El guardia no caminaba, sino que arrastraba los pies: una costumbre muy propia de su oficio. A fin de cuentas, ¿para qué apresurarse cuando el lugar al que vas es exactamente igual que el que dejas?

Se oían los ruidos típicos de una cárcel: presos que gritaban, que golpeaban los barrotes o que protestaban por el encierro o por la injusticia del mundo en general. Will se aflojó la corbata mientras se internaba en las entrañas de la prisión. El sudor le corría por el cuello. Las prisiones eran, por su diseño característico, difíciles de calentar y de refrescar: pasillos largos y anchos, esquinas afiladas, paredes de bloques de cemento y suelos de linóleo. Por si eso fuera poco, cada celda tenía un simple sumidero en vez de un váter, y cada preso generaba sudor suficiente como para convertir las tranquilas aguas del río Chattahoochee en unos rápidos de nivel seis.

Faith esperaba junto a una puerta cerrada. Estaba anotando algo en su libreta, con la cabeza agachada. Se le daba muy bien su trabajo, entre otras cosas porque era muy charlatana.

Mientras él se ponía los pantalones perdidos de polvillo de queso cheddar, ella había estado recabando información.

Hizo una seña al guardia taciturno, que ocupó su puesto al otro lado de la puerta, y luego le dijo a Will:

—El preso asesinado está en la cafetería. Amanda acaba de llegar. Quiere ver la escena del crimen antes de hablar con el director. Seis agentes de la delegación del norte de Georgia llevan tres horas interrogando a posibles sospechosos. En cuanto tengan una lista definitiva, nos haremos cargo nosotros. Sara dice que por ella podemos empezar cuando queramos.

Will miró por la ventanilla de la puerta.

Sara Linton estaba de pie en medio de la cafetería, vestida con un mono blanco de Tyvek. Llevaba el largo pelo rojizo recogido bajo una gorra de visera azul. Trabajaba desde hacía poco tiempo como patóloga forense del GBI, lo que a Will le había hecho inmensamente feliz hasta hacía más o menos mes y medio. Sara estaba hablando con Charlie Reed, el jefe del equipo de análisis forense del GBI, que se hallaba de rodillas fotografiando una huella de pie ensangrentada. Gary Quintana, el ayudante de Sara, sostenía una regla junto a la huella para tener una referencia de escala.

Sara parecía cansada. Llevaba cuatro horas inspeccionando el lugar de los hechos. Will había salido a correr, como hacía todas las mañanas, cuando la llamaron para avisarla y tuvo que levantarse. Le había dejado una nota con un corazón dibujado en una esquina, y él había estado mirando aquel corazón mucho más rato del que estaba dispuesto a admitir.

—Bueno —dijo Faith—, a ver, el motín estalló hace dos días. El sábado a las 11:58 de la mañana.

Will dejó de mirar a Sara y esperó a que su compañera continuara.

—Dos presos se liaron a puñetazos —añadió ella—. El primer guardia que intentó separarlos quedó inconsciente: le dieron un codazo en la cabeza, se golpeó contra el suelo y adiós muy buenas. Y, claro, en cuanto el primer guardia estuvo fuera de combate, se lio la gorda. A otro, lo estrangularon hasta que perdió el conocimiento. Y a un tercero que vino a ayudar también lo dejaron KO. Luego un preso cogió las tásers y otro las llaves, y ya tenemos un motín en toda regla. Evidentemente, el asesino estaba preparado.

Will asintió con la cabeza; sí, «evidentemente». Los motines carcelarios solían declararse igual que se declaraba un sarpullido. Siempre había una especie de comezón precursora, un malestar en el ambiente, y siempre había un individuo o varios que, al notarlo, comenzaban a urdir planes para sacar tajada de la situación. ¿En qué podía beneficiarles? ¿Podían saquear el economato, quizá? ¿Dar un escarmiento a algún guardia? ¿O quitar de en medio a un rival o dos?

La cuestión era si el homicidio había sido accidental o premeditado. Desde fuera de la cafetería era difícil saberlo. Will volvió a mirar por la ventanilla. Contó treinta mesas corridas atornilladas al suelo, cada una con un banco para doce personas. Había bandejas tiradas por el suelo. Servilletas de papel. Comida en descomposición. Y gran cantidad de líquidos resecos; sobre todo, sangre. Algunos dientes. Will alcanzó a ver una mano paralizada asomando por debajo de una de las mesas y dedujo que pertenecía a la víctima. El cadáver se hallaba debajo de otra mesa, cerca de la cocina, de espaldas a la puerta. Su uniforme carcelario blanco con rayas azules daba a la escena del crimen cierto aire de matanza en una heladería.

—Mira —dijo Faith—, si todavía estás disgustado por lo que le pasó a Emma con la pila, deja de preocuparte. No es culpa tuya que tengan esa pinta tan deliciosa.

Will dedujo que, al ver a Sara, había empezado a emitir ciertas señales que su compañera estaba captando.

—Los niños de esa edad son como presos, y de la peor

especie —continuó Faith—. Cuando no te mienten a la cara o te montan un pollo, están durmiendo, cagando o tratando de encontrar la manera de joderte.

El guardia taciturno movió la cabeza. «Di que sí».

Faith le dijo:

—¿Podría avisar de que ya estamos aquí?

El guardia volvió a asentir («Cómo no, señora, para eso estoy») y se alejó arrastrando los pies.

Will observó a Sara por la ventana de la puerta. Estaba haciendo una anotación en un portafolios. Se había bajado la cremallera del mono y se había atado las mangas alrededor de la cintura. Ya no llevaba la gorra puesta, y tenía el pelo recogido en una coleta poco apretada.

—¿Está ahí Sara? —preguntó Faith.

Will la miró. A menudo se le olvidaba lo bajita que era. Tenía el pelo rubio, los ojos azules y una expresión de perpetua decepción. Con los brazos en jarras y la cabeza levantada, le llegaba al pecho, y a Will le recordaba a Perla Corazón Puro, la novia de Superratón, si Perla se hubiera quedado embarazada a los quince años y luego otra vez a los treinta y dos.

Razón por la cual Will no quería hablar con ella sobre Sara. Faith se comportaba como una madre con todo aquel que entraba en su órbita, ya fuera un sospechoso detenido o la cajera del supermercado. Él había tenido una infancia bastante dura. Sabía muchas cosas del mundo que la mayoría de los chavales no llegaba a aprender nunca, pero no sabía, en cambio, cómo ser un hijo.

Si guardaba silencio era, además, por otro motivo: Faith era una policía excelente; tardaría unos dos segundos en resolver el Caso de la Novia Repentinamente Silenciosa.

Pista número uno: Sara era una persona extremadamente racional y coherente. A diferencia de la exmujer de Will, Sara no había pasado por un infierno que, tras dejarla triturada, la había arrojado de sus fauces convertida en una psicópata. Cuando se enfadaba, cuando estaba irritada por algo, o molesta o feliz, normalmente le explicaba por qué estaba así y qué quería hacer al respecto.

Pista número dos: Sara no se andaba con rodeos y artimañas. No le dejaba de hablar porque quisiera conseguir algo, ni hacía mohínes, ni le soltaba indirectas. Will nunca tenía que adivinar lo que estaba pensando, porque ella siempre se lo decía.

Pista número tres: estaba claro que no era enemiga del matrimonio. Se había casado dos veces con el mismo hombre, Jeffrey Tolliver, y seguiría casada con él si no le hubieran matado hacía cinco años.

Solución: Sara no tenía nada que objetar al matrimonio, ni a las proposiciones matrimoniales, aunque fueran oblicuas. A lo que le ponía pegas era a casarse con Will.

—Voldemort —dijo Faith en el instante en que Will empezaba a oír el tamborileo de los tacones altos de la subdirectora Amanda Wagner.

Amanda venía por el pasillo con el teléfono en la mano. Siempre estaba enviando mensajes o haciendo llamadas para conseguir información a través de su red de amigotas: un grupo imponente de mujeres, jubiladas en su mayoría, a las que Will imaginaba sentadas en una cámara secreta, entretenidas en tejer granadas de mano de ganchillo hasta que Amanda requería su intervención.

La madre de Faith era una de ellas.

—Vaya, vaya. —Amanda distinguió las manchas de queso cheddar en los pantalones de Will a diez metros de distancia—. Agente Trent, ¿es usted el único indigente que se ha caído del tren o hay más por los alrededores?

Él carraspeó mientras Faith pasaba las hojas de su libreta.

—Vale —dijo su compañera yendo directa al grano—. La víctima es Jesús Rodrigo Vásquez, varón de treinta y ocho años, hispano, condenado por AMA a diez, cumplió seis y le dieron la condicional, pero la cagó en el test y hacía tres meses que había vuelto a prisión.

Will tradujo para sus adentros: Vásquez había sido condenado a diez años de prisión por asalto a mano armada; tras cumplir seis, le concedieron la libertad condicional, pero hacía tres meses, al hacerse los análisis rutinarios, se descubrió que consumía drogas y fue enviado de vuelta a prisión para cumplir el resto de la sentencia.

—¿Afiliación? —preguntó Amanda.

O sea, si pertenecía a alguna banda.

—Suizo —contestó Faith. Es decir, neutral—. Según su expediente, le pillaron muchas veces con teléfonos culeros. —A saber, escondiendo teléfonos móviles en el recto—. Imagino que era un chota. —Léase, que andaba siempre yéndose de la lengua, sembrando cizaña—. Supongo que por eso se lo han cargado, por bocazas.

—Problema resuelto. —Amanda tocó en el cristal para llamar la atención de Sara—. ¿Doctora Linton?

Sara se paró a recoger algunas cosas y luego abrió la puerta.

—Hemos acabado la inspección. No hace falta que os pongáis trajes, pero hay mucha sangre y otros fluidos.

Les pasó protectores para los zapatos y mascarillas, y al dárselos a Will le apretó ligeramente la mano.

—El cuerpo ya no presenta rigor mortis y está empezando a descomponerse. Teniendo en cuenta la temperatura del hígado y la temperatura ambiental ligeramente más alta, yo diría que la muerte se produjo, efectivamente, hace unas cuarenta y ocho horas, como nos han informado. Es decir, más o menos al iniciarse el motín.

—¿En los primeros minutos o en las primeras horas? —preguntó Amanda.

—Entre las doce del mediodía y las cuatro de la tarde del sábado, pero es una aproximación, claro. Si quieres afinar más, tendrás que confiar en las declaraciones de los testigos. —Sara le ajustó la mascarilla a Will al tiempo que añadía—: Obviamente, la ciencia por sí sola no puede determinar la hora exacta del fallecimiento.

—Obviamente —contestó Amanda, que no era muy fan de las aproximaciones.

Sara, que no era muy fan del tono que empleaba Amanda, miró a Will poniendo cara de fastidio.

—Las ubicaciones de la escena del crimen son tres: dos se encuentran aquí, en el comedor, y la otra en la cocina. Vásquez se resistió.

Will extendió el brazo para abrir la puerta. El olor a mierda y orines —la tarjeta de visita de los reclusos amotinados— impregnaba cada molécula de aire del interior de la sala.

—Santo Dios. —Faith se llevó la mano a la mascarilla. No llevaba bien, en general, tener que inspeccionar la escena de un crimen, pero en aquel caso el hedor era tan penetrante que hasta a Will empezaron a lagrimearle los ojos.

—Gary —le dijo Sara a su ayudante—, ¿puedes traer la cizalla pequeña del furgón? Va a haber que desatornillar la mesa para sacar el cuerpo.

Gary se marchó encantado, haciendo oscilar su coleta bajo el gorro de redecilla. Llevaba menos de seis meses en el GBI y aquella no era la peor escena que había inspeccionado, pero todo lo que ocurría dentro de una cárcel era, por definición, más horrible que fuera.

De pronto brilló el *flash* de la cámara de Charlie. Will tuvo que parpadear, deslumbrado.

—He podido echar un vistazo al vídeo de la cámara de seguridad —le dijo Sara a Amanda—. Hay nueve segundos de metraje en los que se ve el comienzo de la pelea, hasta que se declara el motín. En ese instante, una persona no identificada se acercó a la cámara por detrás y cortó el cable.

—No hay huellas que podamos utilizar ni en la pared, ni en el cable, ni en la cámara —añadió Charlie.

—El tumulto comenzó en la parte delantera de la sala, junto al mostrador —prosiguió Sara—. Las cosas se desmandaron muy rápidamente. Seis reclusos pertenecientes a una banda rival se metieron en la pelea. Vásquez se quedó sentado allí, en la mesa del rincón. Los otros once presos que estaban sentados en la mesa corrieron a la parte delantera para ver mejor la pelea. Es entonces cuando se corta la imagen.

Will calculó a ojo la distancia. La cámara estaba al fondo de la sala, de modo que ninguno de aquellos once hombres podía haber vuelto sin ser visto.

—Por aquí.

Sara los condujo a la mesa del rincón. Había doce bandejas colocadas delante de otros tantos asientos de plástico. La comida estaba mohosa. Había leche agria derramada por todas partes.

—A Vásquez lo atacaron por la espalda. Le golpearon con un objeto contundente, lo que le causó una fractura craneal con hundimiento. El arma era probablemente un objeto pesado, pero más bien pequeño, al que se le imprimió gran velocidad. La fuerza del impacto le hizo caer hacia delante. Hemos encontrados restos incrustados en la bandeja que seguramente son fragmentos de sus dientes.

Will echó una ojeada a la cámara. Aquello parecía una maniobra realizada por solo dos hombres: uno se habría encargado de cortar el cable de la cámara y el otro de neutralizar al objetivo.

Faith respiraba por la boca; su mascarilla se inflaba y se desinflaba alternativamente.

—El primer golpe ¿tenía por objetivo matar o aturdir? —preguntó.

—No podría asegurarlo —contestó Sara—. El golpe fue muy violento, eso sí. A simple vista no se aprecia laceración, pero una fractura con hundimiento es lo que indica su nombre: el hueso roto se desplaza hacia dentro y presiona el tejido cerebral.

—¿Cuánto tiempo estuvo consciente? —preguntó Amanda.

—De las pruebas materiales se deduce que estuvo consciente hasta el momento de la muerte. Respecto al estado en que se hallaba, no puedo asegurar nada. Estaría mareado, desde luego. Y muy probablemente tendría la visión nublada. Pero ¿hasta qué punto estaba consciente? Eso es imposible saberlo. Cada individuo responde de manera distinta a un traumatismo craneal. Desde el punto de vista médico, tratándose de lesiones cerebrales, solo sabemos que no sabemos nada.

—Obviamente —repuso Amanda con los brazos cruzados.

Will también los había cruzado. Tenía todos los músculos del cuerpo contraídos. Notaba la piel tirante. Daba igual cuántas escenas de crímenes inspeccionara: su organismo no acababa de aceptar que hallarse en el lugar donde había sido asesinado violentamente un ser humano fuera algo natural. Podía, sin embargo, soportar el hedor a comida en mal estado y excrementos y el tufo metálico que desprendía la sangre cuando se oxidaba el hierro, y que se le quedaría una semana entera agarrado a la garganta.

—Vásquez cayó al suelo como consecuencia de los golpes que le propinaron —prosiguió Sara—. Tiene cuatro molares del lado izquierdo rotos a la altura de la raíz y la mandíbula y el hueso orbital de ese mismo lado fracturados. Como podéis ver, las salpicaduras de sangre de la pared y el techo describen un semicírculo. Aquí hemos encontrado tres pisadas distintas, de modo que los agresores fueron dos, ambos diestros muy probablemente. Deduzco que utilizaron un calcetín con candado para que no les quedaran marcas visibles en las manos.

Al decir «un calcetín con candado», se refería a una porra de fabricación casera, compuesta por un candado metido dentro de un calcetín.

—Tras la agresión inicial —prosiguió Sara—, Vásquez acabó, por la razón que sea, descalzo. No hemos encontrado sus zapatos ni sus calcetines en la cafetería. Sus agresores llevaban las zapatillas deportivas del uniforme de la prisión, con suelas idénticas. Hemos podido deducir bastantes cosas del calzado y las pisadas. A continuación, le llevaron a la cocina.

—¿Qué hay de este tatuaje? —Amanda estaba al otro lado de la sala, mirando la mano amputada—. ¿Es un tigre? ¿Un felino?

Fue Charlie quien respondió:

—Según nuestra base de datos de tatuajes, el tigre puede simbolizar odio por la policía, o bien que es un ladrón escalador, un hombre araña.

—Un preso que odia a la policía. Qué raro. —Amanda hizo un gesto con la mano—. Vayamos al grano, doctora Linton.

Sara les indicó que la siguieran hasta la parte delantera de la cafetería. Había varias bandejas vacías en la cinta transportadora, de modo que al menos algunos reclusos habían terminado de comer cuando estalló el motín.

—Vásquez medía un metro setenta y dos, aproximadamente, y pesaba sesenta y tres kilos. Estaba desnutrido, pero eso no es nada raro teniendo en cuenta que era un adicto a las drogas por vía intravenosa. Tiene marcas de pinchazos en el brazo izquierdo, entre los dedos del pie izquierdo y en la carótida derecha, de modo que podemos deducir que era diestro. En la cocina hay un cuchillo grande de carnicero y mucha sangre, lo que indica que le amputaron la mano allí.

—¿No se la cortó él mismo? —preguntó Amanda.

Sara negó con la cabeza.

—Es improbable. Las marcas de pisadas indican que le sujetaron.

—El dibujo de las suelas de las zapatillas no tiene marcas distintivas —añadió Charlie—. Como decía Sara, son las del uniforme de la prisión. Todos los presos tienen un par.

Will sintió que se le hinchaban las aletas de la nariz. El cadáver llevaba dos días pudriéndose con aquel calor y el proceso de descomposición estaba muy avanzado. La piel empezaba a desprenderse de los huesos. Saltaba a la vista que alguien se había ocupado de empujar el cuerpo de Vásquez debajo de la mesa, quitándolo del medio a puntapiés como quien esconde un montón de ropa sucia bajo la cama. Las manchas de sangre y las pisadas de las zapatillas, con su característica suela cuadriculada, demostraban que se trataba, como mínimo, de dos hombres.

Vásquez tenía los pies descalzos cubiertos por una costra de sangre. Estaba de costado, doblado por la cintura y con un brazo extendido hacia delante. El muñón sanguinolento de la otra mano lo tenía metido dentro del vientre. Literalmente. Sus asesinos le habían asestado tantas puñaladas que el abdomen se le había abierto como una flor grotesca, y la muñeca seccionada desaparecía, como un tallo, dentro de la cavidad abdominal.

—Si no aparecen pruebas que indiquen lo contrario, la causa de la muerte fue probablemente el desangramiento o el *shock*.

La cara del tipo, con los ojos desorbitados y la boca abierta, reflejaba un profundo estado de *shock*, desde luego. Era, por lo demás, una cara corriente, quitando la hinchazón y el hematoma casi negro, en forma de semicírculo, que se le había formado en la parte inferior del cráneo, allí donde se había acumulado la sangre. Tenía la cabeza rapada y un bigote grueso y bien poblado y llevaba al cuello una cadena de oro con una cruz, lo que estaba permitido por el Departamento de

Instituciones Penitenciarias de Georgia por tratarse de un símbolo religioso. La cadena era fina y delicada: regalo de su madre, tal vez, o de su hermana o su novia. Will reparó en que los asesinos se habían llevado los zapatos y los calcetines de la víctima, pero no la cadena.

—Mierda, eso es mierda. —Faith se tapó la mascarilla con las dos manos, tratando de contener las náuseas.

Los intestinos de Vásquez colgaban de su abdomen como una sarta de salchichas crudas. Las heces se habían acumulado en el suelo y, al secarse, habían quedado convertidas en una masa negra del tamaño de una pelota de baloncesto desinflada.

—Averigua si ya han registrado la celda de Vásquez —le dijo Amanda—. Si lo han hecho, quiero saber quién ha sido y qué han encontrado. Si no, regístrala tú.

A Faith nunca había que decirle dos veces que se marchara cuando había un cadáver delante.

—Will —añadió Amanda mientras empezaba a teclear en su móvil—, acaba aquí y luego empieza con la segunda ronda de interrogatorios. Esos hombres han tenido tiempo de ponerse de acuerdo para contarnos una milonga. Quiero resolver esto rápidamente. No es como buscar una aguja en un pajar, que digamos.

Will se dijo para sus adentros que eso era, precisamente. Había unos mil sospechosos, todos ellos delincuentes convictos.

—Sí, señora.

Sara le indicó con un gesto que la siguiera a la cocina. Se bajó la mascarilla.

—Faith ha aguantado más de lo que esperaba.

Will también se bajó la mascarilla. La cocina estaba en el mismo estado de desorden que el comedor. Había bandejas, comida y sangre esparcidas por todas partes. Unos indicadores de plástico amarillo colocados sobre el tajo de carnicero señalaban el lugar donde le habían cortado la mano a Vásquez. Tirado en el suelo había un cuchillo grande. La sangre se había derramado como una cascada.

—No hay huellas en el cuchillo —le informó Sara—. Taparon el mango con papel film y luego lo tiraron por el desagüe del fregadero.

Will vio que la cañería de debajo del fregadero estaba desenroscada. El padre de Sara era fontanero y ella sabía desmontar un sifón.

—Todo lo que estoy encontrando indica que tuvieron suficiente presencia de ánimo como para intentar borrar sus huellas —añadió.

—¿Por qué llevaron la mano a la cafetería?

—Imagino que la lanzaron desde el otro lado de la sala.

Will trató de hacerse una idea clara de cómo habían sucedido las cosas.

—Cuando empezó la pelea en el comedor, Vásquez estaba sentado a la mesa. No se levantó porque no pertenecía a ninguna banda. —Los reclusos tenían una especie de OTAN: si alguien atacaba a un aliado tuyo, te metías en la refriega—. Le atacaron solo dos hombres, no una pandilla.

—¿Eso reduce el número de sospechosos? —preguntó Sara.

—Los presos tienden a autosegregarse. Vásquez no se mezclaría abiertamente con compañeros que no fueran de su misma raza. —Eso reducía un tanto el tamaño del pajar—. Parece un crimen planeado de antemano. «Si estalla un motín, le mataremos así y así».

—El caos brinda la ocasión propicia.

Will se frotó la mandíbula mientras observaba las pisadas ensangrentadas del suelo. Vásquez se había resistido frenéticamente.

—Debía de tener información que les interesaba, ¿no crees? No se le corta a alguien la mano porque sí. Se le sujeta, se le amenaza y, si no te da lo que quieres, coges el cuchillo y le cortas la mano.

—Así es como lo haría yo.

Will sonrió.

Ella le devolvió la sonrisa.

Él notó que le vibraba el teléfono dentro del bolsillo. No contestó.

—Sabemos que Vásquez solía ocultar teléfonos dentro de su cuerpo. ¿Es posible que le destriparan por eso?

—No estoy segura de que tuvieran intención de destriparle. Puede que solo le apuñalaran repetidamente. Si buscaban un teléfono, los golpes en las costillas con la porra habrían surtido el mismo efecto que la maniobra de Valsava. Si los guardias te hacen toser estando agachado, es por algo. El aumento de la presión abdominal reduce la fuerza de constricción del interior del esfínter. Vásquez habría expulsado el teléfono al primer golpe —aseguró Sara—. Además, no tendría mucho sentido que hubieran intentado sacárselo rajándole el vientre. Si yo buscara un teléfono que te hubieras metido en el culo, te miraría el culo.

Faith llegó en el momento oportuno.

—¿Interrumpo algo íntimo?

Will se sacó el teléfono del bolsillo. La llamada perdida era de su compañera.

—Creemos que los asesinos de Vásquez buscaban algo. Información. Puede que la ubicación de un alijo de droga.

—Su celda estaba limpia —informó Faith—. Nada de contrabando. A juzgar por su colección de arte, era aficionado a las señoritas medio desnudas y a Nuestro Señor Jesucristo. —Se despidió de Sara con un ademán mientras conducía a Will fuera de la cafetería, tapándose la nariz con la mano—. Nick y Rasheed han reducido la lista de sospechosos a ocho posibles candidatos. Ninguno tiene antecedentes por asesinato en primer grado, pero hay dos homicidas y uno que arrancó un dedo de un mordisco.

—¿A sí mismo o a otra persona?

—A otra persona —respondió Faith—. Cómo no, no hay declaraciones de testigos de las que podamos fiarnos, pero sí un montón de teorías conspiranoicas ofrecidas amablemente por unos cuantos soplones. ¿Sabías que el estado en la sombra dirige una red de pederastia a través del sistema informático de las bibliotecas penitenciarias?

—Sí, lo sabía. ¿Crees que este asesinato ha sido una venganza personal? —preguntó Will.

—Absolutamente. Buscamos a dos hispanos más o menos de la edad de Vásquez y pertenecientes a su círculo social más íntimo.

Will asintió.

—¿Cuándo fue la última vez que registraron la celda de Vásquez?

—Hubo registro general en la cárcel hace dieciséis días. El director hizo traer ocho equipos CERT para registrar las celdas. La oficina del *sheriff* aportó dos agentes. Fue un registro por sorpresa, nadie se lo esperaba. Confiscaron más de cuatrocientos teléfonos, unos doscientos cargadores y las drogas y las armas habituales, pero el principal problema eran los teléfonos, claro.

Will sabía a qué se refería su compañera. Los teléfonos móviles podían ser muy peligrosos dentro de una prisión, aunque no todos los reclusos los usaran para fines delictivos. La administración cobraba un tanto por el uso de todas las líneas fijas: cincuenta dólares, de partida, por la compra de una tarjeta telefónica, en torno a cinco dólares por una llamada de quince minutos y casi otros cinco por la recarga de la tarjeta. En cambio, un recluso podía alquilarle un teléfono móvil a otro por unos veinticinco dólares la hora.

Luego estaban los usos nefandos que podían dar a los teléfonos. Los móviles con acceso a Internet podían utilizarse para buscar información personal sobre funcionarios de prisiones, supervisar organizaciones delictivas mediante mensajes de texto cifrados, chantajear a familias de reclusos a cambio de protección y, sobre todo, para recaudar dinero. Aplicaciones con Venmo y PayPal habían sustituido al tabaco y la comida como divisa dentro de las prisiones. Las bandas más sofisticadas utilizaban Bitcoin. La Hermandad Aria, la mafia irlandesa o los Bloods recaudaban millones de dólares a través del sistema penitenciario estatal.

Y en Estados Unidos era ilegal bloquear la señal de un teléfono móvil.

Will le abrió la puerta a Faith cuando salieron. El sol daba de plano en el patio desierto de la prisión. Vio sombras detrás de las estrechas ventanas de las celdas. Más de un hombre gritaba. La asfixia del encierro era casi palpable, como un tornillo que fuera perforándote lentamente el cráneo.

—Administración —dijo Faith señalando a lo lejos un edificio de una sola planta y tejado plano.

Optaron por el camino más largo y avanzaron por las aceras en lugar de cruzar la explanada de tierra batida del patio.

Pasaron junto a tres guardias apoyados contra la alambrada, todos ellos con la mirada perdida. No había nada que guardar. Estaban tan aburridos como los presos. O quizá estuvieran esperando que llegara el momento propicio para actuar. Seis compañeros suyos habían resultado heridos en el motín. Y el gremio de los guardias de prisiones no era conocido precisamente por su tendencia a olvidar y perdonar.

—El director se puso como loco por lo de los teléfonos —explicó Faith en voz baja—. Pero, como las celdas de aislamiento ya estaban ocupadas, suspendió las salidas al patio, cerró el economato, prohibió las visitas y mandó apagar todos los ordenadores y los televisores. Hasta cerró la biblioteca. Durante dos semanas, lo único que pudieron hacer estos tipos fue tocarse las narices unos a otros.

—Bonita forma de provocar un motín.

Will abrió otra puerta. Dejaron atrás varios despachos con ventanas de cristal reforzado que daban al pasillo. Todas las sillas estaban desocupadas. En lugar de escritorios, había mesas plegables para asegurarse de que nadie escondía nada. Los propios reclusos se ocupaban de la mayor parte de las tareas administrativas. A fin de cuentas, cobraban un salario imbatible: tres centavos la hora.

El despacho del director no tenía ventana al pasillo, pero Will oyó la voz de Amanda al otro lado de la puerta cerrada. Hablaba en un tono engañosamente apacible. Dedujo que el director estaba furioso. A los directores de las prisiones no les gustaba que nadie fuera a escudriñar su trabajo. Otra razón por la que el hombre había montado en cólera al ver todos esos teléfonos confiscados: no había nada más humillante que oír a uno de tus presos hablar en directo con una cadena de televisión desde dentro de la cárcel.

—¿Cuántas llamadas se hicieron durante el motín? —le preguntó Will a Faith.

—Una a la CNN y otra a 11-Alive, pero ese día hubo jaleo a cuenta de las elecciones, así que nadie les prestó atención.

Habían llegado a un pasillo largo y ancho con una cola aún más larga de reclusos. Los dieciocho sospechosos del asesinato, dedujo Will. Los pobres diablos esperaban en posición de triángulo isósceles: con el tronco inclinado hacia delante, las piernas rectas, los tobillos flexionados y el peso apoyado en la frente, contra la pared. Los dos guardias que se encargaban de vigilarlos tenían, al parecer, muy mala leche.

El protocolo de encierro dictaba que cualquier recluso que estuviera fuera de su celda llevara puesto lo que se conocía como un «traje de cuatro piezas»: las muñecas esposadas, con las esposas sujetas por delante a una cadena que rodeaba la cintura, y grilletes en los tobillos trabados entre sí por una cadena de treinta centímetros que les impedía caminar con normalidad. Cuando a uno le ataban de esta manera y le obligaban a apoyar la frente en una pared de bloques de cemento, los hombros y el cuello sufrían una barbaridad. La cadena de la cintura ejercía una presión añadida sobre los riñones, dado que las manos caían hacia delante por efecto de la gravedad. Por lo visto, los reclusos llevaban en esa postura un buen rato. Había manchas de sudor en las paredes. Will vio que a muchos les temblaban las piernas. Las cadenas repiqueteaban como monedas dentro de una secadora.

—Madre de Dios —masculló Faith.

Mientras avanzaba detrás de su compañera, pasando junto a la fila de hombres, Will vio numerosos tatuajes hechos con la típica tinta carcelaria de contornos temblorosos. Todos los reclusos parecían tener más de treinta años, lo cual era lógico. Will sabía por experiencia que los menores de treinta hacían muchas estupideces. Si un tipo seguía en prisión pasada la tercera década de su vida, era porque la había cagado a lo grande, o porque estaba muy muy jodido, o porque tomaba sistemáticamente decisiones erróneas que le impedían salir del sistema penitenciario.

Faith no se molestó en llamar a la puerta cerrada de la sala de interrogatorios. Los agentes especiales Nick Shelton y Rasheed Littrell estaban sentados a la mesa, con un montón de expedientes delante.

—Te digo que la tía tenía un culo como un centauro. —Rasheed se calló de golpe al ver entrar a Faith—. Perdona, Mitchell.

Faith arrugó el ceño mientras cerraba la puerta.

—Yo no soy medio caballo.

—Anda, ¿eso quiere decir «centauro»? —Rasheed se echó a reír, divertido—. ¿Qué hay, Trent?

Will le saludó levantando un poco la barbilla.

Faith hojeó los expedientes que había encima de la mesa.

—¿Son todas las *chaquetas*?

La *chaqueta* de un recluso era, básicamente, un compendio de su vida: atestados de detenciones, resúmenes de sentencias, datos de traslado, informes médicos, diagnóstico de salud mental, valoración de peligrosidad, nivel formativo, programas de terapia, registros de visitas, expediente disciplinario, afiliación religiosa y orientación sexual.

—¿Alguna tiene buena pinta? —preguntó.

Rasheed les hizo una breve semblanza de los dieciocho reclusos que esperaban en el pasillo. Will mantuvo la cabeza vuelta hacia él como si escuchara atentamente, pero en el fondo estaba pensando en cómo debía dirigirse a Nick Shelton.

Años atrás, cuando Nick estaba destinado en la delegación sureste del GBI, había trabajado codo con codo con el marido de Sara, Jeffrey Tolliver, que en aquel entonces era el jefe de policía del condado de Grant. Un exjugador de fútbol universitario y, según se decía, todo un mito. Algunos informes que había redactado Nick sobre los casos en los que habían colaborado se leían como guiones de película. Si Jeffrey Tolliver era el Llanero Solitario, Nick era su inseparable compañero Toro, aunque hablara como el Gallo Claudio y vistiera como uno de los Bee Gees, con cadenas de oro y vaqueros hiperajustados. Entre los dos habían desmantelado redes de pederastia y atrapado a narcotraficantes y asesinos. Jeffrey podría haber aprovechado sus hazañas para irse a trabajar a una ciudad más grande con un salario mayor, pero había renunciado a la gloria y a la fama a fin de servir al condado de Grant.

Sara probablemente se habría casado con él por tercera vez si Tolliver no se hubiera muerto en la segunda parte de su matrimonio.

—Bueno, para empezar no está mal —comentó Faith, que a diferencia de Will había estado prestando atención a lo que decía Rasheed—. ¿Algo más?

—No, qué va. —Nick se rascó la barba a lo Barry Gibb—. Quedaos vosotros con la sala. Rash y yo tenemos que volver a entrevistar a unos cuantos testigos.

Faith se sentó en la silla que dejó libre Rasheed y empezó a hojear los dosieres para escoger a los sospechosos más prometedores. Will vio que se iba derecha a los expedientes disciplinarios. Su compañera creía firmemente que la historia siempre se repetía.

—¿Qué tal Sara? —le preguntó Nick.

Will barajó para sus adentros varias respuestas humillantes hasta que por fin optó por decir:

—Está en la cafetería. Deberías pasarte a verla.

—Gracias, colega.

Antes de irse, Nick le hizo un gesto de despedida, a medias agarrándole del hombro, a medias dándole una palmada. Will prestó mucha atención a aquel gesto y llegó a la conclusión de que era algo a medio camino entre un «pellizco de la muerte» vulcaniano y la caricia que se le hacía a un perro.

Faith esperó a que se cerrara la puerta.

—¿Qué? ¿Ha sido violento?

—Eso depende de por qué mitad del caballo preguntes. —Will apoyó la mano en el pomo de la puerta, pero no la abrió—. ¿Cómo lo hacemos? No creo que estos tipos vayan a sentirse muy cómodos si los interroga una mujer.

—Sí, seguramente tienes razón. —Sacó un dosier del montón—. Maduro.

Will abrió la puerta. El guardia esperaba fuera.

—Dígales a esos hombres que se aparten de la pared si no quiere que le meta un buen paquete —le dijo Will en voz baja.

El guardia le miró con furia, pero, como todos los matones, era un cobarde. Se volvió hacia los presos y gritó:

—¡Vosotros! ¡Al suelo!

Se oyó un gemido colectivo de alivio. Los hombres se

despegaron con esfuerzo de la pared de cemento. Tenían ronchas rojas en la frente y los ojos vidriosos. A algunos les costó sentarse. Otros se dejaron caer de culo sin más, llenos de alivio.

—¡Maduro! —gritó Will—. ¡Te toca!

Un hombre bajo y fornido como una boca de incendios se detuvo cuando estaba agachándose. Giró sobre un pie y se le trabaron los tobillos con la cadena. Treinta centímetros no era mucho: el largo aproximado de dos billetes de dólar, uno a continuación del otro. Maduro avanzó con paso rígido y trabajoso, manteniendo levantada la cadena de los brazos para que no se le clavara en las caderas. Tenía puntos de sangre en la frente, causados por el granulado de la pared de cemento. Cruzó la puerta con cautela y esperó delante de la mesa.

En las cárceles de Georgia imperaba una disciplina paramilitar. A no ser que estuvieran encadenados, los presos debían caminar con las manos juntas a la espalda y mantenerse siempre en posición de firmes cuando estuvieran parados. Las celdas debían estar impecables y las camas bien hechas. Y, lo que era más importante, debían dirigirse a los guardias con respeto en todo momento: «Sí, señor; no, señor; ¿puedo rascarme los huevos, señor?».

Maduro observaba a Will, a la espera de que le dijeran qué hacer.

Will cruzó los brazos y dejó que Faith llevara la voz cantante porque aquellos tipos eran sospechosos de asesinato. No podían elegir quién les interrogaba.

—Siéntese —ordenó ella. Luego echó un vistazo a la tarjeta de identificación del preso y a su fotografía y las cotejó con el dosier que tenía delante—. Héctor Louis Maduro. Está cumpliendo cuatro años por una serie de robos con allanamiento, a los que ahora tendrá que sumar otros dieciocho meses por haber participado en el motín. ¿Le han informado de sus derechos?

—*Español* —replicó el preso recostándose pesadamente en la silla—. *Tengo derecho legal a un traductor. O te puedes sacar la camisa y te chupo esas tetas tan grandes.*

El padre de Emma era chicano de segunda generación y Faith había aprendido español para poder tocarle las narices en dos idiomas.

—*Ya traduzco yo por ti, y puedes hacerte una paja con esa verguita de nada cuando vuelvas a tu celda, pendejo de mierda.*

Maduro levantó las cejas, sorprendido.

—Joder, en los colegios para señoritas blancas no se aprende a hablar así.

Faith fue directa al grano.

—Sabemos que tenía usted relación con Jesús Vásquez.

—Mire —contestó Maduro inclinándose hacia adelante y agarrándose al borde de la mesa—, aquí hay muchos presos que le dirán que son inocentes, pero yo no lo soy, ¿estamos? Cometí los robos por los que me condenaron, y una cosa le digo: he visto muchas injusticias en esta institución, del personal hacia los presos y de los presos hacia el personal. Y le digo también que soy cristiano y que lo que está bien está bien y lo que está mal está mal, así que cuando vi que esos presos se juntaban con un propósito común, para asegurar el cumplimiento de los derechos humanos de…

—Permítame interrumpir su charla TED —dijo Faith—. ¿Conocía a Jesús Vásquez?

Maduro miró con nerviosismo a Will, que no se inmutó. Sabía por experiencia que, en un interrogatorio, el silencio era a menudo una manera muy eficaz de iniciar una conversación.

—Le han incautado teléfonos móviles varias veces —prosiguió Faith—. «Y, según su expediente, le han impuesto dos sanciones por discutir con…»

Nick irrumpió de pronto en la sala. Saltaba a la vista que

había venido corriendo. Le chorreaba el sudor por las patillas y llevaba una hoja de papel arrugada en la mano.

—Salga —ordenó a Maduro.

Faith miró a Will, extrañada. Su compañero se encogió de hombros. Nick llevaba veinte años trabajando en el GBI. Había visto de todo: desde lo más horrible a lo más ridículo. Si algo le había impresionado, sería como para echarse las manos a la cabeza.

—Muévete —dijo empujando a Maduro hacia el guardia del pasillo—. Que vuelvan todos a sus celdas.

La puerta se cerró. Nick no dijo nada. Alisó el papel sobre la mesa y unas gotas de sudor cayeron sobre él. Respiraba agitadamente.

Faith volvió a mirar a Will y él se encogió de hombros otra vez. Ella abrió la boca para preguntar algo en el instante en que Nick empezaba a hablar.

—Un preso, un tal Daryl Nesbitt, me ha pasado esta nota. Quiere hacer un trato. Dice que sabe quién mató a Vásquez y cómo consiguen los presos los teléfonos móviles.

Esta vez fue Will quien miró extrañado a Faith. Era una buena noticia, así que ¿por qué parecía Nick tan alterado?

Faith tuvo la presencia de ánimo de preguntar:

—¿Qué más dice esa nota?

Nick no se lo dijo, lo cual era todavía más extraño. Dio la vuelta a la nota y la deslizó hacia Faith.

Ella fue resumiéndola en voz alta mientras la leía:

—Quiere hacer un trato. Sabe dónde se guardan los teléfonos…

—Tercer párrafo —dijo Nick.

—«*Soy víctima de una conspiración por parte de la policía local de un municipio para meterme en la cárcel el resto de mi vida por un delito que no cometí*» —leyó Faith.

Will no echó un vistazo a la nota por encima del hombro de su compañera. Estaba observando el semblante de Nick. Era la viva imagen de la angustia. De lo único que parecía seguro era de que no pensaba levantar la mirada hacia Will.

—*«Ese condado de mierda era una olla a presión* —continuó leyendo Faith—. *Agredieron a una estudiante blanca. La universidad estaba en alerta máxima. Ninguna mujer se sentía a salvo. El jefe de policía tenía que detener a alguien, a quien fuese, o perdería su trabajo. Así que se inventó una historia para encasquetarme a mí el delito».*

Faith se volvió para mirar a Will. Evidentemente, había leído algo más de la nota y no le gustaba el curso que estaba tomando la situación.

Will mantuvo la mirada fija en Nick, que de pronto parecía muy interesado en limpiar el polvo de las punteras metálicas de sus botas de vaquero de color azul. Will vio que sacaba un pañuelo, se agachaba y las frotaba para sacarles brillo.

Faith siguió leyendo:

—*«Soy inocente. No estaría aquí si no fuera por aquel policía corrupto y por su departamento de mierda. Todo el mundo en el condado de Grant se tragó las mentiras del jefe».*

Leyó unos renglones más, pero Will ya había oído todo lo que necesitaba.

Universidad. Condado de Grant. Jefe de policía.

Nesbitt se refería a Jeffrey Tolliver.

2

Faith tuvo que usar el aseo de caballeros porque el único aseo de señoras que había en la cárcel estaba en el módulo de visitas, a diez minutos andando. Se lavó las manos en el lavabo sucio y se echó agua fría en la cara. Solo restregándose con un estropajo podría sacarse la mugre de la cárcel de los poros de la piel.

Incluso dentro del edificio de oficinas el aire estaba cargado de desesperación. Oía los gritos del módulo de aislamiento. Llantos, aullidos, súplicas. Le picaba la piel, erizada por el impulso de defenderse o huir. Estaba en tensión desde que había cruzado la verja de la prisión. Debido a su trabajo, casi siempre era la única mujer en la sala. Pero ser la única mujer en una cárcel de hombres era algo muy distinto. Incluso los hombres que parecían buenos tipos le causaban un rechazo instintivo. Y con buenos tipos se refería a los que no estarían dispuestos a violarla en grupo.

Sacudió las manos para secárselas e intentó mantener a raya el miedo que sentía. Debía concentrar todos sus esfuerzos intelectuales en desmentir la historia de Daryl Nesbitt, porque no pensaba hacer saltar la vida de Sara por los aires solo porque un preso de tres al cuarto quisiera llamar la atención.

Abrió la puerta. Nick y Will tenían ambos cara de póquer. Dedujo que no se habían dicho ni una palabra, porque ¿para qué iban a hablar si podían comerse el tarro en silencio, cada uno para sus adentros?

—Lo de ese tal Nesbitt tiene que ser una milonga, ¿no? —dijo—. Es un preso. Y ya sabéis que nunca es culpa suya. Ellos siempre son inocentes y los policías unos corruptos. Que le den. ¿No?

Nick hizo amago de asentir con la cabeza, pero no llegó a hacerlo.

Will le miró con enfado.

—¿Qué sabes del tal Nesbitt? —le preguntó ella a Nick.

—Sé que lo metieron en chirona por pederastia, pero no he mirado a fondo su expediente.

Mirar a fondo el expediente de Daryl Nesbitt sería lo primero que habría hecho ella, en vez de salir corriendo como un pollo sin cabeza.

—¿Por qué? —preguntó.

Vio que de pronto aparecía un bulto en la mandíbula de Nick, a un lado de la cara. Por eso Will lo miraba con enfado. Porque Nick no estaría tan alterado si creyera de verdad que Daryl Nesbitt mentía. No habría irrumpido así en la sala de interrogatorios ni estaría tan paliducho. Todo lo que había hecho hasta entonces, cada uno de sus gestos, era como un gigantesco letrero de neón con una flecha que indicaba hacia una sola palabra: *QUIZÁ*.

—Vamos a aclarar esto de una vez.

Faith echó a andar por el pasillo, sin molestarse en comprobar que Will la seguía. Estaba segura de que su compañero no iba a pararse a charlar amigablemente con Nick. Basándose en su experiencia anterior, podía adivinar lo que le rondaba por la cabeza. Sin duda trataba de encontrar la manera de impedir que aquello llegara a oídos de Sara.

Ella, por su parte, también era partidaria de la conspiración de silencio. ¡Por Dios santo, Sara había visto morir a su marido hacía cinco años! Había pasado por un infierno hasta que por fin había conseguido superar su pena. Por fin era feliz con Will. Seguramente se casarían, si él conseguía reunir valor suficiente para pedírselo. No había motivo para contarle a Sara lo de Daryl Nesbitt, a no ser que de verdad hubiera algo que contar.

Giró a la izquierda y entró en el despacho del final del pasillo.

Nesbitt estaba sentado en una silla, detrás de la mesa plegable. Caucásico, de unos treinta y cinco años, cabello castaño entrecano y gafas con el puente envuelto con cinta adhesiva. No llevaba esposas, ni grilletes, ni cadena de ningún tipo. Le faltaba media pierna. Apoyados contra la pared, había un bastón metálico y una pierna ortopédica de rodilla para abajo. Parecía un porrero que soñaba con ser una estrella del monopatín y había acabado detenido por atracar un Dunkin' Donuts. Delante de él, sobre la mesa, había varios montones de recortes de periódico apilados con todo cuidado.

Nick hizo las presentaciones.

—Daryl Nesbitt, los agentes especiales Trent y Mitchell.

Nesbitt no se entretuvo en preámbulos.

—Esta de aquí —dijo clavando el dedo en uno de los montones—, tenía veintiún años. Esta —añadió señalando otro montón—, diecinueve.

Faith se sentó en la otra silla que había en la habitación, frente a él. Nesbitt olía a podredumbre. Claro que quizá ella también. Su ropa y su pelo habían absorbido el hedor de la cafetería. El despacho era pequeño, apenas un poco más grande que una celda. Nick se situó delante del recluso, con la espalda pegada a la pared. Will se quedó en la puerta, detrás de Faith.

Ella dejó que el silencio se prolongara para que Nesbitt supiera quién estaba al mando. Se había asegurado de no mirar los recortes, pero había visto lo suficiente como para saber de qué se trataba. Había ocho montones en total, con cinco o seis artículos cada uno. Dos de los montones parecían recientes, pero los otros seis estaban ya amarillentos por el paso del tiempo. Uno de ellos tenía la tinta casi completamente borrada. Las palabras, de color gris, cruzaban la página como fantasmas. Faith distinguió la cabecera del *Grant Observer*. Nick no había dicho nada de los artículos. Ni de eso ni de nada, porque parecía haberse quedado mudo de repente.

—Si lee… —le dijo Nesbitt.

—Un momento —le interrumpió Faith, que quería que el interrogatorio se desarrollara conforme al protocolo—. Aunque esté preso, tiene derecho a guardar…

—Renuncio a mis derechos —contestó Nesbitt levantando las manos—. Quiero hacer un trato. No tengo nada que esconder.

Faith lo dudaba muchísimo. Si hubiera visto a Nesbitt por la calle, se habría dado cuenta enseguida de que era un expresidiario. Esos ojillos astutos, esos hombros encorvados y ese aire de derrota. Si no ocultaba nada, es que se había equivocado de oficio.

Él volvió a señalar los artículos.

—Tiene que leer esto. Así lo entenderá.

Ella leyó algunos titulares del primer montón de recortes. *Hallado el cadáver de una adolescente en una zona boscosa. Se da por desaparecida a una estudiante universitaria. Una madre suplica a la policía que busque a su hija desaparecida.*

Hojeó los otros montones. Eran más de lo mismo y estaban colocados en orden cronológico inverso, de modo que empezaban con el hallazgo de un cadáver y acababan con una mujer que no se presentaba a trabajar, que faltaba a clase o que no volvía a casa a la hora de la cena. No era Nesbitt quien había reunido aquellos recortes. En la prisión no había periódicos. Alguien tenía que habérselos mandado por correo. Y dado que estaban recortados de periódicos impresos en papel, Faith dedujo que tenía que haber sido su madre o algún pariente ya mayor.

Echó un vistazo a las fechas de los artículos. Los pertenecientes al condado de Grant eran de hacía ocho años. Los otros eran posteriores.

—Estas noticias no son actuales, que digamos.

—Mi investigación se ve limitada por las circunstancias en que me hallo. —Nesbitt señaló los dos casos más recientes—. Esta desapareció hace tres meses. Encontraron su cadáver el mes pasado. A esta la encontraron ayer por la mañana. ¡Ayer por la mañana! —añadió alzando la voz, en tono agudo.

Faith dejó pasar unos segundos antes de responder. Quería dejarle claro que no iba a tolerar más gritos.

—¿Cómo es que se ha enterado del descubrimiento de ese cadáver si desde el motín se ha decretado la incomunicación de todos los presos?

Nesbitt abrió los labios emitiendo una especie de chasquido y volvió a cerrarlos rápidamente. Debía de tener acceso a un teléfono móvil.

—La mujer se llamaba Alexandra McAllister. El cuerpo lo encontraron unos excursionistas.

Faith tenía ganas de ver cómo estaba reaccionando Will. Miró hacia atrás y le dijo el nombre de la localidad donde se había descubierto el cadáver:

—Sautee Nacoochee.

Él asintió en silencio, sin dejar de observar el rostro de Nesbitt. Se le daba bien pillar a los mentirosos; los calaba enseguida. Y, a juzgar por su expresión, Nesbitt no mentía.

Faith leyó por encima el artículo, publicado ocho días antes, que informaba de la desaparición de Alexandra McAllister. Salió a hacer una ruta de senderismo y no volvió. La búsqueda se suspendió debido al mal tiempo. Sautee estaba en el condado de White. O sea que el departamento del *sheriff* se había hecho cargo de la investigación. Faith había visto en la tele la noticia sobre la aparición del cadáver en una zona boscosa. Según el locutor, no se sospechaba que pudiera tratarse de una muerte violenta.

—¿Quién le ha mandado todo esto? —le preguntó a Nesbitt.

—Alguien cercano, pero eso no importa. Tengo información valiosa que ofrecerles. —Juntó las manos. Tenía un reborde negro en las uñas, como el moho que se forma alrededor de los azulejos de la ducha—. Sé quién mató a Jesús Vásquez.

—Seguramente averiguaremos quién le mató antes de que acabe el día —contestó Faith, no del todo fanfarroneando. Estaba casi segura, tras echar un vistazo a las *chaquetas* de los dieciocho sospechosos, de que les faltaba poco para dar con los culpables—. Conseguir una carta para salir de la cárcel cuesta muy caro.

—Yo puedo ahorrarles tiempo. Lo único que les pido es la oportunidad de que me escuchen.

Se estaba guardando algo, evidentemente. Los presos siempre se callaban algo. Cuando llamaban a su madre por su cumpleaños, se callaban el «feliz»; hasta para eso eran rácanos.

—Lean esto —insistió Nesbitt, señalando de nuevo los artículos—. Podría detener usted a un asesino en serie. A todas esas mujeres las secuestraron cuando yo ya estaba en prisión. El asesino es ese, no yo. Yo soy inocente.

—Eso le distingue de todos los demás presos que hay entre estas paredes.

—No me está escuchando, maldita sea.

La voz de Nesbitt retumbó en la pequeña habitación. Rechinó los dientes para reprimir una sarta de improperios. Llevaba suficiente tiempo encarcelado como para saber que enfureciéndose no conseguiría lo que quería. Pero, dado que estaba encarcelado, seguramente el autocontrol no era su fuerte.

—Mire —dijo—, yo no tendría por qué estar aquí. Me encontré en el lugar que no debía en el peor momento posible. La policía local me detuvo porque habían asesinado a una estudiante blanca y a alguien tenían que cargarle el muerto. Fue un montaje descarado. Vieron mi perfil y me encasquetaron el asesinato.

—Bueno, estadísticamente, es más probable que una mujer blanca sea asesinada por un hombre blanco que por uno de otra raza.

Nesbitt perdió por fin los nervios.

—¡No estoy hablando de eso! ¿Por qué no me escuchas de una puta vez, pedazo de imbécil?

Faith sintió que Will se tensaba a su espalda como una serpiente de cascabel dispuesta a atacar.

Nick se había apartado de la pared.

Nesbitt estaba rodeado, pero aun así seguía con las manos crispadas y su trasero apenas tocaba el asiento. Faith pensó en todos los lugares donde podía golpearla antes de que a Will y Nick les diera tiempo a detenerle. Luego, desterró esos pensamientos. Tenía que concentrarse en su trabajo. Le había dicho a Will que un preso era como un niño pequeño. Y si algo sabía ella, era cómo manejar a un mocoso.

—Tiempo muerto —dijo haciendo un gesto con las dos manos—. Nesbitt, si vamos a seguir hablando, va a tener que hacerme un favor.

Él no se relajó, pero le prestó atención.

—Respire hondo —añadió Faith— y luego suelte el aire despacio.

Nesbitt pareció desconcertado. De eso se trataba, precisamente.

—Cinco veces. Yo lo hago con usted. —Faith respiró hondo para darle ejemplo—. Inspire, espire.

Nesbitt cedió finalmente, respiró hondo una vez, y luego otra, hasta que finalmente su ira se disipó.

Al exhalar por quinta vez, Faith sintió que el latido de su corazón se aquietaba.

—Muy bien. Ahora, expóngame su caso. ¿Por qué le ha hablado de esto al agente Shelton en vez de acudir al director de la cárcel?

—El director es un cabrito y un pichafloja. Y yo conozco la ley. Sé que investigar a policías corruptos es competencia del GBI —contestó Nesbitt escupiendo las palabras, a pesar de que estaba haciendo un esfuerzo visible por moderar su tono de voz—. Soy una víctima de la corrupción policial. Me acusaron falsamente porque soy pobre. Porque tenía antecedentes. Y porque pasaba mucho tiempo con chicas.

Con «chicas».

—¿Chicas de qué edad? —preguntó ella.

—Eso no viene al caso. ¡Santo Dios! —Nesbitt estuvo a punto de dar un puñetazo en la mesa, pero se refrenó a tiempo.

Después, sin que nadie se lo pidiera, respiró hondo otra vez y dejó escapar el aire entre los dientes. Le apestaba el aliento. Faith notó que tenía la piel húmeda.

Miró por encima del hombro de Nesbitt. Nick se había puesto las gafas para poder leer los artículos relativos al condado de Grant. Ocho años parecían una eternidad. El recorte que estaba leyendo era tan antiguo que tenía que sujetarlo con las dos manos para que no se rajara. Faith advirtió por su expresión que cada palabra que leía era para él como un puñetazo en el estómago.

—Como le decía —dijo dirigiéndose a Nesbitt—, tenemos casi resuelto el asunto de Vásquez y, si decidimos investigar estos casos, ya nos ha dado los artículos, así que en realidad no tenemos por qué…

—¡Espere! —Hizo amago de agarrarle la mano, pero se contuvo en el último momento—. Espere, ¿de acuerdo? Tengo más cosas que contar.

Faith no apartó la mano de la mesa, a pesar de que sentía el impulso de hacerlo. Miró su reloj.

—Tiene un minuto.

—A Vásquez lo mataron por su red de distribución. —Nesbitt se pasó la lengua por los labios, esperando ansiosamente una reacción—. Puedo decirles cómo introducen los teléfonos en la cárcel. Dónde los guardan. Y cómo funciona lo del dinero. No declararé ante un tribunal, pero puedo decirles dónde pillarles cuando reciban los teléfonos.

Faith se sintió obligada a señalar lo obvio:

—La red de distribución podemos desmantelarla por nuestros propios medios. Ya lo hicimos hace cuatro años. Por eso acabaron cincuenta funcionarios de prisiones entre rejas.

—¿Tienen otro año para poner en marcha la investigación? —replicó Nesbitt—. ¿De verdad quiere el GBI perder tanto tiempo, dinero y recursos, y solicitar la intervención del FBI y de la DEA y de la oficina del *sheriff*, y montar otra operación encubierta que cueste millones de dólares y que acabe dejándoles con la reputación por los suelos porque cada vez que enciendes la tele están juzgando a un poli corrupto?

El tipo se había documentado. Dinero. Organismos federales. Humillación pública. No había ni una sola parte de lo que había dicho que no llenara de temor el corazón de cualquier policía por encima del rango de sargento.

—Yo puedo servirles la red de tráfico de teléfonos en bandeja de plata —añadió—. Les daré una semana para que echen un vistazo a esos casos de los artículos. Una semana, en vez de un año de investigación. Y, además, podrán atrapar a un asesino en serie. Lo único que tienen que hacer es…

—¡Basta ya de gilipolleces! —Sin previo aviso, Nick tiró hacia atrás de la silla de Nesbitt y le empujó contra la pared.

Faith se levantó, sobresaltada, y se llevó la mano al cinturón, pero había dejado su pistola en una taquilla, junto al detector de metales.

—Agente Shelton —dijo en tono imperioso—, apártese de…

—Eres un pederasta de mierda. —Nick agarró a Nesbitt de la camisa y de un tirón le obligó a levantarse—. Sabes perfectamente que no vas a salir de aquí. Ese artículo dice que tu sentencia fue ratificada dos veces. Nadie se creyó tus gilipolleces. Ni el jurado, ni el tribunal de apelación, ni el tribunal supremo del estado.

—¡¿Y qué?! —replicó Nesbitt chillando—. ¡Sandra Bland está muerta! ¡John Hinckley, libre! ¡Y O. J. Simpson, jugando al golf en Florida! ¿Es que va a decirme que nuestro sistema judicial es justo, que nunca se equivoca?

Nick tenía la cara tan cerca de la suya que sus narices se tocaban. Echó el puño hacia atrás.

—Te digo que te calles la puta boca si no quieres que te machaque.

Will apoyó la mano en su hombro. Faith no le había visto moverse y sin embargo allí estaba, de repente. Vio que crispaba los dedos, como Nick cuando le había dado una palmada en el hombro en la sala de interrogatorios.

Faith estaba intentando calcular de cuántas maneras podían torcerse las cosas cuando la atmósfera en la sala cambió de repente.

Nick se volvió lentamente. Miró a Will. De un momento a otro, sus ojos perdieron aquella mirada furiosa; sus músculos se destensaron; relajó los puños. Dio un paso atrás.

—¡Dios santo! —Nesbitt intentó alejarse de él, saltando con su única pierna.

Will enderezó la silla volcada y le ayudó a sentarse de nuevo.

Faith rezó para sus adentros por que Nick se marchase, pero el agente volvió a ocupar su puesto detrás de Nesbitt y se metió las manos en los bolsillos del vaquero.

—Gilipollas. —Nesbitt se alisó la camisa arrugada. Estaba visiblemente alterado.

Faith, también. Ellos no se comportaban así. Nunca había visto a Nick perder los nervios de esa manera. Y no quería volver a verlo.

—Está bien —dijo con una voz que apenas alcanzó a oír entre el latido acelerado de su propio corazón. Tenía que volver a encarrilar el interrogatorio. Sobre todo, porque no quería que algún fiscal la llamara a declarar contra Nick por agredir a un recluso—. Le escucho, Nesbitt. Hábleme de esos artículos. ¿De qué se trata?

Nesbitt se limpió la boca con las manos.

—¿Va a dejar que se vaya de rositas?

—¿Irse de rositas con qué? —Ella meneó la cabeza, entre burlona y escéptica, y fingió ser la peor clase de policía que podía haber—. Yo no he visto nada.

No tuvo que mirar a Will para saber que él también estaba sacudiendo la cabeza.

—Nesbitt —añadió—, este es su momento. O empieza a hablar o nos vamos.

—Me tendieron una trampa. —Volvió a limpiarse la boca—. Se lo juro por Dios. Fue un montaje.

—Muy bien. —Faith sintió que un río de sudor le corría por la espalda. Tenía que conseguir que aquel hombre se sintiera escuchado—. ¿Quién le tendió una trampa? Cuéntemelo.

—Fueron esos putos policías de pueblo, ¿vale? Controlaban

todo lo que pasaba en ese condado. El fiscal, el juez, el jurado… Todos se tragaron ese rollo del *cowboy* justiciero.

Se giró para asegurarse de que todos sabían a qué se refería al hablar del *cowboy* justiciero.

—Ándate con ojo, chaval —dijo Nick muy serio—. A lo mejor no te conviene decir cosas de las que luego no puedas desdecirte.

La ira de Nesbitt había dado paso a la desesperación.

—Maldito palurdo hijo de puta, ¿es que crees que tengo algo que perder?

Faith temió que Nick volviera a hacer una estupidez, pero se limitó a levantar la barbilla y a clavar la mirada en el pasillo.

Ella observó el semblante de Nesbitt. Tenía muy marcadas las ojeras y profundas arrugas en la frente. Parecía un viejo. Estar en la cárcel envejecía a cualquiera, pero, si además se tenía una discapacidad, el encarcelamiento debía ser un auténtico infierno.

En medio del silencio, se puso a tamborilear con los dedos sobre la mesa y le preguntó a Nesbitt:

—¿Cómo sabe lo del negocio de Vásquez con los móviles?

—Llevo seis años haciendo de conserje en este sitio. Como nadie se fija en mí, puedo vigilar a todo el mundo. —Él comenzó a contar los dedos—. Puedo darle nombres, lugares, suministradores y distribuidores. ¿Cree que el director encontró todos los teléfonos que hay en la cárcel? Aquí hasta para cagar hace falta un móvil.

Faith echó una ojeada a los artículos sobre el condado de Grant, confirmando lo que había dicho Nick.

—Ya ha perdido dos apelaciones. Usted sabe que a los jueces no les gusta reconocer que otros jueces se equivocan. ¿En qué puede beneficiarle una investigación?

—Beneficiará a todo el mundo. Estamos hablando de policías corruptos. Encerraron a quien no debían. Me tendieron una trampa y dejaron que el verdadero asesino se escapara. La podredumbre empezó en el condado de Grant, pero luego se extendió a todo el estado y todas estas mujeres han muerto por su culpa. —Nesbitt se echó hacia atrás con expresión satisfecha. Intuía que la marea estaba cambiando—. Nos queda otra semana de encierro. Como le decía, les doy ese plazo para que echen un vistazo a este asunto.

—Necesitaríamos una garantía —dijo Faith—. Algo que demuestre que de verdad puede darnos lo que ofrece.

—Les diré dónde pueden encontrar un alijo en cuanto sepa que van a investigar seriamente estos casos.

—Y dígame, ¿cómo va a saber que los estamos investigando seriamente? —preguntó Faith.

La mirada ufana de Nesbitt se intensificó.

—Lo sabré.

Faith siguió tamborileando sobre la mesa mientras trataba de adivinar la jugada de Nesbitt.

—Pongamos por caso, hipotéticamente, que descubrimos pruebas de que la policía actuó de manera inapropiada. Eso no garantiza que vaya a salir usted de aquí.

—Es posible —repuso Nesbitt, confirmando otra de las sospechas de Faith—, pero, si no puedo salir de este infierno, me conformaré con que esos cabrones acaben también aquí.

—Lamento decirle esto —añadió ella—, pero Jeffrey Tolliver murió hace cinco años.

—¿Cree que no lo sé? El condado entero estuvo de luto. Hasta hay una placa en medio de la calle mayor, joder, ni que fuera un héroe. Yo le digo que ese tipo estaba podrido. —Nesbitt empezó a alterarse de nuevo, esta vez de pura indignación—. Tolliver manejaba el cotarro. Enseñó a todo el cuerpo de policía a quebrantar las leyes y a irse de rositas, y ahí siguen, a lo suyo. Quiero que arranquen esa puta placa. Quiero cagarme en ella y que le prendan fuego.

Faith tenía que poner fin a aquello antes de que Nick volviera a perder los nervios.

—Por sólida que sea la información que nos proporcione —dijo—, el estado no va a invertir recursos en una venganza personal. Nosotros investigamos delitos. Buscamos pruebas que sustenten un caso. No podemos acusar retroactivamente a personas fallecidas.

—Esta zorra delatará a Tolliver en cuanto le enseñen las esposas. —Nesbitt clavó el dedo en uno de los artículos sobre el condado de Grant.

Una inspectora de la policía en el estrado de los acusados.

—Sigue en la policía —añadió Nesbitt—. Sigue ahí, sacando tajada como le enseñó Tolliver, destruyendo todo lo que toca. El trabajo de ustedes consiste en atrapar a policías corruptos. Atrápenla a ella y les garantizo que arrastrará consigo a Tolliver y a todos los demás.

Incluso sin los artículos de periódico, estaba claro a quién se refería Nesbitt. En el condado de Grant, solo había una inspectora de policía. Lena Adams había ingresado en el cuerpo recién salida de la academia. Y todo cuanto prometía en su juventud se había disuelto en una fosa séptica de atajos, holgazanería y sucias estratagemas.

Faith lo sabía porque el GBI ya la había investigado. Will se había encargado del caso. Cuando Sara se enteró, estuvo a punto de abandonarle. Y con razón. Nesbitt estaba en lo cierto: Lena Adams destruía todo lo que tocaba.

Por su culpa habían asesinado a Jeffrey Tolliver.

Faith apoyó la cabeza en la mano mientras leía el expediente de Daryl Eric Nesbitt. Tenía el grosor de una biblia y estaba lleno de informes médicos relativos a su amputación. Se le nublaba la vista cuando trataba de entender aquella jerga médica impenetrable. Le dolía la espalda. Estaba apoyada en equilibrio, más que sentada, en uno de los bancos de la capilla de la cárcel. Levantó la vista para mirar a Will, que estaba haciendo lo que hacía siempre, atendiendo a medias, apoyado contra la pared. Nick estaba contándole a Amanda lo que les había dicho Nesbitt en aquel despacho agobiante y explicándole por qué había tardado tanto en avisarla.

Faith se preguntaba si le contaría también que había intentado agredir a un recluso, pero a Nick parecía interesarle mucho más poner de manifiesto la chulería con que se había conducido Nesbitt. Esa noche, cuando Faith intentara dormir, repasaría cada segundo del interrogatorio y se arrepentiría de haber defendido a Nick. Había sido un gesto instintivo, visceral, como vomitar cuando has comido algo en mal estado.

Y lo peor era que sabía que volvería a hacer lo mismo la próxima vez.

Pestañeó para aclararse la vista e ignoró el eco de la voz grave de Amanda, que acababa de formular otra de sus preguntas incisivas. Paseó la mirada por la estancia, que estaba preparada para acoger a todas las confesiones, desde los cristianos de todo pelaje a los pastafaris, una religión que, tras varias demandas, había sido reconocida legalmente por el estado. Había inscripciones rayadas en el púlpito. Pegatinas de colores daban un efecto de vidrio emplomado a la única y estrecha ventana. Aquel cuartito húmedo era tan deprimente que habría convertido en ateo al mismísimo papa.

—Señora —evidentemente, a Nick le estaba costando aguantar el tipo delante de Amanda—. Tolliver era legal al cien por cien. Usted lo sabe. Era uno de los mejores policías, y de los mejores hombres, de todo el estado. Puse mi vida en sus manos más de una vez y volvería a hacerlo sin pensármelo dos veces si todavía estuviera vivo. Qué demonios, me cambiaría por él ahora mismo.

Faith volvió a mirar a Will. Competir con un fantasma ya era bastante duro, pero, si además el fantasma era un santo, aquello debía de ser atroz.

—¿No hay forma de desvincularlos? ¿De ir a por Adams y dejar fuera a Tolliver? —preguntó Amanda.

Nick negó con la cabeza.

Y lo mismo hizo Faith. Daryl Nesbitt parecía decidido a arrastrar el nombre de Jeffrey por el lodo junto con el de Lena. Lo que, por otra parte, era un talento peculiar de aquella arpía odiosa. Siempre se las arreglaba para salpicar a quien estuviera cerca de ella.

—Está bien. —Amanda asintió escuetamente con la cabeza—. Nesbitt ofrece dos cosas. Por un lado, los nombres de los asesinos de Vásquez. Por otro, información sobre la entrada de teléfonos móviles en este centro. A cambio, nos da una semana para que abramos los casos de las mujeres fallecidas de esos artículos e investiguemos a la policía del condado de Grant. ¿Es eso?

—Sí —contestó Nick.

Faith asintió en silencio.

Will siguió sosteniendo la pared.

—Empecemos por el asesinato de Vásquez —dijo Amanda—. Dos sospechosos. ¿Maduro y quién más?

—Yo apostaría por Michael Padilla —respondió Nick—. Es una mala bestia con un punto de psicosis. Lo trasladaron aquí desde Gwinnett porque le arrancó un dedo de un mordisco a otro preso.

Faith reconoció el nombre de Padilla; lo había visto entre el montón de expedientes que había hojeado.

—Entre arrancar un dedo de un mordisco y cortar una mano no hay mucha diferencia.

—Nick —dijo Amanda—, mira a ver si consigues que

Maduro delate a Padilla. Si conseguimos resolver por nuestros medios el asesinato de Vásquez, haremos que Nesbitt pierda pie.

Faith dio un respingo. Amanda ignoraba que Nesbitt tenía una pierna ortopédica y a ella no se le ocurría una manera natural de sacar a relucir el tema.

—Y que Sara no se entere de nada de esto, ¿de acuerdo? —le dijo Amanda a Nick.

—Sí, señora —contestó Nick con una mueca amarga.

Al salir de la capilla, dio una palmada en el hombro a Will. Faith no sabía si con ese gesto quería expresarle su apoyo, darle las gracias por haberle impedido agredir a Nesbitt o tocarle un poco las narices. Ella, por su parte, procuraría pronunciar lo menos posible el nombre de Jeffrey Tolliver.

—Faith, resúmeme la situación —ordenó Amanda.

—Bien, pues aquí es donde se complican las cosas, porque el condado de Grant nunca llegó a acusar a Nesbitt de asesinato.

Amanda levantó una ceja.

—¿No?

—La investigación sigue abierta, técnicamente, y el caso se considera irresuelto. Había toneladas de pruebas circunstanciales que parecían indicar que Nesbitt era el asesino. Pero el principal argumento en su contra era que dejaban de pasar cosas malas cuando él estaba encerrado.

—El paradigma Wayne Williams.

—Exacto. A Nesbitt lo detuvieron y condenaron por otros delitos que no tenían que ver con el asesinato y que se descubrieron en el curso de la investigación. Se da por sentado que cometió esos otros delitos. Usando una comparación no muy acertada —añadió Faith—, yo diría que Nesbitt no está jugando a las damas, sino al ajedrez. Cree que si podemos exonerarlo del asesinato, podrá hacer su siguiente movimiento, es decir, impugnar las otras acusaciones.

—¿Y cuáles son esas acusaciones?

—Para empezar, la policía del condado de Grant descubrió un montón de pornografía infantil en su ordenador portátil. Me refiero a niñas y niños de entre ocho y once años. —Faith procuró no pensar en sus hijos—. Le condenaron a cinco años de prisión con posibilidad de libertad condicional pasados tres años, pero nunca se llegó a ese punto. El muy idiota es el rey de la autolesión. Empezó a armar jaleo en cuanto llegó a la cárcel. Se metía en peleas, trapicheaba, robaba a quien no debía… Hasta que, por último, dejó KO a un guardia que estuvo dos semanas en coma. Después de aquello le condenaron a otros veinte años por intento de asesinato de un funcionario de prisiones.

—O sea, que saldrá de aquí cuando salga Buck Rogers —comentó Amanda empleando una antigua expresión carcelaria que hacía referencia a una fecha de liberación tan lejana que era casi quimérica—. Nesbitt no tiene mucho que perder. Y tiene un historial problemático. ¿Qué opinas tú? ¿De verdad cree Nesbitt que va a salir de aquí por su propio pie?

—Tiene una pierna amputada por debajo de la rodilla.

—¿Y eso cambia tu respuesta?

—No. —Faith intentó ponerse en el lugar de Nesbitt—. Tendrá que cumplir condena por la agresión contra el guardia de la cárcel, al margen de lo que ocurra con el otro asunto. No hay vínculo causal entre la presunta vulneración de sus derechos constitucionales en el primer caso y lo que le hizo al guardia. Pero ahí es donde interviene la jugada de ajedrez. Quitemos de en medio la nube que pende sobre su cabeza por la investigación del condado de Grant. Si consigue que eliminen de su expediente la imputación por pornografía infantil, podrá salir del régimen de seguridad especial. Y, por tanto, pedir que lo trasladen. Sí, seguiría estando condenado por el intento de asesinato, pero imagino que podría alegar problemas de salud derivados de su discapacidad y conseguir de ese modo que lo enviaran a un centro de seguridad baja, que es como un club de campo comparado con esto.

—¿Crees que intenta manipularnos para que lo trasladen a un sitio mejor?

—Creo que intenta manipularnos, de eso no tengo ninguna duda. Un preso es un preso. Nesbitt no haría esto si no creyera que tiene mucho que ganar. Tengo la sensación de que su motivo principal es vengarse de la policía del condado de Grant, pero también puede conseguir muchas otras ventajas si reabrimos el caso de asesinato. Comodidades, trato de favor, viajes a la comisaría y al juzgado…

—¿Will? —dijo Amanda—. ¿Algo que añadir?

—No —contestó él.

—Háblame de los recursos de apelación de Nesbitt —le dijo Amanda a Faith.

—Recurrió la condena por pornografía infantil alegando dos cosas. —Faith consultó sus notas para asegurarse de que no se equivocaba—. Primero, dijo que el registro de su casa, en el que se encontró el contenido del disco duro de su ordenador, fue fraudulento. La policía no disponía de una orden judicial para llevarlo a cabo, ni tenía causa probable para entrar en su domicilio. Nada le señalaba como sospechoso.

—¿Qué más?

—Aunque la policía hubiera tenido causa probable para entrar en su casa, tendría que haberse limitado a registrarla en busca de un sospechoso, un arma o un posible rehén, no un archivo informático. Necesitaban una orden judicial para intervenir el ordenador.

Amanda volvió a levantar una ceja. Los abogados de Nesbitt parecían pisar terreno firme.

—¿Y?

Faith notó que se ponía colorada. Will parecía de pronto

muy interesado. Tenía un sexto sentido para detectar cuándo empezaban a torcerse las cosas.

—Una inspectora de policía declaró en el juicio que estaba registrando los cajones del escritorio de Nesbitt en busca de armas cuando golpeó sin querer el ordenador. Se encendió la pantalla, la inspectora vio imágenes de pornografía infantil y de ahí la acusación contra Nesbitt.

—Lena Adams.

El tono asqueado de Amanda lo decía todo. Ninguno de ellos se tragaba aquella historia. Por eso se había alterado tanto Nick cuando estaban interrogando a Nesbitt. Faith, por su parte, no creería a aquel mal bicho de Lena Adams ni aunque jurara sobre un montón de biblias que el sol salía por el este.

De pronto sintió la necesidad de expresar en voz alta lo evidente:

—Si averiguamos en el curso de una investigación que Lena mintió sobre cómo se descubrieron esos archivos en el ordenador de Nesbitt, todos los casos en los que haya intervenido se mirarán con lupa. Y Nesbitt podrá pedir que se le exonere del cargo de posesión de pornografía infantil. Es decir, que estaríamos, básicamente, ayudando a un pederasta.

—Acabas de decir que seguiría en prisión.

—Pero no por pederastia.

—Ya quemaremos ese puente cuando lo crucemos. —Amanda comenzó a pasearse entre el púlpito y la pared, con las manos unidas bajo la barbilla—. Háblame de los artículos de periódico.

Faith quería seguir analizando la conducta de Nesbitt, pero Amanda tenía razón.

—Todos parecen ser del *Atlanta Journal-Constitution*, salvo los del condado de Grant, que proceden del *Grant Observer*. Cuando le pregunté a Nesbitt de dónde los había sacado, me dijo que se los mandaba «alguien cercano».

—¿Su madre? ¿Su padre?

—Según su expediente, la madre de Nesbitt falleció de sobredosis cuando él era pequeño. Le crio su padrastro, que lleva casi una década cumpliendo condena en la cárcel de Atlanta. No se escriben ni hablan por teléfono. Nesbitt no tiene más familia. No ha tenido ni una sola visita desde que ingresó en prisión. No hace llamadas telefónicas ni manda correos electrónicos. Ni idea de cómo le llegan esos artículos, a no ser que esté usando un teléfono de contrabando.

—Voy a solicitar que se intervenga su correo electrónico. Hay una central donde se revisa y se coteja toda la correspondencia de los reclusos por si incurren en actividades delictivas. —Amanda tecleó la orden en su móvil mientras le preguntaba a Faith—: ¿Por qué ha fijado Nesbitt un plazo de una semana? ¿Qué ocurre dentro de una semana?

—Que acaba el encierro total decretado por el director. Es posible que la información sobre la red de contrabando de móviles que tiene Nesbitt deje de ser relevante cuando los reclusos puedan salir de sus celdas. O puede que tema que le den una buena tunda si averiguan que ha estado hablando con la policía. —Faith se encogió de hombros—. O puede que lleve tanto tiempo encarcelado que haya llegado a la conclusión de que la inercia es enemiga del progreso.

—Puede ser. —Amanda volvió a guardarse el móvil en el bolsillo—. ¿Debería preocuparme por Nick?

A Faith se le encogió el estómago.

—Por todo el mundo hay que preocuparse en un momento u otro.

—Gracias, agente Galletita de la Suerte. Volvamos a los artículos —ordenó Amanda haciendo un gesto con la mano.

—Ocho posibles víctimas en total. Eso, claro está, sin contar la del condado de Grant. —Faith consultó de nuevo sus notas—. Todas eran mujeres blancas de entre diecinueve y cuarenta y un años. Estudiantes, oficinistas, una enfermera, una maestra de infantil y una auxiliar veterinaria. Casadas, divorciadas y solteras. Los artículos empiezan con el caso del condado de Grant. Los otros casos se extienden a lo largo de los ocho años siguientes y tuvieron lugar en Pickens, Effingham, Appling, Taliaferro, Dougall y, si Nesbitt está en lo cierto sobre la mujer cuyo cadáver encontraron ayer, en el condado de White.

—O sea, que alguien estaría utilizando el estado de Georgia como diana. —Amanda dio media vuelta y avanzó hacia el púlpito—. ¿*Modus operandi*?

—La desaparición de todas las fallecidas fue denunciada por familiares o allegados. Los cadáveres se descubrieron entre ocho días y tres meses más tarde, normalmente en zonas boscosas. No estaban escondidos, sino tirados en el suelo. Algunos, boca arriba. Otros, boca abajo o de lado. En muchos casos presentaban daños causados por los animales salvajes de la zona donde se encontraron. Sobre todo los que aparecieron más al norte. Todas las víctimas iban vestidas con su propia ropa.

—¿Las habían violado?

—Los artículos no lo dicen, pero si se trata de asesinatos es muy probable que hubiera también violación.

—¿Causa de la muerte?

Faith no tuvo que consultar sus notas: todas las muertes estaban clasificadas de la misma manera.

—Los jueces de primera instancia no encontraron nada sospechoso, de modo que la conclusión es siempre la misma: causa de la muerte desconocida o indeterminada, sin sospecha de que hubiera juego sucio. Así una y otra vez.

Amanda frunció el ceño, aunque saltaba a la vista que la noticia no la sorprendía. A nivel condal, solo los jueces de primera instancia tenían competencia para determinar oficialmente si una muerte era sospechosa o no de delito y solicitar que un médico forense realizara la autopsia. Los jueces de primera instancia eran funcionarios electos y no se exigía que fueran médicos para realizar su labor. En Georgia, solo uno de ellos era médico. Entre los demás había, por ejemplo, varios directores de funerarias y tanatorios, maestros, un peluquero, el propietario de un túnel de lavado de coches, un técnico de calefacción y aire acondicionado, un mecánico de lanchas motoras y el dueño de una galería de tiro.

—En algunos de los artículos se habla de posible asesinato —añadió Faith—, sin concretar más. Es posible que la policía local estuviera en desacuerdo con el juez de primera instancia y que pasara la filtración a la prensa a fin de presionar para que se investigara el caso. Tendría que ir a cada uno de los condados para solicitar los expedientes y luego habría que interrogar a los investigadores y los testigos para averiguar si había algún sospechoso. Es decir, que tendríamos que vérnoslas con ocho cuerpos distintos de policía local.

No hizo falta que añadiera que aquello era un auténtico marrón. El GBI era un organismo estatal, semejante al FBI a nivel federal. Con escasas excepciones, no tenían jurisdicción sobre los casos locales, ni siquiera si se trataba de asesinatos. No podían presentarse sin más en un sitio y hacerse cargo de la investigación. Para que intervinieran en un caso, tenía que solicitarlo el *sheriff* o el fiscal de la zona, o bien ordenarlo el gobernador del estado.

—Puedo preguntar a algunas fuentes extraoficialmente —dijo Amanda—. Háblame de las víctimas. ¿Eran rubias, guapas, feas, bajas, gordas? ¿Cantaban en el coro? ¿Tocaban la flauta?

Buscaba algún detalle que las vinculara a todas.

—Lo único que tengo son las fotos que incluyen los artículos —contestó Faith—. Algunas eran rubias y otras morenas. Unas llevaban gafas y otras no. Una llevaba aparato de dientes. Algunas tenían el pelo corto y otras largo.

—O sea —concluyó Amanda—, que, quitando la víctima

del condado de Grant, tenemos ocho mujeres de edades varia-
das que trabajaban en distintos campos, que no se parecían entre sí y que fueron halladas muertas sin causa aparente del
fallecimiento en distintas zonas de un estado en el que miles
de casos de mujeres desaparecidas siguen abiertos, y en un país
en el que se denuncia anualmente la desaparición de unas trescientas mil mujeres adultas y menores de edad.

—El bosque —dijo Will.

Amanda y Faith se volvieron para mirarle.

—Ese es el vínculo entre todas ellas —añadió él—. Sus
cadáveres fueron abandonados en zonas boscosas.

—Dos tercios del estado están cubiertos de bosque —repuso
Amanda—. Sería difícil no dejar un cadáver en una zona boscosa. En época de caza, los teléfonos de la policía echan humo.

—Necesitamos saber cómo murieron —dijo Will—. La
muerte no fue, aparentemente, violenta y los cadáveres no aparecieron expuestos, como sería de esperar si se tratara de un
asesino en serie. El asesinato era accesorio a la violación.

Faith trató de traducir la teoría de Will al lenguaje corriente.

—O sea que ¿según tú no es un asesino en serie, sino un violador en serie que mata a sus víctimas porque podrían identificarle?

—Vamos a procurar no utilizar el término «en serie» a la
ligera —terció Amanda—. Daryl Nesbitt es un pederasta con-
victo que quiere que bailemos al son que él nos marca. De momento, no tenemos ningún indicio concluyente.

Faith miró sus notas. Sabía que Amanda tenía razón, pero
llevaba mucho tiempo trabajando en la policía y había aprendido a confiar en su instinto. Notaba una especie de hormigueo en los huesos, y estaba segura de que Amanda también
lo sentiría, si pudiera despojarse de todas esas capas de las que
se había recubierto.

—¿Os acordáis de esos kits para casos de violación que,

después de mucho tiempo de espera, por fin se están probando? —preguntó Will.

—Claro —contestó Amanda—. Sus resultados nos han permitido hacer decenas de detenciones.

—Sara me habló de un artículo publicado en una de esas revistas que lee. Unos estudiantes de posgrado habían analizado la metodología del agresor a partir de los casos resueltos —explicó Will—. A nivel nacional, quiero decir. Y descubrieron que, salvo contadas excepciones, la mayoría de los violadores en serie no proceden siempre de la misma manera. A veces son violentos y otras no. Unas veces trasladan a la víctima y otras no. El mismo individuo puede usar un cuchillo en unos casos y una pistola en otros, o puede atar a una víctima con una cuerda y a otra con bridas. El único *modus operandi* de un violador en serie es la violación, nada más.

Faith sintió que perdía pie. En la academia de policía, les enseñaban a investigar el *modus operandi* como algo esencial a su trabajo.

Amanda se limitó a preguntar:

—¿Y?

—Si todos los casos de los artículos de Nesbitt están relacionados, tratar de vincular a las víctimas por su trabajo o sus aficiones no va a conducirnos al asesino.

—Deberíamos revisar las denuncias por violación en esas zonas —dijo Faith, convencida de que Will iba por buen camino—. Es posible que haya otras mujeres a las que ese tipo haya violado, pero no haya matado. Puede que no le vieran la cara. O que decidiera dejarlas marchar.

—¿Quieres que revisemos los miles de violaciones que tienen que haberse denunciado en los últimos ocho años? —preguntó Amanda—. ¿Y qué hay de las mujeres violadas que no presentaron denuncia? ¿Crees que deberíamos ir puerta por puerta?

Faith respondió al sarcasmo de su jefa con un suspiro.

—Tenemos que averiguar cómo murieron las víctimas —insistió Will—. Las mató sin dejar indicios aparentes de violencia, lo cual no es fácil. Las armas de fuego y las armas blancas dejan marcas en los huesos. El estrangulamiento produce casi siempre la fractura del hioides. Y un análisis toxicológico mostraría indicios de envenenamiento. ¿Cómo las mata?

Faith, que seguía siendo partidaria de la teoría de Will, añadió:

—Si es un violador que mata en vez de un asesino que…

—Ese artículo académico del que hablas es solo eso, un artículo académico —la interrumpió Amanda, sentándose en el primer banco de la capilla—. Volvamos a Nesbitt. ¿Por qué se ha fijado en esas noticias en particular?

—Pero ¿es Nesbitt quien se ha fijado en ellas? —repuso Faith—. Porque tiene ayuda de alguien de fuera. Tenemos que averiguar quién es esa «persona cercana» y qué criterio ha usado para seleccionar esos artículos en concreto.

—Esa persona podría ser el asesino —comentó Will—. O un imitador.

—O un chalado. O un cómplice —añadió Faith—. Nesbitt dijo que, si nos poníamos a investigar seriamente, él lo sabría. Para eso necesita contar con la colaboración de alguien de fuera. Un detective privado, quizá. O un funcionario de prisiones. O, Dios no lo quiera, un policía.

—Vamos a intentar no precipitarnos en ese abismo todavía —le advirtió Amanda—. Nesbitt está jugando a que lo sabe todo, pero, si se entera de que estamos investigando estos casos, se enterará del mismo modo que cualquiera. Los periodistas se pondrán como locos si averiguan que estamos buscando a un presunto asesino en serie. Y no hablo de la prensa local, sino de la nacional. Lo que quiero evitar es que se monte un circo. Así que, a partir de ahora, todo queda entre nosotros.

Tenemos que ser tan sigilosos que ni una serpiente se entere de lo que tenemos entre manos.

Faith estaba de acuerdo, aunque solo fuera porque se inclinaba por negarle a Daryl Nesbitt todo lo que quería.

—Aun así, todo esto es muy subjetivo. ¿Qué es una investigación seria? ¿A quién le corresponde decidir qué es? ¿A un pederasta condenado a prisión? Yo creo que no.

—De momento —contestó Amanda—, vamos a resolver lo más urgente. Nick se encargará del asesinato de Vásquez. Yo me encargaré de buscar a ese amigo o amiga que tiene Daryl Nesbitt fuera de la cárcel. Vosotros dos averiguad cuál es la versión de Lena sobre esa investigación en el condado de Grant. En aquella época todavía era una agente de a pie. Imagino que se fijaba en todo. Andaos con cuidado. Hasta un reloj roto da bien la hora dos veces al día. Es posible que la necesitemos más adelante. Esta tarde volveremos a reunirnos para ver qué hacemos a continuación.

—Espera —dijo Will, y lo que añadió a continuación sorprendió a Amanda tanto como a Faith—. Sara tiene derecho a saber lo que está pasando.

—¿Y qué está pasando? —repuso Amanda—. Que un pederasta está lanzando acusaciones descabelladas. Solo tenemos su palabra y unos cuantos artículos de periódico que no muestran absolutamente ningún patrón delictivo. Cabe la posibilidad de que ese tal Nesbitt nos esté mandando a cazar gamusinos. ¿No crees?

—Sara era la patóloga forense del condado de Grant —arguyó Will—. Es posible que recuerde…

—¿Cómo crees que va a reaccionar si se entera de que alguien está acusando de corrupción a Jeffrey Tolliver? No hay más que ver cómo se ha puesto Nick. En veinte años, nunca le había visto tan alterado. ¿Crees que Sara se lo tomaría

mejor? Sobre todo teniendo en cuenta que está implicada Lena
Adams —dijo Amanda, y añadió con aspereza—: La última
vez, si no recuerdo mal, no saliste muy bien parado, ¿verdad?

Will no dijo nada, pero todos sabían que Sara se había puesto furiosa la última vez que él se había dejado arrastrar por los
manejos de Lena. Y era lógico. Lena tenía por costumbre provocar la muerte de quienes se acercaban en exceso a ella.

—Necesitamos información, Wilbur. Somos investigadores.
Así que vamos a investigar. —Amanda se levantó del banco—.
Lena Adams sigue en Macon. Quiero que vayáis allí ahora mismo y que le sonsaquéis la verdad. Quiero sus copias de los archivos del caso, de los informes forenses, de sus cuadernos y de
todo lo que tenga, hasta las servilletas de papel donde apuntara
algo. Como os decía, tened cuidado, pero acordaos de que es
culpa suya que ahora tengamos que cargar con este montón de
estiércol. Si se pasa de la raya, se lo lanzaremos a la cara.

Faith se dispuso a salir de la capilla siguiendo a Amanda.
Will, en cambio, parecía haber asumido las propiedades físicas de un bloque de cemento.

Amanda le dijo:

—Si aceptas mantener a Sara al margen de momento, le diré
al *sheriff* del condado de White que pida su intervención en el
caso más reciente.

Will se rascó la mandíbula.

—No hace ni cinco minutos que dijiste que quizá encontremos al culpable si averiguamos cómo mata a sus víctimas
—agregó ella—. Si Sara hizo la autopsia a la primera víctima,
tal vez reconozca la marca del asesino en el caso más reciente.

—Es una mujer adulta, no una varita de zahorí.

—Y los dos trabajáis para mí. Este es mi caso y yo marco
las normas. —Amanda se sacó el teléfono del bolsillo y zanjó
la discusión agachando la cabeza para ponerse a teclear. Seguía
tecleando cuando salió de la capilla.

Will se sentó en el banco. La madera crujió.

—El noventa por ciento de las veces que he discutido con Sara, ha sido porque no le he contado cosas —dijo.

A Faith le pareció un porcentaje muy bajo, pero prefirió no llevarle la contraria.

—Mira, yo no sabría mantener una relación de pareja saludable ni aunque Calamardo me hiciera un croquis, pero esta es una de las pocas ocasiones en que estoy de acuerdo con Amanda. ¿Qué le estás ocultando a Sara, exactamente? Lo único que tenemos de momento son un montón de conjeturas con poco fundamento.

Él empezó a rascarse la mandíbula otra vez.

—¿Quieres decir que espere unas horas a ver qué averiguamos y que en cualquier caso le diga la verdad esta noche?

Lo de esa noche era nuevo, pero Faith preguntó:

—¿De verdad quieres que pase las próximas seis horas angustiada por algo que quizá no sea nada?

Por fin, Will empezó a asentir lentamente con la cabeza.

Faith miró su reloj.

—Es casi mediodía. Comeremos de camino a Macon.

Él asintió otra vez, pero preguntó:

—¿Y si esto acaba siendo algo?

Faith no supo qué responder. Evidentemente, lo peor sería descubrir que había un asesino en serie que llevaba años actuando sin su conocimiento. Pero el asunto tenía también una vertiente más personal. Una condena errónea destaparía un escándalo denso como una cebolla. Los medios de comunicación se encargarían de ir quitando capa tras capa: la corrupción policial; el juicio; las investigaciones; las vistas en el juzgado; las demandas; las condenas; los reportajes televisivos y los *podcasts* inevitables.

—Sara tendrá que ver cómo matan a su marido otra vez —concluyó Will.

3

Jeffrey Tolliver torció a la izquierda al salir de la universidad y enfiló la calle mayor. Bajó la ventanilla para que entrara un poco el aire. El viento frío silbó dentro del coche. El leve chisporroteo de la radio policial sonaba de fondo. Jeffrey entornó los párpados, deslumbrado por el sol de la mañana. Pete Wayne, el dueño de la cafetería, se llevó la mano a la gorra al verlo pasar.

Ese año la primavera se había adelantado. Los cornejos entretejían ya su blanca cortina por las aceras. Las mujeres del club de jardinería habían plantado flores en los parterres que bordeaban la calle. En la puerta de la ferretería había una carpa de jardín en exposición y, delante de la tienda de ropa, un perchero lleno de prendas con un cartel que anunciaba *liquidación*. Ni siquiera los nubarrones que se divisaban a lo lejos impedían que la calle presentara una estampa idílica.

El condado de Grant no debía su nombre a Ulysses S. Grant, el general norteño que aceptó la rendición de Lee en Appomattox, sino a Lemuel Pratt Grant, quien a finales del siglo XIX dirigió la ampliación del ferrocarril desde Atlanta hasta el sur de Georgia y el mar. Las nuevas líneas férreas pusieron en el mapa a Heartsdale, Avondale y Madison, entre otros municipios. Los campos llanos y el rico suelo de aquellos territorios daban algunas de las mejores cosechas de maíz, algodón y cacahuete del estado. La clase media floreció, lo que propició el surgimiento de nuevos negocios. Pero toda burbuja tiene su estallido, y el primero llegó con la Gran Depresión. Los tres municipios decidieron aliarse entonces para sobrevivir. A fin de ahorrar dinero, compartían los servicios de saneamiento, bomberos y policía. Economizando de este modo pudieron mantenerse a flote hasta que la construcción de una base militar en Madison inauguró otra fase de prosperidad, a la que siguió otra al instalarse en Avondale el centro de mantenimiento de la línea férrea Atlanta-Savannah. Unos años después, Heartsdale consiguió convencer al estado de Georgia de que costeara la construcción de una universidad pública al final de su calle mayor.

Todo este florecimiento tuvo lugar mucho antes de que él llegara al condado, pero Jeffrey estaba familiarizado con las fuerzas políticas que habían conducido a su desplome. Había sido testigo de un proceso muy similar en su pueblo natal, en Alabama. Una comisión gubernamental decidió el cierre de la base militar. La política económica de Reagan fue horadando la industria ferroviaria hasta que el centro de mantenimiento de ferrocarriles tuvo que cerrar. Luego llegaron los tratados comerciales y las guerras aparentemente inacabables, y más tarde la economía no solo se desplomó, sino que se fue directamente al garete. De no ser por la universidad, que se había convertido en un centro de enseñanza tecnológica especializado en el sector agrícola, Heartsdale habría seguido el mismo declive que cualquier otro municipio rural de Estados Unidos.

Ya fuera por una planificación cuidadosa o por pura carambola, la Grant Tech se había convertido en la savia vital del condado. El comercio local sobrevivía gracias a los estudiantes, a los que toleraba con tal de que pagaran sus facturas. La primera consigna que el alcalde había dado a Jeffrey como jefe de policía —si quería conservar su trabajo— era tener contenta a la universidad.

Jeffrey dudaba mucho de que hoy fuera a estar contenta. Habían descubierto un cadáver en el bosque. Se trataba de una chica joven; una estudiante, posiblemente. Y no había duda de que estaba muerta. El agente que había acudido al aviso había dicho que parecía un accidente. La chica llevaba ropa deportiva, como si hubiera salido a correr, y estaba tendida en el suelo, boca arriba. Seguramente había tropezado con la raíz de un árbol y se había desnucado al caer hacia atrás y golpearse con una roca.

No era la primera vez que moría un estudiante siendo Jeffrey el jefe de policía. En la universidad había más de tres mil alumnos matriculados. Por simple estadística, todos los años moría alguno: unos por meningitis y otros por neumonía; unos porque se suicidaban y otros por sobredosis; y algunos —casi siempre varones— por pura estupidez.

Era trágico, sin duda, que aquella chica hubiera muerto accidentalmente en el bosque, pero más allá de la tragedia, había algo en aquella muerte que inquietaba a Jeffrey. Él solía correr por aquel bosque y había perdido la cuenta de las veces que había tropezado con la raíz de algún árbol. Una caída así podía producir lesiones de diverso tipo. Una fractura de muñeca, si conseguías amortiguar el golpe. La nariz rota, si no. Podías darte un golpe en la sien o dislocarte el hombro si caías de costado. Podías hacerte daño de muchas maneras, pero era sumamente improbable que te dieras la vuelta en plena caída y aterrizaras de espaldas, boca arriba.

Jeffrey dobló bruscamente en la esquina de Frying Pan Road, la arteria principal de un barrio conocido popularmente como IHOP porque todas sus calles tenían nombres de platos típicos de esa cadena de restaurantes: Pancake Place; Belgian Waffle Way; Hashbrown Way...

Vio el destello de las luces rotatorias de un coche patrulla en la esquina suroeste de Omelet Road. Aparcó cruzando el coche en medio de la calle. Los vecinos habían salido a sus patios delanteros y miraban con curiosidad. El sol aún estaba bajo. Algunos iban vestidos para ir al trabajo. Otros aún llevaban puesto el uniforme sucio del turno de noche.

—Coloca la cinta para que esta gente no se acerque —le ordenó Jeffrey a Brad Stephens, uno de sus agentes más jóvenes.

—Sí, señor.

Brad buscó atropelladamente las llaves del coche para abrir el maletero. El chaval era tan novato que su madre seguía planchándole el uniforme. Había pasado los últimos tres meses poniendo multas y limpiando la calzada después de un accidente de tráfico. Este era el primer caso de muerte en el que intervenía.

Jeffrey se fijó en el panorama circundante mientras subía por la calle, flanqueada por camionetas y coches viejos. Aquel era un barrio obrero, pero a decir verdad era más bonito que el barrio donde él se había criado. Solo había un par de ventanas condenadas con tablones. El césped de las casas estaba bien cuidado, casi siempre. Los focos tenían bombillas. Y aunque la pintura estuviera desconchada, las cortinas estaban limpias y todo el mundo había alineado obedientemente sus cubos de basura junto al bordillo para cuando pasara el camión de recogida.

Abrió la tapa del cubo más cercano. Estaba vacío.

Localizó a su equipo en medio de un ancho descampado que había detrás de las casas. El bosque estaba al otro lado de un promontorio, a unos cien metros de distancia como mínimo. Jeffrey se apartó de la calle. No había acera. Cruzó un solar desierto siguiendo un caminito abierto entre la hierba y fue observando atentamente el suelo. Colillas. Botellas de cerveza. Bolas de papel de aluminio. Se agachó para echar un vistazo más de cerca. Notó un tufo a orines de gato.

—Jefe. —Lena Adams se acercó a él al trote. La chaqueta del uniforme azul le quedaba tan grande que casi le tapaba la barbilla.

Jeffrey tomó nota de que debía echar un vistazo a las tallas de mujer la próxima vez que pidiera uniformes. Lena no iba a quejarse, pero a él le avergonzaba aquel descuido.

—¿Acudiste tú al aviso? —preguntó.

—Sí, señor. —Adams comenzó a leer las anotaciones de su libreta—. La llamada a emergencias se hizo desde un teléfono móvil a las 5:58 de la madrugada. Recibí el aviso a esa hora y llegué aquí a las 6:02. A las 6:03 me encontré con la persona que había llamado en medio del descampado. El agente Brad Stephens llegó a las 6:04. Truong nos llevó entonces al lugar donde se hallaba el cadáver. A las 6:08 verifiqué que la víctima había fallecido. Tomé nota de la posición del cadáver y me fijé en que había una piedra grande, manchada de sangre, debajo de la cabeza de la fallecida. A las 6:09 llamé al inspector Wallace. Luego acordonamos la zona alrededor del cadáver y esperamos a Frank, que llegó a las 6:22.

Jeffrey había recibido una llamada de Frank mientras iba hacia allí. Ya sabía todos los detalles del caso, pero aun así le indicó a Lena con una seña que continuara. El único modo de aprender a hacer algo es hacerlo.

—La víctima es una mujer blanca de entre dieciocho y veinticinco años —prosiguió Lena, leyendo sus notas—. Viste pantalón corto de correr, de color rojo, y camiseta azul marino con el emblema de la universidad. La encontró otra estudiante, Leslie Truong, de veintidós años, que pasa por este camino cuatro o cinco veces por semana, cuando va al lago a hacer taichí. No conocía a la fallecida, pero aun así estaba muy afectada. Me ofrecí a llamar a un coche patrulla para que la llevara a la enfermería del campus, pero me dijo que prefería volver caminando, para despejarse y pensar. Me pareció un poco jipi, la verdad.

Jeffrey apretó la mandíbula.

—¿Dejaste que volviera andando al campus, sola?

—Sí, jefe. Iba a la enfermería. Le hice prometer que tendría…

—Es una caminata de veinte minutos mínimo, Lena. Completamente sola.

—Dijo que quería…

—Silencio. —Jeffrey procuró mantener un tono de voz moderado. A fin de cuentas, a ser policía se aprendía a base de errores—. No vuelvas a hacer algo así. Entregamos a los testigos a sus familiares o allegados, no dejamos que se den una caminata de cuatro kilómetros.

—Pero ella…

Jeffrey meneó la cabeza, pero aquel no era momento de sermonear a Lena sobre la necesidad de mostrar compasión por los demás.

—Quiero hablar con Truong antes de que acabe el día. Aunque no conociera a la víctima, lo que vio ha tenido que traumatizarla. Necesita saber que hay alguien al mando que vela por la seguridad de la gente.

Lena asintió con la cabeza escuetamente.

Jeffrey prefirió dejar correr el asunto.

—Cuando llegaste, ¿la víctima estaba tendida boca arriba?

—Sí, señor. —Ella pasó unas hojas de su libreta. Había hecho un dibujo apresurado de la posición del cadáver en relación con un grupo de árboles—. La piedra estaba más bien hacia el lado derecho de la cabeza. La víctima tenía la barbilla un poco girada hacia la izquierda. No había otras marcas en el suelo. La chica no se movió. Cayó de espaldas y se golpeó la cabeza.

—Eso dejaremos que lo decida el juez de primera instancia.

—Jeffrey señaló los trozos de papel de aluminio que había en el descampado—. Alguien ha estado fumando meta por aquí últimamente. Los yonquis son animales de costumbres. Quiero que revises las incidencias que haya habido en esta zona en los últimos tres meses, a ver si encontramos el nombre del drogadicto que ha dejado ese papel de aluminio.

Lena había sacado su bolígrafo, pero no estaba escribiendo.

—Hoy ha pasado el camión de la basura. Asegúrate de que alguien hable con los basureros. Quiero saber si vieron algo sospechoso.

Lena miró hacia la calle y luego hacia el bosque.

—La víctima tropezó, jefe. Se golpeó la cabeza con un pedrusco. Hay manchas de sangre en la piedra. ¿Para qué necesitamos testigos?

—¿Estabas presente cuando sucedió? ¿Fue eso exactamente lo que viste?

Lena no supo qué responder. Jeffrey echó a andar por el descampado. Ella tuvo que apretar el paso para alcanzarle. Llevaba solo tres años y medio en el cuerpo, pero era lista y casi siempre ponía mucha atención en lo que se le decía, así que Jeffrey se esforzaba por enseñarle.

—Quiero que recuerdes esto, porque es importante —dijo—. Esa joven tiene familia. Tiene padres, hermanos, amigos. Vamos a tener que decirles que ha fallecido. Tienen que saber que hemos investigado cuidadosamente la causa de su muerte. Todos los casos de este tipo se tratan como homicidios hasta que se tiene la certeza de que no lo son.

Lena por fin estaba tomando nota. Apuntaba cada palabra que decía Jeffrey. Él vio que subrayaba dos veces las palabra «homicidio».

—Revisaré las incidencias de este barrio y hablaré con los empleados del camión de la basura.

—¿Cómo se llamaba la víctima?

—No llevaba documentación, pero Matt está en la universidad, preguntando.

—Bien.

De los inspectores del cuerpo de policía condal, Matt Hogan era el más compasivo. Entre los patrulleros también había algunos hombres de fiar. Jeffrey había tenido bastante suerte con los agentes que ya formaban parte de la plantilla cuando él accedió al puesto. Solo unos cuantos eran un peso muerto, y se marcharían antes de que acabara el año. Después de llevar cuatro años demostrando que valía para aquel trabajo, sentía que se había ganado el derecho a prescindir de las manzanas podridas.

—Jefe. —Frank estaba en medio del descampado.

Era veinte años mayor que Jeffrey y tenía el físico y la presencia de una morsa asmática. Había preferido no presentarse al puesto de jefe de policía cuando este quedó libre, no solo porque pasaba de la política, sino porque conocía sus limitaciones. Jeffrey sabía que podía contar con su apoyo en todo lo relativo al trabajo; en otros aspectos de su vida, ya no estaba tan seguro.

—Brock… —Frank tosió sin despegarse de la boca el cigarrillo que estaba fumando—. Brock acaba de llegar. Ha ido a ver el cadáver. Está por ahí, a unos sesenta metros de aquí subiendo la cuesta.

Dan Brock era el juez de primera instancia del condado. Su verdadero oficio, sin embargo, era el de director de la funeraria del pueblo. Jeffrey sabía que era un hombre competente, pero su padre había fallecido repentinamente hacía dos días, de un ataque al corazón. Le habían encontrado al pie de las escaleras, lo que a Jeffrey no le había sorprendido. Brock padre era un alcohólico, de puertas para adentro. Siempre apestaba a alcohol.

—¿Crees que está en condiciones de encargarse de esto? —le preguntó a Frank.

—Todavía está hecho polvo, el pobrecillo. Su padre y él

eran uña y carne. —Frank empezó a sonreír por motivos desconocidos—. Creo que no hay por qué preocuparse.

Jeffrey se volvió y al instante comprendió por qué sonreía Frank.

Sara Linton estaba cruzando el solar abandonado. Llevaba puestas unas gafas de sol oscuras y se había recogido el cabello, de color castaño rojizo, en una coleta. Vestía una camisa blanca de manga larga y minifalda a juego.

—Qué bien —rezongó Lena—. Viene Barbie al rescate, y vestida de tenis, además.

Jeffrey le lanzó una mirada de advertencia. Más o menos en la época de su divorcio, había cometido el error de quejarse de Sara delante de Lena, que desde entonces creía tener carta blanca para insultarla.

—Procura que Brock no se pierda en el bosque. Y dile que ha llegado Sara.

Lena se alejó de mala gana, al trote.

Frank apagó el cigarrillo frotándolo contra la suela del zapato mientras Sara cruzaba el campo.

Jeffrey se permitió el placer de observarla. Era, objetivamente, preciosa. Tenía las piernas largas y esbeltas y cierta gracilidad de movimientos. Era la mujer más inteligente que había conocido, y había conocido a muchas. Después de su divorcio, se había convencido de que ella le odiaba. Hacía poco, sin embargo, se había dado cuenta de que lo que sentía Sara por él era mucho peor que el odio. Era una profunda decepción.

En sus días buenos, Jeffrey era capaz de admitir que él también estaba decepcionado consigo mismo.

—Ni aunque me pasara la vida dándote patadas en los huevos —dijo Frank—, sería castigo suficiente por lo que hiciste.

—Gracias, colega.

Jeffrey le dio una palmada muy poco cordial en la espalda. La familia de Sara era toda una institución en aquel pueblo, igual que lo era la universidad. Frank jugaba a la cartas con su padre. Su mujer hacía voluntariado con la madre de Sara. Si Jeffrey hubiera decapitado a la mascota del instituto, le habrían guardado menos rencor.

—Me alegro de verte, tesoro. —Frank dejó que Sara le diera un beso en la mejilla—. ¿Acabas de volver de Atlanta?

—Sí, decidí quedarme a pasar la noche. Hola —dijo ella, estampándole a Jeffrey el saludo en la cara como una pelota de voleibol—. Mi madre me ha dicho lo del cadáver. Ha pensado que Brock podría necesitar ayuda.

Jeffrey era consciente de que Frank no pensaba dejarlos a solas. Y también de que era martes por la mañana. Normalmente, a esas horas, Sara estaría preparándose para ir a trabajar.

—Es un poco pronto para jugar al tenis.

—Jugué ayer. ¿Es por ahí? —Sin esperar respuesta, siguió la senda que se internaba entre los árboles.

Frank echó a andar junto a Jeffrey.

—Acaba de llegar de Atlanta y lleva la misma ropa que ayer. ¿Por qué será, me pregunto yo?

Jeffrey notó el sabor metálico de sus empastes.

—¿Qué tal está Parker? —le preguntó Frank a Sara levantando la voz—. ¿Ha vuelto a llevarte en su avión?

Aquel sabor metálico se convirtió en un sabor a sangre.

Sara no contestó, pero Frank le dijo a Jeffrey:

—Parker era antes piloto de cazas de la Armada. En plan *Top Gun*, ya sabes. Ahora es abogado. Tiene un Maserati. Me lo ha contado Eddie.

A Jeffrey no le costó imaginarse al padre de Sara hablando jovialmente de aquel tal Parker mientras jugaban una partida de cartas, sabedor de que Frank cumpliría su cometido y le iría con el cuento a él, para chincharle un poco.

Frank volvió a reírse y luego se echó a toser, porque tenía los pulmones llenos de alquitrán.

Jeffrey trató de reconducir la conversación hacia asuntos más serios. A fin de cuentas, iban a ver el cadáver de una chica joven. Miró su reloj y dijo dirigiéndose a Sara:

—Encontraron el cadáver hace media hora. Lena acudió al aviso.

Ella no se volvió, pero su coleta osciló cuando asintió con la cabeza. Jeffrey se dijo que era una suerte que estuviera allí. Había ocupado el puesto de jueza de instrucción antes que Brock y, a diferencia del director de la funeraria, era licenciada en Medicina. La opinión de una experta era justo lo que requería aquel caso. Y Jeffrey confiaba en Sara al cien por cien. Que el sentimiento no fuera mutuo era algo que últimamente le estaba minando la moral.

Por lo menos ya había transcurrido un año desde que ella pidió el divorcio. Jeffrey había creído que con el tiempo su enfado se consumiría, pero daba la impresión de haberse convertido en una llama eterna. Intelectualmente, comprendía que ella no le perdonase. No solo la había engañado, sino que además lo había hecho de la manera más humillante posible. Sara le había pillado literalmente con los pantalones bajados, en la cama de ambos, en su casa, con otra mujer. Cualquier esposa se habría cabreado. Pero lo que hizo Sara a continuación fue aterrador.

Jeffrey le gritó que esperara, pero Sara no le hizo caso. Él se envolvió una manta alrededor de la cintura y corrió tras ella por la casa. Al salir, Sara agarró el bate de béisbol que él tenía junto a la puerta. Jeffrey estaba bajando los escalones del porche cuando ella hizo amago de descargar un batazo sobre su Mustang de 1968. De la boca de Jeffrey salió una especie de aullido.

Pero Sara no se lio a golpes con el coche. Tiró el bate al suelo, se acercó a su Honda Accord y, en vez de marcharse, metió la mano por la ventanilla abierta, soltó el freno de mano, puso la palanca de cambios en punto muerto y dejó que el coche rodara hasta meterse en el lago.

Jeffrey estaba tan anonadado que soltó la manta.

Al día siguiente, ella contrató a un abogado especializado en divorcios, se compró un BMW Z4 descapotable y presentó su dimisión como jueza de instrucción del condado. Clem Water, el alcalde, llamó a Jeffrey y le leyó la carta. Se componía de una sola frase y no daba más explicaciones, pero para entonces todo el pueblo sabía ya lo de su aventura extramatrimonial, y Clem le echó una buena bronca.

Después, se la echó también Marla Simms, la secretaria de la jefatura de policía.

Y a continuación, Pete Wayne, cuando Jeffrey fue a comer a la cafetería.

Jeb McGuire, el farmacéutico del pueblo, que no quería ser menos que los demás, apenas le dirigió la palabra cuando le entregó sus pastillas para la tensión.

Cathy Linton, la madre de Sara, una santurrona temerosa de Dios que se pasaba la vida en la iglesia, le mandó a hacer puñetas con las dos manos en el aparcamiento.

Cuando esa noche Jeffrey se instaló en una fría y húmeda habitación del Kudzu Arms, a las afueras de Avondale, se alegró de estar por fin en silencio. Bebió un montón de *whisky*, vio un montón de programas absurdos en la tele y poco a poco se fue dando cuenta de que todo aquello era culpa suya. Tal y como lo veía él, su fallo no había estado en acostarse con otras, sino en dejarse pillar. Se había criado en un pueblecito. Debería haber sabido que, al engañar a Sara, estaba dinamitando, además, su relación con todo el condado.

Frank volvió a toser estertorosamente mientras se adentraban en el bosque. El ambiente se había vuelto sombrío de pronto, como convenía a la ocasión. Hacía frío y las sombras se agitaban en el suelo. Jeffrey vio a lo lejos la cinta policial amarilla, rodeando unos árboles. Lena había acordonado una zona amplia alrededor del cuerpo.

Sara resbaló al pisar una piedra. Jeffrey extendió el brazo y la sujetó por los riñones para que no se cayera. Pensó en lo que habría pasado en una situación así hacía un año. Sara le habría apretado cariñosamente la mano. O le habría sonreído. O habría hecho cualquier otra cosa, menos lo que hizo en ese momento, que fue apartarse ostensiblemente.

Frank siguió tosiendo, cada vez más fuerte, mientras subían por la cuesta. Se pararon junto a la cinta amarilla. La víctima yacía a menos de cinco metros de distancia. Era una joven delgada, de metro sesenta y cinco de estatura, aproximadamente, y unos cincuenta y cinco kilos de peso. Tenía los ojos cerrados y los labios entreabiertos. El cabello, castaño oscuro. Llevaba ropa de correr. La piedra que tenía bajo la cabeza estaba medio enterrada en la tierra y era del tamaño aproximado de un balón de fútbol americano. La sangre formaba una especie de telaraña sobre su superficie. Del orificio derecho de la nariz de la chica salía también un hilillo de sangre. No tenía marcas visibles en las muñecas o los tobillos, ni hematomas que se apreciaran a simple vista, pero probablemente llevaba muerta menos de una hora. Los hematomas tardaban un tiempo en salir.

Jeffrey estaba a punto de pedirle a Lena que comprobara de nuevo que nadie había movido el cuerpo cuando oyó un sollozo.

Se volvió. Dan Brock estaba apoyado contra un árbol. Se tapaba la cara con las manos y se estremecía, sacudido por la pena.

—¡Brock! —Sara corrió hacia él. Se había quitado las gafas de sol. Tenía ojeras. Más le valía a Top Gun no hacerla trasnochar demasiado—. Siento muchísimo lo de tu padre.

Brock se limpió las lágrimas. Parecía avergonzado, pero solo porque Jeffrey y Frank estaban mirando.

—No sé qué me ha pasado. Perdonad.

—Dan, por favor, no hace falta que te disculpes. Me imagino lo mal que lo estás pasando. —Sara se sacó un pañuelo de papel de la manga. Siempre había tenido debilidad por Brock.

El hombre no lo había tenido fácil. Era un tipo muy extraño. Se había criado en una funeraria. Cuando iban al colegio, solo Sara se sentaba con él en el comedor.

Brock se sonó la nariz y lanzó a Jeffrey una mirada contrita.

—Sara tiene razón, Brock. Es normal que estés afectado en un momento así. —Jeffrey procedía de una familia de borrachos. Debería mostrarle más compasión—. Nosotros nos ocupamos de esto. Tú ve a hacerle compañía a tu madre.

Brock tragó saliva con esfuerzo, intentando hablar sin conseguirlo. Por fin, se conformó con hacer un gesto de asentimiento y se marchó.

—Madre mía —murmuró Lena.

Jeffrey la hizo callar con una mirada. Era demasiado joven para entender lo que suponía perder a un ser querido. A ser compasivo, por desgracia, se aprendía de la manera más dura posible.

—Bueno, vamos a ponernos manos a la obra antes de que empiece a llover. —Sara hurgó en el maletín que había dejado Brock. Tubos de pruebas. Bolsas. Una cámara fotográfica Nikon y una videocámara Sony. Focos. Sacó un par de guantes—. ¿Encontraron el cadáver hace media hora?

Jeffrey levantó la cinta policial para que ella pasara por debajo y repitió lo que le había dicho Frank por teléfono:

—El aviso lo dio una estudiante, Leslie Truong, que iba hacia el lago. Oyó la música de los auriculares de la víctima.

Sara se fijó en los auriculares, que estaban en el suelo, junto a la cabeza de la víctima, enchufados a un iPod rosa que la chica llevaba prendido de la camiseta.

—¿Has apagado tú la música? —le preguntó a Lena.

Lena asintió con un gesto. A Jeffrey le dieron ganas de zarandearla. Ella, que pareció advertir su enfado, se apresuró a añadir:

—No quería que se gastara la batería, por si había algo importante en el iPod.

Sara miró a Jeffrey con una expresión que parecía decir «No me digas».

Nunca le había gustado Lena. Jeffrey veía en ella una ignorancia juvenil que podía disiparse con el tiempo, a medida que aprendiera; Sara, en cambio, interpretaba aquel rasgo suyo como una tozuda arrogancia que la acompañaría toda su vida.

Lo malo de Sara Linton era que nunca había cometido una estupidez. Sus años de instituto no habían estado plagados de borracheras, y en la universidad nunca se había despertado junto a un chico desconocido con un collar de caracolas. Siempre había sabido a qué quería dedicarse. Había acabado el instituto un año antes de lo normal, y el primer ciclo de carrera —un doble grado— en tres años. Más tarde, fue la tercera de su promoción en la Facultad de Medicina de Emory. Pero en lugar de aceptar una jugosa beca para estudiar cirugía en Atlanta, había vuelto al condado de Grant para trabajar como pediatra en aquella comunidad rural siempre escasa de presupuesto público.

No era de extrañar que Jeffrey se hubiera ganado el desprecio de todo el condado.

—¿La encontraron exactamente así? —le preguntó ella a Lena—. ¿Boca arriba?

Lena asintió.

—Hice fotos con mi móvil.

—Descárgalas e imprímelas en cuanto vuelvas a jefatura —dijo Sara.

Jeffrey dio su aprobación con una inclinación de cabeza. Sabía que Lena no iba a aceptar órdenes de Sara. Pero de ese problema ya se ocuparía en otro momento.

—Es absurdo que cayera así —comentó.

Distinguió un destello en sus ojos. Pero Sara no le llevaría la contraria delante de su equipo; era demasiado decente para eso.

—¿Puedes explicar por qué no cayó hacia delante? —preguntó él.

Sara echó un vistazo a la raíz que sobresalía del suelo. Había un surco profundo en el suelo, y la víctima tenía la puntera de la zapatilla izquierda manchada de tierra.

—La etiología de las caídas está bien documentada —respondió—. Son la segunda causa de lesiones no intencionadas, después de los accidentes de coche. Esta pertenece al grupo de las caídas al mismo nivel o CMN. Un veinticinco por ciento de ellas resultan en traumatismo craneoencefálico o TCE. Más o menos un treinta por ciento de las víctimas sufren lo que se denomina un giro incontrolable, que puede producir lesiones de diverso grado, como una fractura de muñeca o de cadera o un TCE. Un diez por ciento de las víctimas giran ciento ochenta grados. El centro de gravedad se desplaza fuera del eje sustentante del tronco y los pies. Los daños se deben a la energía que se absorbe en el momento del impacto, teniendo en cuenta que la energía cinética es igual a la masa corporal por la velocidad, que depende de la altura de la caída.

Jeffrey asintió, pensativo, no porque entendiera del todo lo que acababa de decir Sara, sino porque no quería quedar como un ignorante.

—Se le trabó el pie izquierdo, su cuerpo siguió impulsándose hacia delante por la inercia, ella giró en el aire y se golpeó en la parte de atrás de la cabeza con la piedra —dijo.

—Posiblemente.

Sara se arrodilló junto al cadáver y le levantó un párpado. Luego apoyó el dorso de la mano en la frente de la chica. A Jeffrey le extrañó aquel gesto, por su domesticidad; era el que hacían las madres para saber si sus hijos tenían fiebre. Pero Sara era extremadamente científica. A veces, en exceso. Si quería comprobar la temperatura, usaba un termómetro.

—¿Tú fuiste la primera en llegar? —le preguntó a Lena.

La agente asintió en silencio.

Sara acercó los dedos al cuello de la chica. La expresión de su cara pasó de la preocupación a la sorpresa y de esta a la ira. Jeffrey estaba a punto de preguntarle qué ocurría cuando Sara aplicó el oído al pecho de la chica.

Jeffrey oyó un leve chasquido.

Al principio pensó que se trataba de un insecto o de algún animalillo. Luego, se dio cuenta de que aquel ruido procedía de la boca de la víctima.

Clic. Clic. Clic.

El sonido se fue apagando poco a poco.

—Ha dejado de respirar. —Sara se puso en acción de inmediato. Arrodillándose, apoyó las manos en el pecho de la chica, con los dedos entrelazados y los codos rectos, y dio comienzo a la maniobra de reanimación.

Jeffrey sintió que una punzada de pánico le atravesaba el cerebro.

—¿Está viva?

—¡Llamad a una ambulancia! —gritó Sara, y todos se pusieron en marcha, sobresaltados.

—¡Mierda! —Frank sacó su teléfono—. Mierda, mierda, mierda.

—¡Trae el desfibrilador! —le ordenó Sara a Lena, que pasó corriendo bajo la cinta amarilla.

Jeffrey se puso de rodillas y echó la cabeza de la chica hacia atrás. Le miró el interior de la boca para asegurarse de que la tráquea estaba despejada. Esperó la señal de Sara, tomó aire y exhaló en la boca de la joven.

Pero la mayor parte del aire volvió a su boca. Revisó de nuevo la garganta de la chica para asegurarse de que no estaba obstruida.

—¿Entra el aire? —preguntó Sara.

—No mucho.

—Sigue.

Ella siguió con la maniobra de reanimación, contando antes de cada compresión. Jeffrey la oía jadear por el esfuerzo mientras trataba de activar manualmente el bombeo del corazón de la chica.

—La ambulancia estará aquí dentro de ocho minutos —dijo Frank—. Voy a bajar para darles indicaciones.

Sara acabó de contar.

—Treinta.

Jeffrey exhaló dos veces más. Era como soplar por una pajita. Pasaba algo de aire, pero muy poco.

—Media hora —dijo Sara al tiempo que iniciaba otra vez la maniobra de reanimación—. Joder, ¿a Lena no se le ocurrió comprobar si tenía pulso?

No esperaba respuesta, y él no podía dársela. Jeffrey esperó a que contara hasta treinta y luego se inclinó y sopló todo lo fuerte que pudo.

Sin previo aviso, sintió que se le llenaba de vómito la boca. La chica echó la cabeza bruscamente hacia delante y le golpeó la cara. Sonó un fuerte crujido. Jeffrey se echó hacia atrás. Veía chiribitas; le palpitaba la nariz. Pestañeó. Tenía sangre en los ojos, en la cara, en la boca. Intentó escupirla.

Sara empezó a palparle la parte delantera del pantalón. Jeffrey no entendió qué rayos estaba haciendo hasta que le sacó la navaja suiza del bolsillo.

—No puedo despejar la tráquea. —Sara abrió la navaja y le dijo—: Sujétale bien fuerte la cabeza.

Jeffrey intentó espabilarse. Agarró la cabeza de la chica por los dos lados. La piel ya no tenía un color blanco macilento, sino azul violáceo. Se le estaban amoratando los labios.

Sara buscó el punto exacto y abrió una pequeña incisión

horizontal en la base de la garganta de la chica. Brotó la sangre. Le estaba practicando una traqueotomía de emergencia para sortear la obstrucción de la garganta.

Jeffrey se sacó un bolígrafo del bolsillo. Desenroscó la punta y sacó el cartucho de tinta. El tubo de plástico hueco actuaría como conducto para que la chica pudiera respirar.

—Joder —masculló Sara—. Hay… No sé qué es.

Sirviéndose de los pulgares, ensanchó la incisión. La sangre fresca dejó paso a un amasijo granuloso que taponaba el esófago. Jeffrey distinguió manchas de azul entre el rojo, casi como si la chica hubiera tragado tinte.

—Voy a tener que sortear el tapón. —Sara rajó de un tirón la camiseta de la chica. El sujetador deportivo era tan grueso que tuvo que hacerle un corte con la hoja dentada de la navaja antes de rasgarlo con las manos.

Jeffrey vio que presionaba con los dedos encima del esternón, justo debajo de la incisión de la traqueotomía. Sara contó hacia abajo las primeras costillas, igual que había contado las compresiones. La chica estaba tan delgada que los huesos se le marcaban en la piel.

Sara apretó con el pulgar izquierdo justo debajo de la clavícula. Apoyó encima la mano derecha y apretó con todas sus fuerzas. Empezaron a temblarle los brazos. Despegó las rodillas del suelo.

Jeffrey oyó un fuerte crac.

Luego, Sara hizo lo mismo, solo que más abajo.

Otro crac.

—La primera costilla y la segunda —explicó Sara—. Hay que darse prisa. Voy a dislocar la articulación manubrioesternal con la navaja. Tendré que levantar el manubrio y empujar hacia abajo el esternón, y luego necesito que apartes con mucho cuidado la vena y la arteria usando el cartucho del boli. Así podré acceder a la tráquea entre los anillos cartilaginosos.

Jeffrey no podía seguir sus instrucciones.

—Tú dime solo cuándo tengo que hacerlo.

Sara se remangó la camisa y se limpió el sudor de los ojos. No le temblaban las manos. Utilizó la hoja pequeña de la navaja, la más afilada, para practicar una incisión vertical de diez centímetros de largo, hacia abajo, partiendo de la primera. De sus bordes manó una sangre oscura.

A Jeffrey se le revolvió el estómago al ver el blanco brillante del hueso dentro del cuerpo. El esternón era plano y liso, de un centímetro de grosor aproximadamente, y del tamaño y la forma de una rasqueta de hielo. Jeffrey había sido jugador de fútbol; algo sabía de anatomía. Sabía, por ejemplo, qué sitios eran los peores para recibir un golpe. El esternón tenía tres partes: la de arriba, más redondeada; la del medio, más larga; y la de abajo, que era como una colita. Los tres huesos estaban soldados, pero ejerciendo suficiente fuerza podían partirse y separarse.

Si no se equivocaba, lo que se proponía Sara era levantar la parte de arriba del esternón como si fuera la tapa de una lata de sopa.

Ella abrió la hoja dentada de la navaja.

—Sujétala fuerte. Voy a raspar la articulación para que sea más fácil desencajarla.

Jeffrey sujetó con fuerza los hombros de la chica.

Puesta otra vez de rodillas, Sara aserró el hueso como si fuera la articulación de un muslo de pavo.

Jeffrey se mordió la cara interna de la mejilla. El sabor a sangre volvió a marearle.

—¿Jeff? —dijo Sara en un tono que parecía advertirle de que debía dominarse.

Él agarró firmemente los hombros de la chica mientras Sara manejaba la navaja. La chica era tan menuda… Todo en ella parecía frágil. Jeffrey sentía cómo se agitaba su cuerpo con cada corte de la navaja.

—Más fuerte —le advirtió Sara, y luego clavó la hoja bajo la juntura de la articulación.

Jeffrey rechinó los dientes sin querer al oír el roce de la navaja.

Sara volvió a servirse del peso de su cuerpo, empujando con la mano derecha sobre el esternón mientras con la izquierda sujetaba el mango de la navaja y tiraba hacia arriba, tratando de levantar el hueso con la hoja dentada.

Empezaron a temblarle los hombros otra vez.

Aquello no se parecía a levantar la anilla de la tapa de una lata de sopa. Era más bien como clavar el cuchillo en la tapa y tratar de abrir la lata por la fuerza.

—Levántate y aprieta aquí, sobre mis manos —le dijo Sara.

Jeffrey apoyó las manos encima de las suyas y se inclinó hacia delante, indeciso, temiendo aplastar a la chica.

—Más fuerte.

Él apretó más fuerte, a pesar de que todos los músculos del cuerpo le decían que no lo hiciera. La chica era tan delicada... Casi una cría. La idea de abrirla en canal se le hacía insoportable.

—Más —ordenó Sara. Le goteaba el sudor de la punta de la nariz. Jeffrey sintió cómo le temblaban los hombros—. Más fuerte, Jeffrey. Si no conseguimos meter aire en sus pulmones, se va a morir.

Él dejó caer su peso y apretó con todas sus fuerzas. La hoja comenzó a doblarse, pero Jeffrey intuyó que no iba a partirse. Sería el hueso lo que se partiera.

La articulación crujió como la concha de una ostra.

Jeffrey intentó no vomitar otra vez. La vibración del crujido le había reverberado en los brazos, subiéndole hasta los dientes. Pero peor aún fue el ruido de absorción que hicieron los cartílagos y los tejidos al desgarrarse y los tendones al separarse, a medida que el hueso se separaba por la fuerza de la articulación.

—Aquí. —Sara señaló dentro de la incisión—. Esta es la vena y esta la arteria. Tienes que usar el boli para que no me estorbe tu mano.

Jeffrey vio la vena y la arteria, apoyadas en los anillos de la tráquea como dos pajitas rosas. Una de ellas tenía unas cositas rojas pegadas. La otra era muy lisa. No pudo evitar que le temblara la mano cuando, usando el cartucho del boli, las apartó cuidadosamente.

—No te muevas. —Sara sujetó el tubo de plástico del bolígrafo con los dedos mientras mantenía el codo pegado al cuerpo. Se inclinó hacia delante, introdujo la punta plateada del tubo en la tráquea y empujó hasta que un tercio del tubo estuvo dentro.

—Suelta.

Él apartó cuidadosamente la mano. La vena y la arteria volvieron a su sitio.

Sara respiró hondo. Aplicó la boca al tubo del boli y sopló directamente en la tráquea.

No ocurrió nada.

Ella volvió a tomar aire y exhaló de nuevo a través del tubo.

Aguzaron el oído. Oyeron el trino de los pájaros y el susurro de las hojas y luego, por fin, después de lo que les pareció una eternidad, el silbido del aire saliendo por el tubo.

El pecho de la chica se sacudió y se hinchó para dejar paso al aire. El descenso posterior fue lento, casi imperceptible. Jeffrey contuvo el aliento y fue contando los segundos que transcurrieron hasta que el pecho volvió a subir y los pulmones de la chica se llenaron de nuevo de aire.

Respiró con ella —inspirar, espirar—, mientras su cara iba perdiendo ese tono azulado y la vida volvía a su cuerpo.

Sara se quitó los guantes, acarició el pelo de la joven y susurró:

—Ya pasó, cielo. Tú sigue respirando. Estás bien.

Jeffrey no sabía si estaba hablando con la chica o consigo misma. A ella habían empezado a temblarle las manos y tenía lágrimas en los ojos. Hizo además de tocarla, pero Sara se retiró bruscamente, y él se sintió más indigno y repugnante que en toda su vida. Apoyó las manos en la tierra, impotente.

Lo único que podía hacer era esperar con ella, en silencio, hasta que llegara la ambulancia.

4

—¡Tessa! —dijo Sara al teléfono, casi gritando—. Tessie, ¿podrías por favor…?

Pero su hermana pequeña no iba a escucharla. Seguía parloteando con esa cadencia monótona de las voces de los adultos en los dibujos animados de Snoopy.

Bla-bla-bla-bla-bla-bla-bla.

Sara puso el manos libres y apoyó el móvil en la estantería de encima del lavabo. Se lavó la cara con el jabón rosa del dispensador. Las toallas de papel baratas se le desintegraron en las manos. Si no salía pronto de aquella cárcel, tendrían que encerrarla.

Tessa notó el ruido.

—¿Qué coño estás haciendo?

—Me estoy lavando un poco en el aseo de visitas de la cárcel de Phillips —contestó Sara, arrancándose un trocito de papel húmedo de la mejilla—. Llevo cinco horas metida hasta el cuello en sangre, pis y caca.

—Igual que cuando ibas a la facultad, entonces.

Sara se rio, pero en voz muy baja para que su hermana no la oyera.

—Tessie, haz lo que te apetezca hacer. Si quieres formarte como matrona, fórmate como matrona. No necesitas mi aprobación.

—Y una mierda.

No se atrevió a insistir porque, a decir verdad, las dos necesitaban siempre la aprobación de la otra. Sara no podía pegar ojo si Tessa se enfadaba con ella. Y Tessa no daba pie con bola si Sara se cabreaba. Por suerte, cuanto mayores se hacían menos se enfadaban, pero esta vez la cosa era distinta.

Tessa parecía fuera de control. Tendría que haber vuelto a su casa hacía un mes y había retrasado el viaje. Después de escribir un mensaje a su marido diciéndole que quería el divorcio, había llamado por videoconferencia a su hija de cinco años para asegurarle que estaría en casa para Acción de Gracias. Al parecer, había vuelto a instalarse en el apartamento que sus padres tenían encima del garaje, y tan pronto quería hacer un curso de posgrado como ser matrona. Lo que de verdad tenía que hacer era buscarse un buen terapeuta que la ayudara a entender que todos esos cambios no iban a cambiar nada.

Como decía el refrán, allá donde vayas, contigo has de cargar.

—Para que lo sepas, hermanita —añadió Tessa—, Georgia tiene una de las tasas de mortalidad materna más altas del país. Sobre todo, entre las mujeres negras, que tienen seis veces más probabilidades de morir en el parto que las blancas.

Sara no le dijo que ya lo sabía, porque, como miembro del cuerpo de forenses del estado, se encargaba de compilar todos esos datos deprimentes que enarbolaba su hermana.

—En ese caso, hacen falta más médicos, no más matronas.

—No intentes cambiar de tema. Está demostrado que parir en casa es igual de seguro que parir en el hospital.

—Tess… —«Cállate, Sara. Cállate»—. El estudio del que has sacado ese dato se hizo en el Reino Unido. Las embarazadas de las zonas rurales tienen que viajar más de una hora en coche para…

—En Sudáfrica…

Bla, bla, bla, bla, bla, bla, bla.

Sara no podía soportar otro sermón lacrimógeno sobre cómo trabajar de misionera en Sudáfrica había ayudado a su hermana a Ser Mejor Persona. Como si eso borrara de un plumazo los seis años que había pasado de juerga mientras estudiaba un grado de cuatro años en poesía inglesa moderna, o los cinco años que había pasado después trabajando en el negocio de fontanería de su padre y tirándose, de paso, a todos los tíos guapos de la región de los tres condados.

Y no es que Sara tuviera nada contra el hecho de follarse a tíos guapos, al contrario —ella misma se había follado a uno varias veces ese fin de semana—. Su reticencia obedecía a un motivo más profundo que nunca podría expresar en voz alta.

La existencia de matronas era, en su opinión, una idea estupenda. En cambio, la posibilidad de que Tessa fuera una de ellas le parecía una catástrofe. Quería muchísimo a su hermana, pero Tessa tiró una vez un zapato por la ventana porque se le rompió el cordón. No podía hacer el cubo de Rubik ni aunque le pusieras la fórmula delante de las narices, y su idea de una dieta equilibrada consistía en usar una ramita de apio como cuchara para comerse los macarrones con queso. ¿Cómo iba a permanecer tranquila y en calma, y saber en todo momento lo que hacía, durante un parto potencialmente peligroso?

—Si no vas a escucharme, cuelgo —dijo Tessa.

—Te estoy es…

Colgó.

Sara agarró el teléfono como le habría gustado agarrar a su hermana del pescuezo.

Miró la hora. Charlie se estaría preguntando si se habría

caído por el desagüe. Volvió a recogerse el pelo y se enderezó la camiseta de manga larga, que era de Will, en realidad. Las mangas le quedaban largas y la tela se le ahuecaba en los hombros. La alisó con los dedos. Se había puesto unos pantalones limpios de uniforme sanitario, pero el hedor de la cafetería era tan persistente como una colonia barata.

Cuando abrió la puerta, Charlie la estaba esperando pacientemente, sentado a una de las mesas reservadas a las visitas. Cogió la bolsa de deporte de Sara sin que ella se lo pidiera y sonrió con franqueza bajo el espeso bigote. Charlie era un cielo, pero podría haberle puesto las cosas muy difíciles cuando ella se unió al equipo. Llevaba años enamorado de Will, aunque Will no lo supiera. Claro que Will nunca se enteraba de esas cosas; tampoco se había enterado de que ella, Sara, estaba enamorada de él antes de que fueran pareja. No captaba una indirecta ni aunque le diera de bofetadas.

—¿Todo bien? —preguntó Charlie.

—Sí, gracias. Necesitaba descansar un minuto, nada más.

Él esbozó la sonrisa de quien lo ha oído todo a través de la fina puerta de madera.

—Perdona —se disculpó Sara.

Entre las responsabilidades de Charlie no figuraba el esperar frente a la puerta del aseo de señoras, pero estaban trabajando en una prisión de hombres y prefería acompañarla a todas partes, por si acaso.

—¿Gary ha terminado de catalogar las pruebas?

—Si no ha terminado, le faltará poco.

Charlie le abrió la puerta. El sol secó de inmediato el agua de la piel de Sara. Estaban fuera de los muros de los prisión, pero incluso allí, mientras cruzaban el aparcamiento, el edificio se cernía sobre ellos como una presencia ominosa. Sara oía gritos, porque siempre había gritos cuando se encerraba a la gente en jaulas.

—Oye —dijo Charlie poniéndose unas gafas de sol—, ¿te has fijado en el chico nuevo? ¿El de huellas latentes?

—¿El que se parece a Rob Lowe, pero más de campo?

—Me ha invitado a tomar una copa, y casi he hecho la maleta. —Charlie meneó la cabeza—. Soy igualita que Charlotte, la de *Sexo en Nueva York*.

—Charlotte tenía muy claro lo que quería —respondió Sara, y trató de mantener un tono ligero al añadir—: ¿Has hablado últimamente con Will?

Charlie se quitó las gafas de sol.

—¿De qué? —preguntó.

La pregunta era demasiado reveladora. Y absurda, además, dado que Will nunca hablaba de sus sentimientos. Normalmente, Sara encontraba la manera de hacerle salir de su hermetismo, pero al parecer había llegado al límite de sus posibilidades en ese aspecto. Quería a Will con toda su alma y, en cuanto a pasar el resto de su vida con él, era lo que más deseaba en el mundo. No esperaba fuegos artificiales ni un desfile, pero quería que al menos se molestara en formular la dichosa pregunta. Y decir «Quiero que tu madre esté contenta» no era una proposición de matrimonio, aunque fuera un propósito muy loable. La sacaba de quicio, además, que hubieran pasado cuarenta y tres días sin que él volviera a hablar del asunto. No quería un marido mudo. Porque ella, desde luego, no iba a estarse callada si se convertía en su mujer.

—¿Pasa algo, Sara? —preguntó Charlie.

Por suerte, su teléfono vibró en ese instante. Era un mensaje de Will: un icono de un teléfono con un signo de interrogación. Gran parte de sus mensajes escritos se componían de imágenes. Will era disléxico. Sabía leer, pero leía despacio. A Sara le gustaba pensar que habían creado un lenguaje especial, solo para ellos, aunque sabía que casi todo el mundo se comunicaba con emoticonos.

—Tengo que hacer una llamada —le dijo a Charlie.

—Voy a ayudar a Gary a acabar —contestó él, adelantándose—. A lo mejor dentro de cinco minutos podemos irnos.

—Yo estoy en dos.

Estaba segura de que Will solo quería preguntarle qué pedían para cenar. Le daba pánico morir de hambre si pasaba más de una hora sin comer. Y, además, no iba a hablarle de un tema mucho más importante si llevaba cuarenta y tres días evitando hacerlo.

Él contestó al primer pitido. Pero, en vez de decir «hola», preguntó:

—¿Puedes hablar?

Pasaba algo.

—¿Estás bien?

—Sí. —Will parecía indeciso—. Tenemos que hablar. No quiero que te enfades. He hecho mal posponiéndolo hasta ahora. Lo siento.

Sara se llevó la mano a los ojos. Cuarenta y tres putos días ¿y la llamaba justo ahora para hablar de eso?

—Cariño, estoy en el aparcamiento de una prisión.

Él pareció desconcertado, justo lo que ella pretendía con su tono.

—Sara, yo…

—Will. —Tessa ya la había puesto de mal humor, pero aquello era el colmo—. Joder, has tenido un mes y medio para…

—Daryl Nesbitt.

¿Qué? Aquel nombre no le sonaba de nada.

Aunque…

Su cerebro proyectó de pronto una serie de imágenes, como un visor de diapositivas. Estaba otra vez en el condado de Grant, cruzando el descampado. Sentía los ojos de Jeffrey clavados en ella. Se arrodillaba en el bosque. Esperaba la ambulancia. Tenía sangre en las manos. El aire silbaba al pasar por el tubo de plástico del bolígrafo de Jeffrey. Lena llegaba corriendo inútilmente, cargada con el desfibrilador que ya no iban a necesitar.

Sara se frotó los párpados, pero aun así se le saltaron las lágrimas.

—¿Sara?

—¿Qué pasa con Nesbitt?

—Está aquí. Ha hecho ciertas acusaciones contra Lena Adams. —Will hizo una pausa, como si esperara que ella dijera algo—. Y, eh, también ha dicho algunas cosas, cosas malas, sobre…

—Jeffrey —dijo Sara con esfuerzo, sintiendo una opresión en el pecho.

—Sí. —Otra pausa—. Cosas muy preocupantes.

Ella se llevó la mano a la garganta. Sin saber por qué, pensó en cómo solía acariciarle Jeffrey el cuello cuando estaban tumbados en la cama. Ahuyentó aquel recuerdo.

—¿Nesbitt dice que le tendieron una trampa? ¿Que la policía actuó ilícitamente?

—Sí.

Sara asintió en silencio. No era la primera vez que Nesbitt hacía esa acusación.

—Intentó demandar por lo civil a los herederos de Jeffrey. —De hecho, había intentado demandarla a ella en un momento en que todavía luchaba por hacerse a la idea de que Jeffrey había muerto, cuando dormía demasiado, lloraba demasiado, tomaba demasiados somníferos y no le importaba si se despertaba o no—. Desestimaron la demanda. ¿Qué quiere ahora?

—Se ha ofrecido a darnos cierta información si reabrimos la investigación.

Sara no podía dejar de asentir con la cabeza. Era la manera que tenía su cuerpo de asimilar todo aquello, como si pudiera anticiparse a lo que vendría después y no tuviera problema en aceptarlo.

—¿Qué información?

Will se lo explicó con detalle, pero todo lo que decía carecía de sentido. Sara había estado a punto de ahogarse en su dolor tras perder a Jeffrey. Se había mudado a Atlanta para alejarse de su fantasma, que se le aparecía en cada esquina. Había conocido a Will. Se había enamorado de él. Estaba a punto de empezar una nueva vida y ahora…

—¿Sara?

Trató de olvidarse de sus emociones y de llevar aquello a su conclusión lógica. No fue fácil. El corazón le golpeaba las costillas como un puño.

—Vas a tener que hablar con Lena sobre el caso de Nesbitt —dijo.

Will titubeó antes de contestar:

—Sí.

—Y Lena te va a decir que Nesbitt es un jeta, porque siempre lo ha sido. O quizá no lo sea, porque a fin de cuentas Lena es una mentirosa, además de una mala policía. Pero Nesbitt es un pederasta y está en la cárcel, así que ¿a quién va a creer la gente?

—Sí. —Su tono de voz seguía siendo intempestivo, como todo lo demás—. Hay algo más.

—Ya, cómo no.

—Nesbitt dice que hay otras víctimas. La primera…

—Rebecca Caterino. —El nombre de la chica se le había quedado grabado a fuego en la memoria—. La llamaban Beckey.

—Nesbitt dice que hubo más muertes después de su detención. —Will se interrumpió de nuevo—. Dice que hay un asesino en serie suelto que opera en todo el estado.

Sara seguía sin poder asimilar lo que le estaba diciendo. Se tapó la boca con la mano. Deseaba con cada fibra de su ser poner fin a la conversación.

—¿Tú le crees?

—No lo sé. Faith y Amanda me han dicho que no te contara nada hasta que tuviéramos más datos, pero yo estaba convencido de que querrías saberlo enseguida. Y hasta ahora no he tenido ocasión de llamarte. Estoy en el cuarto de baño. Faith me está esperando en el coche. —Se interrumpió de nuevo, esperando una respuesta, pero Sara estaba sin palabras—. Prefieres que te lo haya contado, ¿verdad?

Sara, francamente, no sabía qué responder.

—¿Qué más?

—He conseguido que Amanda acepte que examines a la última víctima. O presunta víctima, porque todavía no estamos seguros de que lo sea. —Se detuvo para tragar saliva—. Supongo que quería que lo hicieras sin ninguna idea preconcebida. Por si veías algo, algún detalle o algún rasgo característico que te recordara a lo de Grant, pero yo…

—¿Faith también estaba de acuerdo en mentirme?

Él no respondió.

Sara recorrió el aparcamiento con la mirada. Vio el Mini rojo de Faith aparcado junto a la entrada de personal. Su amiga estaba sentada en el asiento del copiloto, con la cabeza agachada. Seguramente estaría leyendo el expediente de Daryl Nesbitt. Así adelantaba trabajo, después de decirle a Will que le mintiera.

—¿Will?

Sara le oyó respirar, pero él no contestó. Se mordió el labio para que no le temblara. Se miró la mano.

«Carpos. Metacarpos. Falange proximal, media y distal».

Había veintisiete huesos en la mano. Si los repasaba todos sin que Will hablara, colgaría y se marcharía.

Él carraspeó.

«Escafoides. Semilunar. Piramidal. Pisiforme. Trapecio. Trapezoidal».

—¿Sara? —dijo él por fin—. ¿He hecho mal?

—No.

Cortó la llamada y se guardó el teléfono en el bolsillo. Siguió cruzando el aparcamiento. Se sentía desdibujada, como si estuviera a cinco centímetros de su cuerpo. Una parte de ella se hallaba en el presente, con Will. Y la otra era arrastrada por la fuerza hacia atrás, hacia el condado de Grant, y Jeffrey, Frank y Lena. El bosque. La víctima. Las horrendas circunstancias del caso.

Luchó por contener el aluvión de imágenes que la asaltaba y buscó algo sólido, concreto, verificable.

Gary y Charlie estaban de pie en la parte de atrás del furgón de criminalística.

Faith seguía en su Mini.

Amanda estaba en su Audi A8 blanco, con el teléfono pegado a la oreja y la cabeza apoyada en el asiento, de modo que su casquete de pelo canoso se había desplazado hacia delante como una campana. Al ver a Sara, le hizo una seña para que se acercara.

Bajó la ventanilla del lado del copiloto y dijo:

—Tú vienes conmigo. Hay un caso interesante en Sautee.

«Quería que lo hicieras sin ninguna idea preconcebida», había dicho Will.

Sara levantó el tirador de la puerta. Actuaba automáticamente. Su cerebro estaba tan sobrecargado que solo alcanzaba a dar órdenes a los músculos. Abrió la puerta. Hizo amago de sentarse.

—¡Sara!

Will corría hacia el coche. Parecía tan desconcertado como ella. Estaba sin aliento cuando llegó al coche. Miró a Amanda, a Charlie, a Gary y a Faith. Seguramente todos ellos estaban al tanto de lo de Nesbitt y se habían puesto de acuerdo para dejarla a ella al margen.

—Quiero cenar ensalada —le dijo.

Él vaciló antes de asentir.

Sara le apoyó la mano en el pecho. Sintió el latido desbocado de su corazón.

—Te llamo cuando vaya para casa.

Le dio un beso en la boca, como hacía normalmente. Se sentó en el coche de Amanda. Will cerró la puerta. Sara se puso el cinturón de seguridad. Will le dijo adiós con la mano. Ella hizo lo mismo.

Amanda salió del aparcamiento y dobló a la izquierda, hacia la carretera. No habló hasta que tomaron la interestatal.

—Sautee Nacoochee está en el condado de White, a unos ochenta kilómetros de aquí. Ayer por la mañana, en torno a las seis, encontraron el cadáver de un mujer de veintinueve años en el Parque Estatal Unicoi. Se llamaba Alexandra McAllister. Su madre había denunciado su desaparición ocho días antes. Hubo una búsqueda a gran escala, con resultados nulos. Ayer, el perro de dos excursionistas que estaban dando un paseo por allí encontró el cadáver en una zona muy boscosa, entre dos sendas. El juez de primera instancia del condado dictaminó que la muerte era accidental. Mi instinto me dice lo contrario.

«Hay algo más».

—He pedido un par de favores para que nos dejen ver el cuerpo —continuó Amanda—. Hemos metido la cabeza, pero pueden pedirnos que nos retiremos en cualquier momento, así que habrá que andar con cuidado.

«Más víctimas. Otras mujeres. Un asesino en serie».

Sarah solo había visto a Daryl Nesbitt en persona una vez, sentado junto a su abogado en la sala del juzgado. Ella estaba de pie al lado de Buddy Conford, el abogado al que contrató para que la representara en el pleito civil contra los herederos de Jeffrey. Se tambaleaba tanto que Buddy tuvo que sujetarla. Al perder a Jeffrey, su mundo había dejado de girar. Ella siempre se había considerado una persona fuerte. Era inteligente, enérgica, capaz de esforzarse hasta el límite de sus fuerzas. La muerte de Jeffrey la había cambiado a nivel molecular. Esa mujer que nunca dejaba que nadie la viera llorar, fuera de su familia, no podía ni atravesar el pasillo del supermercado sin derrumbarse. Se había vuelto vulnerable de un modo que nunca creyó posible.

Y esa vulnerabilidad había hecho posible que estuviera con Will.

«¿He hecho mal?».

Apoyó la cabeza en la mano. ¿Qué le había hecho a Will? Se había quedado muda de asombro y luego se había enfadado con él porque no reaccionara, y le había dicho que quería ensalada para cenar. Debía de estar aterrado. Se llevó la mano al bolsillo para sacar el móvil. Abrió el teclado para mandarle un mensaje, pero ¿qué podía decirle? No había ningún emoticono que expresara lo que quería decir, sus ganas de irse a casa, de meterse en la cama y dormir hasta que todo aquello pasara.

—¿Va todo bien? —preguntó Amanda

Sara marcó el número de Will. Escuchó los pitidos de la línea. Esta vez, él contestó con un «¿Hola?».

Sara oyó el ruido de un coche en marcha. Faith estaba sentada en el asiento del copiloto del Mini; o sea, que Will iba conduciendo y, por tanto, tenía puesto el manos libres.

Intentó que su voz sonara natural.

—Hola, guapo. He cambiado de idea, no quiero ensalada.

Will carraspeó. Ella se lo imaginó pasándose los dedos por la mandíbula, uno de sus tics nerviosos.

—Vale.

Sara notó que Amanda estaba pendiente de cada palabra. Y

seguramente Faith también al otro lado de la línea. Era lo que pasaba cuando la gente guardaba secretos.

—Compraré algo en McDonald's —le dijo a Will.

Él volvió a carraspear. Sara nunca proponía pasarse por el McDonald's porque no era comida de verdad.

—Vale.

—Estoy... —comenzó a decir.

«Asustada. Preocupada. Furiosa. Dolida. Angustiada por lo de Jeffrey, pero aun así profunda e irreversiblemente enamorada de ti, y siento mucho no saber qué más decirte».

Lo intentó otra vez.

—Te aviso cuando vaya para casa.

Él se quedó callado un momento.

—Vale.

Sara colgó. Will había dicho «vale» tres veces, y ella seguramente no había hecho más que empeorar las cosas. Por eso odiaba tanto mentir u omitir información, o como quisiera llamarlo Amanda para justificar el haberle ocultado lo que ocurría, como si ella fuera una niña que no podía encajar la verdad sobre el Conejito de Pascua.

«Nesbitt. Jeffrey. Y la puta Lena Adams».

Lo que más le dolía era el silencio de Faith. Con Amanda no podía enfadarse por haberle ocultado la verdad, igual que no podía enfadarse con una serpiente por hacer ese sonido sibilante que hacían las serpientes. Will se lo había contado porque había aprendido a base de estímulos negativos, pero hasta una ameba podía aprender así. Faith era su amiga. Nunca hablaban de Will, pero hablaban de otras cosas. De cosas serias, como de lo mal que lo había pasado Faith al quedarse embarazada a los quince años. O de la depresión en que cayó ella tras la muerte de Jeffrey. Intercambiaban recetas que ninguna de las dos hacía nunca. Cotilleaban sobre cosas del trabajo.

Faith se quejaba de su vida sexual. Y Sara cuidaba a veces de su hija pequeña.

—¿Te importa bajar un poco la ventanilla? Huele como a…

—¿Como a váter sucio?

Sara abrió la ventanilla lo justo para que le diera un poco el aire. Contempló los árboles, desdibujados por la velocidad, mientras circulaban por la autovía. Su visión le trajo el recuerdo de aquel día en el bosque. El visor de diapositivas de su cabeza recuperó una imagen: ella de rodillas y Jeffrey enfrente.

Había anhelado que la abrazara, y eso había sido más doloroso aún. La única persona de la que quería consuelo no podía dárselo. Así que había acabado llamando a su hermana, que había ido a buscarla al trabajo y había pasado un rato sentada con ella mientras lloraba.

—Estás muy callada —comentó Amanda.

—¿Sí? —preguntó, y sintió que las palabras se le apelmazaban en la boca.

—¿En qué piensas?

A Amanda no podía contarle lo que estaba pensando, de modo que optó por decir:

—Esos resaltes que hay a los lados de la carretera, los que suenan cuando pasas por encima de ellos. ¿Cómo se llaman?

—Bandas sonoras.

Sara contuvo un momento la respiración antes de exhalar.

—Siempre me recuerdan a cuando paso los dedos por la tripa de Will. Tiene unos abdominales tan…

—¿Y si ponemos música?

Amanda tenía siempre la radio sintonizada en la emisora dedicada a Frank Sinatra. Empezó a oírse el ronroneo de una samba muy conocida.

The girl from Ipanema goes walking…

Sara cerró los ojos. Respiraba agitadamente. Se sentía mareada. Procuró aquietar su respiración. Abrió las manos sobre el regazo. Dejó que sus pensamientos volvieran al condado de Grant.

A Rebecca Caterino la habían encontrado justo un año y un día después de que Sara presentara los papeles del divorcio en el juzgado. Para conmemorar el aniversario, había ido a Atlanta a encontrarse con un hombre. No era un hombre especialmente memorable, pero ella se había persuadido de que tenía que pasárselo bien a toda costa. Luego bebió demasiado vino. Y a continuación demasiado *whisky*. Y acabó con la cabeza metida en el váter.

Lo siguiente que recordaba era haberse despertado en su antigua habitación, en casa de sus padres, con una resaca bestial. Su coche estaba aparcado frente a la casa. Tessa y su padre habían ido a Atlanta a recogerla. Ella nunca bebía tanto, y Tessa le había tomado un poco el pelo mientras desayunaban. Eddie, su padre, le preguntó qué tal se lo había pasado «echando la pota» y Cathy, su madre, le dijo que fuera a ayudar a Brock. La única ropa limpia que encontró en su antigua cómoda era un traje de tenis que parecía sacado de *Las gemelas de Sweet Valley*.

—¿Conoces esta? —Amanda subió el volumen. Sinatra cantaba ahora *My Kind of Town*—. Mi padre solía cantármela.

Sara no tenía ganas de hablar del pasado de Amanda. Tenía bastante con sus recuerdos.

A Jeffrey también le gustaba mucho Sinatra. Era ese tipo de hombre: respetado, capaz, admirado. Atraía a la gente de manera natural, era un líder nato. Todo se lo tomaba a pecho. Había estudiado en Auburn gracias a una beca de fútbol y se había licenciado en Historia de Estados Unidos. Decidió ser policía porque su mentor lo era. Y se instaló en el condado de Grant porque conocía el ambiente de los pueblos pequeños.

Sara se acordaba claramente de la primera vez que lo vio. Ella estaba trabajando como médica voluntaria en un partido de fútbol del instituto. Jeffrey, recién elegido jefe de policía, estaba saludando al público y estrechando manos. Era un hombre espectacularmente guapo. Sara nunca había sentido una atracción tan cruda y visceral por nadie, en toda su vida. Se había quedado mirándole el tiempo justo para echar cuentas. Su hermana Tessa se acostaría con él antes de que acabara la semana.

Pero Jeffrey la eligió a ella.

Desde el principio, ella estuvo a su merced. Se sentía halagada. Completamente fuera de su elemento. Y a gusto, porque se acostó con él en su primera cita. Pero también se sentía dañada, maltrecha, porque Jeffrey fue el primer hombre con el que estuvo después de que la violaran brutalmente en Atlanta.

Le dijo que había vuelto al condado de Grant porque quería trabajar en una zona rural, pero no era cierto. Desde los trece años, estaba obsesionada con convertirse en la mejor cirujana pediátrica de Atlanta. A partir de ese momento, pasó todos sus ratos libres con la cabeza metida en un libro de texto y el culo pegado a la silla del escritorio.

Después, aquellos diez minutos en el aseo de personal del hospital Grady descarrilaron por completo su vida.

La maniataron con unas esposas. Le pusieron una mordaza. La violaron. Y la apuñalaron. Sufrió un embarazo ectópico que la dejó estéril. Y luego vino el juicio. La penosa espera del veredicto, la espera aún más penosa de la sentencia, la vuelta al condado de Grant, el comienzo de una nueva carrera, de una nueva vida, de una nueva rutina.

Y entonces apareció aquel hombre bello e inteligente que la dejó boquiabierta.

Al principio, Sara no le contó a Jeffrey lo de la violación porque estaba esperando el momento oportuno. Luego se dio cuenta de que ese momento nunca llegaría. Lo que más le atraía de ella, lo que tenía Sara que no tenían las demás, era su fortaleza.

No podía confesarle que se sentía rota por dentro. Que había renunciado a sus sueños. Que había sido una víctima.

De modo que guardó el secreto durante la primera etapa de su matrimonio, y durante el proceso de divorcio se alegró de haberlo guardado. Tampoco se lo confesó cuando empezaron a salir otra vez y volvieron a enamorarse. Lo ocultó durante tanto tiempo que, cuando por fin se lo contó a Jeffrey, se sintió avergonzada, como si en cierto modo fuera culpa suya.

La canción que sonaba en la radio la devolvió al presente. Amanda seguía el ritmo de la oda de Sinatra a Chicago, tamborileando con su anillo sobre el volante.

One town that won't let you down.

Sara buscó un pañuelo de papel, pero no tenía ninguno en la manga de la camiseta (que era de Will). Charlie se había llevado su bolsa de deporte, y el bolso lo había dejado en el furgón. Tendría que llamar a Charlie para pedirle que lo guardara bajo llave en su despacho, pero no tenía fuerzas para sacarse el teléfono del bolsillo y marcar.

Deseaba estar con Will. Tumbarse con él en el sofá. Sentarse sobre su regazo y que la estrechara entre sus brazos. Seguramente él estaría ya a medio camino de Macon. Iban, literalmente, en direcciones opuestas.

Recordaba con exactitud el momento en que le había hablado a Will de la violación. Hacía solo un par de meses que se conocían. Él seguía casado y ella aún se sentía insegura. Estaban en el jardín delantero de sus padres. Hacía un frío atroz. Sus galgos tiritaban y ella deseaba que Will la besara, pero, por supuesto, no la besaría a menos que ella tomara la iniciativa. Se lo confesó con naturalidad; con toda la naturalidad, al menos, que era posible contar algo así. Le dijo que durante mucho tiempo había evitado contárselo a su marido porque no quería que pensara que era débil, y Will contestó que a él siempre le había parecido una mujer muy fuerte.

Él era así de amable. Tenía, además, un físico impresionante. Y una mente agudísima. Pero Will no era uno de esos
hombres que llaman la atención. Era de los que, en una fiesta, se quedan en un rincón acariciando al perro del vecino.
Su sentido del humor era casi siempre autocrítico. Se preocupaba por los sentimientos de los demás. Hablaba poco,
pero estaba siempre atento a todo. Sara suponía que ello se
debía al horror que había vivido durante su infancia. Se había criado en hogares de acogida. Y, aunque rara vez hablara
de ello, Sara sabía que había sufrido abusos inimaginables.
Llevaba grabada su historia en la piel: marcas de cigarrillos,
quemaduras eléctricas, cicatrices abultadas donde el hueso
había perforado la piel. Rehuía hablar de aquellas cicatrices,
abrumado por la vergüenza irracional de haber sido un niño
que despertaba odio.

No era ese el Will que conocían los demás y cuyos largos silencios incomodaban a casi todo el mundo. Había en él cierta ferocidad. Una corriente de violencia soterrada. Un muelle
interno que amenazaba con dispararse de pronto, como la hoja
de una navaja. En otra vida, podría haber sido uno de los matones encerrados en Phillips. Había acabado a duras penas el
instituto y al cumplir los dieciocho años se había encontrado
en la calle. Tenía a sus espaldas antecedentes delictivos que
Amanda había logrado suprimir de algún modo, y gracias a
ello había podido cambiar de vida y empezar de cero. Muchos
hombres no habrían aprovechado esa oportunidad. Pero Will
no era como la mayoría. Había ido a la universidad. Había ingresado en el GBI. Era un policía excepcional. Se preocupaba
por los demás. Quería hacer bien las cosas.

Sara detestaba comparar a los dos grandes amores de su
vida, pero entre ellos había una diferencia muy llamativa: en
el caso de Jeffrey, Sara siempre había sabido que había decenas, incluso centenares de mujeres que podían haberlo

querido tanto como lo quería ella; en cambio, a Will, ella era la única mujer sobre la faz de la Tierra que podía quererlo como se merecía, y era muy consciente de ello.

—Todavía nos queda media hora de viaje —dijo Amanda—. ¿Prefieres escuchar otra cosa?

Sara puso una emisora de pop y subió el volumen. Bajó del todo la ventanilla. La brisa afilada le cortaba la piel. Cerró los ojos para que no le escocieran.

Cuando llevaba sonando diez segundos *Scar Tissue*, de los Red Hot Chili Peppers, Amanda no aguantó más. Apagó de golpe la radio. Sara subió un poco la ventanilla.

—Will te ha dicho lo de Nesbitt.

Sara sonrió. A Amanda le había llevado bastante tiempo darse cuenta.

—Menuda detective estás hecha.

—Pues sí. —El tono de Amanda delataba un respeto cargado de reticencia—. ¿Qué sabes?

—Todo lo que sabe Will.

Sus palabras escocieron visiblemente a Amanda, que no estaba acostumbrada a que Will eligiera otro bando. Aun así, le dijo:

—El expediente de Nesbitt está en mi maletín, detrás del asiento.

Sara extendió el brazo para coger el expediente. Lo abrió sobre sus rodillas. Tenía cinco centímetros de grosor, como mínimo. Se saltó lo más obvio —el muy cretino se las había ingeniado para que le cayeran otros veinte años— y buscó los informes médicos. No necesitaban una orden judicial para consultar su expediente. Como recluso, Nesbitt carecía del derecho a la intimidad. Sara leyó por encima las voluminosas anotaciones sobre sus ingresos hospitalarios y sus múltiples visitas a la enfermería de la prisión.

Nesbitt tenía una pierna amputada por debajo de la

rodilla. Durante los ocho años que llevaba encarcelado, le habían visto decenas de médicos; cientos, quizá. En la cárcel no había atención médica continuada. Allí era más fácil ver un unicornio que un especialista en traumatología. Los presos tenían que conformarse con lo que había. Si tenían mucha suerte, daban con un médico que no estaba intentando escabullirse de alguna demanda por negligencia o que no trabajaba para una mutua que, a fin de obtener el máximo beneficio, reducía al mínimo indispensable los servicios que prestaba al paciente.

Sara pasó páginas y más páginas de facturas. A los presos se les cobraban cinco dólares en concepto de copago por cada visita al médico, daba igual que fuera por un fallo cardiaco o para que les cortaran las uñas de los pies. Nesbitt debía 2,655 dólares al estado de Georgia. Hasta que saldara la deuda, le embargarían parte de su cuenta del economato y del salario de tres centavos la hora que cobraba por hacer labores de conserjería. Y, si en algún momento salía de prisión y encontraba empleo, seguirían embargándole parte del sueldo. Solo en los últimos ochos años, había ingresado veintiocho veces en el hospital y visitado quinientas treinta y una la consulta del médico. O sea, más de una vez por semana.

—A Nesbitt le amputaron el pie debido a un accidente de tráfico —le dijo a Amanda—. Desde que ingresó en prisión, ha perdido diez centímetros de pierna. No le adaptaron bien la prótesis, y una mala prótesis es como un zapato que no es de tu talla. El roce y la fricción alteran la circulación capilar normal, lo que provoca la isquemia de los tejidos. Si la situación se prolonga, como suele ocurrir en prisión, deriva en necrosis.

—¿Y entonces?

—Entonces… —Sara siguió pasando páginas del dosier, que era como un informe sobre prácticas médicas del Tercer Mundo—. Para hacer un diagnóstico, valoras la fase en que se halla la lesión basándote en lo que ves. En la fase uno, el daño es superficial: un simple enrojecimiento. La fase dos involucra a las dos primeras capas de la piel. Algo parecido a una ampolla. La fase tres es una úlcera ya muy inflamada. O sea, una llaga abierta. Se ve la grasa, pero no el músculo ni el hueso. Aparece una sustancia blanca o amarilla que hay que retirar.

—¿Pus?

—Más bien una especie de película pegajosa. Huele fatal. Hay que mantener limpia la herida porque, si no, proliferan las bacterias anaeróbicas.

Comprobó en el expediente que Nesbitt había sufrido sucesivas infecciones bacterianas. A los reclusos no se les permitía tener medicamentos en la celda, y era difícil conseguir gasas estériles, especialmente al precio de cinco dólares la visita.

—La fase cuatro es una úlcera ya muy profunda. Se ve el interior de la pierna: el hueso, los músculos y los tendones. Pasado ese punto, es técnicamente imposible valorar la lesión porque no se ve nada. La piel se convierte en tejido cicatricial negro y endurecido, tan grueso como la suela de un zapato. Cuesta ver qué hay más allá. Huele a podrido. Imagínate un trozo de carne podrida; es básicamente lo mismo. Se destruye el tejido muscular y se infecta el hueso. Nesbitt ha llegado a ese punto cuatro veces en los últimos ocho años, y cada vez le han cortado un trocito más de pierna.

—¿Esa es la mejor forma de tratarlo?

Sara se habría echado a reír si la situación no fuera tan espantosa.

—Si estuviéramos en un campo de batalla de la Guerra Civil, sí, desde luego. Pero estamos en el siglo XXI. Lo normal sería utilizar una terapia de cierre por vacío asistido y, a ser posible, un tratamiento de oxígeno hiperbárico para restablecer el flujo sanguíneo en la zona. En circunstancias óptimas, con un tratamiento intensivo, la lesión tardaría meses en curar.

—La administración estatal no pagaría eso jamás.

A Sara se le escapó la risa. La administración estatal apenas pagaba las sábanas limpias.

—Nesbitt tiene ahora mismo una lesión en fase tres, una úlcera abierta. Si te pusieras muy cerca de él, notarías el olor. Está a una o dos infecciones más de perder la articulación de la rodilla. Lo que daría paso a un nuevo infierno. Hasta los buenos candidatos tienen problemas para adaptarse a una prótesis por encima de la rodilla.

—¿Va a seguir perdiendo trozos de pierna hasta que no le quede nada?

—No creo que llegue a eso. Le pondrán en silla de ruedas. No tendrá acceso a fisioterapia. Hará muy poco ejercicio, y es prácticamente imposible mantenerse bien hidratado bebiendo solo el agua del lavabo. Ya le sobran unos cuantos kilos, y tiene alta la tensión, el colesterol y el azúcar. Está a un paso de tener diabetes.

—¿Otro infierno más?

—El peor —contestó Sara—. Puede controlarse el nivel de azúcar en la celda, pero tendrá que ir a la enfermería cada vez que necesite una inyección. Puedes imaginarte lo bien que funciona ese sistema. Mueren cientos de presos cada año por cetoacidosis diabética. Nesbitt está a punto de caer en un abismo que reducirá su esperanza de vida en varias décadas. Eso por no hablar del calvario que ya lleva a sus espaldas.

—Te compadeces mucho de un pederasta que quiso demandar a los herederos de tu marido.

Sara comprendió que Amanda también había estado informándose por su cuenta. La demanda civil no aparecía mencionada en el expediente de Nesbitt.

—Te estoy dando mi opinión como médico, no mi opinión personal.

Aun así, le pareció oír la voz insidiosa de su madre citando la Biblia: «En verdad os digo que lo que les hicierais a mis hermanos, aun a los más pequeños, a mí me lo haríais».

—Qué raro —comentó Amanda— que Nesbitt no haya exigido nada relacionado con sus problemas de salud al negociar un trato. Ni siquiera lo ha insinuado, y podríamos pedir que lo trasladen a un hospital ahora mismo para que le traten esa lesión.

—Eso no le ayudaría gran cosa. Que reciba de verdad la atención que necesita costaría más de un millón de dólares —explicó Sara—. Un especialista en el tratamiento de heridas complejas. Un ortopeda especializado en amputaciones y revascularización. Un cardiólogo. Un cirujano vascular. Una prótesis bien adaptada a sus necesidades. Fisioterapia. Ajustes de la prótesis cada cuatro meses y sustitución completa cada tres o cuatro años. Una dieta diseñada por un nutricionista. Y medicación para el tratamiento del dolor.

—Ya entiendo —dijo Amanda—. Y seguro que Nesbitt también. Por eso está tan empeñado en vengarse. Está decidido a arrastrar por el fango a la policía del condado de Grant.

—A Jeffrey, quieres decir.

—No, a Lena Adams. Quiere verla entre rejas.

—Vaya, ¿quién me lo iba a decir? Acabo de descubrir que tengo algo en común con un pederasta. —Sara pasó las páginas hasta volver a la última visita de Nesbitt a la enfermería—. Dentro de dos semanas, si no se produce un milagro, tendrá una septicemia y, cuando se agudicen los síntomas, le ingresarán. Después de pasar unos cuantos días en el hospital, volverá a prisión. Se pondrá peor. Y volverán a hospitalizarlo. Ha pasado por esto ya cuatro veces. Sabe lo que le espera.

—Eso explica el plazo de una semana que nos ha dado. ¿Recuerdas algo sobre la investigación de ese caso en el condado de Grant? —preguntó Amanda.

—Solo desde la perspectiva de una patóloga forense

—repuso Sara tratando de ser diplomática. En aquella época, la mayoría de sus conversaciones con Jeffrey degeneraban rápidamente en un intercambio de pullas y golpes bajos—. Asesoré al juez de primera instancia local. Jeffrey y yo teníamos una relación muy tensa en aquel momento.

Amanda giró bruscamente hacia una bocacalle. Sara había perdido la noción del tiempo. Habían llegado ya al tanatorio Ingle de Sautee. Amanda rodeó el edificio y aparcó delante de la entrada principal. Luego sacó su móvil para avisar a su contacto de que habían llegado.

Solo había otro coche aparcado a la entrada: un Chevy Tahoe rojo. Sara contempló el edificio de ladrillo de dos plantas, con llamativas molduras blancas en la fachada y canalones de cobre. Alexandra McAllister estaba dentro. Tenía veintinueve años. Había estado ocho días desaparecida. Su cadáver lo habían encontrado dos excursionistas que habían salido a dar un paseo con su perro.

Sara se reprochó íntimamente no haber acribillado a Amanda a preguntas sobre el caso, en vez de refocilarse pensando en el pasado.

—Dos minutos. —Amanda acababa de colgar—. La familia está a punto de marcharse.

Sara formuló la pregunta que debería haber hecho una hora antes…

—¿Crees que Nesbitt tiene razón? ¿Que hay un asesino en serie?

—Todo el mundo quiere atrapar a un asesino en serie —respondió Amanda—. Mi trabajo consiste en mantener a mi equipo centrado para que deje de espantar moscas y descubra dónde está la carne podrida.

Se abrió la puerta del tanatorio y ambas guardaron silencio cuando vieron salir a un hombre y a una mujer de cerca de sesenta años, encorvados por la pena. Los padres de Alexandra

McAllister, supuso Sara. Vestían los dos de negro. En el tanatorio, les habrían pedido que eligieran un féretro. Les habrían animado con delicadeza a elegir el cojín y el color del forro de raso. Les habrían dicho que trajeran la última vestimenta que llevaría su hija, indicándoles que se acordaran de incluir ropa interior, zapatos y complementos. Les habrían hecho firmar un montón de papeles, extender cheques, entregar fotografías y fijar la hora del velatorio, el funeral y el entierro. Todas esas cosas que unos padres esperaban no tener que hacer nunca por su hija.

O una esposa por su marido.

Amanda aguardó a que los McAllister se marcharan en su coche para preguntar:

—¿Qué fue de los archivos de Jeffrey, de los casos en los que había trabajado?

Sara se acordó de pronto, inopinadamente, de la primorosa letra de Jeffrey. En parte, se enamoró de él por aquella cursiva tan precisa y bella.

—Está todo guardado.

—Necesito esos archivos. Sobre todo, sus anotaciones personales —dijo Amanda al salir del coche.

En lugar de entrar por la puerta principal, condujo a Sara al lateral del edificio. Sara, entre tanto, pensó en cómo traer los archivos de Jeffrey a Atlanta. Su marido siempre había guardado meticulosamente sus papeles, así que no sería difícil localizar las cajas correctas. Podía pedirle a Tessa que se las acercara en coche, pero, si lo hacía, su hermana volvería a provocar una discusión. Sabía, además, que iba a haber cierta tensión con Will. Y tendría que hablar con Faith antes de que acabara el día. De pronto, todo se le hizo cuesta arriba.

La puerta lateral del tanatorio no estaba cerrada con llave. No había medidas de seguridad fuera del edificio, ni siquiera una cámara. Amanda se limitó a abrir la puerta y entraron.

Torció a la derecha, enfiló un largo pasillo y a continuación bajó unas escaleras que llevaban al sótano.

La temperatura se volvió gélida. Olía a antiséptico. Sara vio una mesa debajo de las escaleras y varias cajoneras arrimadas a la pared del fondo. Un cierre metálico plegable cortaba el paso al hueco del montacargas. La cámara frigorífica emitía un suave zumbido. El suelo era de baldosas grises, con un gran desagüe en el centro. El grifo de la enorme pila de acero inoxidable goteaba lentamente.

Sara había pasado mucho más tiempo del que le correspondía por su edad en tanatorios y funerarias. Y aunque no era partidaria de la manera en que se elegía en Georgia a los jueces de primera instancia porque le parecía una especie de tómbola, siempre se alegraba cuando el juez local —porque casi siempre eran hombres— era el director de un tanatorio. Los tanatoprácticos diplomados tenían conocimientos básicos de anatomía y era más probable, por tanto, que asimilaran los contenidos del curso introductorio que el estado exigía a los jueces de primera instancia recién designados.

Amanda miró su reloj.

—No podemos entretenernos —dijo.

Sara no pensaba hacerlo, pero tampoco iba a apresurarse.

—Aquí solo puedo hacer un examen visual preliminar. Si hay que hacerle la necropsia, habrá que trasladar el cadáver a la central.

—Entendido —dijo Amanda—. Recuerda que de momento se ha dictaminado que la muerte ha sido accidental. No podemos llevarla a ninguna parte a no ser que el juez de primera instancia revise su dictamen.

Sara lo dudaba mucho. Amanda siempre se las ingeniaba para salirse con la suya.

—Sí, señora.

Se oyó un fuerte chirrido cuando el montacargas se puso en marcha y comenzó a bajar. Sara vio sucesivamente un par de zapatos de cordones negros, unos pantalones de vestir del mismo color y una americana a juego; un chaleco abrochado casi hasta el cuello; una corbata negra y una camisa blanca. El montacargas se detuvo. El cierre plegable se abrió. El hombre que salió del ascensor era exactamente como se lo imaginaba Sara: setenta y tantos años, pelo canoso peinado hacia atrás, bigote bien recortado y un aire sombrío y anticuado que se avenía a la perfección con su oficio.

—Buenos días, señoras.

Sacó una camilla del montacargas y la empujó hacia el centro del sótano. El cadáver estaba cubierto por una sábana blanca de algodón grueso que llevaba grabado el logotipo de la aseguradora Dunedin Life, una multinacional dueña de la mitad de los tanatorios del estado.

—Señora subdirectora, bienvenida. Doctora Linton, soy Ezra Ingle. Por favor, discúlpenme por haberlas hecho esperar. Aunque se lo he desaconsejado, los padres han insistido en ver a la fallecida.

Sara comprendió por su suave acento de los Apalaches que Ingle era de aquella zona. Él le estrechó la mano con ensayada firmeza.

—Gracias, señor Ingle —dijo Sara—. Le agradezco que me permita echar un vistazo.

Él lanzó a Amanda una mirada recelosa, pero contestó:

—Agradezco una segunda opinión, aunque debo reconocer que me ha sorprendido su petición.

Amanda no dijo nada, a pesar de que era evidente que Ingle y ella se conocían. «Estupendo», pensó Sara. Justo lo que le hacía falta: más tensión.

—Los padres han confirmado que la chica era una

senderista experimentada. Según me han dicho, no era raro que pasara todo el día en el parque natural. —Ingle se acercó a la mesa y recogió unos papeles—. Verá, creo, que soy muy minucioso.

—Gracias. No lo dudo.

Sara no podía reprocharle que se sintiera molesto. Podía, en cambio, hacer que la situación resultara lo menos penosa posible.

Ingle había pasado sus notas a limpio con una máquina de escribir. Sara notó el olor del típex, todavía fresco, con el que había corregido una sola errata.

El cadáver había sido hallado a escasa distancia del arroyo Smith, en el Parque Estatal Unicoi, una reserva natural de unas cuarenta hectáreas de extensión en el noreste del estado. El Smith era un afluente del río Chattahoochee, de diez kilómetros y medio de longitud. El cadáver estaba orientado de este a oeste, a unos sesenta metros de la senda ciclable, una pista de tierra batida de doce kilómetros de largo, de dificultad entre moderada y alta. El circuito, en forma de ocho, discurría entre el Unicoi y el lado del arroyo Smith situado en el condado de Helen, y estaba señalado con una marca blanca.

Sara pasó la página.

El arroyo estaba a unos cincuenta metros del cadáver, bajando una pendiente de 25 grados de desnivel. La fallecida iba vestida con ropa de senderismo profesional. El grado moderado de descomposición que presentaba el cuerpo era el que cabía esperar teniendo en cuenta que la temperatura ambiente durante la semana anterior había oscilado entre 14 y 26 grados centígrados. El Subaru Outback de la fallecida había sido localizado previamente a la entrada del parque, junto a la ruta 75, a unos siete kilómetros del lugar donde se halló después el cuerpo. El coche estaba cerrado, y el teléfono y el bolso de la fallecida se hallaban dentro. La llave del vehículo se había encontrado en el bolsillo interior del impermeable que vestía la víctima. A dos metros del cadáver se había encontrado una botella de acero inoxidable, medio llena de agua.

—Señor Ingle —dijo Sara—, ojalá mis profesores hubieran sido tan minuciosos como usted. Su informe preliminar es increíblemente detallado.

—¿Preliminar? —respondió él.

Sara miró a Amanda en busca de ayuda, pero solo vio su coronilla. La subdirectora del GBI estaba tecleando en el móvil (o «siendo una maleducada», como se decía coloquialmente en aquella zona). Sara había sentido que le vibraba el teléfono en el bolsillo, pero en aquel momento nada era más importante que lo que tenía entre manos.

—Si me permite.

Ingle desplegó una veintena de fotografías en color sobre la mesa de madera que había en el rincón. Había documentado concisamente el lugar de los hechos. Había fotografiado el cadáver *in situ* desde cuatro ángulos. El torso expuesto a la vista, con evidencias de actividad depredadora. Las manos. El cuello. Los ojos con y sin las gafas de sol que llevaba la fallecida. Ningún primer plano detallado, salvo del interior de la boca. La imagen estaba ligeramente desenfocada, pero la garganta no parecía, a simple vista, obstruida.

—La siguiente serie de fotografías muestra lo que pudo ocurrir —añadió Ingle—. La senda ciclable estaba muy frecuentada ese día, así que doy por sentado que la fallecida atajó por el bosque para salir a la senda del arroyo Smith, que estaba más despejada. Atajar por ese terreno es bastante difícil. Hay mucha maleza, zarzas y esas cosas. La fallecida se cayó y se golpeó la cabeza con una roca, deduzco. Hay unas cuantas en esa zona. La herida en la cabeza la dejó incapacitada. Después cayó un fuerte aguacero. En la última página puede

ver el informe del tiempo que ha hecho. Esa noche llovió a
mares. La pobrecilla hizo lo que pudo por cobijarse, pero al final no aguantó.

Sara estudió la segunda serie de fotografías impresas por
inyección de tinta. Los negros y los marrones se veían apa-
gados, como en las anteriores, y la luz no era muy buena. El
cadáver de Alexandra McAllister aparecía retorcido a la altura de la cintura, con las rodillas apuntando hacia el interior
del bosque y el torso mirando hacia el arroyo. Sara se fijó en
el primer plano del torso. Los daños causados por la actividad de depredadores eran muy significativos, pero desacos-
tumbrados. A menos que hubiera una herida abierta, los
carnívoros solían atacar los orificios corporales: la boca, la
nariz, los ojos, la vagina y el ano. Las fotografías demostraban que la mayor parte de los daños se hallaban limitados a
la zona del abdomen y el pecho.

Ingle pareció adivinar lo que estaba pensando.

—Como ve, llevaba puesto un cortavientos de gran calidad.
De material Gore-Tex, marca Arc'teryx, completamente impermeable, con cierre regulable en las mangas y la capucha. El
problema es que la cremallera delantera estaba rota, de modo
que no se mantuvo cerrada. Los pantalones eran Patagonia, de
material de montaña impermeable, con cierre en los tobillos.
Los llevaba, además, remetidos en las botas de montaña.

Sara comprendió por qué señalaba Ingle aquellos detalles. A
su modo de ver, la capucha con cierre regulable había protegido la cara de la víctima, y las gafas de sol, los ojos. Los cierres
de las mangas y el pantalón habían actuado como barrera contra insectos y animales, de modo que solo una parte del cuerpo quedaba expuesta a la acción de los depredadores. La
cremallera rota había permitido que se abriera la chaqueta.
La camiseta de debajo era una especie de top sin mangas, con
cuello de pico. Daba la impresión de que varios animales

carroñeros habían rivalizado por los restos. Eso explicaría la posición en escorzo del cadáver.

—En esta zona abundan los zorros grises —explicó Ingle—. Hace un par de años, uno rabioso mordió a una mujer.

—Sí, lo recuerdo. —Sara sacó un par de guantes de la caja que había sobre la mesa—. De momento, todo lo que me ha dicho y lo que he leído apunta a un accidente desafortunado.

—Me alegra saber que está de acuerdo conmigo —repuso Ingle, y añadió—: De momento.

Sara le vio retirar la gruesa sábana blanca que cubría el cadáver. Otra sábana lo envolvía de hombros para abajo como el vendaje de una momia, evidentemente a fin de que los padres no vieran más de lo que debían. Ingle se sirvió de unas tijeras para cortar la fina tela. Procedió con suavidad, avanzando lentamente desde el pecho a los pies.

Saltaba a la vista que había puesto gran cuidado en preparar el cadáver de Alexandra McAllister antes de que lo vieran sus padres. El cuerpo, desnudo, olía a desinfectante. La cara, aunque hinchada, no parecía desfigurada. Tenía el cabello peinado. Ingle debía de haberle masajeado el rostro para disipar el *rigor mortis*, a fin de que su semblante pareciera lo más relajado y natural posible. Había aplicado juiciosamente el maquillaje para disimular el horror de las últimas horas de vida de la joven. Este rasgo de delicadeza le recordó a Sara a Dan Brock, el director de la funeraria del condado de Grant. Especialmente tras la muerte de su padre, Brock trataba a los familiares de los fallecidos con una compasión rayana en la santidad. Sara había podido comprobarlo en carne propia al morir Jeffrey.

Ingle apartó la sábana, debajo de la cual había otra capa de recubrimiento. Había tapado con plástico el torso de la joven para impedir que los fluidos traspasaran la sábana. El efecto que producía era el de una fuente de espaguetis cubierta con papel film.

—¿Doctora? —Ingle quería posponer hasta el último momento la retirada del plástico. Incluso con las precauciones que había tomado, el olor sería muy intenso.

—Gracias.

Sara inició el examen visual del cadáver por la cabeza. Apreció una fractura abierta en la parte posterior del cráneo. Mareo, náuseas, visión borrosa, aturdimiento, pérdida de conciencia. Era imposible determinar en qué estado se hallaría la víctima tras la caída. Cada cerebro reaccionaba de manera distinta a un traumatismo. El único denominador común era que el cráneo actuaba como un recipiente estanco: cuando el cerebro empezaba a hincharse, no tenía espacio para expandirse. Era como inflar un globo dentro de una bola de cristal.

Abrió los ojos de la mujer. Las lentillas se le habían fusionado con la córnea. Los glóbulos oculares presentaban petequias causadas por la rotura de los vasos sanguíneos, lo que podía indicar que había habido estrangulamiento, o bien que el cerebro, al inflamarse, había presionado el bulbo raquídeo deprimiendo la respiración hasta causar la muerte. Una autopsia aclararía si había fractura del hioides, lo que indicaría que se había ejercido presión exterior. Pero esto no era una autopsia.

Y, de momento, Sara no veía motivos para recomendar un examen *post mortem* más exhaustivo.

Palpó el cuello con los dedos. Parecía rígido, pero podía haber múltiples razones que explicaran su agarrotamiento, desde un esguince cervical causado por la caída a la inflamación de los ganglios linfáticos.

—¿Tiene una linterna a mano? —le preguntó a Ingle, que se sacó del bolsillo una delgada linterna en forma de lápiz.

Sara abrió la boca de la fallecida. No encontró diferencias respecto a la fotografía. Empujó la lengua hacia abajo y enfocó la garganta con la linterna. Nada. Introdujo el dedo índice por la faringe, hasta donde alcanzó.

—¿Nota alguna obstrucción? —preguntó Ingle.

—No, ninguna.

Para saber con seguridad si el conducto estaba obstruido, habría que diseccionar la tráquea. Pero tampoco había motivos obvios para hacerlo, y Sara no iba a hacer pasar a la familia de la joven por un nuevo calvario solo porque un pederasta con sed de venganza tuviera una teoría sobre su muerte.

—Listo —le dijo a Ingle.

Él retiró lentamente el plástico que cubría el torso. El ruido que hizo retumbó en el techo bajo. El abdomen parecía reventado desde dentro por una granada. Desprendía un hedor tan espantoso que Sara empezó a toser. Le lagrimearon los ojos. Miró a Amanda, que seguía con la cabeza agachada, tecleando con una mano mientras con la otra se tapaba la nariz.

Sara no podía permitirse ese lujo. Respiró hondo un par de veces y obligó a su cuerpo a aceptar que no le quedaba otro remedio. Ingle, por su parte, no se inmutó. En sus labios se había dibujado una leve sonrisa de satisfacción.

Sara volvió a fijarse en el cadáver.

La línea de separación entre la zona que había quedado protegida por la ropa impermeable y la zona cubierta por la fina camiseta de algodón del torso parecía trazada con regla. Por encima de las clavículas y por debajo de las caderas, todo estaba intacto. El vientre y el pecho presentaban un aspecto muy distinto.

Los intestinos habían sido desalojados de su cavidad y los pechos estaban desgarrados. Faltaban la mayoría de los órganos. Las costillas estaban limpias, como lamidas por una lengua. Sara advirtió marcas de dientes en los huesos. Apartó el brazo izquierdo del tronco para ver el alcance de los daños desde el pecho desgarrado hacia la espalda. La axila estaba abierta por completo. Los nervios, las arterias y las venas sobresalían como cables eléctricos rotos. Al separar el brazo derecho, observó las mismas lesiones.

—¿Qué opina de las axilas? —le preguntó a Ingle.

—¿De las axilas? Que los zorros pueden ser extremadamente dañinos, sobre todo cuando se pelean entre sí. Tienen las uñas afiladas como cuchillas. Debían de estar como locos.

Sara asintió, aunque no estaba del todo de acuerdo con su dictamen.

—Espere. —Ingle volvió a la mesa y sacó una lupa del cajón de arriba—. Verá restos de tela azul procedentes de la camiseta. No me ha dado tiempo a recogerlos.

—Gracias.

Sara cogió la lupa y se agachó junto a la camilla. Se veían claramente las marcas de dientes y zarpas. No le cabía duda de que varios animales se habían cebado con el cadáver, pero quería examinar más de cerca las lesiones de las axilas.

Los depredadores se sentían atraídos por la sangre de las vísceras y los músculos. Las axilas no eran muy apetitosas en ese sentido. Los nervios, las venas y las arterias del plexo braquial se extendían desde la médula espinal hasta la axila, pasando por el cuello y la primera costilla. Había formas más complicadas de describir su funcionamiento, pero, básicamente, el plexo braquial controlaba los músculos de los brazos. Sus diversos elementos podían distinguirse a simple vista por el color. Las venas y las arterias eran rojas. El color de los nervios variaba entre el blanco nacarado y el amarillo.

A través de la lupa, Sara observó que las venas y las arterias habían sido desgarradas por la acción de unos dientes atraídos por la sangre. Los nervios, por el contrario, parecían cortados limpiamente con un cuchillo.

—¿Sara? —Amanda había despegado por fin los ojos del teléfono.

Ella meneó la cabeza y preguntó a Ingle:

—¿Qué hay del arañazo de la espalda?

—¿La herida?

—En sus notas dice que es un arañazo.

—Una herida. Un corte —puntualizó él—. Supongo que se raspó la nuca con algo, puede que con una piedra. La ropa no estaba rota, pero no es la primera vez que veo algo así. Fricción básica.

Ingle estaba empleando los términos «herida», «corte» y «arañazo» como si fueran intercambiables, lo que equivalía a decir que un perro era lo mismo que un pollo y un pollo lo mismo que una manzana.

—¿Podemos ponerla de lado?

Ingle volvió a cubrir el abdomen con el plástico antes de mover los hombros del cadáver. Sara se encargó de levantarle las caderas y las piernas. Sirviéndose del fino haz de luz que emitía la linterna, examinó la espalda. El *livor mortis* había ennegrecido la zona como un enorme moratón que abarcaba toda la columna. La piel estaba tirante y agrietada por la descomposición.

Contó las vértebras cervicales desde el arranque del cráneo, recurriendo a un truco nemotécnico que había aprendido en la facultad: «Diafragma con movimiento, del tercer al quinto puesto».

El nervio frénico, que controla la subida y bajada del diafragma, se ramifica desde los nervios raquídeos de las vértebras cervicales tercera, cuarta y quinta. Al valorar una lesión medular, si esos nervios están intactos, el paciente no necesita respiración asistida. Cualquier lesión por debajo de la vértebra C5 habría paralizado las piernas de la joven. Los daños por encima de la C5 le habrían paralizado las piernas y los brazos, pero también le habrían impedido respirar por sí sola.

Sara descubrió la herida a la que se refería Ingle en sus notas justo debajo de la C5.

El arañazo —pues eso era, dado que la piel estaba solo arañada— tenía el tamaño aproximado de la uña de un pulgar y era más profundo por un extremo, mientras que por el otro se difuminaba como la cola de un cometa. Sara comprendió de inmediato por qué Ingle no le había dado importancia. Tenía todo el aspecto de ser una herida accidental, de las que se producen a todas horas, como cuando te rozas el cuello con algo afilado o te rascas con demasiada fuerza. Te haces un poco de daño pero no mucho, y más tarde le preguntas a tu pareja qué tienes ahí, porque ni siquiera recuerdas cómo te lo has hecho.

Pero aquella lesión no se debía a un simple picor. Era evidente que el arañazo tenía como propósito ocultar una herida. Y no una herida cualquiera, sino una punción. El orificio medía, aproximadamente, la cuarta parte de la circunferencia de una pajita. Sara pensó de inmediato en el punzón de una navaja suiza, cuya punta redondeada era ideal para perforar cuero. Su padre usaba una herramienta parecida, llamada botador, para hundir la cabeza de los clavos en trabajos de ebanistería.

Al presionar sobre el orificio, salió un líquido acuoso de color marrón oscuro.

—¿Eso es grasa? —preguntó Ingle.

—La grasa sería más blanca y viscosa. Es líquido cefalorraquídeo. Si no me equivoco, el asesino utilizó una herramienta metálica para romper la médula espinal y seccionó los nervios del plexo braquial para inmovilizarle los brazos a la víctima.

—Espere un momento —dijo Ingle perdiendo de pronto su aplomo—. ¿Por qué iba a querer nadie dejar paralizada a esta pobre niña?

Sara sabía muy bien por qué: no era la primera vez que veía lesiones semejantes.

—Para que no pudiera defenderse cuando la violó.

5

Jeffrey caminaba por la avenida principal del campus, en dirección a la verja de entrada. La lluvia le azotaba de soslayo, metiéndose bajo el paraguas. La tormenta había empezado cuando estaba en el despacho del decano recibiendo una lección de «*óptica* y perspectiva». Kevin Blake era una enciclopedia andante de tópicos empresariales y frases hechas: abogaba por un «abordaje holístico de la situación» a fin de «gestionarla» desde una «perspectiva cenital» basada en el «pensamiento creativo».

O sea, que pretendía emitir un comunicado animando al alumnado a dejar atrás el trágico accidente ocurrido en el bosque y a seguir adelante todos a una, como un gran equipo. Jeffrey le había dejado bien claro que no estaba dispuesto a seguirle la corriente y le había pedido una semana de plazo. Blake le había dado hasta el final del día. Después, no había quedado mucho más que decir. Jeffrey tenía pocas alternativas. Solo podía hacer dos cosas: o darse un paseo bajo la lluvia para calmarse, o tirar a Blake por la ventana.

Finalmente había optado a regañadientes por lo primero, a pesar de que había empezado a caer un diluvio mientras esperaban a que llegara la ambulancia. Aún le quedaba un buen trecho para llegar a la verja y ya tenía los calcetines empapados. El pesado paraguas policial le estaba haciendo polvo el hombro. Asió el mango con fuerza. Habían pasado cuatro horas desde aquel mal rato en el bosque, y todavía sentía en las manos la horrenda vibración del hueso al romperse dentro del tórax de la chica. Aunque no estaba acostumbrado a recibir órdenes, había hecho todo lo que le había pedido Sara y gracias a ello habían salvado juntos una vida.

Aún estaba por ver, sin embargo, si esa vida duraría horas, días o décadas.

La víctima se llamaba Rebecca —Beckey— Caterino. Tenía diecinueve años y era la única hija de un hombre viudo. Estaba estudiando Química Medioambiental. Cabía la posibilidad de que no llegara a despertarse de la operación tras sufrir lo que a todas luces parecía un trágico accidente.

Jeffrey no estaba del todo de acuerdo con Blake en que se tratara de eso, de un simple accidente. Pese a la jerga médica a la que había recurrido Sara para explicarlo, seguía inquietándole que la chica estuviera boca arriba. A eso había que añadir, además, la llamada que había recibido del padre de Beckey, que había llegado al hospital a la media hora de ingresar a su hija. El señor Caterino le había transmitido cierta información médica que Jeffrey no alcanzaba a interpretar sin ayuda de Sara, pero que, en resumidas cuentas, indicaba que era imposible que la chica hubiera podido darse la vuelta. O bien había caído hacia atrás o bien alguien la había colocado en esa postura.

Jeffrey era incapaz de explicar por qué creía que este último era lo más probable. No había ningún indicio que apuntara en esa dirección, pero, aun así, sabía por experiencia que a veces se ve mejor con la intuición que con la vista.

Repasó de memoria la cronología preliminar de los hechos. Las compañeras de residencia de Caterino decían que se había marchado en torno a las cinco. La llamada al servicio de emergencias se había producido más o menos una hora después. Caterino salía a correr con frecuencia. Jeffrey había consultado las estadísticas. Las mujeres de su edad solían correr, de media, algo más de kilómetro y medio en doce minutos. Suponiendo que hubiera ido derecha al barrio de IHOP, sin dar ningún rodeo ni detenerse, habría tardado dieciocho minutos en recorrer los 2.4 kilómetros de distancia que había hasta allí desde la residencia.

O sea, que restaban cuarenta y dos minutos durante los cuales podía haber sucedido cualquier cosa.

Si Caterino había sido víctima de una agresión, el siguiente paso era determinar quién podía querer hacerle daño. ¿Tenía algún exnovio que estuviera resentido con ella por haberle dejado? ¿O quizá la nueva pareja de su ex había querido «borrar el pasado»? ¿Había discutido Caterino con alguna de sus compañeras? ¿Tenía alguna rival en la facultad? ¿O había algún profesor obsesionado con ella que no aceptaba un no por respuesta?

Jeffrey había mandado a Frank a sondear a Chuck Gaines, el jefe de seguridad del campus, un perfecto inútil. Matt Hogan había ido a la residencia de Caterino a hablar con sus compañeras y Brad Stephens estaba tomando declaración a Leslie Truong, la estudiante que había encontrado el cadáver en el bosque. Lena, por su parte, iba a encargarse de hablar con la doctora Sibyl Adams, su hermana, que daba la casualidad de que era profesora de Caterino. Sibyl se había ofrecido a llegar antes de su hora al despacho para repasar con Caterino un trabajo de Química Orgánica.

Jeffrey dudaba de que la joven fuera a poder entregar aquel trabajo en un futuro cercano. Sara había indicado a la ambulancia que trasladara a Caterino al centro de traumatología más cercano, que estaba en Macon. El Centro Médico de Heartsdale apenas tenía medios para tratar hematomas y arañazos. Cuando Jeffrey le había pedido a Sara un pronóstico sobre la evolución de la chica, ella se había puesto fuera de sí. Estaba furiosa con Lena por no haberle buscado el pulso, y había descargado toda su furia contra la joven agente, cosa que debería haber aliviado a Jeffrey. Por una vez, no era él el objeto de su ira.

Se apartó para dejar pasar a un coche y cruzó la verja abierta del campus. La calle mayor del pueblo se extendía ante él. La lluvia caía tan fuerte que rebotaba en el suelo, elevándose a medio metro del asfalto. La jefatura de policía estaba a su izquierda. A su derecha, subiendo la cuesta, se alzaba la clínica pediátrica como un ejemplo paradigmático de la fealdad arquitectónica de los años cincuenta.

Aquel engendro de ladrillo visto muy bien podría haberse definido como de «estilo alto-penitenciario». No había nada en su fachada que sugiriera que allí los niños eran bienvenidos. Las ventanas eran estrechas. El voladizo de plástico de la entrada daba un tono marrón amarillento a la luz natural que lo atravesaba. En un extremo del edificio sobresalía un octágono hecho con bloques de vidrio que semejaba un forúnculo. Era la sala de espera. En verano, la temperatura podía alcanzar los treinta y tantos grados allí dentro. El doctor Barney, el propietario de la clínica, insistía en que el calor ayudaba a los pacientes a curarse, porque les hacía sudar. Sara no estaba para nada de acuerdo, pero el doctor Barney había sido su pediatra antes de que ella se convirtiera en su jefa y le costaba llevarle la contraria abiertamente (¡no sabía Barney la suerte que tenía!).

Jeffrey subió por el empinado repecho que conducía a la clínica. El Z4 gris de Sara estaba en el aparcamiento lateral del edificio. Lo había aparcado donde él pudiera verlo con toda claridad, justo enfrente de la puerta principal de la comisaría, porque castrarlo, solo habría podido castrarlo una vez, pero de este modo podía restregarle por la cara su descapotable de ochenta mil dólares cada vez que él saliera del trabajo.

Y, hablando de castración, Tessa Linton estaba esperando

debajo del estrecho voladizo de la puerta lateral de la clínica. Vestía pantalones vaqueros cortos y camiseta estrecha, de manga larga, con el logotipo de la empresa de fontanería Linton e Hijas inscrito sobre el amplio pecho. Llevaba, como de costumbre, la larga melena rubia rojiza apilada en espiral sobre la coronilla. Jeffrey probó a sonreír. Como no sirvió de nada, le ofreció su paraguas.

—Cuánto tiempo —dijo.

Tessa siguió mirando la calle con aire ausente.

Jeffrey había dado por sentado que, entre la gente del pueblo, ella sería la más comprensiva con el pecado que había cometido. No podía decirse de ella que no tuviera pasado. Ni presente. Las calles del condado de Grant estaban repletas de corazones que había roto Tessa Linton. Jeffrey y ella se habían reconocido de inmediato como espíritus afines cuando Sara le llevó a conocer a su familia. Tessa le advirtió aquel día, medio en broma, que no le rompiera el corazón a su hermana mayor, y él respondió, también medio en broma, que engañar a tu pareja cada vez con una mujer distinta no podía considerarse adulterio. Habían bromeado con eso durante años. Luego, Sara le había pillado *in fraganti*. Y Tessa le había rajado las ruedas del Mustang.

—¿Sara está bien? —preguntó—. Hemos tenido una mañana complicada.

—Mi padre va a venir a recogerme.

Jeffrey miró la calle con recelo y volvió a ofrecerle su paraguas.

—Puedes dejarlo junto a la puerta —dijo.

Ella se cruzó de brazos. Jeffrey observó cómo caía la lluvia en el aparcamiento. El agua chorreaba como una cascada desde el borde del voladizo. Tessa se empaparía en cuanto saliera. Jeffrey debería haberla dejado a merced de los elementos, pero se impuso la caballerosidad. Y, de todos modos, dudaba de que el paraguas siguiera en su sitio cuando volviera, si lo dejaba allí.

—¿Qué tal la antigua casa de los Colton? —preguntó ella.

Jeffrey iba a preguntarle cómo sabía que se había comprado una casa, pero enseguida se dio cuenta de que lo sabía todo el pueblo.

—De estructura está bien, pero tengo que reformar la cocina. Y pintar un poco.

Ella sonrió.

—¿Todavía funciona la cisterna?

Jeffrey notó un leve malestar. No había podido contratar los servicios de ningún fontanero profesional. Ninguno le devolvía las llamadas. Eddie Linton había dictado una *omertà* en su contra.

—Esa tubería de desagüe es de cerámica y está muy vieja. Dentro de un mes estarás cagando en un cubo.

Jeffrey apenas podía permitirse pagar la hipoteca. Se había gastado todos sus ahorros en pagar la entrada de la casa.

—Venga, Tess. Échame un cable.

—¿Quieres que te ayude? —Ella se bajó del bordillo de la acera. La furgoneta de su padre había aparecido en la calle—. Pues te recomiendo que te compres un cubo de metal. El plástico absorbe los olores.

Él se esforzó por cerrar el paraguas cuando Eddie entró en el aparcamiento. Sabía que su exsuegro guardaba una Ruger 380 en la guantera.

La furgoneta se detuvo bruscamente delante del edificio. Jeffrey soltó el paraguas y abrió la puerta de un tirón. Estuvo a punto de chocar con Nelly Morgan cuando entró.

—Vaya, hombre. —La gerente de la clínica chasqueó la lengua, giró sobre sus talones y se alejó. Jeffrey tuvo que refrenarse para no hacer un comentario sarcástico. A fin de cuentas, Nelly ignoraba lo que era el sarcasmo.

No como el doctor Barney.

—Qué buena cara tienes, chaval —dijo al salir de una consulta y cerrar cuidadosamente la puerta tras él.

Jeffrey se miró en el espejo que había encima del lavabo del pasillo. La lluvia había cumplido su función. Tenía la camisa completamente empapada y el pelo de la parte de detrás de la cabeza levantado como las plumas del trasero de un pato.

—¿Qué haces tú aquí? —Molly Stoddard, la enfermera de Sara, no pareció alegrarse de verlo, ni siquiera un poco.

Jeffrey se alisó el pelo.

—Necesito hablar con Sara.

—¿Necesitas o quieres? —Molly consultó su reloj, a pesar de que era una de esas mujeres que siempre sabían qué hora era—. Tiene la consulta llena. Tendrás que…

De pronto se abrió la puerta de la consulta de Sara.

—Molly, ve preparando el nebulizador para Jimmy Powell. Yo voy enseguida.

Molly volvió a mirar a Jeffrey con cara de pocos amigos antes de alejarse arrastrando los pies por el pasillo.

—¿Cómo está la chica? —le preguntó Sara a Jeffrey.

—Está en quirófano. Parece que…

Sara desapareció dentro de su despacho.

Jeffrey dudó si seguirla o no. Volvió a alisarse el pelo. Pasó junto a una madre que esperaba en el pasillo y que lo miró con reproche. Su hijo, un niño pequeño, también le puso mala cara. Jeffrey pensó que no le vendría mal un croquis como los que aparecían al principio de las novelas rusas, para saber quiénes eran parientes de Sara y en qué grado le odiaban.

Encontró a Sara sentada detrás de la mesa, con un bolígrafo en la mano, rellenando una receta. Su consulta era del mismo tamaño que la del doctor Barney, pero parecía más pequeña porque Sara tenía las paredes llenas de fotografías de sus pacientes. Debía de haber más de cien. Pronto no se vería ni un palmo del friso de madera. La mayoría eran fotografías escolares, aunque también había otras más espontáneas, con gatos, perros y algún que otro jerbo. Aquel caótico estilo

decorativo abarcaba toda la habitación. Sara tenía llena a rebosar la bandeja de cosas pendientes. Había manuales y libros
de texto desperdigados por el suelo, y montones de historias
médicas apiladas en dos sillas y encima de las cajoneras archivadoras, rebosantes también de carpetas. Daba la impresión
de que alguien había asaltado la consulta, aunque Jeffrey sabía
que no era así.

Retiró un montón de carpetas para poder sentarse.

—Me he encontrado con Tess fuera.

—Cierra la puerta. —Sara esperó a que se levantara de nuevo, cerrara la puerta y volviera a sentarse y entonces preguntó—: ¿Vas a despedir a Lena por fin?

Jeffrey ya tenía preparada la respuesta.

—¿Cuánto tiempo tardaste tú en encontrarle el pulso a la
chica? —dijo.

—Yo por lo menos se lo busqué.

—Lena también, cuando llegó. Lo vi escrito en sus notas.

—¿Estás seguro de que estaba escrito con la misma tinta?
—Sara le indicó con un gesto desdeñoso que no esperaba respuesta—. Dime qué han dicho en el hospital. ¿Qué tal evolu-
ciona la chica?

Jeffrey dejó que sus reproches implícitos quedaran suspen-
didos en el aire, entre los dos. Durante el año anterior, había
llegado a conocer íntimamente a dos Saras muy distintas. Una,
la que se dejaba ver en público, era siempre respetuosa y taci-
turna, una figura casi trágica. La otra, la que se mostraba en
privado, le trataba como a un trapo a la menor oportunidad.

Jeffrey colocó el montón de carpetas sobre otro montón que
se sostenía ya en precario equilibrio.

—La chica se llama Rebecca Caterino. Beckey, la llaman. En
el hospital no han querido darme información sobre su estado…

—¿Pero?

—Pero… —Jeffrey hizo una pausa para que ella echara el

freno—. He hablado con el padre. El neurocirujano va a practicarle una…

—¿Una craneotomía para aliviar la presión interna del cráneo? ¿Y qué hay de lo que tenía dentro del esófago? —preguntó Sara.

—El neumólogo ha dicho que parecía…

—¿Masa sin digerir?

Jeffrey agarró los brazos de la silla.

—¿Vas a terminar todas mis…?

—¿A qué has venido, Jeffrey? —preguntó ella sin dejarle acabar.

Él tuvo que hacer un esfuerzo por sobreponerse a su enfado.

—¿Notaste que tenía las piernas paralizadas? —preguntó.

—¿Paralizadas? —dijo Sara con interés—. Explícate.

—El cirujano le ha dicho al padre que Beckey tenía rota la columna vertebral.

—¿La columna vertebral o la médula espinal?

Sin apresurarse, Jeffrey se sacó la libreta del bolsillo y pasó unas cuantas hojas.

—Sus pies y sus piernas no respondían a los estímulos en el momento de la evaluación. Al hacerle una resonancia magnética, han visto que tenía una pequeña punción en el lado izquierdo de la médula espinal.

Sara se inclinó sobre su mesa.

—¿Una punción? Sé más concreto. ¿La piel también estaba perforada?

—Es lo único que sé. —Jeffrey cerró su libreta—. El padre, como es lógico, está muy angustiado. Los cirujanos no han querido darle más información. Ya sabes cómo son estas cosas al principio. No sueltan prenda.

—Pero saben más de lo que aparentan —repuso Sara—. ¿Te ha dicho el padre dónde estaba esa punción?

Él volvió a mirar sus notas.

—Debajo de la C5.

—No necesita respiración asistida, entonces. Menos mal.
—Sara se recostó en su silla. Jeffrey notó que estaba barajando posibilidades—. Bueno… Las lesiones de médula espinal son en su mayoría resultado de un traumatismo: lesiones deportivas, accidentes de coche, heridas de bala o de arma blanca… También de accidentes, pero por lo general no como consecuencia de un tropiezo y una caída. El golpe tiene que ser tremendo para que se rompa la médula espinal. Cabe la posibilidad de que una vértebra fracturada perforara la médula, o que la chica cayera sobre algo afilado. ¿Habéis encontrado algo en el lugar de los hechos que pueda causar una herida penetrante?

—Cuando hablé con el padre, ya había caído un diluvio sobre el lugar de los hechos.

—¿Y no se te ocurrió taparlo con una carpa?

—¿Para qué? —preguntó Jeffrey, porque ese era precisamente el quid de la cuestión—. ¿Por qué iba a tomar precauciones especiales si parecía un accidente? ¿Tú viste algo que te hiciera pensar lo contrario?

Ella negó con la cabeza.

—Tienes razón.

Jeffrey se llevó una mano al oído como si no hubiera oído bien. Ella esbozó una sonrisa desganada. Jeffrey detestaba que le emocionara tanto obtener una respuesta positiva de ella, como si estuviera otra vez en el instituto tratando de impresionar a una animadora del equipo.

—Hay algo raro en este caso, ¿verdad? —dijo—. ¿No es solo una impresión mía?

Sara meneó la cabeza, pero Jeffrey notó que compartía su inquietud.

—Quiero ver la resonancia magnética. Lo de la punción es muy extraño. Podría cambiarlo todo. O quizá haya una explicación. En cualquier caso, necesito más datos.

—Yo también. —Jeffrey sintió que la opresión que notaba en el pecho se disipaba ligeramente. Echaba de menos el poder hablar con Sara de sus preocupaciones; era una de las cosas que más añoraba—. Kevin Blake me está presionando para que emita un comunicado hoy mismo. Quiere tranquilizar a la gente. En parte creo que tiene razón. Pero también tengo la sensación de que estamos pasando algo por alto. Y me pregunto qué puede ser ese algo. No hay pruebas materiales que planteen interrogantes a los que pueda dar respuesta una investigación.

—Dudo que la chica pueda ayudarnos —comentó Sara—. Aunque sobreviva a la operación y sea capaz de comunicarse, es probable que la amnesia postraumática la incapacite como testigo.

—Voy a hablar con Leslie Truong, la estudiante que la encontró. Puede que se acuerde de algo.

—Puede.

Jeffrey observó el semblante de Sara. Parecía tener algo más que decir.

—¿Qué ocurre?

—Esto son solo conjeturas, ¿verdad?

—Verdad.

Sara golpeó en la mesa con el boli como si fuera un metrónomo.

—Deberías pedir que le hagan un examen pélvico.

—¿Crees que la han violado? —preguntó Jeffrey sorprendido—. Se trata de una buena chica. Ya viste cómo iba vestida. Ni siquiera llevaba maquillaje y había pasado la noche en la biblioteca. No es ese tipo de chicas juerguistas a las que suelen violar.

El bolígrafo dejó de moverse.

—¿Me estás diciendo que hay un tipo de mujer violable?

—No, nada de eso, qué tontería. —Sara estaba malinterpretando sus palabras adrede—. Lo que digo es que… Fíjate en las pruebas. Caterino no estaba atada. No mostraba señales de lucha. Tenía toda la ropa puesta. Todo parecía en orden. Era pleno día y, aunque estuviera en el bosque, estaba a doscientos metros de una calle muy habitada.

—Y la noche anterior había estado en la biblioteca y no en un bar, y no iba vestida como si fuera pidiendo que la violaran.

—Deja de poner palabras en mi boca. Nadie va pidiendo eso —respondió él—. Vale, puede que me haya expresado mal, pero es cierto que no entra dentro de la categoría de alto riesgo. Es una buena estudiante, no consume drogas… Es como tú, siempre con la cabeza metida en un libro. Por todos los santos, estaba amaneciendo y ella había salido a correr, no estaba en un callejón intentando pillar pastillas.

Sara apretó los labios. Respiró hondo. Jeffrey vio cómo se inflaban sus aletas nasales.

—¿Sabes qué, Jeffrey? Que esto ya no es asunto mío.

—¿Qué asunto?

—Ya no soy la persona con la que comentas los casos en los que estás trabajando. No soy tu confidente, ni el andamio emocional que sostiene tu vida. Esa ya no es mi labor.

—¿Qué narices significa eso?

—Significa que no tengo por qué escucharte, ni preocuparme por ti, ni ayudarte, ni mirarte siquiera. —Sara clavó el dedo en la mesa—. Mañana es el cumpleaños de tu madre. ¿Te acordabas?

—Mierda —masculló él.

—La floristería cierra a las cuatro y no reparten el mismo día, así que a no ser que quieras que se eche a llorar cuando la llames, más vale que encargues un ramo ahora mismo, antes de que se te olvide.

Jeffrey miró su reloj. Tenía cinco horas. No se le iba a olvidar.

—Tienes razón —dijo—, pero yo no te he pedido que…

—¿Te acuerdas de que el mes que viene es el diecisiete

aniversario de Possum y Nell? —Ella, por lo visto, sí se acordaba—. La última vez que estuvimos allí, les prometiste que irías a la fiesta. Y que harías un brindis y pronunciarías un discurso. También le prometiste a Jared que le enseñarías a lanzar pases en espiral. Además, tienes que vacunarte contra la gripe. Tendrías que hacerte análisis, a ver cómo estás de anticuerpos. Y bien sabe Dios que no te vendría mal hacerte pruebas, por si tienes alguna enfermedad venérea. Hace tiempo que necesitas un chequeo médico. ¿Necesitas más pastillas para la tensión? Porque tendrás que pedir cita con tu médico de cabecera para que te renueve la receta.

—Sé todas esas cosas —mintió él—. Ya he pedido cita. Y el discurso ya lo tengo escrito en mi ordenador.

—Eres un mentiroso.

—¿Y tú qué, Sara? ¿Por qué no hablamos de ti, para variar? —Sus rodillas chocaron contra la mesa cuando se echó hacia delante—. ¿Qué hay de ese tío con el que te paseas por Atlanta? ¿Ese tal Parker? ¡Parker! ¡Ni siquiera es nombre de persona! ¡Es un bolígrafo de abuelo!

Ella se rio.

—Vaya, ese sí que es un argumento convincente.

Jeffrey tenía muchos otros en la recámara y pensaba soltarlos todos aunque fuera lo último que hiciera.

—Tienes un aspecto horrible. ¿Qué me dices de eso? ¿Te has peinado hoy? ¿Eh? Se te nota que tienes resaca. Seguramente llevas una semana sin dormir. Casi no te tienes en pie. Y yo estoy tratando de que hablemos como adultos sobre…

—Jeffrey —dijo ella en tono gutural, como si la voz se le hubiera atascado en la garganta. Sara nunca gritaba cuando se enfadaba. Expresaba su ira con un siseo furioso—. Sal de mi despacho.

—Pero ¿a qué viene esa actitud? —Jeffrey dio una palmada sobre la mesa. Sara no tenía derecho a enfadarse con él en un momento así—. Dios mío, Sara, intentaba hablarte de un caso y me sales con esto…

—No soy la forense del caso, ni tu caja de resonancia, y menos aún tu mujer. Ya te encargaste tú de que dejara de serlo.

Él soltó una risa forzada.

—No fui yo quien pidió el divorcio.

—No, pero no paraste de mentirme cuando te preguntaba por qué llegabas tan tarde, por qué tenías que salir de repente después de recibir una llamada, por qué habías cambiado tu contraseña de correo electrónico, por qué habías silenciado las notificaciones del móvil y por qué habías puesto un filtro de privacidad en tu portátil.

Jeffrey notó que a ella se le contraía la garganta.

—Me hiciste creer que me estaba volviendo loca —añadió Sara—. Me humillaste delante de todo el pueblo. Y sigues mintiéndome sobre lo de…

—Cometí un error. Uno solo.

—Uno —resopló ella con acritud. Por más que dijera Jeffrey, se negaba a creer que hubiera sido solo una vez—. Ha pasado un año y sigues sin decirme la verdad.

—¿Sabes qué, bonita? Que ya no soy tu marido, esa es la verdad. —Se levantó para marcharse—. Y no tengo por qué soportar esta mierda.

—Pues vete.

Jeffrey no estaba dispuesto a permitir que dijera la última palabra.

—Tú también hiciste cosas, Sara.

Ella abrió los brazos invitándole a continuar.

—Podías haber pasado algún que otro domingo en la cama con tu marido, en vez de irte corriendo a comer con tu familia. O podías haberle dicho a tu madre que no se pasara por casa sin avisar seis días de cada siete. O a tu padre que dejara de controlarme y de acabar cosas que yo podía acabar cuando me diera la gana. O no haberle contado a tu hermana cada detalle de nuestra vida sexual. O, por una vez en tu vida, haber antepuesto mis necesidades y mis sentimientos a toda tu puta familia.

Ella empezó a hurgar en los cajones de la mesa, esparciendo papeles y material de oficina por el suelo.

Jeffrey la observó, atónito. Se estaba portando otra vez como cuando hundió el coche en el lago, rompiendo sus cosas en vez de las de él.

—¿Qué haces?

—Buscar esto. —Puso una calculadora sobre la mesa—. Necesito una calculadora con decimales para sumar lo poquísimo que me importan tus sentimientos y tus opiniones.

Él apretó tan fuerte los dientes que empezó a notar en la cara cómo le palpitaba la sangre.

—Por mí puedes meterte esa calculadora por el culo.

—Y tú puedes irte a joderle la vida a otra.

—Para joder tengo muchas candidatas, te lo aseguro.

—¿Y a mí qué, cabrón?

—Que te den.

Jeffrey dio un portazo tan violento que se rajó el marco de la puerta, saltaron esquirlas de madera y volaron fotografías por el aire. Con el ruido, no oyó la respuesta de Sara. Al salir al pasillo, se encontró con una muralla de batas blancas —enfermeros, médicos y el doctor Barney en persona— en torno al mostrador de enfermería. Lo miraron con reproche. En el pasillo, naturalmente, solo se le había oído gritar a él; así de calculadora era Sara.

Aquello no era un divorcio. Era el Carrusel de *La fuga de Logan*.

Sus zapatos rechinaron en el suelo cuando echó a andar por el pasillo. Llevaba los calcetines mojados y enrollados a la altura de los tobillos y tenía la sensación de que su cabeza despedía vapor. Abrió la puerta empujándola con el hombro. Fuera seguía arreciando la tormenta. Restallaban relámpagos en el cielo y los nubarrones tenían un color tan negro como su estado de ánimo en ese momento.

Buscó su paraguas. Estaba en medio del aparcamiento, con las varillas dobladas. Salió a pesar del aguacero y cogió el paraguas. Empezó a sonar su teléfono, pero no hizo caso. Se le crisparon los músculos de los brazos al intentar abrir el paraguas.

—¡Mierda!

Arrojó el paraguas roto hacia la puerta cerrada. La lluvia le apedreaba la cabeza. Echó a andar por la calle. Echó una ojeada al coche de Sara, pero no estaba tan loco como para darle la satisfacción de hacer una tontería.

Miró el paraguas. Miró el coche.

Volvió a sonar su teléfono.

Se lo sacó del bolsillo.

—¿Qué pasa ahora, joder?

Oyó un titubeo, una leve inhalación. Supo que era Lena sin necesidad de mirar el identificador de llamadas.

—¿Qué pasa, Lena? —preguntó—. ¿Qué quieres?

—¿Jefe? —Titubeó ella de nuevo, y a Jeffrey le dieron ganas de tirar el teléfono al suelo. Veía a Lena al otro lado de la calle, parada detrás de la puerta de cristal de la jefatura de policía—. ¿Jefe?

—Sabes que estoy aquí, Lena. Me estás viendo por la puta puerta. ¿Qué pasa?

—La chica… —Lena se interrumpió otra vez—. La otra, la estudiante…

—¿Qué pasa? ¿Es que se te ha olvidado cómo se habla?

—Ha desaparecido —concluyó ella—. Leslie Truong, la testigo que encontró a Beckey Caterino en el bosque. No llegó a la enfermería, ni ha estado en su residencia, ni en clase. No la encontramos por ninguna parte.

6

Will conducía en silencio mientras Faith anotaba en su cuaderno los datos que iba extrayendo de los recortes de periódico de Daryl Nesbitt. Él oía el arañar del bolígrafo sobre el papel. A Faith le gustaba rodear con un círculo las palabras importantes. Aquel ruido le atacaba los nervios; era como el roce de una lija en los dientes. Le habría gustado poder distraerse con algo, pero, para mantener la paz, nunca escuchaban la radio en el coche. Faith no estaba dispuesta a escuchar a Bruce Springsteen, y él tampoco a NSYNC.

Ella mascullaba de vez en cuando un «¿Eh?», pero por lo demás no parecía incómoda con aquel largo silencio. Will, en cambio, se devanaba los sesos tratando de dar con un tema de conversación que pudiera interesar a su compañera: «Bueno, ¿qué tal van las cosas con el padre de Emma?»; o «¿Es cierto que las amas de casa y las madres trabajadoras son como dos bandas rivales?»; o «¿Te sabes la letra de *Baby Shark*?». Cualquier cosa con tal de dejar de analizar cada palabra que le había dicho Sara en la última hora, como si estuviera metido en un laberinto infinito del que no lograba salir.

Y no porque tuviera muchos datos. En el curso de tres

conversaciones breves, su novia, siempre tan divertida y elocuente, había pasado a hablar en una especie de lenguaje en clave que ni Alan Turing podría descifrar. Estando todavía en la cárcel, Sara no le había colgado, técnicamente, cuando la había llamado desde el aseo, pero la conversación había terminado de forma tan brusca que Will había salido corriendo por los pasillos como un loco. Por suerte, ningún guardia le había pegado un tiro por la espalda. Aunque, a continuación, Sara le había disparado a bocajarro y de frente.

¿Ensalada?

¿McDonald's?

¿Qué?

Cuando él era pequeño y las cosas se ponían feas, imaginaba que su cerebro era como un montón de bandejas apiladas. Siempre le había encantado la comida servida en compartimentos: la *pizza* en el rectángulo grande, y el maíz, las patatas y la compota de manzana en los cuadrados. Visualizar bandejas le permitía disponer de espacios claramente definidos donde guardar sus problemas para enfrentarse a ellos posteriormente. O no. Gracias a ese sistema de almacenamiento, había conseguido superar muchos momentos críticos. Si un padre de acogida se ponía violento con él, o un profesor le gritaba que era idiota, metía esa sensación penosa en un compartimento y, cuando todos los compartimentos estaban llenos, apilaba la bandeja sobre las demás.

Aquellas tres conversaciones con Sara, sin embargo, no sabía dónde guardarlas. Las dos últimas no tenían ningún sentido para él. Sara normalmente se negaba a hablar de la cena antes de la hora de comer. Y jamás en la vida compraría la cena en McDonald's. Así pues, solo le quedaba por analizar la primera llamada, que había durado menos de un minuto. Sara le había parecido primero confusa y luego enfadada; después había hablado como si fuera un robot y por último había dado la impresión de estar a punto de echarse a llorar.

Will se rascó la mandíbula.

Le faltaba la pista más obvia.

Sara le había dicho que estaba en medio de un aparcamiento. Por eso había puesto fin a la llamada: porque no quería derrumbarse en público. A pesar de lo mucho que insistía en lo importante que era darse a conocer al otro, tendía a reprimir sus emociones y a actuar como si no pasara nada. En público siempre se mostraba firme y calmada. En privado, podía desmadejarse de una manera de la que poca gente la habría creído capaz. Aun así, Will podía contar con los dedos de una mano las veces que la había visto perder por completo el dominio de sí misma. A veces sucedía cuando estaba enfadada, y otras cuando estaba dolida, pero, en todo caso, siempre siempre ocurría a puerta cerrada.

Miró por el retrovisor. La carretera se extendía tras él. Sara estaba ya en el otro extremo del estado. Will se sacó el móvil del bolsillo. Podía localizar a Sara con una aplicación, pero ya sabía dónde estaba, y además la aplicación no iba a decirle qué estaba pensando.

Echó un vistazo al teléfono. Tenía de fondo de pantalla una foto de Sara con los perros: Betty acurrucada bajo su barbilla mientras Bob y Billy, sus dos galgos, trataban de subirse a su regazo. Sara tenía las gafas torcidas. Estaba intentando hacer un crucigrama, empezó a reírse, él le hizo la foto y ella le suplicó que la borrara porque parecía boba, así que Will la puso de fondo de pantalla, y ahora nada de eso importaba porque...

¿Por qué no le había escrito?

—Santo Dios, Will, ¿cómo te sientas aquí? —preguntó de pronto Faith—. Físicamente, quiero decir, ¿cómo cabe tu cuerpo en este espacio?

Will la miró de soslayo. Estaba echándose hacia atrás, tratando de estirar un poco las piernas.

—Está el asiento de Emma detrás.

—¿Y por qué no lo mueves? —preguntó ella.

—Es tu coche.

—Y tú eres un gigante. —Se puso de rodillas para hacer sitio detrás.

Will se guardó el móvil en el bolsillo y trató de mantener viva la conversación.

—Creía que eran muy difíciles de colocar, las sillas de coche.

—Tampoco es que haga falta saber astrofísica. —Faith echó su asiento hacia atrás y estiró las piernas en el amplio hueco de delante—. ¿Sabes cuántos sábados me pasé parando coches para comprobar que los asientos de seguridad de los niños iban bien colocados cuando era patrullera? Es alucinante lo tonta que es la gente. Había una pareja…

Will se esforzó por prestar atención a la anécdota, que dio un giro inesperado y derivó en la requisa de un alijo de drogas y una llamada a la brigada de control animal. Esperó a que Faith hiciera una pausa para respirar y entonces señaló sus notas.

—¿Algo interesante?

—Me preocupa lo de los teléfonos móviles —contestó Faith, que seguía pensando en la oferta de información de Daryl Nesbitt—. Tiene que ser un montaje bastante sofisticado. Más de lo normal. Antes del motín, el director confiscó cuatrocientos teléfonos. Que son una barbaridad, si son todos culeros. Porque, a ver, yo sé cómo es un ano y cómo es un móvil. Y no me explico cómo va la cosa. Físicamente, quiero decir. Mira mi teléfono.

Will miró el iPhone X que su compañera tenía en la mano.

—Por uno de esos seguramente se pagarán tres mil dólares en la cárcel —le dijo.

—Pues entonces me cabrían dos a la vez, creo.

El teléfono sonó anunciando la llegada de un mensaje. Y luego de otro. Y de otro.

Will adivinó que eran de Amanda, que siempre mandaba una frase en cada mensaje porque el derecho humanitario de los convenios de Ginebra no se aplicaba a su equipo.

—Amanda dice que Nesbitt tiene problemas graves de salud por la pierna y que por eso ha marcado una semana de plazo. Supongo que si está mandando mensajes es porque ya están en el tanatorio.

Will miró el reloj. Amanda había tardado poco en llegar. Calculó que a ellos les faltaban unos diez minutos para llegar a casa de Lena. Ya se habían pasado por el Departamento de Policía de Macon, confiando en sorprenderla, pero eran ellos los que se habían llevado una sorpresa. Lena estaba de baja por maternidad. Le quedaba un mes para salir de cuentas.

—Creo que debería llevar yo la voz cantante cuando hablemos con Lena —dijo Faith.

Will no había pensado en ninguna estrategia, pero dijo:

—Sí, es lo más lógico. Está embarazada y tú tienes dos hijos.

—No pienso confraternizar con esa arpía porque las dos seamos madres —respondió Faith frunciendo el ceño—. Odio a las embarazadas. Sobre todo a las primerizas. Están tan pagadas de sí mismas… Como si les estuviera pasando algo mágico por crear una nueva vida. ¿Sabes cómo engendré yo mágicamente a Jeremy? Dejando que un cretino de quince años completamente salido me hiciera creer que no podía quedarme embarazada si solo me metía la puntita.

Will clavó la mirada en la pantalla del GPS del salpicadero.

—No, digo que debería hablar yo con ella —continuó Faith— porque conozco a esa puta mentirosa y traicionera de tu exmujer, y he leído tus informes de las dos últimas veces que investigaste a Lena.

—Solo la primera fue una investigación. Y se sobreseyó el caso. No pude demostrar que hubiera ningún delito. —Will se dio cuenta de que se había puesto un poco a la defensiva—. La segunda vez fue casualidad. La pillaron con dos tipos que...

—Casualmente estaban delinquiendo. —Faith le lanzó una mirada cargada de intención—. Pero si pisas una mierda de perro, es porque un perro ha pasado delante de ti.

Will, que conocía bien los parques de perros, contestó:

—Solo tienes que fijarte bien por dónde pisas.

—Tú no te das cuenta de lo mala que es Lena —refunfuñó Faith—. Nunca ves lo mala que es la gente como ella.

Will tuvo que reconocer para sus adentros que seguramente su compañera tenía razón. Siempre había sentido debilidad por las mujeres heridas y llenas de ira. Casi siempre era a sí mismas a quien más daño hacían. Pero también tenía que reconocer que no habían ido hasta Macon para hacer una sesión de terapia. Trataban de obtener información de Lena, y él sabía mejor que nadie lo difícil que iba a ser.

—Se metamorfosea —le dijo a Faith.

—¿Como un demonio?

—Como una persona en la que confías hasta que de pronto dejas de confiar en ella —repuso Will—. Estás hablando con ella y lo que te cuenta parece sensato, pero luego, de repente, sin que sepas cómo ni por qué, se pone furiosa o indignada o paranoica y tienes que vértelas con una persona furiosa, indignada y paranoica.

—Qué bonito.

—El problema es que a veces puede ser una policía estupenda. —Faith soltó un bufido escéptico—. Tiene ese instinto. Sabe hablar con la gente. No miente todo el tiempo. Solo a veces.

—Ser un poquitín corrupta es como estar un poquitín embarazada —contestó Faith—. Yo lo que de verdad quiero es echarle el guante a sus cuadernos. Este fue uno de sus primeros casos importantes. Amanda tiene razón. Cuando estás empezando, lo anotas todo, hasta el último pedo. Seguro que es ahí donde podemos pillarla. Empapelarla con sus propias palabras.

Will sabía que Faith tenía razón. Cuando empezabas en aquel oficio, tu cuaderno de espiral era como un diario. Tu jefe no lo miraba. No era un atestado, ni una declaración jurada, ni un informe oficial. Era el lugar donde anotabas tus pensamientos y esos detalles sospechosos cuya pista querías seguir. Y luego un abogado defensor lo solicitaba como prueba y un juez accedía y en cuanto te descuidabas estabas en el estrado de los testigos sudando la gota gorda y tratando de explicarle al jurado que *DQ* era el nombre del sitio donde ibas a comer, no las iniciales de otro sospechoso que tal vez fuera el verdadero asesino.

—Lena es muy astuta —dijo—. En cuanto le preguntemos por sus cuadernos, sabrá que vamos a por ella. Y ha tenido tiempo de sobra para pensarlo. Nos ha visto un montón de gente en la comisaría. Seguro que ya la han llamado para advertirle de que el GBI anda preguntando por ella.

—Qué cotillas son los polis —se quejó Faith—. Aunque, por otro lado, no le hemos dicho a nadie qué caso nos interesaba. Y Lena seguramente tiene muchos de los que preocuparse. En algún momento se le acabará la suerte, y ese día yo estaré ahí, con las esposas preparadas.

A Will le extrañó su vehemencia.

—¿Desde cuándo le tienes tanta manía?

—Tiene treinta y dos años y lleva quince en la policía. Ya no se le puede dar el beneficio de la duda. Además —añadió Faith levantando un dedo como para indicar que aquello era importante—, Sara es amiga mía. Y la enemiga de mi amiga es mi bestia negra.

—Me parece que no fue eso lo que dijo Churchill.

—Él solo luchaba contra los nazis. Nosotros nos enfrentamos a Lena Adams.

Will dejó pasar la comparación y prefirió no reconocer, ni siquiera para sus adentros, que la invectiva de Faith estaba poniendo de manifiesto lo que ella misma había señalado antes: cuanto más atacaba a Lena, más sentía Will el impulso de justificarla. Su defecto fatal era que entendía por qué hacía Lena las cosas horribles que hacía. Ella no cometía ninguno de esos actos por malicia. Creía de verdad que estaban bien.

Lo que le hizo pensar en una de las cosas más importantes que había aprendido de Amanda: que el policía más peligroso en una investigación era aquel que creía que siempre tenía razón.

—Creo que deberías decirle a Sara lo de Daryl Nesbitt —dijo Faith.

Will giró la cabeza bruscamente, como una torreta ametralladora. Ella se encogió de hombros.

—Tienes razón —dijo—. No deberíamos ocultárselo. Merece saberlo.

Will dudó si confesarle la verdad o no.

—Antes, en la cárcel, parecías muy segura. Dijiste que estabas de acuerdo con Amanda.

—Sí, bueno, yo digo muchas tonterías, y hay que tener en cuenta que a las nueve y media ya estoy que me caigo de sueño. —Su teléfono sonó otra vez. Y otra. Y otra. Abrió el mensaje—. Amanda. Sigue sin haber noticias sobre la persona que puede estar en contacto con Nesbitt fuera de la prisión, así que aún no sabemos quién es ese amigo o amiga que le manda los recortes de periódico. Sara acaba de empezar a hacer el examen preliminar al cuerpo de Alexandra McAllister. Amanda dice que la mantengamos informada de lo que pase con Lena. Vaya, Mandy, gracias por recordármelo. Si no, jamás se me habría ocurrido informarte.

Will la oyó teclear una respuesta, más comedida, supuso.

—En serio —prosiguió ella—, deberías decírselo a Sara. De todos modos, tenemos que parar a echar gasolina. Yo puedo esperar dentro de la tienda para que hables con ella tranquilamente.

Will siguió mirando fijamente la carretera. Sabía que Faith no iba a dejar correr el asunto.

—Ya se lo he dicho.

Faith se apoyó lentamente una esquina del teléfono en la frente y cerró los ojos con fuerza.

—¿Te estás quedando conmigo?

—La llamé desde el cuarto de baño, antes de irnos.

—Joder, muchas gracias, Will. Ahora estará cabreada conmigo, lo que… —De pronto, suspiró—. Bueno, vale, entiendo por qué lo has hecho. Si no, iba a cabrearse contigo, y eres su novio, así que tenías que decírselo, que es lo que has hecho, y yo soy su amiga, así que la culpa es mía por no habérselo dicho, pero, madre mía, qué difícil es esto de mantener una relación sana. No sé cómo lo haces.

Will no estaba seguro de estar haciendo nada.

—Voy a disculparme con ella ahora mismo —añadió Faith mientras empezaba a teclear un mensaje en su móvil—. Me ayudaría mucho que le dijeras que te he dicho que se lo digas antes de saber que ya se lo habías dicho.

—Bueno, es la verdad.

—Lo de que Nick se pusiera así con Nesbitt no mola nada, ¿verdad?

El cambio brusco de tema pilló a Will a contrapié. Casi se había olvidado del estallido de Nick. No le parecía mal utilizar la amenaza como táctica en un interrogatorio, pero pónerle la mano encima a un sospechoso era pasarse de la raya.

—No, no mola nada.

—Es una mierda, porque tenemos que respaldar a Nick para que él nos respalde si alguna vez lo necesitamos, aunque nosotros nunca haríamos algo así, claro. Pero, jolín, es un marrón más en un día lleno de marrones. —Dejó su teléfono en el portavasos—. No es suficiente con tener artículos de periódicos sobre esas mujeres muertas —añadió—. ¿Estaban registradas en alguna aplicación de búsqueda de pareja? ¿Tenían presencia en las redes sociales? ¿Trabajaban en una oficina o en casa? Necesito el expediente de cada caso, el atestado del juez de primera instancia, fotografías, declaraciones de testigos, croquis del lugar donde se encontró el cadáver, informes toxicológicos… Lo único que sé es que se encontraron ocho cadáveres en zonas boscosas, y Amanda tiene razón en lo de los bosques. Mira ahí fuera. ¿Cómo puede morirse alguien en Georgia y no morirse en un bosque?

Will llevaba casi una hora mirando por el parabrisas. Él no estaba tan convencido como Faith. Alguien estaba viendo un patrón común en esos ochos cadáveres. Esa persona había dedicado los últimos años de su vida a seguir la pista de casos semejantes, lo que no era posible si no estabas obsesionado. Will tenía el convencimiento de que, si hallaban el origen de esa obsesión, despejarían muchos interrogantes.

—Si indagamos en todas las jurisdicciones, seguro que nos enteramos de algo. Tú misma lo has dicho: los polis son unos cotillas. Pero ¿de verdad queremos que se corra la voz de que estamos investigando a un posible asesino en serie?

Faith se salvó de contestar porque en ese momento sonó su teléfono. Varias veces. Gruñendo, leyó el mensaje.

—Amanda quiere que aproveches tu relación con Sara para conectar con Lena.

Él arrugó el ceño. Sara responsabilizaba a Lena de la muerte de Jeffrey. No quería conectar con Lena; quería darle con un bate de béisbol.

—Es un pederasta, ¿no? —Faith estaba pensando otra vez en Daryl Nesbitt—. Lo digo porque en parte me dan ganas de decir: «Venga, Nick, pártele la cara». Y en parte me digo que, aun así, tiene sus derechos. Nosotros juramos la Constitución, no podemos hacer lo que se nos antoja. Y Nesbitt sigue siendo un ser humano. Y seguramente abusaron de él de pequeño, así que no hay más que hablar.

Will dejó que su última frase encajara en un compartimento de su cerebro.

—No es que haya necesariamente una relación de causaefecto entre sufrir abusos de pequeño y convertirse en un pederasta —agregó ella, recordando, seguramente, con quién estaba hablando—. Para empezar, porque el mundo estaría lleno de pederastas si esa fuera la causa del abuso de menores. Y, en segundo lugar, si un pederasta habla con un psicólogo o un investigador es probablemente porque está en la cárcel, y la mayoría de la población reclusa ha tenido una infancia de mierda. Es casi un requisito para entrar en prisión, a no ser que seas un psicópata. Claro que también hay que tener en cuenta la idiotez —puntualizó de nuevo—. He detenido a un montón de idiotas de buena familia.

Will lanzó una mirada anhelante a la radio. El teléfono de Faith comenzó a tintinear de nuevo con insistencia.

—Amanda dice que el examen preliminar que ha hecho el juez de primera instancia apunta a que la muerte de Alexandra McAllister fue un accidente. De momento, Sara no ha encontrado nada que lo desmienta. Sigue buscando, pero no puede ser tan cuidadosa como suele. —Faith levantó la vista del móvil—. ¿Sara hace algo alguna vez sin ser cuidadosa?

A Will se le ocurrieron un par de cosas, pero no iba a hablarle de ellas a su compañera.

—Si lo de McAllister no es un asesinato, puede que lo de esos artículos sea pura coincidencia y que estemos esforzándonos para nada.

—Seguimos teniendo las acusaciones de Nesbitt contra Lena, y los dos sabemos que seguramente son ciertas, porque Lena es una tramposa y juega sucio para incriminar a la gente.

Will fijó la mirada en la carretera. Sentía ya las turbulencias de otro remolino creado por Lena Adams, lo que en cierto modo confirmaba lo que había dicho Faith sobre la mierda de perro.

El teléfono de Faith volvió a tintinear.

—Parece que Amanda y yo estamos en la misma onda. Dice: *Dadle duro a Lena.* —Otro tintineo—. Todo en mayúsculas: *QUIERO SUS CUADERNOS.* Anda, y yo. —Un tintineo más—. *Intentad conseguir algo que nos sirva para presionar a Nesbitt.* —Y otro—. *Pregúntale a Will si tiene un plan de acción.* —Faith soltó un gruñido—. Vale, tía, ya está bien. —Silenció el teléfono y volvió a dejarlo en el portavasos—. ¿Esto no te está matando?

El GPS anunció el desvío. Will frenó al cambiar de carril.

Ella dejó que pasaran unos segundos antes de preguntar:

—¿No vas a contestarme?

Will notaba la mandíbula agarrotada. Y el estómago hecho un nudo, igual que todos los órganos de su cuerpo. Si hubiera podido contárselo todo a Faith y luego borrarle la memoria, lo habría hecho de mil amores.

—Vas a tener que concretar un poco más.

Con su respuesta no ganó tanto tiempo como esperaba. Faith puso el dedo en la llaga inmediatamente.

—Lo de Jeffrey, digo. Estaba pensando en cómo me sentiría yo si la mujer a la que quiero tuviera que enfrentarse de pronto al fantasma de su marido, y a mí me mataría, te lo aseguro. Me mataría de verdad; muerta, muerta.

Él se encogió de hombros. El GPS le indicó que tomara la siguiente salida. Will se desvió hacia la rampa. Vio un cruce más arriba.

—Imagino que, si no le has pedido a Sara que se case contigo, es por algo, ¿no?

Will esperó a que el GPS le dijera qué hacer a continuación.

—Es la primera regla de un policía: no hagas una pregunta si no va a gustarte la respuesta. —Faith apagó el volumen del GPS. Sabía que a Will le costaba distinguir la derecha de la izquierda. Señaló la carretera—. Por ahí.

Will siguió por donde le indicaba.

—Sara, para que lo sepas, te quiere muchísimo —añadió ella—. Te llama «mi amor» y no suena cursi. Se le ilumina la cara cuando te ve. Incluso hoy por la mañana. Está en medio de la escena de un crimen y cuando te ve sonríe como Rose la primera vez que ve a Jack en *Titanic*.

Will frunció el ceño.

—Vale, ya sé que Jack muere, pero tú ya me entiendes. Ve por ahí. —Señaló el siguiente desvío—. ¿Prefieres a Duke y…? ¿Cómo se llama la chica de *El diario de Noa*? Jopé, es igual, al final mueren los dos. —Indicó otra calle—. *Ghost*. No, qué va. A Patrick Swayze lo asesinan. *Bajo la misma estrella. Bright Star. Love Story*. Bueno, en esa reconocerás que ella merecía morir por lo mal que se porta. Eh… *La princesa prometida*. Westley solo estaba casi muerto. Tuerce aquí.

—Como deseéis.

Faith señaló un buzón que se veía a lo lejos.

—A este lado de la calle. El trescientos cuarenta y nueve.

Will aparcó en la calle, delante de la casa de los vecinos de Lena Adams. Lena y su marido vivían en una casa de una sola planta, pintada de blanco y ocre, muy parecida al resto de las casas del vecindario. Había un solo arbolito en el jardín y un buzón con flores alrededor. El camino de entrada era empinado. Jared Long, el marido de Lena, tenía la moto atravesada en el camino y estaba enrollando una manguera. Evidentemente, acababa de terminar de lavar la moto, que era una de las más bonitas que había visto Will.

—Madre mía —dijo Faith con un suspiro.

—Es la Chief Vintage. —Will ignoraba que a su compañera

le gustaran las motocicletas—. Seis velocidades, motor V-Twin Power Plus de seis velocidades con aeroenfriador y 122 caballos de potencia e inyección de combustible de lazo cerrado…

—Cállate.

Will comprendió su error. Faith no estaba admirando la moto. Estaba admirando a Jared, que solo llevaba puestos unos pantalones cortos y tenía el cuerpo de un joven de veinticinco años que pasaba tres horas al día en el gimnasio.

Will se sentía lo bastante seguro de su propia virilidad como para reconocer que el chico era increíblemente atractivo. Su inseguridad procedía del hecho de saber que Jared era como un calco de su padre biológico, que casualmente se llamaba Jeffrey Tolliver. El marido de Sara había muerto sin saber que Jared era hijo suyo, lo que era una tragedia del tipo Jack y Rose, visto desde la perspectiva de un Westley casi muerto.

—Qué cabrona, esa Lena —comentó Faith mientras bajaba el parasol para mirarse al espejo—. ¿Cómo coño se las habrá arreglado para vivir como Jennifer López teniendo la personalidad de una psicópata como Lizzie Borden?

Will salió del coche. Echó otra ojeada a su móvil mientras se acercaba a Jared. Seguía sin haber mensajes de Sara. Ni caritas sonrientes, ni corazoncitos.

Apagó el teléfono.

Tenía cosas que hacer y no podía pararse cada cinco minutos a mirar el móvil como un colegial enamorado.

—¡Hombre, cuánto tiempo! —Jared le saludó con una amplia sonrisa—. ¿Cómo tú por aquí?

—Estoy buscando a Lena. —Will cuadró los hombros. Él, al menos, era más alto—. ¿Está aquí?

—Sí, está dentro. Me alegro de verte. —Jared le estrechó con fuerza la mano y le dio una palmada en el hombro, porque al parecer todos los hombres de los pueblos del sur se daban zarpazos como si fueran perros—. ¿Qué tal está la tía Sara?

—Está… —dijo Will, y luego, de pronto, soltó un disparate—: Vamos a casarnos.

—Vaya, eso es genial, tronco. Dile que… —Jared hizo una mueca. Faith había hecho intento de salir del Mini, pero había vuelto a caer hacia atrás porque había olvidado quitarse el cinturón de seguridad—. ¿Cuándo es la boda?

—Pronto. —Will notó que empezaba a sudar. Rezó por que Faith no le hubiera oído—. Pero no se lo digas a nadie, ¿vale?

—Claro. —Jared sonrió a Faith, que se acercó lentamente—. ¿Qué tal? Soy Jared, el marido de Lena.

—Mitchell. Faith. Puedes llamarme Faith. —Ella consiguió no desmayarse, lo cual tenía su mérito, había que reconocerlo—. Encantada de conocerte, Jared.

—Igualmente. —Él cruzó los brazos y se le abultaron los músculos donde no debían. Evidentemente, sus tríceps necesitaban más flexiones—. Estáis muy lejos de Atlanta. ¿Tenéis un caso por aquí o qué?

Will miró a Faith. Ella consiguió salir de su estupor y preguntó:

—¿No han llamado a Lena de la comisaría?

—Le he apagado el teléfono. —Jared señaló la casa con un gesto. El Toyota Rav4 azul de su mujer estaba aparcado delante del garaje—. La pobrecilla lleva durmiendo dos horas. Ya sabéis, hay un nuevo ser humano creciendo dentro de su tripa. Es alucinante.

—Alucinante, sí —contestó Faith, libre ya por completo del hechizo del guaperas—. Tenemos que hablar con ella. ¿Te importa despertarla?

Faith echó a andar por el camino empinado sin esperar respuesta. Jared interrogó a Will con la mirada. Él intentó sonreír, pero sintió que se le estiraban los labios como el envoltorio de plástico de un paquete de seis latas de Coca-Cola. Cogió el cubo vacío que había junto a la moto y le indicó a Jared con una inclinación de cabeza que se pusiera en marcha.

El joven se echó la manguera al hombro y siguió a Faith.

—¿Es por algún caso de Lena? —le preguntó a Will.

Will cayó en la cuenta de que Jared no había dicho que hubiera apagado su teléfono. Él también era policía, patrullero en concreto, y estaba destinado en la misma comisaría que Lena. Si ella no había contestado al teléfono, le habrían llamado a él.

—Necesitamos que Lena nos dé su punto de vista —dijo Will—. Seguro que querrá echarnos una mano.

—Intentad que no se altere, ¿vale? Está un poco delicada, por el bebé y todo eso. No le está sentando muy bien la recta final del embarazo.

Will oyó que Faith soltaba un largo suspiro de fastidio.

—Yo no voy a decir nada que pueda alterarla, te lo prometo —dijo.

—Gracias, tronco.

En pago por su mentira por omisión, Will recibió otra palmada viril en el hombro.

Vio que Faith tocaba la parte de atrás del Toyota de Lena al pasar junto a él. Luego vio que Jared hacía lo mismo. Seguramente ninguno de los dos era consciente de lo que había hecho. Era un reflejo muscular aprendido, típico de los patrulleros, a los que se enseñaba que debían dejar su ADN y sus huellas dactilares en la parte de atrás de cualquier vehículo que pararan, por si más tarde era necesario fijar una cadena de custodia.

Lena trabajaba en una comisaría de policía. Debía de haber decenas de huellas dactilares en la trasera de su coche.

—Cuántos escalones —comentó Faith mientras subían hacia el porche.

Will dedujo por su tono de satisfacción que estaba

imaginándose a Lena empujando un carrito de bebé por aquel camino tan empinado. Faith sentía animadversión por los carritos de bebé.

Él dejó que Jared se adelantara al trote. Se acordaba de aquellos escalones, de hacía un año, cuando trabajaba como infiltrado y no sabía en casa de quién estaba entrando. Luego oyó un disparo y encontró a Lena con las manos manchadas de sangre.

Jared les abrió la puerta delantera. Cogió el cubo que llevaba Will y lo dejó junto a la manguera, al lado de la puerta.

—Voy a avisar a Lee de que estáis aquí. Si no os veo antes de que os marchéis, que vaya todo bien. Tengo que ducharme antes de irme a trabajar.

—Gracias —dijo Faith.

Will miró la manguera, que había arrastrado trocitos de hierba dentro de la casa. Ya estaba desenroscándose, porque Jared no había enrollado los extremos tres veces y enroscado las juntas entre sí, que era como guardaba un hombre hecho y derecho una manguera.

—Eh, pst. —Faith había levantado tanto las cejas que casi se le juntaban con el pelo de la cabeza.

Will vio que estaba escudriñando cada palmo de la casa de Lena. Los espacios comunes de la casa eran diáfanos: el cuarto de estar estaba en la parte delantera y el comedor y la cocina al fondo, con la entrada al pasillo entre las dos zonas. Todo estaba muy limpio y ordenado, excepto la cocina, que seguía estando en el mismo estado de remodelación que un año antes, cuando la había visto Will. Los armarios seguían sin pintar y aún había cajas de suelo laminado sin instalar. Pero al menos había una pila de verdad, en vez del cubo que había antes debajo del grifo.

Will se permitió sentir una punzada de mezquina satisfacción. Intuía desde siempre que Jeffrey Tolliver no era de esos hombres que terminaban rápidamente los trabajos que emprendían en casa. Él, en cambio, no podía dormir hasta que tapaba con masilla el último clavo y daba la tercera mano de pintura.

—Pst, pst. —Faith le señaló con la cabeza una fotografía en la que Lena parecía estar besando a otra mujer en la boca.

—Es Sibyl, su hermana gemela —dijo Will—. Murió hace un par de años.

Faith pareció un poco decepcionada.

—¿Will? —Lena apareció en el pasillo, apoyándose en las paredes para mantener el equilibrio.

Había sido siempre una mujer muy menuda, pero el embarazo le había redondeado la cara, además de deslustrar ligeramente su cabello castaño oscuro. Jared tenía razón al decir que no le estaba sentando bien la recta final del embarazo. Su piel, normalmente de un tono marrón claro, había adquirido el color blancuzco de un calcetín deportivo. Tenía los ojos enrojecidos y parecía agotada. Lo único que parecía resplandecer en ella era su profundo malestar. A Will, la hinchazón de su vientre le recordó una pelota de béisbol encajada dentro de una pajita.

—¡Ostras! —exclamó Faith—. ¡Menudo barrigón! Estarás a punto de dar a luz.

Por la razón que fuese, Lena pareció horrorizada.

—Salgo de cuentas el mes que viene.

—Ah. —Faith hizo una larga pausa—. Pues tienes la tripa muy baja. ¿Son gemelos?

—No, eh… Solo uno. —Lena lanzó a Will una mirada de horror que él no acabó de entender. Se pasaba las manos por la barriga como si intentara calmar a un perro asustado—. ¿Quién eres? —le preguntó a Faith.

—Faith Mitchell, la compañera de Will. —Faith le estrechó vigorosamente la mano—. Perdona mi comentario. Yo tengo dos hijos. Me encantaba estar embarazada.

Vale, o sea que iba a tomarle el pelo a Lena.

—¿Un mes, dices que te queda? —preguntó con fingido entusiasmo—. Es una época tan bonita… Justo antes de que tu vida cambie para siempre. Con mi hijo, el mayor, se me retrasó el parto dos semanas. Creía que iba a explotar. Dicen que se te olvida el dolor, pero, Dios mío, aquello fue como sentarse encima de una sierra. Espero que a Jared le guste tener al bebé en brazos.

Faith se rio y Lena también, pero solo una de las dos era sincera.

—¿Nos sentamos? —sugirió Will.

Lena pareció aliviada mientras se dirigía hacia el sofá con sus andares de pato.

Faith esperó hasta el último segundo para preguntar:

—¿Podría tomar un vaso de agua?

Lena, que acababa de sentarse, luchó por levantarse otra vez.

—Ya lo traigo yo —dijo Will, y suplicó a Faith con una mirada que pusiera fin a aquello.

Ella no le hizo caso: siguió parloteando mientras él entraba en la cocina.

No le fue difícil encontrar un vaso, porque las puertas de los armarios estaban apiladas encima del frigorífico. Abrió el grifo. El suelo parecía barrido, pero aun así notó arenilla en las suelas de los zapatos. Lechada. En algunas zonas faltaban las baldosas y se veía el cemento de debajo. Era lógico que quisieran alisar el suelo, sobre todo teniendo en cuenta que iban a tener un bebé. Will no se había dado cuenta de lo importante que era disponer de una superficie larga y lisa hasta que había jugado a lanzarse una pelota de tenis con Emma, un juego al que la pequeña, de dos años, podía jugar cinco horas seguidas.

—Y Beyoncé —estaba diciendo Faith—. Tardó seis meses, nada menos, en perder los kilos del embarazo. Cualquiera pensaría que alguien con sus medios los perdería antes.

Will le lanzó una mirada de advertencia mientras se acercaba al sofá. Le dio a Lena el vaso de agua. Parecía necesitarlo más que Faith.

—Queríamos hacerte unas preguntas sobre un caso en el que trabajaste, en el condado de Grant —dijo.

—¿En Grant? —Ella pareció sorprendida—. Pensaba que habíais venido por lo del alijo de droga del mes pasado.

Will notó que Faith tomaba nota mentalmente de que debía echarle un vistazo a aquel caso.

Él se alisó la corbata al sentarse enfrente de Lena.

—No, es un caso de hace ocho años. Un tal...

—Daryl Nesbitt.

A Will no le sorprendió que lo adivinara al instante. No era un caso fácil de olvidar.

—¿Qué dice ahora ese pederasta embustero? —preguntó Lena.

Faith fingió que buscaba su cuaderno en el bolso.

—¿Está intentando presionaros para que reabráis su caso? —le preguntó Lena a Will.

—¿Por qué iba a hacer eso? —repuso él.

—Porque es típico de él. Siempre hace lo mismo: miente, manipula a la gente. Es un embaucador. —Lena trató de dejar el vaso sobre la mesa baja, pero su barriga se lo impidió.

Will la ayudó.

—Gracias. —Ella se recostó en el sofá con un largo suspiro y apoyó las manos en la tripa—. Nesbitt presentó dos apelaciones y no consiguió nada. Luego demandó a los herederos de Jeffrey. Y eso, menos de tres meses después de que muriera Jeffrey. Colaboré con el fiscal del distrito extraoficialmente para pararle los pies. Sara estaba destrozada en aquel entonces. Como todos.

—Para «pararle los pies» —repitió Faith, con su cuaderno y su boli ya listos. Por fin se había dejado de juegos—. ¿Qué ocurrió?

—Nesbitt estaba hecho unos zorros, físicamente —contestó Lena—. Tuvo buena nota en la evaluación, por su discapacidad. Pero luego le condenaron por intentar matar a un guardia y la cagó por completo.

Se refería al sistema de evaluación que utilizaba el Centro Estatal de Diagnóstico y Clasificación de Presos de Georgia para asignar un centro penitenciario a los reclusos. Si en la evaluación el preso obtenía una puntuación compuesta en su mayoría por unos, se le destinaba a un centro de seguridad mínima. Si eran en su mayoría cuatros, iba a una cárcel de máxima seguridad. La primera parte de la evaluación valoraba el estado físico del preso: fortaleza del tronco y de las extremidades inferiores, vista y oído. La segunda tenía en cuenta su vida y milagros: sentencia, historial psiquiátrico, discapacidades, capacidad de trabajo, disfunciones, transportabilidad... Nesbitt había empezado con buena puntuación debido a su pierna, pero el intento de asesinato le había hecho caer en picado debido a las fluctuaciones que permitía el sistema.

—No me sorprende que haya encontrado la manera de implicar al GBI —prosiguió Lena—. Nesbitt sabe cómo manejar el sistema. La demanda civil fue su manera de conseguir unas vacaciones en la cárcel del condado. El estado nos pagaba para que lo alojásemos durante el juicio. No querían abonar la factura por tener que trasladarlo cada vez que había una vista o que tenía que comparecer para una diligencia judicial.

—Entonces, ¿cómo le parasteis los pies? —preguntó Faith.

—Frank Wallace, que sustituyó temporalmente a Jeffrey, se fue derecho a hablar con el fiscal y le dijo que no queríamos a Nesbitt en nuestra cárcel. Además de ser un embaucador, nos estaba tocando las narices. El muy gilipollas no paraba de hablar de mí y de Jeffrey. Era como si quisiera que alguien le cerrara la boca de una vez por todas.

Will esperó a que llegara a la parte en que había hecho algo para resolver la situación.

—El fiscal del distrito consiguió que interviniera la oficina del gobernador —continuó Lena—. Cuando están acosando a la viuda de un policía muerto, la gente te devuelve las llamadas. El día en que estaba previsto que empezara el juicio, conseguimos que Nesbitt retirara la demanda a cambio de reclasificarlo y mandarlo a una prisión de seguridad media. Firmaron la orden el gobernador y el Departamento de Instituciones Penitenciarias de Georgia, y el juez desestimó la demanda.

Will se rascó la mandíbula. Se inclinaba a creer que Lena era una mentirosa, pero les estaba dando datos concretos y verificables. Sara no había dicho nada de aquello cuando habían hablado por teléfono. Claro que era mucha información para que cupiera en menos de un minuto, que era lo que había durado la conversación.

Lena pareció intuir lo que estaba pensando.

—Sara no se enteró de lo que ocurría entre bambalinas. Como os decía, en aquella época estaba destrozada. No hay duda de que, de todos modos, Nesbitt habría perdido el pleito. No tenía pruebas, ni testigos. Me sorprendió que encontrara un abogado, pero al parecer recibía dinero de alguna parte. Por mí, habría seguido adelante con el juicio, hasta machacar a Nesbitt, pero Sara no levantaba cabeza. Frank y yo estuvimos hablándolo y pensamos que Jeffrey habría querido que cuidáramos de ella. Y eso hicimos: cuidar de Sara.

Will notó un cosquilleo en la nuca. Sabía cómo actuaba Lena. Se estaba mostrando razonable, incluso compasiva, pero él sabía por experiencia que esa actitud no duraría mucho tiempo.

—A veces, los presos presentan una demanda civil con el único fin de conseguir información sobre las causas penales que hay contra ellos —comentó Faith—. Así tienen oportunidad de volver a sentar a los testigos en el estrado para que declaren. Y pueden solicitar judicialmente la presentación de sumarios e informes internos de la instrucción del caso. Por ejemplo, los cuadernos de los agentes de policía.

—Sí, así es —dijo Lena, cambiando sutilmente de tono.

Will casi vio cómo se elevaban sus antenas.

Faith, que también parecía haberlo notado, decidió dar un rodeo.

—¿Por qué pidió Nesbitt una prisión de seguridad media, en vez de una de seguridad mínima? —preguntó.

—Porque era imposible que le dieran una de seguridad mínima después de haber intentado matar a un funcionario de prisiones. —Lena se encogió de hombros—. Como os decía, ese tipo conoce bien el sistema. Y juega a largo plazo. Es demasiado listo para estar donde está. Fue una suerte que le pilláramos por lo de la pornografía infantil.

—Respecto a eso… —dijo Faith.

—Si vais a preguntarme por lo del ordenador —la interrumpió Lena—, me ratifico en mi informe inicial, en mis declaraciones y en el testimonio que di en el juicio. Estaba registrando los cajones de la mesa de Nesbitt, buscando armas y di un golpe sin querer al portátil. Vi varias fotos de menores desnudas en la pantalla. Podéis leer las actas de las vistas de apelación. La opinión de los jueces fue unánime. Dictaminaron que no había duda de que yo decía la verdad.

Sentado frente a ella, Will no pudo adivinar si mentía o no, pero tuvo la impresión de que Lena estaba convencida al cien por cien de que decía la verdad. Era una de las muchas desventajas de hallarse en su pellejo: Lena Adams siempre era víctima de sí misma.

—No hemos venido a poner en duda cómo encontraste esos archivos —mintió Faith—. Pero queremos echar un vistazo a la investigación original. ¿Tienes tus archivos, o tus cuadernos, quizá, del caso?

—No.

—¿No? —repitió Faith, porque un policía nunca se deshacía de sus cuadernos.

Will guardaba los suyos en el desván de su casa. Ella los tenía en casa de sus padres, junto a los de su madre, que se remontaban a los años setenta, cuando ingresó en el Departamento de Policía de Atlanta. Nunca se sabía cuándo un caso iba a reaparecer para darte un mordisco en el trasero.

—Destruí todos mis cuadernos cuando me mudé a Macon —contestó Lena.

—¿Los destruiste? —preguntaron al unísono Faith y Will, igual de sorprendidos.

—Sí, quería dejar todo eso atrás. —Le guiñó un ojo a Will—. Empezar de cero.

Él sabía por qué había querido empezar de cero. No puedes ir quemando un puente tras otro sin acabar chamuscándote los pies. El cuerpo de policía del condado de Grant ya era un lugar tóxico cuando él lo investigó. Lena había tenido suerte de que en Macon no olieran el tufillo a corrupción que desprendía. Pero destruir los cuadernos no era empezar de cero. Era hacer desaparecer posibles pruebas incriminatorias.

—¿Cuándo los destruiste, exactamente? —preguntó Faith.

—¿Exactamente? —Lena meneó la cabeza—. No me acuerdo.

—¿Fue antes o después de la demanda civil? —insistió Faith.

—Puede que fuera antes, o no. —Lena seguía moviendo la cabeza, pero su sonrisa astuta dejaba entrever que estaba disfrutando de la jugada—. Ya sabes cómo son estas cosas, Faith. El cerebro de la embarazada. Ahora mismo, todo está un poco confuso.

Faith asintió con un gesto, pero no porque estuviera de acuerdo. Lena la había calado. No había razón para seguir fingiendo.

—Imagino que Nesbitt solicitó que presentaras tus cuadernos ante el tribunal como parte de la demanda civil —dijo.

—Seguro que sí —contestó Lena—. Todos mis informes

y mis atestados oficiales estaban en el archivo informático de la jefatura.

—Pero en tus cuadernos estarían las anotaciones en las que te basaste para hacerlos.

—Claro.

—Y tendrías anotado todo lo que te pareciera extraño, aunque no tuvieras indicios suficientes para incluirlo en tus informes oficiales.

—Exacto.

—Y aun así te deshiciste de los cuadernos.

—Los pasé por la trituradora de papel. —Lena ya no trataba de disimular su sonrisa. La verdadera Lena parecía feliz de mostrarse al fin—. ¿Hay algo más que pueda hacer por el GBI?

Faith entornó los párpados. No iba a darse por vencida tan fácilmente.

—Rebecca Caterino. ¿Te acuerdas de ella?

—Vagamente. —Sofocó un bostezo—. Perdonad, pero estoy cansadísima.

—No vamos a robarte mucho más tiempo. —Faith buscó un dato concreto en su cuaderno—. Te encargaste de investigar a Nesbitt por las agresiones contra Beckey Caterino y…

—Leslie Truong —la interrumpió Lena, mencionando a la segunda víctima del condado de Grant—. Eran buenas chicas las dos, eso lo recuerdo. Estudiantes aventajadas. Caían bien a la gente, aunque no fueran lo que se dice «populares». Mi hermana dio clase a ambas, lo cual no es nada raro. En aquel momento, Sybil ocupaba el escalafón más bajo del departamento y la Química Orgánica era una asignatura troncal. Creo que Leslie tenía novio. Beckey había roto con una chica hacía más o menos un año, pero según sus amigas no había vuelto a tener pareja ni a enrollarse con nadie desde entonces.

Will siguió la mirada de Faith. Estaba mirando la fotografía de la hermana de Lena, en la que Sibyl, con los ojos cerrados, besaba a su novia. Parecía muy feliz. Las dos hermanas compartían los mismos rasgos latinos. Eran gemelas idénticas. Hasta tenían el mismo lunar a un lado de la nariz. Lena debía de sentir que había perdido una parte de sí misma al morir su hermana.

—Es absurdo, porque lo que más recuerdo de aquella época es que estaba enfadada con Sibyl. Me preocupaba mucho que la gente descubriera que era lesbiana. Y ahora pienso, ¿y qué más da, joder? En serio. Lo único que deseo para la niña que está creciendo dentro de mi vientre es que esté sana y sea feliz.

Faith dejó pasar unos segundos antes de preguntar:

—Has dicho que te preocupaba Sibyl. ¿Tenía una relación con Beckey?

—No, no, qué va. Sibyl estaba muy enamorada de Nan. Lo otro, esa preocupación, era una comedura de coco mía —reconoció Lena—. Ya sabéis lo que pasa cuando eres policía. Y mujer, además. Yo era todavía novata, un año más joven que Jared ahora. Frank y Matt eran los inspectores en aquella época. Gente de la vieja escuela, muy conservadores, aunque engañaran a sus mujeres y pagaran la fianza de sus hijos cuando se metían en un lío o bebieran estando de servicio. Me preocupaba que, si se enteraban de lo de Sibyl, no me aceptaran. Era joven y tenía mucha necesidad de sentirme aceptada. Ahora es al revés; es a los demás a los que tiene que preocuparles que yo no les acepte.

Will prefirió no señalar que con esa actitud estaba cerrando el círculo. Ahora que habían zanjado el tema de los cuadernos, Lena había vuelto a metamorfosearse.

—Una cosa que recuerdo es que Jeffrey habló mucho con la madre de Truong. Se le daba bien la gente. Era muy empático. Y paciente. Consiguió que le diera mucha información complementaria que no acabó formando parte de los informes oficiales.

Will temió que Faith hiciera algún comentario sarcástico sobre esa información, que sin duda estaría en los cuadernos que Lena había destruido, pero su compañera tuvo la sensatez de dejar que siguiera hablando.

—Jeffrey siempre conseguía que la gente confiara en él. —Lena meneó la cabeza como si quisiera sacudirse la tristeza—. En fin, el caso es que una semana antes de la agresión contra Caterino, más o menos, Leslie llamó a su madre muy enfadada porque creía que sus compañeras de la residencia le estaban robando. Cosa que es posible, claro, pero siempre desaparecen cosas cuando vives en una residencia, así que quién sabe si tenía alguna importancia o no.

—¿Leslie echó en falta algo concreto, o le faltaban muchas cosas? —preguntó Faith.

—No estoy segura.

—¿Y Rebecca Caterino? ¿Echó algo en falta?

—Puede que sí, puede que no. —Lena se encogió de hombros—. Perdonad, pero ocho años es mucho tiempo.

—Ya. —Faith clavó en Will una mirada que decía a las claras: «Precisamente por eso una guarda sus cuadernos».

Lena lo notó.

—Teniendo en cuenta lo que estaba pasando, que alguna chica de la residencia tuviera los dedos muy largos no era una de nuestras prioridades.

—¿Recuerdas en qué momento empezó a investigarse el caso Caterino como un delito? —preguntó Faith.

—Concretamente, no —reconoció ella. Otro giro de los acontecimientos que tendría anotado en su cuaderno—. Jeffrey dijo desde el principio que aquello le daba mala espina. Era el mejor policía con el que he trabajado. Cuando decía que había algo raro, había que hacerle caso.

—¿Tú opinabas lo mismo respecto al caso Caterino?

—No. Si te soy sincera, en aquella época era muy idiota en muchas cosas. No quiero acusar a Frank, pero siempre andaba diciendo que si había prejuicios raciales era por algo. Y

me lo decía a mí, en la cara. —Lena se señaló la cara more-
na—. Y decía también que nunca había investigado un caso
de violación que de verdad lo fuera.

Faith puso cara de espanto.

—Pues sí —continuó Lena—. A ver, tío, estadísticamente,
¿cómo es posible? Trabajas en un sitio donde hay una universidad con más de dos mil alumnas y ¿vas a decirme que en treinta años de trabajo no han violado a ninguna?

Faith intentó encarrilar de nuevo la conversación.

—Entonces, ¿qué te hizo creer que Jeffrey tenía razón sobre Caterino?

—Leslie Truong —contestó Lena—. Fue uno de los casos
más horribles que he visto nunca. Y ahora dirijo la división de
delitos sexuales de un municipio seis veces más grande y lleno
de hombres verdaderamente odiosos.

—Creía que estabas en la brigada antidroga —comentó Faith.

—Pedí el traslado. —Lena se frotó la barriga—. Creía que
podía ser más útil ayudando a víctimas de agresiones sexuales.

—Sí, claro —repuso Faith—. El embarazo te hace conectar con tu lado femenino.

—Puede ser. —Evidentemente, Lena comprendió que era
un sarcasmo, pero prefirió no darse por enterada—. A mí me
violaron hace siete años. Y ahora voy a tener una hija. No puedo conseguir que el mundo sea menos duro para mi niña, pero
puedo intentar al menos que sea más seguro.

Will vio que Faith tragaba saliva. Aquel era uno de los ta-
lentos de Lena: era capaz de asestar un golpe sin siquiera levantar la mano.

—Pero, en fin —prosiguió ella—, no habéis venido hasta
aquí para que os cuente mi filosofía de vida. Queréis saber si
creo que Nesbitt es el responsable de lo que les ocurrió a Rebecca Caterino y Leslie Truong, ¿no es eso? Pues sí, lo creo to-
talmente. ¿Puedo demostrarlo? No, en absoluto. ¿Que por qué

creo que fue él? Porque dejó de ocurrir cuando Nesbitt ingresó en prisión. Es lo único que puedo deciros al respecto.

Faith se había quedado callada, pero Will preguntó:

—¿Y si hubiera más casos? ¿Más víctimas?

Lena pareció sorprendida.

—En el condado de Grant, no. Nesbitt tenía una firma, un sello personal que no volvimos a ver. Y, antes de que lo preguntéis, Jeffrey me hizo revisar los casos de los cinco años anteriores, no solo en Grant sino también en los condados vecinos, para asegurarnos de que no había más víctimas.

Will tuvo que reconocer a regañadientes que eso era lo que haría un buen policía.

—Nesbitt nos ha señalado ocho casos más, posteriores a su encarcelamiento. Cree que están relacionados.

—¿En serio? —Lena se rio—. Vale. ¿Y vais a creer a un pederasta que trató de matar a un guardia de prisiones?

—A Nesbitt solo le condenaron por pornografía infantil —puntualizó Faith—. Los casos de Caterino y Truong siguen oficialmente sin resolver.

—Esto no tiene nada que ver con ningún caso. Es Nesbitt, que otra vez intenta manchar la reputación de Jeffrey. —Lena miró a Will arqueando las cejas. Él advirtió su súbita paranoia medio segundo antes de que preguntara—: ¿Esto es cosa de Sara?

Will carraspeó. No pensaba darle ninguna información sobre Sara.

—Sara no tiene nada que ver.

—Y un cuerno.

—Lena…

—Ahora lo entiendo. He tardado un poco, pero… —Soltó una risa afilada y así de un instante a otro volvió a cambiar—. Santo Dios, sí que es rencorosa. Cree que ha encontrado un punto débil, ¿eh? Y habéis venido a intentar involucrarme. Por eso queréis mis cuadernos. Creéis que soy tan idiota que a lo mejor escribí algo que me incrimine.

Fue Faith quien respondió.

—Hemos venido porque estamos investigando una serie de...

—Mitchell —la interrumpió Lena, como si acabaran de presentarlas—, ¿desde cuándo sois compañeros Will y tú?

Faith no contestó.

—Matarías por él, ¿a que sí? —Lena asintió, pensativa, como si ya supiera la respuesta—. Sara cree que entiende lo que es esto, pero ella no es policía. Los delincuentes, los jefes, los matones y los criminales y los civiles, y hasta las víctimas... Te tocan las narices continuamente, cada vez que respiran. Y luego alguien te hace daño o, peor aún, se lo hace a tu compañero, y pierdes los nervios. Disparas a todos lados, con tal de vengarte.

—El truco está en no permitir que nadie salga herido —repuso Faith.

—Tú sabes que eso no es tan fácil —dijo Lena—. Estoy intentando darte un consejo, porque vi cómo saltaba Jeffrey cada vez que Sara chasqueaba los dedos y por eso acabó muerto.

Will se rascó la mandíbula. Empezaba a ver unas nubes rojas en los márgenes de su campo de visión.

—Me parece que no recuerdas muy bien lo que ocurrió —respondió Faith.

Lena no le hizo caso.

—Venga ya, hombre —le dijo a Will—. Échale huevos. Sara está utilizando a Nesbitt para manipularte.

—Muy bien. Hora de irse. —Faith guardó su cuaderno en el bolso.

Lena sonrió, burlona.

—Eso tengo que reconocerlo. Sara parece una mojigata y una estirada, pero tiene un coño que es como un atrapamoscas.

Will cerró los puños.

—Ten cuidado con lo que dices.

—Y tú ándate con ojo —replicó Lena—. Estás tan encoñado como estaba Jeffrey.

Will se levantó tan deprisa que su silla arañó el suelo al echarse hacia atrás.

—Vale. —Faith también se levantó—. Si alguien va a darle un puñetazo en la cara a la embarazada, voy a ser yo.

—Ya os estáis marchando los dos —dijo Jared, apareciendo detrás de Lena. Debía de haber estado escuchando desde el pasillo. Llevaba puesto su uniforme y apoyaba la mano en la culata de la pistola—. Ahora mismo.

Will se retiró el faldón de la chaqueta. Él también tenía pistola.

—¡Madre mía! Vale, nos vamos. —Faith agarró a Will del brazo y tiró de él hacia la puerta—. Vámonos.

Will dejó que se lo llevara, pero solo porque sabía que, si no, aquello acabaría mal.

—Dile a la tía Sara que felicidades —le espetó Jared con sorna.

Will sintió el impulso de borrarle de la cara a golpes aquella sonrisa maliciosa. Faith tuvo que darle un empujón para que saliese por la puerta y otro para que bajase los escalones. Will fulminó a Jared con la mirada. Podía machacarle con una sola mano.

—Mitchell —dijo Lena desde la puerta, detrás de su marido—, ya te avisaré si me acuerdo de algo importante. Lástima que no tenga mis cuadernos para refrescarme la memoria.

—Ay, Dios mío —gruñó Faith—. ¡Cállate!

Will sintió su mano en la espalda, empujándole suavemente. Dejó que Faith lo condujera camino abajo, hasta la acera. Ella abrió la puerta del copiloto y esperó a que montara. Luego se sentó al volante y arrancó. Las ruedas del Mini levantaron un buen trozo del césped cuando dio media vuelta.

—¡Hija de la gran puta! —exclamó Faith apretando el volante como si quisiera estrangularlo—. ¡Cómo odio a esa zorra! La odio, en serio. El odio me está chupando el oxígeno de
la sangre.

Will se miró los puños cerrados. Estaba tan furioso que se
le nublaba la vista. Aquel cabrón engreído. Y Lena. Sobre
todo, Lena. Él nunca había pegado a una mujer. Nunca había
perdido el control hasta ese punto, ni siquiera cuando su exmujer lo acosaba y le hacía la vida imposible. Ahora, en cambio, le estaba costando un esfuerzo inmenso no dar media
vuelta y partirle la boca a Lena para que aprendiera a no hablar de Sara.

—Vale, respira hondo —dijo Faith—. Vamos a calmarnos.

Will no podría calmarse hasta que se liara a puñetazos
con alguien.

—Respira hondo otra vez —insistió Faith.

Will sintió que se clavaba las uñas en las palmas de las manos. Él no era uno de los putos sospechosos de Faith, ni ella
tenía por qué tratarle como si necesitara un «tiempo muerto».

—Bueno —añadió ella, ansiosa por dar carpetazo al asunto—. Vamos a centrarnos en lo que hemos conseguido. Le hemos sonsacado dos datos que desconocíamos antes de que las
cosas se desmandaran.

Will rechinó los dientes. Se la sudaban esos detalles.

—Uno —prosiguió Faith—, que alguien tuvo que darle dinero a Nesbitt para contratar a un abogado. Con un subsidio
mínimo, nadie demanda a la viuda de un poli.

Will se dijo que había sido un idiota por pensar que Lena
podía redimirse. Era una arpía de la cabeza a los pies. Había
jugado con él, le había apretado las tuercas hasta casi hacerle perder el control y él ni siquiera se había dado cuenta.

—Y dos —dijo Faith, sin darse cuenta de que seguía estando furioso—, la madre de Truong informó de que su hija creía

que sus compañeras de residencia le estaban robando. Puede que fuera el asesino, llevándose un trofeo.

Will apretó aún más los puños. Tenía ganas de romper algo. De golpear, de matar a alguien.

—Podríamos investigar si las mujeres de los artículos de Nesbitt también...

—¡Joder, Faith! ¿Qué sentido tiene esto? —estalló Will—. Amanda nos dijo antes de entrar que la muerte de McAllister fue un accidente. Lo de los robos en la residencia y lo del abogado no son pistas. Y tienes razón: este puto estado está lleno de bosques.

Ella frunció los labios.

—A ver, Faith, ¿de qué sirve que sigamos hablando de esto, joder?

Su compañera no contestó.

Will se dio cuenta de que estaba sonando el pitido que avisaba de que no se había abrochado el cinturón de seguridad; llevaba así desde que habían salido de casa de Lena. Tiró del cinturón, pero la correa se trabó. Tiró más fuerte.

—Es una gilipollez, eso es lo que es. Es todo una puta mierda, una mentira. Ya lo dijo Sara. Y Amanda. Y tú también. Lena miente, y Nesbitt también, y...

No conseguía abrochar la hebilla del cinturón y el pitido se le clavaba como un clavo en los oídos.

—No hay nada, ¿vale?, nada —añadió—. Lena nos ha tomado el pelo, como tú dijiste que haría. ¿Vas a contestarme o qué?

—Sí.

—Sí —repitió él—. O sea, que hemos perdido todo el puto día escuchando a un puto pederasta y una puta mentirosa a la que odio con toda mi alma, y muriéndome por dentro además, porque tienes razón, Faith. La respuesta a tu pregunta es sí: todo esto del puto Jeffrey me está matando. Y es todo culpa mía, porque Amanda me advirtió de que era mejor esperar para contárselo a Sara, pero yo no le hice caso y Sara lleva todo el puto día preocupándose por lo de Jeffrey, y no me ha escrito ni un puto mensaje, y ahora tengo que volver y decirle a la cara que Lena cree que está tramando un plan para intentar meterla en la cárcel por perjurio, y no me vengas con que eso no es lo que ha pasado porque yo sé lo que me digo. ¡Joder!

Soltó de golpe el cinturón y la hebilla metálica golpeó la ventanilla al retroceder. Will dio un puñetazo en el salpicadero. Y luego otro y otro.

—¡Joder, joder, joder!

Detuvo el último puñetazo, anonadado por su propia violencia, y su puño quedó suspendido en el aire como un martillo. Sudaba y resoplaba como una máquina de vapor. El coche se había sacudido con cada golpe. ¿Qué carajo estaba haciendo? Él nunca se ponía así. Al contrario, era él quien impedía que los demás perdieran el control.

Faith aminoró la marcha y se apartó a la cuneta. Puso punto muerto y dejó pasar unos instantes mientras Will se calmaba. No tardó mucho en hacerlo. Sentía, sobre todo, vergüenza. Ni siquiera se atrevía a mirarla.

—Creo que esa es la frase más larga que me has dicho desde que te conozco —comentó ella.

Will se pasó el dorso de la mano por la boca. Notaba un sabor a sangre. Se había rajado los nudillos con los golpes.

—Lo siento.

—No pasa nada. En serio. Total, puedo comprarme otro coche cuando mi hija acabe la carrera.

Will pasó los dedos por el salpicadero para asegurarse de que no lo había agrietado.

—No me puedo creer que no haya saltado el airbag —añadió Faith.

—Sí, ¿verdad?

Faith sacó un pañuelo de papel de su bolso.

—Nueva regla: nunca más hablar con Lena Adams.

Él se limpió la sangre de la mano. ¿Cómo iba a contarle esto a Sara? Ni siquiera estaba seguro de cuándo se había torcido el interrogatorio. ¿Había jugado Lena con ellos desde el principio? Era como un escorpión subido a su espalda para cruzar el río.

El teléfono de Faith empezó a sonar.

—Es Amanda.

Él se pasó la mano por la cara. Si era Amanda, también era Sara. ¿Qué debía decirle: que prefería el Burger King al McDonald´s? ¿Que le apetecía muchísimo una ensalada? ¿Que si se hubiera tomado la molestia de escribirle un mensaje en dos segundos para decirle que no estaba enfadada con él quizá no le habría dado un ataque de ira ni se habría liado a golpes con el coche de Faith?

El teléfono seguía sonando.

—Contesta —dijo Will.

Faith pulsó el botón.

—Estamos los dos, tengo puesto el manos libres.

—¿Dónde os habíais metido? —preguntó Amanda bruscamente—. Llevo veintiocho minutos llamándoos y mandando mensajes.

Faith masculló un exabrupto mientras echaba un vistazo a las notificaciones de su móvil. Las había por decenas.

—Perdona, estábamos hablando con Lena y…

—Sara ha encontrado algo al examinar el cuerpo. A Alexandra McAllister la violaron y la asesinaron, no hay ninguna duda. Sara ha confirmado que hay vínculos con los casos del condado de Grant.

Will clavó la mirada en Faith. Ella se tapó la boca con las manos, atónita.

De pronto, todo lo que les había dicho Lena cobraba importancia. ¿Qué habían pasado por alto? Alguien había tenido que pagar al abogado que había demandado a los herederos de Jeffrey. Leslie Truong había echado cosas en falta, pero quizá fuera un despiste. Caterino también podía haber notado que le faltaba algo, o tal vez no. No podían volver a casa de Lena para aclararlo. Había destruido sus cuadernos. Will había estado a punto de amenazar a su marido con la pistola y ella había dicho que se moría de ganas de pegarle un puñetazo en la cara a Lena. Ninguno de los dos podía volver a reunirse con Lena Adams.

—Eso no es todo —prosiguió Amanda—. He tenido noticias del Departamento de Instituciones Penitenciarias. Ya saben quién le manda esos artículos a Daryl Nesbitt. La misma persona que pagó la demanda contra los herederos de Tolliver.

—Vale —dijo Faith, que por fin había recuperado el habla—. ¿Quién es?

—Gerald Caterino. El padre de Rebecca.

7

Gina Vogel apartó la mirada del portátil y la fijó en la ventana. Su vista tardó un rato en enfocar el nuevo panorama. Árboles, un comedero de pájaros, carillones de viento. Había alcanzado esa edad en las que las gafas de leer dejaban de ser una indignidad futura para convertirse en una necesidad básica.

Miró el ordenador. Seguía viendo las letras borrosas. Ajustó el tamaño de fuente hasta el equivalente a la E de una tabla optométrica. Luego abrió el navegador y buscó *Si cambio el tamaño de fuente de mi correo electrónico, ¿se enteran los demás?* Porque no quería que su hijo de doce años pensara que estaba abriendo un correo de su abuela.

Google requería más información de la que Gina estaba dispuesta a darle, así que cerró el portátil y lo dejó sin miramientos encima de la mesa baja. Intentó volver a fijar la mirada en el árbol. Su oftalmóloga le había recomendado que variara la distancia de enfoque al menos dos veces cada hora. El año anterior, aquel consejo le había parecido una idiotez; ahora, en cambio, miraba obsesivamente los árboles cada diez minutos porque veía tan mal que tenía que levantarse y acercarse a la tele cada vez que, en pantalla, un personaje leía un mensaje o lo mandaba.

Se levantó para estirar la espalda: otra parte de su cuerpo que la había traicionado. Solo tenía cuarenta y tres años, pero al parecer todas esas advertencias de los médicos acerca de cuidar la alimentación y hacer ejercicio eran acertadas. ¿Quién lo habría imaginado?

Tuvo que dar unos cuantos pasos hasta que su rodilla derecha se acostumbró a caminar de nuevo. Había pasado demasiado rato en el sofá. Trabajar en casa tenía sus ventajas, pero a partir de ahora tendría que usar la mesa. Enroscarse en el sofá como un gato era un lujo que solo podían permitirse los jóvenes.

Gina encendió la tele de la cocina y estuvo viendo el pronóstico del tiempo unos minutos. Cuando el presentador informó de que se había hallado el cuerpo sin vida de una mujer en una zona boscosa, cambió de canal y puso HGTV. Los únicos cuerpos de los que le apetecía saber algo eran los de los gemelos de *La casa de mis sueños*.

Abrió el frigorífico. Cogió un montón de verduras y las depositó en el fregadero para lavarlas. Pensó unos segundos en recurrir a Uber Eats, pero, según las estadísticas, lo más probable era que llegara a cumplir los cuarenta y cuatro, a los que seguirían los cuarenta y cinco, que ya eran prácticamente los cincuenta. O sea, que le convenía cenar una ensalada saludable, en vez de una hamburguesa con queso grasienta acompañada de patatas fritas.

¿Verdad?

Abrió el grifo, no fuera a ser que cambiara de idea. Sacó el escurridor del armario y echó mano del cuenco que tenía en el estante, pero no encontró el coletero. Ella era muy ordenada; siempre dejaba el coletero en el cuenco. Era un coletero un poco infantil, de color rosa con margaritas blancas, que le había birlado a su sobrina un verano que fueron a la playa de vacaciones, hacía diez años.

Apartó los recipientes de la encimera y la batidora Cuisinart, buscando el coletero. Se agachó y miró bajo los armarios. Rebuscó en su bolso, que colgaba del respaldo de una silla de la cocina. Miró en la bolsa del gimnasio, junto a la puerta. Luego inspeccionó el suelo del pasillo. Registró las estanterías del cuarto de baño y las del cuarto de estar. Incluso miró en el frigorífico porque una vez había dejado el móvil junto a la leche.

—Qué mierda —dijo, parada en medio de la cocina con los brazos en jarras.

Nunca sacaba el coletero a la calle porque el color le parecía demasiado llamativo y, además, su sobrina tenía una memoria de elefante y la capacidad pulmonar de una mocosa de tres años.

Aun así, cogió las llaves de la mesita auxiliar, salió y buscó en el coche. Hasta abrió el maletero.

Volvió a casa. Corrió el cerrojo. Dejó las llaves en la mesita de la entrada. Y de pronto notó un extraño cosquilleo. ¿Había entrado alguien en casa? La semana anterior había tenido una sensación extraña, como si las cosas estuvieran un poco descolocadas. Pero no había echado nada en falta. Hasta el coletero estaba en su sitio.

El día anterior había encontrado una ventana abierta, pero hacía buen tiempo y se había acostumbrado a dejar las ventanas abiertas durante el día. Cabía la posibilidad de que se le hubiera olvidado cerrar una. Era una explicación mucho más probable que la existencia de un ladrón de coleteros que merodeara por el barrio. Claro que ¿a quién podía interesarle su portátil, su iPad y su tele de 55 pulgadas habiendo un tentador coletero rosa con margaritas blancas en el cuenco de encima del fregadero?

Volvió a la cocina. No conseguía sacudirse aquella sensación inquietante. Era una de esas cosas que no podías describir, porque si lo intentabas la gente se reía de ti por ser tonta.

Y ella se estaba comportando como una tonta, de eso no había duda. Se había dejado abierto el grifo de la pila y el tapón se había encajado en el desagüe. Faltaban dos segundos para que se le inundara la cocina.

Gina no solo estaba perdiendo su juventud.

También estaba perdiendo la cabeza.

8

A Faith la sacaba de quicio que los hombres alegaran su condición de padres, maridos o hermanos para posicionarse en cuestiones que afectaban a las mujeres, como si criar a una niña les hubiera hecho darse cuenta de que la violación y el acoso sexual eran cosas horribles. Pero, a pesar de todo, por su condición de madre de un joven sensible y hermana de un auténtico animal, se consideraba una experta en cómo tratar con los hombres cuando tenían un mal día. No había que preguntarles cómo se sentían ni darles la murga para que hablaran. No, había que dejarles que se pasaran todo el día escuchando música aburrida en la radio y luego llevarlos al súper a comprar comida basura.

Se quedó en el coche mientras Will pagaba la compra en la tienda, rechinando todavía los dientes. Se le estaba poniendo otra vez esa mirada salvaje que tenía antes de empezar a salir con Sara.

Faith miró los mensajes que había intercambiado con Sara:

ELLA: *Acabo de decirle a Will que te lo diga pero ya te lo ha dicho y siento mucho haber sido tan mala amiga por favor perdóname.*

SARA: *Gracias. No pasa nada. Estamos teniendo todos un mal día. Luego hablamos.*

El mensaje de Sara había llegado hacía cinco minutos. Era una respuesta amable y perfectamente normal, a no ser que te hubieras pasado medio día con Will. A Faith no se le ocurría qué contestar. Sara y ella tenían una norma sobre Will. Sara había dicho desde el principio que no debían hablar de él desde el punto de vista personal, porque Faith era su compañera de trabajo y tenía que ponerse siempre de su parte.

Faith había entendido, en teoría, su argumento. Su trabajo los ponía en situaciones difíciles y las armas que llevaban no eran de adorno. Ahora, agradecía de todo corazón aquella norma porque después de llevar horas viendo a Will hecho polvo y mirando el móvil cada diez minutos hasta que por fin lo había apagado, tenía ganas de dar de bofetadas a Sara.

Dejó el móvil en el portavasos y se puso a prueba volviendo a pensar en Lena Adams, para ver si el odio que le tenía había disminuido aunque fuera solo una pizca.

No, qué va.

Se abrió la puerta y Will subió al coche. Llevaba los brazos llenos de bolsas de Doritos, Cheetos y Fritos, y un perrito caliente a medio comer que se metió de golpe en la boca antes de cerrar la puerta. Sacó de los bolsillos de la chaqueta una lata de Dr Pepper para él y una botella de Coca-Cola *light* para ella. Evidentemente, no se le había ocurrido comprar tiritas (había ciertas cosas de lo más extrañas para las que era un auténtico tacaño) y se había envuelto la mano herida con papel higiénico del aseo de la tienda.

—¿No tendrás celo por ahí? —preguntó señalando el vendaje, que colgaba por un lado como el hilo ensangrentado de un tampón—. Esto se me suelta.

Faith soltó un fuerte suspiro, abrió el compartimento del reposabrazos y sacó unas tiritas de su botiquín de primeros auxilios.

—¿Qué prefieres, Elsa o Anna?

—¿No las hay de Olaf?

Ella volvió a suspirar y cogió la última tirita de Olaf, a pesar de que sabía que Emma se pondría a chillar como una loca cuando se diera cuenta de que faltaba su muñeco de nieve preferido.

—He estado pensando en Lena y Jared.

Will empezó a quitarse el papel higiénico de la mano, que se le había pegado a la herida.

—Jared debía de estar todavía en el instituto cuando ella trabajó en el caso Caterino. —Faith abrió la tirita con los dientes—. Si echas cuentas, da un poquito de repelús.

—Es un chaval guapo —repuso Will.

—Sí, bueno. —Faith le tapó el nudillo, que seguía sangrando—. Los tíos que a los veinte años te parecen complicados e incomprendidos, a los treinta te parecen unos gilipollas.

Will echó un vistazo a la radio. Faith había sintonizado una emisora especializada en música de Bruce Springsteen.

—Me encanta oír a hombres mayores carraspear una y otra vez —comentó ella.

Él apagó la música.

—¿Qué has averiguado sobre Gerald Caterino?

Faith volvió a coger su teléfono. En los pocos minutos que había tenido para investigar, había encontrado un montón de información que debería haber buscado hacía horas.

—No tiene antecedentes, ni siquiera una multa de aparcamiento. Es dueño de una empresa de jardinería y paisajismo. La página web es muy vistosa. El negocio parece completamente legal. Tiene un gerente y dos encargados que se ocupan de las cuadrillas de jardineros. ¿Quieres verlo?

Will cogió el teléfono y echó un vistazo a la página. Pinchó en *¿Quiénes somos?* A juzgar por su fotografía, Gerald Caterino tenía unos cincuenta y cinco años, lo que cuadraba con la edad de su hija, veintisiete años. El poco pelo que le quedaba era oscuro y entreverado de canas. Lucía un grueso bigote y gafas de montura metálica.

—Según su biografía —añadió Faith—, sus aficiones son la jardinería, leerle a su hijo y reclamar justicia para su hija. —Tocó un enlace y en la pantalla apareció una página de Facebook—. «*Justicia para Rebecca*» —dijo, porque nunca estaba segura de lo rápido que podía leer Will—. Caterino creó la página hace cinco años. Tiene unos cuatrocientos seguidores y enlaza con un montón de páginas de Facebook sobre mujeres desaparecidas o asesinadas. Sobre todo, de padres que se quejan de que la policía es tonta o vaga, o incompetente, o de que no hace lo suficiente.

—Treinta y un *me gusta* por un chiste sobre dónuts —repuso Will mientras seguía mirando la página—. ¿Tiene colgados los mismos artículos que nos ha dado Nesbitt?

—El último es una noticia del *Atlanta Journal Constitution* sobre el hallazgo del cadáver de Alexandra McAllister, ayer por la mañana.

—Está atento —comentó Will—. Contesta a los pocos minutos cuando alguien hace un comentario.

—Atención, porque la cosa se pone siniestra. —Faith buscó en su historial y abrió la página web titulada *Justicia para Rebecca*. Fue señalando las pestañas mientras leía—: *El crimen. La investigación. Las pruebas. El montaje.* —Desplegó el submenú de *El montaje* y leyó los títulos de los hipervínculos, subrayados en azul—: *Jeffrey Tolliver. Lena Adams. Frank Wallace. Matt Hogan.*

Will fue saltando de un nombre a otro. Las imágenes que acompañaban el texto estaban retocadas para parecer fotografías policiales, y las caras de los retratados marcadas con una diana roja, como las siluetas de una galería de tiro.

Jeffrey Tolliver tenía un orificio de bala falso entre los ojos.

Faith ya había visto las imágenes mientras Will estaba en la tienda, y aun así le parecieron profundamente perturbadoras. Desde el punto de vista jurídico, se hallaban protegidas por el derecho a la libertad de expresión. No había forma de saber si Caterino estaba haciendo una broma, dejándose llevar por su fantasía o alentando a la violencia contra la policía. Pero, como agente de las fuerzas de seguridad, Faith no se sentía inclinada a concederle el beneficio de la duda.

—Hay mucha gente en Internet que hace cosas solo porque puede hacerlas —comentó Will.

Guardaron silencio un momento. Will seguía intentando comprender las razones de unos y otros, pero Faith notaba que estaba tan preocupado como ella. Miraba el teléfono con fijeza, pensando seguramente en cómo iba a sentirse Sara cuando viera una foto retocada de su difunto marido con un orificio de bala en la frente.

Por fin dijo:

—No quiero que esto lo vea Sara, si no es necesario.

—De acuerdo.

Will le devolvió el teléfono.

—¿Qué más has encontrado en la página?

Faith respiró hondo antes de volver al tema que los ocupaba. No podía permitir que aquellos malos rollos la afectaran o no saldría nunca de casa.

—He echado un vistazo al apartado de pruebas. Al tipo le gusta desbarrar. Hay un montón de hipótesis absurdas y teorías conspiranoicas, pero pocos datos concretos. Se centra sobre todo en lo mala que es la policía. Según él, tendrían que estar todos en el corredor de la muerte por no haber cumplido con su trabajo. Es una mezcla entre Peppa Pig y John Grisham.

—¿En el corredor de la muerte?

—Sí.

Se hizo otro silencio.

—Entonces, ¿qué es? —preguntó Will—. ¿Un obseso? ¿Un imitador? ¿Un desequilibrado? ¿Un asesino?

Estaba formulando las mismas preguntas a las que ya habían dado vueltas esa mañana en la capilla de la prisión.

—Creo que es un padre destrozado por la agresión brutal que sufrió su hija y que culpa a la policía por haberles arruinado la vida a ambos. Más bien un Don Quijote obsesionado con la policía, en todo caso.

—Has dicho que creó esa página web hace cinco años, pero a Beckey la agredieron hace ocho años. Esperó tres para empezar su campaña en Internet. ¿Por qué?

—Vamos a ver si nos los cuenta.

Faith arrancó. Ya había introducido la dirección en el navegador. Lena les había hecho un favor, al menos, al hacerlos ir hasta el ombligo mismo del estado de Georgia. Gerald Caterino vivía en Milledgeville, a media hora de Macon. Faith había llamado a su empresa fingiendo que quería que le dieran un presupuesto para un trabajo de jardinería y le habían dicho que Gerald estaba trabajando desde casa. Ella había consultado los datos de la agencia tributaria del condado y había localizado la casa de Caterino, valorada en doscientos cuarenta mil dólares, en el casco antiguo del pueblo.

Will abrió la bolsa de Doritos.

—Necesitamos más información sobre el caso de Leslie Truong. Por lo que ha dicho Amanda, Sara ha encontrado en el cadáver de Alexandra McAllister la misma marca de punción que tenía Beckey Caterino en la columna. Pero ¿y Truong?

—Te apuesto cualquier cosa a que Lena hizo un croquis en su cuaderno —repuso Faith—. La muy zorra.

—Esa información tiene que figurar en los archivos.

Faith le oyó masticar. Con «los archivos», se refería a los papeles de Jeffrey. Sara iba a sacarlos del trastero donde los guardaba. Amanda había deslizado ese dato entre la larga lista de tareas que les había asignado para esa tarde. Por suerte, Emma estaba pasando la semana en casa de su padre. Eran ya casi las tres de la tarde y Faith llevaba despierta desde las tres de la madrugada. Ahora mismo solo le apetecía irse a su casa, quitarse el sujetador y ponerse a leer historias de sucesos en el móvil hasta que se hiciera de noche y pudiera irse a la cama.

—Hacen falta tres víctimas para que se considere asesinato en serie.

—Podrían ser muchas más si conseguimos exhumar los cadáveres de esos artículos. —Faith esperaba con toda su alma que no le tocara a ella tener que pedir permiso a los familiares para desenterrar a sus hijas muertas—. Pongamos que Gerald Caterino accede a hablar con nosotros. ¿Le decimos que vamos a investigar la muerte de McAllister como un homicidio?

—Si es necesario, sí —respondió Will—. Pero sin darle más datos de la cuenta.

—Por mí, de acuerdo.

Faith aún no había asimilado del todo lo que les había dicho Amanda. Agredir a una mujer, violarla, aterrorizarla, matarla, ya era de por sí horrible. Pero torturarla de esa manera, dejarla paralizada para que no pudiera defenderse, era una atrocidad inconcebible.

—Sara ha encontrado heridas de arma blanca en la zona del abdomen y las axilas —dijo—. El asesino debe de tener conocimientos de comportamiento animal, ¿no crees? A McAllister le rajó la piel para que la sangre atrajera a depredadores que borraran las huellas al devorarla.

Will se metió un puñado de *snacks* en la boca. Parecía no querer pensar en Sara. O quizá aún estaba intentando asimilar los detalles más escabrosos del caso, igual que ella. A la mayoría de los asesinos se los atrapaba porque dejaban en el lugar de los hechos un granito de arena de alguna isla remota que solo ellos podían haber visitado. Eran estúpidos y chapuceros; por eso acababan deteniéndolos. Este asesino no era ninguna de las dos cosas.

—Brad Stephens —dijo Will mientras abría la bolsa de Cheetos—. No está en la lista de policías de la página web de Caterino.

—Debía de estar recién salido de la academia en aquel entonces —contestó Faith, comprendiendo adónde quería ir a parar Will—. Seguramente se encargó de todo el trabajo rutinario: reunir los atestados, archivar la documentación, ir de puerta en puerta y hablar con los testigos secundarios…

—Tuvo que verlo todo.

Faith lanzó una mirada a su compañero, que se estaba sacudiendo las migas de la corbata. Cuanto más hablaban del caso, más centrado parecía Will.

—Cuéntame qué estás pensando —dijo—. ¿Qué relación crees que puede haber entre Gerald Caterino y Brad Stephens?

—Yo soy Gerald Caterino y mi hija está herida de gravedad. Tengo que ocuparme de eso de manera inmediata, ¿no? De su recuperación, su rehabilitación, todo eso. Y, entre tanto, creo que el tipo que la ha agredido está entre rejas. El presunto culpable presenta dos apelaciones que pierde. Pasan tres años. Yo sigo con mi vida como puedo, y entonces el tipo al que creo culpable me escribe para decirme que no fue él quien lo hizo.

Faith asintió con un gesto. Parecía lo más probable.

—Pero tú no creerías a ese tipo.

—No. —Will se metió el resto de los Cheetos en la boca, masticó, tragó y dijo—: Pero soy padre. No consigo olvidarme del asunto. Y ese individuo, el que creo que hizo daño a mi hija, me asegura que no fue él, sino otro que sigue suelto, posiblemente atacando a otras mujeres. ¿Qué hago entonces?

—Eres un varón blanco de clase media, así que das por sentado que la policía puede ayudarte. —Faith le pasó su Coca-Cola *light* para que se la abriera—. Hace cinco años, Matt Hogan ya no estaba. Tolliver, tampoco. Frank Wallace era el jefe interino. Lena, inspectora jefe. Y Brad, patrullero.

Will le pasó el refresco abierto.

—Frank no sería de ninguna ayuda. Lena quizá hiciera algún intento de ayudarlo, pero en cosas de poca importancia.

Faith se imaginaba perfectamente a Lena tratando de controlar la situación y viendo cómo le estallaba ante los ojos como un artefacto explosivo de fabricación casera.

—Nesbitt no pudo tener acceso al sumario de los casos Caterino y Truong mediante la demanda civil. Solo se le consideraba presunto responsable de las agresiones. Su condena se basó en la pornografía infantil.

—Ya, pero hay muy pocos supuestos por los que se pueda demandar personalmente a un policía. Por uso excesivo de la fuerza. Por registro y detención injustificados, y quebrantamiento de la cuarta enmienda. Por discriminación o acoso —explicó Will—. No puedes basar la denuncia en una infracción puntual. Tienes que demostrar que existe un comportamiento reiterado, un patrón de conducta. Así es como tuvieron acceso a los sumarios de Caterino y Truong. Le dijeron al juez que necesitaban revisar las investigaciones previas para determinar si existía ese patrón.

Faith bebió un sorbo de Coca-Cola. Como estrategia legal, no era mala.

—Gerald Caterino tuvo que cabrearse cuando Daryl Nesbitt retiró la demanda a cambio de que lo trasladaran a una prisión de seguridad media.

—Pero aun así se mantuvo en contacto con él —dijo Will—. Le mandó esos artículos a la cárcel.

—Solo los artículos —repuso Faith, recordándole el dato que les había dado Amanda—. Ni cartas ni notas de ningún tipo. Solo un sobre con los artículos y un apartado de correos en el remite.

—Instituciones Penitenciarias solo guarda tres años los registros del correo. No sabemos si mantenían correspondencia previamente.

Faith pensó que solo Gerald Caterino podía sacarlos de dudas. Si accedía a hablar con ellos.

—Sigo sin ver la relación con Brad Stephens.

—Es muy fácil. Frank y Lena no iban a ayudarme. Así que empiezo a buscar puntos débiles en la fuerza de policía del condado de Grant. Alguien que estuviera allí cuando ocurrieron los hechos. Alguien que no estuviera empeñado en tener razón. Brad Stephens es el único que se me ocurre.

Faith no estaba muy convencida.

—¿Crees que pudo traicionar a Jeffrey?

—No, nada de eso, pero sí a Lena. A Lena seguro que no dudaría en delatarla.

—Creía que Brad y Lena eran compañeros.

—Lo eran, sí —contestó Will—. Pero Brad es un tipo muy cuadriculado.

Faith entendió lo que quería decir. Brad veía las cosas en blanco y negro, lo que podía convertirte en un buen policía, pero no necesariamente en un buen compañero. Y nadie quería trabajar con alguien que podía ser un chivato.

—Tenemos que hablar con Brad —dijo Will.

—Pues ponlo en la lista, después de los inspectores de policía, los jueces de primera instancia y los familiares cercanos de todos los casos de los artículos de Daryl Nesbitt.

Will se vació la bolsa de fritos en la boca y engulló las últimas migajas. Luego, de postre, se sacó del bolsillo un puñado de gominolas, y Faith no pudo seguir mirando.

El navegador les indicó que torcieran a la derecha.

Atravesaron una zona residencial antigua, con las calles bordeadas de altos cornejos. En los jardines delanteros de las casas abundaban los árboles ornamentales y los arbustos de gran tamaño. El diseño de las calles le recordó a Faith a su barrio del centro de Atlanta, donde se habían construido centenares de casas de estilo ranchero para los veteranos que regresaban de la Segunda Guerra Mundial. La suya era una de las pocas que quedaban que no se habían convertido en ostentosos chalés unifamiliares. Con su sueldo de funcionaria, a duras penas le alcanzaba para pagar la reparación del calentador de agua cuando se rompía. Si su abuela no le hubiera dejado la casa en herencia, se habría visto obligada a vivir con su madre. Y eso habría acabado con las dos.

Aminoró la marcha para leer los números de los buzones.

—Buscamos el 8472.

—Es ahí. —Will señaló hacia el otro lado de la calle.

Gerald Caterino vivía en una casa colonial bastante modesta, de ladrillo visto, con dos plantas. El césped de la entrada, de la variedad *zoysia*, estaba cortado con esmero y aún no había entrado en estado de latencia por el cambio de estación. Los tiestos de barro rebosaban, llenos de flores cuyo nombre ignoraba Faith. El camino de entrada era de gravilla bordeada de adoquines. Detuvo el coche delante de la verja cerrada que impedía el paso a la zona del garaje. Vio que había un niño jugando al baloncesto al otro lado. Parecía tener ocho o nueve años. Faith se acordó de la biografía de Caterino que incluía la página web de su empresa y supuso que aquel era su hijo, el niño al que le gustaba leerle.

—Mira arriba. —Will señaló con la cabeza la cámara de seguridad.

Ella observó la fachada de la casa. Había dos cámaras que cubrían todos los ángulos de la entrada.

—Eso no se compra en Amazon —comentó Will.

Faith estuvo de acuerdo. Las cámaras parecían profesionales, como las que había en los bancos.

La verja adquirió de pronto un nuevo significado. Faith llevaba toda la vida viviendo en Atlanta, y la verja no le había extrañado: era una más. Tuvo que recordarse que estaban en Milledgeville, donde la tasa anual de homicidios era cero y las demás casas de aquella calle bucólica y arbolada tenían, probablemente, la puerta siempre abierta.

—Su hija sufrió un ataque brutal hace ocho años —comentó.

—Y nos culpa a nosotros por lo que pasó después.

—A nosotros personalmente, no. Al condado de Grant.

Will no respondió, pero tampoco hacía falta. La actividad de Gerald Caterino en Internet dejaba claro que no distinguía entre ambas cosas.

Faith se permitió pensar exactamente dos segundos en el orificio de bala que Jeffrey Tolliver tenía entre las cejas en la página de Caterino.

—¿Listo? —preguntó.

Will salió del coche.

Faith cogió su bolso del asiento de atrás y se reunió con Will, que había apoyado los codos en lo alto de la valla y estaba mirando cómo el chico lanzaba la pelota hacia la canasta. Falló por mucho, pero aun así miró a Will en busca de aprobación.

—¡Casi, casi! —exclamó Will, y le hizo a Faith un gesto casi imperceptible, indicándole la parte trasera de la casa—. ¿Pruebas otra vez?

El niño corrió detrás de la pelota, encantado.

Faith tuvo que ponerse de puntillas para ver la casa. En la parte de atrás había un porche acristalado. Entre su sombras, se adivinaba la silueta de un hombre sentado a una mesa. Al inclinarse hacia delante, le dio el sol. Tenía entrecano el poco cabello que le quedaba y un bigote espeso y bien recortado. Llevaba las gafas de montura metálica apoyadas sobre la frente.

—¿Qué quieren?

A Faith se le erizó el vello de la nuca al oír el tono airado de Gerald Caterino.

—Señor Caterino —dijo mostrando su identificación por encima de la verja—, soy la agente especial Mitchell. Este es el agente especial Trent. De la Oficina de Investigación de Georgia. ¿Podríamos hablar con usted?

Caterino permaneció sentado a la mesa.

—Heath, ve a ver cómo está tu hermana.

El niño dejó que la pelota se alejara botando y entró corriendo en la casa.

Faith oyó un chasquido. Luego, la verja se abrió lentamente. Se obligó a entrar ella primero y a avanzar hacia la casa sin dejarse llevar por ideas preconcebidas. El jardín trasero era grande y estaba bien protegido. Una alambrada de casi dos metros rodeaba la parcela. Había más cámaras debajo de los aleros del tejado. Una verja de hierro forjado, idéntica a la de la entrada, rodeaba la hermosa piscina, junto a la que había instalada una silla elevadora. Al porche acristalado se accedía mediante una rampa, sin escalones, y en el garaje había aparcada una furgoneta adaptada para discapacitados, junto a una camioneta *pick-up* en cuya trasera se veían herramientas de jardinería.

La puerta mosquitera era también de hierro forjado. Era

extraño, porque la malla podía romperse fácilmente, pero Faith no estaba allí para hacer una evaluación de seguridad. Heath no había cerrado del todo la puerta.

Faith se dijo que por nada del mundo pondría un pie en aquel porche sin que la invitaran a hacerlo. Las cámaras de seguridad, la verja, la alambrada, las dianas en las fotografías de los policías del condado de Grant, el orificio de bala en la frente de Jeffrey Tolliver...

Hacía casi una década que Rebecca Caterino había sido agredida. Era mucho tiempo para pasarlo en alerta máxima. Faith había visto los estragos que la pena podía causar en una familia; sobre todo entre los hombres. A pesar de todas aquellas medidas de seguridad, Gerald no se había levantado para ver de cerca sus acreditaciones antes de abrir la verja. Su actividad en Internet estaba repleta de propaganda antipolicial. Faith pensó que tal vez no se había levantado porque tenía un arma pegada con cinta adhesiva bajo la mesa. Luego se preguntó si sería cosa de su propia paranoia. Y acto seguido se recordó que, gracias a esa paranoia que no era tal, volvía todos los días sana y salva con su hija.

Comprendió entonces que se hallaban ya en tablas.

—Señor Caterino, necesito que nos dé su autorización verbal para entrar en su domicilio.

Con los gruesos brazos cruzados sobre el pecho, Caterino asintió con la cabeza escuetamente.

—Concedido.

Will alargó el brazo para abrir la puerta. Faith mantuvo el bolso pegado a su costado. La mala onda que le daba aquella casa se había convertido en un tsunami. Gerald Caterino parecía cargado de tensión, casi a punto de estallar. Estaba sentado al borde de la silla, con los brazos cruzados. Junto a su portátil cerrado había un montón de tarjetas de fichar, apiladas unas sobre otras. Vestía pantalones cortos negros con

muchos bolsillos y un polo negro por cuyo cuello desabrochado se entreveía una piel de una blancura llamativa. Caterino
tenía el moreno típico de los jardineros, delimitado por los
bordes de la camisa de trabajo.

Faith miró a su alrededor. Había otra cámara, de las de burbuja, montada en el techo, junto a la puerta de la cocina. El
porche era largo y estrecho. La mesa a la que se sentaba Caterino tenía tres sillas y un hueco para una silla de ruedas.

Faith le ofreció su identificación. Pasaron unos segundos antes de que Gerald la cogiera. Se puso las gafas y miró la tarjeta
con atención, comparando a Faith con la fotografía. Will le ofreció su cartera y Caterino le escudriñó también con la mirada.

—¿Qué hacen aquí? —preguntó.

Faith cambió de postura moviendo los pies. Caterino no los
había invitado a sentarse.

—Daryl Nesbitt —contestó ella.

Caterino se puso aún más tenso, pero, en lugar de decirles
que llevaba cinco años mandando artículos de periódico a
Nesbitt, fijó la mirada en el jardín trasero. El sol relumbraba
en la piscina, convirtiéndola en un espejo.

—¿Qué intenta conseguir esta vez?

—Creemos que, en último termino, pretende que lo trasladen a una cárcel con menor nivel de seguridad.

Caterino asintió como si fuera lógico. Y probablemente lo era.
La última vez que Nesbitt había hecho un trato, había conseguido que lo sacaran de un centro de seguridad máxima. La maniobra debía de haberle costado en torno a cien mil dólares a
Caterino en gastos jurídicos.

—Señor Cateri… —comenzó a decir Faith.

—Mi hija estuvo en ese bosque media hora, antes de que alguien se diera cuenta de que estaba viva. —Caterino miró a Faith
y luego a Will—. ¿Tienen ustedes idea de lo que habrían supuesto esos treinta minutos para su recuperación? ¿Para su vida?

Faith se dijo que ya nunca habría respuesta para esa pregunta, pero saltaba a la vista que Caterino se aferraba a esa idea con uñas y dientes.

—Treinta minutos —prosiguió él—. Mi niña estaba paralizada, traumatizada, no podía hablar ni pestañear siquiera, y a ninguno de esos putos policías de mierda se le ocurrió comprobar si estaba viva. Tocarle la cara o cogerle la mano. Si esa pediatra no hubiera estado allí por casualidad…

Faith intentó imprimir a su voz un tono sereno que contrastara con la amargura de la de Caterino.

—¿Qué más le dijo Brad Stephens sobre lo que pasó ese día? —preguntó.

Caterino meneó la cabeza.

—Ese cabrito hizo lo mismo que todos. En cuanto le pides a un policía que declare, se cierra en banda. Esa puta línea azul que llevan en la bandera es como una horca que me ahoga.

—Señor Caterino, estamos aquí para averiguar la verdad —afirmó Faith—. La única línea que nos interesa es la que separa lo que está bien de lo que está mal.

—No me venga con tonterías. Son todos iguales, unos canallas que se cubren entre sí.

Faith se acordó de Nick agarrando a Daryl Nesbitt y empujándolo contra la pared.

—Inútiles de mierda —añadió Caterino soltando un largo siseo entre dientes—. No debería haberles dejado entrar. Conozco mis derechos. No tengo por qué hablar con ustedes.

Faith trató de calmarle recurriendo a la baza de la maternidad.

—Yo también tengo un hijo. ¿Qué edad tiene Heath?

—Seis años. —Caterino movió el portátil para enderezarlo—. Mi exnovia, su madre, no llevó muy bien lo de Beckey, después de la agresión. La separación no fue amistosa. Yo estaba muy enfadado en aquel entonces.

Faith pensó que seguía estándolo.

—Lo lamento —dijo.

—¿Que lo lamenta? —replicó él—. ¿Qué es lo que lamenta, a ver?

Ella sabía que no tenía ninguna responsabilidad en todo aquello, pero aun así se sentía culpable. La página web de Caterino contenía decenas de fotografías que mostraban a Beckey antes y después de la agresión. Era un joven preciosa que había sufrido daños irreversibles como consecuencia de lo ocurrido aquel día en el bosque. Sufría una lesión cerebral causada por el traumatismo; estaba paralizada de cintura para abajo, tenía problemas de habla y de vista y, según la página web, requería cuidados constantes debido a la discapacidad intelectual que padecía como consecuencia de la agresión.

Aquellos treinta minutos en el bosque eran posiblemente los últimos que Rebecca había pasado sola —y que pasaría— hasta el día de su muerte.

Gerald Caterino volvió a apoyarse las gafas sobre la frente y contempló de nuevo la piscina. Tuvo que carraspear antes de decir:

—Hace doce años, yo estaba convencido de que la peor experiencia de mi vida sería haber perdido a mi esposa. Y luego, hace ocho años, mi hija se fue a la universidad y volvió como… —Se le quebró la voz—. Pero ¿sabe usted qué es aún peor que esas dos cosas, agente especial Faith Mitchell?

Faith intuyó que no era la primera vez que Caterino jugaba aquella baza. Era imposible adivinar qué era peor que perder a alguien a quien amabas. Lo único que podías hacer era rezar por que no te pasara a ti.

—¿Y usted, agente especial Will Trent? ¿Qué es peor? ¿Qué es lo peor que podrían hacerme ustedes dos ahora mismo?

Will no titubeó.

—Podríamos darle esperanzas.

Caterino encajó su respuesta como un puñetazo en el

estómago. Se le humedecieron los ojos y asintió con la cabeza. Volvió a mirar la piscina.

—Lo siento, señor Caterino. No hemos venido a darle esperanzas.

Él tragó saliva otra vez. Faith comprendió que lo que ella había tomado por ira podía ser, de hecho, su manera de enfrentarse al miedo. Había pasado años tratando de vengar a su hija y le aterrorizaba la idea de pasar cinco, diez o treinta años más sin poder saldar esa deuda.

—¿Puede decirnos por qué le envió esos artículos a Daryl Nesbitt? —preguntó Will.

Caterino meneó la cabeza.

—Ese cerdo es tan astuto y tan retorcido que debería haber sido policía.

—¿Por qué esos artículos en concreto? —insistió Will.

Caterino lo miró.

—¿Y eso qué más da?

—Por eso estamos aquí, señor Caterino —repuso Will—. Estamos investigando las muertes de esos artículos.

—¿Investigando? —Soltó una risa escéptica—. ¿Sabe cuánto dinero me he gastado en detectives privados? ¿En billetes de avión y de tren y en hoteles para hablar con otros padres? ¿Y con psicólogos criminalistas, y policías jubilados y hasta con un puñetero vidente? Y todo porque ustedes son unos vagos y unos aprovechados que no cumplen con su trabajo.

Faith no pensaba darle pie para que se lanzara a otra invectiva contra la policía.

—Estoy segura de que sabe que ayer por la mañana se encontró el cadáver de Alexandra McAllister en una zona boscosa.

Él se encogió de hombros, a la defensiva.

—En las noticias dijeron que había sido un accidente.

Ella esperó a que Will le diera luz verde en silencio para añadir:

—Todavía no hemos divulgado este dato, pero se ha dictaminado que su muerte no fue accidental. Se trata de un homicidio.

Caterino arrugó el ceño, desconcertado. No estaba acostumbrado a oír lo que quería oír.

—¿Por qué?

—La forense ha encontrado una herida de punción en la parte de atrás del cuello de la víctima.

Caterino se levantó despacio. Abrió la boca, pero no dijo nada. Parecía anonadado, confuso, lleno de incredulidad.

—Señor Caterino… —dijo Faith.

—¿Estaba…? —Se tapó la boca con la mano. Gotas de sudor cubrían su cabeza casi calva—. ¿Estaba la punción a la altura de la C5?

—Sí —contestó Will.

Sin decir más, Gerald Caterino entró precipitadamente en la casa. Faith lo vio correr por un largo pasillo y torcer a la derecha. Luego, desapareció.

—Vaya —dijo Will.

Faith repasó mentalmente la conversación.

—Nos ha avisado de que no le diéramos esperanzas.

—Y se las hemos dado.

Ella sintió que un escalofrío desagradable le corría por la espalda. Intentó convencerse de que Caterino había tenido la necesidad urgente de ir al baño, y acto seguido se dijo que había ido a buscar una pistola. Seguía teniendo en la cabeza las fotos retocadas y las acusaciones de su página web. Mucha gente hablaba de matar a policías. Incluso había canciones al respecto. Solo unos pocos, sin embargo, estaban dispuestos a llevar a cabo sus amenazas. Distinguir a unos de otros no era difícil. Los primeros no hacían nada. Los segundos te apuntaban a la cabeza y apretaban el gatillo.

Faith miró a Will buscando en él la confirmación de que sus temores no eran infundados.

—¿Homicidio o suicidio? —preguntó él.

O sea, que no lo eran.

—Heath está en casa. Y Beckey probablemente también.

—Vamos.

Faith entró en la casa. La cocina era muy luminosa. Y familiar. Faith vio cierres de seguridad para niños en todos los armarios y cajones. Los enchufes estaban tapados y los filos de los muebles cubiertos con cantoneras de espuma. A sus seis años, Heath era demasiado mayor para que fueran necesarias tantas medidas de seguridad. Debían de ser para Beckey, la hija de veintisiete años de Caterino.

Faith se dio la vuelta y vio que Will estaba mirando la cámara de seguridad que había en una repisa, entre dos montones de libros de cocina. Se puso de puntillas para ver la parte de arriba de los armarios y le hizo una seña a Faith con el pulgar levantado y el índice estirado, indicando que allí había una pistola.

—Hola. —Una mujer con uniforme de enfermera entró en la cocina llevando en la mano un vasito de bebé vacío—. ¿Han venido a ver a Gerald? Ese bobo acaba de subir corriendo las escaleras.

Faith sintió que su ansiedad remitía ligeramente. Otra persona. Una testigo. Hizo las presentaciones mostrándole su identificación. La enfermera no pareció sorprendida ni alarmada porque hubiera dos agentes especiales del GBI en la cocina.

—Soy Lashanda —dijo mientras aclaraba el vaso en el fregadero—. Cuido de Beckey de día.

Faith decidió aprovechar la coyuntura.

—¿Qué tal está?

—Hoy, bien. —Lashanda sonrió alegremente—. Tiene tendencia a la depresión, por la lesión cerebral. Y a veces se porta regular. Pero hoy tiene un buen día.

Heath entró brincando en la cocina antes de que Faith

pudiera preguntar qué ocurría cuando tenía un día malo. El niño sonreía como una calabaza de Halloween.

—¡Mira! —Le enseñó a Will un dibujo de un tiranosaurio, impresionante para un niño de seis años.

Will observó el dibujo.

—Es increíble, colega. ¿Lo has hecho tú solo?

A Heath le dio un ataque de timidez y se escondió detrás de la pierna de Lashanda.

—Es un encanto —le dijo Faith a la enfermera—. ¿Cuántos años tiene?

—Seis, pero cumple siete dentro de dos meses. Este solete nació en Navidad.

—Pareces muy mayor para tener seis años. —Faith se inclinó para ponerse al nivel de Heath—. Seguro que ya sabes sumar. ¿Cuánto es dos más dos?

—¡Cuatro! —Heath volvió a sonreír. Uno de los dientes definitivos le estaba saliendo torcido.

—¿Con qué mano escribes? —preguntó ella.

—¡Con la derecha! —El niño levantó la mano.

—¿Hoy te has atado los cordones?

—¡Sí! —Levantó los brazos como Superman—. ¡Y he hecho mi cama, y me he lavado los dientes, hasta el que se me ha caído y…!

—Vale, vale, grandullón, no hace falta que les cuentes todo lo que has hecho hoy. —Lashanda le revolvió el pelo—. ¿Por qué no vienen al cuarto de estar? No sé cuánto va a tardar Gerald.

Faith accedió de buena gana. Todavía le inquietaba la súbita desaparición de Caterino. De no haber visto las barbaridades que colgaba en Internet, habría pensado simplemente que era un tipo raro. Pero las había visto.

—Por aquí.

Lashanda los condujo por el largo pasillo. Dejaron atrás el salón, cuya mesa estaba cubierta de libros de texto.

—¿Deberes? —preguntó Faith.

—Heath estudia en casa. Su profesora acaba de irse.

Faith sabía que había numerosos motivos legítimos y enco-
miables para educar a un niño en casa, pero en el curso de su
carrera solo se había encontrado con pirados que querían mantener a sus hijos apartados de los colegios públicos por miedo
a que les enseñaran temas controvertidos, como que el inces-
to era malo y la esclavitud execrable.

En casa de Caterino, sin embargo, no había esvásticas gigantes en las paredes. Vio láminas enmarcadas y fotografías de Beckey en diversos momentos de su vida. Faith reconoció las típicas
fotografías escolares con manzanas, libros apilados y globos te-
rráqueos. Beckey había practicado el atletismo. En una fotografía aparecía con un grupo de chicas vestidas con ropa de correr.
En otra cruzaba la línea de meta de una carrera.

Las fotografías acababan bruscamente tras sus años de instituto. Faith se dio cuenta de que no había fotos de Heath. Ni
una sola instantánea. En la página tampoco las había, aunque
Gerald mencionaba a su hijo de pasada.

Levantó la vista cuando entraron en el cuarto de estar. El
techo medía seis metros, como mínimo. Una especie de bal-
cón con barandilla sobresalía del altillo de arriba, y un ascensor daba acceso a las dos plantas.

Faith volvió a mirar su reloj. Hacía cuatro minutos que se
había marchado Gerald Caterino. Se volvió para mirar a Will.
Su compañero observaba el altillo con atención; evidentemente, estaba evaluando su situación táctica. Faith se alegró de no
ser la única que tenía la mosca detrás de la oreja.

—Señorita Beckey, mire —dijo Lashanda—. Su papá tiene visita.

La silla de ruedas de Beckey estaba colocada mirando hacia
unos ventanales que daban al jardín de atrás, en el que había
flores, estatuillas de cemento representando animales y una

fuente, todo ello creado —era evidente— para su recreo. Faith alcanzó a ver un colibrí de garganta roja en el comedero.

—¿Beckey? —repitió Lashanda.

La chica movió las manos al dar la vuelta a la silla. Tenía un cepillo de pelo en el regazo. Vestía una bata rosa y unos calcetines de color azul pastel con conejitos rosas.

—Ho-la. —Sonrió solo con media boca y fijó un ojo en Faith. El otro parecía ciego.

Faith conocía las señales de la parálisis facial por su abuela, que había sufrido una serie de aneurismas antes de fallecer. Aquella joven era varias décadas demasiado joven para presentarlas.

—A ver, déjame a mí. —Lashanda le limpió la boca con un pañuelo de papel. Faith vio una cicatriz descolorida, en forma de T, que le cruzaba el cuello y le llegaba hasta el esternón—. Estos son la señora Mitchell y el señor Trent.

—Encantada de… —Beckey tuvo que tragar saliva antes de terminar la frase—… conocerlos.

—Igualmente, Beckey.

Faith tuvo que hacer un esfuerzo por modular su tono de voz, porque sentía la inclinación instintiva de hablarle a aquella mujer adulta como si fuera una niña. Parecía tan inocente… Estaba muy delgada. Agarró el cepillo de pelo con ambas manos, torpemente. Saltaba a la vista que acababa de ducharse. Tenía el cabello húmedo y la ropa muy limpia.

Heath se sentó en el regazo de su hermana y apoyó la cabeza en su pecho. Faith se acordó de lo cariñoso que era Jeremy a esa edad, cuando estaba a punto de dejar de ser un crío adorable para transformarse en el marqués de Sade de los porqués.

—Ten. —Beckey le tendió el cepillo a Lashanda—. Trenza.

—Cariño, ya sabes que no sé hacer ese peinado —dijo la enfermera, y añadió mirando a Faith—: Quiere que le haga la trenza de Elsa y estuve viendo un tutorial de YouTube, pero no me salió muy bien.

Will carraspeó y le dijo a Beckey:

—Puedo hacértela yo, si quieres.

Ella sonrió y le ofreció el cepillo.

—¿Puedo darle la vuelta a la silla?

Ella asintió con una sonrisa radiante.

Will giró la silla de modo que Beckey mirara hacia el centro de la habitación. Así, de paso, él veía mejor la zona del altillo. Le cepilló con cuidado la larga melena.

—Hay que empezar separando tres mechones —le explicó a Heath, que estaba observando lo que hacía.

Will hizo la trenza rápidamente. Faith cayó entonces en la cuenta de que Sara también solía llevar trenzas de raíz los fines de semana. Existía una Faith alternativa que podría haber acabado con Will, si no se hubiera sentido perpetuamente atraída por gilipollas que, aparte de ser fértiles, no servían para nada. Ahora, ya solo aspiraba a encontrar a un hombre que se acordara de beber agua de vez en cuando.

—Espere —dijo Lashanda—. Voy a darle una goma para que se la ate.

Will sujetó el extremo de la trenza mientras la enfermera rebuscaba en los cajones del escritorio. Le guiñó un ojo a Heath.

—Aquí arriba. —La cabeza de Gerald asomó por encima de la barandilla del altillo—. Ya estoy listo para hablar con ustedes. Pero suban solos —dijo, y volvió a desaparecer.

Will le pasó el extremo de la trenza a Lashanda, que respondió a su mirada interrogativa encogiéndose de hombros.

—Gerald es así —dijo—. Hace las cosas a su manera.

Will no permitió que Faith le antecediera al subir las escaleras. Esperó a que estuvieran los dos en el descansillo para recolocarse la chaqueta. Llevaba la Glock en la pistolera del costado. Faith, que había dado por sentado que pasarían todo el día en la prisión, llevaba la suya dentro del bolso, metida en una bolsita de terciopelo. Por si acaso, abrió la cremallera del bolso y se cercioró de que el cordón que cerraba la bolsa estaba aflojado.

Se acordó de sus tiempos de patrullera. De las multas de tráfico, de los robos y los casos de violencia machista, que eran pura rutina hasta que de pronto dejaban de serlo, porque los seres humanos son como son y nunca sabía una lo que tenían de verdad en mente hasta que te lo demostraban.

Will había localizado otra cámara en lo alto de la escalera. Faith sintió crecer otra vez su paranoia. Gerald estaría observando su avance. Odiaba a la policía. Estaba profundamente resentido. Y ya les había demostrado que era impredecible.

Torcieron a la izquierda por el pasillo. Will se detuvo, se agachó y recogió un trozo de pelusa rosa. Material aislante. Señaló el techo. Alguien había bajado la trampilla del desván recientemente.

—Esto no me gusta —le dijo a Faith.

A ella tampoco.

—¿Señor Caterino? —llamó.

—¡En el dormitorio! —respondió Gerald—. ¡Vengan solos!

Su voz procedía del otro extremo de la planta, siguiendo un pasillo que parecía tener doscientos metros de largo.

Caterino ya se había escabullido dos veces. Tenía un arma abajo y seguramente tendría otra arriba. Había subido al desván. Y seguía diciéndoles que avanzaran.

Faith siguió a Will hacia el dormitorio. Fueron asomándose a cada puerta por la que pasaban. El cuarto de baño. El de la lavadora. La habitación de Heath, cuyas paredes estaban decoradas con dinosaurios y personajes de *Toy Story*. El cuarto de Beckey, lleno de equipamiento médico, con una cama de hospital y una grúa elevadora para discapacitados. La habitación de enfrente, la de invitados, debía de ser la que ocupaba la enfermera de noche. Faith se preguntó cuánto dinero costaba todo aquello. Beckey tendría reconocida una discapacidad, pero eso era como querer curar un balazo en el pecho aplicando una tirita.

Llegaron al cuarto de estar de la planta de arriba. Había juguetes desperdigados en torno al televisor. Faith vio que la videoconsola era una versión más moderna que la que ella tenía en casa. Para llegar al último trecho del pasillo, tuvo que pasar por encima de un tapacables de plástico que abultaba casi tanto como un badén de carretera. No parecía tapar ningún cable, sin embargo. Estaba claro que se trataba de una barrera para impedir el paso de la silla de ruedas.

—Joder —masculló Will.

Faith asomó la cabeza por detrás de él y echó un vistazo al dormitorio. No había luces encendidas y las ventanas estaban tapadas con estanterías de Ikea llenas de ropa doblada. Por entre las repisas se colaban rayos de sol.

Dando seis zancadas, Will entró en la habitación. Ella se quedó en el pasillo y vio que su compañero se pasaba el dorso de la mano por la boca. La tirita de Olaf se había despegado por el sudor.

—Señor Caterino, ¿eso que hay junto a la cama es una pistola?

—Ah, sí, voy a… —contestó Gerald.

—Ya la cojo yo —le interrumpió Will, desapareciendo de la vista de Faith.

Ella sacó su revólver del bolso y se preparó para disparar. Estaba a punto de entrar en el cuarto cuando Will volvió a aparecer en la puerta. Llevaba en la mano una Browning Hi-Power de 9 mm. Faith no entendía tanto de armas como Will, pero sabía que aquella pistola tenía un mecanismo de carga algo complicado. O bien Gerald Caterino era un entendido en armas de fuego o alguien le había vendido una pistola que le venía grande.

Will sacó el cargador de la Browning y encendió la luz del techo.

Faith guardó su revólver en el bolso, pero no lo soltó. Al cruzar la puerta, inspeccionó la habitación con la mirada. No había peligro ni en las puertas ni en las ventanas y Gerald tenía las manos desocupadas. Evidentemente, era allí donde dormía. La habitación carecía por completo de adornos. Una cama grande, deshecha; dos mesillas de noche desparejadas; una televisión colgada de la pared; las estanterías de Ikea; y un cuarto de baño al otro lado de una puerta. Faith dedujo que la otra puerta que había en la habitación era de un vestidor. Una llave sobresalía de la cerradura.

—Cierre la puerta —le dijo Gerald.

Ella empujó la puerta hasta casi cerrarla por completo.

—No me gusta hablar de esto delante de Heath —explicó Gerald—. Y no estoy seguro de qué sabe Beckey, ni de lo que es capaz de retener. No recuerda la agresión, pero aun así me preocupa que oiga cosas. O que vea esto.

Giró la llave y abrió la puerta.

Faith notó que se quedaba boquiabierta.

Las paredes del vestidor estaban cubiertas de recortes de periódico, hojas impresas, fotografías, gráficos y anotaciones, todo ello sujeto con chinchetas de colores. Muchos de aquellos documentos estaban unidos entre sí con hilo rojo, azul, verde o amarillo. Arrimadas a la pared del fondo había multitud de cajas archivadoras apiladas unas sobre otras, hasta el techo. Gerald había convertido su vestidor en una sala de investigación, y le daba terror que sus hijos lo descubrieran.

Faith sintió que se le partía el corazón. Cada hoja de papel, cada chincheta, cada hilo, era un símbolo del tormento que padecía Gerald Caterino.

—Tengo escondida la llave del vestidor en el desván. A Heath le gusta jugar con mi llavero y una vez estuvo a punto de abrir esta puerta. De Lashanda me fío, pero a veces se distrae. Si Heath viera esto... No quiero que lo sepa. Por lo menos, hasta que esté preparado. Permítanme mostrárselo, por favor.

Faith cerró la puerta del dormitorio y giró la llave. Sacó su teléfono mientras seguía a Will al vestidor. Encendió la cámara de vídeo.

—Señor Caterino, ¿me da su permiso para documentar esto con mi móvil? —preguntó para que la respuesta de Caterino figurara en la grabación.

—Sí, claro. —Gerald comenzó a señalar con el dedo las fotografías—. Estas las hice el primer día que pasó Beckey en el hospital, unas doce horas después de la agresión. Este corte de aquí es de la traqueotomía. Tuvieron que romperle el esternón para salvarle la vida. —Movió el dedo hacia abajo—. Estas son las radiografías. En esa se ve muy bien la fractura del cráneo. Fíjense en la forma que tiene.

Faith enfocó la radiografía, que estaba clavada junto a una fotografía del lugar de los hechos con apariencia de tener ya unos años.

—¿Consiguió copias de los documentos del sumario a través de Brad Stephens? —preguntó.

Gerald abrió la boca y volvió a cerrarla.

—Las conseguí. Eso es lo que importa.

Faith lo dejó pasar. Al menos, Gerald le había ahorrado algo de tiempo. Enfocó las declaraciones de los testigos, las notas de los investigadores, los informes del juez de primera instancia, las anotaciones del proceso de reanimación y los diagramas del lugar de los hechos.

Con las manos en los bolsillos, Will se había inclinado hacia delante y miraba una fotografía de una joven posando junto al Golden Gate.

—¿Esta es Leslie Truong? —preguntó.

—Me negaron el acceso al sumario de su caso porque

técnicamente sigue abierto —contestó Gerald—. Esa foto me la dio su madre, Bonita. Antes hablábamos mucho. Ahora, ya no tanto. Pasado cierto punto, esto te consume por dentro, ¿saben? Tu vida se…

No hizo falta que acabara la frase. Aquellas paredes mostraban la historia de su vida tras la agresión contra Beckey.

Faith se giró lentamente para grabar el contenido de la pared que tenía detrás. Gerald había impreso páginas y páginas sacadas de Internet. Vio comentarios de Facebook, tuits y correos electrónicos. Los enfocó para captar las direcciones de los remitentes. La mayoría de los correos procedían de una misma dirección: dmasterson@Love2Murder.

—¿Tuvo acceso a alguno de los sumarios de esos artículos? —le preguntó a Gerald.

—Conseguí que me dejaran verlos acogiéndome a la ley de libertad de información, pero no había nada de interés. Solo había un par de páginas sobre cada una de las víctimas. —Señaló la sección correspondiente de la pared—. Todas las muertes se calificaron de accidentales, y lo mismo habría pasado con Beckey si no hubiera sobrevivido. Aunque su vida ya no sea como antes ni vaya a serlo nunca más.

La desesperación que impregnaba su voz era como un manto sofocante que cubría aquel cuartito.

—Señor Caterino —dijo Will—, le envió usted esos artículos a Nesbitt por un motivo concreto. ¿Por qué eligió esos y no otros?

—Estuve hablando con las familias. —Gerald se acercó rápidamente al fondo del vestidor, donde estaban las cajas archivadoras—. Mire, aquí tengo los registros de las llamadas. Puede grabarlos.

Faith giró la cámara. Quería que Gerald también apareciera en el encuadre.

—Hice decenas de llamadas. Cada vez que encontraban a una mujer, buscaba a sus familiares y hablaba con ellos. Conseguí reducir el número de víctimas a ocho.

Señaló detrás de Faith, pero ella no se volvió. Reconocía las caras de las mujeres por los recortes de periódico, pero las fotografías de la pared eran distintas, más personales, de las que se tienen enmarcadas sobre la mesa.

Gerald fue señalándolas una por una al tiempo que decía sus nombres:

—Joan Feeney. Bernadette Baker. Jessica Spivey. Rennie Seeger. Pia Danske. Charlene Driscoll. Deaundra Baum. Shay Van Dorne.

Faith las enfocó sucesivamente, asegurándose de grabar también a Gerald.

—Cinta para el pelo. Peine. Horquilla. Cinta para el pelo. Cepillo. Cepillo. Coletero. Peine —fue diciendo Gerald mientras señalaba de nuevo las fotografías.

—Espere —dijo Faith—. ¿De qué está hablando?

—Eran las cosas que les faltaban. ¿Es que no han visto todo eso? ¿No han leído nada?

—Señor…

—¡No! —gritó—. No me digan que me calme. Le dije a ese puto policía que a Beckey le faltaba la pinza para el pelo que le dio su madre. Era de carey. Beckey le rompió uno de los dientes sin querer. La tenía siempre en la mesilla de noche. La mañana que salió a correr… —Cruzó a toda prisa el cuartito—. Mire, aquí lo dice. Kayleigh Pierce, su compañera de la residencia. Esta es su declaración oficial.

Faith le había seguido con la cámara.

—Kayleigh declaró que la mañana que encontraron a Beckey, antes, cuando se estaba vistiendo, dijo que… —Gerald estaba sin respiración—. Dijo que…

—Tranquilo, señor Caterino —le dijo Faith—. Míreme.

Él la miró con desesperación.

—Tómese su tiempo. Le estamos escuchando. No vamos a ir a ninguna parte.

—De acuerdo, de acuerdo. —Él se llevó la mano al pecho mientras intentaba tranquilizarse—. Kayleigh dijo que Beckey no había encontrado su pinza de pelo en la mesilla de noche. Que no estaba allí esa mañana. Y ella siempre la dejaba en la mesilla. Ya lo hacía antes de marcharse a la universidad, dejaba la pinza en la mesilla, junto a la cama. No quería que se estropeara, pero le gustaba ponérsela cuando necesitaba sentirse cerca de Jill, ¿entienden?

—¿Jill era su madre?

—Sí, eso. —Gerald señaló una fotografía de Beckey antes de la agresión, leyendo en la cama con la pinza de pelo puesta—. Nunca se encontró la pinza. Las chicas, Kayleigh y sus demás compañeras de la residencia, la buscaron por todas partes, ¿saben? Antes de que la policía hiciera su registro, si es que puede llamarse registro a lo que hicieron, porque en aquel momento les importaba muy poco el caso. Las chicas sabían cuánto le importaba aquella pinza a Beckey, así que la buscaron mientras ella estaba en el hospital. Y no la encontraron. Y la policía tampoco la encontró, cuando por fin se molestó en investigar lo que había pasado.

Faith se mordió la punta de la lengua. No podía creer que Lena Adams hubiera olvidado aquel detalle.

—De aquellos policías, Tolliver era el peor —prosiguió Gerald—. Fingía que le importaba lo que había pasado, que se compadecía de ti, pero solo quería dar carpetazo al asunto cuanto antes para seguir cobrando su sueldo.

Faith sabía cuánto ganaba un policía. Y no podía decirse que fuera un gran incentivo.

—Me dijo… Ese puto cabrón mentiroso me dijo que… —Gerald se interrumpió y trató de recobrar la calma—.

Tolliver le tendió una trampa a Nesbitt para inculparle, se lo aseguro. Si pudiera demostrarlo, demandaría al Ayuntamiento sin pensármelo dos veces. Saben ustedes que la universidad fue la que pagó las indemnizaciones, ¿verdad? Y el condado también. Sabían lo de la corrupción policial. Por eso soltaron ese dineral.

Faith se alegró de pronto de estar grabando a aquel hombre capaz de demandar a un cuerpo de policía.

—¿Hubo un juicio por daños y perjuicios? —preguntó.

—Ellos no querían que hubiera juicio porque sabían que saldrían a la luz un montón de datos incriminatorios. ¿Es que no lo ven? La compañía de seguros, el Ayuntamiento, los abogados, incluso los míos… Todos formaban parte del montaje.

Que Faith supiera, los abogados hacían siempre todo lo que estaba en su mano por conseguir la mayor indemnización posible.

—El condado llegó a un acuerdo conmigo —prosiguió Gerald—, pero se negó a reconocer que hubiera actuado mal, a pesar de que sabemos que así fue. Lo sabemos. ¡Treinta minutos, por Dios! ¡Treinta minutos de la vida de mi hija! Voy a romper ese acuerdo de confidencialidad ahora mismo. Debería haber acudido a la prensa. Todavía puedo hacerlo. Y que intenten quitarme el dinero. ¡Que se atrevan!

Faith tapó el micrófono con el pulgar, a pesar de que ya era demasiado tarde.

—Usted es madre —le dijo Gerald—. ¿Qué cree que va a sentir cuando su hijo se vaya a la universidad? Uno se fía de ellos, ¿verdad? Se fía de la policía. Confías en que van a velar por tu hijo y, cuando eso no pasa, se lo haces pagar.

Will carraspeó.

—¿Cuánto le pagaron?

—Poco. —Gerald recorrió el cuarto con la mirada. Empezó a temblarle la barbilla—. Poco, joder. —Un sollozo le quebró la voz, y se tapó la boca intentando contener el llanto, sin conseguirlo. Se dobló por la cintura y dejó escapar un gemido angustioso. Le fallaron las piernas y cayó al suelo. Se tapó la cara con las manos. Comenzó a llorar como un niño.

Faith apagó la cámara, pero Will no dejó que se acercara a Gerald. Encontró una caja de pañuelos de papel en un rincón. La papelera que había al lado estaba llena a rebosar

Gerald había apoyado la cabeza en la moqueta. Sus sollozos resonaban en la habitación. Consolarle no era la solución. No había consuelo para la esperanza.

Will se agachó a su lado y le ofreció un pañuelo.

—Lo siento. —Gerald cogió el pañuelo y se secó los ojos—. Me pasa a veces. No puedo remediarlo.

Will lo ayudó a incorporarse. Gerald se sonó la nariz. Tenía la cara enrojecida. Parecía avergonzado. Faith dejó pasar unos segundos para que se repusiera. Después, intentó devolverlo al presente.

—Señor Caterino, antes se ha alterado usted mucho cuando mi compañero le ha dicho que la lesión en la médula espinal estaba localizada en la C5.

Él volvió a sonarse la nariz y se enderezó la camisa.

—Beckey tenía una señal de punción. —Señaló una imagen en blanco y negro clavada en la pared—. Iba a llevarles esto abajo, pero he pensado que era mejor traerlos aquí y que lo vieran. Hay tantas cosas, y yo… no…

—No pasa nada —lo tranquilizó Faith—. Me alegro de que nos haya dejado ver esto. Es importante que mantengamos intacto todo el trabajo que ha hecho, que es mucho.

—Sí. Tiene razón. —Caterino señaló de nuevo la pared—. Esta es la punción.

Faith volvió a encender la cámara y enfocó la fotografía en blanco y negro, tomada de una resonancia magnética. Incluso ella, que no tenía formación médica, vio la lesión en la

médula espinal. Parecía una rueda pinchada de dibujos animados, de la que brotaba fluido en vez de aire.

—Nadie fue capaz de explicar a qué se debía —agregó Gerald.

—¿Hay alguna otra cosa sobre el caso de su hija que crea
que debemos saber?

—Todo se ha perdido. Las pistas ya no conducen a ningún sitio. No hay nadie con quien hablar. O, por lo menos,
no hay nadie que quiera hacerlo. —Gerald tiró el pañuelo—.
Tolliver hizo todo lo que pudo para impedir que averiguára-
mos la verdad sobre lo que les pasó a Beckey y Leslie. Ocultó información y afirmó que se había perdido por culpa de
una reestructuración burocrática. Y Lena Adams, la lamecu-
los de Tolliver, ¿saben ustedes que destruyó todos sus cuadernos? ¿Pueden imaginarse lo que tenía escrito en ellos? Fue
ella, esa puta, la que ni siquiera se preocupó de tomarle el
pulso a mi hija para comprobar si estaba viva o muerta. Estaban todos allí, a su alrededor, riendo y gastando bromas,
mientras mi hija sufría daños cerebrales catastróficos.

Faith intentó variar el rumbo de la conversación para alejar
a Caterino de aquella costa erizada de rocas.

—Cuénteme más sobre la pinza del pelo de Beckey —dijo.

—Sí. Desapareció. Lo que de por sí no significa gran cosa,
¿verdad? Pero luego hablé con Bonita…

—¿La madre de Leslie Truong? —Faith intentó de nuevo
que aflojara el ritmo—. ¿Qué le dijo?

A Gerald se le habían secado las lágrimas. Estaba otra
vez enfadado.

—A Leslie le faltaba una cinta de pelo elástica que se ponía
siempre cuando se lavaba la cara por las noches.

—¿Es lo único que echó en falta, esa cinta de pelo?

—Sí. —Gerald titubeó. Luego dijo—: No lo sé. Puede que
también le faltaran algunas camisetas, algo de ropa, pero lo que

está claro es que le faltaba la cinta de pelo. Llamó a Bonita expresamente para contárselo y desahogarse. Le dijo que era una tontería robar algo de tan poco valor. Eso es lo que la puso furiosa, porque ¿para qué iba a llevarse nadie algo así?

Faith pensó en las otras presuntàs víctimas y en las cosas que, presuntamente, les habían robado.

—¿A Shay Van Dorne le faltaba un cepillo de pelo?

—Un peine. Estaba en su coche cuando se dio cuenta de que no lo tenía. Se llevó tal disgusto que se lo contó a su madre. —Gerald volvió a señalar las fotografías de las mujeres de los artículos de periódico—. Joan Feeney. Se ponía una cinta elástica en el pelo cuando iba al gimnasio. Le dijo a su hermana que no encontraba la que más le gustaba, una de color morado. Seeger estaba en su coche, igual que Van Dorne. Estaba hablando por teléfono con su hermana cuando le contó de pasada que la cinta elástica azul que siempre guardaba en la consola del coche había desaparecido.

Faith le indicó con un gesto que continuara.

—Danske tenía un cepillo de plata que había sido de su abuela. Desapareció de su cómoda. Driscoll llevaba siempre un cepillo de pelo en la guantera del coche. Pero el cepillo no estaba cuando su marido miró dentro. Spivey solía tener una horquilla en su mesa de trabajo que usaba para retirarse el flequillo de los ojos. Baker tenía un peine con la palabra *Relax* escrita con brillantitos de imitación. Y Baun, según dice su hermana, siempre llevaba un coletero a juego con la ropa. Cuando la encontraron llevaba una camisa verde, pero faltaba el coletero. Y luego, cuando la hermana revisó sus cosas, encontró coleteros de todos los colores: rojo, amarillo, naranja… Pero verde, no.

Faith pensó que cualquier abogado defensor utilizaría el vídeo que estaba grabando para demostrar que Gerald Caterino había plantado aquella idea en la mente de los familiares desesperados de aquellas mujeres. Visto a una luz despiadada, lo que había hecho el padre de Beckey podía considerarse manipulación de testigos. ¿Y para qué?

Un cepillo. Un peine. Un coletero. Una cinta elástica. Una horquilla. Entre su coche, su bolso y su casa, Faith tenía todas esas cosas, algunas de ellas en gran cantidad. Sería muy fácil que cualquiera afirmara tras la muerte de aquellas mujeres que les faltaba alguna de esas cosas. Sobre todo si los familiares buscaban desesperadamente elementos comunes que vincularan los casos.

Will, evidentemente, estaba pensando lo mismo. Esperó a que ella dejara de grabar para preguntarle a Gerald:

—Cuando llamaba a los familiares, ¿cómo reaccionaban?

—Algunos no querían hablar conmigo. Otros no podían aportar nada. Hice una lista de preguntas para ir descartando casos. Así fue como llegué a la conclusión de que las víctimas eran ocho. —Se acercó a la pared de enfrente y arrancó una hoja de cuaderno clavada con una chincheta—. Esta es la lista.

Faith se asomó por detrás de Will para leerla:

1. *Me presento (¡con calma!).*
2. *Les explico lo que le pasó a Beckey (¡solo los hechos concluyentes!).*
3. *Les pregunto si tienen alguna sospecha sobre la causa de la muerte de la víctima (¡actúa con normalidad!).*
4. *Les pregunto si la víctima les dijo que había echado en falta alguna cosa.*
5. *Les pido que me confirmen que el objeto perdido no ha vuelto a aparecer.*

—Cada vez que leo una noticia en la prensa —explicó Gerald—, me pongo manos a la obra. Hay muchísimas cosas en Internet. Es fácil dar con la gente. Lo que hago es llamarles por teléfono. En estos años he hablado con decenas de familiares.

Creo que cada vez se me da mejor. Hay que sondearlos con cuidado, procurar que no se cierren en banda. Perder a una hija es espantoso, pero aún más espantoso es darse cuenta de que te la han arrebatado.

Faith volvió a leer la lista. Aquello era un ejemplo de manual de preguntas capciosas.

—Esta última pregunta, la número cinco. ¿Les dijo usted lo que tenían que buscar? ¿Que tenía que ser un objeto relacionado con el cabello?

—Sí. ¿Cómo iban a buscarlo si no? —Se desplazó al otro lado del cuarto y señaló los correos impresos procedentes del dominio Love2Murder—. Esto es una lista de conductas habituales en los asesinos en serie. Número uno, llevarse trofeos. Es lo que está haciendo el que atacó a Beckey. Las sigue, las vigila. Les quita algo. Y luego las ataca y hace que parezca un accidente.

—Espere —dijo Faith—. ¿Qué quiere decir con que las vigila?

—Semanas antes de morir, todas y cada una de estas mujeres le dijeron a un familiar, a un amigo o a un compañero de trabajo que tenían una sensación rara, como si alguien las estuviera vigilando.

Faith sopesó aquel dato. Se le ocurrían muchas explicaciones para explicarlo; entre ellas, que el solo hecho de ser mujer hacía que una se sintiera vulnerable en ocasiones.

—Pero eso no está incluido en su lista de preguntas. Lo de sentirse vigiladas.

—Sé perfectamente que siempre hay que reservarse algo. Dejaba que fueran ellos quienes me lo dijeran.

—¿Y se lo decían sin más?

—Era muy cuidadoso. —Señaló los correos electrónicos de Love2Murder—. Este tío es un inspector de policía jubilado. Uno de los pocos buenos que hay. Me ha estado ayudando a investigar. Dice que el mayor error que cometen las mujeres es no hacer caso de su instinto.

Faith echó una ojeada a los correos. DMasterson llevaba al menos dos años comunicándose con Gerald. Vio copias de facturas en formato PDF.

—Antes ha dicho que había pagado a un detective privado. ¿Se refería a él?

—No, me refería a Chip Shepherd. Trabajé con él hace cinco años. Otro expolicía. Le pagué tres meses de trabajo y trabajó seis. Sus archivos están aquí. —Dio un puntapié a la pila de cajas—. Chip no sacó nada en claro. Nunca sacan nada en claro. He luchado cinco años a brazo partido por mantener viva la investigación. El negocio va bien, pero no tanto. Me he gastado todos mis ahorros. No tengo pensión y la casa está hipotecada. El dinero de la indemnización está depositado en un fondo fiduciario, para los cuidados que necesita Beckey. Invierto casi todo mi tiempo en procurar que Heath y ella tengan todo lo que necesitan, y cuando tengo un rato libre, me dedico a esto.

Faith dejó escapar un largo suspiro. El cuartito, ya de por sí claustrofóbico, estaba a punto de resultar aún más agobiante. Creía haber descubierto la respuesta a la pregunta que Will no paraba de hacerse desde que esa mañana habían barajado posibles hipótesis en la capilla de la cárcel.

Comenzó con cautela.

—Señor Caterino, ¿por qué le mandó a Daryl Nesbitt esos recortes de periódico? Sin una nota, ni una carta. Solo los artículos.

—Porque… —Gerald se interrumpió, pero ya era demasiado tarde—. Sigue insistiendo en que es inocente. Y quería que se sintiera tan atrapado y tan impotente como yo.

Faith creía que, en efecto, estaba intentando torturar a Nesbitt. Pero no se trataba solo de eso.

—Siento preguntarle esto, pero ¿por qué está tan seguro de que Daryl Nesbitt no es quien atacó a su hija?

—Yo no he dicho…

—Señor Caterino, hace cinco años se gastó usted una importante suma de dinero en costear la demanda civil que presentó Nesbitt contra los herederos de Jeffrey Tolliver.

Gerald pareció sorprendido.

—Muchas veces —prosiguió ella—, las demandas civiles sirven para obligar a declarar a agentes de policía a fin de que sus declaraciones puedan utilizarse posteriormente contra ellos en procedimientos penales.

Él apretó los labios.

—Hace cinco años, creó usted una página de Facebook y un sitio web sobre el caso de su hija —añadió Faith—. Y, durante estos cinco años, ha estado recopilando artículos sobre desapariciones de mujeres que cree que podrían estar relacionados con la agresión que sufrió Beckey.

—Esas mujeres…

—No —le interrumpió ella—. Emprendió usted su investigación hace cinco años, antes de que ocurriesen esos otros casos. ¿Qué le empujó a creer hace cinco años que Daryl Nesbitt no era la persona que había agredido a Beckey? Tuvo que haber un desencadenante.

Gerald se mordió el labio para impedir que le temblara, pero no pudo evitar que se le saltaran de nuevo las lágrimas.

—Habla usted sobre muchas cosas en Internet, señor Caterino —dijo Faith con suavidad, tratando de facilitarle las cosas—, pero nunca habla de su hijo.

Él se enjugó los ojos.

—Heath entiende que Beckey es lo principal.

Faith no cejó en su empeño.

—Me he fijado en que hay muchas cámaras en esta casa, dentro y fuera. ¿Esta es una zona peligrosa, señor Caterino?

—El mundo es un lugar peligroso.

—A mí este me parece un barrio muy seguro. —Faith hizo

una pausa—. Y eso hace que me pregunte de qué trata de defenderse usted.

Caterino se encogió de hombros, de nuevo a la defensiva.

—Tener cámaras de seguridad y una valla no va contra la ley.

—No, desde luego —convino ella—. Su hijo, para que lo sepa, me ha impresionado. Es realmente listo. Está muy adelantado para su edad. ¿Se lo ha dicho su pediatra? Casi parece un niño de ocho años.

—Cumple siete en Navidad.

—Lo sé —contestó ella—. Nació unas treinta y nueve semanas después de que agredieran a Beckey.

Gerald solo acertó a sostenerle la mirada unos segundos. Luego, la clavó en el suelo.

—Voy a decirle lo que pienso —continuó ella—. Creo que, hace cinco años Daryl Nesbitt le escribió desde la cárcel. —Los músculos del cuello de Gerald se tensaron visiblemente—. Creo que leyó usted esa carta y que se dio cuenta de que Daryl Nesbitt había pasado la lengua por la solapa del sobre. Y que el dorso del sello estaba impregnado con su saliva. ¿Hizo usted analizar el ADN de Daryl Nesbitt a partir de las muestras de ese sobre, señor Caterino? —preguntó con la mayor suavidad de la que fue capaz.

Gerald mantuvo la cabeza agachada, con la barbilla clavada en el pecho. Sus lágrimas caían sobre la moqueta.

—¿Sabe usted qué me daría miedo a mí, señor Caterino? ¿Qué me haría poner cámaras de seguridad en mi casa, y vallas y una verja de hierro, y dormir con una pistola junto a la cama?

Él respiró hondo, pero siguió con los ojos fijos en el suelo.

—Lo que de verdad me quitaría el sueño —prosiguió Faith— sería el miedo a que el hombre que agredió a mi hija se enterara de que, nueve meses después, ella dio a luz a un hijo suyo.

9

Sara miró el reloj del horno.

Las 7:42 de la tarde.

Se le había pasado la tarde volando, atareada en el caso de Alexandra McAllister. Primero, había tenido que ocuparse del procedimiento para que Ezra Ingle cambiara la causa oficial de la muerte. Después, Amanda se había puesto en contacto con la oficina del *sheriff* para tramitar las solicitudes oficiales que permitirían al GBI hacerse cargo del caso. Después, ella había tenido que trasladar el cuerpo a la sede del GBI para hacerle la autopsia. A continuación, había dictado su informe y firmado todos los formularios relativos a la recogida de pruebas materiales y los análisis y procedimientos forenses. Más tarde, un forense adjunto le había pedido que revisara el informe de la autopsia de Jesús Vásquez, el preso asesinado en el motín de la cárcel. Y, por último, había pasado largo rato sentada a la mesa de su despacho, tratando de poner orden en los acontecimientos de aquella larga e inquietante jornada.

No se había dado cuenta de lo tarde que era hasta que salió del edificio y vio un cielo negro y sin luna.

Se bajó del taburete de la barra de la cocina. Los perros, que estaban echados en el sofá, levantaron la cabeza cuando comenzó a pasearse de un lado a otro. Estaba nerviosa. Tessa venía de camino desde el condado de Grant con los archivos de Jeffrey, pero se había encontrado con el atasco de hora punta y ella no podía hacer nada, salvo esperar. Había dado de comer a los perros y los había sacado a pasear. Había ordenado el apartamento. Se había preparado la cena, que apenas había probado. Había puesto la tele y la había apagado casi enseguida, igual que la radio. Estaba tan ansiosa que le picaba la piel.

Cogió su móvil de la encimera y volvió a leer los últimos mensajes que le había mandado a Will: el icono de un teléfono seguido de un signo de interrogación; después, un plato de comida con otro signo de interrogación; y, por último, un signo de interrogación a secas.

Will no le había contestado.

Sara se dijo que, obviamente, él también había perdido la noción del tiempo. Se estaban ocupando de un caso de asesinato. De múltiples asesinatos, probablemente. Lena sin duda lo había embarullado todo, como hacía siempre. No debía dar demasiada importancia al silencio de Will, ni al hecho de que, evidentemente, había apagado su teléfono. Había consultado la aplicación Find My media docena de veces tratando de ubicarle en el mapa, y siempre obtenía el mismo resultado: la dirección de Lena, y el número de minutos, y luego de horas, transcurridos desde que Will había estado allí.

Oyó un golpe en la puerta.

—¿Sara? —Tessa parecía estar llamando a puntapiés—. Date prisa.

Encontró a su hermana sosteniendo en equilibrio tres cajas de archivos. Había dejado marcas de zapatos en la parte de abajo de la puerta.

—No me ayudes, ya puedo yo. —Tessa lo tiró todo sobre la mesa del comedor. Por suerte, Jeffrey había cerrado las tapas de las cajas con cinta adhesiva—. ¡Qué horror de tráfico! Tengo una ampolla en la palma de la mano de tanto pitar. Y me muero de sed.

Sara dedujo de su tono que no era agua lo que quería. Vaciló un instante antes de abrir el armario. A Will no le gustaba que bebiera, como si por tomarse una copa de Merlot fuera a convertirse en Judy Garland.

—*Whisky*. —Tessa estiró el brazo y agarró la botella—. Voy a tomar un poquitín, como para un bebé. Tengo que volver a casa esta noche. ¿Qué pasa con el papel de cocina?

—No preguntes. —Will tenía la costumbre de poner a secar el papel de cocina para reutilizarlo. Su novio, tan sexi e inteligente él, a veces daba la impresión de haberse criado en tiempos de la Gran Depresión—. ¿Por qué tienes que volver esta noche?

—Porque a las nueve tengo una entrevista con esa matrona de la que te hablé. Va a contratar a una interna. A ver si hay suerte y soy yo, cruzo los dedos. —Tessa sacó dos vasos del armario—. Lemuel me ha llamado justo cuando estaba llegando al centro. Por si no tenía suficiente con el tráfico para estar cabreada.

Sara sirvió el *whisky*. Ella se puso uno doble. El marido de Tessa seguía en Sudáfrica con la hija de ambos.

—¿Qué tal está Izzie?

—Estupenda, como siempre. —Tessa bebió un sorbito—. Lem ya ha recibido los papeles del divorcio. Se lo está tomando mejor de lo que esperaba.

Sara la condujo a la mesa para que pudieran sentarse.

—¿Querías que se lo tomara mal?

—No, es solo que estoy cansada. —Se dejó caer en una silla, junto a su hermana—. Es agotador estar casada cuando no quieres estar casada. Y a veces es un pedante de mucho cuidado.

«¿Solo a veces?», se dijo Sara para sus adentros.

—Ya sé que tú nunca has entendido qué veía en él —continuó Tessa—. Digamos que es como el Taco Bell: si quieres doble de carne, tienes que pagar.

Sara levantó su vaso en un brindis.

—¿Dónde está Will?

—Trabajando. —Sara echó un vistazo a las cajas. Las cajas de Jeffrey. La letra de su marido, que tan bien conocía, llenaba las etiquetas. Le dieron ganas de acercar la mano para tocarla—. Me ha pedido que me case con él.

Tessa se atragantó con el *whisky*.

—Me lo pidió hace un mes y medio —confesó Sara.

—¿Cuántas veces hemos hablado en ese tiempo?

Sara hablaba con su hermana una vez al día, como mínimo; a veces, más. Y no le había comentado nada al respecto.

—¿Crees que la primera vez que me casé con Jeffrey se torcieron las cosas porque no le prestaba suficiente atención?

—No sé muy bien a qué te refieres.

—Me refiero a que siempre estaba en casa de papá y mamá, o haciendo cosas contigo o…

—Casarse no es como entrar en un convento. No tienes que abandonar a tu familia. —Tessa dejó el vaso y agarró la mano de su hermana—. Sara, ¿te acuerdas de que yo estaba allí? Fui yo quien le siguió por toda la ciudad y quien se metió en su ordenador y quien sobornó a empleados de moteles porque tú te estabas volviendo loca con todas esas mentiras que te contaba sobre que solo había sido una vez, con una sola mujer, cuando las dos sabíamos perfectamente que se había acostado más bien con cinco, cincuenta veces.

Sara recordaba la sensación de incongruencia entre lo que Jeffrey le prometía una y otra vez y cómo se comportaba. De no ser porque su hermana había hecho de detective, seguramente nunca habría sabido la verdad.

—Sí, ya lo sé —dijo.

—Jeffrey te engañaba porque solo pensaba en lo que le falta-ba, y no en lo que tenía. —Apretó la mano de Sara—. Cambió por ti. Se esforzó muchísimo por ser la clase de hombre que tú merecías. La primera vez fue un infierno, pero precisamente por eso la segunda fue tan dulce.

Sara asintió en silencio, porque todo lo que decía su herma-na era cierto.

—Cuando Will me lo pidió, no es que me lo pidiera exac-tamente. Pero tengo que decir en su defensa que fue una con-versación muy extraña. Me puse a hablar de reformar su casa, de añadir otra planta…

—Es una idea fantástica. Así podríais construirla como os apetezca.

—Eso le dije yo —continuó Sara—. Y entonces me dijo que deberíamos casarnos por la iglesia porque mi madre se lle-varía una alegría.

—¿Y qué narices tiene que ver mamá? —Tessa frunció el ceño—. ¿No querrá que papá toque *Lohengrin* con el flautín?

Sara meneó la cabeza.

—No sé lo que quiere.

—O sea, que ese es el verdadero problema. No quieres ha-blar con él de algo tan importante. Y estás haciendo como si no hubiera pasado nada.

Sara ya no sabía qué estaba haciendo ni por qué.

—No quiero ser yo quien tenga que sacar el tema. Siempre soy yo quien se pone pesada. Quiero que por una vez sea él quien insista. Y luego me digo que quizá haya cambiado de idea. A lo mejor piensa que de buena se ha librado.

—Qué tontería. Tú sabes lo que siente por ti. —Tessa apu-ró su copa—. No sacas el tema porque no quieres hablar de ello. Y está muy bien. Pero explícale que todavía no estás pre-parada, ten ese detalle con él.

—Quiero que *él* tenga un detalle conmigo.

—Ya, pero con quererlo no vas a conseguir nada; tienes que hacer algo.

Por eso, precisamente, Sara no se lo había contado antes.

—Ya sé que no tiene nada que ver con Will, ni con lo que sientes por él, ni con los motivos por los que no quieres hablar de boda, pero puedo ayudarte a revisar los papeles de Jeffrey, si quieres —se ofreció Tessa.

—No, vete a casa y descansa un rato. —Sara extendió por fin el brazo y tocó una de las cajas. Notó una sensación cálida en los dedos—. Voy a pasarme toda la noche leyendo.

—Si somos dos acabaremos antes.

—Pero hay mucha jerga y tecnicismos…

—Bueno, también puedo leer tecnicismos.

Sara advirtió demasiado tarde el tono suspicaz de su hermana.

—Ya sé que puedes, Tessie…

—No soy tan tonta, ¿sabes? Algo sé de jerga médica. Y de anatomía básica. Últimamente he leído muchos blogs sobre obstetricia.

Sara intentó disimular la risa tosiendo.

—¿Te estás riendo de mí?

Su hermana ahogó otra carcajada.

—¡Lo que me faltaba! —Tessa apartó la silla de la mesa—. Ya tengo que aguantarle estas gilipolleces a Lemuel. No voy a aguantártelas también a ti.

—Perdona, Tess. —Sara volvió a reírse—. No quería… Lo siento. Por favor, no te…

Pero era demasiado tarde. Tessa dio un portazo al salir.

A Sara se le escapó otra vez la risa, y un instante después sintió una punzada de culpa por haberse comportado como una idiota, inexcusablemente. Debería haberse levantado y haber seguido a su hermana antes de que se marchara, pero las piernas no le habían respondido. Volvió a mirar las cajas. Eran tres en total. Jeffrey las había rotulado a mano, de su puño y letra, hacía ocho años. Antes de volver con ella. Antes de que rehicieran su vida juntos. Antes de que ella viera cómo se escapaba la vida de sus preciosos ojos.

Rebecca Caterino, caja 1 de 1
Leslie Truong, caja 1 de 1
Thomasina Humphrey, caja 1 de 1

Fue a buscar unas tijeras a la cocina y, de paso, se llevó la botella de *whisky* a la mesa. Buscó el mando a distancia y puso música suave. Tenía un bloc de notas y un bolígrafo en el maletín. Se sentó a la mesa. Abrió la primera caja con las tijeras.

¿Estarían impregnadas de algún olor aquellas páginas?

Jeffrey usaba una crema de avena para las manos, cuando nadie le veía. No se ponía colonia, pero su loción de afeitar tenía un delicioso olor a madera. Sara recordaba aún cómo le raspaba su barba por las noches. El contacto suave de sus dedos deslizándose lentamente por su cuerpo. Cerró los ojos tratando de recordar aquella voz grave que primero la había subyugado, luego la había puesto furiosa y por último había hecho que volviera a enamorarse de él.

¿Estaba engañando a Will?

¿Le estaba traicionando al recordar a Jeffrey?

Apoyó la cabeza en las manos. Se le habían saltado las lágrimas y se secó los ojos. Se sirvió una copa. Sacó el primer fajo de papeles de la caja y empezó a leer.

10

Jeffrey observó el contenido del sumario de Rebecca Caterino. Los papeles relativos al accidente ocurrido en el bosque cubrían por completo su mesa de trabajo. Las declaraciones de sus compañeras de residencia. Los atestados de Lena y Brad. El informe de Frank. Sus propias anotaciones. Fotografías procedentes del teléfono móvil de Lena. Las notas de Sara sobre el procedimiento de reanimación. Y algunos comentaros preliminares anotados a vuelapluma por Dan Brock, que seguía siendo oficialmente el juez de primera instancia del caso, a pesar de que no era necesaria ninguna diligencia judicial.

Al menos, aún.

Cerró la carpeta y la dejó caer en la caja de cartón que tenía detrás de la mesa. En la etiqueta decía *Asuntos generales*, pero Jeffrey se resistía a archivar el caso sin más. De hecho, la sensación que tenía desde el principio de que allí había algo raro se había convertido en una sospecha en toda regla.

No estaba del todo seguro de qué era lo que había propiciado ese cambio. Quizá se debiera a que la única persona que podía brindarles alguna información detallada sobre el accidente se hallaba, de momento, en paradero desconocido.

Leslie Truong había abandonado el lugar de los hechos en torno a las seis de la mañana del día anterior. Habría tardado veinte o treinta minutos en recorrer los dos kilómetros y medio que había de vuelta al campus. La tormenta se había desatado más o menos a esa hora. Cabía la posibilidad —se había dicho Jeffrey— de que se hubiera refugiado debajo de un árbol o hubiera vuelto a meterse en el bosque para resguardarse de la lluvia. Si se había torcido un tobillo o roto un hueso, no habría podido llegar a la enfermería de la universidad y quizá estuviera esperando a que alguien la encontrara.

La mitad de sus agentes y unos cuantos voluntarios de la universidad se habían pasado la noche tratando de localizarla en el bosque. Jeffrey había participado en unas cuantas batidas agotadoras en busca de adolescentes desaparecidos, pero esto era distinto. Truong era una mujer adulta, una estudiante de último curso que estaba a punto de graduarse en Química de Polímeros. Al no encontrarla en el bosque, Jeffrey había ido a su piso compartido, que estaba fuera del campus. El Toyota Prius azul de Truong estaba en el aparcamiento de detrás del edificio, y su bolso dentro de su habitación. Las tres estudiantes con las que compartía piso no tenían ni idea de dónde podía estar, y la lista de amigos de Truong que le dieron había conducido a un callejón sin salida tras otro.

Truong se había llevado consigo su teléfono móvil, el mismo que había usado para llamar a emergencias al encontrar a Caterino en el bosque. El teléfono debía de haberse quedado sin batería, o quizá se hubiera mojado, porque no daba señal. Según el atestado de Lena, Truong estaba muy impresionada por el hallazgo de Caterino, pero no tanto como para necesitar que la acompañaran a la enfermería del campus. Lena se había ofrecido a buscar a alguien que la llevara y Truong le había dicho que prefería volver andando.

Eso, según Lena, claro.

Jeffrey aún tenía agentes en el bosque, tratando de aprovechar la luz del día. El problema principal era que ignoraban qué camino había tomado Truong. Había varios itinerarios que atravesaban el espeso bosque. Eso, suponiendo que Truong hubiera seguido un camino, porque también entraba dentro de lo posible que hubiera atrochado entre la maraña de zarzas y enredaderas; a fin de cuentas, acababa de ver lo que parecía ser un cadáver y estaría ansiosa por llegar a un lugar seguro. Jeffrey volvió a imaginársela esperando bajo un árbol. Tal vez alguien acabara de dar con ella en ese preciso instante.

O bien nada de eso era cierto y alguien se la había llevado por la fuerza.

Sus pensamientos seguían oscilando como un péndulo, igual que le había ocurrido con Rebecca Caterino. A lo largo de la noche, había dudado una y otra vez del motivo de la desaparición de Truong. Tan pronto se convencía de que estaba escondida en alguna parte debido al *shock* que le había producido encontrar el cuerpo de Caterino, como se decía que le había ocurrido algo malo y que la habían secuestrado.

No entendía por qué podía haberles acaecido esa desgracia a ninguna de las dos. Leslie Truong era, al igual que Caterino, una estudiante bien valorada dentro del campus. Jeffrey había hablado con sus compañeras de piso, con su jefa en la cafetería y con su casera, que parecía una mujer muy maternal. Bonita Truong, que vivía en San Francisco, no tenía noticias de su hija desde hacía varios días, pero eso era lo normal, y la madre no le había dado ninguna importancia. En opinión de Jeffrey, solo había dos motivos por los que una estudiante de esa edad se iba a estudiar a la otra punta del país: o bien intentaba alejarse de sus padres todo lo posible, o bien sus padres la habían criado para que desplegara las alas y volara sola desde muy joven.

Jeffrey tenía la corazonada de que Leslie Truong encajaba dentro de esta última categoría. Si hubiera tenido que describir a la estudiante desaparecida conforme a la poca información que había reunido sobre ella, habría dicho que era una joven sensata, trabajadora y estable. Cuatro o cinco días por semana, se levantaba al amanecer y recorría los tres kilómetros y pico que había hasta el lago para hacer taichí. Según Lena era un poco «jipi», pero no parecía, desde luego, el tipo de chica que se esfuma de la noche a la mañana sin dar explicaciones. Claro que, por otra parte, era la primera vez que encontraba un presunto cadáver en el bosque.

Lo que más inquietaba a Jeffrey era un detalle que tal vez tuviera relevancia o tal vez no. La noche anterior, por teléfono, Bonita Truong le había dicho que su hija estaba enfadada con sus compañeras de piso porque le faltaban algunas prendas y, al parecer, alguien había cogido su cinta de pelo preferida y no se la había devuelto. Por lo visto, Leslie usaba la cinta elástica rosa para echarse el pelo hacia atrás cuando se lavaba la cara por las noches, una costumbre con la que Jeffrey estaba familiarizado por haber vivido con Sara. Habían discutido a menudo porque ella solía dejar la cinta azul que usaba junto al lavabo, donde apenas había espacio. Él incluso le había comprado un cestito para que pusiera sus cosas, y ella había acabado usándolo para guardar los juguetes de los perros.

Jeffrey giró la silla para mirar por la ventana del despacho. El Z4 no estaba al otro lado de la calle, afortunadamente. Según su reloj, eran poco más de las seis de la mañana, y la clínica no abría hasta las ocho. Miró su agenda. Era el último miércoles del mes, así que Sara no vendría a trabajar de todos modos. Ese día solía quedarse en casa, ordenando la montaña de papeles que había acumulado a lo largo del mes.

Jeffrey volvió a mirar el reloj. Faltaban tres horas para que llegase el avión que traía a Bonita Truong desde San Francisco, a lo que había que sumar otras dos horas de trayecto en coche desde Atlanta. Tenía que dar el relevo a algunos de los agentes que estaban participando en la búsqueda para que durmieran un poco. La comisaría estaba vacía, salvo por Brad Stephens, que se había ofrecido voluntario para echar un ojo a los detenidos que había en los calabozos. Jeffrey supuso que, si se pasaba por los calabozos, encontraría dormido al joven agente, de modo que decidió no hacerlo.

Se levantó de la mesa y estiró la espalda. Su taza de café estaba vacía. Entró en la sala común. Las luces estaban todavía apagadas. Las encendió al dirigirse a la cocina.

Ben Walker, su predecesor, tenía su despacho en la parte de atrás del edificio, al lado de la sala de interrogatorios. Su mesa era del tamaño de un frigorífico industrial, y la silla de delante tan cómoda como un instrumento de tortura. Todas las mañanas, Walker llamaba a Frank y a Matt a su despacho, les asignaba sus tareas de ese día y les decía que cerrasen la puerta al salir. Esa puerta no volvía a abrirse hasta las doce del mediodía, cuando Walker iba a comer al bar, y a las cinco, cuando se pasaba otra vez por el bar antes de irse a casa. Cuando Walker se jubiló por fin, hubo que cortar la mesa en dos para sacarla por la puerta. Nadie se explicaba cómo había logrado meterla allí.

Había muchas cosas inexplicables en torno a Ben Walker. Aquella mesa era, por sí sola, toda una lección de lo que un jefe de policía no debía hacer. Jeffrey se había pasado su primer fin de semana en el cargo trasladando su despacho a la parte delantera del edificio, junto a la sala común. Había hecho abrir un agujero en el tabique e instalar una ventana para poder ver a su equipo y, sobre todo, para que su equipo pudiera verlo a él. La ventana tenía una persiana de lamas que rara vez cerraba y la puerta estaba siempre abierta, a no ser que alguna persona necesitara hablar con él en privado. En un pueblo tan pequeño, la intimidad era muy necesaria.

Sonó el teléfono. Jeffrey descolgó el de la pared de la cocina.

—Departamento de Policía de Grant.

—Hola, colega —dijo Nick Shelton—. He oído que se está cociendo un problemilla por ahí abajo.

Jeffrey se sirvió un poco de café recién hecho.

—Las noticias vuelan.

—Tengo un espía en el hospital de Macon.

Jeffrey había oído un punto y aparte al final de aquella frase, pero notó que Shelton no había terminado.

—¿Qué ocurre, Nick?

—Gerald Caterino.

—¿El padre de Rebecca Caterino? —Jeffrey había puesto la alarma del móvil para llamarlo a las 6:30. Intuyó por el tono de Nick que le convenía replanteárselo—. ¿Hay algo que deba preocuparme?

—Sí. El hombre nos dejó un mensaje anoche. Lo he oído esta mañana y he pensado que debía avisarte.

—¿Avisarme? —preguntó Jeffrey—. ¿De qué?

—Se trata de la hora de intervención.

Nick había sido muy cauto al enunciarlo, pero Jeffrey entendió lo que quería decir. Alguien en el hospital le había dicho a Gerald Caterino que Lena había dado por muerta a su hija al llegar al lugar de los hechos. Era el típico dato que podía conducir a una denuncia por negligencia.

—Gracias por el aviso.

—No hay de qué, tronco. Dame un toque si necesitas algo.

Jeffrey colgó. Notó que un dolor de cabeza empezaba a subirle por el cuello. Debería haber seguido su propio consejo y haber dormido un poco. Así le habría costado menos decidir qué pasos debía dar a continuación. Procurar que todo el mundo contase la misma versión sobre lo ocurrido la mañana anterior en el bosque. Releer las notas de Frank, Lena y Brad. Llamar al alcalde para prevenirle de que quizá se avecinara una tormenta. Y avisar a Kevin Blake, el decano de la universidad, de que se les podían complicar mucho las cosas.

Fijó la mirada en la negrura del café. El líquido ondeaba junto al borde de la taza. Su cuerpo conservaba aún el recuerdo del crujido de los huesos al romperse. Rebecca Caterino había pasado media hora tirada en el suelo, boca arriba, en el bosque. Él tenía la impresión de que Sara solo había tardado unos segundos en reanimarla, pero según sus notas habían sido casi tres minutos. Treinta y tres minutos en total, según sus cuentas. Y le pesaban como una losa.

Sentía deseos de disculparse con Gerald Caterino. Y con Beckey. Quería explicarles lo que había pasado, decirles que ciertas personas habían cometido errores y que algunos de esos errores eran estúpidos, pero que nadie había actuado de mala fe.

Lamentablemente, los abogados no solían conformarse con una disculpa.

—Jefe. —Frank descolgó una taza de su gancho—. ¿Se sabe algo de Leslie Truong?

—No hay ni rastro de ella.

—No me extraña. —Frank carraspeó violentamente—. Ya sabes lo histéricas que son esas estudiantes. Seguro que está por ahí, metida en una casita de árbol, lloriqueando.

Jeffrey había renunciado a enseñarle algún truco nuevo —aunque fuera uno solo— a aquel perro viejo.

—Necesito que pongas por escrito, paso por paso, todo lo que pasó ayer por la mañana desde el momento en que recibiste el aviso, hasta ahora mismo.

Frank comprendió enseguida lo que ocurría.

—¿Una demanda?

—Probablemente.

—Sara puede decirles lo difícil que era encontrarle el pulso. ¿Quién iba a saber si estaba viva o muerta? Con una lesión así, podía haberla diñado perfectamente. —Frank rellenó la taza de Jeffrey antes de servirse un café—. Lo siento por Sara.

Lo bueno de haberse divorciado de ti es que ya no tiene que sacarte las castañas del fuego.

Jeffrey no estaba de humor para aquello.

—¿Vas a estar dándome la tabarra con eso hasta que me muera?

—Imagino que palmaré yo antes que tú. Es ley de vida.

—Selección natural, más bien —replicó Jeffrey—. ¿No me irás a decir que cuando vas a Biloxi cada dos meses a echar unas partiditas en el casino no echas también un casquete?

—Cada dos meses, ahí está la clave. Ya sabes: la avaricia rompe el saco. —Frank levantó su taza antes de marcharse.

Jeffrey tiró el resto de su café al fregadero. Estaba demasiado nervioso para tomar más cafeína.

Al salir a la sala común encontró allí a Marla Simms, la secretaria de la comisaría, quitándole el polvo a su máquina de escribir eléctrica. Jeffrey le había comprado un ordenador, pero, que él supiera, nunca lo había encendido. Marla escribía siempre las cartas a mano, con su perfecta caligrafía, o con su máquina de escribir. Algunos de los agentes más jóvenes ponían mala cara cada vez que encendía aquel cacharro. El ruido que hacía la margarita de las letras al golpear el papel era como el sonido de una ametralladora.

La puerta batiente chirrió y apareció Lena Adams ajustándose la pistolera a la cintura.

—Lena, a mi despacho.

Ella lo miró como el cervatillo proverbial deslumbrado por los faros de un coche.

Jeffrey se sentó a su mesa y posó la mirada en la estantería en la que, aparte de libros de texto y manuales, había una vieja fotografía de su madre.

—Me cago en todo.

—¿Señor?

—Mi… —Jeffrey zanjó la cuestión con un ademán. Había olvidado llamar a la floristería el día anterior, y ahora tendría que aguantar que su madre le echara la bronca por teléfono por haberse olvidado de su cumpleaños—. Cierra la puerta y siéntate.

Lena se sentó al borde de la silla.

—¿Pasa algo?

Jeffrey oyó la voz insidiosa de Sara advirtiéndole de que Lena siempre daba por sentado que se había metido en un lío porque casi siempre había hecho algo mal.

—Dame tu cuaderno.

Ella se metió la mano en el bolsillo de la pechera y luego se detuvo.

—¿He hecho…?

—Tú dámelo.

El cuaderno que le pasó Lena era idéntico al que llevaban sus compañeros, porque Jeffrey los compraba por centenares y estaban siempre disponibles. Técnicamente, eso los convertía en propiedad del departamento de policía, pero Jeffrey confiaba en que nunca hubiera que recurrir a ese tecnicismo en una vista judicial.

Pasó las últimas páginas, donde figuraban los pormenores de la búsqueda de Leslie Truong el día anterior. Eso podía leerlo en el atestado de Lena. Encontró lo que estaba buscando en las primeras hojas del cuaderno.

Lena había tachado las palabras *Víctima desconocida* y había escrito *Rebecca Caterino*. No había cambiado la causa oficial de la muerte, que seguía figurando como *accidental*.

Jeffrey comprobó que sus notas coincidían con el atestado:

5:58 h: se recibe llamada de emergencia en jefatura.

6:02 h: L. A. acude al aviso.

6:03 h: L. A. se reúne con la testigo Leslie Truong en el descampado de detrás de las casas.

6:04 h: Llega B. S. y junto con L. A. y Truong localizan el cadáver.

6:08 h: L. A. toma el pulso en la muñeca y el cuello a la víctima y comprueba que ha fallecido. La posición del cadáver es la que aparece en el diagrama adjunto.

6:09 h: L. A. llama a Frank.

6:15 h: B. S. acordona la zona.

6:22 h: Llega Frank.

6:28 h: Llega el jefe.

—Brad se presentó cuando estabas hablando con Leslie Truong. ¿Le tomó el pulso a la chica cuando llegasteis donde estaba el cuerpo? —preguntó Jeffrey.

—Pues… —Lena ya no parecía estar a la defensiva. Ahora estaba calculando—. No me acuerdo.

Ella era la agente de mayor rango presente en el lugar de los hechos. Si le había dicho a Brad que no comprobara que la chica estaba muerta, Brad no se habría atrevido a desobedecerla.

—La próxima vez que te encuentres en una situación así, cuenta con tus compañeros.

Lena clavó los ojos en el suelo.

Jeffrey observó el cuaderno atentamente. Había mentido a Sara al decirle que lo había inspeccionado la víspera. Cada frase ocupaba un renglón de la hoja. La tinta era del mismo color. O bien Lena había sido muy previsora, o había hecho exactamente lo que decía que había hecho.

Jeffrey pasó la hoja. Lena había dibujado toscamente un croquis de la posición del cuerpo y había anotado que la ropa estaba en orden y que no había nada que pareciera fuera de lo normal. Había sido muy minuciosa, salvo por un detalle.

—¿Por qué apagaste el iPod? —preguntó él.

Ella pareció angustiada.

Jeffrey dejó el cuaderno sobre la mesa.

—No estás metida en un lío. Solo quiere que me digas la verdad.

Por fin, Lena se encogió de hombros.

—No lo sé. Supongo que… intentaba hacer las cosas bien, pero lo hice casi sin darme cuenta. Como yo también tengo un iPod y salgo a correr con él, y no lo cargo del todo y se me gasta la batería…

—Lo hiciste por costumbre —concluyó Jeffrey.

Lena hizo un gesto de asentimiento. Él se recostó en la silla. Se le ocurrían muchas cosas que uno hacía por costumbre.

—Cuando le tomaste el pulso en la muñeca y el cuello, ¿recuerdas si le enderezaste la ropa?

Ella comenzó a negar con la cabeza antes de que acabara la frase.

—No, señor. Yo no haría eso. Tenía la camiseta bien, como… —Se llevó la mano a la cadera—. Un lado aquí y el otro aquí, como es normal cuando alguien se cae.

—¿Y los pantalones?

—Los tenía subidos hasta la cintura —afirmó Lena—. De verdad. Yo no le toqué la ropa.

Jeffrey juntó los dedos.

—¿Oliste algo?

—¿Como qué?

Jeffrey cobró conciencia de varias cosas al mismo tiempo. Primero, de que Lena era una mujer. Segundo, de que él era su jefe. Tercero, de que la puerta estaba cerrada. Y, cuarto, de que estaban a punto de hablar de un tema delicado. Pero Lena era policía, y ambos eran profesionales, y Jeffrey tenía que tratarla como a cualquier otro agente bajo sus órdenes.

—¿En cuantos casos de agresión sexual has trabajado?

—¿Agresiones sexuales de verdad? —preguntó—. ¿En las que hubieran violado de verdad a la mujer?

Jeffrey volvió a notar el dolor de cabeza.

—Continúa.

—Ninguno de los casos en los que he trabajado pasó la fase del papeleo. —Lena se encogió de hombros—. Ya sabe cómo son las estudiantes. Es la primera vez que viven fuera de casa, beben demasiado y empiezan cosas que no saben cómo parar. Y luego, a la mañana siguiente, se acuerdan del novio que tienen en casa o les entra el pánico por si se enteran sus padres.

Ya que Lena se empeñaba en hablar como Frank, Jeffrey tendría que tratarla como a Frank.

—¿Olía la chica como si hubiera mantenido relaciones sexuales? —preguntó, y tuvo que hacer un esfuerzo por no desviar la mirada cuando Lena empezó a ponerse roja como un tomate.

—¿Lubricante, preservativos, semen, sudor, orina, colonia de hombre? —insistió, enumerando las posibilidades.

—N-no. —Lena carraspeó una vez, y luego volvió a carraspear—. Olía a limpio, en todo caso.

—¿A limpio?

—Como si acabara de ducharse. —Lena cogió su cuaderno y se lo guardó en el bolsillo—. Es raro, ¿verdad?, porque salió de la residencia y, aunque no hacía ni frío ni calor, corrió por lo menos kilómetro y medio, así que ¿cómo es que olía a limpio y no a sudor?

—Descríbeme ese olor a limpio.

Lena se lo pensó un momento.

—Supongo que olía como a jabón.

—¿Crees que pudieron agredirla sexualmente?

Ella negó con la cabeza de inmediato.

—No, qué va. Estuve hablando de ella con mi hermana. Beckey era una empollona. Se pasaba las noches en la biblioteca y en clase siempre se sentaba en primera fila.

A Jeffrey no le hizo gracia oír en boca de Lena lo que él mismo le había dicho a Sara el día anterior.

—Da igual cómo sea. Nuestro cometido es averiguar qué le ocurrió. Quiero que recopiles todos los sumarios de violaciones sin resolver de la zona de los tres condados: Grant, Memminger y Bedford. Céntrate en las agresiones que se produjeran en una zona boscosa o sus alrededores, sobre todo si las víctimas tienen características físicas parecidas a las de Caterino. Recuerda que los violadores suelen tener un tipo preferido. Quiero que además fotocopies tu cuaderno. Todas las páginas relevantes. Y que esto quede entre nosotros, ¿de acuerdo?

Lena pareció querer protestar, pero se limitó a asentir con un gesto.

—Sí, señor.

—Quiero hablar con tu hermana. Mira a ver si puede pasarse por aquí esta misma mañana.

Ella abrió la boca y volvió a cerrarla.

—Mi hermana es ciega.

—Bueno, puedo ir yo a su casa.

—¡No! —contestó Lena casi gritando, y volvió a ponerse colorada—. Perdone, jefe. Voy a llamarla enseguida. Seguramente estará yendo a clase. Se desenvuelve muy bien sola. Perfectamente. Pero no le hable de cosas personales, porque es muy reservada.

Jeffrey no tenía pensado indagar en la vida íntima de Sibyl Adams.

—Avísame cuando llegue. Y deja la puerta abierta.

—Sí, señor. —Lena regresó a su mesa, cabizbaja.

Entonces, por si el día no había empezado lo bastante mal, Jeffrey vio que Sara estaba hablando con Marla Simms en el mostrador de recepción.

Ella levantó la vista y le saludó con la mano. Jeffrey frunció el ceño, pero su gesto no pareció disuadir a Sara, que se despidió de Marla y se acercó a la puerta del despacho con el maletín en la mano.

—Te pido disculpas por la forma en que te dije lo que te dije.

—Pero ¿no por lo que me dijiste?

Ella esbozó una sonrisa tensa.

—Sí.

Jeffrey le indicó que pasara. Vio de reojo la foto de su madre y notó que su dolor de cabeza aumentaba ligeramente.

Sara cerró la puerta, dejó el maletín en el suelo y se sentó.

—Tres cosas —dijo—. Una es la disculpa.

—¿De veras era una disculpa?

—La segunda es que el doctor Barney se va a jubilar por fin y voy a comprar la clínica. Empezaremos a decírselo a los pacientes la semana que viene. Seguramente tendré que contratar a otro médico. He pensado que debías saberlo por adelantado.

Jeffrey no se sorprendió. Sara llevaba años hablando de quedarse con la clínica del doctor Barney. Y ahora que ya no tenía que ayudarle a él a pagar sus préstamos universitarios, tenía dinero de sobra.

—¿Y la tercera?

—Acabo de hablar con el cirujano que operó a Beckey Caterino. Extraoficialmente, claro. Ha accedido a dejarme ver sus radiografías. Le he dado tu dirección de correo privada.

—¿Por qué no le has dado la tuya?

—Porque soy médico y la ley me obliga a preservar la identidad de los pacientes.

—¿Y no se te ha ocurrido pensar que yo soy oficial de policía y que estoy obligado a cumplir la Constitución de los Estados Unidos?

Ella se encogió de hombros, sabedora de que tenía todas las de ganar.

—¿Qué te ha dicho el cirujano? —preguntó Jeffrey.

—Que la fractura craneal presentaba un aspecto inusual, pero no ha entrado en detalles. He intentado presionarle para que me dijera algo más sobre la punción de la columna, pero no ha querido aventurar ninguna hipótesis. O quizá no quiera que le llamen a declarar.

Jeffrey pensó que no era el único que temía que un pleito judicial dañara su carrera.

—Me ha llamado Nick para advertirme que el padre quizá nos denuncie.

—No me extraña. La vida de su hija ha cambiado para siempre. Va a necesitar atención médica de por vida. Su padre puede arruinarse intentando cuidar de ella en casa, o tendrá que ingresarla en alguna institución pública. Puedes imaginarte el panorama.

Jeffrey pensó en el tiempo que habían perdido quedándose de brazos cruzados mientras Beckey Caterino agonizaba.

—¿Crees que esos treinta minutos fueron decisivos?

Sara adoptó una expresión diplomática.

—Ya presentaba bradicardia y bradipnea cuando la examiné.

Él esperó.

—Tenía muy deprimidos el ritmo cardiaco y la respiración —explicó ella.

—He leído tus notas sobre la maniobra de reanimación. Tres minutos es mucho tiempo para estar sin oxígeno.

Sara sintió deseos de darle una lección. Tres minutos era el punto de referencia a partir del cual se producían daños cerebrales graves. Jeffrey lo sabía porque lo había mirado en Internet; ella lo había aprendido en la Facultad de Medicina. Finalmente se conformó con decir:

—Cada segundo cuenta. —Después, tuvo la generosidad de cambiar de tema—. Hazme un favor. Brock no sabe que estoy haciendo esas llamadas. No llegó a ver a la chica y mucho menos a examinarla, pero no quiero que piense que me estoy metiendo en su terreno.

Brock no pondría reparos a que Sara se metiera en su terreno. Ni aunque le pisara el cuello.

—¿Notaste que Caterino oliera a algo?

—¿A sexo, quieres decir? —Ella misma había mencionado esa posibilidad el día anterior, justo antes de que se pusieran a discutir a gritos, así que a Jeffrey no le sorprendió que hubiera dedicado algún tiempo a pensarlo—. Si la agredieron sexualmente, estuvo media hora fuera, a la intemperie. Estaba paralizada, de modo que no podía moverse, pero aun así no tenía la ropa desordenada. No había indicios de lucha, ni vi que tuviera hematomas o arañazos en los muslos. No noté ningún olor especial. Pero, francamente, no iba a pararme a olfatearla cuando nos dimos cuenta de que estaba viva.

Jeffrey agradeció que hablara en plural.

—Le he preguntado a Lena si había olido algo raro…

Sara soltó una carcajada.

—¿Y qué tal te ha ido?

—Bien. Lena es una profesional, Sara. Tienes que respetarla.

Ella recorrió el despacho con la mirada, intentando ganar tiempo. No quería que volvieran a lanzarse a degüello el uno contra el otro.

—Lena me ha dicho que Caterino olía a limpio. Como a jabón.

Sara se mordió el labio.

—Muy bien. Vayamos por partes. ¿Qué supondría que Rebecca Caterino haya sido víctima de una violación?

Jeffrey abrió el cajón de su mesa. No parecía temer la confrontación. Sacó una calculadora y la empujó hacia ella, por si necesitaba ayuda para contar lo poquísimo que le importaba su opinión.

—*Touché* —repuso Sara.

Jeffrey no se sintió mejor porque lo reconociera.

—Ha pasado un año.

—Sí, así es.

—Me gustaría que habláramos de tu coche.

—Es un BMW Z4 con seis cilindros en línea.

Jeffrey ya se había torturado a sí mismo informándose sobre las características del coche.

—Tu Honda solo tenía cuatro años. Acababas de terminar de pagarlo.

Sara volvió a recorrer el despacho con la mirada.

—Cuando me compré el Honda, estaba casada con un policía. Y cuando me marché de casa aquel día, sabía que había dejado de estarlo.

—Lo que hice fue un error estúpido. No significó nada —le aseguró él.

—Vaya, muchísimas gracias, eso lo cambia todo.

Jeffrey volvió a coger la calculadora y la guardó en el cajón.

—Rebecca Caterino —dijo—. Empiezas tú.

Sara apoyó la cabeza en la mano. Jeffrey notó que tenía tanta necesidad como él de aclarar las cosas.

—Pongamos que lo de Beckey fue una agresión —empezó a decir ella—. Eso significaría que alguien la siguió cuando atravesó la ciudad, hasta el bosque, y luego la atacó. Es posible que la dejara inconsciente usando una rama o una piedra. Ella se cae. Él la viola. Y luego… ¿Luego qué? ¿Sacó una pastilla de jabón y la lavó?

—Podría haber usado toallitas para bebés.

—También hay toallitas con desinfectante. Se pueden comprar sin perfume, pero aun así dejan cierto olor. —Sara empezó a asentir con la cabeza. Empezaba a verlo claro—. Si el atacante se puso un preservativo, lo más probable es que no dejara rastros de esperma. Y si ella estaba inconsciente, no pudo defenderse, de modo que sería lógico que no presentara las típicas heridas de lucha en los brazos y la cara.

—Has dicho que él tuvo que seguirla desde la universidad. Pero eran más o menos las cinco de la madrugada cuando salió a correr.

Sara comprendió adónde quería ir a parar.

—O sea, que el agresor la estaba esperando. Estaba vigilándola. Pero ¿Beckey siempre salía a correr por la mañana?

Jeffrey intentó recordar los informes que había leído.

—No era lo normal, pero tampoco era raro. Discutió con una de sus compañeras de residencia. No han dicho por qué. Beckey salió a desfogarse un poco corriendo.

Vio a alguien a través de la ventana. Lena Adams estaba frente al mostrador de recepción. Llevaba gafas oscuras y un jersey de color rosa pastel, de lo que Jeffrey dedujo inmediatamente que no se trataba, en realidad, de Lena.

Sara también se había girado.

—Colaboro con Sibyl como voluntaria en el Club de Ciencias del instituto —dijo.

—¿Cómo es?

—¿Sabes eso que hacen los espejos, que le dan la vuelta a tu imagen, de modo que la derecha es la izquierda y la izquierda la derecha?

Jeffrey entendió lo que quería decir. Movió el ratón de su ordenador para reactivarlo y abrió su cuenta de Gmail.

—Tengo que ir a hablar con ella. Si quieres, puedes esperar el correo aquí.

Ella levantó una ceja.

—¿Estás dándome acceso a tu ordenador?

—¿Por qué no iba a hacerlo, Sara? No tengo nada que esconder. —Echó un vistazo a la cuenta para cerciorarse de que era la que ella conocía—. Haz lo que quieras. Espera aquí o vete. A mí me da igual.

La sala común había empezado a llenarse cuando se dirigió al mostrador de recepción. Cruzó la puerta batiente.

—¿Señora Adams?

—Doctora Adams —puntualizó Marla alzando en exceso la voz. Al parecer, creía que Sibyl era sorda, además de ciega—. Iba camino de la facultad cuando Lena la ha llamado para decirle que se pasara por aquí.

—Gracias, Marla. —Jeffrey le tendió la mano a Sibyl y luego la retiró.

—¿Hola? —Ella parecía una versión más amable, menos tensa, de Lena Adams—. ¿Es el jefe Tolliver?

—Sí. —Jeffrey se sentía como un idiota y decidió ser sincero—. Lo siento, señora Adams, no sé muy bien cómo manejar esta situación. ¿Cómo puedo hacer que se sienta más cómoda?

Ella sonrió, radiante.

—Aquí hay muchísimo ruido. ¿Le importa que salgamos?

—Claro que no.

Sibyl se sirvió de su bastón para encontrar la puerta. Jeffrey se la abrió y dijo:

—Gracias por venir. Imagino que estará muy ocupada ahora que se acercan las vacaciones de primavera.

—Esto es prioritario. —Ella levantó la cara hacia el sol. Había dejado de llover y soplaba una brisa fresca. Su acento era más leve que el de Lena, pero aun así no había duda de que era del sur de Georgia—. ¿Qué puedo decirle sobre Beckey y Leslie?

—Conozco lo principal. Que las dos eran buenas estudiantes. Y que les daba clase a ambas.

—A Beckey la tuve este semestre en clase. Habíamos quedado en vernos ayer por la mañana, a las siete. Yo le había advertido, como hago siempre con mis alumnos, de que no me hiciera perder el tiempo, y la verdad es que me sorprendió mucho que no se presentara a la cita. Normalmente era muy trabajadora y respetuosa.

—¿Y Leslie?

—Igual. Aplicada, buena actitud... Ha solicitado el ingreso en los cursos de doctorado. Le escribí una carta de recomendación. Si le soy sincera —añadió—, no confraternizo con los estudiantes. No soy mucho mayor que ellos y todavía no tengo plaza fija. No quiero hacerme amiga de mis alumnos. Soy su profesora. Mi trabajo es enseñarles.

Jeffrey lo entendía perfectamente. A pesar de lo obstinada que era Lena, a veces conseguía meterle algo útil en aquella cabeza tan dura, y entonces sentía una satisfacción enorme.

—¿Sabe algo de las amistades de Beckey o Leslie? Puede que las haya visto...

Sibyl sonrió, porque no veía nada.

—Oigo muchas cosas. La universidad es un hervidero de cotilleos. Así que puedo decirle que Leslie no se llevaba muy bien con sus compañeras de la residencia. Tengo a una en mi clase de Fundamentos de Química de las tres de la tarde: Joanna Gordon. Últimamente se queja de la residencia. Por lo visto, ha habido robos.

Jeffrey se acordó de que Bonita Truong le había mencionado que su hija se quejaba de que le faltaban algunas prendas de ropa y una cinta elástica para el pelo, y se alegró de que fuera el equipo de seguridad del campus el que se encargara de los hurtos que denunciaban los estudiantes.

—¿Diría usted que Leslie es una persona temperamental?

—Imagino que lo que quiere saber es si se ha marchado llevada por una especie de crisis nerviosa.

Jeffrey arrugó el ceño, pero enseguida se dio cuenta de que ella no podía verlo.

—Lo que pasó ayer fue muy duro. No creo que muchas chicas de su edad fueran capaces de sobrellevar con serenidad lo que vio Leslie.

—Muchos chicos tampoco, pero ¿estaríamos teniendo esta conversación si se tratara de un chico?

Jeffrey hizo una mueca, pero Sibyl tampoco la vio.

—Creo que estoy confiando en mis expresiones faciales para matizar mis palabras.

Ella sonrió.

—Lo sé.

Jeffrey miró calle arriba. Vio a un grupo de estudiantes que iban a clase.

—¿Tiene usted la impresión de que hay algo sospechoso en lo que ha ocurrido?

—¿Cree que mi ceguera ha afinado mis otros sentidos?

—No. Creo que es usted profesora y sé, porque yo también he sido estudiante muchos años, que los profesores se dan cuenta enseguida cuando hay algo raro. Y no porque lo vean con los ojos.

Ella sonrió.

—Tiene razón. Le diré por qué no creo que Leslie se haya escapado. Le importan muchísimo sus estudios. Ha invertido gran parte de su vida en llegar a este nivel. Y está muy integrada en la universidad. Forma parte de la banda y trabaja como voluntaria en el laboratorio de matemáticas. Tiene responsabilidades. Y sé que vistas desde fuera todas esas responsabilidades pueden parecer una carga, pero para Leslie no lo son. La ciencia es un mundo muy difícil para una mujer. Usted debe de saberlo, por Sara.

—Sí, lo sé.

—Tienes que luchar el doble para conseguir la mitad de respeto, y luego te vas a dormir y al día siguiente te levantas y tienes que volver a librar las mismas batallas. Leslie estaba dispuesta a hacerlo. Tenía muy claros sus objetivos. Y disfrutaba con los retos.

Jeffrey siguió mirando calle arriba. No le apetecía pensar en el aspecto que presentaría la situación a ojos de la opinión pública, pero, habiendo desaparecido una estudiante y estando otra herida de gravedad, no quería que se viera a su fuerza policial como una panda de ineptos que iban por ahí haciendo preguntas sobre jóvenes histéricas.

—¿Sabía que es lesbiana? —preguntó Sibyl.

Jeffrey sintió que levantaba bruscamente las cejas.

—¿Leslie?

—No, Beckey. La oí contarle a Kayleigh que había recibido un correo de su novia del instituto diciéndole que cortaban. Parecía muy disgustada. Kayleigh la animó a ir a verla, pero Beckey contestó que prefería concentrarse en sus estudios.

Jeffrey ignoraba por qué había omitido Lena ese detalle en su informe.

—¿Se refiere a Kayleigh Pierce, su compañera de residencia?

—Sí —contestó Sibyl—. Entre nosotros, creo que Beckey estaba un poco enamorada de ella. Noté un cambio en la cadencia de su voz. No estoy segura de que Kayleigh sintiera lo mismo. Es difícil saberlo. A esa edad los sentimientos son tan intensos…

—¿Leslie Truong también es lesbiana?

—Leslie tenía novio. Claro que eso no significa gran cosa —añadió Sibyl—. Esta ciudad es muy pequeña, y yo trabajo en una universidad muy conservadora.

Jeffrey sintió el impulso de disculparse en nombre del municipio.

—Aquí hay buena gente, pero tiene usted razón. No somos tan acogedores con las minorías como deberíamos.

—¿Quiere decir que yo soy una minoría? —Sibyl se llevó la mano a la cara—. Oh, no.

Jeffrey tardó en darse cuenta de que era una broma, quizá porque estaba preguntándose si aquel caso no sería, en realidad, un crimen de odio. Lo que se le habría ocurrido mucho antes si Lena Adams hubiera hecho la sencilla labor detectivesca que había hecho su hermana y hubiera descubierto que Rebecca Caterino era lesbiana.

—Gracias, doctora Adams —dijo—. Le agradezco mucho que se haya pasado por aquí para hablar conmigo.

—Ah, ¿eso es todo? —preguntó ella—. Cuando mi hermana me habló de Leslie, pensé que quería usted preguntarme por Tommi.

—¿Quién es Tommi?

—Thomasina Humphrey. ¿Sara no le ha hablado de ella?

Jeffrey observó su cara con atención. No le pareció que la pregunta fuera con segundas. Sibyl creía sinceramente que él sabía algo que, de hecho, ignoraba. Y que Sara tendría que haberle contado.

Ella pareció intuir lo que estaba pensando.

—No debería haber dicho nada, perdone.

—No pasa nada. Si pudiera…

—Tengo que irme. Buena suerte, jefe Tolliver. Siento no haber sido de más ayuda.

Jeffrey estuvo a punto de agarrarla del brazo, pero se contuvo. La vio bajar por la acera sirviéndose de su bastón. Una estudiante se acercó a ella. Y luego otra. Pronto estuvo rodeada por un grupo numeroso.

Él cerró los ojos y levantó la cara hacia el sol, como había hecho Sibyl. Oyó pasar un coche. Una racha de viento le revolvió el pelo. Se estrujó el cerebro tratando de recordar si había tenido sobre la mesa algún informe relativo a una tal Thomasina Humphrey.

No, nada.

Entró en la comisaría. Sara seguía aún en su despacho. Había abierto su portátil y estaba trabajando. El monitor de la mesa estaba girado para poder ver si entraba algún correo.

Jeffrey cerró la puerta del despacho y se apoyó contra ella, con la mano aún en el pomo.

—Thomasina Humphrey —dijo. Sara levantó la barbilla, indicándole que conocía aquel nombre—. ¿Hay algo que no me hayas contado?

—Evidentemente —contestó ella, dando la impresión de querer dejarlo así.

Él echó un vistazo a la sala común. Todas las sillas estaban ocupadas. Media unidad merodeaba junto a la puerta de la sala de juntas, a la espera de que Jeffrey repartiera órdenes. No pensaba enzarzarse otra vez en una discusión con Sara y ponerse a gritar como un histérico, para que solo le oyeran a él.

—Sara…

Ella se quitó las gafas. Cerró el portátil y se giró en la silla para mirarle.

—Sibyl la trajo a verme hace cinco meses, a finales de octubre. Tommi no se había marchado al acabar su clase de esa mañana. Estaba sangrando. Hizo como que era el periodo, pero Sibyl se dio cuenta enseguida de que algo iba mal. Habló con ella. Tardó un rato, pero Tommi reconoció por fin que la habían violado la noche anterior.

Jeffrey dejó pasar un instante para refrenar su ira, porque la violación era un delito, y Sara lo sabía, y sin embargo no lo había denunciado.

—¿Conocía a su agresor?

—No.

—¿Denunció la agresión?

—No.

—¿Le dijiste que lo hiciera?

—Sí, pero se negó y no quise insistir.

—¿Por?

—Porque era una buena estudiante. Una chica muy prudente. Siempre andaba con la cabeza metida en un libro.

—¿De verdad te parece que este es buen momento para restregarme esas palabras?

—No, pero escúchame bien, Jeffrey, porque esto explica muchas cosas. —Sara se levantó y se acercó a él—. ¿Te acuerdas de ese libro que me leíste, ese sobre Hiroshima?

Había algo tan íntimo en su tono de voz que Jeffrey se retrotrajo de inmediato a aquel instante. Estaban los dos tumbados en la cama. A él le encantaba leerle por las noches. Aquella vez, le enseñó unas fotografías del libro y le leyó algunos de los pasajes más impresionantes.

—Me hablaste de las sombras, ¿recuerdas? —añadió ella.

Sí, lo recordaba. El calor liberado por la explosión atómica fue tan intenso que todo lo que quemó a su paso dejó una sombra en las paredes o el pavimento. Un hombre caminando con un bastón. Una persona sentada en unas escaleras. Plantas, tornillos y maquinaria. Todo dejó una sombra indeleble que todavía podía verse hoy en día.

—Eso es la violación —prosiguió Sara—. Es una sombra negra que te atraviesa y te consume. Altera tu código genético. Te persigue el resto de tu vida.

—¿Fue una agresión muy brutal?

—Sí, mucho —respondió ella—. Yo conocía a Tommi de antes. Era paciente mía. Por eso la trajo Sibyl a verme. Pensó que podía ayudarla.

—¿Y lo hiciste?

—Le di puntos y algo para el dolor. Le prometí que no se lo diría a nadie. Ese era su mayor miedo, que su padre se enterara. Que se enteraran sus amigos y los profesores, y todo el mundo en el campus. Pero ¿la ayudé? —Aquella pregunta parecía atormentarla—. No se puede ayudar a una persona que pasa por eso. Puedes intentar hacer que se sienta a salvo. Puedes escucharla. Pero en realidad solo puedes confiar en que encuentre la manera de superarlo.

—Entiendo lo que dices —repuso Jeffrey—, pero ¿por qué ha mencionado Sibyl a Tommi en relación con Leslie Truong?

—Supongo que porque, al día siguiente, Tommi desapareció de la universidad. Dejó todas sus cosas. No volvió. No se puso en contacto con nadie. Su teléfono estaba apagado. Se esfumó sin más.

—Pero el decano no…

—Sus padres anularon su matrícula. No sé qué pasó con sus cosas.

—Pero Sibyl…

—Tienes que dejarlo estar.

—Tommi Humphrey fue víctima de un delito. Por lo que dices, de un delito muy grave. Y ahora Leslie Truong ha desaparecido. ¿Quién sabe qué rayos le pasó a Beckey Caterino? Hay vínculos entre los tres casos, Sara. Tenemos que investigarlos.

—¿Vas a reabrir cada caso de violación que se ha dado en esta zona? ¿Vas a buscar a todas las mujeres que estaban demasiado afectadas o asustadas para denunciar que las habían violado? ¿Cómo piensas localizar a todas las chicas que han dejado los estudios porque quince, veinte o treinta minutos de sus vidas borraron de un plumazo las dos décadas anteriores y todo lo que representaban?

Jeffrey rara vez la había oído hablar con tanto apasionamiento de un asunto tan delicado. Siempre se había preguntado si a Tessa no le habría pasado algo así. La hermana de Sara había pasado muchas noches borracha durante sus años de instituto y universidad. Él todavía se acordaba vivamente de una vez, durante las vacaciones de primavera, que tuvo que hacer el trayecto de cinco horas en coche hasta Florida, de madrugada, para sacarla bajo fianza después de que la detuvieran.

Escogió sus palabras con cautela.

—Si hay un vínculo entre lo que le pasó a Tommi Humphrey y lo que les ha pasado a Beckey Caterino o Leslie Truong…

—Deja a Tommi en paz, Jeff. Por favor. Hazlo por mí.

Jeffrey estaba a punto de acceder, aunque solo fuera porque ansiaba hacer algo, lo que fuese, para que Sara volviera a confiar en él, cuando su ordenador emitió un suave tintineo anunciando la llegada de un correo electrónico. Sara se situó detrás la mesa y se puso las gafas. Tocó un par de veces el ratón. Él veía las imágenes reflejadas en las lentes.

—Ven aquí —dijo Sara.

Jeffrey se acercó y vio lo que parecía ser una imagen hecha por resonancia magnética. Reconoció las vértebras cervicales ordenadas en fila desde el cráneo, pero, detrás de ellas, la médula semejaba un trozo de cuerda deshilachada en el medio. Sobresalían hilos sueltos y una especie de burbuja llena de líquido rodeaba la zona.

—Esta es la punción de la médula espinal —explicó Sara—. Algo muy afilado y acabado en punta perforó la piel aquí. —Jeffrey notó que le presionaba con los dedos en la nuca—. Esto paralizó las piernas, todo el cuerpo de aquí para abajo —añadió llevándose la mano a la cadera—. Es una herida deliberada. No pudo ser resultado de la caída. Creo que el instrumento que utilizó el agresor tenía que ser algo parecido a un punzón o un botador de carpintería, pero no me atrevería a asegurarlo.

Jeffrey decidió dejar sus preguntas para después. Sara estaba abriendo el siguiente archivo: una radiografía.

—La fractura del cráneo. —Ella aumentó la imagen.

Jeffrey sabía el aspecto que presentaba un cráneo intacto. La fractura estaba localizada en la parte de atrás de la cabeza, en la zona en la que la mayoría de los hombres empezaban a quedarse calvos. El hueso se había astillado formando un dibujo como de rayos de sol. Un fragmento semicircular se había adherido al encéfalo.

Sara se agachó para acercarse más al monitor.

—Aquí.

Jeffrey se inclinó hacia delante y siguió el movimiento de su dedo al trazar un semicírculo en la parte inferior de la fractura. Como intuía que Sara no iba a decirle con rotundidad qué había ocurrido, preguntó:

—¿Alguna hipótesis?

—No es una hipótesis —respondió ella—. Le golpearon en la cabeza con un martillo.

11

Sara no pudo acabarse el segundo *whisky*. Le ardía el estómago. Sentía una congoja que no acertaba a expresar con palabras. Las notas de Jeffrey, sus archivos, las fichas de interrogatorio rellenas a mano, las líneas trazadas con regla sobre un descolorido mapa topográfico de Heartsdale... El espectro de su marido se hallaba sentado a la mesa, frente a ella, mientras leía sus palabras, escritas ocho años atrás. Los nombres volvieron a aflorar a su memoria con claridad sorprendente.

Little Bit. Chuck Gaines. Thomasina Humphrey.

Era tan llamativo el contraste entre aquella letra delicada y su apariencia de tipo duro... Jeffrey era el arquetipo del hombre alto, moreno y guapo. En él se daban cita la chulería del jugador de fútbol y una inteligencia agudísima. El brillo de su personalidad se dejaba entrever incluso en la jerga farragosa de un atestado policial, en el resumen del interrogatorio a un testigo o la transcripción de una llamada telefónica.

Sara cogió uno de los cuadernos de espiral. Tenía más o menos el tamaño de una ficha de cartoncillo rayada. Jeffrey había anotado en la portada los casos encapsulados entre sus páginas, con la fecha correspondiente. Sara abrió el cuaderno. El cuerpo de policía del condado de Grant era tan exiguo que el jefe también hacía las veces de investigador. Jeffrey había consignado en aquellos cuadernos cada uno de los casos en los que había trabajado. Sus archivos eran meticulosos y exhaustivos. Sara hojeó los encabezamientos de las primeras veinte páginas.

Harold Niles/Hurto. Gene Kessler/Robo de una motocicleta. Pete Wayne/Hurto de propinas.

En una de las hojas, había una sola anotación; una cifra: *80 000 $.* Jeffrey la había subrayado dos veces y la había rodeado con un círculo. La letra parecía tener cierto relieve. Los surcos dejados por la punta del bolígrafo resaltaban como signos de braille.

Sara intentó deducir a qué podían corresponder esos ochenta mil dólares. No podían ser de un hurto o del robo de una moto. Luego, extrapoló la cifra a la vida de Jeffrey. Su casa había costado más. Sus préstamos de estudios, algo menos. El saldo de su tarjeta de crédito, la última vez que ella lo había visto, era de en torno a un cinco por ciento de esa cantidad.

Sonrió.

Solo había una cosa de esa época que había costado ochenta mil dólares, y era su primer Z4. Compró el coche, indudablemente, para humillar a Jeffrey. Gozó más al ver la cara de pena que puso la primera vez que vio el deportivo que con cualquier orgasmo que hubiera tenido con él. Y eso que con Jeffrey tenía unos orgasmos de puta madre.

Pasó la hoja del cuaderno.

Rebecca Caterino/Muerte accidental.

Lo de *muerte accidental* estaba tachado con una sola raya y corregido a continuación: *Intento de asesinato/agresión sexual.*

La tensión que había entre Jeffrey y ella había ido disipándose en el curso de la investigación de los casos Caterino y Truong. Ella consiguió al fin aceptar con serenidad que él se negara a decirle la verdad respecto a la cantidad de veces que la había engañado y con cuántas mujeres. Esa serenidad, como le había ocurrido casi siempre en el curso de su vida, vino de la mano de su familia. Recordaba, en concreto, una conversación que tuvo con su madre la noche posterior al hallazgo de Beckey en el bosque, antes de que el presunto accidente pasara a ser una investigación policial en toda regla.

Estaba sentada a la mesa de la cocina de sus padres, con el portátil abierto. Intentaba poner al día las historias de sus pacientes, pero se sentía tan abrumada que al fin se dio por vencida y apoyó la cabeza en la mesa.

Cathy se sentó a su lado y la cogió de las manos. Su madre tenía la piel áspera. Le gustaba trabajar en el jardín, y hacer trabajos de voluntariado y chapuzas en casa; cualquier cosa para la que hubiera que arremangarse. Sara intentaba contener las lágrimas. Estaba acongojada por aquella pobre chica a la que habían encontrado en el bosque, y furiosa con Lena. Y alterada porque aquella tragedia la hubiera obligado a relacionarse de nuevo con Jeffrey. La avergonzaba profundamente, además, aquella escena en su despacho de la clínica, haberse comportado como una exmujer maleducada y resentida y haberle insultado de ese modo.

—Mi preciosa niña —le dijo su madre—, deja que lleve yo el peso de tu odio. Deja que eso lo haga yo para que tú puedas rehacer tu vida.

Sara bromeó diciendo que tenía odio de sobra para repartírselo entre las dos, pero imaginarse a su madre echándose a la espalda el fardo de su odio, de su pena, su humillación, su desengaño y su amor —porque eso era lo más duro de todo: que siguiera estando tan enamorada de Jeffrey— logró de algún modo aligerar el peso que durante el año anterior había agobiado cada hueso de su cuerpo.

Ahora, apartó los ojos de las notas de Jeffrey y bebió un trago de *whisky*. Se secó los ojos y retomó su tarea.

Rebecca Caterino/Muerte accidental – Intento de asesinato/ agresión sexual.

Jeffrey había dejado constancia en el cuaderno de su llegada al bosque, de su conversación con Brad para mantener alejados a los curiosos y del informe preliminar de Lena. Como la mayoría de los policías, utilizaba numerosas abreviaturas: Lena era L. A.; Frank, F. W., etcétera.

Había un número de teléfono anotado en el margen. Sin nombre, solo el número. Sara pensó automáticamente que era el número de una mujer con la que Jeffrey se estaba viendo. Se recostó en la silla y trató de sofocar la punzada de celos que acompañó a aquella idea.

Pasó la hoja.

Hablar con S. L. sobre los 30 minutos.

Evidentemente, a Jeffrey le preocupaba aquella media hora que Beckey Caterino había pasado en el bosque sin recibir la atención necesaria. A ella también le angustiaba. Treinta minutos era mucho tiempo: la mitad de los sesenta minutos cruciales que determinaban qué esperanzas de sobrevivir tenía el paciente, según las medidas que se tomaran para estabilizarlo. Ella se había salido por la tangente cuando Jeffrey le preguntó si esa media hora había sido decisiva. Desde el punto de vista médico, hasta treinta segundos podían ser cruciales. Lo trágico —por si la situación no era de por sí bastante trágica— era que nunca lo sabrían.

Sara volvió a mirar el cuaderno. Debajo de sus iniciales, Jeffrey había escrito otro nombre: Thomasina Humphrey. Pensó en ambos detalles y de pronto se halló de nuevo en el despacho de Jeffrey. Estaba esperando a que llegara el correo a su ordenador cuando él regresó de hablar con Sibyl Adams. En aquel momento, estuvo a punto de hablarle de su violación. Había querido proteger a Tommi del dolor que podía causarle un interrogatorio, convencida de que su violación no tenía nada que ver con Leslie Truong ni con Beckey Caterino.

Pero se había equivocado.

Siguió pasando páginas en busca de algo que pudiera serles de ayuda. Brock era aún juez de primera instancia en aquella época, de modo que todos los informes de laboratorio y hallazgos forenses figurarían en sus archivos. Jeffrey había anotado en el cuaderno algunas observaciones hechas por ella, pero ¿qué habían pasado por alto? ¿Había algún detalle que no habían sabido ver, alguna prueba material a la que no habían prestado atención y que había permitido que un asesino sádico y violento siguiera libre?

Ella era la viuda de Jeffrey. Había heredado sus bienes. Y, al parecer, también su sentimiento de culpa.

Oyó el arañar de una llave en la cerradura de la puerta delantera.

Cerró el cuaderno. Apiló los papeles y los guardó precipitadamente en la caja. Cuando Will entró en el apartamento, estaba de pie, esperándole.

Advirtió varias cosas al mismo tiempo. Que Will se había duchado. Que se había puesto unos vaqueros y una camisa. Y que parecía tenso y agotado.

Se tragó las preguntas desabridas que se le vinieron a la boca: «¿Dónde has estado? ¿Por qué no has llamado? ¿Por qué has pasado por tu casa para ducharte antes de venir? ¿Qué diablos está pasando?».

Notó que él también estaba evaluando la situación. Recorría la habitación con la mirada fijándose en su cena inacabada, en la botella de *whisky* y las cajas con las cosas de Jeffrey.

Sara respiró hondo y exhaló despacio, tratando de evitar un estallido que sería —estaba segura— desastroso.

—Hola —dijo.

Will se agachó. Los perros habían corrido a darle la bienvenida. Betty bailoteaba alrededor de sus pies y los galgos se apretujaban contra sus piernas.

El aire parecía cargado, como si cada uno de ellos se estuviera ahogando en su propio estanque.

Ella intentó bromear:

—Por favor, dime que estás así porque te has peleado con Lena.

Él se acercó al frigorífico. Abrió la puerta. Se quedó mirando las repisas.

Sintiéndose incapaz de soportar su silencio, Sara le hizo una pregunta a la que tendría que responder.

—¿Qué tal ha ido?

Will respiró hondo, como había hecho ella un instante antes.

—Lena cree que estás intentando incriminarla —dijo.

—Y tiene razón —reconoció ella, aunque le molestó que Lena creyera que se pasaba la vida de brazos cruzados esperando la oportunidad de hundirla—. ¿Qué más?

—Estuve a punto de darle un puñetazo en la cara. Y luego casi le saco la pistola a Jared. Después, me lie a golpes con el coche de Faith. Ah, y antes le dije a Jared que vamos a casarnos.

Sara sintió que apretaba los dientes. Lo primero que había dicho Will era, evidentemente, una hipérbole. En cuanto a lo último, si era un nuevo intento de pedirle indirectamente que se casara con él, no iba a funcionarle.

—¿Por qué le has dicho eso?

Will abrió el congelador. Echó un vistazo dentro.

Sara dio media vuelta.

—¿Has cenado?

—He comido algo en casa.

A ella no le gustó cómo dijo «casa». Aquella era su casa, el piso que compartían.

—Hay yogur —dijo.

—Me dijiste que no te robara tu yogur.

Sara no pudo soportarlo más.

—Por Dios santo, Will, no soy la guardiana del yogur. Si tienes hambre, cómetelo.

—Puedo comer helado.

—No es lo mismo. El helado tiene cero valor nutritivo.

Él cerró la puerta del congelador y se volvió.

—¿Qué pasa? —preguntó ella—. ¿Qué te ocurre?

—Creía que no me hablabas.

A Sara le dieron ganas de pegarle una patada.

—Es una mierda que la persona con la que se supone que tienes una relación de pareja no te diga lo que está pensando.

—Así que ahora vas a darme una lección.

Sara pensó que aquel era un momento decisivo; el instante en que las cosas podían torcerse definitivamente.

—Dejémoslo.

—¿Por qué no me has escrito?

—Te he escrito. —Ella agarró su teléfono y le enseñó la pantalla—. Tres veces, y nada, porque supongo que tenías el móvil apagado.

Will se rascó la mandíbula.

—Ahora mismo no puedo soportar tus gruñidos y tus largos silencios, Will. ¿Puedes hablarme como un ser humano normal?

Un destello de ira brilló en los ojos de Will.

Sara era capaz de afrontar su ira sin perder los nervios. Pero ya se había peleado con su hermana. Estaba furiosa con Lena. Y dolida porque Faith le hubiera mentido. Sentía, además, una profunda tristeza por el recuerdo de Jeffrey. La aterraba haber pasado por alto algo que hubiera permitido que un psicópata siguiera suelto y estaba ansiosa por arreglar las cosas con el hombre con el que iba a casarse, si alguna vez él daba su brazo a torcer y se lo pedía de verdad.

—Pelearnos o follar —dijo.

—¿Qué?

—Esas son tus alternativas. Puedes pelearte conmigo o podemos follar.

—Sara…

SILENCIADAS   269

Se acercó a él, porque siempre sentía el impulso de hacer algo. Le puso las manos en los hombros. Lo miró a los ojos.

—Podemos hablar de todas esas cosas de las que no estamos hablando, o podemos irnos a la cama.

Él tensó la mandíbula, pero pareció dispuesto a dejarse convencer.

—Will…

Sara le retiró el pelo de la cara. Tenía la piel caliente. Notó el ligero perfume de su loción de afeitar, lo que significaba que, aunque estuviera enfadado con ella, se había afeitado para complacerla, porque sabía que ella prefería que tuviera la piel suave.

Le dio un beso suave en los labios. Al ver que no se resistía, volvió a besarlo, dejándole claro esta vez que había otras cosas que podía hacer con la boca.

Will pareció dispuesto a seguir adelante, hasta que de pronto se apartó y la miró fijamente. Sara vio aflorar a la superficie todas esas cosas de las que les daba miedo hablar.

No podría soportar otra discusión. Volvió a besarlo. Metió las manos bajo su camisa y recorrió con los dedos las ondulaciones que formaban sus músculos.

—Ven a correrte conmigo haciendo un sesenta y nueve —dijo.

Él contuvo el aliento. Se le aceleró el corazón. Sara notó el abultamiento de su miembro contra la pierna.

—Sara —dijo con voz pastosa y gutural—, deberíamos…

Ella le rozó la oreja con los labios. Besó su cuello y comenzó a desabrocharse la blusa. Sentía aún su reticencia cuando Will apoyó la mano sobre su pecho. Volvió a acercar la boca a su oído pero, en lugar de besarle, le mordió el lóbulo.

Will volvió a contener la respiración.

—Vamos a ponernos un poco brutos —le dijo ella.

Esta vez, cuando lo besó, Will respondió con ansia a su beso. La agarró por la cintura y la empujó contra el armario. Sara se apretó contra él. Will le estrujó el pecho con la mano y ella sintió la liberación deliciosa de sus sentidos, anegados por el deseo.

Entonces Will se apartó y, estirando el brazo, la mantuvo alejada.

—Lo siento. He llegado a mi límite.

Ella sacudió la cabeza.

—¿Qué?

—No aguanto más, Sara. Se acabó.

—¿Qué estás…? —dijo ella, pero Will se dio la vuelta y se alejó—. ¡Will!

Cerró la puerta al salir.

Sara recorrió la cocina con la mirada, tratando de entender qué acababa de pasar.

¿Qué límite?

¿Y qué significaba «se acabó»?

Intentó abrocharse la blusa, pero tenía los dedos embotados. Will estaba jugando con ella, intentaba darle un escarmiento. Seguramente estaría al otro lado de la puerta, esperando a que fuera en su busca. No era la primera vez que bailaban al son de aquella música; ya había pasado una vez, cuando ella creyó que había llegado al límite de su resistencia y estaba furiosa con Will por ocultarle cosas y mentirle a la cara. Le dijo entonces que se marchara y él se marchó, pero cuando abrió la puerta allí estaba, sentado en el pasillo, esperándola. Y le dijo…

«No soy de los que se dan por vencidos».

Se frotó la cara con las manos. Ella tampoco iba a darse por vencida. No podía sentirse desligada de él en ese instante. Tenía que arreglarlo como fuese. Y si para ello tenía que disculparse ante aquel hombre hosco y taciturno, lo haría.

Se acercó a la puerta y la abrió.

El pasillo estaba vacío.

12

Jeffrey estaba sentado enfrente de Kayleigh Pierce, en el apartamento de la residencia de estudiantes que Pierce compartía con Rebecca Caterino. No tenía tiempo para reprocharse el no haber hecho caso a su instinto desde el primer momento. En apenas veinticuatro horas, el caso Caterino había pasado de ser una muerte accidental a ser una presunta agresión sexual con intento de asesinato. Lo que necesitaba ahora eran datos. Hasta ese momento, habían actuado por inercia. Ahora, sabía la verdad pura y dura.

Lo de Caterino había sido un ataque premeditado. Nadie iba por ahí con un martillo a no ser que pensara utilizarlo. Alguien que tenía intención de cometer un acto violento había seguido a la joven desde el campus, o bien cuando se había adentrado en el bosque.

Y ahora Leslie Truong, la testigo a la que una agente de su fuerza policial había dejado marchar sin escolta, había desaparecido, posiblemente contra su voluntad.

El único camino que le quedaba a Jeffrey era empezar por el principio.

—No sé qué puedo decirle.

Kayleigh tenía la costumbre de elevar la entonación al final de cada frase, como si estuviera formulando una pregunta en lugar de responderla.

—Sé que ya ha hablado con uno de mis agentes —repuso él—. Lo único que le pido es que me explique paso a paso lo que ocurrió ayer por la mañana. Todo lo que recuerde puede sernos de utilidad.

La chica comenzó a pellizcarse un pellejito de la planta del pie. Llevaba puesto un pijama azul de raso y tenía unos caracteres chinos tatuados en la cara interna de la muñeca. El cabello, corto y rubio, se le había alborotado mientras dormía.

—Como ya les dije, yo estaba dormida —dijo, de nuevo con aquella entonación característica.

Jeffrey miró su cuaderno, sopesando si debía decirle o no que su amiga había sufrido una agresión. Finalmente se dejó guiar por su intuición, que le decía que, en cuanto lo supiera, la utilidad de Kayleigh como testigo caería en picado. Aquella chica tenía tendencia a creerse el eje del mundo, lo cual no era ninguna sorpresa. Estaba todavía en esa edad en la que uno solo podía ver el mundo a través de su propia lente.

—Continúe —le dijo.

—Becks se puso hecha una furia con todas nosotras. Empezó a gritar como una loca, a dar golpes y a tirar cosas…

La cocina del apartamento estaba muy desordenada. Saltaba a la vista que alguien había volcado el cubo de basura de una patada; el plástico estaba abollado, y la basura desperdigada por el suelo había dejado a su alrededor un reguero viscoso. Lo único que parecía intacto era una mochila de cuero marrón que había junto al frigorífico.

—¿Por qué se enfadó Beckey?

—Yo qué sé. —Kayleigh se encogió de hombros, pero Jeffrey adivinó que no solo sabía por qué se había enfadado su amiga, sino también con quién estaba enfadada—. Abrió la puerta de mi habitación de una patada y se puso a llamarnos zorras a gritos como si nos odiara. Yo la seguí hasta su cuarto para ver qué le pasaba, pero no quiso decírmelo.

—¿El cuarto de Beckey es el del final del pasillo?

Kayleigh consiguió al fin dar una respuesta rotunda:

—Sí —dijo—. Cuando llegamos aquí, todas vimos que esa era la habitación más pequeña y pensamos que íbamos a tener que pelearnos por ver quién se quedaba con ese cuarto, pero Beck dijo que se quedaba ella con él y, nada, tan amigas.

—¿Salía con alguien?

—Lo dejó con su novia en verano. Desde entonces no ha salido con nadie. Ni una sola vez. Hay mucho gilipollas en el campus —contestó Kayleigh, de nuevo con aquel tonillo de pregunta.

—¿Había alguien obsesionado con ella?

—No, para nada. Becks ni siquiera iba a los bares, ni salía a divertirse, ni nada. —Sacudió la cabeza con tanta fuerza que se le revolvió el pelo—. Si hubiera alguien, en plan… obsesionado con ella, yo habría ido derecha a la policía. A la policía de verdad, no a los guardias jurados del campus.

Jeffrey se alegró de que supiera distinguir entre unos y otros.

—¿Le dijo Beckey alguna vez que se sentía en peligro? ¿O que tenía la sensación de que alguien la estaba vigilando?

—Ay, Dios, ¿es que la estaba vigilando alguien? —La chica miró la cocina, la puerta y el pasillo—. ¿Tendría que preocuparme? ¿Corro peligro?

—Son preguntas rutinarias. Pregunto lo mismo siempre que interrogo a un testigo.

Jeffrey observó la expresión de angustia que cruzaba el rostro de la joven. En menos de una hora, todas las mujeres del campus estarían preguntándose si debían preocuparse.

—Kayleigh, vamos a concentrarnos en lo que pasó ayer por la mañana. ¿Le dijo algo Beckey cuando la siguió a su habitación?

—Se estaba poniendo sus zapatillas de correr. Y a ella le gusta correr, pero era superpronto. Entonces Vanessa le dijo que no saliera, que era la hora de las violaciones. En ese momento nos hizo gracia, pero ahora estamos todas muy preocupadas porque Beckey está en el hospital. Y Gerald, su padre, ha llamado esta mañana llorando, y ha sido muy duro hablar con él, porque yo nunca he oído llorar a mi padre, y oírle llorar a él me ha puesto supertriste. —Se frotó los ojos a pesar de que no tenía lágrimas—. He tenido que decirles a mis profesores que iba a faltar a clase toda la semana. Es que es de locos... Becks sale a correr y se da un golpe en la cabeza y de pronto su vida... Qué sé yo. Es muy triste. Casi no puedo salir de la cama, porque ¿y si me hubiera tocado a mí? A mí también me gusta correr.

Jeffrey pasó algunas páginas de su cuaderno.

—Deneshia me ha dicho que Beckey pasó la noche anterior en la biblioteca.

—Sí, lo hacía a menudo. Le daba pánico perder la beca. —Kayleigh sacó un puñado de pañuelos de la caja que había sobre la mesa—. Hablaba de dinero un montón. Pero un montón. Y eso era raro, porque de dinero no se habla, ¿no?

Jeffrey estaba familiarizado con ese axioma. Se había criado en Sylacagua y siempre había sabido que era pobre, pero hasta el primer día que pasó en la universidad de Auburn no se dio cuenta de lo que significaba ser lo contrario de pobre.

—¿Esa es su mochila? —preguntó.

Kayleigh miró hacia la cocina.

—Sí.

Jeffrey se guardó el cuaderno en el bolsillo y entró en la cocina. Tuvo que pasar por encima de varias bolsas de palomitas y envases de yogur vacíos. La mochila, de buen cuero, tenía las iniciales BC grabadas en la solapa. Dedujo que era un regalo de graduación; era poco probable que una estudiante con escasos recursos económicos se gastara el dinero en una cosa así.

Fue sacando su contenido y dejándolo con cuidado en el poco espacio libre que había en la encimera. Bolígrafos. Lápices. Papeles. Fotocopias. Trabajos de clase. El móvil era un modelo antiguo, plegable. Lo abrió. La batería estaba casi agotada. No había llamadas perdidas, y las más recientes habían sido atendidas. Echó un vistazo a los contactos. Papá. Daryl. Deneshia.

—¿Quién es Daryl? —preguntó.

—Vive fuera del campus —contestó Kayleigh encogiéndose de hombros—. Todo el mundo lo conoce. Antes estaba matriculado en la universidad, pero lo dejó hace dos años porque hace *skate* y quiere dedicarse profesionalmente a eso.

—¿Tiene apellido?

—Seguro que sí, pero yo no lo sé.

Jeffrey anotó el número del tal Daryl en su cuaderno de espiral. El teléfono habría que registrarlo como prueba del caso, cosa que no había hecho Lena el día anterior al hablar con las compañeras de Rebecca Caterino.

Volvió a hurgar en la mochila. Encontró un libro de texto de Química Orgánica, otro sobre Materiales Textiles y un tercero sobre Ética Científica. El ordenador portátil era un modelo reciente, a juzgar por lo poco que pesaba. Lo abrió. El documento que apareció en pantalla se titulaba *RCaterino-Quim-Final.doc*.

Echó un vistazo al trabajo. Era tan tedioso y pedante como todos los que había escrito él durante sus años en la universidad.

Miró a Kayleigh, que seguía pellizcándose la planta del pie.

—¿Puedes venir aquí y decirme si falta algo? —le preguntó.

Ella se levantó del sofá y se acercó. Miró los libros de texto y los papeles y dijo…

—Creo que no. Pero su pinza tendría que estar en la mesilla de noche.

—¿Su pinza?

—Sí, la del pelo.

Jeffrey sintió que su instinto le lanzaba una bengala de advertencia. Leslie Truong había echado en falta una cinta elástica. Y ahora, al parecer, a Beckey Caterino le había desaparecido una pinza para el pelo.

Como no quería poner sobre aviso a Kayleigh preguntó:

—¿Está todavía en la mesilla?

Ella pareció desconcertada.

—No, por eso lo digo. Beckey no la encontraba. Luego nos pusimos todas a buscarla y tampoco la encontramos. Se lo dije a la mujer policía que vino a interrogarnos.

En el cuerpo de policía del condado de Grant solo había una mujer.

—¿A la agente Adams?

—Sí, le dije que la pinza de pelo de Beckey, la que le dejó su madre, no estaba en la mesilla de noche, donde la dejaba siempre, y que al principio Beckey se enfadó conmigo, pero que luego se dio cuenta de que no podía haber sido yo porque ella me había contado que esa pinza se la dio su madre y que fue la última cosa que le dio, aunque en realidad solo se la prestó, pero, como murió ese mismo día, Beckey se quedó con ella para siempre.

Jeffrey trató de entender las enmarañadas palabras de la joven.

—Entonces ¿informó a la agente Adams de que a Beckey le faltaba esa pinza de pelo?

—Sí, claro.

—¿Y la pinza era de su madre? —añadió él, imitando el exasperante tono de Kayleigh.

—Exacto.

—¿Y Beckey siempre la dejaba en su mesilla de noche?

—Sí.

—Pero ¿esa mañana la buscó y no estaba?

—Sí.

—¿Puede enseñarme la mesilla?

Ella lo condujo por el pasillo. Jeffrey intentó hacer caso omiso del intenso olor a marihuana, sudor y sexo que impregnaba las habitaciones. Las camas estaban deshechas. Había ropa tirada por el suelo. Vio cachimbas, ropa interior y algún que otro condón usado tirado junto a una papelera.

—Es aquí. —Kayleigh se había parado en la puerta de la habitación del final del pasillo—. Ya miramos, ¿sabe? Para llevársela a Beckey al hospital. Pero no la encontramos.

Jeffrey entró en la habitación. Aunque Beckey no era muy ordenada, su cuarto no estaba tan desastroso como el de sus compañeras. En la mesilla de noche había un vaso de agua, una lámpara y un libro de poesía abierto de par en par, con el lomo rajado. Jeffrey resistió el impulso de cerrarlo y se puso de rodillas para mirar debajo de la mesilla. No había nada. Debajo de la cama había un calcetín, un sujetador, pelusa y los desperdicios que cabía esperar.

—¿Beckey conoce a Leslie Truong? —le preguntó a Kayleigh.

—¿La chica que ha desaparecido? —Ella frunció el ceño—. Me parece que no, porque Leslie es mayor, ¿no? Está a punto de graduarse o algo así.

—¿Es posible que se hayan encontrado en la biblioteca?

—Puede ser. Pero la biblioteca es muy grande.

Sonó el teléfono de Jeffrey. Al ver el número, casi se le escapó un exabrupto. Su madre le había llamado ya tres veces. Seguramente estaría tomándose la cuarta copa del día y lamentándose de que su único hijo fuera un capullo que no se preocupaba por ella.

Jeffrey silenció la llamada.

—Jefe —dijo Lena desde el pasillo—, he vuelto a preguntar a todas las residentes. No recuerdan nada nuevo.

Él se incorporó. Tenía las perneras del pantalón llenas de pelusas. Intentó sacudírselas.

—Tenemos que volver a jefatura.

Lena se apartó para dejarle pasar. Jeffrey ya le había dado a Kayleigh su tarjeta. Suponía que la chica lo llamaría en cuanto descubriera que su compañera no había sufrido un simple accidente. Daba por sentado que ya estaría cundiendo el rumor por el campus. Sibyl Adams tenía razón: la universidad era un hervidero de cotilleos. Con un poco de suerte, alguien se iría de la lengua. De momento, esa parecía ser su única posibilidad de resolver alguno de aquellos casos o los dos.

Buscó a Brad en el pasillo central de la residencia. Le había encargado que volviese a registrar el edificio.

—La mochila de Caterino está en la cocina —le dijo al verlo salir de una de las habitaciones—. Anota todo lo que contiene.

—Sí, jefe.

Jeffrey sacó su cuaderno y marcó el número de Daryl. Oyó un solo pitido. Luego, la voz de una operadora le informó de que aquella línea ya no estaba operativa. Se quedó mirando el teléfono como si el aparato pudiera darle una explicación. Volvió a mirar el número. Marcó de nuevo y obtuvo la misma respuesta. El número estaba fuera de servicio.

—¿Qué ocurre, jefe? —preguntó Lena.

Él pasó de largo junto al ascensor y bajó por la escalera. Podía haber muchos motivos que explicasen por qué el número del tal Daryl ya no estaba operativo. La mayoría de los estudiantes andaban escasos de fondos, así que no era raro que tuvieran teléfonos de prepago, ni que se quedaran sin dinero para recargar la tarjeta.

Aun así, le inquietaba aquella coincidencia.

Fuera, Lena tuvo que apretar el paso para alcanzarlo mientras cruzaban la pradera.

—¿Su coche no está por el otro lado?

—Sí. —Jeffrey siguió avanzando a grandes zancadas para

que ella tuviera que esforzarse por mantenerse a su paso—. ¿Registraste la mochila de Beckey Caterino?

—Yo… —Lena puso cara de circunstancias—. La chica había tenido un accidente, por lo menos eso pensábamos, así que…

—Hace menos de veinticuatro horas, en el descampado, te dije que siempre tratamos los accidentes como si fueran posibles homicidios. ¿No te lo dije? —Jeffrey no estaba de humor para soportar sus excusas—. ¿Y qué hay de la pinza de pelo?

—¿La…?

—¿No se te ocurrió informarme de que había desaparecido?

—Es que…

—Tampoco figura en tu informe, Lena. ¿Lo anotaste en tu cuaderno?

Ella se desabrochó precipitadamente el bolsillo de la camisa.

—No lo anotes *a posteriori*. Parecería sospechoso.

—¿Sospechoso por qué?

—Nos va a caer una demanda del carajo por todo esto. ¿Te das cuenta? —preguntó él, bajando la voz al pasar junto a un grupo de estudiantes—. Rebecca Caterino estuvo media hora allí tirada y nosotros nos quedamos de brazos cruzados. ¿Podrías jurar por la Biblia delante de un juez que hiciste todo lo que pudiste por ella desde el momento en que la encontraste?

Lena era lo bastante lista como para no responder.

—Ya me parecía —concluyó Jeffrey antes de abrir la puerta de la oficina de seguridad del campus.

Chuck Gaines tenía los pies —calzaba un cuarenta y seis— apoyados en la mesa y se estaba comiendo una manzana mientras veía un episodio de *The Office*. Jeffrey nunca le había visto levantarse de aquella mesa en horario laboral, salvo para ir al aseo o al comedor. Ni siquiera tuvo la amabilidad de incorporarse al ver entrar al jefe de policía.

—Daryl —dijo, dándole el nombre que había encontrado

en el teléfono de Rebecca Caterino—. Antes estudiaba aquí. Necesito su apellido.

Chuck siguió mascando su manzana.

—Voy a necesitar algo más, jefe.

—Practica el *skate*, tiene veintitantos años y dejó los estudios hace dos.

—¿Sabe cuántos…?

Jeffrey le hizo quitar los pies de la mesa de una patada, dio un manotazo a la manzana y empujó la silla contra la pared.

—Contesta de una puta vez —le espetó encarándose con él.

—Vale, vale. —Chuck levantó las manos en señal de rendición—. ¿Daryl?

Jeffrey dio un paso atrás.

—Aficionado al *skate*. Dejó los estudios hace dos años. Según parece lo conoce todo el mundo.

—No conozco a ese tal Daryl, pero… —Chuck volvió a acercarse a la mesa sin levantarse de la silla y sacó un montón de fichas rayadas de un cajón—. Puede que haya algo aquí.

Jeffrey tenía una colección parecida de fichas en jefatura. Todos los agentes de policía llevaban un registro informal con el nombre y los datos de individuos sospechosos que aún no tenían ficha policial.

—Muy bien, veamos… —Chuck quitó la goma que sujetaba sus fichas, ninguna de las cuales estaba escrita de su puño y letra. Esa tarea se la dejaba a los guardias jurados que patrullaban el campus. Fue pasando fichas hasta que encontró la que buscaba—. Aquí está. Hay un capullo que siempre anda rondando con el monopatín cerca de la biblioteca. Destroza la barandilla de la escalera. Es mayor. Veintipico años, quizá. Tiene el pelo castaño, un poco largo. Se come a las chavalas con los ojos. Cuanto más jóvenes, mejor. Pero ¿quién puede reprochárselo? Aquí no pone su nombre, aunque por lo visto todo el mundo lo llama Little Bit. Trapichea con marihuana. No se dedica a las drogas duras.

Rebecca Caterino era una estudiante universitaria. A Jeffrey no le había sorprendido notar olor a marihuana en su piso de la residencia. Si Daryl trapicheaba, era lógico que su número estuviera fuera de servicio. Los camellos cambiaban de teléfono constantemente.

Le quitó la ficha de la mano a Chuck. Little Bit. Aficionado al monopatín. Veintitantos años. Traficante de marihuana. No había más información que la que le había dicho Chuck.

Chuck cruzó el despacho arrastrando la silla para recoger su manzana, que había ido a parar al rincón. La sujetó con los dientes y, agarrándose a la mesa con las dos manos, se impulsó de nuevo hacia ella.

—¿Algo más, jefe?

Jeffrey probó a darle otro nombre.

—Thomasina Humphrey.

Chuck pareció reconocerlo.

—Ah, esa.

—Sí, esa. ¿Qué sabes de ella?

El encargado de seguridad fijó la mirada en Lena por primera vez desde que habían entrado. Luego desvió la mirada.

—Solo rumores, en realidad. Desapareció de la noche a la mañana. Los chavales contaban las gilipolleces de siempre. Que si se había metido en una secta. Que si había intentado suicidarse… A saber qué pasó.

Jeffrey habría jurado que Chuck sabía más de lo que decía, pero ya le había humillado suficiente por un día y tendrían que seguir colaborando en otros casos. Tenía que dejarle un poco de dignidad.

—¿Tienes los datos de contacto de Humphrey?

—Puede ser. —Chuck pulsó algunas teclas de su ordenador.

Sacó una ficha en blanco y anotó una dirección y un número de teléfono—. Aquí es donde se mandaron sus notas finales. No sé si seguirá viviendo ahí.

Jeffrey vio que la dirección era de Avondale, lo que coincidía con lo que le había dicho Sara. Tommi había sido paciente suya en la clínica. Por eso Sibyl Adams había recurrido a ella para que ayudara a la joven.

Chuck siguió comiéndose la manzana.

—La próxima vez, solo tienes que decir «por favor».

Jeffrey se guardó la ficha en el bolsillo de la chaqueta al salir. Notó que Lena iba tras él como un perrito.

—Jefe…

Se paró tan bruscamente que Lena chocó con él.

—¿Has revisado ya los informes de violaciones sin resolver como te dije?

—He solicitado los expedientes a los otros condados. Me los mandarán por correo electrónico esta tarde, como mucho. En Grant solo hay doce casos.

—Solo —repitió él—. Son doce mujeres, Lena. Doce vidas trastornadas para siempre. Que no vuelva a oírte decir que son *solo* doce casos.

—Sí, señor.

—En este municipio hay una universidad, maldita sea. Cada año entran y salen del campus miles de chicas. ¿De verdad crees que son todas unas mentirosas? ¿Que se follan a un tío y luego se arrepienten, y que por eso tú, como agente de policía, no tienes que atenderlas?

—Jefe, yo…

—Entérate de qué pasa con la historia médica de Rebecca Caterino que he pedido. Esto tiene que oficializarse. Y avísame en cuanto Bonita Truong llegue a jefatura. Quiero hablar con ella lo antes posible. Y que nadie le diga nada sobre Rebecca Caterino. Quiero informarla en persona.

—Sí, jefe, pero… —Lena se quedó pensando un instante—. ¿Cuándo vamos a decirle a la gente que no ha sido un accidente?

—Cuando me parezca conveniente hacerlo. Saca el cuaderno y haz una lista. —Ella se llevó la mano al bolsillo, pero Jeffrey no esperó a que sacara el cuaderno—. Habla otra vez con las compañeras de Caterino, a ver si pueden darte alguna fotografía en la que se la vea con esa pinza de pelo. Haz lo mismo con Leslie Truong. A ella le faltaba una banda elástica para el pelo. Puede que tengan alguna foto. Luego, localiza a ese tal Daryl Little Bit o como coño se llame. Tenemos motivos justificados para registrarle, por lo del trapicheo. Si lleva maría encima, detenlo. Si no, llévalo a jefatura para interrogarlo. Y hoy no te vas a casa hasta que acabes de resumir todos los casos de violación de la zona de los tres condados. Quiero el resumen en mi mesa a primera hora de mañana. ¿Entendido?

—Sí, jefe.

Jeffrey se dirigió a su coche, que había dejado en el aparcamiento de personal. Su teléfono volvió a sonar. Era su madre. Ya casi se habría acabado la botella. Jeffrey silenció la llamada. Subió al coche. Metió la marcha atrás y salió del aparcamiento.

Mientras iba hacia Avondale, intentó planificar lo que debía hacerse a continuación. Primero, tendría que hacer público que Rebecca Caterino había sufrido una agresión, lo que causaría un revuelo enorme en la universidad, y con razón, puesto que había un loco suelto que había atacado a una mujer indefensa con un martillo.

—Santo Dios —musitó.

Si pensaba en ello, todavía se acordaba del horror que se había apoderado de él al sentir cómo se rompía el esternón de Caterino. No quería ni imaginar qué clase de individuo era capaz de clavarle a alguien un martillo en la cabeza.

Sacudió las manos, intentando librarse de aquella sensación.

La madre de Leslie Truong llegaría dentro de unas horas, y quería sinceramente poder contestar a las preguntas que sin duda le haría. Tenía que ocuparse además del tal Little Bit, el gamberro ese del monopatín. Si trapicheaba con marihuana en el campus y era, en efecto, el Daryl de los contactos de Rebecca Caterino, lo más probable sería que la chica fuera cliente suya. Descartarlo o no como sospechoso era de crucial importancia.

Y, por último, estaba el asunto de Lena Adams. Tendría que volver a revisar todos los datos que había recogido Lena para verificarlos. Por lo que a él respectaba, su fase de formación ya había pasado. Si no le demostraba que era capaz de cumplir con su trabajo con todas las de la ley, la despediría sin contemplaciones.

Volvió a sonar su teléfono. Su madre otra vez. Evidentemente, había cogido una de sus cogorzas. Claro que Jeffrey no podía reprochárselo. Como hijo era una mierda. Igual que era un jefe de mierda, un mentor de mierda y un marido de mierda.

Siguió refocilándose en sus errores hasta que dejó atrás el letrero de bienvenida al municipio de Avondale. Población: 4,308 habitantes. Buscó la dirección que le había dado Chuck. No había cotejado la información con su base de datos para asegurarse de que los Humphrey no se habían mudado, pero de todos modos no habría hecho falta. Por el coche que había aparcado delante de la casa, comprendió que la chica seguía viviendo allí.

El Z4 de Sara estaba aparcado junto al buzón. Como hacía buen tiempo, tenía la capota bajada.

—Joder, vaya mierda.

Aparcó detrás del deportivo de ochenta mil dólares y esperó unos segundos para calmar su irritación. Si Sara quería ir por ahí con la capota bajada y música de Dolly Parton sonando a toda tralla, como una paleta hortera y patética, pues muy bien, que lo hiciera.

Abrió su cuaderno y anotó la lista de cosas que tenía que hacer. Debería haber llevado un registro mucho más exhaustivo de todo lo ocurrido. Siempre estaba dándoles la lata a Lena y Brad con que tenían que anotarlo todo para cubrirse las espaldas. Le repugnaba pensar así, pero si Gerald Caterino de veras iba a demandar al cuerpo de policía, él también tenía que tomar precauciones para que aquel asunto le salpicara lo menos posible.

Cerró el cuaderno y se guardó el boli en el bolsillo. Salió del coche. Echó un vistazo a la casa. Décadas atrás, Avondale había sido un pueblo habitado principalmente por empleados del centro de mantenimiento ferroviario cuyo salario los situaba en una sólida posición de clase media. La arquitectura de sus hogares era un reflejo de ello: ladrillos por los cuatro costados, ventanas de aluminio, caminos de entrada de cemento… Todas las comodidades que se consideraban modernas en 1975.

Los Humphrey no habían hecho ningún cambio en el exterior de la casa. La pintura blanca había adquirido con el tiempo un tono amarillento, pero no estaba desconchada. El coche aparcado a la entrada era un monovolumen antiguo. La puerta principal era de un negro brillante.

Jeffrey tocó una sola vez con los nudillos, pero la puerta ya se estaba abriendo.

La abrió una mujer de aspecto avejentado. Aunque solo era algo mayor que Jeffrey, tenía el cabello completamente gris. Los mechones rizados se le pegaban al cráneo, recogidos con horquillas, y tenía cercos oscuros alrededor de los ojos. Vestía una bata de andar por casa con cremallera por delante. La mirada que le dirigió hizo que Jeffrey se sintiera culpable por haberse presentado allí, y estaba seguro de que Sara le haría sentirse aún peor.

—¿Señora Humphrey?

Ella echó un vistazo al camino de entrada a la casa y a la calle.

—¿Ha visto una camioneta Ford azul?

—No, señora.

—Si llega mi marido, tendrá que marcharse. No quiere que molesten a Tommi con este asunto. ¿Entiende?

—Sí, señora.

Ella abrió la puerta lo justo para dejarlo entrar.

—Están detrás, en el jardín. Dese prisa, por favor.

Jeffrey entró. La casa era exactamente como esperaba: un rectángulo dividido en cuartitos, con un pasillo del tamaño de un carril de bolos en el centro. Se fijó en las fotografías que había en las paredes y dedujo que Tommi Humphrey era hija única. Las fotografías mostraban a una joven risueña, rodeada casi siempre por un grupo de amigos. Había tocado la flauta en la banda municipal y concursado en varias ferias de ciencias. Había tenido una serie de perros, luego un gato y más tarde un novio con el que había ido al baile de fin de curso de su instituto. En la última imagen se la veía sosteniendo una caja de mudanza delante de una de las residencias de estudiantes de Grant Tech.

Después, no había más fotografías.

Jeffrey abrió una puerta corredera de cristal. Vio a Sara sentada ante una mesa de pícnic, junto a una joven extremadamente delgada, con la piel de un blanco brillante y el cabello negro y muy corto. Tommi Humphrey debía de tener poco más de veinte años, pero parecía al mismo tiempo mayor y más joven. Estaba fumando un cigarrillo. A pesar de la distancia, Jeffrey notó que le temblaba la mano.

Sara no pareció sorprendida de verlo.

—Este es Jeffrey —le dijo a la chica.

La chica se giró ligeramente, pero no lo miró.

Jeffrey hizo caso de Sara, que le indicó el otro lado de la mesa, y tomó asiento en el banco, procurando mantener las manos posadas en el regazo. Había interrogado a numerosas mujeres violadas a lo largo de su carrera policial y lo primero que había aprendido era que nunca actuaban de una manera determinada. Algunas estaban furiosas. Otras caían en un estado de fuga disociativa. Unas querían venganza y otras ansiaban marcharse. Incluso había algunas, muy pocas, que se reían al relatar su experiencia. Jeffrey había advertido esos mismos efectos impredecibles entre los veteranos que volvían de la guerra. Un trauma era un trauma, y cada persona reaccionaba a su manera.

—Cielo, lo que acabas de decirme es muy importante —dijo Sara sin apartar la mirada de Tommi—. ¿Puedes contárselo a Jeffrey?

Él juntó las manos debajo de la mesa. Lo único que podía hacer era quedarse quieto y callado.

—Si te resulta más fácil —agregó ella—, puedo contárselo yo. Ya me has dado permiso. Queremos hacer lo que sea más sencillo para ti.

Tommi dio unos golpecitos con el cigarrillo en el borde de un cenicero rebosante de colillas. Tenía la respiración ronca típica de los fumadores empedernidos. Jeffrey se acordó de las fotografías que flanqueaban el pasillo. Sara tenía razón al comparar una violación con el estallido de una bomba atómica. Antes de la agresión, Tommi había sido una joven feliz, extrovertida y rebosante de energía. Ahora era una sombra de sí misma.

—Podemos marcharnos ahora mismo, si quieres —prosiguió Sara—. Pero sería de gran ayuda que se lo cuentes a Jeffrey con tus propias palabras. Te juro por mi vida que no pasará nada. Esto no es un interrogatorio oficial. No estás haciendo una declaración. Nadie va a enterarse siquiera de que hemos hablado. ¿Verdad? —añadió mirando Jeffrey.

A él le costó contestar, no porque no estuviera de acuerdo, sino porque, si metía la pata, aquella pobre chica podía derrumbarse otra vez. Solo se arriesgó a decir:

—Sí.

Tommi dio una profunda calada al cigarrillo, hinchando el pecho, y retuvo el humo en los pulmones. Por fin levantó los ojos, pero no para mirar a Jeffrey. Los clavó en algún punto situado detrás de él. Exhaló un chorro de humo.

—Yo estaba en primer curso —dijo en tono monocorde. Había algo de definitivo en su forma de hablar de sí misma en tiempo pasado—. Volvía del gimnasio del campus. No sé qué hora era. Estaba oscuro. —Se llevó el cigarrillo a los labios. Jeffrey advirtió que tenía los dedos manchados de nicotina—. Oí a alguien detrás de mí. Él me dio un golpe en la cabeza con algo que no vi. Era algo duro. Me quedé aturdida. Me agarró y me metió a rastras en una furgoneta. Intentó hacerme beber una cosa.

Jeffrey se descubrió inclinándose hacia delante y aguzando el oído.

—Me atraganté —prosiguió Tommi—. Tosí y eché aquello. —Se llevó la mano a la nuca—. Era una botella. El líquido.

Jeffrey vio cómo le corrían las lágrimas por la cara. Hizo amago de sacar su pañuelo, pero Sara ya le había ofrecido uno de papel. Tommi no se secó los ojos. Cerró el puño y apretó con fuerza el pañuelo.

—Era Gatorade —dijo—. O alguna bebida para deportistas. De esas de color azul. Se me puso el cuello pegajoso. —Jeffrey vio que le temblaban los dedos cuando se tocó el cuello—. Él se enfadó porque lo escupiera. Me dio un golpe en la parte de atrás de la cabeza. Me dijo que no me resistiera. Y no me resistí.

Sacó un cigarrillo del paquete y trató de encenderlo con el anterior. Le temblaban tanto las manos que lo consiguió a duras penas. Se llevó el cigarrillo humeante a los labios.

—Luego aparecimos en el bosque. Me desperté allí, en el

bosque. Supongo que tragué parte del Gatorade y que me dejó inconsciente. Cuando volví en mí, él estaba allí sentado, esperando. Cuando vio que me despertaba, me tapó la boca con la mano, aunque yo no estaba gritando. —Inhaló de nuevo el humo, lo retuvo un momento en los pulmones y lo expulsó gradualmente, con cada palabra que decía—. Me dijo que no me moviera. Que no podía moverme. Que quería que me comportara como si estuviera paralizada.

Jeffrey notó que entreabría la boca. Percibió el sabor acre de la nicotina en el aire.

—Llevaba una cosa, una especie de aguja de hacer punto. Me la puso en la nuca. Dijo que me dejaría paralítica para siempre si no obedecía.

Jeffrey buscó la mirada de Sara, pero no pudo descifrar su expresión. Era como si intentara hacerse desaparecer.

—Yo no me moví. Dejé caer los brazos y los dejé quietos, pegados al cuerpo. Me obligué a mantener las piernas rectas. Él quería que tuviera los ojos abiertos. Así que no los cerré. No quería que lo mirara. No lo miré. Era de noche. No veía nada. Solo sentía… que me desgarraba. Que me rompía. —El humo del cigarrillo que le colgaba de los labios se enroscaba en volutas delante de su cara—. Luego, él acabó y me limpió allí mismo. Me escoció. Tenía cortes. Estaba sangrando. Me limpió la cara y las manos. Yo no dije nada. No me moví. Seguí fingiendo. Me vistió. Me abrochó la camisa. Me puso las bragas. Me subió la cremallera de los pantalones. Me dijo que, si se lo contaba a alguien, le haría aquello a otras chicas. Y que, si no, no lo haría.

Sara agachó la cabeza. Tenía los ojos cerrados.

—Yo intenté no mirarlo —prosiguió Tommi—. Pensaba que, si no podía identificarlo, me dejaría marchar. Y lo hizo. Me dejó allí, en el bosque. Tumbada de espaldas. Me quedé allí mucho rato. Él me había dicho que me comportara como si estuviera paralizada. Y yo seguía paralizada. No podía moverme. No sé si respiraba. Pensé que estaba muerta. Quería estarlo. Y ya está. Eso fue lo que pasó.

Jeffrey seguía mirando a Sara. Quería hacer preguntas, pero no sabía cómo hacerlo. Ella respiró hondo. Abrió los ojos. Preguntó:

—Tommi, ¿recuerdas de qué color era la furgoneta, o algo sobre ella?

—No —contestó la chica, y luego añadió—: Era oscura. La furgoneta era oscura.

—Y sobre la zona del bosque donde te llevó, ¿puedes decirnos algo? —preguntó Sara.

—No. —Sacudió la ceniza del cigarrillo—. No recuerdo cómo me levanté, ni me acuerdo de haber vuelto andando al campus. Debí de darme una ducha y cambiarme de ropa. El único recuerdo que tengo de después es que me vino la regla y me alegré porque…

No hizo falta que explicase por qué se había alegrado de que le viniera la regla.

Sara tomó aire.

—¿Recuerdas con qué te limpió?

—Con una toalla pequeña. Olía a lejía. Tenía el vello… —Miró su cigarrillo—. El vello de ahí abajo se me decoloró, por la lejía.

—¿Se llevó la toalla?

—Se lo llevó todo.

Sara miró a Jeffrey. Si él quería saber algo más, no iba a tener otra ocasión de preguntarlo.

—Tommi, Jeffrey quiere hacerte algunas preguntas más, ¿de acuerdo? Solo unas pocas.

Jeffrey captó claramente la orden.

—Antes de que pasara eso —dijo procurando mantener un tono de voz suave—, ¿tuviste en algún momento la sensación de que te estaban vigilando?

Ella hizo rodar el cigarrillo por el borde del cenicero.

—Me cuesta pensar en mi otro yo. En mi vida de antes. Ya no… no conozco a esa persona. No me acuerdo de cómo era.

—Comprendo. —Jeffrey echó un vistazo a la casa. Vio a la señora Humphrey delante del fregadero de la cocina. Los vigilaba atentamente, con el rostro crispado por la tensión—. ¿Recuerdas si echaste algo en falta? ¿Algún objeto personal o…?

Ella lo miró a los ojos, sobresaltada.

—¿Puedes…?

La puerta trasera de la casa se abrió de golpe y en el vano apareció un hombre corpulento, vestido con mono de trabajo. Empuñaba una llave inglesa. Jeffrey se levantó y se llevó la mano a la pistola antes de que el señor Humphrey dijera una palabra.

—¿Qué coño están haciendo? —preguntó el hombre—. ¡Apártense de mi hija!

Jeffrey intentó tranquilizarlo.

—Señor Humphrey…

Sara lo agarró de la mano. Aquel contacto bastó para refrenarlo.

—¿Quién es usted? —preguntó Humphrey al bajar los escalones—. ¿Por qué molestan a Tommi?

—Soy oficial de policía —contestó Jeffrey.

—Aquí no nos hace falta para nada la puta policía. —Humphrey blandió la llave mientras cruzaba el jardín—. Es un asunto privado. No pueden obligarla a hablar.

Jeffrey miró a Tommi, que intentaba encender otro pitillo, comportándose como si no pasara nada a su alrededor.

—¡Fuera de aquí, gilipollas! —soltó Humphrey mientras seguía acercándose.

Jeffrey estaba deseando que lo amenazara con la llave. Saltaba a la vista que aquel hombre tenía atemorizada a su familia. Su mujer le tenía miedo. Y su hija ya estaba destrozada.

—Jeff. —Sara le apretó la mano—. Vámonos.

Jeffrey se dejó conducir por ella de mala gana. Cuando llegaron al jardín delantero, ya estaba calculando cómo podía volver.

—¡Basta! —Sara tiró de su mano como si fuera la correa de un perro—. Estás complicando las cosas. Lo estás empeorando.

—Ese hombre…

—Está hecho polvo. Intenta proteger a su hija. Lo está haciendo mal, pero no sabe actuar de otro modo.

Él vio que la madre de Tommi cerraba las cortinas de la ventana delantera. Estaba llorando.

—Vale ya —añadió Sara soltándole la mano—. Darle una paliza al padre de esa chica será un desahogo para ti, pero a ella no la ayudará en nada.

Jeffrey apoyó las manos en el techo del coche. Se sentía como un perfecto inútil, joder. Quería encontrar al monstruo que le había arruinado la vida a aquella chica y partirle en dos, como un palo que rompiera con la rodilla.

Ella cruzó los brazos y esperó.

—¿Tú lo sabías? —preguntó él—. ¿Sabías que el violador le puso una aguja de tejer en la nuca?

—No, no lo sabía. Me lo ha contado justo antes de que llegaras.

—¿No le pediste que te contara con detalle lo que había ocurrido cuando la atendiste? ¿Cuando podría haber hecho algo por ella?

—No. Tommi no quería hablar del tema.

—Eso fue hace cinco meses, ¿verdad? Justo cuando nos divorciamos. ¿Intentabas castigarme? ¿Es eso?

—Métete en el coche. No voy a discutir esto en plena calle.

Jeffrey subió al coche. Sara dio un portazo tan fuerte al cerrar que el chasis se sacudió.

—¿De verdad crees que sería capaz de callarme algo así por despecho? —preguntó.

Él volvió a mirar la casa.

—Debiste convencerla de que lo denunciara, Sara.

—No iba a obligar a una mujer que acababa de pasar por una violación brutal a hacer nada, excepto lo necesario para que volviera a sentirse a salvo. —Ella se irguió, tapándole la vista de la casa—. Salvo para ir al médico, Tommi no ha salido desde que ocurrió aquello. Como mucho, anda diez metros por el jardín. No puede dormir por las noches. Se echa a llorar si su padre vuelve tarde del trabajo. Todo la asusta: los ruidos, los olores... Hasta ver al cartero o a un vecino al que conoce desde hace veinte años. Es ella quien tiene que contar lo que le ocurrió en el bosque. Y tiene derecho a no hablar de ello si no quiere.

—Pues le está dando muy buen resultado. Está prácticamente catatónica.

—Sí, pero es elección suya. ¿Quieres quitarle la capacidad de elegir? Además —añadió—, ¿cuál de tus agentes podría ahora mismo tomarle declaración como es debido?

—¡A la mierda! —Jeffrey giró la llave de contacto, a pesar de que no quería marcharse—. ¿Qué haces tú aquí, de todas formas? Me dijiste que la dejara en paz.

—Pero sabía que no lo harías y quería prepararla. De nada, por cierto —añadió—. Es lo peor que he tenido que hacerle a otra mujer en toda mi vida.

—¿Ahora eres la santa patrona de las víctimas de violación?

—Soy su médico. Tommi es mi paciente —replicó ella dándose con el puño en el pecho—. Mi paciente. No tu testigo.

—Tu paciente podía haberme dicho el año pasado que había un sádico violando a mujeres en el campus. Podía haber impedido que agredieran a Beckey Caterino.

—¿Igual que impedisteis vosotros que desapareciera Leslie Truong?

—Eso es un golpe bajo.

—Todo es un golpe bajo —repuso Sara—. Es todo horrible. Pero así es la vida, Jeffrey. No todo es posible. Y no puedes esperar que Tommi cargue con la responsabilidad de lo que ha pasado. Casi no puede cuidarse sola. Y no puedes resolver esto dándole una paliza a su padre, como si fuera él quien de verdad le hizo daño.

—Yo no… —Jeffrey se refrenó para no darle un puñetazo al volante—. No iba a pegarle.

Sara no le contradijo. Dejó que siguiera engañándose.

Por exasperante que fuera su silencio, a veces lo usaba juiciosamente. Él sintió que la tensión abandonaba poco a poco su cuerpo y que su mente se despejaba. Era la magia que obraba Sara. Le hacía sentir que el mundo no iba a triturarlo, que no iba a pasarle por encima como una apisonadora. Jeffrey habría dado cualquier cosa porque aquel instante se prolongase.

Lanzó otra mirada a la casa. Ojalá Tommi Humphrey pudiera encontrar esa misma paz algún día.

Sara se aclaró la garganta.

—Tommi ha dicho que el agresor la golpeó con algo en la cabeza. No vio qué era, pero el golpe la dejó incapacitada.

Jeffrey pensó de nuevo en la depresión en forma de media luna que presentaba el cráneo de Rebecca Caterino en las radiografías.

—Un martillo —dijo.

—Tommi no exagera cuando dice que tenía el vello púbico decolorado. Todavía olía a lejía cuando la examiné a la mañana siguiente, incluso después de haberse duchado.

Él le indicó con un gesto que continuara. Necesitaba desesperadamente seguir hablando de aquello.

—Tengo la sensación de que el agresor la estaba vigilando —agregó ella—. Y que aprovechó la ocasión cuando la vio salir del gimnasio. Llevaba encima el martillo y tenía preparada la toalla empapada en lejía para limpiar cualquier rastro de ADN, lo que significa que lo planeó todo de antemano y esperó la ocasión propicia.

Jeffrey había llegado a la misma conclusión respecto al caso de Caterino.

—Creo que también estuvo vigilando a Beckey. Ella salió de la biblioteca en torno a las cinco de la madrugada. Tenía cita con Sibyl a las siete. Si el agresor conocía sus horarios, pudo esperarla frente a la residencia para seguirla. Y, al ver que salía a correr, decidió atacar.

—O sea que cabe deducir que el agresor es un hombre adulto, mayor que ellas, y paciente. Pasa desapercibido en el pueblo. Le gusta tener el control. Es metódico. Y se prepara de antemano.

Jeffrey deseó que Sara se equivocase, porque ese era el tipo de criminal más difícil de atrapar.

—¿Notaste que Beckey oliera a lejía? —preguntó.

—No. —Sara se quedó pensando un momento—. ¿Qué crees que significa que, hace cinco meses, cuando atacó a Tommi, el agresor llevara un martillo y un trapo con lejía, y que ayer, con Beckey, usara un martillo y la limpiara seguramente con algún producto inodoro?

—Que está modificando su forma de actuar, perfeccionando su técnica. —Jeffrey apenas se atrevía a calcular las consecuencias que podía tener aquello para el pueblo—. ¿Y lo del Gatorade?

—Azul —dijo Sara—. La comida sin digerir que taponaba la garganta de Beckey tenía un color azul muy parecido al del Gatorade.

—Igual que su vómito. —Jeffrey había tirado su camisa

y sus pantalones. Tendría que recuperarlos de la basura, por si servían como prueba material—. La bebida debía de contener alguna droga.

—¿Rohypnol? ¿GHB? —sugirió Sara—. El violador quería que estuviera inmóvil. Cualquiera de esos fármacos causa pérdida de control muscular, aturdimiento, pérdida de memoria y sensación de euforia.

—Las drogas típicas de los violadores —comentó él. Trabajaba en una ciudad universitaria. Estaba familiarizado con esas sustancias—. El agresor le dijo que tuviera los ojos abiertos. Quería que supiera lo que estaba haciendo, pero no que se resistiera.

—Al drogarla, la dejó inconsciente. Tommi ha dicho que esperó a que se despertara, en el bosque. Estoy segura de que ella volvió en sí solo por momentos, intermitentemente. Lo que te ha contado sobre los pormenores físicos de la violación no es todo lo que sucedió.

Jeffrey meneó la cabeza. En ese momento no se sentía preparado para conocer más detalles.

—¿Qué hay de la aguja de hacer punto con la que amenazó a Tommi? ¿Pudo utilizar una aguja de ese tipo para paralizar a Beckey?

—No. La punción que aparecía en la resonancia magnética de Beckey tenía una circunferencia muy pequeña —explicó Sara—. Con ella usó otra cosa.

—O sea que ha aprendido a usar otra cosa —comentó Jeffrey—. ¿Crees que tiene conocimientos médicos?

—Creo que tiene acceso a Internet. Pero tienes razón en que está perfeccionando su técnica. El distinto grado de violencia entre los casos de Tommi y Beckey demuestra que ha estado experimentando. A Tommi le dijo que fingiera que estaba paralizada. En cambio, a Beckey no le dio elección. Quiere que sean conscientes de que las está violando, pero no que puedan resistirse y forcejear. Eso es lo que le excita. Ha tenido cinco meses para perfeccionar su técnica.

Jeffrey se quedó mirando la calle desierta. Leslie Truong seguía desaparecida. La noche anterior habían peinado el bosque, pero era un área muy extensa para cubrirla en la oscuridad. Leslie podía yacer en algún lugar, atrapada en un estado intermedio entre la vida y la muerte.

—¿Hay más chicas, antiguas pacientes tuyas, de las que no me hayas hablado?

—No.

Jeffrey no sintió alivio al saberlo; no tenía tiempo para sentirlo.

—Tiene que haber un componente de fantasía sexual en todo esto. Planifica su estrategia antes de actuar. Acecha a sus víctimas. Las sigue. Es un depredador.

—¿Por qué le has preguntado a Tommi si había echado algo en falta?

—Caterino tenía una pinza de pelo que era muy importante para ella. Al parecer, no estaba donde solía dejarla. A Leslie Truong le desapareció una cinta elástica para el pelo, aunque no sé si se trata de lo mismo. También le faltaba ropa. Pensaba que sus compañeras de la residencia le estaban robando.

Sonó su móvil. Le daba miedo mirar el identificador de llamadas, pero esta vez no era su madre. Lo llamaban de jefatura.

—¿Qué pasa? —preguntó.

—Leslie Truong —contestó Frank—. Un estudiante ha encontrado su cadáver en el bosque.

Jeffrey sintió que una esquirla de metal se le incrustaba en el pecho.

—¿En qué estado?

—Malo —contestó Frank—. Tienes que traer a Sara.

13

Sentado a su mesa, en la sede del GBI, Will trataba de concentrarse en el papel impreso que tenía delante. Usaba una regla metálica de quince centímetros para seguir los renglones, pero aun así las letras saltaban y se movían como pulgas. Hacía años que había dejado de llevar un cuaderno. Dictaba sus observaciones usando una aplicación de transcripción instantánea que tenía instalada en el móvil y luego las imprimía y encuadernaba. Había aprendido por las malas que no debía fiarse del corrector ortográfico. La revisión era el último obstáculo. Las contracciones y las abreviaturas se le resistían especialmente. Por lo general era capaz de reconocer las frases con las que estaba familiarizado y de localizar dónde estaba el error, pero en ese momento no estaba seguro ni de poder reconocer su propia cara en un espejo.

Se reclinó en la silla y se frotó los ojos soñolientos. Le dolía la cabeza. Notaba el cerebro embotado y, cada vez que doblaba los dedos, empezaban a sangrarle los nudillos.

La noche anterior había acabado en casa de Faith, durmiendo en la cama de Jeremy, con sus sábanas de *Star Wars*. Los pies se le salían del colchón. Aquello le había recordado a la época en que vivía en el hogar infantil, lo cual era genial, porque, total, ya que estaba, ¿por qué no regodearse un poco más en su miseria?

No había suficientes bandejas en el mundo para compartimentar lo que le había pasado con Sara esa noche. Jamás se le había ocurrido poner a Sara en la misma categoría que a su exmujer, y sin embargo de repente ella había empezado a comportarse exactamente igual que Angie, y él se había sentido furioso, desquiciado, frustrado y asqueado de sí mismo, todo al mismo tiempo.

Su relación con Angie había estado marcada por la angustia de principio a fin. Angie tan pronto estaba con él como estaba con otro. Tan pronto desaparecía como volvía a aparecer. Lo llevaba hasta el límite de su resistencia y lo sujetaba cuando parecía a punto de arrojarlo al abismo. Había labrado su personalidad a golpe de cincel desde que él tenía once años. No había habido ni un solo momento de su vida en común en el que Will se hubiera sentido a salvo.

Y ahora, de pronto, tenía con Sara esa misma sensación de hallarse al borde de un precipicio.

Había sabido desde el instante en que entró en el piso que iba a marcharse de allí enfadado. Por eso había pospuesto el momento de encontrarse con ella. Desde el principio, todo le había parecido mal, empezando por la música que estaba escuchando Sara. Paul Simon. No sabía cómo interpretar aquello. Estaba seguro de poder calibrar el estado anímico de Sara según la música que escuchaba: ponía a Dolly Parton cuando estaba triste; a Lizzo, cuando se disponía a ir al gimnasio; y a Beyoncé cuando iba a salir a correr. Cuando se dedicaba a cuestiones de papeleo, ponía los Tiny Desk Concerts de la NPR. Cuando tenía el ánimo romántico, a Adele, y a Pink cuando lo que le apetecía era follar.

Will suponía que si escuchaba a Paul Simon, era porque estaba pensando en Jeffrey.

Las cajas con los papeles de su difunto marido estaban apiladas encima de la mesa del comedor cuando él entró. La misma mesa en la que comían. Y donde habían hecho el amor por primera vez.

Era evidente que ella se había apresurado a guardarlo todo en cuanto había oído su llave en la cerradura. Él había comprendido por el nivel de la botella de *whisky* que se había tomado más de una copa. Tenía los ojos enrojecidos. Parecía hecha polvo. Will no había tenido que esforzarse mucho por deducir el motivo. Un par de años antes, la había oído comentarle algo a su hermana sobre lo bonita que era la letra de Jeffrey Tolliver. Sara parecía tener una extraña fijación con aquella letra.

Will miró sus notas impresas. La aplicación de transcripción instantánea era una maravilla. Su letra era como la de un niño pequeño. Hasta su firma era un garabato ininteligible. Emma escribía mejor que él, y eso que de momento solo usaba ceras.

—Wilbur. —Amanda abrió la puerta al mismo tiempo que llamaba. Estaba a punto de darle una orden cuando vio su ropa y se detuvo—. ¿Pensabas ir a dar un paseo y pasarte por el estanco a comprar tabaco?

Will no había querido pasarse por su casa esa mañana y llevaba puesta la misma ropa con la que había ido al piso de Sara y con la que había dormido: camisa de color azul claro y vaqueros.

Curiosamente, Amanda parecía esperar una respuesta.

—Sí —contestó él.

Ella frunció el ceño, pero dejó correr el asunto.

—Hay reunión general en la sala común dentro de un cuarto hora. Intenta decir frases completas, por favor.

Will vio cómo se cerraba la puerta tras ella. Calculó mentalmente cuánto tardaría en ir de la sede del GBI en Pantherville Road al centro y volver. Mucho más de un cuarto de hora.

Llamaron otra vez y Will pensó que iba a abrirse la puerta,

porque nadie se molestaba en esperar respuesta después de llamar. Era más bien una especie de aviso fugaz de que alguien iba a entrar.

Pero la puerta no se abrió.

—¿Sí? —dijo levantando la voz.

Entró Sara. El despacho pareció encogerse al instante. Ella cerró y se apoyó contra la puerta, con la mano todavía en el pomo, como si necesitara recordarse que había una vía de salida.

La noche anterior, cuando trataba de ensayar cómo reaccionaría cuando viera a Sara por la mañana, había barajado tres posibles escenarios para su encuentro:

1. En la sala común, donde iba a celebrarse la reunión. Cada uno de ellos estaría en un extremo de la habitación. Sara lo miraría. Él la miraría a ella. Y ambos cumplirían con su trabajo.
2. En el depósito de cadáveres. Ella expondría los resultados de la autopsia de Alexandra McAllister y él escucharía pacientemente, en segundo plano.
3. En el pasillo. Ella estaría entrando en su despacho y él iría con Faith. Se ignorarían mutuamente porque ambos eran muy profesionales.

Pero no sucedió nada de eso, ni iba a suceder, porque Sara se echó a llorar.

—Amor mío —dijo. Lo siento muchísimo.

Will sintió que una piedra se le atascaba en la garganta.

—Fui a buscarte —continuó ella—. Te esperé en tu casa. Fui a casa de Amanda. Y por fin vi tu coche en la de Faith. Estaba preocupadísima, pero no quise... Sabía que necesitabas que te dejara tranquilo. ¿Sigues necesitándolo?

Will se la imaginó conduciendo frenética, en medio de la oscuridad. Buscándolo, dando con él y volviendo a casa sola.

—Will. —Ella rodeó la mesa, se puso de rodillas delante de él y le cogió de la mano—. Estoy tan segura de ti, de lo nuestro, que ni se me ocurrió que necesitabas que te lo dijera. Lo siento.

Él intentó aclararse la garganta. La piedra no se movió.

—Debería haberte escrito antes. Debería haberte llamado. Haber ido a verte. —Sara besó su mano—. Ignoré a quien más falta me hacía. Por favor, dime cómo puedo arreglarlo.

A Will se le ocurrieron muchas cosas, pero no sabía cómo pedírselas sin parecer celoso o, peor aún, patético: «Dime que quieres pasar el resto de tu vida conmigo. Dime que soy el único hombre con el que quieres estar. Dime que me quieres más que a Jeffrey».

—Sé que no tengo derecho a pedírtelo, pero, por favor, háblame —insistió ella.

Él consiguió por fin tragarse la piedra, que se convirtió en ácido al caer en su estómago.

—No pasa nada —dijo.

—Claro que pasa. —Ella se echó un poco hacia atrás—. Te quiero. Eres mi vida entera, pero…

Will sintió que el despacho se encogía aún más.

—Quería a Jeffrey —prosiguió Sara—. Todavía estaría con él si no hubiera muerto.

Él se miró la mano, que ella seguía apretando. La otra seguía sangrando. La apoyó sobre la mesa. No sabía qué iba a decir Sara a continuación, pero tuvo que hacer un esfuerzo inmenso para no pedirle que no lo dijera.

—Pero eso no significa que tú seas plato de segunda mesa, ni un premio de consolación, ni un sustituto, ni ninguna de las cosas que sé que estás pensando —concluyó ella.

No tenía ni idea de lo que estaba pensando Will.

—Cariño, no tendría por qué estar con nadie. Podría decidir quedarme sola el resto de mi vida. —Sara se incorporó un poco para que pudieran mirarse cara a cara—. Te elijo a ti, amor mío. Te elijo a ti, mientras tú quieras que estemos juntos. Te quiero a ti. Quiero estar contigo.

Estaba diciendo muchas de las cosas que Will quería oír, pero aun así no estaba seguro de qué hacer con ellas. Seguía estando dolido. Se sentía vapuleado por cómo le había tratado. Y sabía que el ácido que notaba en el estómago se enquistaría si no encontraba la manera de hacerlo desaparecer.

—Angie hacía eso. Lo que hiciste tú ayer —dijo.

Sara lo miró como si la hubiera abofeteado.

—Cuéntamelo —dijo, y empezaron a correrle lágrimas por la cara.

Will no sabía si podría soportar verla sufrir así, pero dijo:

—Me pinchaba, me sacaba de mis casillas.

Sara se mordió el labio.

—Quería que me pusiera bruto con ella, pero no… —Will odiaba sentir el regusto amargo del nombre de Angie en la boca—. No quería que le pegara o que… Quiero decir que no como si… Pero solo quería hacerlo conmigo así, a lo bestia. Y no…, ya sabes, no acababa. Yo lo intentaba, pero… Dios…

Aquello era demasiado duro. Se apretó el nudillo con el pulgar para hacer brotar la sangre y vio cómo chorreaba una gota por el dedo y caía sobre la mesa. Miró a Sara. Ella estaba esperando a que continuara.

—Es como si…

La culpa le pesaba como una losa, porque no se trataba solo de sus miserias íntimas. También eran las de Angie. Sabía tanto de la vida de su exmujer, de esas cosas horribles y turbias que los desconocidos solo intuían vagamente… Había un motivo concreto para que se sintiera tan atraída por la violencia.

Él pensaba a veces que era su caja de Pandora. Ese era el problema: que conocían los secretos más íntimos del otro. Y no quería cometer el mismo error con Sara.

—No sé.

Ella le acarició el pelo con delicadeza, poniéndole un mechón detrás de la oreja.

—La primera vez que hicimos el amor, me di cuenta de que Angie nunca dejó que la quisieras de verdad.

Will se sintió avergonzado. Angie le había destrozado la vida en tantos sentidos, muchos de ellos invisibles… Era como un terrorista suicida que se reencarnaba continuamente, y cuyo detonador manejaba ella.

—Te llevo dentro de mí —le dijo Sara—. Te he entregado mi corazón. Soy tuya, toda yo.

Will miró la página que había sobre la mesa. Las letras se emborronaron. Si le pasaba algo, lo único que quedaría de él serían unos cuantos fajos de hojas impresas, llenas de faltas de ortografía que hasta un niño de tercero de primaria vería a la legua.

—Lo siento —dijo.

—Mi amor, no tienes por qué disculparte. Me equivoqué. Todo lo que hice ayer estuvo mal. Me siento muy afortunada, muy agradecida, por tenerte a mi lado. —Sara le hizo volver la cabeza suavemente hacia ella—. Eres listo, y divertido, y guapo, y sexi… Y me encanta correrme contigo cada vez.

Él apretó los dientes. No le había pedido halagos y se sentía estúpido porque ella pensara que los necesitaba.

—Sé que ahora mismo no podemos estar del todo bien, pero ¿podemos intentar estarlo un poquito? —Sara acarició su mandíbula tensa con los dedos. No había nada de sexual en su caricia. Intentaba volver a conectar con él, despejar sus dudas—. ¿Qué puedo hacer para que no dudes de mí?

Will no supo qué contestar. Ella tenía razón. No estaba del todo bien. Y lo único que haría que se sintiera más o menos a gusto, sería que dejaran de hablar. La hizo sentarse sobre sus rodillas. Ella le abrazó y apoyó la cabeza en su pecho. Will notó que estaba escuchando el latido de su corazón. Respiró hondo, intentando calmar el ritmo de sus palpitaciones. Se sentía confuso y apesadumbrado, y anhelaba esa seguridad que solo había sentido junto a Sara.

Se oyeron dos toques en la puerta y entró Faith. Al ver a Sara sentada sobre las rodillas de Will, dijo:

—Uy, mierda.

Will se puso tenso, pero Sara se limitó a levantar la cabeza.

—¿Va a empezar la reunión? —le preguntó.

—Sí. Sí, sí, sí. —Faith juntó las manos—. Eso es.

Se le trabó el tacón del zapato en la puerta cuando la cerró a toda prisa.

—Te he traído un traje de casa —le dijo Sara a Will—. Como no has venido esta mañana, he pensado que necesitarías cambiarte de ropa.

Will sintió una satisfacción algo mezquina al pensar que había estado esperando que volviera a casa.

Sara miró su mano manchada de sangre.

—Tengo que limpiarte esa herida antes de que te vayas. —Él resopló con fastidio—. Tengo que ir a buscar mis notas para la reunión. —Ella se levantó y se ajustó el vestido, que era ligero y exquisitamente vaporoso.

Will reparó en que no se había puesto el uniforme que solía llevar al trabajo —pantalones de vestir de color claro y camisa azul oscura del GBI— y en que se había dejado la larga melena rizada suelta sobre los hombros, en lugar de recogérsela con un pasador. Llevaba tacones, además, y se había pintado la raya más oscura de lo normal. Incluso se había puesto carmín en los labios.

Si se hubiera fijado en todas esas cosas cuando Sara había entrado en el despacho, tal vez no habría tenido que contarle que, para Angie, pasárselo bien consistía en pincharle y hostigarle para acabar follando a lo bruto.

—Hasta ahora mismo. —Ella le acarició la cara una última vez antes de marcharse.

Will se quedó mirando la puerta tanto tiempo que la sangre que había caído en la mesa se secó. Recogió sus notas y, por pura costumbre, hizo ademán de descolgar la chaqueta del respaldo de la silla. Intentó volver a centrarse en el caso. Lena Adams. Gerald, Beckey y Heath Caterino. Iba a tener que hablar sobre ellos. Delante de otras personas. Delante de gente que lo conocía y que sabía, al menos en parte, que era disléxico y le costaba leer.

Amanda nunca le pedía que dirigiera él las reuniones. Normalmente dejaba que se encargara Faith porque a ella le encantaba hacerlo. Will ignoraba si Amanda quería castigarle por no haberse vestido adecuadamente para ir a trabajar o si quería hacerle salir a la pizarra como hacían sus profesores del colegio, porque pensaban que era bueno para él, que le ayudaba a salir de su ensimismamiento, cuando en realidad era el peor de los suplicios que podía imaginar.

Buscó a Faith en el pasillo y luego en su despacho. La encontró en la cocina, sirviéndose un café.

—Siento lo de antes —le dijo.

—¿El qué? —preguntó ella, dando por zanjado el asunto.

Will entró tras ella en la sala común. Faith se sentó a una de las mesas de la primera fila. Él sintió que tenía que sopesar de nuevo de qué cosas podía hablar con su compañera y de cuáles no. Y no porque hubieran hablado de nada la noche anterior. Faith no le había preguntado qué narices hacía allí cuando llamó a su puerta. Le había dado una tarrina grande de helado para cenar y luego habían estado jugando a Grand Theft Auto hasta medianoche, y ella le había dado una paliza.

—¿Qué hay? —Charlie Reed tomó asiento junto a Faith.

Rasheed fue el siguiente en llegar, llevando dos tazas de café que por lo visto no eran para compartir. Gary Quintana, el ayudante de Sara, se sentó con ellos, todos en fila como los alumnos predilectos de la maestra.

Will se apoyó de espaldas en la pared. Él no era de los empollones de la clase.

—Buenas, tronco —lo saludó Nick Shelton al pasar por su lado, dándole de nuevo aquella palmada que era a medias un agarrón.

Llevaba unos vaqueros tan ajustados que Will pensó que debía de tumbarse en el suelo para subírselos. Nick se sentó unos sitios más allá de Charlie y abrió su maletín de piel repujada, que parecía haberle robado a una estrella de la música *country*; a Patsy Cline, tal vez.

—Hola. —Sara le guiñó un ojo a Will al entrar en la sala.

Él la vio acercarse a la primera fila. Se había recogido el pelo. Observó la curva elegante de su cuello cuando se sentó junto a Faith. Si hubieran sido dos hombres, Faith y ella habrían chocado la mano para reconciliarse definitivamente, pero, como eran mujeres, Sara estrechó a Faith con un solo brazo y Faith le devolvió el gesto, encantada de tenerla allí.

Will supuso que debía sentarse, aunque solo fuera para que Amanda no se enfadara más aún con él. Ocupó una mesa detrás de Sara y a un lado para poder verla de perfil. Ella estaba leyendo sus notas mientras se enroscaba distraídamente los dedos en el pelo.

Will se obligó a apartar la mirada.

La sala donde se habían reunido era la típica sala de juntas de un organismo de la administración, con la moqueta raída y un falso techo cuyos paneles se habían desprendido innumerables veces. Los grandes ventanales daban al aparcamiento. Los azulejos de las paredes estaban manchados de salpicaduras de agua. Casi todas las mesas chirriaban o estaban rotas, o ambas cosas.

El proyector adosado al techo era una reliquia de la que Amanda se negaba a desprenderse. La televisión era de las de tubo, con un vídeo portátil del tamaño de un palé de madera. El único indicio de que vivían en el siglo XXI eran las pizarras digitales del fondo de la sala. Las pantallas interactivas podían conectarse a ordenadores, tabletas e incluso teléfonos móviles.

Will reconoció la obra de Faith. Su compañera había proyectado en los cuatro paneles el contenido del cuartito de Gerald Caterino. Todas las fotografías, los papeles impresos, los atestados policiales y las anotaciones que había grabado con su móvil aparecieron en las pantallas.

Él seguía sin explicarse cómo había deducido Faith que Heath Caterino era hijo de Beckey, pero los restos de saliva hallados en el sobre de Daryl Nesbitt habían demostrado que su hipótesis era cierta. Gerald les había enseñado los resultados de las pruebas de ADN realizados por un pequeño laboratorio que se especializaba en casos de paternidad dudosa. Según todos los marcadores genéticos, era imposible que Daryl Nesbitt fuera el padre biológico de Heath, de lo que cabía deducir que tampoco era el violador de Beckey Caterino.

Así pues, no era de extrañar que Gerald llevara cinco años durmiendo con un arma junto a la cama.

Will oyó el tamborileo de los tacones de Amanda en el pasillo. Su jefa siguió escribiendo mensajes en el móvil mientras ocupaba su sitio delante del atril. Por fin levantó la vista y dijo sin preámbulos:

—Seguimos sin despejar varias incógnitas, pero de momento la situación es la siguiente: como explicará a continuación la doctora Linton, existen pruebas circunstanciales concluyentes que vinculan los casos de las dos víctimas del condado de Grant y el asesinato de Alexandra McAllister. No hay duda. A fin de agilizar el debate, vamos a partir del supuesto de que la misma persona, cuya identidad desconocemos, perpetró las tres agresiones. En cuanto a las otras víctimas de los artículos de periódico, de momento todo son suposiciones. Para los que estéis echando cuentas, hacen falta tres víctimas para que se califique de asesino en serie a un criminal. Para los que no sepáis contar, tenemos dos mujeres fallecidas. Rebecca Caterino está viva, de eso tampoco hay duda. ¿Will? Tú primero. Luego la doctora Linton, después Faith y por último quiero que Nick y Rasheed me pongan al corriente de los avances en la investigación sobre el asesinato de Vásquez en la cárcel.

Will sintió que se le revolvían las tripas. De haber llevado corbata, se la habría aflojado. Que era, evidentemente, lo que pretendía su jefa: recordarle que no llevaba corbata.

—Hemos interrogado… —comenzó a decir.

—Al atril.

«Joder».

Will se sintió como si tuviera diez años cuando se acercó al atril. Colocó sus papeles sobre el soporte y miró aquella maraña de letras. El estrés agravaba su dislexia. Solo distinguía los números con claridad. Por suerte, los sucesos del día anterior se habían grabado a fuego en cada pliegue de su cerebro.

—Ayer, a las once cuarenta y cinco de la mañana —dijo— , Faith y yo interrogamos a Lena Adams en su casa de Macon, Georgia. Se mostró extremadamente hostil.

Alguien resopló. Will dedujo que había sido Faith.

—Faith consiguió sonsacarle dos datos interesantes —prosiguió—. Uno, que la demanda de Daryl Nesbitt la sufragó un particular. Indagaciones posteriores han revelado que ese particular era Gerald Caterino. Dos, que Bonita Truong, la madre de Leslie, informó a Gerald Caterino en conversación telefónica de que, una semana antes de desaparecer, su hija se quejó de que le habían robado un objeto personal. El propio Caterino nos confirmó que ese objeto era una cinta elástica para el pelo. Cuando Faith insistió, Caterino reconoció que era posible que también le hubieran robado otras cosas, como prendas de ropa. Pero la cinta para el pelo podría ser relevante para la investigación. Según las notas de Caterino acerca de las conversaciones telefónicas que tuvo con los familiares de otras desaparecidas, las mujeres de los artículos también echaron en falta objetos para el cabello, como peines, cepillos u horquillas. Podéis ver la lista en la pantalla.

—Si me permites… —Sara había levantado la mano. Will no sabía si intentaba echarle un cable, pero agradeció que le interrumpiera—. Según lo que leí anoche en los archivos de la policía del condado de Grant, tanto Caterino como Truong guardaban esos accesorios perdidos o desaparecidos en lugares muy concretos. Leslie dejaba siempre la cinta de color rosa en un cestito, con la loción limpiadora con la que se lavaba la cara por las noches. Normalmente, me tomaría esa información con muchas reservas dado que procede de los cuadernos de Lena, pero…

Faith la miró con sorpresa.

—Espera un momento. ¿Qué has dicho?

Sara abrió uno de sus portafolios y sacó dos fotografías. En cada una de ellas aparecía una chica con el pelo recogido, cada una a su manera.

—En estas fotografías aparecen los accesorios para el pelo.

—¿Tienes los cuadernos de Lena? —preguntó Faith.

—En las cajas solo había fotocopias, pero sí.

—¡Toma! —Faith lanzó el puño al aire—. ¡Chúpate esa, víbora panzuda!

—Doctora Linton, ¿puede explicarnos el contenido de esas notas, por favor? Siga usted —dijo Amanda—. Eso es todo, Will. Gracias por tu minuciosidad, como siempre.

Sara apretó la mano de Will al ocupar su puesto detrás del atril.

—Quiero empezar con Thomasina Humphrey.

Faith abrió su cuaderno por un hoja en blanco. Will se

sentó a su lado secándose el sudor de la nuca. Volvían a sangrarle los nudillos.

—Tommi tenía veintiún años cuando la violaron —comenzó Sara—. Creció aquí. Era paciente mía en la clínica desde los catorce años, así que la conocía bastante bien. Antes de que la violaran era virgen, lo cual no es infrecuente. En torno a un 6,5 por ciento de las mujeres afirma que su primera experiencia sexual es una violación. La edad media de las víctimas es de quince años.

Levantó una fotografía de Thomasina Humphrey en la que la joven aparecía en lo que parecía ser una feria de ciencias.

—No puedo afirmar con total seguridad que Tommi fuera la primera víctima del agresor, pero es muy posible que fuera la primera con la que puso en práctica una fantasía muy específica. Está claro que tenía un plan ideado de antemano cuando la secuestró.

Will escuchó mientras Sara exponía detalladamente lo que había descubierto en las cajas de Jeffrey. Notaba su malestar y se preguntaba si aquello le resultaba especialmente difícil porque conocía a la víctima o porque sabía lo que se sentía al ser víctima de una violación.

—Al día siguiente de la agresión —continuó ella—, Sibyl Adams me llamó a la clínica. Fue a última hora de la mañana, antes de la hora de comer. Me reuní con Sibyl y Tommi en el centro médico que había entonces en la misma calle, más abajo. La sala de urgencias no era gran cosa y el hospital ha cerrado desde entonces, pero en aquel momento tenían casi todo el equipo que necesitaba para examinar a Tommi con tranquilidad. Tengo que decir que es una de las peores agresiones sexuales que he visto en mi vida. La chica habría muerto desangrada si Sibyl no hubiera insistido en llamarme para que la atendiera.

Faith se recostó en su asiento. Will notó que empuñaba con fuerza su boli.

—Tengo que proceder con pies de plomo porque Tommi era mi paciente —añadió Sara— y gran parte de la información de la que dispongo es confidencial y debe seguir siéndolo. Cuando me entrevisté con ella, me dio permiso verbal para hablar de su agresión con la policía siempre y cuando fuera extraoficialmente, sin que mediara una denuncia. Lo que puedo decirles es lo que está transcrito en los cuadernos que leí anoche.

Will notó que evitaba decir el nombre de Jeffrey.

Sara se puso las gafas y consultó sus notas mientras decía:

—La violaron oral, anal y vaginalmente. Tenía tres molares rotos, varias fisuras anales y hematomas en el colon. El sangrado procedía en su mayor parte del cérvix, la parte inferior del útero que actúa como puente entre este y la vagina. Estaba a punto de sufrir un prolapso, es decir, el desplazamiento de la vagina de su posición normal. El septo rectovaginal estaba perforado. El intestino delgado se había herniado y había roto la pared posterior de la vagina. A esto se le llama «fístula». El contenido del intestino estaba filtrándose a la vagina. Ese fue el olor que notó Sibyl. Por eso se dio cuenta de que no se trataba de un simple periodo.

Faith tenía la boca abierta. Parecía haberse olvidado de respirar.

—¿Pudiste arreglarlo?

—Yo no hago ese tipo de cirugías. Y, aunque las hiciera, el tejido estaba tan dañado que no podía repararse inmediatamente. Tommi tuvo que esperar cuatro meses, hasta que estuvo suficientemente curada, para poder operarse. Cuando hablamos con ella, se estaba recuperando de las dos primeras intervenciones. Hubo ocho en total, en las que intervinieron un urólogo, un neurólogo, un ginecólogo y un cirujano plástico.

—¿Cuatro meses? —preguntó Faith—. ¿Vivió así cuatro meses?

—Sí. —Sara se quitó las gafas. Will sintió una opresión en el pecho al ver su cara dolorida—. Cuando la atendí, mi objetivo prioritario fue detener la hemorragia y conseguir que estuviera lo más cómoda posible. Quise que la trasladaran de inmediato a una unidad de traumatología, pero se negó. Tommi era mayor de edad, así que tenía derecho a rechazar el tratamiento. Por fin la convencí para que me dejara llamar a su madre. Vinieron sus padres al hospital, los dos. Tommi no me dejó llamar a una ambulancia. Insistió en que la llevara su padre a Grady.

—Dios mío —dijo Faith—. Son más de dos horas de viaje.

—Estaba estabilizada. Le administré morfina y esteroides. Pasé todo el tiempo que pude extrayendo astillas del tejido blando. Lo que más me preocupaba era que sufriera una infección, sobre todo por las filtraciones del intestino. Pedí permiso a Tommi para conservar las astillas. Se negó. Vi que tenía restos de piel debajo de las uñas, posiblemente por haber arañado a su agresor, pero se negó a dejar que tomara muestras. Le pedí que me permitiera tomarle frotis de vagina, ano y boca por si acaso el agresor había dejado rastros de ADN. Pero también a eso se negó.

Will se pasó la mano por la mandíbula. Como policía, todo aquello le parecía frustrante, pero, desde un punto de vista puramente humano, sabía que a veces la única manera de superar una experiencia traumática era huir de ella, alejarse todo lo posible.

—Astillas —dijo Faith—. ¿De qué?

Sara levantó otra fotografía.

—De esto.

14

El teléfono de Jeffrey volvió a sonar cuando llegaba en coche al campus. Le había dicho a Frank que no hablaran por teléfono ni por radio del hallazgo del cadáver de Leslie Truong. Cuando un inspector de policía veterano te decía que algo era malo, cabía deducir que era atroz, y Jeffrey no quería que se filtrara ningún detalle sobre el asesinato. Las víctimas ya eran tres. Y dos de ellas seguían vivas, aunque fuera a duras penas.

Echó un vistazo al teléfono. En la pantalla aparecía un número de Sylacauga. Esta vez, su madre lo llamaba desde el teléfono de la vecina. Jeffrey volvió a silenciar la llamada, pero Sara ya había visto quién era. Si le produjo alguna satisfacción saber que su madre lo había llamado tres veces en el trayecto de quince minutos desde Avondale, no hizo ningún comentario al respecto.

Por acuerdo tácito, se habían retirado ambos a sus respectivas esquinas del cuadrilátero. Jeffrey no tenía ni idea de qué estaba pensando Sara en ese momento. Él, por su parte, hacía lo posible por no pensar en lo que le había contado ella por el camino.

Recurriendo de nuevo a una densa jerga médica, le había

explicado con detalle las lesiones sufridas por Tommi Humphrey. Cuando acabó, él había notado un regusto a sangre en la boca. Quería anotar todo lo que le había dicho, poner por escrito lo que le había ocurrido a aquella joven de veintiún años por si en algún momento Tommi se sentía con fuerzas para presentar una denuncia.

El tiempo no estaba de su parte. El secuestro era, por sí solo, un delito grave, pero según la legislación de Georgia solo disponía de siete años para presentar la denuncia. En casos de violación, el plazo era de quince años. Por desgracia, Tommi se había negado a dejar que Sara tomara muestras. Las astillas, las torundas bucales, los rastros hallados bajo las uñas… Cualquiera de esas cosas podría haberle servido de garantía. La ley estipulaba que el enjuiciamiento de un caso de secuestro, agresión sexual grave y violación anal podía dar comienzo en cualquier momento si había muestras de ADN que pudieran servir para identificar al culpable.

Si dentro de catorce años un abogado defensor preguntaba por qué había esperado tanto Tommi Humphrey para denunciar y cómo podía recordar con detalle lo sucedido, Jeffrey quería tener listos sus cuadernos, con información perfectamente datada, para arrojárselos a la cara a ese mamón.

Volvió a sonar su teléfono. Tocó la pantalla para poner el manos libres.

—¿Qué pasa, Lena?

—He encontrado al tipo al que apodan Little Bit —contestó ella—. Se llama Felix Floyd Abbott y tiene veintitrés años. Se escapó en el puto monopatín y he tenido que perseguirlo un kilómetro. Llevaba encima un par de bolsitas de marihuana, de las de veinte dólares. Lo justo para que no lo podamos denunciar por distribución.

—Fíchalo. Y mételo en una celda a reflexionar. Luego hablaré con él.

Jeffrey colgó.

Felix Floyd Abbott, no Daryl. Así pues, aún tenía que localizar al tipo que figuraba entre los contactos de Beckey Caterino.

—Little Bit es quien pasa marihuana en el campus —le dijo a Sara.

Ella asintió, con la mano apoyada en el tirador de la puerta, mientras Jeffrey estaba entrando en el aparcamiento de personal. Estaba ansiosa por acabar con aquello de una vez.

—Gracias —le dijo él.

—¿Por qué?

—Por ayudarme con Tommi. Por estar ahí.

Sara podría haber dicho muchas cosas que habrían hecho que él se arrepintiera de haberle dado las gracias, pero se limitó a asentir con un gesto.

Jeffrey aparcó. Miró su reloj. Bonita Truong había aterrizado hacía una hora y le había enviado un mensaje para avisarle de que iría derecha al condado de Grant en cuanto consiguiera alquilar un coche. Le quedaban al menos dos horas de viaje por carretera.

Jeffrey se dijo que no era cobardía lo que le impedía llamarla en ese preciso instante. La madre de Leslie le pediría datos concretos, y él quería poder ofrecerle todos los que pudiera.

Sara salió del coche antes que él y se acercó a la furgoneta de la funeraria. Brock estaba sacando de la parte de atrás una carpa blanca plegada, y Frank trataba de ayudarlo, sin éxito. Jeffrey notó que se le encogía el estómago. Frank no le había dicho nada de la carpa. La tormenta de la víspera se había trasladado a las Carolinas. Si habían acordado que era necesario cubrir el cuerpo, la escena tenía que ser dantesca.

—Hola, Brock. —Sara le tocó el brazo al saludarlo—. Estoy aquí, si me necesitas. No quiero agobiarte.

—¡Ah, Sara! No me agobias en absoluto. Esto es horrible. Ya no sé si soy capaz de hacer este trabajo.

—Seguro que sí. —Ella sacó de la furgoneta la caja del equipo de inspección forense y se colgó el asa del hombro—. Yo te ayudo en lo que quieras.

Jeffrey cogió el montón de palos de la tienda que sostenía Frank. El agente señaló hacia la arboleda.

—El cuerpo está a unos trescientos metros, por allí.

Jeffrey miró hacia donde le indicaba. Aquella zona de bosque quedaba enfrente de la ventana del despacho de Kevin Blake. Dedujo que el decano estaría ya hablando con la junta directiva, los abogados de la universidad y el alcalde, pero se la traía floja lo que estuvieran diciendo. Ya no le preocupaba su puesto. Lo que le preocupaba era atrapar al animal que estaba atacando a esas chicas. Tenía un deber para con la gente del pueblo. De momento, había dejado en la estacada a tres víctimas: la primera no confiaba en que la policía pudiera ayudarla; la segunda había estado a punto de morir mientras ellos estaban tocándose los huevos a su lado; y a la tercera la habían dejado que se diera una caminata de media hora de vuelta al campus y no había llegado a su destino.

La muerte de Leslie Truong pesaba sobre sus hombros, única y exclusivamente sobre sus hombros.

—Brad dice que la chica lleva la misma ropa que ayer por la mañana, cuando encontró a Caterino —le informó Frank—. Ropa de yoga, parece. El cadáver está frío y muy tieso. Seguramente lleva ahí toda la noche.

Jeffrey se sintió enfermo. Miró a Sara. Ella no dijo nada, pero por una vez Jeffrey supo exactamente qué estaba pensando.

—Ayer había quince personas conmigo registrando ese bosque —le dijo a Frank—. ¿Cómo es posible que no la viéramos?

Frank meneó la cabeza, no porque ignorara la respuesta, sino porque esta era obvia. El bosque era muy extenso. La noche anterior no había habido luna. La visibilidad era muy limitada.

Jeffrey lo intentó otra vez.

—Felix Abbott, apodado Little Bit. ¿Lo conoces?

—No, pero Abbott es un apellido típico de Memminger.
—Frank sacó un cigarrillo del paquete de tabaco—. Escoria de
Dew-Lolly, todos ellos.

Dew-Lolly era el nombre que recibía el cruce entre dos calles de mala muerte del condado de Memminger. Aquella zona
quedaba dos condados más allá, de modo que sus residentes
no eran responsabilidad suya. Jeffrey había oído más de una
vez al *sheriff* de Memminger decir de algún delincuente especialmente estulto que era «de Dew-Lolly de pura cepa».

—Caterino tenía grabado en el móvil el número de un tal
Daryl —dijo—. ¿Alguna vez has oído ese nombre en relación
con Felix Abbott?

—¿Daryl?

—No sé el apellido. Solo Daryl.

—No me suena de nada, pero ya sabes que mi información no está muy actualizada. ¿Por qué lo preguntas? ¿Sospechas de ellos?

—Sospecho de todo el mundo.

Jeffrey vio que Sara recogía las piquetas y la cuerda de la carpa. Parecía tensa cuando echaron a andar hacia el lugar donde se había hallado el cadáver. Había visto con sus propios ojos
el estado en que se hallaba Tommi Humphrey después de la
agresión. De ellos cuatro, solo Sara entendía de veras lo que
estaban a punto de ver en el bosque.

Brock se cargó al hombro la pesada tienda de lona.

—Sara, por favor, da las gracias a tu madre por pasarse por
casa anoche. Fue muy amable por pasar un rato con mi madre. Últimamente está fatal del asma. Me temo que va a acabar otra vez en el hospital.

Sara volvió a tocarle el brazo.

—Llámame a cualquier hora, si necesita ayuda. Ya sabes que no me importa.

—Te lo agradezco. Significa mucho para mí. —Brock desvió la mirada y se secó los ojos con la manga.

—A Truong la ha encontrado otra estudiante, Jessa Copeland —dijo Frank—. Matt le está tomando declaración en jefatura.

—Dile que se quede con ella hasta que vaya a recogerla algún familiar o algún amigo.

—Sí, ya lo sabe.

Frank encendió el cigarrillo. Era el único que no llevaba peso, y teniendo en cuenta su mala salud y la caminata de trescientos metros cuesta arriba, seguramente era mejor así.

—Copeland, la chica que la ha encontrado, estaba corriendo por el bosque. Se salió del camino y se perdió. Por eso ha visto a Truong. La ha reconocido enseguida, por los carteles. Yo he venido con Matt y Brad. Brad sigue con el cadáver.

—¿Qué aspecto presenta?

—El mismo que Caterino. Tumbada de espaldas, con la ropa en su sitio. Tiene una señal aquí. —Frank se tocó la sien—. Muy roja, circular, del tamaño de una moneda de veinticinco centavos.

Sara miró a Jeffrey.

Como la cabeza de un martillo.

—Saltaba a la vista que estaba muerta —prosiguió Frank—, pero aun así le tomé el pulso. Y Matt también. Brad también lo intentó, y además intentó oírle el corazón, para asegurarse.

—¿Qué más? —insistió Jeffrey, consciente de que lo peor aún estaba por llegar.

—Tiene sangre por todas partes —contestó Frank señalándose la parte inferior del cuerpo.

—¿Estaba tumbada en una zona en pendiente, con la pelvis por debajo del nivel del pecho? —preguntó Sara.

—No.

—Solo hay dos cosas que causen el flujo de sangre: la gravedad y el latido del corazón. Tuvo que tardar un tiempo en morir.

—Santo Dios —murmuró Brock—. Pobre chiquilla.

Sara le enlazó del brazo. Brock era de su edad, pero parecía mucho mayor. Ella le hablaba con una voz suave y tranquilizadora que parecía reconfortarle.

—Puede que yo también me jubile después de esto, como Brock —comentó Frank.

—Hay otro caso que puede estar relacionado con este, solo que la víctima sobrevivió —repuso Jeffrey sin añadir más datos—. Tenemos que revisar el listado de agresores sexuales.

—Eso está chupado.

Jeffrey intentó no tomarse a mal el sarcasmo de Frank. El GBI tenía que mantener por ley una base de datos actualizada de agresores sexuales conocidos, pero los legisladores, en su sabiduría, no les habían dotado del dinero y los recursos necesarios para hacerlo. Había una enorme cantidad de trabajo acumulado. Algunos condados rurales seguían conectándose a Internet mediante un simple módem y la línea telefónica, y el Departamento de Justicia había detectado deficiencias en los archivos del estado casi desde el principio.

Lo que no significaba que no tuvieran que intentarlo.

—Retira a algún patrullero de la calle y siéntalo delante del ordenador —le dijo Jeffrey a Frank.

—¿Y por qué no cuelgo también más carteles de salida en el *Titanic*, ya que estoy?

—¿Se te ocurre alguna idea mejor? —replicó Jeffrey. No tenían pistas ni sospechosos, y su única testigo posible yacía muerta en el bosque—. ¿Qué ha dicho Chuck Gaines?

Frank hizo una mueca.

—Ha estado aquí un rato, tocándose la polla. Le he dicho que vuelva a su cueva de una puta vez. Matt está mirando las grabaciones de las cámaras de seguridad, pero es imposible que ese tipo aparcara en el campus. Tuvo que venir por el otro lado del bosque. Por la pista forestal, quizá.

—Llevaba más de veinticuatro horas desaparecida. —Jeffrey echó un vistazo a su alrededor. El bosque era muy denso. La hiedra se le enredaba en los pies—. ¿Por qué crees que ha estado aquí toda la noche?

—No he visto que tenga marcas de cuerdas en los tobillos ni en las muñecas. Estaba en forma, era joven. Se habría defendido. El asesino tendría que haberla atado. —Frank carraspeó y escupió una flema—. Pero yo no soy juez, ni tampoco soy forense, claro. Ayer habría jurado que lo de Caterino era un accidente.

—Fue una suerte que estuvieras allí, Sara —comentó Brock—. No sé si yo habría sabido cómo actuar.

Jeffrey pensó a regañadientes en la demanda que podía presentar Gerald Caterino. Ninguno de ellos debería estar haciendo afirmaciones que tal vez más adelante tendría que explicar ante un juez.

Volvió a concentrarse en el caso y recordó de pronto algo que le había dicho Tommi Humphrey, un detalle que relacionaba su caso con el de Rebecca Caterino.

—¿Has visto si Truong tiene algo azul en la boca o la garganta? —le preguntó a Frank.

El agente se paró en seco.

—¿Cómo lo sabes?

—¿El qué? —preguntó Sara, interesada.

—Que tiene una mancha azul aquí, en los labios. —Frank se señaló la boca—. Me ha recordado a cuando Darla era pequeña y comía piruletas.

Sara y Jeffrey volvieron a mirarse. Aquella mancha no era de piruleta, sino con toda probabilidad de Gatorade azul. Eso explicaba por qué Truong no tenía marcas de ligadura en las muñecas y los tobillos. Su agresor la había drogado, igual que a Tommi Humphrey.

—¿Qué me estoy perdiendo? —preguntó Frank.

Jeffrey le indicó con un gesto que se adelantara y avanzaron en fila india al internarse en el bosque. Jeffrey recolocó los palos de la tienda para agarrarlos mejor. Repasó de memoria lo que sabía sobre los casos de Tommi Humphrey y Rebecca Caterino. Quería tener frescos todos los detalles cuando llegaran al lugar donde se encontraba el cadáver.

El Gatorade azul. El bosque. La universidad. El martillo. El agresor había usado lejía con Humphrey. Con Caterino, en cambio, parecía haber usado toallitas sin perfume.

Era mucho, pero no suficiente.

Jeffrey repasó las diferencias entre los dos casos. Caterino era lesbiana. Humphrey, heterosexual. Una era de primer curso. La otra, de tercero. Una era más bien solitaria. La otra tenía un montón de amigos.

Las fotos que había visto en el pasillo de los Humphrey le habían permitido hacerse una idea bastante aproximada de cómo era Tommi antes del ataque. Tenía un ligero sobrepeso, el cabello rubio cortado a media melena y en las fotos de grupo parecía más baja que sus amigas.

Caterino, por su parte, era muy delgada, casi demasiado, y tenía el pelo castaño y largo hasta los hombros. Medía algo menos de metro setenta. Era muy activa físicamente. Tommi, en cambio, parecía más sedentaria. Y que supieran, de momento, Rebecca no había sufrido los mismos daños internos como resultado de la agresión. Claro que también cabía la posibilidad de que la aparición de Leslie Truong hubiera interrumpido al asaltante antes de que acabara su obra.

Tenía que volver a mirar el cuaderno de Lena. La agente habría anotado la información que le proporcionó Leslie antes de mandarla de vuelta al campus. Jeffrey había leído su atestado, pero tal vez en el cuaderno hubiera algún dato que les diera una pista.

Estaba harto de darle el beneficio de la duda a Lena Adams.

Oyó el murmullo suave de la radio policial de Brad Stephens antes de ver al joven patrullero. Brad había acordonado la zona con cinta amarilla, igual que la mañana anterior. Unos pocos estudiantes merodeaban a lo lejos. Parecían ir acercándose poco a poco. Algunos llevaban cámaras. Brad no les quitaba ojo. Estaba más pálido que de costumbre. En los últimos dos días había visto más violencia de la que vería probablemente en toda su carrera.

Si tenía suerte, claro.

—Jefe —dijo cuadrando los hombros—. He acordonado la zona y tres de nosotros hemos comprobado que la víctima ha fallecido.

—¿Comprobaste ayer si Caterino tenía pulso?

—No, jefe. —Saltaba a la vista que le costaba mirar a los ojos a Jeffrey—. Di por sentado que estaba muerta.

Jeffrey, por su parte, daba por sentado que Lena le había dicho que Caterino estaba muerta y que no hacía falta que lo comprobara. Y, dado que era el agente de menor rango presente, él había obedecido.

—Tú viste ayer a Leslie Truong. ¿Hablaste con ella o fue solo decisión de Lena el que volviera andando ella sola al campus?

—Yo estaba… —Brad se interrumpió. Evidentemente, no quería o no podía acusar a Lena—. Yo también estaba presente, jefe. No dije nada. Lo siento. No volverá a pasar.

—Toma. —Jeffrey le dio los palos de la carpa—. Trae más cinta amarilla y amplía el perímetro acordonado quince metros más. Pide que vengan dos agentes más para controlar a los mirones. Y luego empieza a montar la tienda.

—Sí, jefe.

Sara se agachó para dejar en el suelo las piquetas y la cuerda. Jeffrey le descolgó del hombro el asa de la caja del equipo de inspección forense y la agarró del codo para que no tropezara. El terreno era desigual y había mucha maleza. Los helechos, las enredaderas y los abrojos se les enganchaban en la ropa. El barro se les pegaba a los zapatos. Jeffrey oía el parloteo de las ardillas a su alrededor.

Jeffrey miró el suelo. La lluvia de la víspera había formado charcos en los hoyos y depresiones del suelo blando. La noche anterior, durante la operación de búsqueda, había notado que la tierra estaba empapada. Había acabado con los zapatos cubiertos de barro.

Pero las únicas huellas que veía ahora eran las que acababan de hacer ellos mismos.

Sara estaba observando el suelo. Ella también se había fijado.

El día anterior, la tormenta había estallado mientras esperaban que llegara la ambulancia. Una de dos: o bien el asesino era un espectro que no dejaba huellas, o bien había atacado a Leslie Truong cuando la joven iba camino de la enfermería del campus, o sea, en un plazo de media hora, el mismo tiempo que había pasado Rebecca Caterino desatendida en el bosque.

«Joder con Lena».

De pronto se levantó la brisa y un intenso olor a sangre y mierda invadió sus fosas nasales. Jeffrey se tapó la nariz con la mano.

—Se le habrán aflojado los esfínteres —comentó Brock.

Jeffrey cogió la mascarilla que le ofrecía. Sabía que el director de la funeraria manipulaba cadáveres a diario. Brock intentaba racionalizar lo que tenía ante sus ojos, pero aquello no se parecía en nada a limpiar el cadáver de una anciana fallecida en una residencia que se había ensuciado al morir apaciblemente en su cama.

Jeffrey se puso la mascarilla, pero el olor seguía mascándose en el aire.

Leslie Truong estaba tumbada en el suelo, boca arriba. Parecía muy joven. Esa fue la primera impresión de Jeffrey. Sus rasgos tenían esa blandura infantil que solo se desvanece con la edad. Sus ojos abiertos miraban, inmóviles, la franja de cielo azul que se abría entre las copas de los árboles. Tenía los labios entreabiertos y la sangre de su cara había empezado a acumularse en la parte posterior del cráneo. Su tez era del color del pergamino. La mancha azul que había mencionado Frank destacaba en contraste con el color blanco rosado de los labios.

Sara comprobó que no tenía pulso. Apoyó la mano en la mejilla de la joven. Comprobó la flexibilidad de las articulaciones de los dedos y el codo.

—El *rigor mortis* alcanza su punto máximo a las doce horas del deceso y se disipa a las cuarenta y ocho horas. La temperatura ambiente ha sido más bien baja, lo que ha influido en el proceso. Tengo que tomar la temperatura del hígado, pero a simple vista calculo que lleva muerta muchas horas. Al menos, desde ayer por la mañana.

Desde ayer por la mañana. Desde que Lena dejó que se fuera sola al campus y un psicópata armado con un martillo la siguió por el bosque.

Jeffrey respiró hondo para calmarse, pero tosió antes de que sus pulmones acabaran de llenarse. El olor a podrido había traspasado la mascarilla de algodón. Volvió a concentrarse en el cadáver que tenía delante. Le costaba separar lo que le había contado Sara sobre Tommi Humphrey de lo que daba por sentado que le había ocurrido a Leslie Truong.

El parecido con el caso de Beckey Caterino era, además, muy evidente.

Por la posición del cuerpo, podía llegarse a la conclusión de que la joven se había tropezado, había quedado inconsciente al caer hacia atrás y había muerto pasado un tiempo. Su ropa parecía intacta. Llevaba una sudadera de Grant Tech con el cuello cortado. Se le veían los tirantes blancos del sujetador deportivo, debajo de la sudadera. Tenía las mallas blancas de yoga subidas hasta la cadera. Eran de Lululemon, la misma marca de los de Sara. Calzaba unas Nike azules con calcetines tobilleros.

Hasta ahí el parecido.

Un río de sangre había manado entre las piernas de la joven.

Tenía las mallas completamente empapadas. La hemorragia había sido tan intensa que el aguacero no había podido llevarse toda la sangre. Las hojas y las ramitas caídas alrededor del cuerpo estaban ennegrecidas. Pero Leslie Truong no estaba tumbada en pendiente. La sangre había manado a borbotones, impulsada por los latidos frenéticos del corazón.

Aun así, Jeffrey necesitaba confirmación.

—¿La mataron aquí? —preguntó.

—¿Partimos de la hipótesis de que el ataque tuvo que producirse en un plazo de entre media hora y cuarenta y cinco minutos? —repuso Sara.

—Perdona, Sara —terció Brock—, pero, para mis notas, ¿puedes decirme de dónde sacas ese cálculo?

Fue Jeffrey quien contestó.

—Leslie Truong abandonó el lugar donde atacaron a Caterino en torno a las seis de la mañana. La tormenta estalló más o menos una hora después.

—Ah —dijo Brock—. La lluvia borró las huellas.

—¿Qué crees que ocurrió? —le preguntó Jeffrey a Sara.

—Tengo que ver un informe meteorológico para saber la hora exacta en que empezó a llover, pero así, a ojo, calculo que pudieron pasar dos cosas —contestó ella—. Una posibilidad es que la secuestraran cuando iba de regreso al campus y la llevaran a algún lugar cercano pero escondido, como la parte trasera de un vehículo, y que allí la violaran y asesinaran. Luego, el agresor la trajo otra vez aquí, posiblemente cargada al hombro, antes de que empezara a llover.

Jeffrey calculó que era posible, pero no probable.

—¿Y la otra posibilidad?

—La otra posibilidad es que la violaran y mataran aquí y que debido a la tormenta no hayan quedado indicios de forcejeo. ¿Se te ocurre otra alternativa? —preguntó ella dirigiéndose a Brock.

—No, pero yo diría que es mucho más probable lo segundo —contestó él—. Si se la hubiera llevado a algún sitio, el agresor se habría puesto perdido. Si la llevó a cuestas, quiero decir.

—Estaría cubierto de sangre —concluyó Sara.

—Tendría que ser un tipo muy fuerte para cargar con ella hasta aquí —prosiguió Brock—. Yo casi no he podido cargar con la tienda y no creo que pese mucho más de quince kilos.

Sara, que estaba en cuclillas, se echó un poco hacia atrás. Jeffrey notó que tenía los ojos llorosos por el hedor y que respiraba por la boca.

—Sería muy arriesgado secuestrarla y luego traerla otra vez aquí. Aunque también es muy arriesgado atacarla en un sitio así. Estamos en una zona un poco alejada, pero no tanto.

Jeffrey no necesitaba que nadie le dijera que a aquel asesino le gustaba el peligro. Lo poco que sabían de él apuntaba a que era de los que disfrutaban escondiéndose a plena vista.

Miró a Frank, que se había quedado un poco atrás, huyendo del olor.

—Necesito un mapa topográfico de toda esta zona. Quiero ver dónde queda la pista forestal con relación a este punto. Al margen de que llevara a Truong a su vehículo o la matara aquí, tuvo que aparcar en algún sitio.

Frank dio media vuelta para marcharse.

—Manda que vengan más agentes de paisano —le ordenó Jeffrey—. Quiero peinar la zona hasta la pista forestal. Da igual dónde matara a la chica; tuvo que llegar aquí de alguna manera. Vamos a ampliar el cordón policial para asegurarnos de que todos esos mirones no pisoteen las pruebas. Y recuérdales a los que busquen que levanten la cabeza de vez en cuando. No todo está en el suelo.

—Entendido. —Frank se acercó la radio a la boca mientras se alejaba.

Sara estaba mirando a Brock.

—Puedo ocuparme yo de grabar, si quieres hacer el examen visual.

—No, no. La doctora eres tú. Es mejor que te encargues tú de lo importante.

Brock abrió la caja del equipo de inspección forense y fue a coger la vieja y aparatosa videocámara Sony, pero se le escurrió entre las manos.

—Perdón. Es que esto es tan horrible…

—Sí que lo es —repuso Sara—. Pero podemos atenderla juntos, ¿de acuerdo?

—Sí, tienes razón.

Brock comprobó que había una cinta dentro de la cámara, quitó la tapa de la lente y se la guardó en el bolsillo.

Jeffrey sacó su cuaderno y su bolígrafo. El nerviosismo se palpaba en el aire. La cantidad de sangre que había entre las piernas de la joven narraba una historia que ninguno de ellos quería oír. Pensó en las conversaciones que había mantenido por teléfono con Bonita Truong, que seguramente ya habría llegado a Macon. A lo largo de su carrera, le había tocado informar a muchos padres de que su hijo o su hija había fallecido, pero no sabía qué iba a decirle a la madre de Leslie cuando llegase por fin. La verdad la destrozaría. Y quizá a él también.

«Su hija ha sido víctima de un ataque brutal. Un loco la drogó, la violó y la torturó, y luego la dejó en el bosque, donde Leslie sucumbió lentamente a sus heridas. También debería decirle, de paso, que todo ello pudo evitarse, pero, por favor, no permita que ese detalle se interponga en su dolor».

Sara se puso unos guantes estériles.

—¿Listo? —le preguntó a Brock.

Él asintió y pulsó el botón rojo. La videocámara se encendió con un suave chirrido.

Sara dijo en voz alta la fecha y la hora y el nombre de todos los presentes. Luego dio comienzo a la exploración preliminar. Usó una linterna en forma de lápiz para examinar los ojos.

—No presenta petequias.

O sea, que la muerte no se había producido por asfixia o estrangulamiento.

Sara ladeó con delicadeza la cabeza de la joven para ver mejor la marca roja de la sien.

—Ha habido tiempo para que se amoratara. Es posible que este fuera el primer golpe. Por donde está, un solo golpe podría haberla dejado inconsciente. Posiblemente el arma utilizada fue un martillo.

Brock tomó aire bruscamente. Luego, se concentró en la cámara. Movió un poco la pantalla LED e hizo algunos ajustes. Jeffrey notó que le temblaban las manos.

Las suyas no temblaban, pero sudaban copiosamente. La sensación de violencia extrema impregnaba el aire. El olor era nauseabundo, incluso con la mascarilla puesta. Ver los efectos de una muerte violenta era parte intrínseca de su trabajo, pero había algo en aquella víctima en particular, en aquel caso en concreto, que le llenaba de horror.

Había perseguido a numerosos asesinos y violadores, pero nunca antes había perseguido a un depredador.

Sara examinó las fosas nasales y la boca de la joven. Le palpó el cuello.

—No noto ningún taponamiento.

—¿Ningún taponamiento? —preguntó Brock.

—Caterino tenía algo en la garganta. Probablemente, comida regurgitada.

Brock asintió con la cabeza mientras rodeaba con cuidado el cadáver.

Sara ladeó un poco más la cabeza de la joven para mirarle la nuca. Jeffrey vio que tenía sangre seca alrededor de un pequeño orificio.

—Hay una herida de punción en la C5 —dijo ella—. Con eso habría bastado.

—¿Para qué? —preguntó Brock.

—Creemos que el asesino paraliza a las víctimas.

Brock sacudió la cabeza, horrorizado. Jeffrey notó que una gota de sudor le bajaba por un lado de la cara.

Sara prosiguió el examen. Levantó la sudadera. Había hematomas en el torso.

—La golpearon. Una de las costillas parece dislocada.

Jeffrey miró su cuaderno. La página estaba en blanco. Comenzó a hacer un croquis del cadáver, fijándose en la posición de los árboles y las rocas de alrededor.

Sara pasó un dedo por debajo de la cinturilla de las mallas de la chica.

—Enfoca esto —le dijo a Brock.

El guante de examen presentaba una mancha roja, pero no de sangre. Jeffrey reconoció el color característico de la arcilla de Georgia.

—¿Es posible que se diera la vuelta? —preguntó Brock.

—Puede ser —contestó Sara—. ¿Le miramos la espalda?

Jeffrey se hizo cargo de la cámara para que Brock se pusiera los guantes, lo que no le resultó fácil. Tenía la piel tan sudorosa que se le atascaban los guantes de nitrilo.

—Perdón. —Brock consiguió por fin bajarse los guantes hasta la muñeca. Se le rasgó la goma de uno de ellos y Jeffrey vio que tenía una cicatriz antigua en la cara interna de la muñeca—. Listo.

Brock se arrodilló junto a la cabeza de la chica y le puso las manos bajo los hombros. Sara la agarró por la cintura y entre los dos la pusieron de lado.

Truong tenía la cinturilla de las mallas bajada por detrás. Tenía tierra y trocitos de madera pegados a la piel desnuda de las nalgas.

—Le subieron las mallas mientras estaba tumbada en el suelo —afirmó Sara.

—¿Qué crees que significa? —preguntó Brock.

Volvieron a colocar con mucho cuidado a la chica boca arriba.

—Podría significar que el asesino volvió a la escena del crimen —dijo ella.

—¿Después de darla por muerta? —preguntó Brock—. ¿Por qué iba a volver?

Sara miró las manos de la chica. Tenía las yemas de los dedos manchadas de rojo.

—Supongo que es posible que se subiera ella misma los pantalones.

Jeffrey pensó en lo que implicaba esa posibilidad. Leslie Truong intentando cubrirse en un vano intento de preservar su pudor mientras moría desangrada…

Sara le separó con cuidado las piernas. Él apretó los dientes al notar el olor.

—La entrepierna de las mallas está rota. —Sara volvió a servirse de la linterna. Separó un poco más las piernas de la víctima—. Enfoca aquí —le dijo a Jeffrey.

Él fijó la mirada en la pantalla LED mientras el objetivo de la cámara entraba en modo macro. La licra de la entrepierna estaba rajada. Jeffrey vio espesos coágulos de sangre seca y unas esquirlas afiladas como cristales rotos que traspasaban la tela. Daba la impresión de que las mallas se habían roto de dentro afuera, como si hubieran estallado.

—¿Qué es eso? —preguntó Brock.

—Un mango de madera —respondió Sara—. Se le rompió el martillo dentro.

15

Faith observó la fotografía del mango roto, que el fotógrafo había colocado sobre una hoja de papel blanco, con una regla al lado para que sirviera de referencia. Habían limpiado el arma homicida, pero la sangre y las heces se habían incrustado en la madera. La parte en la que solía estar la cabeza del martillo estaba astillada y de ella sobresalían esquirlas que semejaban dientes rotos.

—Para extraer el mango roto, tuve que diseccionar la cúpula vaginal. Estaba metido tan adentro que fracturó los huesos del arco púbico. La hipótesis de partida es que el asesino quitó a golpes la cabeza del martillo. El mango se rompió por su extremo más fino, o sea, por el cuello.

Faith había dejado de respirar. Tuvo que apartar la mirada de la fotografía.

—El mango tenía la marca del fabricante en la base —prosiguió Sara—. El martillo era del tipo llamado de mecánico o de chapista. El mango es ancho por un extremo y se afina progresivamente, hasta el cuello.

—Como los que se utilizan para reparar las abolladuras de la carrocería de un coche —comentó Will.

—Exacto. La cabeza tiene un lado plano y el otro acaba en punta cónica. Que yo recuerde, no tenía nada de especial. Se podía comprar en cualquier ferretería o por Internet.

—¿Que tú recuerdes? —preguntó Amanda—. ¿No has encontrado esa información en los archivos?

—Anoche leí una copia del informe de la autopsia, pero no tengo acceso a mis notas personales. Deberían estar en los archivos de Brock, junto con los informes toxicológicos, los resultados de las pruebas de laboratorio, las mediciones y las fotografías que se hicieron en la escena del crimen. Por ley, le correspondía a él instruir el caso, así que yo actué únicamente como asesora técnica. No queríamos romper la cadena de pruebas.

—Quiero esa información —dijo Amanda.

—Llamaré a Brock. —Sara volvió a centrarse en la autopsia—. Leslie Truong tenía una herida de punción en la vértebra C5. Por los vídeos, cabe deducir que la punción se efectuó con un utensilio de circunferencia y longitud semejantes al que empleó el agresor de Beckey Caterino para dejarla paralizada.

—Y Alexandra McAllister —añadió Amanda—, la víctima del condado de White cuya autopsia se hizo ayer, presentaba el mismo tipo de punción, situada en la C5.

—¿Qué hay de las otras cosas? —preguntó Faith—. ¿McAllister también tenía fístulas?

—No, pero la violaron brutalmente. Tenía fisuras en torno a la vagina y en su interior. Las paredes vaginales presentaban arañazos causados por algún instrumento afilado. Le habían arrancado el clítoris.

Sara hizo una pausa y Faith agradeció tener un momento para reponerse.

—Desde el punto de vista forense, hemos tenido suerte —prosiguió Sara—. Los pantalones de senderismo que vestía McAllister eran de un material grueso e impermeable. Normalmente, los depredadores buscan los orificios, de modo que es probable que el asesino diera por sentado que atribuiríamos a la intervención de animales salvajes las lesiones que le causó durante la violación.

—¿El juez de primera instancia no notó que le habían arrancado el clítoris? —se vio impelida a preguntar Faith.

—No vio motivos razonables para efectuar un examen pélvico. Podría haberlo advertido durante el proceso de embalsamamiento, dado que se introduce algodón en los orificios para evitar filtraciones.

Faith no pudo evitar estremecerse.

—El examen visual que hice ayer por la mañana al cadáver de McAllister —continuó Sara— confirmaba casi todo lo que había hallado el juez de primera instancia, es decir, que la muerte había sido accidental. Sin hacer radiografías, la herida de la cabeza podía pasar por una fractura craneal causada por un impacto contra una piedra. Solo cuando busqué una marca de punción pude relacionar el caso con el del condado de Grant. De no haber sabido lo que tenía que buscar, es posible que no lo hubiera visto. Y, si no lo hubiera visto, no habría traído a McAllister aquí para hacerle la necropsia completa.

Aquel alarde de transparencia iba, evidentemente, dirigido a Amanda, que respondió:

—Gracias por la aclaración, doctora Linton.

—En el condado de Grant —prosiguió Sara—, se partió de la teoría de que el asesino se hallaba en las primeras fases de desarrollo de su técnica. Veía cada nueva víctima como una oportunidad de aprendizaje para perfeccionar su destreza. El ataque que sufrió Tommi fue muy chapucero, a falta de un término más adecuado para describirlo. Beckey sobrevivió. Truong, no. Ahora, veamos qué sucede ocho años después. El asesinato de Alexandra McAllister se ejecutó de tal modo que parecía a todas luces accidental. Si me pidieran que considerara esos cuatro casos como uno solo, no descartaría como hipótesis de trabajo la existencia de una clara progresión entre Tommi y Alexandra McAllister.

Faith dio unos golpecitos con el bolígrafo en el cuaderno. Necesitaba más información.

—¿Quieres decir que la mutilación es la firma del asesino?

—Su firma es la parálisis. Lo sabemos porque él mismo lo dijo. A Tommi le ordenó fingir que estaba paralizada —repuso Sara—. Y amenazó con dejarla paralítica usando la aguja de tejer, si no obedecía. En el caso de McAllister, doy por sentado que no hubo negociación. Le perforó sin más la médula espinal a la altura de la C5 y le seccionó los nervios de los brazos. La víctima quedó completamente paralizada, pero siguió respirando. Siguió consciente. Ese era el estado que intentó obligar a fingir a Tommi.

—Santo Dios. —Faith anotó «parálisis» en su cuaderno, pero solo para darse tiempo para recuperarse de la impresión.

—Doctora Linton —dijo Amanda—, háblenos de los otros vínculos.

—El vínculo más tangible que puede demostrarse mediante una simple radiografía es la herida de la cabeza. La fractura craneal de Caterino tenía forma de media luna. Concordaba con el uso de un martillo. La señal roja que tenía Leslie Truong en la sien concordaba con el martillo que se halló dentro de su vagina. Ayer, al hacerle la autopsia de Alexandra McAllister, vi que la fractura que tenía en el cráneo también podía atribuirse al uso de un martillo como arma homicida.

Faith fue anotando la información mientras preguntaba:

—¿Y Tommi?

—Tommi afirmó que su agresor la golpeó con algo muy duro. No vio qué era.

—¿Algún vínculo más? —preguntó Amanda.

—Hace ocho años, Tommi nos contó que, durante su secuestro, el agresor la obligó a beber un líquido azucarado de color azul que podría ser Gatorade. El vómito y el contenido de la garganta de Rebecca Caterino tenía un tono azul muy evidente. Durante la autopsia de Leslie Truong, vi que tenía un líquido azul en el estómago. Ayer por la tarde, cuando le hice la autopsia a Alexandra McAllister, encontré en su estómago un líquido parecido de color azul, y manchas del mismo líquido en el esófago y la boca. He mandado las muestras a toxicología.

—¿El juez de primera instancia del condado de Grant…? —comenzó a preguntar Faith.

—Dan Brock.

—¿Recibió los resultados de los análisis toxicológicos de Truong?

—Brock mandó todas las muestras al GBI. Incluso en casos urgentes, en aquella época los resultados solían tardar varios meses. Yo no pedí verlos porque para cuando llegaron ya se consideraba a Daryl Nesbitt presunto autor de los hechos.

Amanda empezó a teclear en su teléfono.

—Deberíamos tener copias en el laboratorio.

—Vale —dijo Faith, que seguía sin tenerlo todo claro—. Entiendo que hay una progresión en los ataques porque el asesino estaba aprendiendo, y lo del martillo y el Gatorade es coherente, pero Caterino es una excepción. Le hicieron muchísimo daño, por supuesto, pero no estaba tan mutilada como las otras dos víctimas.

—Si me permite, jefa. —Nick esperó a que Amanda le indicara con un gesto que hablara—. Una de la teorías que barajaba el jefe y su equipo era que quizá no las secuestraba, sino que las seguía hasta el bosque. Las dejaba inconscientes y las llevaba a un lugar más escondido, normalmente lejos de los caminos. Las drogaba para aturdirlas y las violaba. Las dejaba allí y luego volvía, y cada vez que volvía les hacía más daño. Luego, cuando se descubría el cuerpo, tenía que buscarse una nueva víctima.

A Faith se le revolvieron las tripas.

—¿Están vivas todo el tiempo? ¿Esperando a que vuelva y les haga más daño?

—Y paralizadas —añadió Sara—. Podrían subsistir hasta tres días sin agua y tres semanas sin alimento, pero si él volvía… Quién sabe.

—Ted Bundy revisitaba a sus víctimas —repuso Faith—. Si este asesino es como Bundy, el miedo a que le atrapen actuará en él como un excitante.

—Nick —dijo Amanda—, háblales del posible perfil del asesino.

Nick abrió su maletín repujado y sacó un fajo de hojas grapadas.

—El jefe me pidió que solicitara un perfil psicológico del asesino al FBI. Ya sabéis que los homicidios raros son un marronazo. Dábamos por hecho que el asesino era alguien del pueblo que conocía bien el bosque y los sitios que frecuentaban las estudiantes. Los federales nos mandaron esto al cabo de un año.

Faith no confiaba mucho en los perfiles psicológicos, principalmente porque solían hacerlos hombres blancos de edad madura con problemas personales propios.

—A ver si lo adivino. El asesino odiaba a su madre.

—No, según ellos era con su padre con quien tenía problemas. Para el padre la vida era un paseo. Para nuestro asesino, no. Estaba aislado socialmente. Fue un estudiante mediocre, no llegó a ir a la universidad y acabó teniendo un trabajo manual. Tenía entre treinta y cinco y cuarenta años y muy baja autoestima. No conseguía entablar relación con mujeres y mucho menos mantenerla. Se sentía inferior. Ahí es donde entra el padre. El asesino buscaba que lo castigaran. Así es como explicaban los federales el riesgo que corría al dejar los cuerpos escondidos a plena vista y volver luego varias veces, hasta que

SILENCIADAS

339

alguien los encontraba. No soy para nada partidario de esa teoría según la cual los asesinos quieren que les pillen. Creo que, al contrario, no quieren que los atrapen. Pero no hay duda de que ese cabronazo se arriesgaba a lo grande.

—¿Sara? —dijo Amanda.

—Entiendo el planteamiento del FBI. Grant es una localidad pequeña y bastante cerrada. El asesino atacaba a jóvenes estudiantes blancas muy integradas en sociedad y con familias extensas. Buscaba atención.

—Podría haber hecho lo mismo día sí, día no con prostitutas en Atlanta —añadió Nick— y haber arrojado los cadáveres en el Chattahoochee y nadie se habría dado cuenta.

Faith levantó la mano.

—Una pregunta. Si tiene problemas con su padre, ¿por qué no mata a hombres? ¿Y por qué mutila a sus víctimas?

—Porque odia a su madre.

«Cómo no».

—El caso es —prosiguió Nick— que el perfil coincidía a la perfección con el de Daryl Nesbitt. Su padrastro era un empresario bien situado, o lo fue hasta que empezó a tener problemas legales. Nunca adoptó formalmente a Daryl, así que el chico se sentía poco querido. La madre era una yonqui que sabía sacarse partido. Murió de sobredosis cuando Daryl tenía ocho años. Él dejó el instituto a los dieciséis y tuvo una serie de trabajos no cualificados. Pensaba que iba a ser un as del monopatín, en plan Tony Hawk, y acabó siendo un jornalero que cobraba en negro para no pagar impuestos.

—No quiero generalizar —dijo Sara—, pero toda la familia era de cuidado. Hace un par de años hubo una redada en el taller del padre porque se dedicaba a desguazar coches robados y a vender los repuestos.

—Para eso hace falta un martillo de chapista —comentó Will.

—Exacto —añadió Nick—. Todas las pruebas apuntaban a Daryl Nesbitt. Vivía en la zona. Tenía acceso al martillo, que era de un tipo muy concreto, aunque pudiera conseguirse con facilidad. Y se le podía vincular con las víctimas. Móvil, medios y oportunidad. Estaba todo ahí.

Faith se mordió la lengua para no replicar lo evidente: que el asesino seguía matando, de modo que las pruebas no eran tales. Eran una hipótesis obsoleta.

—Puede que al principio —dijo— el asesino quisiera que le pillaran y que luego se diera cuenta de que era mucho más excitante salirse con la suya.

Will carraspeó.

—Si de verdad estaba aprendiendo con cada nueva víctima, extender sus actividades a todo el estado sería una maniobra inteligente.

—Eso también lo hacía Bundy —comentó Faith.

Amanda le lanzó una mirada severa. Faith se encogió de hombros. Solo podía decir la verdad, y la verdad era que estaban hablando de un asesino en serie.

—Respecto a lo que comenta Faith —dijo Sara—, si queréis que hablemos de los aspectos tanatológicos del crimen, tengo algunos datos estadísticos.

Amanda nunca mandaba callar a Sara como hacía con los demás.

—¿Cuáles?

—En el dieciséis por ciento de los homicidios cometidos por asesinos en serie se da alguna forma de mutilación *post mortem*. La profanación del cadáver se da en menos del diez por ciento de los casos. La necrofilia y el canibalismo, en menos del cinco por ciento. Y en el tres por ciento de los casos el asesino coloca el cuerpo en poses características para causar un efecto determinado.

—¿Dirías que ese era el caso de Caterino y Truong?

—Las dos estaban paralizadas y tumbadas boca arriba. Hay que dar por descontado que el asesino las colocó en esa posición. Es probable que a Alexandra McAllister también la dejaran tumbada boca arriba y que los animales carroñeros que se pelearon por sus restos movieran el cadáver.

—Vale —dijo Faith que necesitaba recapitular para no perder el hilo—. O sea, que hay cuatro vínculos comprobables entre los casos de Humphrey, Truong y McAllister. El golpe en la cabeza con un martillo, el Gatorade, la parálisis y la mutilación. Caterino presentaba tres de esos rasgos: el martillo, el Gatorade y la parálisis, pero no la mutilación. Truong y Caterino echaron en falta efectos personales, la cinta para el pelo y la pinza, respectivamente.

—Gerald Caterino no estaba del todo seguro respecto a la cinta del pelo —puntualizó Will—. Podría ser que se perdiera sin más.

Faith miró el esquema que había dibujado en su cuaderno y revisó mentalmente los casos de los otros artículos de Daryl Nesbitt. Tenía que hacer un último intento de convencer a Amanda.

—¿Podemos debatir esto un momento?

Amanda sabía adónde quería ir a parar.

—Tienes treinta segundos.

—Nos estás diciendo que no podemos llamar asesino en serie a ese tipo, que solo tenemos una corazonada pero no vínculos concretos, porque no hay pruebas de que haya matado a tres o más mujeres, ¿verdad?

Amanda miró su reloj.

—Pero tenemos ocho posibles víctimas, las de los artículos de periódico —prosiguió Faith—. Para conseguir pruebas de que murieron asesinadas y no porque casualmente fueran unas excursionistas muy patosas, tendríamos que hablar con los investigadores de la policía, los jueces de primera instancia y los testigos de cada caso, ¿no?

Su jefa seguía mirando el reloj.

—Entonces, ¿por qué no estamos hablando con esos jueces, testigos y policías para saber de una vez por todas si hay más víctimas o no? —concluyó Faith.

Amanda apartó la mirada del reloj.

—Ahora mismo, el número de víctimas es irrelevante. Tenemos un asesino. Sabemos que es un asesino. Y también tenemos algo con lo que rara vez contamos en estas situaciones, y es el elemento sorpresa.

—Él no sabe que sabemos que sigue libre —dijo Nick.

—En efecto —repuso Amanda—. Si empezamos a llamar a la puerta de ocho cuerpos de policía con efectivos de entre diez y cincuenta agentes cada uno, todos ellos dispuestos a darle a la lengua, ¿cuánto tiempo creéis que durará ese elemento sorpresa?

—Pero ¿qué perdemos por intentarlo? —preguntó Faith.

—La cuestión es qué ganamos —respondió Amanda—. No hay informes de autopsia porque las muertes no se consideraron sospechosas. La mitad de las fallecidas fueron incineradas. No se abrió ningún sumario y mucho menos se completó. Ya tenemos acceso a los datos de las víctimas. Sabemos dónde se encontraron sus cuerpos, cuánto tiempo estuvieron desaparecidas, su nombre, su dirección, su profesión y los nombres de sus familiares. ¿Qué más crees que vamos a conseguir?

—Puede que algún detective de la policía no estuviera conforme con el dictamen del juez de primera instancia.

—Compara esa posibilidad con la idea de que la CNN siga todos nuestros movimientos. O con que la Fox haga un programa especial de máxima audiencia sobre este tema. O con que los periódicos, o los reporteros, o los agentes de policía hablen extraoficialmente sobre cada hallazgo y cada posible pista o sospechoso —dijo Amanda—. Y ahora imagínate al asesino viendo esos programas en la tele, oyendo esas filtraciones y modificando su *modus operandi*. O escondiéndose hasta que pase el temporal, o mudándose a otro estado en el que no tengamos ni contactos ni jurisdicción.

Faith no supo qué argumentar, a pesar de que sabía intuitivamente que hablar con la gente era la mejor herramienta —a veces la única— que tenía un investigador de la policía.

—Podemos hablar sobre los artículos de periódico aquí —prosiguió Amanda—, dentro de estas cuatro paredes, hasta hartarnos, pero nadie va a hacer una llamada ni va a recurrir a un contacto sin mi permiso. ¿Entendido?

—¿Importa mi respuesta?

—No —contestó Amanda—. Doctora Linton, ¿tienes algo más que decirnos? —Sara negó con la cabeza—. Muy bien, pasemos al tema Gerald Caterino —ordenó Amanda—. Faith, te toca. Si quieres, empieza por los artículos.

Faith tenía pensado hacerlo, pero aun así soltó un suspiro que habría sido la envidia de su hija Emma. Pasó las hojas de su cuaderno mientras ocupaba el puesto de Sara ante el atril. Se sentía como una payasa saliendo a escena después de Charlize Theron. Sara tenía un toque mágico para esas cosas, como en una de esas películas de John Hughes: se maquillaba un poco, se quitaba las gafas y, visto y no visto, se convertía en Julia Roberts. Ella, en cambio, parecía lo que era, ni más ni menos: una madre soltera que se pasaba la vida preguntándole a su hija de dos años por qué estaba mojada tal o cual cosa.

Había pasado la mitad de la noche recabando información y casi toda la mañana hablando por teléfono, pero no iba a desaprovechar la oportunidad de lanzarle una pulla a Amanda.

—Todo esto está escaneado y grabado en el servidor, si queréis conocer el asunto con más detalle, pero por ahora vamos a hacer lo que ha dicho a Amanda y a empezar con las víctimas de los artículos.

Amanda no se inmutó.

—Joan Feeney, Rennie Seeger, Pia Danske, Charlene Driscoll, Deaundra Baum, Shay Van Dorne, Bernadette Baker y Jessica Spivey —fue diciendo Faith mientras abría las fotografías de las víctimas, que ya había preparado, en la pizarra digital—. Gerald Caterino tenía copia de los informes de los jueces de primera instancia. Como ya se ha dicho, no se hicieron autopsias porque no había razones para creer que se tratara de muertes violentas. Gerald habló en persona o por teléfono con amigos y familiares de las fallecidas. También habló con algunos policías locales que se encargaron de la investigación. Basándome en sus notas, creo que podemos descartar a Seeger, Driscoll, Spivey, Baker y Baum.

—¿Por? —preguntó Amanda.

—Seeger había intentado suicidarse varias veces. Driscoll sufría depresión posparto. Lo de Spivey fue una mala caída, no hay duda. Baker tenía un marido celoso y dos novios aún más celosos. Baum se ahogó en un riachuelo poco profundo, lo que es sospechoso, pero no encaja en nuestro perfil. —Faith señaló al resto de las fallecidas—. Joan Feeny. Según el informe del juez de primera instancia, presentaba lesiones producidas presuntamente por la actividad de animales depredadores en la zona de los pechos, el ano y la vagina. Pia Danske. Actividad animal sin especificar. Shay Van Dorne. Actividad animal en los «*órganos sexuales*», según el dentista que hace de juez de primera instancia en el condado de Dougall.

—Gerald Caterino no sabía nada de las mutilaciones, de modo que no preguntó —aclaró Will.

—Que yo sepa —dijo Sara—, Tommi no le ha contado a nadie lo que le ocurrió, y el caso de Leslie Truong sigue abierto, técnicamente, y no se ha levantado el secreto de sumario.

—Correcto —remachó Amanda—. ¿Faith?

A Faith no le gustaba que le metieran prisa, pero obedeció a su jefa y abrió varias imágenes tomadas en el cuartito de Gerald Caterino.

—La mejor amiga de Pia Danske informó de que Pia estaba muy preocupada porque le había desaparecido el cepillo de plata de su abuela —prosiguió—. Joan Feeney tuvo que pedirle una cinta elástica para el pelo a una amiga del gimnasio porque la que solía llevar en la bolsa de deporte había desaparecido. Shay Van Dorne iba en el coche con la hija de su vecina y la chica le pidió prestado un peine. Van Dorne se mostró muy preocupada al no encontrarlo. Además, según Gerald, las tres les dijeron a una amiga o un familiar que estaban inquietas antes de su desaparición porque se sentían vigiladas. De modo que, aunque no tengamos los cadáveres, tenemos dos vínculos: los accesorios capilares desaparecidos y la sensación que tenían las víctimas de que las estaban vigilando y observando antes de su muerte.

—¿Sabes qué se hizo con los cadáveres? —preguntó Sara.

—Fueron incinerados. Todos, menos el de Van Dorne. —Faith se acercó a una de las pizarras—. Pero lo importante es esto: existe una coincidencia con los tres asesinatos de los que ya hemos hablado.

—No tenemos pruebas de que sean asesinatos —puntualizó Amanda.

Faith hizo una mueca.

—Feeney, Danske y Van Dorne. He revisado sus perfiles en redes sociales, sus páginas de contactos, su dirección, sus informes crediticios y todas esas cosas, y no he encontrado ningún factor común. Pero luego eché un vistazo al calendario. Feeney y Danske desaparecieron la última semana de marzo. Van Dorne, la última de octubre.

—A Tommi Humphrey la atacaron la última semana de

octubre —dijo Sara—. Y a Caterino y Truong, a finales de marzo.

—Y Alexandra McAllister ha muerto en octubre —agregó Faith—. O sea, que tenemos un asesino que mata a dos víctimas al año, de media, con una diferencia de entre cinco y siete meses.

Amanda volvió a reprocharle con la mirada que estuviera hablando como si se tratara de un asesino en serie.

—Según el perfil del FBI —dijo Nick—, el asesino se piensa un tiempo lo que va a hacer. Hay un elemento de fantasía en todo esto. Luego, algo le impulsa a actuar. Puede que se quede sin trabajo, o que su madre se meta con él porque deja los calcetines en el suelo, y entonces estalla.

—Un momento, me han respondido del laboratorio. —Amanda miró su móvil, tocó la pantalla un par de veces y leyó en silencio. Por fin dijo—: En los archivos del GBI no figura ningún informe toxicológico referido al caso de Leslie Truong que enviara la policía del condado de Grant hace ocho años.

—En aquella época todavía los mandábamos por fax —comentó Nick—. Es posible que yo tenga copia en mis archivos. El informe tuve que mandárselo yo a Brock con copia al jefe.

—En sus archivos no estaba —dijo Sara.

—Búscalo —le ordenó Amanda a Nick.

Él cerró su maletín y se marchó.

—Brock también debería tener una copia —comentó Sara.

—Bien —dijo Amanda—. Rasheed, vuelve a la cárcel y sigue investigando el asesinato de Vásquez. Gary, tú todavía estás en periodo de formación. Puedes irte. Lo que vamos a tratar a continuación no te compete.

—Sí, señora. —Gary cerró su cuaderno y se marchó con Rasheed.

Amanda esperó a que se cerrase la puerta.

—Heath Caterino —le dijo a Faith.

Faith dudaba de que Sara y Will hubieran hablado de ese asunto la noche anterior, de modo que dijo dirigiéndose a Sara:

—Beckey Caterino tiene un hijo de siete años. Cumple ocho en Navidad.

Sara se mordió el labio. Había hecho cuentas.

Faith le habló de la carta que Daryl Nesbitt le había enviado a Gerald desde la cárcel.

—Gerald nos dio el informe de ADN de la saliva extraída del sello y del cierre del sobre. Un laboratorio acreditado descartó que Daryl Nesbitt fuera el padre del niño.

—Entonces —dijo Sara, tratando de asimilar la noticia—. Si Daryl no es el padre de Heath, tampoco fue quien atacó a Beckey, ni por tanto a Leslie Truong.

Faith optó por señalar el lado positivo del asunto:

—En cuanto demos con un sospechoso, podremos probar si violó o no a Beckey gracias a la prueba de paternidad de Heath.

—Podremos probar que mantuvo relaciones sexuales con Beckey más o menos en la época en que se produjo la agresión, no que la violara —precisó Amanda—. Sí, Beckey se declaraba lesbiana, pero cualquier abogado defensor que se precie pondrá en duda que lo fuera al cien por cien. La verdad carecerá de importancia. La chica no está en condiciones de declarar.

Faith apoyó los codos en el atril. Se estaba cansando de que Amanda echara por tierra todos sus argumentos, a pesar de que todo parecía indicar que iban por buen camino.

Amanda se dio cuenta de lo que estaba pensando.

—Faith, hay que ir paso a paso, como un bebé cuando aprende a andar. Tú de eso deberías saber más que nadie. Primero se planta un pie y luego el otro. No se recorre de un salto la habitación. Hay que avanzar poco a poco, sin prisa pero sin pausa. ¿Qué hay de esa página web, Love2CMurder?

Faith tardó un momento en responder para hacer patente su fastidio.

—Según la página web, Dirk Masterson, quien la lleva, es un policía de homicidios de Detroit, ya jubilado. Se vino a vivir a Georgia con su mujer, que era maestra, porque querían estar cerca de sus diez nietos. Recibe sus facturas en un apartado de correos de Marietta. En los archivos municipales de Detroit no consta ningún exagente de la policía local llamado Dirk Masterson. O sea, que le estafó diez mil dólares a Gerald Caterino.

—Dirk Masterson —dijo Amanda—. Suena a nombre de actor porno, ¿no?

A ninguno de ellos le hizo gracia que fuera Amanda quien hiciera esa observación.

—He solicitado judicialmente la ISP de Dirk para que sepamos quién es de verdad —dijo Faith—. He leído algunos de los casos que ha investigado, supuestamente. Si ese es policía, yo soy un pollo.

—Quiero que hables con él antes de que acabe el día —dijo Amanda—. Y busca las denuncias de mujeres desaparecidas entre los meses de octubre y marzo de los últimos ocho años. Mándame la lista por correo. Haré algunas llamadas discretamente.

Faith sintió un atisbo de esperanza, pero contestó en tono sarcástico:

—Como no estamos buscando a un asesino en serie con un patrón de conducta específico, ¿quieres que busque también denuncias actuales de mujeres desaparecidas o de mujeres que hayan informado de que se sentían vigiladas?

Amanda entornó los ojos.

—Claro —dijo.

—Gracias.

Amanda miró a Sara.

—¿Crees que Tommi Humphrey querrá hablar con nosotros? Es la única superviviente que puede proporcionarnos información fiable. Han pasado nueve años. Quizá haya recordado algo nuevo.

La reticencia con que reaccionó Sara era palpable.

—Le enseñé la foto policial de Nesbitt el día que lo detuvieron. Tommi dijo que no era él, que conste, pero ese mismo día intentó ahorcarse en el patio trasero de sus padres. La llevaron a un hospital privado para que recibiera tratamiento. La familia se marchó de Grant un año después.

—Su agresor le habló —dijo Amanda—. Le dijo que no atacaría a otras mujeres si guardaba silencio. Podemos dar por descontado que le dijo también otras cosas. Es posible que ella haya recordado algo en este tiempo. O, mejor dicho, que esté dispuesta a contar algo más.

—Es posible —concedió Sara de mala gana.

Amanda insistió:

—¿Tendrías menos reparos en recurrir a Tommi Humphrey si fueras tú quien se encargase de hablar con ella?

Sara contestó con una evasiva.

—No le vio la cara. Estaba drogada cuando sucedió. Inconsciente por momentos. Además, la medicación por sí sola puede causar amnesia.

—Es posible que se acuerde de los días o las semanas previas a la agresión —dijo Amanda—. ¿Tuvo la sensación de que la estaban vigilando? ¿Le faltó algo a lo que le tuviera cierto apego?

Sara seguía sin parecer convencida, pero dijo:

—Lo intentaré.

16

Gina Vogel no lograba sacudirse la sensación inquietante de que alguien la estaba vigilando. Lo había notado en el gimnasio. Lo había notado en el supermercado al ir a hacer la compra y en la oficina de correos. El único sitio donde no lo notaba era dentro de casa, y ello únicamente porque mantenía cerradas las persianas y las cortinas, incluso de día.

¿Qué le pasaba?

Perdía un coletero y se convertía en Howard Hughes, pero sin dinero, fama ni genio. Hasta sus uñas de los pies estaban empezando a alcanzar longitudes hughesianas. Había cancelado su cita habitual en el salón de belleza para hacerse la pedicura. Iba una vez al mes, desde hacía dos años. Llegaba un momento en la vida de una mujer en que ya no podía fiarse de cortarse bien las uñas de los pies. Ese momento llegaba cuando necesitaba gafas de presbicia para verse los pies con un mínimo de nitidez.

¿De verdad le daba miedo salir de casa?

Se llevó la mano al cuello. Se le había erizado el vello de la nuca y los brazos. Estaba cayendo en una crisis nerviosa por un coletero desaparecido y por la sensación general de que un maniaco la estaba siguiendo, sin tener ninguna prueba de ello, excepto un mal presentimiento y las muchas horas que había pasado viendo documentales sobre asesinatos.

Necesitaba salir de casa.

Se acercó a la puerta. Llevaba puesto el pijama que usaba para estar en casa, pero sus vecinos no estaban. O, al menos, no estaban los que le importaban. Se acercaría al buzón para ver si tenía correo, como una persona normal.

Bajó los escalones de la puerta. Vio pasar un coche. Un Acura verde oscuro. Una mamá delante, una niña detrás. Lo normal. Nada fuera de lo corriente. Solo una familia que iba camino del colegio o a una cita con el médico sin reparar en aquella mujer vestida con pijama elegante que bajaba precavidamente los escalones de su propia puerta, como una de esas cursis que, en la piscina, metían con todo cuidado el dedo del pie en el agua por miedo a meterse de golpe.

Bajó otro escalón. Estaba ya en el camino de entrada, torció a la derecha para salir a la acera y se puso delante del buzón.

Le temblaba la mano cuando sacó el correo. Como de costumbre, un montón de papelotes: cupones de descuento, catálogos, circulares... Encontró el recibo detallado de su tarjeta de crédito, que sería deprimente, y una postal de una campaña política que la puso de los nervios. La revista de papel satinado de su antigua universidad fue una sorpresa. La habían bloqueado en la página oficial de Facebook después de que publicara un comentario diciendo que el tema de la reunión para celebrar el vigésimo aniversario de su promoción debería ser *¿Jodido, casado o muerto?*

La revista empezó a temblar, porque ella también estaba temblando. Sentía que sus nervios crispados echaban humo como una tetera hirviendo. Se llevó de nuevo la mano a la nuca. Soltó un suspiro tembloroso. Notaba una opresión en los pulmones. Le costaba respirar. Sabía que alguien la estaba vigilando. ¿Estaría detrás de ella? ¿Había oído sus pasos? ¿Oía en ese preciso instante cómo se le aproximaba un hombre con los brazos extendidos para agarrarla del cuello?

—Joder —masculló.

Le temblaba todo el cuerpo y sin embargo sus piernas se negaban a moverse. Notó que empezaba a dolerle la vejiga. Cerró los ojos. Se obligó a volverse.

No había nadie.

—Joder —repitió en voz más alta.

Echó a andar hacia la casa, mirando hacia atrás a cada momento, como una chalada. Se preguntaba si la señora que vivía enfrente la estaría observando. Aquella cotilla siempre se metía en todo. Escribía largas diatribas en la aplicación Nextdoor contra los vecinos que dejaban sus cubos de basura en la calle y no reciclaban como es debido. Si no se andaba con cuidado, alguien acabaría metiéndole unas lonchas de fiambre en su Nissan Leaf, y se armaría la de los Sharks y los Jets en *West Side Story*.

A Gina casi le falló la rodilla al subir de un salto los escalones. Cerró la puerta de golpe al entrar en casa. El correo se le cayó de las manos y se esparció por el suelo. Hizo amago de correr el cerrojo, pero se lo pensó mejor. Había dejado la puerta abierta al salir. ¿Se habría colado alguien mientras estaba fuera? Se había girado como una peonza al llegar al buzón y había estado unos segundos de espaldas a la puerta. Alguien podía haber entrado a escondidas. Podía estar allí en ese instante.

—¡Joder!

Corrió a revisar los cierres de las ventanas y las puertas, miró dentro de los armarios y debajo de las camas. Así de paranoica estaba últimamente.

¿Estaría perdiendo la cabeza? ¿Era eso lo que se sentía al volverse loca?

Volvió al sofá. Cogió su iPad. Buscó: *síntomas de estar perdiendo la cabeza*.

Le salió un test.

1. *¿Estás desanimada?*
2. *¿Has perdido interés por el sexo?*
3. *¿Te notas ansiosa o inquieta?*
4. *¿Estás más cansada de lo normal o tienes sueño durante el día?*

Contestó que sí a todas las preguntas, porque lo del vibrador no contaba.

El resultado: *Corres el riesgo de caer en una depresión. ¿Te has planteado ir a terapia? He localizado cuatro especialistas en tu zona.*

Gina dejó caer el iPad sobre el sofá. Ahora, Internet sabía que estaba deprimida y seguramente iba a recibir cantidad de correo basura y anuncios de curas naturales y suplementos nutricionales para mejorar su estado anímico.

Pero lo que ella necesitaba no eran pastillas. Lo que necesitaba era centrarse y ponerse las pilas. Ella no era del tipo paranoico. Era una persona decidida, tenaz, organizada y metódica. Se relacionaba a menudo, pero se sentía igual de a gusto estando sola. Poseía todas las cualidades necesarias para trabajar desde casa, según las conclusiones de otros test que había hecho dos años antes, cuando buscó en Internet *¿Soy el tipo de persona que puede teletrabajar?*

Dejar de ir a la oficina y acostumbrarse a trabajar en casa no le había resultado difícil, pero pronto había llegado a la conclusión de que necesitaba tener un motivo para afeitarse las piernas y lavarse el pelo cada cierto tiempo. Por eso iba tres veces por semana al gimnasio, como mínimo, y procuraba quedar para comer con alguien al menos dos veces al mes.

Abrió el calendario del iPad y vio, sorprendida, que hacía seis días que no salía de casa. Había cancelado sus planes para comer fuera y se había saltado las visitas al gimnasio y hasta varias reuniones de trabajo. En vez de arreglarlo poniéndose a llamar por teléfono, empezó a idear una estrategia. Si recurría a aplicaciones de reparto a domicilio como Postmates o Insta-Cart, podía pasar sin salir de casa otra semana, hasta el día en que el idiota de su jefe —que parecía tener doce años— quería que fuera a la oficina para hacer una videoconferencia con unos clientes de Pekín. Entonces no le quedaría más remedio que ponerse ropa con botones y cremalleras y hacer acto de presencia, porque alegar que había «dado de comer sin querer a un *gremlin* después de medianoche» era una excusa que solo funcionaba con los niños de doce años en 1985.

Miró las casillas del calendario. Si pasaba otra semana encerrada, serían trece días de confinamiento en total. Trece días no eran nada. Trece días era prácticamente lo que duraba una comida en Francia. Ella había aguantado casi trece días haciendo la dieta Atkins. Y en la universidad se había pasado mucho más tiempo alimentándose solo de fideos chinos. Qué rayos, si hasta había pasado trece años fingiendo que tenía orgasmos vaginales con varios novios.

Se levantó del sofá. Entró en la cocina y abrió el frigorífico. Había cuatro rodajas de tomate en una bolsa de conservación, veintiséis latas de Coca-Cola *light*, un pepino de tamaño obsceno y una barrita de frutos secos a medio comer.

Si la policía echara un vistazo al contenido de su frigorífico, pensaría que era una asesina en serie.

Sacó un taco de hojitas y un bolígrafo del cajón y se puso a hacer una lista de la compra para pedirla por InstaCart. Podía hacer sopas, cremas y hasta estofados. Tenía descargadas un montón de aplicaciones de meditación que nunca abría porque estaba demasiado estresada, y estaba además ese libro del que hablaba todo el mundo y cuya lectura siempre iba posponiendo. Podía descargarlo y leerlo como una persona que lee libros. O podía quedarse trabajando hasta tarde y acabar con tiempo su presentación para los clientes de Pekín. Superaría este ataque de inquietud comiendo sano, manteniéndose en forma, leyendo, durmiendo y dedicándose todos los autocuidados que, evidentemente, escaseaban en su vida cotidiana.

¡Sol!

Eso era lo que le hacía falta. Su madre solía regañarla de pequeña. *«¡Saca la nariz de ese libro y sal a que te dé el aire!»*.

Podía dejar que entrara la luz del día. Abrió las persianas del cuarto de estar y miró la calle: una calle normal, sin ningún individuo sospechoso que vigilara su casa. Descorrió las cortinas de su dormitorio. Volvió a la cocina y abrió la puerta para que corriera un poco el aire. Se inclinó sobre el fregadero para abrir la ventana.

Lo que de verdad le vendría de perlas sería llamar a Nancy. Su hermana la sacaría de aquel estado. Seguro que se acordaba del coletero rosa, pero con un poco de suerte no le diría a su hija que ella se lo había robado, porque en ese momento Gina no se sentía capaz de soportar que un mono aullador le dijera a grito pelado que era la peor tía del planeta.

Sintió que su burbuja estallaba.

Nancy era su hermana mayor, una entrometida de mucho cuidado, una mandona de nacimiento. Y además pretendía ser la mejor amiga de su hija, lo que había dado resultados tan nefastos como era de esperar.

Gina intentó volver a llenar la burbuja.

Nancy no le diría a su hija lo del coletero. Vendría a verla con una botella de vino, se reirían las dos de lo tonta que era Gina y verían en la tele alguno de esos programas de reforma de casas en los que salían canadienses que, a sus veinticinco años, ya habían ahorrado cien mil dólares para comprarse una casa; gente a la que le cundía la vida, no como a ella, que se dedicaba a buscar en Internet cosas como *¿Se puede comer la parte del pan que no tiene moho?*

Miró el cuenco vacío de la repisa de la ventana donde solía estar el coletero y ya no estaba. Estaba segura de que no lo había perdido porque no era nada despistada. Era tremendamente ordenada, limpia y metódica, y siempre sabía dónde dejaba las cosas. Razón por la cual, según aquel test, reunía todas las cualidades necesarias para trabajar desde casa.

—A la mierda.

Volvió a cerrar la ventana. No iba a llamar a Nancy ni a contarle nada de aquel asunto porque, legalmente, solo hacía falta la declaración de dos personas para que se sometiera a otra a observación psiquiátrica durante veinticuatro horas, y ahora mismo no se le ocurría ni un solo motivo para que su hermana y su madre no decidieran encerrarla en un loquero.

Recorrió de nuevo la casa cerrando puertas, corriendo cortinas y bajando persianas. Volvió a quedarse a oscuras. Se sentó en el sofá. Abrió una nueva búsqueda de Google. Posó los dedos en el teclado y se estremeció. O alguien estaba caminando sobre su tumba, o su cuerpo la estaba avisando de que se hallaba a punto de superar el punto de no retorno.

Se quedó mirando el cursor de la tableta. Paseó la mirada por la habitación. El mando a distancia estaba sobre la mesa baja, alineado con su borde, como siempre lo dejaba. La manta estaba en su sitio de siempre, sobre el respaldo del sillón, perfectamente doblada. Su bolsa de deporte aguardaba junto a la puerta. Las llaves estaban en la mesita de la entrada y su bolso colgaba del respaldo de la silla de la cocina.

El cuenco donde siempre dejaba su coletero rosa con margaritas blancas seguía vacío.

Gina tecleó en el iPad: *¿Puedo comprar una pistola y que me la envíen a casa en Atlanta, Georgia?*

17

Mientras anotaba las conclusiones extraídas de la reunión, sentada a la mesa de su despacho, Sara se quedó mirando el nombre de Rebecca Caterino y se descubrió formulándose los mismos interrogantes que se había hecho ocho años atrás. ¿Y si Lena le hubiera encontrado el pulso a Beckey? ¿Y si ella hubiera llegado antes al bosque?

¿Y si esos treinta minutos que habían perdido habían marcado la diferencia entre tener una víctima capaz de identificar a su agresor y una joven condenada a una vida de inefable sufrimiento? Quizá, de no haber perdido esa media hora, Leslie Truong todavía estaría viva. Y Joan Feeney. Y Pia Danske. Y Shay Van Dorne. Y Alexandra McAllister. Todas esas vidas cercenadas podrían haberse salvado si hubieran encontrado al verdadero agresor de Beckey Caterino.

O de Tommi Humphrey.

Sintió que se le encogía el estómago al pensar en Tommi. Había sido un error acceder a ponerse en contacto con la chica, como le había pedido Amanda. Cada vez que pensaba en localizar a Tommi, se le aparecía la imagen de aquella muchacha rota, fumando un cigarro tras otro en el jardín de sus

padres. Recordaba cómo se había retorcido las manos debajo
de la mesa de pícnic mientras Jeffrey escuchaba en silencio,
ajeno al trauma que compartían las dos mujeres sentadas frente a él.

Volvió a mirar sus notas.

Heath Caterino. A sus casi ocho años, estaría empezando a
experimentar los dolores del crecimiento. Iría cambiando los
dientes de leche por los definitivos. Su pensamiento crítico co-
menzaría a afinarse. Y empezaría a servirse del lenguaje para
expresar su sentido del humor.

Haría preguntas.

¿Quién soy? ¿De dónde vengo? ¿Cómo llegué aquí?

Tal vez en algún momento, aunque fuera dentro de mucho
tiempo, descubriera las horrendas circunstancias de su nacimiento. El Internet le brindaría respuestas que su madre no podía darle y que su abuelo se negaría a ofrecer. Podía leer acerca
de la agresión que sufrió su madre. Podía hacer las mismas cuentas que había hecho Sara, extraer las mismas conclusiones que
había extraído Faith, y verse obligado a sobrellevar una carga
que ningún hijo debería acarrear.

¡Qué distintas serían las cosas si hubieran actuado de
otra manera!

No podía, sin embargo, permitirse el lujo de sumirse de nuevo en el pasado. Abrió en el portátil las notas escaneadas de
Faith y procuró concentrarse en las mujeres que tenía delante.

Joan Feeney. Pia Danske. Shay Van Dorne. Alexandra
McAllister.

Evidentemente, Faith había podido avanzar algo en la investigación antes de que empezara la reunión. Según sus datos, Feeney y Danske habían sido incineradas. No había
informes de autopsias. En ambos casos, los jueces de primera
instancia habían hecho un burdo dibujo del cadáver y

consignado la mayoría de las lesiones visibles, pero, fuera de eso, no quedaba ninguna prueba material.

El caso de Shay Van Dorne era distinto. A ella la habían enterrado. Faith había anotado los datos de contacto de sus padres y el número de la funeraria que se había encargado del sepelio. Con su meticulosidad habitual, había llamado a la funeraria para cerciorarse de dónde se hallaban sus restos mortales. Shay Van Dorne estaba enterrada en Villa Rica, un pueblo situado a poco menos de cien kilómetros de la sede del GBI. Sara reparó en que Faith había escrito *FÉRETRO DE DOS CAJAS* en mayúsculas y había trazado un círculo alrededor.

Marcó el número de extensión de Amanda en su móvil.

—Date prisa —dijo su jefa—. Dentro de cuatro minutos tengo una conferencia.

—Entiendo que te resistas a ampliar la investigación para incluir a las mujeres de los artículos.

—¿Pero?

—¿Y si fuera una sola jurisdicción, un solo juez de primera instancia, un solo cuerpo de policía?

—Continúa.

—Shay Van Dorne.

—¿Quieres exhumar el cadáver?

—La enterraron en un féretro reforzado, con dos cajas —explicó Sara—. O sea, que el ataúd estaba metido dentro de otra caja que puede ser de cemento, metal, plástico o alguna resina sintética. Esas cajas son impermeables, para impedir que se deterioren con los elementos y que la presión de la tierra abra el ataúd. Las más caras están selladas, aunque no herméticamente. Las funerarias no pueden garantizar legalmente que los restos mortales del fallecido vayan a conservarse a la perfección, pero he hecho exhumaciones de cadáveres que estaban casi intactos.

—¿Quieres decir que un cadáver de hace tres años podría estar perfectamente conservado?

—No, digo que estará descompuesto, pero que el daño podría ser mínimo —repuso Sara—. Si Shay sufrió mutilaciones parecidas a las de Alexandra McAllister y las otras víctimas, sabremos que la mató la misma persona. Y quizá, con un poco de suerte, encontremos alguna pista que nos lleve al asesino.

—¿Crees que eso es posible?

Sara no se hacía muchas ilusiones, pero todo era posible.

—El asesino ha pasado desapercibido ocho años, como mínimo. A veces, la experiencia hace que te relajes y cometas errores. El cadáver de Shay Van Dorne es, posiblemente, otra escena del crimen. Si vamos a agarrarnos a un clavo ardiendo, yo empezaría por ese.

—Es mucho pedirles a los padres —repuso Amanda—. ¿Has visto las notas de Gerald Caterino sobre las conversaciones que mantuvo con ellos por teléfono?

—Todavía no.

—Pues léelas y escríbeme luego. Avísame después, si todavía quieres pedir la exhumación. —Sara estaba a punto de colgar cuando Amanda añadió—: A fin de cuentas, hay una testigo viva.

A Sara volvió a encogérsele el estómago. Se vio otra vez en el jardín de Tommi Humphrey, sentada frente a Jeffrey. Estaban intentado que la chica les contara con detalle la agresión que había sufrido y Tommi había dicho refiriéndose a sí misma antes del ataque: «Ya no conozco a esa persona. No me acuerdo de cómo era».

Ella conocía muy bien esa sensación. Solo guardaba un recuerdo vago de la Sara que fue al baile de graduación con Steve Mann; la que se puso loca de contento cuando la aceptaron en la Facultad de Medicina: la que solicitó, llena de confianza en sí misma, una plaza de interina en el hospital Grady. Esos recuerdos parecían pertenecer a otra persona, a una antigua amiga a la que le había perdido la pista porque, al fin y al cabo, tenían muy poco en común.

—Lo único que puedo hacer es intentarlo —le dijo a Amanda—. Tommi no tiene obligación de hablar conmigo.

—Gracias, doctora Linton. Yo también conozco la legislación estadounidense.

Sara hizo una mueca de fastidio.

—Avísame cuando decidas qué quieres hacer con Van Dorne —añadió Amanda—. Te mantendré informada si me entero de algo más.

Sara colgó, pero no tuvo fuerzas para volver a concentrarse en el trabajo.

Seguía asaltándola el recuerdo de Tommi. Cerró los ojos con fuerza e intentó olvidarse de aquella imagen. Lo que de verdad quería era llamar a Will y hablarle de cómo estaba removiendo todo aquello el recuerdo horrendo de su violación. Esa conversación podría haber tenido lugar veinticuatro horas antes. Ahora, le parecía que sería como echar sal en una herida abierta.

Lo único que podía hacer era concentrarse en el trabajo que tenía delante.

Volvió a fijar la mirada en el portátil y abrió el informe del juez de primera instancia del condado de Dougall sobre el levantamiento del cadáver de Shay Carola Van Dorne. El juez era dentista de profesión, pero las primeras líneas del informe demostraban su interés por la cartografía:

Van Dorne, una mujer caucásica de treinta y cinco años, fue hallada tumbada en el suelo, boca abajo, en el extremo nor-noroeste de la subcuenca superior del río Tallapoosa, perteneciente a la cuenca fluvial Alabama-Coosa-Tallapoosa, a 500 metros de la autovía de Mill

*Road, coordenadas: 33,731944, -84.92 y UTM 16S
692701 3734378.*

Sara pasó las páginas dedicadas a mapas topográficos hasta
que encontró los pasajes relevantes.

No había constancia de que Van Dorne, maestra de infantil de profesión, fuera aficionada al senderismo y en el momento de su muerte vestía la ropa que solía llevar a la escuela. Al
parecer, había resbalado, se había golpeado la cabeza con una
piedra y había fallecido como consecuencia de un hematoma
subdural, una hemorragia cerebral que solía estar asociada a
un traumatismo.

El dictamen del dentista dejó perpleja a Sara. ¿Cómo había
podido llegar a ese diagnóstico sin radiografiar el cadáver para
visualizar el interior del cráneo? Era un milagro de la medicina.

Se quedó otra vez perpleja cuando llegó a la descripción de
las lesiones. El dentista había escrito: *Actividad de depredadores
en órganos sexuales como se detalla en el dibujo adjunto.*

Pasó unas hojas hasta encontrar el esbozo del cadáver. Los
ojos y la boca estaban tachados con una equis. Había dos grandes círculos dibujados alrededor de los pechos y la pelvis y una
flecha que señalaba la anotación *Ver fotografías.*

Buscó los archivos jpg en el menú principal y se alegró al ver
que el dentista había hecho más de un centenar de fotografías.
Ella esperaba una veintena como máximo, las mismas que había hecho el juez de primera instancia del condado de White en
el caso de Alexandra McAllister. El juez de Dougall había ido
varios pasos más allá. Sara valoró el esfuerzo de un hombre que
estaba dispuesto a invertir decenas de miles de dólares y cientos
de horas de su tiempo en una afición por la que se embolsaba
apenas 1200 dólares al año.

Fue pasando las fotos. El cadáver estaba en una sala, tendido
sobre una camilla de acero que supuso pertenecía a un hospital

local o un tanatorio. La iluminación era excelente y la cámara de calidad profesional. El dentista había hecho fotos desde todos los ángulos, salvo desde los que le interesaban a ella. O había enfocado demasiado las heridas, o se había alejado en exceso. No se veían los márgenes. No había forma de saber si los desgarros los había producido un depredador o un bisturí. Las fotografías de los «*órganos sexuales*» eran pudibundas, lo cual no era de extrañar teniendo en cuenta el tamaño del condado de Dougall. Era posible que el dentista conociera a Shay Van Dorne, igual que ella conocía a Tommi Humphrey.

Miró el resto de las fotografías. Una serie mostraba las manos y los pies de la fallecida. Otra, su boca abierta. A primera vista, esa última serie tenía por objeto confirmar que no había ninguna obstrucción o taponamiento en la tráquea, pero Sara sospechaba que el dentista había querido fotografiar la muela del juicio del cuadrante superior derecho de una mujer de treinta y cinco años, la única que tenía la fallecida. Era inusual que solo se hubieran extraído las otras tres muelas del juicio. Normalmente, se extraían por pares o todas a la vez.

Sara cerró las fotografías.

Volvió a mirar la documentación que Faith había incluido en el menú principal y encontró las notas de Gerald Caterino sobre sus conversaciones telefónicas con Larry y Aimee Van Dorne, los padres de Shay. Se habían divorciado tras la muerte de su hija. Ninguno de ellos había vuelto a casarse. Gerald había hablado con ellos por separado.

Larry no le informó de que hubiera nada inusual en la vida de su hija, pero eso era de esperar. Sara tenía una relación muy estrecha con su padre y había cosas que no le contaba porque sabía que su reacción inmediata sería intentar arreglarlas.

Según Aimee, Shay notó que le faltaba el peine que siempre guardaba en el bolso un día que llevaba a la hija de una vecina a una fiesta de cumpleaños. Primero pensó que alguien se lo había hurtado en la sala de profesores del colegio donde trabajaba, pero en todo caso era evidente que la desaparición del peine la había inquietado. Le confesó a su madre que últimamente tenía una sensación muy extraña, como si alguien la estuviera vigilando. Primero cuando iba a hacer la compra; luego cuando salía de trabajar y, por último, una vez, cuando estaba usando la cinta de correr en el gimnasio. La madre no le dio importancia en su momento —a fin de cuentas, ¿qué mujer no tenía de vez en cuando esa sensación?—, pero tras el fallecimiento de su hija se acordó enseguida de aquella conversación.

Sara hizo algunas anotaciones: *Encontrada en el bosque. Presunto traumatismo craneal (¿martillo?). Mutilación sexual (¿?). Dictamen: accidente (¿fingido?). Peine perdido. Posible acoso.*

Tanto el padre como la madre tenían la corazonada de que había algo extraño en la muerte de su hija. Shay era aficionada al deporte, pero no al senderismo. Rara vez salía al monte. Había dejado el teléfono y el bolso en el maletero de su Fiat 500. Larry decía que tal vez estuviera deprimida. Aimee no estaba de acuerdo. Su hija tenía un círculo social muy amplio; era soprano en el coro de la iglesia. Cuando murió, tenía varios temas de clase a medio terminar en su mesa de trabajo, en casa, y su nuevo novio se encontraba en un congreso en Atlanta, a hora y media de camino.

Sara comprobó la fecha de las llamadas de Gerald Caterino. El padre de Beckey había esperado dos semanas exactas tras el entierro para ponerse en contacto con ellos. Desde entonces habían pasado tres años. Sara dudaba de que Larry y Aimee Van Dorne se hubieran repuesto del golpe. Parecía imposible que un padre o una madre se recuperara de verdad de la muerte de un hijo.

Pensó en los pasos que tendría que dar para solicitar la exhumación del cadáver. No podía delegar en Amanda el hablar con los padres de Shay Van Dorne. Sería ella quien abriera el cadáver de su hija. Tenía que ser ella, por tanto, quien les pidiera permiso. La conversación no sería fácil. Podía haber barreras religiosas, pero sin duda las más difíciles de superar serían las emocionales. Mucha gente veía la exhumación como un acto de profanación. Sara no podía quitarles la razón. Ella también se desharía en lágrimas si por algún motivo hubiera que desenterrar los restos mortales de Jeffrey.

Los Van Dorne querrían saber, ante todo, qué esperaba encontrar. Sara no estaba segura de que hubiera una forma fácil de explicárselo. El contenido del estómago de Shay Van Dorne se habría vaciado durante el proceso de embalsamamiento, de modo que era improbable que encontrase Gatorade azul. La punción de la médula espinal, si la había, sería visible a simple vista. Tal vez todavía quedaran evidencias de mutilación genital deliberada. Al hacerle la autopsia a Alexandra McAllister, había notado que las paredes vaginales habían sido raspadas con una herramienta afilada que había dejado estrías en el tejido. El cuerpo de Shay Van Dorne podía presentar lesiones parecidas.

Apartó la vista del portátil.

El agresor de Tommi Humphrey la amenazó con una aguja de punto. Sabían que el culpable aprendía con cada nuevo ataque. Al asesinar a Leslie Truong, había dejado el martillo en el lugar de los hechos. Tal vez hubiera encontrado otro uso para la aguja de hacer punto.

Miró sus anotaciones.

Encontrada en el bosque. Presunto traumatismo craneal (¿martillo?). Mutilación sexual (¿?). Dictamen: accidente (¿fingido?). Peine perdido. Posible acoso.

El hecho de que Shay Van Dorne hubiera sido enterrada en un féretro doble les brindaba la oportunidad de vincular su muerte con los otros crímenes. Ella había supervisado exhumaciones otras veces. El embalsamamiento solo estaba pensado para durar un par de semanas. Una vez enterrados, los cadáveres se descomponían rápidamente. En algunos casos en los que el féretro estaba sellado, se había encontrado el cuerpo tan intacto como el día de su enterramiento. Y en otra ocasión, la aparición de una capa de moho en el labio superior del cadáver era el único indicio de que había pasado cierto tiempo desde la inhumación.

Volvió a pensar en Jeffrey. No había duda de que había muerto brutalmente asesinado. Ella lo había visto con sus propios ojos. ¿Cómo se habría sentido si no se hubiera podido determinar la causa de su muerte?

Cogió el teléfono y mandó un mensaje a Amanda.

Quiero hablar con los Van Dorne y darles toda la información posible, y luego dejarles decidir cómo procedemos.

Amanda contestó enseguida.

Vale.

Que Will fije la reunión lo antes posible.

Seguimos necesitando los archivos de Brock.

¿Qué pasa con Humphrey?

Sara dejó el teléfono y se recostó en la silla. Normalmente solo posponía las tareas domésticas; los asuntos de trabajo, nunca. No se aprobaba la carrera de Medicina dejando para otro día todas las cosas desagradables que había que hacer.

Así que ¿por qué procrastinaba ahora?

Abrió el navegador en su portátil y tecleó *Thomasina Tommi Jane Humphrey*.

La chica no aparecía en Facebook, Twitter, Snapchat o Instagram. Tampoco figuraba en la base de datos del GBI, ni en la guía telefónica, ni en el tablón de anuncios de la universidad. Haciendo una búsqueda general, le aparecieron unos cuantos resultados en Escocia y Gales, pero ninguno en Georgia, Alabama, Tennessee o Carolina del Sur.

De todos modos, era lógico que Tommi se hubiera aislado del mundo, después de lo que le había ocurrido.

Sara buscó los nombres de sus padres, Delilah Humphrey y Adam Humphrey. En el *Grant Observer* encontró un dato relevante: cuatro años atrás, Adam Humphrey había muerto aplastado por el coche en el que estaba trabajando al romperse el gato que lo sostenía. Según su obituario, dejaba esposa y una hija. El velatorio se celebraría en la funeraria Brock. Se animaba a los deudos a hacer donativos a la ONG Planned Parenthood en lugar de mandar flores.

Sara observó la fotografía de aquel hombre risueño y de cara redonda. Había visto solo dos veces a Adam Humphrey. La primera, cuando metió a su hija destrozada en la parte de atrás de su furgoneta para llevarla a Atlanta. Y la última, aquel día horrible en el jardín de su casa, cuando amenazó físicamente a un oficial de policía para proteger a su hija.

Cerró el buscador y sopesó sus opciones. Podía decirle a Amanda que lo había intentado de veras, pero ambas sabrían que técnicamente no era cierto.

En el condado de Grant había un recurso mucho más seguro que el Internet para localizar a alguien. Su madre iba a la misma parroquia que los Humphrey. Si ella no sabía dónde estaban, lo sabría alguno de sus conocidos. Pero su madre le preguntaría qué tal estaba, si la llamaba. Sara podía mentirle, pero Cathy se daría cuenta enseguida de que le pasaba algo, y lo más probable era que acabaran discutiendo, porque su madre no era muy fan de Will y, con el humor que tenía en ese instante, Sara sería capaz de sacarle los ojos a cualquiera que se atreviera a hablar mal de él.

Marla Simms, de la policía del condado, era una buena opción, pero Sara se resistía a dar cualquier paso que la acercara al recuerdo de Jeffrey. Era muy difícil avanzar si estabas mirando constantemente hacia atrás.

Acabó con los codos apoyados en la mesa y la cabeza entre las manos.

Lo ocurrido la noche anterior volvió a abatirse sobre ella con la fuerza de una ola gigantesca rompiendo contra la orilla. Aún se sentía borracha por la falta de sueño. Por más que se maquillase, no podía disimular la hinchazón de sus ojos. Will le había sonreído al salir de la sala de reuniones, pero Sara sabía qué cara ponía cuando sonreía de verdad, y no era esa. Odiaba ese distanciamiento que se había instalado entre ellos y le dolía el cuerpo como si estuviera incubando una gripe.

Su móvil emitió un tintineo y lo cogió precipitadamente por si Will le había escrito. No, era Amanda, que le mandaba otra serie de mensajes expeditivos.

Resultados laboratorio Truong perdidos.

Nick no localiza copias.

Urgente conseguir originales de Brock.

Llámame en cuanto hables con Humphrey.

En lugar de contestar, Sara abrió la aplicación Find My. A fin de cuentas, no era acoso si querías de verdad a la persona a la que intentabas localizar.

La última ubicación que mostraba el programa era la dirección de Lena Adams.

Soltó el teléfono sobre la mesa.

La noche anterior, se había enfadado al ver que el teléfono de Will estaba apagado. Que siguiera apagado la dejó hecha polvo. Estaba ansiosa por ver esa lucecita moverse por el mapa. La lógica le decía que seguramente Will seguía en el edificio. Se habría parado en la máquina expendedora para comprarse un bollo pegajoso antes de ir al despacho de Faith. Ella había olvidado ponerle una tirita en la mano. La dichosa herida seguía sangrándole, pero era ya demasiado tarde para darle puntos. Tenía que recetarle unos antibióticos. Debería ir a buscarlo enseguida y…

¿Y qué?

De pronto sintió el impulso de marcharse por miedo a

hacer una estupidez. Después de lo que había hecho la noche anterior, no tenía duda de que era capaz de hacerla. Cogió su bolso al salir del despacho y fue respondiendo a los mensajes de Amanda mientras se encaminaba al aparcamiento.

Voy a ir a ver a Brock en persona. Sigo intentando localizar a los Humphrey. En cuanto tenga noticias te aviso.

Lo primero que le decía no era difícil de conseguir. Brock se había mudado a Atlanta al empeorar el estado de su madre, cuando no pudo seguir cuidándola él solo. Vendió la empresa familiar y con el dinero que obtuvo de la venta la ingresó en una de las mejores residencias del estado. Su trabajo quedaba a veinte minutos en coche de la sede del GBI, en dirección sur. Sara quedaba con él un par de veces al año para comer o cenar. Seguro que Brock le echaría una mano encantado, sobre todo cuando le dijera de qué casos se trataba.

Lo relativo a Tommi, en cambio, la llenaba de angustia. Seguía resistiéndose a recurrir a la chica.

La chica…

Tommi Humphrey tendría ya treinta años. Había pasado casi una década desde la brutal violación que había estado a punto de acabar con su vida. Sara quería imaginar que se había recuperado por completo, que se había casado y había adoptado a un niño o, quizá, si el destino le había sonreído, que se había quedado embarazada y había dado a luz.

La idea de que ninguna de esas cosas fuera cierta la abrumaba. Sobre todo, lo último. A ella, la violación le había arrebatado la posibilidad de llevar un hijo en su vientre. No quería mirar a Tommi Humphrey y ver reflejada en ella esa pérdida inenarrable.

Miró el cielo. Parecía que el pronóstico del tiempo había dado en el clavo: iba a llover. Exhaló un largo suspiro al ver el coche de Will aparcado en su plaza de siempre, junto al suyo. Tocó el capó al pasar a su lado. Se sentó detrás del

volante de su Porsche Cayenne. Su BMW X5 había queda-
do para el desguace hacía unos meses. Se había comprado el
Porsche porque a Will le encantaba, igual que se compró el
Z4 para fastidiar a Jeffrey.

Al parecer, su feminismo daba una frenazo en seco en cuanto entraba en un concesionario de automóviles.

Pulsó el botón de arranque. El motor se encendió con un ronroneo. Sara echó un vistazo al coche de Will y se reprendió por
angustiarse tanto. Will acabaría perdonándola. Las cosas volverían
a la normalidad. Lo sabía racionalmente, pero aun así le costaba
reprimir el impulso de volver corriendo al edificio como una
amante desesperada.

O como una chiflada.

Marcó el número de sus padres mientras salía del aparcamiento. Se imaginó al instante a su madre atareada en la cocina
y a su padre leyéndole el periódico en voz alta. El teléfono de la
pared tenía el cable dado de sí, de tantas veces como Tessa y ella
lo habían sacado a la terraza para tener un poco de intimidad.

—No pienso hablar contigo —le espetó su hermana a
modo de saludo—. ¿Qué quieres?

Sara estuvo a punto de poner los ojos en blanco de puro fastidio. Odiaba con toda su alma el identificador de llamadas.

—Quería hablar con mamá. Necesito ponerme en contacto con Tommi Humphrey.

—Delilah se marchó del estado cuando murió Adam. Ni
idea de dónde está Tommi.

—¿Mamá tiene el teléfono de Delilah?

—Pregúntaselo a ella.

—Eso intentaba, pero… —Sara se interrumpió—. Tess,
dame una tregua. Ahora mismo no puedo soportar que más
gente se enfade conmigo.

—Pensaba que eras perfecta. ¿Quién más va a enfadarse
contigo? —replicó su hermana.

De pronto, Sara sintió que se le saltaban las lágrimas. Tess soltó un suspiro de resignación.

—Está bien, olvídalo. ¿Qué te pasa?

Sara se secó los ojos con el dorso de la mano.

—Will y yo nos hemos peleado.

—¿Por?

Ella dejó escapar un suspiro tembloroso.

—Ayer me pasé el día engañándole mentalmente con Jeffrey y luego, cuando vi que Will se había dado cuenta, metí la pata y se marchó, me dejó plantada.

—Espera. ¿Will te dejó plantada? —Tessa parecía tan sorprendida que se olvidó de su tono sarcástico—. ¿Y qué pasó luego?

—Le dejé un mensaje en el buzón de voz.

—Si se te va a ir la olla, mejor no dejar constancia de ello —dijo Tessa, citando un consejo de su madre—. ¿Y después?

—Después… —Sara le había contado a Will a grandes rasgos lo que había hecho la noche anterior. Los pormenores eran tan humillantes que solo podía contárselos a su hermana—. Esperé a que volviera y, como no llegaba, fui a su casa. Luego volví a mi casa, pero, como seguía sin aparecer, me pasé por el YMCA, el Wendy's, el McDonald's, el Dairy Queen y la gasolinera donde suele comprar burritos. Después me acerqué a Buckhead, a ver si estaba en casa de Amanda. Fui otra vez a su casa por si había llegado entretanto. Y luego volví a mi apartamento.

—Pero ¿no te quedaste allí?

—No, qué va. —Se limpió los ojos de nuevo—. Me fui a casa de Faith y vi que su coche estaba en la entrada y que estaban jugando a Grand Theft Auto en el sofá, como si nada. Así que me volví a casa. Le estuve esperando un rato más. Me fui a su casa y esperé a que volviera para arreglarse para ir a trabajar. Pero no apareció. Así que regresé a mi casa, me maquillé un poco y me fui a trabajar. Entonces me lo encontré en su despacho, me arrojé a sus pies y le supliqué que me perdonase, y creo que va a perdonarme, pero, hasta que lo haga, voy a sentirme como si tuviera una bola de gomas elásticas metida en el pecho.

Tessa se quedó callada un momento.

Sara agarró con fuerza el volante y procuró recordarse qué hacía en el coche, adónde iba.

—Jugando a Grand Theft Auto en el sofá —comentó su hermana—. Es un dato muy concreto.

—Eché un vistazo por la ventana del cuarto de estar de Faith —reconoció Sara.

—¿Por la parte de atrás de la casa o por delante?

—Por detrás.

—¿Y cuándo caíste en la cuenta de que Faith es policía, tiene un arma y estabas, técnicamente, irrumpiendo en su propiedad en plena noche?

—Cuando me tropecé con el bordillo del arenero de Emma y me caí de boca.

Tessa se rio y Sara dejó que se riera.

—¡Ay, hermanita! —exclamó Tessa—. Te tiene en el bote.

—Sí, así es —contestó Sara, y haciendo un esfuerzo añadió—: No sé cómo arreglarlo.

—Creo que vas a tener que armarte de paciencia y esperar. El tiempo es el mejor anestésico.

Otra sentencia de su madre.

—O puedes comprar algo en Ikea y fingir que no sabes montarlo —añadió Tessa.

—No creo que eso funcione. —Sara miró los indicadores de la carretera. Le quedaban otros diez minutos de viaje—. Está muy dolido. Y tiene razón.

—¿No podrías arreglarlo haciéndole una paja?

—No.

—¿Y una mamada?

—Ojalá.

—¿Y un beso negro?

—¿Qué tal tu entrevista con la matrona esta mañana?

—Bah. Hizo un solo comentario interesante. Yo le estaba hablando de mi hermana la sabelotodo, la médica de renombre, y ella me recordó que el Arca de Noé lo construyeron aficionados, pero que para construir el Titanic hicieron falta ingenieros.

—Sabes que lo del Arca de Noé fue un genocidio, ¿verdad? —Sara cambió de carril para dejar paso a un tráiler—. Noé y unos cuantos amiguetes suyos se salvaron, y el resto de la población del mundo fue aniquilada.

—Es una metáfora.

—Del genocidio.

—La tregua ha expirado —dijo Tessa—. Le comunicaré tu petición a nuestra madre.

Colgó.

Sara sacó un pañuelo de su bolso y se sonó la nariz. Al echar un vistazo al retrovisor, vio que su rímel no era, como prometía el envase, resistente al agua. Todavía se sentía trémula y ansiosa. Contándole a su hermana las locuras que había hecho la noche anterior solo había conseguido sentirse aún más desquiciada. Nunca, en toda su vida, había permitido que un hombre la descolocara de esa manera. Incluso cuando estaba segura de que Jeffrey la engañaba, fue Tessa quien se dedicó a recomponer recibos de hotel rotos y quien le siguió por las calles como una chalada para que ella no tuviera que rebajarse a ese extremo.

Ahora mismo tenía la sensación de haber caído tan bajo que prácticamente estaba en el fondo del mar.

El indicador de velocidad marcaba de pronto 144 kilómetros por hora. Sara frenó y se pasó al carril de tráfico lento. Siguió despacio, manteniéndose detrás de una camioneta que llevaba en el parachoques una pegatina descolorida de la campaña de

Joe Biden. Repasó de memoria los reproches que se había hecho a sí misma una y otra vez a lo largo de esas últimas veinticuatro horas. Beckey Caterino. Tommi Humphrey. Jeffrey. Will. Añadió a Tessa a la lista porque estaba siendo injusta con su hermana pequeña. Tessa era una mujer adulta; tenía una hija y estaba a punto de divorciarse. Evidentemente, estaba pasando por un mal momento. En lugar de burlarse de ella, Sara debería estar apoyándola.

Otra relación que tenía que arreglar.

La salida que tenía que tomar para ir a casa de Brock llegó antes de lo que esperaba. La conductora de un Mercedes le enseñó el dedo, iracunda, cuando adelantó al Porsche. Sara torció a la derecha para tomar la avenida, jalonada por restaurantes de comida rápida. Se hallaba en una zona industrial llena de almacenes, concesionarios de coches y tiendas de repuestos para automóviles.

Esos últimos años había ido a buscar a Brock al trabajo varias veces, pero desde la última había transcurrido tanto tiempo que no se acordaba del lugar exacto. Utilizó el control de voz del Porsche para buscar el número de la calle en su libreta de direcciones. Según el GPS, la sede de Servicios Funerarios All Care se hallaba a kilómetro y medio de allí.

La aseguradora en la que trabajaba Brock era mucho más pequeña que Dunedin Life, el conglomerado empresarial al que pertenecía la funeraria Ingle de Sautee. Sara sabía que All Care había ofrecido a Brock una cuantiosa bonificación en la compra de la funeraria familiar como incentivo para que se integrara en la plantilla de la compañía. Su departamento se encargaba de todos esos pormenores que los familiares de los finados creían erróneamente que, por darse entre bastidores, tenían como escenario el sótano de su funeraria local.

Georgia tenía una población aproximada de 10.5 millones de habitantes. Morían unas sesenta mil personas al año. Las grandes empresas daban una importancia primordial a la reducción de costes de producción. En el negocio funerario, esto suponía que los cadáveres eran trasladados a naves industriales llenas de tanatoprácticos que se encargaban de lavar, embalsamar, vestir y colocar en féretros a los muertos para luego enviarlos a las funerarias o tanatorios locales donde se celebraban las exequias. Se ganaba mucho dinero optimizando un proceso en el que muy poca gente se detenía a pensar hasta que no le quedaba otro remedio.

Sara reconoció el insulso edificio que había visitado otras veces. El letrero de All Care estaba casi escondido bajo un gran toldo, seguramente para evitar que los transeúntes dedujeran qué era lo que sucedía allí dentro. Sara aparcó en una plaza para visitas y comprendió, con veinte minutos de retraso, que debería haber llamado con antelación. Brock era siempre tan complaciente que a veces se le olvidaba que no debía aprovecharse de él.

Pero ahora ya no podía dar marcha atrás.

Guardó el móvil en el bolsillo delantero del bolso y se dijo que era un pequeño triunfo no haberlo mirado para ver si Will le había devuelto la llamada o si, milagrosamente, le había enviado un mensaje.

La nave industrial que ocupaba All Care era igual de ancha que de larga y tenía la forma y el tamaño aproximados de un campo de fútbol americano. El aparcamiento estaba lleno de coches de gama alta. A esa hora ya había mucha actividad. Sara vio una cola de furgonetas con el motor al ralentí, esperando para cargar o descargar cadáveres. Contó seis camiones aparcados junto a otros tantos muelles de carga. Dos pertenecían a una fábrica de ataúdes de la zona, otro a una empresa de artículos funerarios y los otros tres a UPS.

Los conductores de estos últimos estaban metiendo transpaletas llenas de ataúdes embalados en el almacén. La ley federal obligaba a las funerarias a aceptar féretros comprados a través de Internet. Como sucedía con el resto de los bienes de consumo, empresas como Costco, Walmart y Amazon acaparaban casi todo el mercado. El ahorro podía ser importante, para consternación de empresas como All Care. Lo único que podía tumbar a una gran corporación era otra corporación igual de grande.

Sara oyó el pitido del móvil que anunciaba la llegada de un mensaje. Deseó que fuera de Will, pero se dijo que seguramente era de Amanda. Se equivocó, sin embargo: era de su hermana.

Eres gilipollas, le escribía Tessa.

Clavadita a mi hermana, respondió.

Ya que tenía el teléfono en la mano, volvió a mirar la aplicación Find My. La ubicación de Will seguía sin moverse de casa de Lena.

Volvió a guardar con cuidado el teléfono en el bolso mientras subía las escaleras de cemento de la entrada.

—Buenos días. —La recepcionista de la empresa le sonrió cuando entró en el vestíbulo—. ¿En qué puedo ayudarla?

—Buenos días. —Sara dejó su tarjeta de visita sobre el mostrador—. Vengo a ver a Dan Brock.

—Brock acaba de volver de una reunión. —A la recepcionista se le iluminó la sonrisa al pronunciar su nombre—. Siéntese, por favor. Voy a avisarle de que está aquí.

Demasiado nerviosa para sentarse, Sara se puso a dar vueltas por el pequeño vestíbulo mientras esperaba. El edificio no estaba abierto al público y los carteles de las paredes eran de empresas del sector: seguros de decesos, urnas funerarias, el anuncio de un seminario sobre maquillaje de cadáveres… Alguien había puesto una pegatina en la puerta de entrada: *¡Conduce despacio! ¡No nos des más trabajo!*

—¿Sara? —Brock estaba sonriendo cuando ella se dio la vuelta—. ¡Qué sorpresa!

Antes de que pudiera contestar, la estrechó en un fuerte abrazo. Olía a líquidos de embalsamar y a Old Spice, los mismos olores que Sara asociaba con él desde que tenía diez años.

—Madre mía, te has puesto guapísima. ¿Vas a una fiesta o qué? —preguntó él.

Ella sonrió.

—He venido por trabajo. Siento no haberte llamado antes.

—A ti siempre te hago un hueco, Sara, ya lo sabes. —Brock esperó a que la recepcionista abriera la puerta con el mando a distancia—. Vamos a mi despacho.

El despacho de Brock daba a la sala de embalsamamiento, situada al fondo del edificio. Mientras recorrían el largo pasillo, dejando atrás varias puertas cerradas y una sala de descanso para empleados, Brock puso a Sara al corriente de las últimas novedades. Su madre volvía a padecer ataques de asma, pero parecía contenta con la residencia. Por lo visto, el pastor de la iglesia metodista de Heartsdale se había despedido, perseguido por una nube de sospecha. Y él estaba probando una nueva aplicación de contactos para solteros del sector funerario; «Fiambres con suerte», se llamaba.

—¿No te fue bien con Liz? —preguntó Sara.

Él hizo una mueca. Su vida amorosa nunca había sido fácil.

—¿Qué tal están tu madre y los demás? —preguntó para cambiar de tema.

—Will está genial —contestó ella, dejándose llevar por un arrebato de anhelo—. Mi padre, casi jubilado. Y mi madre no para, como siempre. Tessa está pensando en hacerse matrona.

Brock se detuvo en la puerta del almacén.

—Vaya, qué buena noticia. Tessa es muy cariñosa. Seguro que será una matrona estupenda.

Sara se sintió culpable por no haber reaccionado igual cuando su hermana le contó sus planes.

—Hay que estudiar mucho —dijo.

—Bueno, cualquiera puede aprenderse de memoria un libro de texto. Mírame a mí. Pero la empatía no se aprende, ¿verdad? O la tienes o no la tienes.

—Tienes razón.

Brock se rio.

—Eres la única mujer que conozco que me dice eso. Pasa.

Le abrió la puerta de la sala principal de la nave. El intenso olor a formaldehído golpeó a Sara en la cara como una pedrada. Esa sustancia química era el ingrediente principal del líquido de embalsamar. Sara contó al menos treinta embalsamadores inclinados sobre otros tantos cadáveres. Los trabajadores eran en su mayoría mujeres, y todos ellos eran blancos. Al parecer, en el negocio funerario imperaba la segregación racial.

Sara pasó por encima de una manguera larga extendida en el suelo. Un ruido de succión salía de los desagües. Treinta bombas de aire resoplaban al introducir fluido en sendas arterias carótidas y extraer sangre de otras tantas yugulares. Los últimos toques se daban en los muelles de carga. Los féretros se cargaban en las furgonetas que aguardaban o se embalaban para su traslado a lugares más lejanos.

—Acabo de salir de una reunión sobre Honey Creek Woodland —dijo Brock—. Nos están haciendo bastante daño.

Sara había leído algo acerca del movimiento de los cementerios naturales. Al echar un vistazo a la nave, comprendió por qué la gente optaba por prescindir del embalsamamiento y prefería enterrar a sus seres queridos en un entorno más natural.

—Cenizas a las cenizas y polvo al polvo —dijo—. Nada que objetar al respecto.

—Eso es una blasfemia en este edificio. —Brock se rio de buena gana—. Menos mal que el condado de Macon-Bibb ha aprobado una ordenanza exigiendo contenedores a prueba de filtraciones en todos los enterramientos. Esperemos que esa norma se extienda a todo el estado.

—Hablando de eso —dijo ella, aprovechando la ocasión—, tengo pendiente la exhumación de una víctima de hace tres años. Según la funeraria, la enterraron en un féretro de doble caja.

—¿De resina o de cemento?

—No estoy segura.

Brock abrió la puerta de su despacho, que ocupaba una esquina de la sala. La única luz procedía de unas bombillas fluorescentes. Las dos ventanas del despacho daban al interior de la nave y estaban cubiertas por persianas de madera oscura, con las lamas firmemente cerradas. La habitación era espaciosa, o a Sara le pareció que podía serlo, al menos. Brock nunca había sido una persona ordenada. Por todas partes había papeles y libros amontonados. Los archivadores estaban a rebosar.

—Perdón —se disculpó—. En estos últimos tres años he perdido dos secretarias. A la primera no tengo nada que reprocharle, pero a la segunda le gustaba tomarse una copita a la hora de la comida, y ya sabes lo que pienso al respecto.

El padre de Brock había sido alcohólico, un secreto a voces que todo el mundo guardaba en el pueblo porque su alcoholismo le hacía, de hecho, más agradable.

—¿Quieres un café o un té? —preguntó Brock.

Sara quería darse una ducha caliente para librarse del olor a formaldehído.

—No, gracias. Técnicamente, todavía estoy de servicio.

—Si cambias de idea, dímelo. —Brock despejó una mesita para que Sara se sentara y él ocupó la silla—. Bueno, te ahorraré todo ese rollo legal sobre que no hay ninguna garantía de que el cuerpo se haya conservado en buen estado. Los dos sabemos que es muy probable que esté bien conservado, sobre todo si el féretro está sellado. A menos que la caja exterior sea de cemento. Eso podría ser un problema. Hemos comprobado que se deterioran hasta cierto punto con los años, sobre todo en la costa, donde la capa freática es más alta.

—El cuerpo está en Villa Rica.

—Mucho mejor, entonces. Allí hay buen suelo. Hay tres funerarias que dan servicio a esa zona. Todas usan cajas de resina sintética y saben cómo sellarlas. Villa Rica está dentro de mi territorio. —Señaló el mapa de Georgia pegado a la pared.

Sara dedujo que All Care prestaba servicio en los condados sombreados en azul y advirtió que el de White, donde se había encontrado el cadáver de Alexandra McAllister, quedaba fuera de su zona de actuación.

—Pero no sé qué decirte, Sara. Nosotros no nos encargamos de cavar el hoyo. Eso es cosa de la funeraria local. ¿Necesitas que hable con alguien de tu parte?

—No, no, no he venido por eso. Es por dos casos antiguos que han vuelto a abrirse —explicó—. Rebecca Caterino y Leslie Truong.

A Brock, la sonrisa se le borró de la cara. Parecía igual de horrorizado que hacía ocho años.

—Que Dios me perdone, hacía muchísimo tiempo que no pensaba en esas pobres chicas. Si dimití como juez de primera instancia fue por ese motivo, por ellas.

—Lo sé.

—Santo Dios. —Brock seguía pareciendo anonadado—. Hace ya cerca de diez años, calculo. Esa chica, Rebecca, ¿sigue en una silla de ruedas?

—Sí —contestó ella, pero prefirió ahorrarle los detalles—. La exhumación de la que te hablaba está vinculada con los dos casos.

—Uf, no me digas que pusieron en libertad a ese tipejo.

—No, Daryl Nesbitt sigue en prisión, pero hay pruebas que podrían exonerarlo. Al menos en lo tocante al cargo de violación y asesinato.

—¿Pruebas? Vaya, eso es… —Él se interrumpió y miró a su

alrededor como si los libros y los papeles apilados pudieran explicar cómo había sucedido aquello—. Ya sabes que no me gusta polemizar, Sara, pero me parece que Jeffrey pilló a ese tal Daryl con todas las de la ley. En el pueblo nadie dudaba de que fuera él. Mi padre decía siempre que gracias a que esa gentuza de Dew-Lolly se mataba entre sí por cualquier cosa nosotros pudimos mantenernos a flote durante la recesión. No creo que Jeffrey se equivocara con ese tipo.

—Pues se equivocó —repuso ella. Le supo a traición, pero era la verdad—. El GBI ha descubierto información nueva que indica que el asesino podría estar todavía en activo.

—¿En activo? —Brock se puso pálido—. ¿Es que hay más víctimas?

—Sí.

En medio del silencio que se hizo, Sara volvió a oír las bombas de fuera.

—¿Estáis seguros de que no es alguien que intenta imitar a ese tipo? —Brock sacudió la cabeza como si se negara a creer aquello—. Eso es horrible, Sara. Estoy espantado. ¿Qué pasamos por alto?

—Por eso he venido.

—Claro, claro. Necesitáis mi informe del levantamiento del cadáver. Tengo tus notas de la necropsia, y los resultados del laboratorio y… —Se acercó a su mesa y sacó un llavero del cajón—. Está todo en el almacén de U-Store, en el trastero 522. Yo acabo de volver de una reunión y no puedo marcharme ahora. Podemos ir juntos esta noche, cuando salga de trabajar, o puedes ir tú sola ahora, si quieres.

—Prefiero ir ahora. —Sara vio cómo separaba un llavín del resto de las llaves—. Estamos intentando recabar pruebas lo antes posible.

—No entiendo qué pudo escapársenos. Todo conducía a Daryl Nesbitt. Y luego estaba todo ese asunto del martillo.

—Brock sacudió de nuevo la cabeza. Evidentemente, estaba tan desconcertado como ella—. ¿Dices que hay pruebas que lo exoneran?

—Sí.

—¿Qué…? No puedes decírmelo, claro. Siento haberte preguntado. —Brock sacó el llavín—. ¿Puedes contarme lo que vaya pasando? Lo que puedas decirme, claro. Ya sé que tendréis que mantener esto en secreto por ahora, pero, santo Dios, más mujeres asesinadas… ¡Y la pobre Leslie Truong! Tiene que ser un asesino en serie, Sara.

Ella cogió la llave. La mano sudorosa de Brock había dejado el metal pegajoso.

—Esta vez daremos con él.

—Ojalá, pero me alegro de que Jeffrey no haya tenido que ver esto. Ya sabes cuánto quería a nuestro pueblecito. Saber que se había equivocado habría sido un golpe durísimo para él.

Sara se mordió el labio para impedir que se le saltaran las lágrimas. Brock pareció avergonzado.

—Ay, perdona, cuánto lo siento, no he pensado que…

—No pasa nada. —Sara necesitaba salir de allí o se echaría a llorar—. Ya te contaré qué averiguamos.

—Te acompaño a la…

—No hace falta, gracias. Te llamo pronto para que vayamos a cenar, ¿de acuerdo?

—Claro, pero…

Ella salió del despacho antes de que Brock pudiera acabar la frase.

Mantuvo la cabeza agachada mientras cruzaba el edificio y la boca abierta porque no podía respirar por la nariz. Se tropezó con unos empleados que salían de la sala de descanso. Los despachos del pasillo estaban llenos de trabajadores que levantaron la vista al pasar ella. En el vestíbulo, la recepcionista le deseó que pasara un buen día y ella no pudo responder.

Mientras bajaba las escaleras de la entrada, soltó una sarta de maldiciones. Tendría que haberle preguntado a Brock si sabía dónde vivían Delilah o Tommi Humphrey. Después de la iglesia, el mejor sitio para enterarse de cotilleos era la funeraria local, y la de la familia Brock había dado servicio a la zona de los tres condados durante dos generaciones. Brock o su madre siempre estaban al tanto de las novedades del pueblo.

Se paró en seco, pero solo un segundo.

No podía volver a entrar; era impensable. Se fue derecha a su coche y bajó todas las ventanillas para dejar que corriera el aire. Aún tenía que respirar por la boca. Notó un pinchazo de dolor y aflojó la mano en la que llevaba la llave del candado. La había apretado tan fuerte que el metal se le había clavado en la palma, dejándole una marca.

Probablemente Brock había elegido los trasteros de U-Store por la misma razón que ella: era la única empresa de trasteros del condado de Grant que ofrecía almacenamiento climatizado. Si no, los archivos policiales de Jeffrey y sus informes forenses se habrían podrido por la humedad o pulverizado por el calor. No podía volver a mandar a Tessa a los trasteros, no porque su hermana fuera a negarse, sino porque tenía que seguir el protocolo de la cadena de custodia. Tendría que ir en persona, lo que suponía ir en coche hasta Grant, o sea, volver a sentir los mismos remordimientos que la habían anegado el día anterior.

Pensó en llamar a Will para decirle dónde iba, pero, dejando a un lado la aplicación Find My, su relación se basaba en la confianza. No tenía por qué informarle de todos sus movimientos, y él se sentiría desconcertado si lo hacía.

Así pues, ¿por qué tenía esa sensación de estar engañándole? ¿Quizá porque los trasteros estaban en la avenida Mercer, justo enfrente del cementerio de Heartsdale donde estaba enterrado Jeffrey?

La ubicación de los trasteros no era algo que dependiera de ella. Lo que tenía que hacer inmediatamente era leer el informe de la autopsia de Leslie Truong. Podía haber alguna pista entre sus páginas, algo que se les hubiera escapado y que los ayudara a encontrar al asesino.

Finalmente, optó por el camino más fácil y escribió un mensaje a Amanda: *Me voy a Grant a buscar los archivos de Brock. Sigo intentando localizar a Humphrey. Vuelvo lo antes posible.*

Puso en marcha el motor y salió del aparcamiento.

Por primera vez en su vida, le angustiaba la idea de irse a casa.

18

Jeffrey fue encendiendo luces mientras cruzaba la jefatura de policía. Como de costumbre, era el primero en llegar. Encendió también el aire acondicionado y la cafetera. Abrió las persianas de su despacho. Se sentó a su mesa.

El reloj de su ordenador marcaba las 5:33 de la mañana. Sara había trabajado toda la noche. Ya habría terminado la autopsia de Leslie Truong. Brock la había ayudado y Frank había actuado de testigo. Normalmente se habría ocupado él de esa tarea, pero había pasado las doce horas anteriores hablando con posibles testigos, interrogando de nuevo a las compañeras de residencia de Rebecca Caterino y Leslie Truong y al personal de la universidad, peinando el bosque en busca de pruebas materiales y ofreciéndole a Bonita Truong, la madre de Leslie, un hombro en el que llorar.

Ninguna de esas cosas había servido de nada. No había avanzado ni un centímetro desde el día anterior a esa misma hora. La única diferencia era que ahora tenía un asesinato que resolver.

Desplegó el mapa topográfico del bosque sobre la mesa. A vista de pájaro, se hacía una idea mucho más clara de la orografía. De las hondonadas y los valles, los montes, los lagos y los riachuelos. El papel seguía húmedo porque lo había desdoblado encima del capó de su coche. Usando una regla y rotuladores de colores, había trazado líneas que cruzaban el bosque: la roja marcaba el camino que posiblemente había tomado Beckey Caterino en su carrera; la azul, la senda que casi con toda probabilidad había seguido Leslie Truong para volver al campus tras encontrar a Beckey. Aunque la lluvia se lo habría llevado todo, había ordenado un registro exhaustivo de esa franja de más de tres kilómetros de terreno.

A Leslie la habían encontrado en una zona cubierta de maleza, a unos treinta metros de la senda principal que iba serpenteando desde el campus a la orilla norte del lago. Jeffrey ignoraba si la chica había llegado hasta allí por su propio pie o si la había llevado el asesino. Lo único que sabía con toda seguridad era que tenía la parte inferior del cuerpo paralizada. Seguramente estaba drogada en el momento de los hechos. No quería ni imaginar lo que habría pensado Leslie mientras yacía en el que acabaría siendo el lugar de su muerte. No era muy dado a rezar, pero, si lo hubiera sido, le habría pedido a Dios que Leslie estuviera completamente inconsciente en esos instantes.

Una equis de color azul marcaba el lugar donde había aparecido el cuerpo de la joven. En aquella zona, las curvas de nivel del mapa se arremolinaban, lo que indicaba la existencia de una hondonada imperceptible a simple vista cuando Jeffrey había estado allí. Las cámaras de seguridad del campus confirmaban que el asesino no había llegado desde la universidad. El barrio de IHOP se hallaba a unos dos kilómetros y medio del lugar del crimen y el punto de acceso más próximo al sitio donde había aparecido Leslie era la pista forestal que había mencionado Frank.

Jeffrey había trazado una línea de puntos verdes para

indicar el itinerario que podía haber seguido el asesino desde donde estaba el cadáver de Leslie a la pista sin asfaltar, de un solo carril. Las curvas de nivel mostraban, nuevamente, una pequeña depresión en la que el asesino podía haber aparcado su vehículo oculto a la vista. No había huellas de neumáticos ni pisadas. La lluvia había convertido el firme de la pista forestal en una capa de lodo.

Una furgoneta de color oscuro. Era lo único que Tommi Humphrey recordaba de la noche de su brutal violación. Jeffrey había hecho una búsqueda rápida de furgonetas oscuras en la zona de los tres condados. Memminger y Bedford, al igual que gran parte del condado de Grant, estaban llenos de pintores, electricistas, fontaneros, carpinteros y gente que sencillamente prefería las furgonetas a los utilitarios. La búsqueda arrojaba 1,893 resultados —y subiendo— cuando cerró el buscador.

Volvió a concentrarse en el mapa y siguió la pista forestal hasta su arranque, en el camino de Stehlik, al que se accedía a través de Nager Road por el norte y de Richter Street por el sur. El cementerio de Heartsdale, con sus montículos sinuosos, se hallaba a unos tres kilómetros de Richter, bajando por Mercer Avenue. Justo enfrente se estaba construyendo una nave de alquiler de trasteros.

Cogió su Blackberry. Mandó un correo a Lena Adams ordenándole que se pasara por la obra antes de ir a jefatura. Cabía la posibilidad de que algún obrero hubiera visto un vehículo sospechoso; una furgoneta oscura, quizá. Claro que también era posible que el vehículo de aspecto sospechoso lo condujera un obrero. Mandó otro mensaje a Lena pidiéndole que anotara el nombre de todos los obreros y de las visitas que habían pasado por la obra durante los tres meses anteriores.

Era posible que alguien ajeno a aquella zona se hubiera tropezado por casualidad con la pista forestal, pero cuanto más pensaba en las mujeres agredidas en el bosque más probable le parecía que el culpable fuera alguien que conocía bien el terreno: un estudiante o un profesor que vivía en el campus o en sus inmediaciones, un bombero, un trabajador del servicio de emergencias o de conservación de carreteras, un viajante, un conserje, un obrero o un vecino de la zona que llevara toda la vida viviendo allí.

Contando a los estudiantes, el condado tenía una población de unas veinticuatro mil personas, como mucho. Si hacía falta, llamaría a la puerta de todos los vecinos. El problema era que el condado no era una isla. El asesino podía proceder perfectamente de alguna localidad vecina. Si se sumaban los condados de Memminger y Bedford, aquella zona tenía más de cien mil habitantes y, si se añadía la parte sur del estado, la cifra ascendía a millones.

Buscó la carpeta que Lena le había dejado sobre la mesa. Cumpliendo sus órdenes, había resumido todos los casos de violaciones denunciados en la zona de los tres condados. Había un total de tres docenas de violaciones sin resolver, una cifra demasiado redonda. Ninguna de ellas encajaba por su *modus operandi* con los casos de las mujeres del condado de Grant. Las víctimas no parecían tener nada en común con Tommi Humphrey, Rebecca Caterino o Leslie Truong.

Cerró la carpeta.

En la academia de policía y en todos los seminarios a los que había asistido después, le habían enseñado que los violadores se ceñían a un tipo concreto de víctimas. Les atraía un grupo de edad específico o un aspecto en particular: jóvenes rubias con coleta, abuelas con rizos, animadoras, prostitutas, madres solteras... Cada violador tenía su tipo predilecto y elegía a sus víctimas conforme a sus sórdidas fantasías.

Esa teoría no parecía sostenerse en los casos que le ocupaban. Tommi tenía el pelo corto y rubio en el momento de la agresión. Beckey lo tenía largo y moreno. Leslie, negro y cortado a tazón. Una de ellas era, al parecer, virgen; otra, lesbiana; y la tercera, según su madre, había tenido diversas experiencias sexuales. Las tres estudiaban en Grant Tech, pero eran muy distintas en edad, constitución física, tono de piel y facciones.

Jeffrey se frotó la cara. No podía seguir dando vueltas a las mismas cosas. Había habido dos agresiones en dos días. Y estaba empezando una nueva jornada. ¿Qué les depararía?

Miró de nuevo la hora antes de levantar el teléfono fijo y marcar un número que se sabía de memoria.

—Buenos días —dijo Nick Shelton—. ¿En qué puedo ayudarle?

—Soy Jeffrey. ¿Cuánto tiempo tardaría el FBI en generar un perfil psicológico?

—¿Cuánto tiempo te queda para jubilarte?

—Joder —masculló Jeffrey—. ¿Tanto?

—Podría quedarse en un año, si consigo que asignen a la persona indicada.

Jeffrey no quería pensar en lo que podía ocurrir si el caso se alargaba tanto. Había visto el estado en que se hallaba el cadáver de Leslie Truong. Y conocía los detalles del caso de Tommi Humphrey.

—Nick, para serte sincero, si esto se alarga hasta fin de mes voy a solicitar la intervención de la policía estatal. Ese tipo sigue aprendiendo. Y va a seguir atacando a mujeres.

—¿Estás seguro de que quieres que intervenga mi jefa? —respondió Nick con una risa—. No te ofendas, tío, pero tiene más cojones que tú y yo juntos.

Jeffrey se pasó la mano por los ojos. Si pensaba en ello, todavía veía el mango roto del martillo.

—Mi ego no corre peligro, descuida. Y hay que parar a ese tío.

—Entendido, colega. Mándame los detalles cuando puedas. Podemos ir empezando. Aunque al final no nos hagamos cargo del caso, si hay juicio, vendrá bien tener a un federal en el estrado de los testigos. Al jurado le gusta.

—Te los mando hoy mismo.

Jeffrey colgó el teléfono, pero no apartó la mano de él. Quería llamar a Brock para pedirle un informe, pero por otro lado sabía que Sara le habría avisado enseguida si hubiera descubierto algo de interés durante la autopsia.

Volvió a enrollar el mapa topográfico y lo dejó a un lado. Echó un vistazo a su correo electrónico. El alcalde quería hablar con él. El decano quería que se reunieran. El fiscal del distrito quería que le pusiera al corriente de las novedades en la investigación. El periódico de los estudiantes de Grant Tech quería una entrevista escrita. Y el *Grant Observer*, una en persona.

Mandó respuestas anodinas a todos, resistiéndose al impulso de decirles que lo que querían y lo necesario eran dos cosas muy distintas.

Por lo menos su madre lo había dejado en paz. Después de que lo llamara por enésima vez, Jeffrey la había telefoneado para desearle feliz cumpleaños. Al poner ella el grito en el cielo, él la había engañado creando un falso recuerdo: le había dicho que meses atrás, en una conversación que en realidad no tuvieron, había prometido llevarla a cenar el fin de semana posterior a su cumpleaños. Su madre, borracha como una cuba, había fingido recordar y él, como hijo de una alcohólica que era, había sentido al mismo tiempo la satisfacción de sacarle al fin algún provecho al alcoholismo de su madre y una mala conciencia angustiosa por haberla engañado.

El ruido que hizo la máquina de fax al ponerse en marcha tras él lo sacó de sus cavilaciones. Brock le mandaba los datos detallados del martillo que Sara había extraído de la vagina de Leslie Truong. Por pura suerte, el extremo del mango llevaba estampada la marca del fabricante.

Buscó en el ordenador el número de serie del martillo y

reconoció las rayas verdes y amarillas características de la marca de herramientas Brawleigh.

El martillo de chapista, de pena cruzada, pesaba 680 gramos y formaba parte de un conjunto de tres herramientas denominado, muy a propósito, Kit Golpe Mortal. Los martillos de ese tipo estaban diseñados expresamente para trabajar el metal y hacerlo más maleable. Se utilizaban, de hecho, para alisar y moldear la chapa. Un martillo de boca plana y un mazo completaban el set que vendía Brawleigh.

Jeffrey echó un vistazo a las especificaciones técnicas. El mazo pesaba también 680 gramos y tenía la cabeza rellena de arena y recubierta de poliuretano. Los dos martillos tenían el lado plano de la cabeza cubierto por discos de plástico. Las tres herramientas estaban diseñadas para reducir al mínimo el rebote elástico de la superficie de impacto, de ahí que el mango del arma homicida tuviera un cuello tan estrecho.

Agrandó la imagen del martillo. La cabeza metálica tenía un aspecto siniestro. La «pena» —el extremo más afilado— era cónica y se utilizaba para moldear ángulos agudos. No tenía forma de saber si el asesino lo había utilizado también con Tommi Humphrey. ¿Lo había comprado expresamente para llevar a cabo las agresiones o lo había encontrado por ahí tirado, en su taller o su garaje?

Brawleigh era una marca muy conocida en todo el país dentro del sector de las herramientas, tan omnipresente como podían serlo Snap-On o Craftsman. Hizo una búsqueda general del martillo de pena cruzada y descubrió que estaba disponible en Pep Boys, Home Depot, Costco, Walmart y Amazon. Pedir judicialmente los informes de ventas de la región sería un trabajo ímprobo. El fiscal de distrito del condado de Grant solo trabajaba a media jornada. Tardaría días en cumplimentar los trámites. Y él no tenía tanto tiempo.

Cerró las pestañas y volvió a la página web de Brawleigh. El

Kit Golpe Mortal se encontraba en la sección de Carrocería. Pasó el ratón por los submenús, pero no encontró nada de interés. Pasó a la sección de Carpintería y encontró lo que estaba buscando.

Botadores y punzones.

Observó los botadores, que se utilizaban para hundir los clavos de cabeza perdida en la madera. Eran de acero templado, redondeados, de unos quince centímetros de largo, gruesos por la parte de arriba para golpearlos con el martillo y acabados en punta en el otro extremo para encastrar la cabeza del clavo. Jeffrey cerró el puño. Había empujado unos cuantos botadores a lo largo de su vida. Era una herramienta demasiado pequeña para servir eficazmente como arma homicida, y demasiado tosca para efectuar una punción de la médula espinal.

Clicó en Punzones.

Punzón cónico. Punzón piramidal. Punzón de varilla cuadrada.

Amplió la fotografía de este último. Se parecía mucho a un destornillador, solo que en vez de tener la punta plana o de estrella la tenía afilada como una aguja. Jeffrey también estaba familiarizado con aquella herramienta. Se usaba para hacer marcas en la madera a fin de guiar los clavos y tornillos de modo que entraran en la posición correcta.

Era, además, lo bastante largo y preciso como para perforar la médula espinal de una persona.

Había movimiento en la sala común. Matt se estaba sirviendo un café. Frank se había quitado la americana y la estaba colgando del respaldo de la silla.

Jeffrey se reunió con ellos.

—¿Y la autopsia?

Frank meneó la cabeza.

—Nada nuevo sobre ese cerdo.

Jeffrey se lo esperaba, pero aun así era frustrante.

—¿Cuántos talleres de mecánica y carrocería creéis que hay en el pueblo?

—¿Entre Avondale y Madison? —preguntó Matt—. Que yo recuerde ahora mismo, doce.

Dado que había sido el primero en responder, Jeffrey le dijo:

—Quiero que vayas a todos y averigües discretamente si alguno ha echado en falta un martillo de chapista de pena cruzada.

—Los de marca Brawleigh son mis preferidos —dijo Frank.

—A mí me gustan más los Milwaukee —repuso Matt.

Habían dado, sin pretenderlo, con un tema interesante. Los hombres tendían a usar siempre la misma marca de herramientas. En el banco de trabajo de Jeffrey, sin ir más lejos, predominaba el color amarillo de las herramientas DeWalt.

—Los mecánicos suelen tener sus propias herramientas —le dijo a Matt—. Fíjate en quién usa Brawleigh.

—Sí, señor. —Matt le hizo un saludo militar al dirigirse a la puerta.

—¿Has conseguido localizar al Daryl del teléfono de Caterino? —le preguntó Jeffrey a Frank.

—He mirado en nuestro archivo de atestados, en las fichas y las paradas de tráfico, y nada. El único Daryl que aparece es Farley Daryl Zowaski, que tiene ochenta y cuatro años.

—Otro cerdo.

Todos conocían a Zowaski, un famoso exhibicionista de la zona. El propio Jeffrey lo había detenido delante de un colegio de primaria, al poco tiempo de entrar a trabajar en el condado de Grant.

—¿Y el registro de agresores sexuales? —preguntó.

—Tenemos a tres depredadores registrados oficialmente en el condado.

Jeffrey sabía que la cifra real era diez veces esa.

—Quiero que a las ocho nos reunamos para hacer una puesta en común. A esa hora ya debería tener el informe completo de la autopsia de Truong. Necesitamos un plan.

—¿Qué clase de plan? —preguntó Frank lleno de curiosidad—. Este asesino es mucho más listo que nosotros.

Jeffrey no pudo llevarle la contraria, pero preguntó:

—¿Por qué dices eso?

—Es metódico y decidido. Vigila a esas chicas, ¿no? No se las lleva sin más a plena luz del día, sin planificar nada antes. —Frank se encogió de hombros—. Los secuestros en los que la víctima no conoce a su agresor son los más difíciles de resolver. Y si además es un asesino en serie, apaga y vámonos.

Hablaba con aparente despreocupación, pero Jeffrey entendía su actitud: Frank había alcanzado un punto en su carrera en que ya nada de lo que hiciera una persona, por horrendo que fuera, podía sorprenderle.

—Bueno, está bien, las vigila —dijo—. ¿Y luego qué?

—Yo creo que no se las lleva a ninguna parte. Puede que aparcara la furgoneta en esa pista forestal, pero para largarse, en todo caso. Me parece que vio a Leslie en el bosque, que se las arregló para sacarla del camino, que le hizo todo eso y luego la dejó allí.

—Entonces crees que se quedó en el bosque después de atacar a Caterino y que luego vio a Leslie Truong.

—O puede que ella lo viera a él.

—Lena metió la pata hasta el fondo, eso está claro, pero hasta ella lo habría mencionado si Leslie Truong hubiera visto al hombre que agredió a Beckey Caterino.

—Sí, pero puede que Truong no fuera consciente de que había visto a ese cabrón. Recuerda que, cuando se marchó para volver al campus, ella creía que era un accidente. Es posible que el tipo la siguiera y que la atacara porque podía reconocerlo. O puede que no fuera por eso. Puede que simplemente estuviera cabreado porque le había interrumpido.

Jeffrey pensó en las lesiones internas de Tommi Humphrey y Leslie Truong. Rebecca Caterino se había librado de ese horror. Frank solo estaba al tanto de lo que les había sucedido a las dos últimas víctimas, de modo que Jeffrey se vio obligado a preguntar:

—¿Porque le había interrumpido haciendo qué?

—¿Follársela? —Frank se encogió de hombros—. Bundy volvía a los cadáveres. Una vez oí una charla de un tipo del FBI en Atlanta. Hizo una presentación con diapositivas y todo. Nos dijo que Bundy volvía días, semanas, a veces incluso meses después. Maquillaba a las víctimas, les arreglaba el pelo, se la cascaba, se follaba a los cadáveres... Era muy retorcido, el cabrón. A veces hasta les cortaba la cabeza y se la llevaba a casa para pasar un rato con ellas en la intimidad.

Jeffrey no quería oír hablar de Ted Bundy en relación con el caso. A Bundy lo detuvieron tres veces, dos de ellas después de escapar estando bajo custodia policial. Sus detenciones, sin embargo, no fueron producto de ninguna hazaña digna de Sherlock Holmes. Las tres veces lo pararon por infracciones de tráfico. En el condado de Grant no iban a tener esa suerte.

—Las víctimas preferidas de Bundy eran estudiantes —prosiguió Frank—. Le gustaban de un tipo concreto: de clase media, pelo largo, morenas, delgadas y jóvenes. Igual que a mí, ahora que lo pienso.

La Blackberry de Jeffrey empezó a sonar en su despacho. Corrió a cogerla antes de que saltara el buzón de voz. Era el número de Bonita Truong. Tres horas antes, Jeffrey la había dejado en el hotel Kudzu Arms, a las afueras de Avondale. Le había dicho que intentara descansar un poco, pese a que los dos sabían que era imposible.

—Jefe Tolliver —contestó.

Oyó una inhalación al otro lado de la línea. Cerró la puerta del despacho, se sentó en el borde de la mesa y oyó llorar a la mujer.

—E-estoy tan…, tan…

—No pasa nada —le dijo él—. Estoy aquí.

—Ella…, ella… —Su voz se quebró en un gemido ininteligible.

Jeffrey pensó en aquella madre que acababa de perder a su hija, sentada sola en su habitación del Kudzu Arms. En la moqueta, que siempre parecía húmeda. En el falso techo medio desprendido y en el lavabo lleno de marcas de cigarrillos del cuarto de baño. Después de que Sara le echara de casa, él había pasado muchas noches borracho en aquel hotelucho de carretera. A veces iba solo; casi siempre, sin embargo, lo acompañaba alguna mujer que a la mañana siguiente le dejaba su teléfono, a pesar de que los dos sabían que nunca la llamaría.

—Lo-lo siento —dijo Bonita.

—No tiene por qué disculparse, señora.

La señora Truong sufrió otro acceso de llanto al oír sus palabras. Jeffrey la escuchó en silencio. No podía hacer otra cosa. Miró hacia la sala común. Frank estaba sentado a su mesa. Marla Simms se estaba sirviendo un café. Le molestó un poco que Lena no hubiera llegado aún, hasta que se acordó de que le había dicho que se pasara por la obra a recabar nombres.

—Yo… —balbució Bonita—. Es que… no puedo…, no puedo creer que ya no esté.

Jeffrey apretó los dientes para no decir una estupidez. Para no prometerle, por ejemplo, que iba a encontrar y a castigar al hombre que le había arrebatado a su niña.

—Señora Truong, haré todo lo que esté en mi mano para que se haga justicia.

—Justicia —repuso ella. Una palabra inútil para alguien

que se ahogaba de pena—. He encontrado…, he encontrado la foto. La de la cinta del pelo. La que me pidió que buscara.

Bonita Truong había salido de San Francisco el día anterior pensando que necesitaría fotografías para confeccionar carteles de búsqueda. Ahora, tendría que seleccionar algunas para el funeral de su hija.

—He hablado… —De nuevo se le quebró la voz—. Sus compañeras de habitación me han dicho que le cogieron prestadas algunas cosas sin permiso. Algo de ropa. Y maquillaje.

—Aun así, me gustaría tener copias de las fotos que ha traído de casa —dijo Jeffrey.

Si iba a colaborar con Nick para resolver el caso, debía tenerle en cuenta en los pasos que diera a continuación. Buscó una hoja de papel e hizo algunas anotaciones sobre la teoría de Frank. Era muy arriesgado que el asesino volviera al lugar donde dejaba los cuerpos, sobre todo porque cada vez que entraba en contacto con ellos podía dejar nuevas pistas. Lo de la tormenta podía haber sido cuestión de suerte, o quizá entrase dentro de los planes del asesino.

—Necesito… —Bonita volvió a interrumpirse—. Necesito saber cómo funciona esto. ¿Cómo puedo…? ¿Cuándo voy a…? Necesito llevármela a casa. Tiene que estar allí.

—Puedo pedirle a la juez de primera instancia que la llame. Ella le explicará el trámite. —Jeffrey sabía que, técnicamente, esa labor le correspondía a Brock, pero prefería que se encargase Sara de llamar a la madre—. ¿Va a estar en el hotel?

—Su-supongo que sí. —Ella soltó una risa forzada—. ¿Dónde voy a ir, si no? Porque no puedo hacer nada, ¿verdad? Nada de nada.

Jeffrey esperó a que dijera algo más, pero se cortó la llamada. Marcó el número de Sara en su Blackberry. Dejó suspendido un momento el pulgar sobre el botón verde de llamada y luego pulsó el botón rojo y borró el número.

Pensar en el Kudzu Arms le había traído recuerdos poco halagüeños. Seguía rememorando el instante en que Sara le sorprendió en el dormitorio de ambos. La veía lanzar su coche al lago y marcharse a casa de sus padres a pie. Había querido seguirla, pero cuanto más se alejaba ella más sentía él que se aflojaba el lazo que los unía. Desde entonces, nunca sabía si estaba jugando al tira y afloja con él o si pretendía ponerle la soga al cuello.

Finalmente, se decantó por la opción más cobarde y buscó el correo de Sara en la libreta de direcciones. Ella tenía buena mano con los padres. No podía tener hijos por culpa de las complicaciones de una operación de apendicitis cuando aún estaba en la facultad, pero era mucho más capaz que Brock de enfrentarse al dolor de los padres. Le envió el contacto de Bonita Truong y le pidió que hablara con ella sobre los trámites para trasladar el cadáver de su hija.

El resto del informe de la autopsia estaba en la bandeja del fax. Lo ojeó por encima. El dictamen de Sara respaldaba la hipótesis de Frank. Había encontrado lo que él esperaba, ni más ni menos: la punción en la columna vertebral y el líquido azul en el estómago. O sea, ningún indicio nuevo. Los informes del laboratorio de toxicología del GBI tardarían tres o cuatro semanas en llegar, pero el hallazgo de GHB o Rohypnol en las muestras tampoco les ofrecería nuevas pistas.

—Buenos días.

Brad Stephens cruzó la sala común cargado con una caja llena de bolsas de pruebas selladas. Había pasado la noche en el piso de Leslie Truong, catalogando sus efectos personales.

—¿Has encontrado algo? —le preguntó Jeffrey.

—No, jefe, nada. —Entró en el despacho del jefe y dejó la caja sobre la mesa—. He revisado su lista de contactos como me pediste, pero no había nombre, solo estaba el número.

Jeffrey tenía su cuaderno en el bolsillo. Buscó la hoja en la que había anotado el número de Daryl que había encontrado en el móvil de Rebecca Caterino.

Ben abrió el teléfono de Leslie Truong y fue pasando los números de su lista de contactos.

—Aquí, el tercero.

Jeffrey lo vio con sus propios ojos. Dos víctimas, ambas con el mismo número de diez dígitos grabado en el móvil. Claro que ambas eran estudiantes. Si Daryl pasaba marihuana, probablemente la mitad de los alumnos de la universidad tendrían su número grabado en el móvil.

Pero no sabía si Daryl pasaba marihuana.

El Little Bit del que le había hablado Chuck Gaines había sido detenido el día anterior. Jeffrey estaba a punto de llamar a Lena para que le informara sobre la detención cuando la vio sentarse a una de las mesas. Miró la hora. Era imposible que hubiera tenido tiempo de pasarse por la obra.

—¡Lena! —la llamó levantando la voz más de lo debido.

Notó que Brad hacía una mueca al recoger la caja de pruebas y escabullirse del despacho.

—¿Sí, jefe? —Lena llevaba puesta aún la parka del uniforme. Los dientes de la cremallera le habían dejado una marca roja en el cuello—. ¿Pasa algo?

—Cierra la puerta.

Jeffrey le indicó que se sentase, pero él permaneció de pie.

—¿Para qué te pago la Blackberry si no la miras?

Ella pareció sobresaltarse. Jeffrey la vio hurgarse en el bolsillo del abrigo buscando el teléfono.

—Te dije que te pasaras por esa obra de Mercer a primera hora.

Lena leyó el mensaje mientras él hablaba.

—Lo siento, jefe, he estado levantada toda…

—Igual que todos, Lena. En eso consiste nuestro trabajo. ¿Es que no puedes hacerlo? ¿Es eso lo que me estás diciendo?

—No, señor, yo…

—Little Bit.

—Eh… —titubeó ella—. Felix Floyd Abbott. Lo detuve ayer. Va camino de…

—¿Te confirmó que le apodan Little Bit?

—Sí, o sea… Sí, señor. Y encaja con la descripción que nos dio Chuck. Pelo largo, monopatín… Y llevaba encima la marihuana justa para que no podamos acusarlo de tráfico.

—¿Dónde están tus notas? Te dije que hicieras copias.

Lena se levantó de un salto. Jeffrey vio que volvía corriendo a la mesa y regresaba al despacho con un fajo de fotocopias en la mano.

—Las hice después de buscar todos los casos de violación, como me encargaste.

Él le arrancó los papeles de la mano y echó una ojeada a su letra pulcra y despejada. Sus notas se leían como una presentación en PowerPoint.

—Las has reescrito.

—Eh…

—Esto no es lo que me enseñaste ayer.

Buscó la parte en la que Lena explicaba paso a paso cómo había actuado para evaluar el estado de Rebecca Caterino. Había añadido un pasaje explicando detalladamente que le había tomado el pulso en la carótida y la muñeca dos veces.

—¿Estás dispuesta a jurar sobre la Biblia delante de un juez que esto es verdad?

Ella tragó saliva.

—Sí, jefe.

—Dios santo. —Jeffrey hojeó el cuaderno. Estaba todo tan ordenado, tan perfecto que parecía escrito a máquina. Pasó la página.

Entrevista preliminar con Leslie Truong
—Varón con gorro negro
—Ni idea edad/color pelo/color ojos
—No recuerda qué ropa llevaba
—No hablaron
—Nada sospechoso

Jeffrey sintió un pinchazo de dolor en la mandíbula. Había leído el atestado oficial de Lena y no decía nada de un hombre con gorro negro.

—¿Qué cojones es esto?

—Eh. —Lena estiró el cuello para verlo—. Lo que dijo Leslie. Lo anoté…

—¿Leslie Truong, la persona que encontró a Rebecca Caterino, vio a un hombre con gorro negro y no se te ocurrió decírmelo?

Jeffrey comprendió por su expresión que Lena sabía perfectamente hasta qué punto la había cagado.

—No parecía importante, jefe.

—Madre mía. Te dije que todo era importante. ¿Qué más te dijo Leslie?

—Nada. Bueno, quiero decir… Lo que anoté. Fue lo único que dijo. Lo juro por Dios. Le pregunté si había visto a alguien por la zona y me dijo que a unas cuatro personas. Tres mujeres a las que no conocía pero que creía que eran estudiantes y un tipo, el tipo al que describió, aunque tampoco puede decirse que sea una descripción, ¿no? Juro que es lo único que dijo. Y no era nada. En aquel momento todos pensábamos que lo de Caterino era un accidente.

—Todos no, Lena. —Jeffrey sujetaba las fotocopias con tanta fuerza que las había arrugado—. Leslie Truong sufrió mutilaciones. ¿Sabes lo que le hicieron? ¿A la testigo a la que dejaste ir?

Le lanzó el informe de Sara. Lena lo cogió a duras penas y empezó a leerlo. Jeffrey vio el horror reflejado en su cara.

—Esto —dijo clavando el dedo en el papel—, esto fue lo que le pasó a la mujer que vio al agresor. Y tú la dejaste marchar. Tenía una puta diana en la espalda y dejaste que se fuera sola por el bosque, y esto fue lo que le pasó.

Lena parecía angustiada.

Jeffrey se alegró.

—Jefe, yo…

—Vete a esa obra antes de que te quite la placa y te saque a rastras de aquí.

Ella se levantó de un salto, pero Jeffrey no había acabado aún.

—Y cuando acabes, vuelve aquí directamente, ¿me oyes? No te entretengas ni te vayas por ahí a pintar la mona. Vente derecha aquí. Hablo en serio.

—Sí, jefe.

Jeffrey la vio pasar junto a Frank y cruzar la puerta. Se volvió hacia la ventana. Lena estaba en el aparcamiento tratando de abrir la puerta de su Toyota Celica.

—Jefe. —Frank estaba en la puerta, esperando una explicación.

—Ahora no. —Jeffrey necesitaba salir de allí, o se pondría a destrozar cosas—. Volveré a la hora de la reunión. Llámame si surge algo.

Frank se apartó para dejarlo pasar.

Jeffrey hizo caso omiso de las miradas que le dirigieron los agentes al salir y de la mueca de disgusto que puso Marla detrás del mostrador. Se resistió al impulso de abrir de una patada la puerta y consiguió dominarse hasta que estuvo en la acera.

—Me cago en la puta —siseó metiéndose las manos en los bolsillos.

Una brisa fría se opuso a su avance cuando echó a andar

por la calle mayor. Aun así, iba sudando cuando torció a la izquierda, hacia el lago. El viento se convirtió en un cuchillo que cortaba el agua. La hierba seguía mojada de rocío. Vio que el bajo de sus pantalones grises se oscurecía lentamente por la humedad.

Se obligó a abrir los puños y trató de racionalizar su ira. Lena la había cagado, pero trabajaba para él, lo que significaba que cada error que cometía era, en última instancia, responsabilidad suya. Intentó ver la situación desde su perspectiva. Le había dicho que pasara a limpio sus notas y eso había hecho ella. Cuando había hablado con Leslie Truong, todavía creía que Rebecca Caterino había sufrido un trágico accidente. ¿Podía afirmar él honestamente que habría enviado a la joven de vuelta al campus con un acompañante? De lo que no tenía duda era de que le habría dicho a su jefe que había un tipo con un gorro negro rondando por el lugar de los hechos.

¿Un gorro negro de qué tipo? ¿Y cuál era la descripción física de aquel sujeto? ¿Su estatura, su complexión, su color de pelo? ¿Tenía la cara afeitada, barba, bigote, un tatuaje, un *piercing*?

—Joder.

Tenía que volver a hablar con Lena, pero sin gritarle. El cuaderno original tenía que estar en alguna parte. Necesitaba ver sus anotaciones sobre su conversación con Leslie Truong.

Dio media vuelta y miró la parte de atrás de las casas cercanas al lago. Estaba a algo menos de un kilómetro del centro del pueblo. La casa de Sara quedaba unos cuatrocientos metros más allá, en dirección contraria. Pensó en ir a verla escudándose en la autopsia. Podía fingir que no había visto el fax en su despacho. Sara estaría preparándose para ir a trabajar. Seguramente estaría agotada después de pasarse la noche en pie. Quizá pudieran tomarse un café en el porche de atrás. Él le hablaría de los pormenores del caso y ella, como por ensalmo, le ayudaría a ver las cosas con claridad, y luego él volvería a jefatura y sabría cómo impedir que aquel sádico asesino atacara a otra estudiante.

Se pasó la mano por la boca.

Era una fantasía bonita, aunque durase poco.

Atajó entre dos casas y se encaminó a la calle de Sara. El bajo mojado de los pantalones se le pegaba a los gemelos. Hacía un sol cegador. Levantó la mano para protegerse los ojos.

Sara estaba a cincuenta metros de distancia. Iba vestida con ropa de correr y se había recogido el pelo en una coleta. Su aliento se hacía visible en el aire frío de la mañana. Tenía los brazos en jarras.

No parecía muy contenta de verlo.

Jeffrey levantó la mano para saludarla, pero ella le dio la espalda y echó a correr.

Sin detenerse a pensar en lo que hacía, Jeffrey se descubrió corriendo tras ella. Quizá fuera por estupidez, o por desesperación, o porque era policía y estaba entrenado para eso. Si alguien huía de ti, le perseguías.

Ella tomó una curva cerrada que seguía la orilla del río. Él apretó el paso, accionando los brazos. Sara le llevaba bastante ventaja, pero él corría más. La vio cruzar la pradera de césped de la señora Beaman. Él se metió por el camino de los Porter y atajó por su jardín trasero. Cuando los dos llegaron al lago, Jeffrey había acortado veinte metros la ventaja que le sacaba Sara.

Ella no avanzaba bien sobre la hierba. Miró hacia atrás. Jeffrey le ganó otros cinco metros. Tomó una bocanada de aire y aceleró hasta que empezaron a dolerle las piernas. Acortó otros cinco metros la distancia que los separaba, pero Sara había llegado ya a la parte de atrás de su jardín. Resbaló al subir por el talud que llevaba a la casa, el mismo talud por el que había bajado su Honda en caída libre.

Jeffrey ganó un poco más de terreno saltando por encima del muro de contención y atravesando el césped. Estaba tan cerca de ella que notó su olor a sudor cuando Sara subió los escalones a toda prisa. Intentó subir de un salto los escalones, pero se le trabó el pie en el peldaño de arriba. Aunque consiguió no perder el equilibrio, no pudo frenarse. Vio cerrarse de golpe la puerta y luego, como el Coyote de los dibujos animados, se estampó de bruces contra ella.

—¡Joder! —Se llevó las manos a la nariz y le manó sangre entre los dedos—. ¡Joder!

Se inclinó, esparciendo gotas de sangre por el suelo del porche. Veía las estrellas. Tenía que habérsele roto la nariz. La notaba palpitar como un corazón postizo.

—¡Sara! —gritó aporreando la puerta—. ¡Sar…!

Oyó encenderse un motor. El Z4. Conocía bien aquel rugido suave. Lo oía cada vez que estaba en su despacho y Sara arrancaba el puto deportivo de ochenta mil dólares al otro lado de la calle.

Se sacudió la sangre de las manos y sacó el pañuelo que llevaba en el bolsillo de atrás. Tuvo que hacer un ímprobo esfuerzo por refrenarse y no rodear la casa para ver cómo se alejaba Sara en su cochazo.

19

Gina Vogel se obligó a relajar los hombros mientras empujaba el carro de la compra por los pasillos del Target de su barrio. La regla la había obligado a echarse a la calle. Había encontrado dos tampones sueltos en su bolso y uno en la bolsa del gimnasio, pero luego no le había quedado más remedio que salir. Le daba apuro pedir que se los llevaran a casa porque tenía demasiada confianza con el repartidor de InstaCart, pero si los compraba en Amazon tardarían dos días en llegar, y no estaba tan loca como para gastarse 49,65 dólares para que le mandaran por mensajería urgente una caja de tampones que podía comprar por ocho en el súper.

A pesar de todos esos incentivos, se le había hecho muy cuesta arriba salir de casa. Había pospuesto ese momento todo lo posible, apañándose con papel higiénico engurruñado hasta que su cuarto de baño había empezado a parecerse a la cocina de Jeffrey Dahmer, el Caníbal de Milwaukee, e incluso entonces había buscado excusas para no salir. Había pasado la aspiradora a toda la casa. Había limpiado los rodapiés y quitado el polvo a los ventiladores del techo, las lámparas y a las partes de las persianas a las que llegaba con las lamas cerradas.

Incluso se había pasado toda la noche trabajando para acabar su informe para Pekín.

La verdad era que no estaba tan desquiciada desde sus tiempos en la facultad, cuando había probado la coca no una, sino trescientas veces.

Lo peor había sido tener que vestirse. Siempre había estado convencida de que, en cuanto te ponías un atuendo determinado —la ropa del gimnasio, el traje de chaqueta para ir a la oficina o unas bragas comestibles—, resultaba mucho más sencillo hacer la tarea para la que estaban diseñadas esas prendas. Lo más duro, sin embargo, no había sido ponerse los pantalones del chándal. El chándal era, de hecho, parte integrante de su vestuario de andar por casa. Salir por la puerta, exponerse no solo a la vista de la cotilla de enfrente sino al público en general, le había parecido una perspectiva insoportablemente arriesgada.

La estaban vigilando. Estaba casi segura, pero no tanto como para decírselo a su hermana. O a la policía.

Con solo pensar en llamar a la policía, le ardía la cara de vergüenza.

«Oigan, ¿podrían, por favor, ayudarme a salir de mi casa? Les prometo que no estoy loca, pero, verán, le robé un coletero a mi sobrina, que es una pesada y una quejica, y ahora alguien me lo ha robado a mí y noto como si me estuvieran vigilando allá donde voy y… Sí… Espero… ¿Oiga? ¿Oiga? ¿Hay alguien ahí?».

Gina había empezado a comparar su paranoia con una de esas medias que se ponían los ladrones en las películas para atracar un banco. O quizá no solo en las películas. En fin, el caso era que notaba el peso de su angustia como una cosa sólida que le aplastaba la cara.

Abandonar su encierro le producía tal ansiedad que había hecho dos salidas en falso. En ambas ocasiones había llegado hasta el coche y una vez hasta había arrancado el motor. Después, sin embargo, había vuelto a entrar corriendo, como esa pánfila de las películas de miedo que siempre se tropezaba y se caía y a la que, irremediablemente, cortaban en dos con una sierra eléctrica. Ella había pertenecido a una soroidad en su época de estudiante: era la típica víctima de una peli de terror.

Finalmente, una llamada de su hermana la había empujado a salir de su aislamiento.

Nancy estaba furiosa con su hija. Gina solía disfrutar de esos chismorreos, porque eran las únicas ocasiones en que su hermana reconocía que la niña era insoportable. Esta vez, se había llevado un buen susto porque su hija temía estar embarazada. Porque, a ver, ¿quién iba a imaginar que los preservativos fallaban a veces? ¿Por qué no lo ponía en las revistas? O, mejor, ¿por qué no había un programa en la tele que lo explicara?

Nancy se había pasado una hora rasgándose las vestiduras («¡Santo Dios! ¿Cómo es posible? ¡Habrase visto!»), pero, por fin, después de exprimir al máximo cada queja y cada cotilleo, se había acordado de preguntarle a Gina qué tal estaba y qué hacía.

—Pues la verdad es que estaba a punto de ir a hacer la compra —había respondido Gina, y expresar en voz alta sus intenciones había sido el empujoncito que necesitaba no solo para salir por la puerta y sentarse al volante del coche, sino para recorrer la calle como una persona adulta que sabe desenvolverse en el mundo.

Por suerte, el hipermercado estaba casi desierto a primera hora de la mañana. Parecía haber más personal que clientes. Gina refunfuñó cuando se le torció el carro de la compra. Había hecho la tontería de sacar un carro y avanzar unos metros, y luego, al darse cuenta de que al carro se le torcía una rueda, en vez de dar marcha atrás había seguido adelante como ese miembro de la Expedición Donner que se empeñaba en que la salvación estaba justo al otro lado del cerro siguiente.

Comparó el contenido del carro con la lista de la compra que tenía en la cabeza: papel higiénico, papel de cocina, helado, sirope de chocolate, una bolsa de chocolatinas, varias tabletas de chocolate, dos Twix para que no se sintieran solas y un frasco de ibuprofeno en pastillas con tapón abre fácil para personas artríticas. (Era demasiado joven para necesitarlo, pero lo bastante mayor como para no ver en qué sentido iban las flechas sin la ayuda de una lupa y, además, ¿por qué narices tenían que ser tan difíciles de abrir los dichosos tapones?).

—Qué boba —masculló.

Los tampones.

Los productos de higiene femenina estaban, cómo no, al otro lado de la tienda, escondidos en el rincón del fondo junto con los pañales para bebés, las bragas de incontinencia y todos esos asquerosos artículos para la vagina que no debían mancillar bajo ningún concepto la vista de un hombre.

Menaje. Sábanas. Toallas. Deportes.

En Target no vendían armas. Ni tampoco en Walmart ni en Dick's. Sorprendentemente, estaba prohibido comprar una pistola por Internet y que te la mandaran a casa. La armería —o como se llamara— más cercana que había encontrado estaba en el extrarradio, y ella podía estar paranoica y al borde de un brote psicótico, pero ni por esas iba a ir hasta allí a comprar un arma. Además, aquello era Estados Unidos. ¿Dónde coño estaba la Asociación Nacional del Rifle cuando hacía falta? Tendría que poder comprarse un AK-47 en una máquina expendedora a la puerta de cualquier supermercado.

Higiene femenina.

Pasó de largo junto a las cajas extragrandes de compresas y aflojó el paso para echar un vistazo a los artículos menos aparatosos. Tampax tenía una línea llamada Radiant que le hizo imaginar de inmediato la luz de un foco saliéndole del chumino. La línea Pearl le hizo pensar en ostras, lo que le recordó una viñeta que le enseñó una vez un exnovio: un ciego que al pasar junto a un puesto de pescado decía «Esas pibitas».

Ja, ja.

Por eso era un *ex*novio.

Recorrió con la mirada los diversos artículos, todos ellos de color rosa y azul, igual que los productos para bebés. Con aplicador de cartón. Con aplicador de plástico. Sin aplicador. Para flujo abundante. Para flujo normal. Para flujo ligero o moderado… ¡Ligero o moderado! ¡Venga ya! *Click Compact*, igualitos que el espéculo de un ginecólogo. *Sport Fresh*, porque te chifla sudar cuando estás con la regla. *Smooth*, tan suaves como el culito de ese bebé que no tendrás en los próximos nueve meses. *Security*, ponle un candado a tu coño… De deslizado fácil, quizá el peor eslogan publicitario de la historia. Orgánicos, para un compostaje integrado. Antideslizantes y con recubrimiento gomoso, como unas mallas de las Salt-n-Peppa…

Gina acabó decantándose por los de siempre: los Playtex Sport con tecnología FlexFit. La caja era de los colores habituales, rosa y azul, pero tenía pintada en verde la silueta de una mujer delgada y feliz que corría por la calle con la coleta al viento, un iPhone sujeto al brazo y el cable de los auriculares colgando, porque, al igual que Gina, no conseguía descubrir cómo funcionaban esos auriculares Bluetooth que llevaba todo el mundo, a pesar de que parecían un goterón de moco chorreando de las orejas.

Se imaginaba la reunión de *marketing* en Playtex. Los hombres se habrían decantado por la chica verde, feliz y atlética, y las mujeres por la silueta roja oscura, casi negra, de una mujer en edad premenopáusica, acurrucada en posición fetal en el suelo de su cuarto de baño, gritando a pleno pulmón.

Una decisión ardua.

La rueda torcida casi mandó su carro contra el expositor de pañales. Gina pensó con cierto regodeo en la que se armaría si cometía ese acto de vandalismo, pero ella no era tan macarra. Por lo menos, de momento. Haciendo un esfuerzo, dio la vuelta al carro y al ir hacia la caja cogió un paquete de veinticuatro pilas AAA, porque con la regla su vibrador estaba que echaba humo.

Estaba a punto de pasar la tarjeta por el lector cuando se dio cuenta de que llevaba como mínimo diez minutos sin sentir una paranoia paralizante.

Miró a su alrededor. En la línea de cajas había una madre que parecía agotada luchando con un bebé; una encargada de la tienda que miraba un portafolios mientras intentaba reprimir un bostezo; y el cajero, un chico joven que casi no la había mirado a la cara al pasar por el escáner su *kit menstrual*, como lo llamaría un investigador del FBI.

Hacía una semana entera que no sonreía de verdad. ¡Ah, el inagotable tapiz de la vida! Tan pronto estabas metida en un búnker buscando *ametralladora envío a casa* en Google como en plena vorágine siguiendo con el pie el ritmo de una versión de hilo musical de *Funky Cold Medina*.

This brother told me a secret... on how to get more chicks...

Tone Loc había sido todo un visionario. Había predicho, por un lado, la caída de Bill Cosby y, por otro, el glorioso ascenso de Ru Paul.

—Señora. —El chico de la caja estaba esperando.

Gina no estaba dispuesta a permitir que aquel «señora» le amargara el buen humor. Pasó su American Express por el lector e hizo un garabato en la pantallita. Fue extremadamente amable con el cajero, cosa que él interpretó como la típica desesperación de la madurita atractiva (o, en su caso, más bien poco atractiva). Guardó el largo y aburridísimo tique en el bolso y salió por las puertas deslizantes empujando el carro, que seguía resistiéndose a avanzar.

¡Hacía sol!

¿Quién iba a pensarlo?

Tenía el coche aparcado al fondo del aparcamiento. Lo había dejado allí aposta al llegar al centro comercial, como una especie de desafío contra su propio miedo. Ahora se alegraba de hacer un poco de ejercicio. Tenía los tendones de las corvas hechos un nudo de pasarse casi veinticuatro horas al día recostada en el sofá en plan tía Pittypat, la de *Lo que el viento se llevó*. Se sentía sudorosa, agarrotada y pegajosa por culpa de la regla, claro, pero por primera vez desde que era adulta eso no era lo peor que le pasaba. Deberían poner su silueta en una de esas dichosas cajas. *Gina, ¡y a sangrar que son dos días!*

Abrió el maletero. Ni siquiera la rueda torcida, que empujó el carro contra el parachoques, consiguió ponerla de mal humor. Metió las bolsas en el coche. Cogió un Twix y abrió el envoltorio con los dientes. La chocolatina crujiente desapareció dentro de su boca como una hoja de papel pasando por el rodillo de una máquina de escribir, un símil que no entendería nadie menor de treinta años.

Como a una gilipollas, le dio pereza volver andando a la tienda a dejar el carro, pero al menos tuvo la decencia de dejarlo en la divisoria de hierba que había junto al coche. Se sentó en el asiento del conductor. Pensó en sacar el otro Twix del maletero, pero se acordó de que se le iba a derretir el helado, así que también tendría que zampárselo. ¿Debía volver a la tienda a comprar una cuchara? Porque con las manos no podía comérselo, ¿no? A lo mejor podía inclinar el envase y sorber aquella ambrosía como los dioses antiguos sorbían los jugos de vírgenes indefensas.

Oyó un ruido en el asiento de atrás.

Dirigió una mirada nerviosa al retrovisor.

Vio la mano de un hombre, luego su brazo y a continuación su hombro. Curiosamente, su mirada no siguió la dirección natural hacia la cara del hombre, sino que se clavó en el centro, en el relumbrar que el sol arrancaba a un objeto metálico. Abrió la boca, todavía llena de chocolate. Sintió que se le agrandaban los ojos y que se le dilataban las fosas nasales. Como a cámara lenta, siguió la curva que describió el martillo de atrás adelante, apuntando directamente a un lado de su cabeza.

Solo alcanzó a pensar una cosa, y fue una estupidez: «Yo tenía razón».

20

Will se metió las manos en los bolsillos del pantalón mientras iba por el pasillo, pero le dolían tanto los nudillos que se lo pensó mejor. Tenía una mancha de sangre fresca en el dorso de la mano. Sara había dicho que iba a ponerle una tirita. No era propio de ella haberlo olvidado, pero ambos tendrían que acostumbrarse a experiencias nuevas.

Sara le estaba dando *espacio* por respeto a sus sentimientos, lo cual era estupendo en teoría, pero, en la práctica, Will no sabía cómo asimilarlo, quizá porque nunca nadie le había dado espacio, ni mucho menos había respetado sus sentimientos.

Cuando se enfadaba con Amanda, ella lo humillaba y lo presionaba hasta que él se daba por vencido y transigía. Faith, en cambio, se disculpaba continuamente, se arrastraba y decía de sí misma que era una mala persona, hasta que él acababa por ceder para que se callara y los dos dejaran de sufrir. Angie siempre le hacía daño, pero luego se marchaba y, cuando volvía a aparecer, a él ya se le había pasado el enfado y estaba, además, hambriento de sexo, que era otra forma de tenerlo pillado.

Ninguna de esas estrategias iba a funcionar con Sara. El hecho de que no se pareciera a ninguna otra persona de las que formaban parte de su vida era uno de sus mayores atractivos, pero ese asunto del *espacio* era terreno completamente desconocido para Will, y le parecía muy mala idea que Sara esperara que él arreglase las cosas. Lo que de verdad quería hacer era mandarle un mensaje con una berenjena; luego ella le contestaría mandándole una vaquera y las cosas volverían a la normalidad.

Entró en la cocina para lavarse la sangre de la mano y se descubrió delante de la máquina expendedora. Hacía más de una hora que no comía. Metió un dólar en la ranura. La espiral del interior de la máquina giró. Cayó el bollo pegajoso y la máquina le devolvió veinticinco centavos, que era la mitad de lo que necesitaba para un Sprite. Tuvo que retorcerse para sacarse otra moneda del bolsillo con la mano ilesa.

Se acercó a la máquina de los refrescos. Le chiflaba aquel cacharro hipertecnológico. Metió el dinero y vio a través del cristal cómo el brazo robótico se deslizaba hacia abajo por el riel, cogía la lata de Sprite y la dejaba caer en el depósito de abajo.

—¿Qué hay, chaval? —Nick apareció a su lado y volvió a darle aquella extraña palmada en el hombro—. Me he acordado de un par de cosas más sobre ese perfil que el jefe les encargó a los federales.

Will dejó el bollo en la encimera y se lavó la sangre de la mano. Las palmaditas de Nick empezaban a sacarlo de quicio, igual que el hecho de que llamara a Tolliver «el jefe», como si fuera Caballo Loco dándole una paliza al general Custer en la batalla de Little Big Horn, en vez de un policía de pueblo que había acabado asesinado por tocarle las narices a quien no debía.

Se secó las manos mientras se daba la vuelta.

—¿De qué cosas? —preguntó.

Nick estaba hurgándose en el bolsillo en busca de monedas. Llevaba unos vaqueros tan apretados que se le notaba el contorno de los dedos.

—¿Tienes una moneda de veinticinco?

—No. —Will las tenía a montones, pero le dolía demasiado el hombro de tantas palmadas como para sacarlas—. ¿Qué hay de ese perfil?

—Pues estaba mirando mis cuadernos antiguos y de pronto me he acordado de una conversación que tuve con el jefe. —Nick se sacó la mano del bolsillo, escogió unas monedas y las metió en la máquina mientras añadía—: Estábamos repasando el perfil, más o menos un año después de la detención, ¿vale? Y el jefe dijo que le preocupaba su coincidencia con Nesbitt.

Will se acordó de lo que había comentado Nick durante la reunión.

—Antes dijiste que era perfecta.

—Sí, pero ahora, al leer mis notas, me he dado cuenta de que precisamente a eso se refería el jefe. Le parecía raro que fuera tan exacto, porque quizá algún federal listillo vio que habíamos detenido a Nesbitt e hizo el perfil a su medida. —Nick se encogió de hombros—. Esos tipos tienen tantas ganas como nosotros de retirar de la circulación a los criminales y puede que se les fuera la mano y alteraran el perfil para que encajara con lo que sabíamos de Nesbitt.

Will se apoyó contra la encimera y observó como pulsaba Nick los botones de la máquina.

—Joder, tronco, ¿has sacado el último Sprite? —Pulsó de nuevo los botones y pegó la cara al cristal para mirar las filas de productos.

Will se volvió y sacudió la lata de Sprite varias veces, enérgicamente.

—Toma esta —le dijo a Nick ofreciéndosela—. Yo tengo otra en el despacho.

Nick aceptó la lata.

—Gracias, tío.

—Pero ¿por qué empezó a sospechar *el jefe* que alguien había hecho trampas?

Nick se quedó callado un momento. Evidentemente, había notado el tonillo de Will. Aun así, dijo:

—En realidad, lo único que teníamos eran las fotos de la escena del crimen de Truong y un par de fotos de Caterino hechas con una Blackberry. Eran dos escenas con pocas similitudes. ¿Cómo se le llama a eso cuando sucede?

Will notó que esperaba una respuesta. Meneó la cabeza. Nick dio dos golpecitos con el dedo en la parte de arriba de la lata de Sprite.

—Validez de la conclusión estadística.

Will creía que ese concepto estaba más relacionado con la imposibilidad de extrapolar conclusiones cuando un estudio no contaba con suficientes datos estadísticos, pero dijo:

—Es posible.

—¿Posible? Me apostaría un huevo a que es verdad —replicó Nick—. Me fío más del jefe que de mi memoria, ¿entiendes? El tío era más listo que el hambre. Un policía de puta madre. El mejor que he conocido.

Will le entendía perfectamente.

—En fin… —Nick levantó la pestaña de la lata y brotó un géiser de Sprite—. ¡Mierda! —Se echó hacia atrás pero no consiguió esquivar el chorro. El refresco le empapó la bragueta y le salpicó la barba—. ¡Joder!

Will echó mano del papel de cocina. Nick le miró, ceñudo, con expresión calculadora. Will también hizo sus cálculos. Por un lado, estaban las cifras, que saltaban a la vista: Nick era quince años mayor que él y treinta centímetros más bajo, y pesaba unos quince kilos menos. Había que tener en cuenta, además, otros factores: trabajaban juntos, estaba Sara, y llevaban tanto tiempo manteniendo aquella farsa que era demasiado tarde para abandonarla y reconocer su existencia.

—¿Chicos? —Amanda había entrado en la cocina sin hacer ruido.

Nick tiró la lata de Sprite a la basura al salir.

Amanda miró a Will levantando una ceja.

—¿Dónde está tu móvil?

Él había olvidado que tenía el teléfono apagado. Lo levantó para que su jefa lo viera.

—¿Cuántas veces piensas pasarte hoy de la raya?

—Dos. —Will indicó el traje que se había puesto—. La primera ya la he rectificado.

Amanda frunció el ceño, pero lo dejó correr.

—Cuéntame qué novedades hay en este compás de espera en el que estamos atascados.

Will oyó una vocecilla interior, muy parecida a la de Faith, señalar que había varias cosas que podían hacer para salir de aquel compás de espera, como, por ejemplo, hablar con los cuerpos de policía de otras jurisdicciones, pero él no era Faith y ya había metido suficientes veces la pata por hoy.

—Seguimos esperando que el servidor de Dirk Masterson nos proporcione la información que hemos pedido —dijo—. Faith está revisando los datos de los archivos de Gerald Caterino y yo he solicitado a todas las jurisdicciones del estado un listado de mujeres desaparecidas o que hayan denunciado acoso. Y he estado revisando nuestros otros casos abiertos.

—Ah, trabajo policial de verdad —comentó Amanda—. Cuéntame.

Will le hizo un resumen. La investigación de un incendio provocado en Chattooga estaba a punto de desembocar en un arresto. Se había fijado la fecha para hacerle la prueba del polígrafo al sospechoso de una serie de atracos a licorerías en Muscogee. Will había mandado a Forsyth a un dibujante especializado en retratos robots para que hablara con una mujer que tal vez había sido víctima de un violador en serie. Y la oficina del condado de Treutlen iba a mandar a un agente con unas muestras de saliva para analizar.

—Muy bien. Quiero que le envíes tus conclusiones a Caroline por correo electrónico. Yo hoy tengo mucho lío y se está ocupando ella de lo más urgente.

Caroline era la ayudante de Amanda, una mujer extremadamente paciente que era, al parecer, inmune al escarnio.

—Sí, señora.

—Sara se ha ido a Grant. El juez de primera instancia le ha dado la llave del trastero donde guarda sus archivos. Le he dicho que me llame en cuanto tenga los resultados de toxicología.

Will se sintió como si acabara de recibir un puñetazo en la cara, pero intentó disimular. No quería que Sara pisara el condado de Grant, y sabía que pensar en esos términos lo convertía en un novio autoritario y controlador.

Amanda miró su reloj.

—Le he pedido a Caroline que haga venir a los padres de Shay Van Dorne. Con un poco de suerte, Sara estará de vuelta a tiempo. Quiero aclarar cuanto antes lo de ese tal Dirk Masterson. Llama al servidor. Diles que se pongan las pilas.

—¿Crees que Masterson sabe algo?

—Creo que soy la jefa y que tú tienes que hacer lo que te diga que hagas.

Will no podía rebatir su argumento. Salió de la cocina llevándose su bollo pegajoso. Encendió el móvil. Había sido una gilipollez ocultarle sus movimientos a Sara. Claro que era él quien había instalado la aplicación Find My en su móvil. Dudaba de que ella hubiera llegado a abrirla.

Buscó su ubicación. Estaba todavía en el condado de Grant. En Mercer Avenue, concretamente. El puntito azul indicaba que se hallaba dentro de un sitio llamado U-Store. Amplió el mapa. Cambió a modo satélite. Sara parecía estar enfrente de una enorme pradera.

Llena de tumbas.

—Joder.

Aquello no iba a arreglarse así como así, por más berenjenas y vaqueras que se mandasen.

Volvió a meterse el teléfono en el bolsillo y llamó a la puerta de Faith al tiempo que la abría.

Su compañera estaba sentada a su mesa, inyectándose insulina. Will hizo amago de marcharse, pero ella le indicó con un gesto que entrara y señaló su teléfono, que tenía puesto el manos libres.

—Cariño —dijo bajándose la camisa y tirando el lápiz de insulina—, no puedo ayudarte. Tienes que hablar con ella en persona, no por teléfono, y aclarar las cosas.

Will reconoció su tono: era esa mezcla de amor eterno y fastidio que solo empleaba con sus hijos.

—Venga ya, mamá —suplicó Jeremy—. Siempre dices que puedo contar contigo para que me ayudes en todo. Pues eso necesito ahora, que me ayudes.

Faith se rio.

—Buen intento, campeón, pero si crees que voy a poner en peligro una relación con la que me ahorro veinticuatro mil dólares al año en guardería, es que no conoces a tu madre.

El gruñido que soltó Jeremy sonó idéntico a los de Faith.

—Esta semana te llevo la ropa sucia.

—Pues trae también detergente, porque te la vas a lavar tú. —Faith tocó su teléfono y le dijo a Will—: Está cabreado con mi madre. Intento que aprenda la lección.

Will aprovechó la ocasión.

—A lo mejor tu madre debería darle un poco de…, eh…, ¿espacio? Ya sabes, para que aclare sus sentimientos.

Faith lo miró extrañada.

—Parpadea una vez si los secuestradores nos están oyendo.

Will carraspeó. Ya no podía dar marcha atrás.

—Bueno, es que… Está dolido, ¿no? Pero seguramente necesita tiempo para que se le pase el enfado, así que lo lógico es que ella se retire. Y entonces él puede llamarla para decirle que no pasa nada, no sé, ¿en un par de horas? ¿O de días, quizá? ¿En un par de días, mejor?

—Me parece mucho tiempo.

—¿Horas, entonces? —preguntó Will—. ¿Cuántas exactamente?

—¿Doce? —Faith observó su expresión—. No, tres.

Will le quitó el envoltorio a su bollo y le dio un mordisco.

—Lo siento —dijo Faith, apesadumbrada—. Mi hijo se ha peleado con mi madre. Le he prometido a mi hija que le dejaría ver *Detective Pikachu* si me deja mear a solas. Hice el truco del *motherlode* porque era la única forma de darles a mis Sims la vida que merecen. ¿De verdad crees que soy la persona más indicada para aconsejarte sobre como llevar una vida emocional saludable?

Will miró atentamente su bollo. El recubrimiento blanco se estaba derritiendo. Le dio otro mordisco.

—Soy una inútil —añadió Faith—. Doy asco. Soy lo peor.

—No pasa nada —dijo él, ansioso por borrar los últimos cinco minutos de aquella conversación—. Tenemos mil motivos para seguir con nuestra rutina.

—No seas cabrito, no intentes meterme una canción de *Frozen* en la cabeza. —Faith acercó bruscamente la silla a su ordenador; obviamente, había captado el mensaje—. ¿Has visto a Nick? Te estaba buscando.

Seguramente estaría lavándose los huevos en el lavabo del baño.

—Dice que se ha acordado de una cosa al revisar sus notas. Que Tolliver no estaba contento con el perfil que hizo el FBI.

—¿«El jefe», quieres decir?

Will le agradeció de todo corazón que dijera aquello.

—Tolliver pensaba que pudo estar influido por la detención de Nesbitt.

Faith tamborileó con los dedos sobre la mesa.

—Todos sabemos que el FBI no es infalible. Si no, mira el escándalo por las pruebas de balística. O el escándalo por el análisis microscópico de pelos. O el escándalo por tanto escándalo.

Will se acabó el bollo pegajoso.

—¿Qué hay de las fotocopias de las notas de Lena?

Ella se rio.

—Son como leer a Dickens. En serio, a Dickens. Es como si alguien las hubiera revisado, corregido y editado para su publicación. Hasta la letra parece de imprenta.

Él no pudo sentirse decepcionado, porque no esperaba otra cosa.

—¿Por qué no la despidió Tolliver? —preguntó Faith.

Aunque era una pregunta retórica, Will respondió:

—Es comprensible querer darle otra oportunidad a alguien. Y también resistirse a reconocer que uno se ha equivocado.

—¿Crees que lo cegó su propia cabezonería?

—Es lo que piensa Sara: que no podía reconocer que se había equivocado con ella. Yo opino que Lena era su factótum. —Will había visto cómo funcionaba esa dinámica en distintas jefaturas de policía a lo largo de los años—. «El jefe» necesita que alguien haga el trabajo sucio y manda a su factótum a remover la mierda para no mancharse las manos. No puede despedirla porque ella conoce todos sus secretos y porque podría volver a necesitarla. Normalmente, ninguno de los dos lo considera una relación interesada y hostil, pero ambos se benefician. Se cubren la espaldas el uno al otro, posiblemente.

Faith se quedó callada el tiempo que cabía esperar teniendo en cuenta que estaban hablando de un policía muerto que casualmente era el marido de una de sus mejores amigas.

—Eso que dices tiene mucho sentido —dijo—. Lena está haciendo el mismo papel en la policía de Macon.

Will se lamió el azúcar de los dedos.

—Bueno, esto no tiene nada que ver con Lena —añadió ella juntando las manos sobre la mesa y mirándolo de frente—. La verdad es que sí puedo darte un consejo y es el mismo que le he dado a Jeremy. Seguramente no va a gustarte nada. Habla con Sara. En persona. Dile cómo te sientes. Dile cómo arreglarlo. Sara te quiere. Tú la quieres a ella. Solucionadlo.

Will se pasó la mano por la mandíbula. Tenía los dedos pegajosos. Señaló con la cabeza el ordenador de su compañera, en cuya pantalla se veían varias fotografías del armario de Gerald Caterino.

—¿Has encontrado algo?

—Tristeza. —Faith se situó frente al monitor—. Sé cómo afecta un asesinato a las familias. Lo veo todos los días y es horrible, espantoso, pero miro todo lo que ha hecho Gerald, las peticiones de levantamiento del sumario, los abogados, las demandas, los detectives privados, las notas, las llamadas y todo el dinero que se ha gastado y es que me… —Sacudió la cabeza porque no había nada más que añadir.

—Amanda quiere que insistamos en lo de Masterson —le dijo Will—. No sé cómo lo hace, pero cuando hay algo raro se lo huele, y suele acertar.

—Pues como no me vaya a Austin a darles la lata en persona, no sé qué puedo hacer para que los del servidor se den más prisa. —Faith empujó un papel sobre la mesa—. Mira esta factura de Dick el detective. Ya está vencida. Y es la más reciente. Caterino le debe casi treinta mil dólares a ese capullo.

Will vio los números de la parte de arriba de la hoja.

—Esto es un dirección postal. Creía que habías dicho que le mandaban todos los cheques a un apartado de correos.

Ella le acercó otra hoja con un mapa, una dirección web y un número de teléfono.

—Mailbox Center Station. Es uno de esos almacenes logísticos en los que puedes alquilar un apartado de correos y que te den una dirección postal.

Will sabía cómo funcionaban esas empresas. Su exmujer usaba a menudo direcciones fantasma y él se había visto obligado en varias ocasiones a localizarla por medios poco ortodoxos.

—¿Qué suele asustar más a la gente de a pie, decirles que tienes una orden judicial o una citación? —preguntó.

Faith se lo pensó un momento.

—No lo sé. La mitad de los políticos del gobierno han ignorado las citaciones judiciales. Así que una orden judicial, supongo.

Will pulsó el botón del altavoz del teléfono fijo de Faith, a sabiendas de que aquel número aparecía como el de la Oficina de Investigación de Georgia en cualquier identificador de llamadas.

—¿Vas a pringarme de azúcar el teléfono? —preguntó ella.

—Sí.

Marcó el número. La línea sonó una sola vez.

—Mailbox Center Station —contestó un joven de voz cantarina—. Le atiende Bryan. ¿En qué puedo ayudarle?

—Bryan —dijo Will con voz aguda, afectando un fuerte acento del sur de Georgia—, soy el agente especial Nick Shelton, de la Oficina de Investigación de Georgia. Estoy cumplimentando una orden oficial contra un imputado que tiene alquilado el apartado de correos número 3421 de vuestros almacenes. El juez me pide el nombre del titular para aprobar la orden y enviar al equipo de detención.

Faith meneó la cabeza, porque cualquiera que conociera mínimamente el funcionamiento del sistema judicial se habría reído en su cara.

Pero Bryan no se rio.

Faith abrió los ojos de par en par al oírle teclear.

—Sí, señor. Digo, agente. A ver… Ya lo tengo… Sí, el 3421 está alquilado a nombre de Miranda Newberry. ¿Necesita su dirección?

Faith volcó la taza donde guardaba los bolígrafos al ir a coger uno para apuntar.

—Dime, chaval.

—Es Dutch Drive número 4825, Marietta, 30062.

—Gracias, hombre —dijo Will, y colgó.

—¡Hala! —Faith levantó los brazos como un árbitro de fútbol señalando un tanto—. ¡Ha sido alucinante!

—Miranda Newberry.

Faith se volvió hacia su ordenador y empezó a teclear. Luego frunció el ceño y soltó un gruñido.

—Madre del amor…

Will esperó mientras ella clicaba furiosamente con el ratón. Por fin, Faith dijo:

—Miranda Newberry tiene veintinueve años, está soltera y es contable, estudió en la Universidad Estatal de Georgia y se pasa la vida visitando blogs de temática policiaca y… ¡Será una broma! ¡Forma parte de seis foros de literatura juvenil! Justo lo que me hacía falta: una *milenial* blanca de clase media que dictamine qué libros son los más apropiados para mi hija morenita.

—Fraude —dijo Will, porque no tenía por qué ser delito hacerse pasar por otra persona en Internet, pero desde luego sí lo era hacerlo por dinero—. Se ha hecho pasar por agente de policía.

—¡Ostras, mira! —Faith señaló la pantalla—. Acaba de publicar en Instagram una foto del Big Chicken. Dice que ha quedado allí con su novio dentro de una hora para comer.

Will se levantó.

—Conduzco yo.

———————

El Big Chicken estaba situado en la esquina de Cobb Parkway con Roswell Road. Debía su nombre al letrero de casi veinte metros de alto en forma de pollo que se alzaba encima del restaurante, un Kentucky Fried Chicken que, por lo demás, no tenía nada de particular. Los vecinos del pueblo lo usaban como punto de referencia. Daban indicaciones dependiendo de si estaban antes o después, a derecha o izquierda del Big Chicken.

Will miró hacia atrás cuando se abrió la puerta. El KFC estaba lleno de comensales de los negocios de alrededor. Vio a Faith sentada a la mesa que habían ocupado al fondo del local. Estaba mirando su teléfono. Habían llegado con quince minutos de antelación, y Miranda Newberry ya llevaba quince minutos de retraso.

Se abrió la puerta. Will miró de nuevo hacia atrás.

Tampoco esta vez era Miranda Newberry.

Acabó de llenar su vaso de Dr Pepper en la máquina de refrescos y volvió con Faith, observando de paso las otras mesas. El perfil de Facebook de Miranda Newberry mostraba a una mujer muy delgada que sostenía en brazos a dos perros pomeranios vestidos como Bonnie y Clyde. Will había soportado en silencio las bromitas de Faith sobre los perros pequeños. Betty, su perra, era una chihuahua. A veces a uno le encasquetaban un perrito y ¿qué iba a hacer, sino cuidar de él?

—Nada. —Faith seguía mirando el teléfono cuando se sentó frente a ella—. Está claro que es una mentirosa. Es posible que eso de que había quedado aquí con su novio sea una trola. Me juego algo a que el novio vive en Canadá.

Will no dijo nada. Tenía muy buenos recuerdos de la novia canadiense que había tenido en el instituto. Era una supermodelo.

—¿Quieres algo más de comer? —preguntó.

Ella hizo una mueca. La ensalada que había pedido tenía aspecto de haber sido deglutida por otra persona.

—¿Por qué me molesta tanto que reseñe libros juveniles? —preguntó.

Will dio un sorbo a su refresco.

—Vale, reconozco que parezco la típica señora blanca que se pone a gritarle al chico del mostrador porque cobran cincuenta centavos más por el queso. —Faith respiró hondo—. Pero la única razón, la única, insisto, por la que nunca probé la coca fue por lo que le pasaba al personaje de Regina Morrow en los libros de *Las gemelas de Sweet Valley*. Y no digamos ya *Pregúntale a Alicia*. Me cagué de miedo con ese libro. No tenía ni idea de qué coño era el polvo de ángel y aun así estaba aterrorizada. ¿Qué más da que una escritora anónima que debía de tener doscientos años creyera que la gente joven decía «chúpate esa» y cosas así?

Se abrió la puerta.

Faith se puso tensa. Will meneó la cabeza.

Ella sacó un puñado de servilletas del expendedor y se puso a limpiar su teléfono.

—¿Te he contado que el otro día estaba limpiando un poco de guacamole que se me había caído en el iPad y le di sin querer un *like* a un cretino con el que iba al instituto…?

—Atención.

La puerta había vuelto a abrirse.

Miranda Newberry tenía el mismo aspecto que en sus fotografías, salvo por el flequillo, que era un poco más corto. Llevaba un vestido de color naranja brillante con flores azules y verdes y un bolso grande como un morral, con pedrería y borlas colgando. Will repasó mentalmente los distintos tipos de armas que podía esconder dentro, desde una navaja automática a un Magnum 357. Basándose únicamente en sus redes sociales, dedujo que era mucho más probable que llevara varios trajecitos para sus perros y unas cuantas tarjetas de crédito robadas.

Faith puso la cámara de su móvil en modo *selfie* para ver lo que sucedía a su espalda.

Miranda no recorrió el local con la mirada como si buscara a un hombre con el que supuestamente había quedado para comer. Se acercó a un lado del mostrador abarrotado, levantó el teléfono, sonrió, se hizo una foto y volvió a salir.

Faith se levantó de un salto, antes que Will, y cruzaron el local a toda prisa. Fuera, Miranda no subió al Honda CRX blanco registrado a su nombre. Recorrió a pie el callejón que llevaba a la parte de atrás del restaurante y cruzó luego entre unos arbustos.

Will alcanzó a Faith en el aparcamiento de un concesionario de camiones.

—Espero que no la perdamos de vista —comentó ella en broma. El vestido naranja brillaba como un cono de seguridad—. ¿Adónde va?

Faith pasó entre dos furgonetas blancas. Will notó un olor a patatas fritas.

—Al Wendy's.

Tenía razón. Miranda se fue derecha a un edificio bajo y abrió la puerta de un tirón.

Ellos aflojaron el paso. Por la luna del local, Will la vio haciendo cola delante del mostrador. El Wendy's estaba solo medio lleno. Había bastantes sitios libres en el aparcamiento. Will acababa de comerse un menú de pollo frito, pero el olor de las patatas fritas le dio hambre otra vez.

Al entrar en el restaurante, se separaron, dirigiéndose cada uno a un lado del local. Will encontró una mesa libre. Faith se puso a la cola detrás de Miranda. Desde donde estaba sentado, él la vio mirar por encima del hombro de la mujer para ver su móvil. Miranda estaba, como casi todo el mundo, completamente enfrascada en la pantalla. No se percató de que detrás de ella había una agente de policía, a pesar de que Faith llevaba la pistola en la cadera, debajo de la chaqueta del traje.

Will vio entrar a otros dos clientes. Intentó ponerse en el lugar de Miranda. ¿Qué clase de persona publicaba una foto de un restaurante en el que no iba a comer y mencionaba a un novio que no tenía? La clase de persona, supuso, que estafaba a un padre desesperado para sacarle treinta mil dólares.

Faith le dirigió una mirada mientras Miranda esperaba que le sirvieran su pedido. Parecía cabreada, pero eso no era nada nuevo. El cajero la llamó y ella mantuvo el cuerpo girado para seguir observando a Miranda mientras pedía.

Miranda seguía sin darse cuenta de nada. Miraba el móvil, absorta. Will veía la pequeña protuberancia de la parte de atrás de su cuello, donde las vértebras se habían desplazado para adaptarse a la postura de la cabeza, constantemente inclinada hacia la pantalla.

Por fin levantó la vista. Su pedido estaba listo. Cogió la bandeja del mostrador. Hamburguesa sencilla, patatas fritas, bebida. Llenó el vaso de té sin endulzante. Faith se acercó enseguida y llenó su vaso de refresco mientras Miranda pasaba a la zona de los condimentos.

Pajita. Servilletas. Sal. Cubiertos de plástico. Accionó el dispensador de kétchup, llenando seis vasitos. Luego se dirigió a un lado del local, donde había una encimera estrecha con taburetes altos desde la que se veía el taller mecánico de enfrente.

—Señora —dijo Faith enseñándole su identificación.

A Miranda casi se le cayó la bandeja de las manos.

—Allí. —Faith señaló a Will. Había adoptado su actitud de policía, lo que atrajo de inmediato las miradas de todos los presentes—. Andando.

Will notó que Miranda recorría el local con la mirada a

hurtadillas. Parecía culpable, allí parada. Él no había elegido la mesa al azar. Entre su posición y la de Faith, tenían cubiertas todas las salidas.

Miranda derramó un poco de su té. Le temblaban las manos. Avanzó hacia la mesa dando pasitos muy cortos y apretó el paso cuando Faith hizo más ostensible su actitud policial. Faith era una mujer menuda, pero cuando la situación lo requería podía resultar amenazadora.

Miranda ocupó el asiento, enfrente de Will. Faith se sentó a su lado, obligándola a correrse hacia la pared, donde quedó arrinconada. Él se encargó de hacer las presentaciones, dado que Faith había asumido su papel habitual: el de la agente callada e impredecible.

—Soy Trent. Esta es Mitchell.

Miranda miró atentamente su identificación. Aún le temblaban las manos.

—¿Es auténtica?

Faith puso bruscamente su tarjeta de visita sobre la mesa.

—Llame a ese número.

Miranda cogió la tarjeta y la miró con fijeza. Tenía los ojos llorosos. Will vio cómo se movía su mandíbula al rechinar los dientes.

Ella volvió a dejar la tarjeta sobre la mesa. Cogió una patata frita, la mojó en cada uno de los seis vasitos de kétchup y se la metió en la boca.

Will miró a Faith mientras Miranda masticaba en silencio. Dedujo que había decidido fingir que no estaban allí hasta que se dieran por vencidos y la dejasen en paz.

—Estamos aquí en relación con Gerald Caterino —dijo.

Ella dejó de masticar un segundo, pero luego mojó otra patata seis veces y se la metió en la boca. Faith acercó la mano y sacó una patata del montón como si jugara al Jenga. Miranda exhaló un suspiro fingido.

—Conozco mis derechos. No tengo por qué hablar con la policía si no quiero.

Will canalizó la voz de su Faith interior.

—¿Eso lo aprendió en la academia de policía, inspectora Masterson?

Ella dejó de masticar.

—No va contra la ley adoptar un seudónimo en Internet.

—Eso es debatible —repuso Will imitando el tono irritado de Faith—. Pero de lo que no hay duda es de que es ilegal hacerse pasar por agente de policía. Incluso por un agente de policía jubilado que nunca existió.

Miranda se sobresaltó.

Faith apoyó el brazo en el respaldo del asiento, dejando que se abriera su chaqueta y su pistola quedara a la vista. Miranda vio el arma y tragó saliva audiblemente.

—Mi perrita se puso enferma —dijo—. Tenían que operarla, y luego se me averió el coche.

—¿Y eso cuesta treinta mil dólares? —replicó Will.

—Trabajé gratis un año entero antes de pedirle nada. Y luego tuve que seguir cobrándole porque… —De pronto se dio cuenta de que estaba hablando demasiado alto—. Tuve que seguir cobrándole porque, si no, habría parecido sospechoso.

—Muy lista —dijo Faith.

Miranda la miró, pero fue a Will a quien se dirigió:

—Hacerme pasar por Masterson me da credibilidad. Nadie me haría caso si supieran que soy una mujer. No tienen ni idea de lo duro que es…

Faith soltó un bufido.

—Pagaré una multa —añadió Miranda—. Devolveré el dinero. No es tanto.

—Es usted contable, ¿verdad? —Will esperó a que asintiese—. ¿Ha declarado esos ingresos?

Ella volvió a mirarlos con nerviosismo.

—Sí.

—Necesito una copia de su licencia de investigador privado, del registro mercantil de Love2CMurder, de su número de identificación federal o de su número de la seguridad social para verificar que…

—Ese dinero lo cobré en un plazo de más de dos años. O sea que está exento del impuesto por donaciones.

Faith dejó escapar un chorro de aire entre los labios. Will utilizó una de las frases favorita de su compañera:

—¿Podemos dejarnos de gilipolleces?

Miranda apretó los dientes.

—No tengo por qué hablar con ustedes.

—Solo por usar una identidad falsa ya podríamos detenerla.

Ella apartó la bandeja.

—Vale, de acuerdo, acepté la donación de Gerald, pero le estaba ayudando de verdad. ¿O es que creen que ese dinosaurio sabe hacer una búsqueda profunda en Internet?

Faith no pudo quedarse callada.

—¿Treinta mil dólares es la tarifa que suele cobrarse por activar una alerta en Google y recortar unos artículos de periódico?

—Hice mucho más que eso. Invertí un montón de horas. Analicé los datos. Le mostré las pautas recurrentes. —Hizo amago de meter la mano en el bolso y Faith la agarró de la muñeca—. ¡Eh! —Miranda hizo una mueca—. Iba a sacar mi teléfono. Lo tengo en el bolso.

Faith cogió el tenedor de plástico de la bandeja y hurgó con él en el morral. Por fin asintió.

—Qué barbaridad. —Miranda sacó su móvil y empezó a mover los pulgares por la pantalla—. Tienen razón. Le mandaba a Gerald las alertas de Google con los artículos de periódico que informaban de agresiones parecidas a la de Beckey. ¿Han visto sus fotografías? Estuvo a punto de morir. Han muerto un montón de mujeres. No estoy investigando un par de asesinatos. Estoy siguiéndole la pista a un asesino en serie.

Will no pensaba darle la razón.

—¿Qué pautas recurrentes le enseñó a Gerald?

Miranda siguió manejando su teléfono mientras hablaba.

—Las mujeres de todos los casos que le mandé fueron secuestradas la última semana de marzo o la última de octubre. Y todas desaparecieron a primera hora del día, entre las cinco de la mañana y mediodía.

Will vio que Faith se ponía alerta, porque desconocía a qué hora habían desaparecido las víctimas. No habían tenido acceso a ese dato.

—Ya sabemos lo de las fechas y la hora. ¿Qué más?

—¿Gerald les ha contado lo de las cosas del pelo? ¿Y lo de que se sentían vigiladas?

—Sí.

—¿Qué casos les ha enseñado?

Él contestó con una evasiva:

—¿Cuáles cree usted que nos ha enseñado?

—Tengo que empezar desde el principio. —Miranda dio la vuelta al teléfono y lo ladeó para que vieran la pantalla—. Vale, esta es la primera hoja de Excel que hice mostrando los datos en bruto que le mandé a Gerald. El criterio de búsqueda que utilicé fue mujeres desaparecidas en Georgia en los últimos ocho años. Tardé días, y a veces semanas y meses, y hasta un año, en averiguar qué había sido de esas mujeres después de su desaparición. Invertí miles de horas en reunir esos datos y ordenarlos.

—Continúe —dijo Will.

—En esta celda está anotado lo que les pasó. —Pasó el dedo por la pantalla para mostrar otra columna—. La mayoría volvieron a casa sanas y salvas, que es lo más común. A veces, las mujeres necesitamos un respiro. Las demás acabaron detenidas por consumo o tráfico de drogas o cosas por el estilo. Unas cuantas estaban en casas de acogida porque sus maridos las maltrataban. Algunas no volvieron nunca, pero es posible que se fueran del estado o que se escaparan con su novio. Y unas pocas aparecieron muertas. Fíjense en esta columna.

—Joan Feeney —leyó Faith—. Pia Danske. Shay Van Dorne. Alexandra McAllister.

Los mismos nombres que Faith había extraído de la lista de Gerald.

—Según Gerald Caterino —dijo Will—, había más víctimas de las que aparecen en esas columnas.

—Gerald se equivoca. Les aseguro que ese hombre solo ve lo que quiere ver. Me apostaría algo a que no les ha enseñado mi lista definitiva. —Volvió a deslizar el dedo por la pantalla—. En esta casilla aparecen los secuestros de octubre de los últimos ocho años. En esta, los de marzo. Gerald descartó muchos de los nombres que le di porque no conseguía ponerse en contacto con la familia o porque le dijeron que no sabían nada de que a la víctima le hubiera desaparecido un objeto para el pelo o se hubiera sentido vigilada. Pero a mí me parecía que varias de ellas tenían que estar en la lista porque cumplían los otros parámetros.

Will advirtió un cambio casi imperceptible en el semblante de Faith. Su compañera había llegado a alguna conclusión. Sabía que Miranda había dado con una pista.

—¿Qué otros parámetros? —preguntó él.

—Como les decía, todas desaparecieron por la mañana, o durante la última semana de marzo o de octubre. Excepto Caterino y Truong, en el momento de su secuestro todas ellas estaban haciendo algo rutinario: habían salido a correr, o iban al trabajo, o al supermercado, o a la droguería. Después, pasado el tiempo que fuese, a todas las encontraron en una zona de monte, lejos de los caminos marcados, y todas presentaban lesiones que los jueces de primera instancia atribuyeron a ojo a la actividad de depredadores.

—¿A ojo? —preguntó Will.

—Sí, porque no se hicieron autopsias, de modo que nunca lo sabremos —respondió Miranda—. El asesino es listo y conoce bien el sistema. Está repartiendo las víctimas entre distintas jurisdicciones, igual que hacía Bundy. Las tortura como hacía Dennis Rader. Es extremadamente metódico, como Kemper. Y lo bastante listo como para dejarlas en el monte, donde las encuentren los animales carroñeros. No sé, puede que tenga alguna idea retorcida de la religión druídica o la *wicca*. Parece un sacrificio animal, solo que en este caso son los animales los que se comen a los humanos.

Will pensó que estaba desbarrando, pero prefirió no contradecirla.

—Deme eso. —Faith le quitó el teléfono a Miranda y empezó a teclear—. Me estoy mandado esta hoja de cálculo a mi correo.

—Vale —dijo Miranda—. Porque necesito ayuda. No puedo conseguir la información que necesito para establecer el vínculo final.

—¿Qué información?

Miranda extendió la mano para que le devolviera el teléfono. Faith se aseguró de que había enviado el correo antes de devolvérselo. Miranda tocó otra pestaña de la hoja de cálculo.

—Beckey fue la primera víctima, hace ocho años, en marzo. Pero sobrevivió, así que ese tipo secuestró a otra chica, Leslie Truong, y la mató. Luego, en noviembre de ese año, apareció otro cadáver en un bosque de los alrededores del lago Lanier, en el condado de Forsyth.

Will comprendió de quién se trataba.

—Pia Danske.

—Exacto. La desaparición de Danske fue denunciada la mañana del veinticuatro de octubre. La encontraron muerta dos semanas después. Su cadáver presentaba signos de mutilación que se atribuyeron a la actividad de animales carroñeros.

Will sabía que todo aquello era ya de dominio público.

—¿Qué más?

—Bueno, Beckey fue su primera víctima. Porque todos estamos de acuerdo en que el asesino empezó a matar hace ocho años, ¿verdad? —Will asintió en silencio, porque Miranda no sabía nada de Tommi Humphrey y, si de él dependía, nunca llegaría a saber nada de ella—. Desde entonces —prosiguió Miranda—, ha habido dos víctimas al año. Si multiplicamos esa cifra por ocho años y medio y sumamos a Beckey y Leslie, tenemos diecinueve víctimas en total. Pero si suman los nombres de la lista, verán que solo hay dieciséis.

Faith había abierto la hoja de cálculo en su teléfono. Hizo un esfuerzo ostensible por disimular su sorpresa cuando preguntó:

—¿Qué es esta columna con tres nombres? Alice Scott, desaparecida en octubre del año pasado. Theresa Singer, marzo de hace cuatro años. Y Callie Zanger, marzo de hace dos años. ¿Quiénes son?

—Singer tiene síndrome de estrés postraumático y una cosa llamada amnesia disociativa. La mayoría de los días no recuerda ni su nombre. Scott sufre daños cerebrales. Sus padres cuidan de ella en el criadero de caballos de la familia. Zanger vive y trabaja en el centro de Atlanta, pero no me devuelve las llamadas. Le he mandado mensajes privados por Facebook y varios correos electrónicos. Hasta le envié una carta por correo ordinario. Me respondió con una orden de cese y desista. Por lo visto está forrada o algo así.

—Espere, espere —dijo Faith—. ¿Qué está diciendo?

—Que esas son las tres víctimas que faltan de los últimos ocho años —afirmó Miranda—. Singer, Scott y Zanger. Las que sobrevivieron.

21

A Jeffrey, los huesecillos rotos de la nariz le tintineaban como címbalos cada vez que hablaba, pero no podía optar por el silencio. Estaba en el tramo final de la reunión de personal de esa mañana y empezaba a notar cómo se le hinchaban los hematomas debajo de los ojos. En circunstancias normales, podría haber cruzado la calle y haberle pedido a algún médico de la clínica que le arreglara el estropicio, pero no quería reconocer que había sido precisamente una de sus doctoras quien le había roto la nariz al cerrarle la puerta en la cara.

Si a los ocho patrulleros que le escuchaban les parecía raro que su jefe tuviera los orificios nasales taponados con papel higiénico, no hicieron ningún comentario al respecto; no tuvieron huevos. Jeffrey les había resumido lo que se sabía hasta el momento de la agresión sufrida por Caterino y el asesinato de Truong, omitiendo los detalles más escabrosos. Creía que debía hacer pública su labor todo lo posible. Aquellos hombres vivían en el pueblo. Se habían criado allí. Se sentían tan responsables cómo él ante sus convecinos. Y, lo que era más importante, Jeffrey estaba a punto de encomendarles una tarea ingrata y necesitaba que se implicaran en ella todo lo posible.

Señaló los números de la pizarra y dijo:

—Hay 11,680 furgonetas registradas en la zona de los tres condados. En el condado de Grant hay 3,498. De ellas, 1,699 son de colores oscuros. Quiero que cojáis cada uno una lista del montón al salir. Haced vuestras rondas con normalidad, pero en cuanto tengáis un rato quiero que vayáis a casa de los propietarios, que habléis con ellos y que comprobéis sus datos. Si surge el nombre de Daryl en algún momento, llamadnos enseguida a mí, a Frank o a Matt. Nos los presionéis. Retiraos, llamadnos y esperad en un lugar seguro. ¿Entendido?

—Sí, jefe —respondieron ocho voces al unísono.

Jeffrey recogió su notas. Al bajar la cabeza, sintió una pequeña explosión dentro de la nariz. Sorbió sangre y empezó a ver chiribitas.

Frank entró en la sala cuando se marcharon los patrulleros.

—He hablado con Chuck Gaines —dijo—. Va a publicar una alerta en el foro de estudiantes para ver si podemos localizar a las tres mujeres y el hombre del gorro negro a los que vio Leslie Truong en el bosque.

—Muy bien.

Jeffrey no se hacía ilusiones. Ya habían publicado un anuncio solicitando testigos el día de la agresión de Caterino. Se habían presentado veintidós estudiantes, pero ninguno había visto nada. Seguramente la mitad de ellos ni siquiera estaba en el bosque en el momento de la agresión.

—La puta Lena —masculló.

Frank apoyó el pie en una de las sillas y descansó el codo sobre la rodilla. Jeffrey supuso que no estaba simplemente aireándose un poco el tren de aterrizaje.

—Di lo que tengas que decir.

—Lena no es mala policía. Podría ser la mejor agente que tenemos, algún día.

—Desde mi punto de vista, no.

—Pues ponte en otro sitio desde donde veas mejor. La chica cometió el mismo error que habría cometido yo. —Frank se encogió de hombros—. Yo también estaba allí, jefe. Vi a Beckey Caterino. Y pensé que estaba muerta.

—Según lo que Lena…

—Según todos, parecía muerta. Y voy a serte sincero. Si yo hubiera estado en su lugar, y si la chica que acababa de encontrar a una estudiante muerta me hubiera dicho que quería volver al campus andando, yo la habría dejado, porque ¿por qué no iba a hacerlo?

Jeffrey negó con la cabeza. Cuanto más se lo preguntaba, más seguro estaba de que él jamás habría permitido que Truong se marchase sola. Incluso asumiendo que Caterino hubiera sufrido un accidente, Truong era una cría y acababa de encontrar lo que parecía un cadáver. A las personas en esas circunstancias había que cuidarlas.

Frank se quedó callado, salvo por el silbido que salía de sus pulmones congestionados.

—Mira, por eso, entre otras cosas, no te envidio el puesto. Ser el jefe es un asco.

—¿Tú crees?

—Tú eres un buen policía. Respecto a otros aspectos de tu vida, no puedo decir lo mismo. Si le estuvieras jodiendo la vida a mi hija, romperte la nariz sería lo mínimo que haría —Frank sonrió sin sonreír—. Cuando estabas en Birmingham, ¿cuántos asesinatos investigaste?

Jeffrey meneó la cabeza. Birmingham era diez veces más grande que el condado de Grant. Había más de un centenar de homicidios al año.

—Decenas, seguramente, ¿verdad? Y aunque no fueran homicidios, me apuesto algo a que veías sangre todas las semanas, puede que hasta todos los días. Apuñalamientos, tiroteos… Todas esas mierdas. Mientras que aquí, en Grant, tenemos unas cuantas sobredosis, accidentes de tráfico o de tractor y alguna que otra mujer a la que le meten una paliza. —Frank volvió a encogerse de hombros—. Estás planteando esta situación como si esto fuera Birmingham.

Jeffrey nunca había visto en Birmingham nada parecido a lo que les había ocurrido a Tommi Humphrey y Leslie Truong.

—Para eso me contrataron.

—Pues entonces cumple con tu trabajo. Lena tiene potencial. Tiene instinto para hacer este trabajo como hay que hacerlo. Tú puedes ser el jefe que la moldee y la convierta en una buena policía o puedes ser el gilipollas que la haga trizas porque así se siente mejor.

—No sabía que fueras psicólogo.

Frank le dio uno de esos apretones que se le dan a un hombre cuando uno intenta hacerle obedecer como a un perro.

—Y yo no sabía que eras un mujeriego, y aquí estamos.

—Gracias por la charla motivacional, Frank.

—De nada, jefe.

Frank le obsequió con otra palmadita humillante y se marchó.

Por pura costumbre, Jeffrey volvió la pizarra blanca hacia la pared antes de salir. Recogió sus notas del atril y notó otra punzada de dolor en la cara. Se palpó con cuidado la nariz. Evidentemente, había algo que sobresalía y no tendría que sobresalir. Contuvo la respiración y apretó más fuerte, tratando de colocar los huesos en su sitio.

Le lagrimearon los ojos. Dolía demasiado. A no ser que quisiera acabar pareciéndose a un gánster de los años treinta, tendría que ir a ver a un médico de tres pueblos más allá.

—Jefe… —Marla entró con una bolsa de patatas fritas congeladas en una mano y un bote de ibuprofeno en la otra—. Las patatas me las ha prestado Pete, el del bar. Pero quiere que se las devuelva.

Jeffrey se acercó la bolsa a la nariz y le indicó con un gesto que abriera el frasco de pastillas.

—¿Ha vuelto ya Lena?

—He visto llegar su coche cuando volvía del bar.

—Gracias.

Jeffrey se tragó cuatro pastillas a palo seco mientras volvía a la sala común.

Lena se estaba quitando la pesada trenca. Al verlo, puso su cara de cervatillo deslumbrado por los faros de un coche. A Jeffrey le desagradó el miedo que advirtió en su mirada. Ser policía consistía en un noventa por ciento en enfrentarse a hombres furiosos. Si Lena no conseguía ni enfrentarse a su jefe, ¿qué iba a hacer en la calle?

—A mi despacho —le dijo.

Ella le siguió adentro y cerró la puerta sin que Jeffrey se lo pidiera. Hizo amago de sentarse, pero él la detuvo.

—De pie. —Jeffrey tiró la bolsa de patatas fritas sobre la mesa al tomar asiento. El cambio de altitud hizo que le doliera aún más la nariz.

—Jefe…

Él clavó el dedo en las fotocopias de sus notas.

—¿Qué es esta mierda?

Lena contuvo la respiración. Evidentemente, había tenido la esperanza de que Jeffrey no volviera a echarle la bronca.

—Mira esto. —Él le pasó las copias—. Eres policía. Quieres llegar a inspectora algún día. Dime qué tienen de malo tus notas, futura inspectora.

Ella se quedó mirando las palabras trazadas con esmero, el esquema perfectamente ordenado de sus actos.

—No hay… —Carraspeó—. No hay errores.

—Exacto. Ni frases a medio acabar, ni tachones, ni contradicciones, ni siquiera una falta de ortografía. O eres la policía más lista que hay en este puto edificio o eres la más tonta. ¿Tú qué crees?

Lena volvió a dejar las fotocopias sobre la mesa y se removió, inquieta.

—¿Qué notas quieres que guarde, Lena? ¿Cuáles quieres que vean los abogados de Gerald Caterino cuando las soliciten judicialmente? ¿O los de Bonita Truong cuando nos demande porque asesinaron a su hija después de que tú le dijeras que volviera sola al campus?

Ella mantuvo la mirada clavada en el suelo.

—Vas a tener que declarar bajo juramento. ¿Cuáles de estas notas dicen la verdad?

Lena no levantó la vista, pero apoyó la mano sobre las fotocopias.

—Estas.

Jeffrey se recostó en su silla. La bolsa de patatas fritas congeladas estaba dejando un cerco de humedad sobre la mesa.

—¿Dónde está el cuaderno original?

—En casa.

—Deshazte de él —le ordenó Jeffrey—. Si esto es lo que eliges, tienes que ser coherente.

—Sí, señor.

—Háblame de tu conversación con Leslie Truong.

Lena volvió a removerse con nerviosismo.

—Le pregunté si había visto a alguien por la zona. Me dijo que se había cruzado con tres mujeres mientras iba andando por el bosque. Iban hacia la universidad. Dos de ellas llevaban prendas de Grant Tech. La otra no, pero parecía una estudiante. Leslie no las reconoció. Insistí mucho, pero…

—¿Y el hombre?

—Pensaba que a lo mejor también era un estudiante. —Lena le miró un instante a los ojos y enseguida apartó la mirada—. Solo se acordaba del gorro de lana. Era negro, de esos anchos. No recordaba sus facciones, ni de qué color tenía el pelo o los ojos, ni lo alto que era, ni su complexión. Dijo solamente que parecía un tipo normal, seguramente un estudiante. Y que iba corriendo despacio, haciendo *jogging*.

—¿Corriendo despacio? ¿Seguro?

—Se lo pregunté para asegurarme y me dijo que sí. No actuó de manera sospechosa ni nada por el estilo y ella dio por sentado que era un estudiante que había salido a hacer ejercicio.

—¿Al decir que era un estudiante se refería a que era más o menos de su edad?

—Se lo pregunté y dijo que no lo sabía, pero que corría como si fuera joven. Imagino que la gente mayor, cuando corre, como suele tener las rodillas en peor estado, no corre tan rápido, ¿no? —Se encogió de hombros—. Lo siento, jefe. ¿Está…, está muerta porque yo…?

Miró a los ojos a Jeffrey y esta vez le sostuvo la mirada.

Él se acordó de las palabras de Frank. Podía aplastar a Lena en ese instante. Podía pulverizarla con una sola palabra, y ella no podría volver a trabajar en la policía.

—Está muerta porque alguien la asesinó —dijo.

La luz del techo se reflejó en los ojos llorosos de Lena.

—La labor policial consiste en gran parte en trabajo social. —Jeffrey se lo había dicho ya en otras ocasiones, pero confiaba en que esta vez aprendiera la lección—. Yo sé lo que es estar de patrulla. Te pasas el día poniendo multas, vigilando que la gente no cruce por donde no debe, te aburres como una ostra, y entonces aparece un cadáver y te emocionas.

La expresión contrita de Lena confirmaba que había dado en el clavo.

—Esa emoción está bien, pero te nubla la vista. Hace que te despistes y cometas errores estúpidos. Los agentes de policía no podemos relajarnos. Tenemos que verlo todo. Hasta el detalle más pequeño puede marcar la diferencia entre la vida y la muerte.

—Lo siento, jefe. No volverá a pasar —le aseguró ella.

Pero Jeffrey no había acabado.

—Si me trasladé aquí desde Birmingham fue porque estaba harto de encerrar a traficantes de droga por matarse a tiros entre sí. Quería sentirme vinculado a la gente a la que protegía. Puedes ser una buena policía, Lena. Una policía excelente. Pero tienes que esforzarte por mejorar ese vínculo.

—Sí, jefe. Lo haré.

Él no estaba seguro de que fuera a hacerlo, pero que le echara la charla diez minutos o diez horas más no cambiaría nada.

—Siéntate.

Ella se sentó al borde de la silla.

A Jeffrey había empezado a picarle la nariz como si estuviera a punto de estornudar. Volvió a acercarse la bolsa de patatas fritas a la cara.

—Háblame de esa obra.

Lena respiró hondo un instante mientras volvía a sacarse el cuaderno del bolsillo.

—He hablado con todo el mundo. Están construyendo una nave de trasteros climatizados.

Jeffrey le indicó que continuara.

—Hay más obreros de lo que sería normal. Instaladores de puertas de garaje, soldadores y guardias de seguridad, además de albañiles y esas cosas. Iba a pasar esto a limpio, pero…

Le ofreció el cuaderno. Jeffrey no lo aceptó.

—Eres tú quien ha estado allí. ¿Algún nombre te ha llamado la atención?

—No, la verdad. —Ella levantó la vista y volvió a bajarla. Volvía a sentirse culpable—. Iba a pasar todos los nombres por la base de datos para comprobar si tienen antecedentes o hay órdenes contra ellos, pero…

Jeffrey sabía que no le gustaría lo que iba a oír a continuación, pero aun así dijo:

—Continúa.

—Ya sé que me dijo que fuera a la obra y volviera aquí cuanto antes, pero… —Lena volvió a mirarlo—. Me acerqué al Home Depot de Memminger.

Él se quedó callado, pensando en lo que acababa de decirle. Lena había desobedecido sus órdenes otra vez, pero su instinto había sido acertado. Todos los contratistas de obras de la zona de los tres condados recurrían a los trabajadores indocumentados que rondaban en torno a la tienda de Home Depot. Normalmente, escogían a unos cuantos a primera hora de la mañana, los hacían trabajar a destajo por un sueldo mísero y por la noche volvían a dejarlos junto a la tienda, y luego iban a misa los domingos y se quejaban de que los inmigrantes estaban hundiendo el país.

—¿Y? —preguntó.

—Aunque no hablo español, pensé que conmigo querrían hablar. —Ella esperó a que le indicara que continuase—. Al principio estaban asustados por el uniforme, pero luego les dejé claro que no iba a detenerles, que solo buscaba información —añadió en tono vacilante, elevando el tono al final. Le preocupaba haber metido la pata otra vez.

—¿Te contaron algo? —preguntó Jeffrey.

—Algunos sí —respondió ella, titubeando de nuevo.

—Si prestas atención, Lena, te darás cuenta de que no te estoy gritando.

—Es que la mitad de ellos dijeron que habían trabajado en la obra de los trasteros. Van rotando, dependiendo de lo que se necesite, pero me han dicho que era raro porque también había un gringo al que pagaban bajo cuerda. —Se quedó callada un momento, aguardando a que él hiciera un gesto de asentimiento—. No sabían su nombre, pero todos lo llamaban BB. Yo insistí y un tipo me dijo que creía que en realidad era Big Bit.

—Big Bit —repitió Jeffrey. Había algo en aquel nombre que le chocaba—. ¿Por qué lo llaman así?

—No lo sé —contestó ella—. Pero me acordé de Felix Abbott, porque…

—¡Joder! —Jeffrey se incorporó tan deprisa que notó quemazón en la nariz—. Felix reconoció que lo apodan Little Bit. O sea, que tiene que haber un Big Bit. Y puede que Big Bit sea Daryl, y que Daryl tenga acceso a una furgoneta. ¿Dónde está Felix? ¿Sigue encerrado?

Lena también se puso en pie.

—Lo he comprobado cuando venía para acá. Estaban haciendo los trámites para trasladarlo al juzgado. Esta mañana pasa a disposición judicial.

—Tráelo aquí. Si hace falta, sácalo a rastras del furgón. Pídele al guardia sus papeles y tráelo para que lo interroguemos. ¡Andando!

Lena abrió la puerta tan bruscamente que tembló el cristal.

—¡Frank! —Al no verlo en la sala común, Jeffrey corrió a la cocina—. ¿Frank?

Él levantó la vista. Estaba junto al fregadero comiendo un bocadillo de beicon.

—Felix Abbott —dijo Jeffrey—. Veintitrés años, aficionado al monopatín, trapichea con marihuana.

—¿A que viene otra vez hablar de él? —A Frank se le cayeron varias migas de la boca—. ¿Crees que está relacionado con los ataques?

—¿Tú qué opinas?

—Su árbol genealógico es un váter lleno de mierda hasta

los topes, pero no, qué va. La generación más joven derrochó el patrimonio delictivo de la familia. Los típicos problemas sucesorios. A la tercera generación, pierden las ganas de trabajar. —Frank tosió, escupiendo más migas—. Yo me preocuparía más por el padre. O por uno de sus…

Jeffrey se retiró para que no le salpicaran las migas cuando volvió a toser.

—Por uno de sus tíos, iba diciendo. —Frank escupió en el fregadero y abrió el grifo para que el agua se llevara el escupitajo—. En Memminger hay cinco o seis familias a las que siempre conviene echar un ojo cuando pasa algo. Los Abbott son de los primeros de la lista. Aunque cualquiera se aclara con ellos… Están todos cruzados, son como perros en celo.

—Háblame de ellos.

—Pues vamos a ver si me acuerdo. —Frank tosió otra vez—. Si no me falla la memoria, el abuelo está en Statesville por un doble homicidio. La abuelita intentó encubrirlo y acabó en Wentworth, condenada a cinco años. Tenían seis hijos, unos bestias que siempre andaban montando bronca en los bares y pegando a sus mujeres. Y con tantos hijos, hijastros e hijos ilegítimos que no hay quien los cuente.

—¿Alguno de ellos se llamaba Daryl?

—¡Y yo qué sé! Son problema de Memminger. Me la suda cómo se llamen.

—Pues pareces saber mucho sobre ellos.

—Una vez al mes ensayo en el coro con un ayudante del *sheriff* de Memminger. El tío sabe cantar.

Frank no se refería a la iglesia. «Ensayar en el coro» era como llamaban los policías a quedar con un colega para tomar algo en un bar.

—¿Alguien de la familia Abbott ha trabajado en la universidad?

—Imposible, con sus antecedentes. No pasarían la criba.

—¿Y qué me dices del apodo Big Bit? ¿Ha salido a relucir alguna vez?

—No, pero hay mucha ingesta de alcohol en el ensayo del coro —reconoció Frank—. Puedo llamar a Memminger y hacer averiguaciones.

—Hazlo. Si puedo demostrar que Daryl es el gringo al que apodan Big Bit en la obra de la avenida Mercer, eso lo situaría cerca de la pista forestal que lleva al lugar donde apareció muerta Truong.

—¡Joder!

—Eso digo yo, joder. Empieza a hacer llamadas.

Nervioso, Jeffrey se dirigió a la sala de interrogatorio casi corriendo.

Lena traía a Felix Abbott por el pasillo. El detenido llevaba las manos esposadas a la espalda y arrastraba los pies a pesar de que no llevaba grilletes. Jeffrey intuyó de inmediato que no era la primera vez que lo detenían. Sacaba pecho como un macarra desafiando a un guardia a pegarle.

Jeffrey se sintió tentado de hacerlo, pero abrió la puerta de la sala y esperó a que el chico entrara. Felix hizo una mueca de desagrado al pasar por su lado, con los hombros hacia atrás y el pecho fuera.

A pesar de su postureo, parecía un chaval corriente de veintipocos años. No era ni muy alto ni muy flaco. Tenía el pelo castaño y un poco largo y desgreñado, tal y como lo había descrito Chuck. Vestía como un *skater*, con pantalones cortos, sudadera de cremallera y camiseta de los Ramones descolorida. Jeffrey dedujo por el hematoma que tenía en la sien que Lena no se había andado con chiquitas al obligarlo a bajarse del monopatín.

—¿Esta zorra también te ha zumbado a ti? —preguntó al ver la nariz amoratada de Jeffrey, que se sacó los tapones de papel higiénico de la nariz y los tiró a la papelera.

La habitación, aunque pequeña, era la típica sala de interrogatorios de cualquier comisaría: una mesa atornillada al suelo, sillas a ambos lados, y un espejo unidireccional que por el otro lado daba a un cuartito que hacía las veces de almacén.

Lena tiró el expediente de Felix Abbott sobre la mesa.

Jeffrey no se sentó. De pie junto a la mesa, echó un vistazo al expediente. A Felix lo habían detenido dos veces antes, ambas por posesión de estupefacientes, y en ambas ocasiones solo le había caído una reprimenda. Tenía numerosos tatuajes y se hacía llamar Little Bit. Según su permiso de conducir, vivía en Memminger. Jeffrey reconoció la dirección de Dew-Lolly, un motel de mala muerte que alquilaba habitaciones por semanas. Lo único que necesitaba del chico era un apellido. Ni siquiera un nombre de pila. Tenía la corazonada de que encontrar a aquel tal Daryl lo conduciría a una pista, o sería la pista que resolviera el caso.

Levantó la mirada. Felix estaba de pie al otro lado de la mesa. Sacaba la mandíbula como si le invitara a darle un puñetazo. Tenía un grano en la barbilla cuya cabeza blanca, llena de pus, parecía observar a Jeffrey como un ojo legañoso.

—Siéntate.

Felix rodeó la mesa sin apresurarse. Lena lo agarró de los hombros y lo obligó a sentarse de un empujón.

—¡Joder! —se quejó él.

Jeffrey indicó a Lena que se sentara enfrente del detenido. Cruzó los brazos y miró al chico con cara de pocos amigos.

Felix lo miró a él y luego miró a Lena, que también había cruzado los brazos.

Jeffrey empezó suave.

—Te detuvieron con varias bolsitas de marihuana.

—¿Y qué? —le espetó Felix.

—Que es tu tercera detención por posesión de drogas. Ya he llamado al fiscal del distrito. Hemos adoptado una nueva política en el municipio: tomar medidas drásticas con los reincidentes.

Felix se encogió de hombros.

—¿Y qué?

—Que por esto te va a caer una condena de las de verdad. No creas que vas a pasar solo una temporadita en la cárcel del condado.

El chico volvió a encogerse de hombros. Seguramente tenía varios padrinos en prisión. La cárcel sería menos dura para él que para otros.

Aun así, Jeffrey esperó a que contestara.

El chico dijo por tercera vez:

—¿Y qué?

Lena soltó la mano y le dio una bofetada en la cara con la mano abierta.

—¡Joder, señora! —Felix se llevó las manos a la cara. Miró a Jeffrey—. Pero ¿qué es esto, tío?

Jeffrey asintió con la cabeza. Lena le propinó otra bofetada.

—¡Pero qué…! —gritó él—. ¿Qué queréis?

—Te apodan Little Bit —dijo Jeffrey.

—¿Y…? —Felix se interrumpió y, pensándolo mejor, dijo—: ¿Eso es delito?

—¿De dónde te viene el apodo? —preguntó Jeffrey.

—De mi… No sé. ¿De uno de mis tíos? Yo era pequeño. Y ellos grandes.

Grandes…

—Mierda. —Felix se frotó la mejilla—. ¿Se puede saber qué te pasa, tía?

Jeffrey chasqueó los dedos para que le prestase atención.

—No te preocupes por ella. Mírame a mí.

—¿Cómo no voy a preocuparme, tronco? —Siguió frotándose la cara mientras le decía a Lena—: Tienes que parar, ¿vale? Escuece de verdad.

Jeffrey respiró hondo. Tenía ganas de sacudirle a aquel capullo de mierda hasta saltarle los dientes, pero para conseguir información no convenía dejar que el sospechoso adivinara hasta qué punto la necesitabas. Apoyó los nudillos en la mesa y se inclinó hacia delante.

—¿Quieres que te pegue yo en vez de ella?

Felix sacudió la cabeza tan fuerte que se le revolvió el pelo.

Jeffrey lo miró con fijeza. ¿Se equivocaba al pensar que Daryl era el principal sospechoso? ¿Era Felix quien había agredido a Beckey Caterino, quien le había metido un martillo a Leslie Truong entre las piernas con tanta fuerza como para que se partiera el mango?

—Necesito un médico. —El chico seguía frotándose la mejilla y haciendo mohínes.

Si era un psicópata, lo disimulaba muy bien.

—¿Dónde estabas hace dos días, entre las cinco y las siete de la mañana? —preguntó Jeffrey.

—¿Hace dos días? —Felix se echó el pelo hacia atrás—. Joder, tío, yo qué sé. ¿Durmiendo en mi cama?

Lena sacó su cuaderno y un bolígrafo. Felix pareció ponerse nervioso al ver que iba a empezar a tomar notas.

—¿Estabas durmiendo hace dos días, entre las cinco y las siete de la mañana? —insistió Jeffrey.

—Eh…, puede ser. —El chico los miró a ambos—. No lo sé, tío. Un día me desperté en el calabozo de los borrachos, en Memminger. No sé si fue ese día.

Jeffrey vio que Lena hacía una marca junto a la nota para acordarse de comprobar la coartada.

—El jefe de seguridad de la universidad afirma que en el campus todos saben que trapicheas con marihuana. —Felix no lo negó—. ¿Te pasaste ayer por allí?

—Sí, tío. —Felix volvió a atusarse el pelo—. Estaba practicando con el monopatín delante de la biblioteca. Los guardias de seguridad hacen la vista gorda si les das cinco pavos.

A Jeffrey no le sorprendió que los empleados de Chuck aceptasen sobornos. Miró el cuaderno de Lena, que había hecho otra marca para acordarse de mirar las grabaciones de las cámaras de seguridad de los alrededores de la biblioteca.

—¿Nunca vas al bosque? —le preguntó a Felix.

—¿Qué? —El chico puso cara de asco—. No, hombre, no. En el bosque no se puede patinar. Hay tierra y esas movidas.

—¿En tu familia alguien más tiene mote?

—Sí, ¿y qué? —Se echó hacia atrás bruscamente, temiendo otra bofetada—. ¿Se puede saber qué cojones os pasa? Creía que ibais a ofrecerme un trato.

—¿Un trato por qué?

—Pues no sé. ¿Por mi proveedor?

—Nada de tratos —repuso Jeffrey—. Háblame de los apodos.

Felix estaba tan desconcertado que empezó a hablar:

—A mi abuelo lo llaman Bumpy. Se ha cargado a un par de tíos. Tengo un tío al que llaman Rip. Se tira unos pedos que lo flipas. Y luego esta Bubba, Bubba Sausage…

Jeffrey le dejó seguir con la lista. No le sorprendió que fuera larga. Los hombres solían ponerse apodos entre sí. A él solían llamarlo Slick en el instituto, y a su mejor amigo lo llamaban Possum.

—Mi tío Axle está cumpliendo condena en Wheeler, y eso tiene gracia —prosiguió Felix—. Por lo del eje y la rueda. ¿Lo pilláis?

Jeffrey sabía ya por Frank que los Abbott no eran muy partidarios de los métodos anticonceptivos. Era muy posible que Felix tuviera algún tío de su misma edad.

—¿Cuánto tiempo lleva Axle encerrado? —preguntó.

—¿Tres meses? No lo sé. Podéis mirarlo vosotros.

Jeffrey vio que Lena hacía otra marca en su cuaderno.

—¿Axle es mecánico? —preguntó.

—Claro. Por eso lo llaman así. No siempre ha estado en la cárcel.

Jeffrey pensó en el kit de herramientas de chapista, en el martillo de pena cruzada.

—¿Hace trabajos de carrocería? ¿Arregla abolladuras y arañazos y esas cosas?

—Hace de todo, tío. Es un genio de la mecánica. Hasta sabe arreglar monopatines.

Jeffrey dio mentalmente un paso atrás. Solo iba a tener una oportunidad de sonsacarle información al chico.

—Debéis de estar muy unidos, si dejas que te arregle los monopatines.

—No, qué va, Axle nunca me ha arreglado nada. No puede ni verme.

Jeffrey había empezado a sudar. Intuía que estaba cerca.

—¿A quién le arregla los monopatines, entonces?

—A su hijo, aunque en realidad no es hijo suyo, porque no lo reconoció ni cuando murió su madre. —Felix sacudió la cabeza para apartarse el pelo de los ojos. Evidentemente, se sentía mucho más cómodo hablando de aquello, que era lo que Jeffrey quería—. Mi primo es el que me metió en lo del monopatín. Desde entonces me pegué a él como una lapa. Estaba conmigo la primera vez que hice un *ollie*.

«Mi primo».

Lena había levantado la vista del cuaderno. Felix la miró con nerviosismo.

Jeffrey sopesó sus alternativas. Podían ponerse a buscar a los tíos de Felix, encontrar al que apodaban Axle entre los reclusos de la prisión federal de Wheeler, ir hasta allí y tratar de sacarle información apretándole un poco las tuercas.

O él podía ponerse a hacer llamadas, como Frank, para ver si alguien sabía algo del chaval al que había criado el tal Axle pero que oficialmente no era hijo suyo.

O bien podía sacarle la respuesta a aquel macarra ahora mismo.

Optó por dar de nuevo un rodeo y le preguntó a Felix:

—¿Qué es un *ollie*?

—Un flipe, tío. Es picar hacia un lado y levantar la tabla con los dos pies, saltando como un pez fuera del agua.

—Parece difícil.

—Ya te digo. Te puedes destrozar la cadera.

—¿Cómo se llama tu primo?

La actitud de Felix cambió de repente, como si se hubiera pulsado un interruptor. Ya no era el *skater* que se lo tomaba todo a guasa. Era un chaval perteneciente a una familia de delincuentes que vivía en un barrio chungo del pueblo y que sabía que uno no se chivaba de los de su propia sangre.

—¿Por qué lo preguntas?

Jeffrey se agachó para ponerse a su nivel.

—Lo llaman Big Bit, ¿verdad? Y tú eres Little Bit porque te pegaste a él como una lapa, eres prácticamente su sombra.

Felix miró primero a Lena, luego a Jeffrey y luego otra vez a Lena intentando descubrir si se había ido de la lengua.

Jeffrey supuso que estaría tratando de atar cabos a toda prisa. Necesitaba que el chico le dijera algo concreto. Hizo una seña a Lena con la cabeza para que se marchara. Ella cerró su cuaderno, pulsó el botón del bolígrafo y salió de la sala.

Jeffrey esperó un momento, todavía de pie. Luego se acercó tranquilamente a la silla de Lena para dar tiempo a que ella se situara al otro lado del espejo. Se sentó y juntó las manos sobre la mesa.

—Daryl no está metido en ningún lío —afirmó, tratando de que Felix no se cerrase en banda.

—Mierda. —Felix empezó a dar golpecitos con el pie en el suelo—. Mierda, mierda, mierda.

Jeffrey dedujo por su reacción que había dado en la diana. Intentó ponerse en el lugar de Felix. El chico no iba a delatar a su primo. Por lo menos, a propósito.

—Felix, voy a ser sincero contigo. Se trata de la obra de la avenida Mercer.

Felix dejó el pie quieto.

—¿La de los trasteros?

—Han intervenido los inspectores federales porque la obra incumple la normativa de seguridad laboral. —Jeffrey sintió que la mentira se extendía como una droga por su cerebro—. ¿Sabes a que me refiero?

—Sí, a cuando hay accidentes de trabajo porque los jefes son unos rácanos.

—Exacto. Los inspectores están buscando testigos para denunciar a los jefes. Saben que Big Bit trabajaba en la obra y quieren hablar con él extraoficialmente.

Felix levantó las manos esposadas y se pellizcó el grano de la barbilla.

—¿Ha habido algún accidente grave?

—Muy grave.

Jeffrey se pensó qué camino tomar. ¿Cantaría mucho que le ofreciera una falsa recompensa? ¿Debía volver al tema del monopatín? Al final optó por quedarse callado, lo que le resultó tan difícil como a Felix soportar su silencio.

El chaval fue el primero en venirse abajo.

—No quiero enmarronar a mi primo, tío.

Jeffrey se inclinó hacia delante.

—¿Te preocupan sus antecedentes?

La expresión de Felix le confirmó que así era. Su primo tenía historial delictivo; posiblemente incluso alguna orden de busca y captura en vigor. Por eso había trabajado en la obra bajo cuerda, como los obreros sin papeles. No podía arriesgarse a que le localizaran si la empresa le daba de alta en la seguridad social.

—Me da igual que haya tenido problemillas antes —dijo Jeffrey—. Eso no nos interesa ahora mismo.

—Tú no lo entiendes, tío. Ya te lo he dicho, no me he despegado de él desde que era un crío.

Jeffrey optó por abandonar la mentira y se decantó por un aliciente mucho más sólido: el interés propio.

—Está bien, Felix. Dime si te interesa llegar a un acuerdo. Todavía no se te ha imputado ningún cargo. Yo podría hacer que lo de esas bolsitas de maría se quede en nada. Qué coño, se me podría traspapelar el asunto. Si me das su nombre, puedes marcharte de aquí ahora mismo.

Felix empezó a pellizcarse el grano otra vez. Jeffrey resopló por la nariz rota. Oyó un ligero silbido. Así no llegaría a ninguna parte. Iba a tener que tomar una decisión.

Le dio una última oportunidad al chico.

—¿Y bien?

—¿Y bien qué? —contestó Felix, enfadado—. Ni siquiera es mi primo de verdad, ¿vale? Mi tío Axle estuvo con ella dos días, como si dijéramos, y ella se murió enseguida de sobredosis y él se quedó con el crío. Vamos, que no somos primos de verdad, aunque nos llevemos bien. No tenemos ni el mismo apellido.

Jeffrey apretó los dientes y esperó.

—Bueno, está bien —dijo Felix, por fin—. Ahora está viviendo en casa de Axle, ¿vale? Yo he tenido que quedarme en Dew-Lolly con todos esos yonquis de mierda, y él está en Avondale sin pagar alquiler.

—Necesito su apellido, Felix.

—Nesbitt. Daryl Nesbitt.

Jeffrey sintió que se le abrían los pulmones por primera vez desde hacía dos días. Experimentó casi un segundo de alivio, hasta que se abrió de golpe la puerta.

—Jefe, te necesito —dijo Frank.

Se levantó, sintiendo que se tambaleaba.

Daryl Nesbitt.

Necesitaba seguir hablando con Felix, averiguar por qué Caterino y Truong tenían el número de Daryl grabado en el móvil. ¿Él también trapicheaba? ¿Serviría con los números de teléfono para traerlo a jefatura?

Nesbitt había trabajado en la obra, cerca de la pista forestal. Su padre arreglaba coches. Seguramente Axle Abbott tenía martillos de chapista en su caja de herramientas, una caja de herramientas que podía estar usando Nesbitt mientras él estaba en prisión.

¿Tenía Daryl acceso a una furgoneta de color oscuro? ¿Había estado cerca de la universidad esos dos últimos días?

Iban a necesitar sus registros telefónicos, sus recibos de tarjetas bancarias y su historial de detenciones, además de comprobar su actividad en redes sociales.

—Por aquí. —Frank lo condujo por el pasillo.

Algo iba mal. Jeffrey intentó dejar de pensar en todo lo que tenía que hacer y dijo:

—Lo de ese Daryl, ya tengo su…

—Acaba de llamar el decano —lo interrumpió Frank—. Ha desaparecido otra estudiante.

22

—Uf —resopló Faith dejando de leer, y levantó la vista del teléfono para no marearse.

Will conducía mientras ella revisaba informes de la policía, artículos de periódico y redes sociales tratando de hacerse una idea de quién era Callie Zanger. Se había puesto manos a la obra pensando en demostrar que la hoja de cálculo de Miranda Newberry, con sus ochenta pestañas y sus colorines, estaba equivocada, pero de momento todo indicaba que, en efecto, había otra víctima que había escapado con vida.

—¿Y bien? —preguntó Will.

—En primer lugar, Callie Zanger es un bellezón.

Will apartó un momento los ojos de la carretera para mirar la foto del teléfono de Faith. No dijo nada, pero tampoco hacía falta. Zanger era espectacular. Melena larga y lustrosa, naricilla perfecta y un mentón con el que podía tallarse un diamante. Seguramente se levantaba a las cuatro todos los días para hacer pilates y actualizar su tablero de visión.

El tablero de visión de Faith era una fotografía antigua de ella durmiendo.

—Zanger es socia de un bufete de abogados de postín:

Gutrie, Hodges y Zanger —le explicó a Will—. Está divorcia-
da y vive en un ático de seis millones de dólares en One Museum Place, frente al High. Su desaparición se denunció hace
dos años, el veintiocho de marzo.

—¿Desapareció a primera hora de la mañana? —preguntó él.

—Probablemente, porque faltó a la reunión de los miércoles en el trabajo. Por lo visto, es muy estricta, nunca falta
a una reunión, así que se asustaron todos. Llamaron a los
hospitales, a la policía, se pasaron por su casa, fueron al gimnasio… Su BMW estaba en el garaje. Su madre, Veronica
Houston-Bailey, ya estaba en la comisaría del distrito centro
de Atlanta a mediodía con el abogado de la familia. Imagino
que por eso no le dijeron que volviera cuando se cumplieran
veinticuatro horas de la desaparición.

—¿Houston-Bailey, los de la inmobiliaria?

—Los mismos. —Aquella empresa era, con mucho, la mayor agencia inmobiliaria de Atlanta—. No me extraña que la
policía municipal se diera prisa en reaccionar. Una abogada
tan poderosa y con tantos contactos en las altas esferas no des-
aparece así, por las buenas. Sobre todo estando en medio de
un divorcio millonario y muy poco civilizado que salía cada
dos por tres en las noticias.

—¿Acudieron al marido?

—Rod Zanger. Sí, se fueron derechos a por él como una
manada de velociraptores. Rod dijo que no tenía ni idea de
dónde estaba ni de por qué había desaparecido, lo típico, pero
no tenía coartada para el miércoles por la mañana, cuando desapareció ella. Ni recibos, ni registros telefónicos, ni testigos.
Dijo que se había quedado en casa, en su mansión de Buckhead, porque estaba acatarrado. Ese día, además, la interna y
el jardinero tenían el día libre. Así que la policía de Atlanta le
apretó bien las tuercas.

—¿El coche de ella estaba en el garaje de la oficina?

—No, en su plaza de One Museum, que curiosamente estaba en un punto ciego al que las cámaras de seguridad no llegaban. Ella iba andando a trabajar a veces, si hacía buen tiempo. Pero su bolso y su teléfono estaban en el maletero del coche.

—Eso me suena.

—Parece casi un patrón. ¿Te acuerdas del divorcio? —preguntó Faith—. Fue un asunto muy sonado. Como la historia de Cenicienta pero al revés. Se conocieron en la Facultad de Derecho, en Duke. Rod era un vaquero pobretón de Wyoming y Callie la debutante sureña forrada de millones que se enamoró de él. Las revistas decían que era un mantenido.

Will meneó la cabeza, porque él solo leía revistas de coches. Nada más.

Faith acababa de recibir un mensaje. Levantó el teléfono para acercárselo a la cara, y no al revés. Jeremy volvía a suplicarle ayuda. Ella no hizo caso y le dijo a Will:

—Lo bueno viene ahora. A las treinta y seis horas de denunciarse su desaparición, se encontró a Zanger vagando por Cascade Road, de madrugada. Desorientada y confusa. Tenía una herida en la cabeza que sangraba mucho y la ropa desgarrada. Estaba cubierta de barro y había perdido los zapatos. El diagnóstico del hospital fue conmoción cerebral severa e hipotermia.

—¿Cómo era la herida de la cabeza? —preguntó él—. ¿Como hecha por un martillo?

—El atestado policial no lo especifica y las noticias de prensa son muy vagas. Pero a Zanger la atendieron en Grady, y Sara antes trabajaba allí, así que quizá…

—¿Quieres que viole el derecho a la intimidad de una paciente?

Faith descartó de inmediato esa quimera.

—Zanger pidió el alta voluntaria al día siguiente. Según los papeles, no ingresó después en otro hospital metropolitano; por lo menos, no hay constancia de ello. Según la policía de

Atlanta, se negó a hacer una declaración oficial y hasta a que la interrogaran informalmente. No quiso hablar con nadie. Su marido tampoco. Y la madre menos, faltaría más. Así que se dio carpetazo a la investigación, se selló el acuerdo de divorcio y la prensa no tuvo nada más que decir al respecto. De eso hace ya dos años.

—¿Cómo llegó Zanger de Cascade Road al hospital?

—La encontró una pareja de abuelos que estaba dando un paseo en coche a su nieta, una bebé, a ver si conseguían que se durmiera. Lo que solo funciona con los nietos, por cierto. Con los hijos, no.

—Hay muchas zonas de bosque alrededor de Cascade.

—Quiero hacerme con un mapa satelital del estado, de esos gigantes, para marcar dónde vivían las mujeres, dónde las encontraron y el último lugar donde se las vio con vida.

—Me apuesto algo a que Miranda tiene un mapa.

Faith se erizó a ojos vista. Seguramente por eso había sacado él el tema.

—A ver, aclárame una cosa, Batman: si «Dirk Masterson» estaba tan segura de que iba detrás de un asesino en serie, ¿por qué no acudió a la policía?

—¿Porque sabía que pasaría justo lo que va a pasar ahora?

Faith miró su teléfono y se puso a responder al mensaje de Jeremy con más atención de la necesaria. Will había propuesto que dejaran que Miranda y Gerald Caterino llegaran a un acuerdo legalmente vinculante para que ella le devolviera el dinero que le había estafado, con intereses, pero, a decir verdad, él habría dejado marchar a Bonnie Parker con tal de que le prometiera que nunca volvería a robar un banco con Clyde Barrow.

—No digo que Miranda sea de fiar —añadió—, pero si no fuera por ella no nos habríamos enterado de esto. Fue ella quien le proporcionó la información a Gerald. Gerald se la mandó a Nesbitt, y Nesbitt nos ha traído hasta aquí.

—Gracias por resumirme los dos últimos días —repuso Faith—. Miranda Newberry miente hasta para decir dónde ha comido. Montó una empresa fantasma con una identidad falsa, una página web falsa y una cuenta bancaria auténtica para poder cobrar cheques. ¿De verdad crees que solo ha estafado a Gerald Caterino?

Esta vez, Will no supo qué responder.

—Los embusteros mienten más que hablan —añadió ella—. Pero, ahora en serio, ¿no te parece alucinante? Si yo hubiera ganado treinta de los grandes así, por la patilla, ni muerta comería en el Wendy's, y mucho menos llevaría un vestido de ese color naranja fosforito…

El teléfono de Will empezó a sonar. Él tocó el botón.

—Estamos los dos —dijo Faith—. Tenemos puesto el manos libres.

—¿A qué distancia estáis del despacho de Zanger? —preguntó Amanda.

—Unos cinco minutos —calculó Faith.

—Sara también está a cinco minutos de la oficina. Los Van Dorne han llegado pronto. Caroline los ha llevado a la sala de reuniones. Quiero que volváis lo antes posible.

Faith dedujo que su jefa había decidido pedir permiso a los padres para exhumar el cadáver y prefirió no insistir en el enfoque del asesino en serie; no era el momento.

—Vamos a encontrar atasco. No sé cuánto tardaremos en volver.

—¿Qué hay de los archivos de Brock? —preguntó Will.

—Sara les ha echado un vistazo por encima. Está todo: el informe del juez de primera instancia, las notas originales de Sara sobre la autopsia, los resultados del laboratorio, las fotografías… Hasta un vídeo de la escena del crimen. Los análisis de sangre y orina dieron negativo en todo, excepto en cannabinoides. Pero Truong estudiaba en la universidad; es lógico —dijo Amanda, y añadió—: Sara dice que el Rohypnol y el GHB tienen una vida media muy corta y que se metabolizan rápidamente, así que los resultados toxicológicos no pueden excluir por sí solos que la drogaran con esas sustancias. Los síntomas pueden incluir amnesia, pérdida de la consciencia, sensación de euforia, paranoia y pérdida del control muscular, o sea, parálisis de brazos y piernas. Y los efectos pueden durar entre ocho y doce horas.

—¿Y el Gatorade azul? —preguntó él.

—El laboratorio confirmó que el contenido de su estómago incluía una sustancia azucarada de color azul que podía ser una bebida deportiva. Informadme enseguida, en cuanto terminéis de hablar con Zanger —ordenó Amanda.

—Espera —dijo Faith sin poder resistirse—. ¿Vas a hacer averiguaciones sobre lo de la hoja de cálculo del asesino en serie?

—Lo único que voy a hacer es preguntar por qué ni uno solo de mis inspectores, que se supone que tienen una formación de primera clase, detectó esos posible vínculos antes de que un presunto detective con nombre de actor porno se tropezara con ellos.

Faith acusó el golpe, que claramente iba dirigido a ella.

—¿Sabes cuántos casos podría yo descubrir si tuviera todo el tiempo del mundo para pasármelo delante del ordenador?

Will puso cara de horror.

—Lo bueno de no aprender de tus errores, Faith, es que sigues repitiéndolos hasta que por fin escarmientas —remachó Amanda.

Faith abrió la boca, pero Will cortó la llamada antes de que pudiera decir una palabra más. Esperó un segundo y luego dijo:

—Eres consciente de que seguramente Amanda está actuando entre bastidores aunque no lo diga, ¿verdad?

Faith no quería meterse en una discusión acerca de la costumbre que tenía su jefa de jugar al escondite con la información. A

Amanda le gustaba ser el Gran Mago de Oz tras la cortina y ella estaba cansada de hacer de Dorothy.

—Amanda tenía una corazonada sobre Masterson —prosiguió él—. Por eso insistía en lo del servidor. Sabe que se trata de un asesino en serie. Tienes que confiar en ella, seguro que tiene un plan. Solo está tirando de las riendas para que no nos precipitemos.

—Veo que es el segundo día seguido que voy a tener que recordarle a un hombre que no soy un caballo.

Will mantuvo la mirada fija en la carretera.

—Zanger estuvo treinta y seis horas desaparecida. ¿Por qué no presentó denuncia?

—¿Por miedo? —repuso Faith. Ese era el principal motivo por el que las mujeres no denunciaban agresiones. Pero había otro, además—. O puede que le preocupara que nadie la creyera.

—Tuvo que ir al hospital. Había pruebas físicas de que estaba herida.

—Es posible que no quisiera tener que enfrentarse a todo eso. Su divorcio fue un espanto. Su marido se tiraba a *strippers*, y a las *strippers* les dio por hablar. Y encima un exnovio suyo contó a la prensa rosa que Callie era adicta a las anfetaminas en la universidad. La cosa no se quedó en Atlanta, no. Fue noticia en todo el país. ¿Y, para colmo, la violan?

Faith no había tenido que pasar por el trauma de una violación, pero se había quedado embarazada con quince años, en la época en que todavía se quemaba a las brujas. Sabía lo que era estar en boca de todo el mundo, que te juzgaran y te diseccionaran como a un espécimen bajo el microscopio.

—La verdad es que todavía no sabemos qué le pasó a Callie Zanger en el bosque —dijo—. Míralo desde otra perspectiva. Callie tenía un trabajo estresante y, además, estaba pasando por un divorcio que sacó a la luz detalles muy íntimos de su vida privada. Es posible que no pudiera soportarlo más y que fuera al bosque con intención de acabar con todo. Lo que hizo no funcionó, así que cambió de idea y salió de allí, y luego le dio vergüenza hablar del tema.

Will tardó un momento en contestar.

—¿Crees que fue eso lo que pasó?

Faith pensó que era mucho más probable que una mujer como Callie Zanger desapareciera en un *spa* de lujo, en vez de perderse en el monte.

—No.

—Yo tampoco.

Ella abrió Google Maps en su móvil para asegurarse de que iban por la ruta adecuada. Will no tenía navegador en su viejo Porsche 911. El coche era muy bonito por dentro. Will lo había restaurado con mimo para devolverle su antiguo esplendor, pero por desgracia sus días de gloria eran anteriores a la invención de los posavasos y al calentamiento global. El aire acondicionado emitía, como mucho, aire templado.

—Por ahí —dijo señalando a la derecha—. Baja por Crescent Avenue. La entrada del aparcamiento está detrás del edificio.

Will puso el intermitente.

—¿La llamamos antes o nos presentamos en su despacho sin avisar?

Faith se lo pensó mientras esperaban a que cambiara el semáforo.

—Zanger se negó a hablar con la policía. Y a Miranda, alias Dirk, le mandó un requerimiento de cese y desista. Ha dejado bien claro que no quiere que se investigue el asunto.

—Es abogada especializada en impuestos, no penalista. Si la llaman del GBI seguramente se echará a temblar —dijo Will, y añadió—: Pero si nos presentamos sin más…

—Estamos hablando de dar un susto a una mujer que seguramente sufrió una agresión brutal, ¿no? —contestó Faith—.

Ese tuvo que ser el peor día de su vida. Lleva dos años intentando olvidarlo ¿y ahora vamos a presentarnos nosotros con nuestras placas y a hurgar en esa costra hasta que vuelva a sangrar?

—Se me ocurren tres posibilidades. —Will fue contando con los dedos—. O bien está traumatizada por lo que le pasó y por eso no quiere hablar de ello. O bien está traumatizada y le da miedo que el agresor vuelva y la ataque otra vez. O bien le asusta que el asunto se haga público porque fue un trauma que se añadió a su divorcio. O puede que todo eso sea cierto y que en realidad dé igual porque, se mire por donde se mire, está traumatizada y nosotros vamos a intentar obligarla a hacer algo que no quiere hacer, es decir, hablar de lo que le ocurrió.

Faith formuló la pregunta que ambos habían estado evitando.

—¿Y si tenía lesiones como las de Tommi Humphrey?

El coche quedó en silencio.

Faith apenas tuvo que esforzarse por rememorar la reunión informativa de esa mañana en la sede del GBI. Vio a Sara sosteniendo la fotografía del mango astillado del martillo.

Cuatro meses.

Ciento veinte días.

Ese fue el plazo que tuvo que esperar Tommi Humphrey para que los médicos pudieran empezar a reparar los daños físicos que había sufrido. Reparar los daños psicológicos llevaría, seguramente, una eternidad. La joven intentó ahorcarse el día que Daryl Nesbitt fue detenido por posesión de pornografía infantil. Amanda le había pedido a Sara que se pusiera en contacto con ella. Quizá no fuera posible. Quizá, finalmente, Tommi se hubiera quitado la vida y descansara en paz en su tumba.

—No creo que Tommi Humphrey pueda superar nunca lo que le pasó —dijo.

Will se aclaró la garganta.

—Hablando de ello no, seguramente.

—Sí.

Volvieron a guardar silencio. Faith sentía de pronto que le pesaba el cuerpo, como si la sangre se le hubiera vuelto arena.

—Puedo... —dijo Will.

—No, lo hago yo.

Marcó el teléfono general de Guthrie, Hodges y Zanger y, tras explicarle a la desdeñosa recepcionista quién era, pidió que le pasara con Callie Zanger.

Will había tomado Crescent y estaba buscando la entrada del aparcamiento cuando Zanger se puso al teléfono.

—¿De qué se trata? —preguntó Zanger en un tono tan afilado como su barbilla.

—Soy la agente especial... —empezó a decir Faith.

—Ya sé quién es. ¿Qué quiere? —Zanger hablaba con voz ronca, en un susurro. Parecía atemorizada, lo que por un lado era angustioso y por otro les brindaba una oportunidad.

Faith optó por empezar de la manera más suave posible.

—Siento molestarla, señorita Zanger, pero mi jefa, la subdirectora del GBI, recibió esta mañana una llamada de un periodista. Le remitió a nuestro departamento de prensa, lógicamente, pero aun así necesitaríamos hacerle a usted unas preguntas.

—¿Qué preguntas? —replicó ella con aspereza—. Digan que no tienen nada que declarar y ya está.

Faith miró a Will, que había aparcado en la calle.

—Lamentablemente —dijo—, somos un organismo público. No podemos abstenernos de hacer declaraciones sin más. Tenemos un deber para con la ciudadanía.

—Qué idiotez —bisbiseó ella—. Yo no tengo por qué...

—Comprendo que no está obligada a hablar conmigo —repuso Faith, probando otro planteamiento—, pero creo que sería interesante para usted. Me parece que le asusta que lo que le ocurrió pueda volver a suceder.

—Se equivoca.

Parecía muy segura de sí misma.

—Será una conversación absolutamente extraoficial —insistió Faith.

—Lo extraoficial no existe.

—Mire —prosiguió Faith, dándose por vencida—. Estoy frente a la entrada del aparcamiento de su edificio. Hay un restaurante enfrente. Voy a estar en la barra los próximos diez minutos. Luego subiré a su despacho para que hablemos en persona.

—Déjeme en paz.

El teléfono chocó dos veces contra su soporte antes de que Zanger consiguiera colgar.

Faith sintió asco de sí misma. Había oído el gemido acongojado de Callie Zanger antes de que colgara.

—Odio mi trabajo —dijo apoyando la cabeza en las manos.

—Esperará que estés sola —comentó Will.

—Sí, lo sé.

Salió del coche. La arena que notaba en las venas seguía lastrándola cuando cruzó la calle. El restaurante era un local muy moderno, con una terraza en la que sonaba a todo volumen música de piano. Faith se vio reflejada en la puerta de cristal al abrirla. Will iba unos metros por detrás de ella. Se había quedado rezagado para no asustar a Callie Zanger, si aparecía.

Faith rezó por que la abogada se reuniera con ella en el bar. Su llamada sin duda habría provocado en la oficina una pequeña explosión que se convertiría en una deflagración nuclear si Will y ella se presentaban allí enseñando la placa.

Miró su reloj mientras tomaba asiento en el bar vacío. Nueve minutos más. Le pidió un té con hielo al barman, que llevaba un ridículo sombrero de ala estrecha. Siete minutos más. Faith echó un vistazo al restaurante. A esa hora de la tarde, era la única persona en el bar. En el comedor había tres hombres solos, sentado cada uno a su mesa. Will era uno de ellos.

De haber estado en el lugar de Callie Zanger, Faith se habría puesto furiosa porque el GBI fuera a entrometerse en su vida. Pero también tenía que ponerse en el lugar de Pia Danske. En el de Joan Feeney. En el de Shay Van Dorne. En el de Alexandra McAllister. En el de Rebecca Caterino. Y en el de Leslie Truong. Las víctimas eran tantas que le costaba recordar sus nombres. Sacó su móvil del bolso y abrió la hoja de cálculo de Miranda. Ocho años. Diecinueve mujeres. Veinte, contando a Tommi Humphrey.

—¿Inspectora Mitchell?

Faith prefirió no decirle que no era inspectora, sino agente especial. Reconoció a Callie Zanger por las fotos que había visto. La abogada iba menos maquillada y llevaba el pelo recogido hacia atrás, pero seguía siendo una mujer preciosa, incluso cuando se dejó caer desgarbadamente en el taburete contiguo al de Faith.

—Un Ketel One doble con una rodajita de limón —le dijo al barman.

Faith advirtió por su tono de voz que estaba acostumbrada a pronunciar esas palabras. No le habría extrañado que una abogada prestigiosa como ella pidiera vino o incluso *whisky*. Pero pedir un vodka doble a palo seco era indicio de alcoholismo.

—¿Trabaja con ese otro detective? ¿Masterson? —preguntó Callie.

—No, y no es detective.

Callie meneó la cabeza con desagrado.

—A ver si lo adivino. ¿Es periodista?

Faith la observó atentamente. Parecía derrotada. ¿Estaba intentando recuperarse igual que Tommi Humphrey? Se reprendió a sí misma por permitir que sus emociones le hicieran la zancadilla. Intentó hacer acopio de reserva profesional.

—Señora. —El barman se llevó la mano al sombrerito al dejar el vodka doble en la barra.

Faith miró el vaso. Estaba bien lleno, pero Callie no pareció notarlo. Removió la bebida con la pajita y esperó a que el barman se marchara para decir:

—Detesto que los hombres se pongan sombrero para disimular que no tienen personalidad.

A Faith le cayó bien de inmediato.

—¿Esto es por Rod? —preguntó ella.

—¿Por qué cree que estoy aquí por su exmarido?

—Porque mi exmarido fue quien me secuestró.

Faith la vio beberse de un trago la mitad de la copa. No sabía qué hacer. Rod Zanger no entraba en sus cálculos. Buscó su cuaderno dentro del bolso.

—Extraoficial —le advirtió Callie—. Me prometió antes, cuando hablamos por teléfono.

Faith cerró el bolso.

Callie apuró la bebida de otro trago y con una seña pidió al barman que volviera a llenarla.

—Aunque nunca es del todo extraoficial, ¿verdad que no?

Faith no podía mentirle.

—No.

Callie sacó la pajita del vaso vacío y comenzó a deslizarla sobre la barra, haciéndola rodar.

—Tenía trece años la primera vez que un hombre me tocó sin mi permiso.

Faith observó cómo se deslizaba la pajita entre sus dedos.

—El dentista que me estaba haciendo una limpieza de boca me tocó los pechos. No se lo dije a nadie. —Miró a Faith—. ¿Por qué no lo hice?

Faith sacudió la cabeza. Ella también tenía cosas que contar.

—Porque él la habría acusado de ser una puta mentirosa.

Callie se rio.

—Me lo llamaron de todas formas.

Faith se rio también, pero siguió atando cabos.

—¿Su marido la maltrataba?

Callie asintió despacio, casi imperceptiblemente. Faith se mordió la lengua para no acribillarla a preguntas. A Will se le daba mucho mejor guardar silencio. De momento, lo único que podía hacer era beber a sorbitos su té con hielo y esperar.

Volvió el barman, se tocó de nuevo el sombrerito y puso otro vodka en la barra. Esta vez, la ración era más que generosa: más que un doble, era un triple. Al ver que Faith miraba el vaso, le guiñó un ojo y se alejó.

Callie fijó la vista en el líquido transparente. Había empezado a morderse el interior del labios con nerviosismo.

—Encontré uno de esos chismes con GPS en mi coche.

—¿Eso fue hace dos años?

—Sí, durante el divorcio. —Callie empezó a mover el vaso describiendo un círculo—. El geolocalizador estaba en una caja metálica negra, sujeto con un imán al hueco de una de las ruedas. No sé por qué se me ocurrió mirar. Bueno, la verdad es que sí lo sé. Tenía la sensación de que me estaban vigilando. Sabía que Rod no iba a dejarme marchar tan fácilmente.

—¿Se lo comentó a alguien en aquel momento?

—A mi abogada, la que se encargó del divorcio. —Miró a Faith—. Haz siempre caso a tu abogado. Lo saben todo.

Faith dedujo por su tono que estaba siendo sarcástica.

—Me dijo que dejara el aparato en el coche, en el mismo sitio donde lo había encontrado, para que Rod no sospechara nada. Como queríamos preservar en la medida de lo posible el derecho de confidencialidad matrimonial, su despacho contrató a un informático para que intentara localizar el aparato sin recurrir al juzgado. Al final, el informático nos dijo que no podía conseguir esa información sin una citación y, si la solicitábamos, Rod se enteraría, así que…

Faith lamentó no poder echar mano de su cuaderno. Si Callie daba permiso a su abogada para revocar el derecho de confidencialidad, ella podía conseguir una citación judicial en cuestión de horas.

—¿Cómo ocurrió? —preguntó.

—Yo estaba dentro de mi coche, a punto de irme a trabajar. Tenía una reunión, pero… —Hizo un ademán, quitándole importancia al asunto—. No creo que fuera Rod en persona. Tuvo que contratar a alguien. Siempre le había gustado verme la cara cuando me pegaba. Y aquel tipo no quería que lo viera.

Callie dio un trago al vaso de vodka y lo dejó bruscamente sobre la barra. Sus manos no temblaban, pero tampoco paraban quietas.

—Todavía lo veo, ¿sabe? El martillo. Dio la casualidad de que miré por el retrovisor, no sé por qué. Y vi un martillo viniendo hacia mí. Tenía un aspecto muy raro. La cabeza, quiero decir. Lo he buscado muchas veces en Internet para ver cómo se llama, pero hay centenares de tipos de martillos distintos. Los hay con mango de fibra de vidrio y con mango de madera, y para ebanistería y para pladur… ¿Sabía que hasta hay vídeos en YouTube que enseñan la mejor manera de dejar seco a alguien de un martillazo?

Faith negó con la cabeza, aparentando que no le había dado un vuelco el estómago.

La última semana de marzo. Primera hora de la mañana. Un martillo.

Callie pidió otro vodka al barman con una seña y añadió:

—Póngale uno también a mi amiga.

Faith intentó detenerla.

—¿Esto es extraoficial o no? —le preguntó Callie al ver su gesto.

Faith indicó al barman con una inclinación de cabeza que trajera las dos copas. Cuando él se alejó hacia el otro extremo de la barra, Callie lo miró con atención.

—Tiene un culo bonito —comentó.

A Faith la traía sin cuidado el culo del barman. La atmósfera se había vuelto sofocante. Miró el espejo. Will seguía sentado a la mesa, al otro lado del local. Tenía el teléfono en la mano, pero miraba fijamente la barra.

—¿Qué es lo siguiente que recuerda? —preguntó ella.

—Me desperté en un bosque, figúrese. —Callie respiró hondo—. La primera vez que salí con Rod, estuvimos de pícnic en los jardines de la mansión Biltmore. Rod siempre ha sido muy listo. Sabía que no podía impresionarme llevándome a un restaurante caro o a un club privado, así que me ofreció algo para lo que apenas hacía falta dinero. Bocadillos hechos en casa, patatas fritas de bolsa, servilletas de papel, vasitos de plástico... Hasta me escribió un poema. Era un vaquero muy romántico.

Callie se había desviado de aquel instante en el bosque, pero Faith la dejó dar un rodeo.

—La primera vez que me pegó, faltaba una semana para nuestra boda. Me dejó inconsciente. Me tumbó de un golpe, literalmente. —Callie miró el vaso vacío con expresión melancólica—. Luego lloró como un niño. Y a mí me rompió el corazón que aquel vaquero tan grande y fuerte se echara a llorar con la cabeza apoyada en mi regazo y me suplicara que lo perdonara. Me prometió que nunca nunca volvería a pasar, y yo...

Faith oyó cómo se apagaba su voz. Había en ella un tinte de tristeza. Callie Zanger era una mujer inteligente. Sabía cuál era el instante preciso en que se había torcido su existencia.

Miró a Faith.

—Es una historia muy vieja. Usted, que es policía, la habrá oído muchas veces, ¿verdad?

Faith asintió en silencio.

—Es tan vergonzoso que jueguen todos siempre la misma carta, siempre tan aburrida, tan predecible... —continuó

Callie—. Lloran y les perdonas. Y luego, pasado un tiempo, se dan cuenta de que llorar ya no les da resultado, y empiezan a hacer que te sientas culpable. Después la culpa también deja de funcionar y entonces recurren a las amenazas y, antes de que te des cuenta, te da pánico marcharte y pánico quedarte, y entretanto pasan quince años y…

Faith no podía permitir que volviera a desviarse.

—¿Qué la impulsó a dejarlo por fin?

—Me quedé embarazada. —Callie esbozó una sonrisa—. Y Rod no quería hijos.

Faith no tuvo que preguntar qué había ocurrido. Callie tenía razón. Había oído aquella misma historias cientos de veces.

—La verdad es que fue una suerte. Yo no podía defenderme a mí misma, así que ¿cómo iba a defender a un hijo o una hija?

El barman hizo nuevamente acto de presencia, pero esta vez no se tocó el sombrero. Con un hábil giro de muñeca, depositó los dos vasos delante de ellas. Faith dedujo que no era la primera vez que atendía a Callie. Sabía que, cuando ella pedía un doble, se refería a un triple. Y sin duda sabía también que recibiría una buena propina a cambio de aquella farsa.

—Beba —le dijo Callie a Faith.

Ella agarró el vaso. El líquido estaba frío. Fingió beber.

Callie bebió un buen trago. Llevaba ya dos triples y estaba achispada. Faith se preguntó si habría tomado algo más antes de bajar al restaurante. Tenía los párpados un poco caídos y no dejaba de mordisquearse la parte interior del labio.

—Rod jugó conmigo durante el divorcio —añadió—. Llegué a pensar que me estaba volviendo loca.

Faith fingió beber otro sorbo.

—Cuando estábamos casados, siempre lo revisaba todo para asegurarse de que yo dejaba las cosas donde debían estar. Si algo no estaba en su sitio… —No hizo falta que acabara la frase—. Cuando me marché de casa, cuando empecé a vivir sola, pensé:

«Ahora voy a ser desordenada. Voy a tirar la ropa al suelo, a dejar la leche fuera del frigorífico y a olvidarme de todo».

Su risa sonó como un cristal al romperse.

—¿Sabe qué ocurre cuando dejas la leche fuera del frigorífico? —preguntó haciendo un gesto de fastidio—. Yo había padecido quince años de adiestramiento. No pude librarme de la neurosis del orden. Me ponía nerviosísima. Me gusta saber dónde están las cosas, y de repente no estaban en su sitio.

Faith notó una opresión en el pecho.

—¿Qué cosas, por ejemplo?

—Pues no sé… Es posible que en realidad estuviera todo en su sitio. Hay un cómico que hacía una broma: entraba en casa de la gente y cambiaba las cosas de sitio, pero solo las desplazaba un centímetro. ¿Verdad que es una locura?

Faith no contestó.

—Yo me sentía… escudriñada —añadió Callie en tono vacilante—. Como si alguien hubiera revuelto mis cosas. Como si las hubieran toqueteado. No me faltaba nada y luego, de pronto, un día, no encontraba mi coletero favorito.

Faith apretó con fuerza el vaso de vodka.

—¡Mi coletero! —repitió Callie con énfasis—. Fui a sacarlo del bolso y no estaba, y me entró el pánico. Puse la casa patas arriba, lo busqué por todas partes, pero no estaba.

—¿Cómo era?

—Un coletero corriente, de color rojo. —Se encogió de hombros—. Me costó unos doscientos dólares.

Faith miró el coletero que llevaba Callie. Un dije dorado colgaba del elástico. Reconoció las dos ces cruzadas del emblema de Chanel.

—Sé que parece una tontería, pero ese coletero era importante para mí. Normalmente tenía que pedirle permiso a Rod para comprar hasta un paquete de chicles. El coletero fue lo primero que me compré cuando me separé, porque él siempre me hacía llevar el pelo suelto. Siempre. Hasta se presentaba en mi despacho por sorpresa para comprobar que no me lo recogía. —Soltó una risa amarga—. Así que entró en mi piso y me lo robó.

—¿Las cámaras de seguridad lo grabaron?

Callie negó con la cabeza.

—No lo comprobé. No quería que el conserje del edificio le contara a todo el mundo que yo era una histérica que lloraba porque había perdido un coletero.

Aquello sorprendió a Faith: ella creía que, viviendo en un ático de seis millones de dólares, no tenías que preocuparte por esas cosas.

—Así era como Rod se salía siempre con la suya —prosiguió Callie—. Hacía que sintiera que estaba loca, que no podía contarle a nadie lo que estaba pasando porque no me creerían.

Faith intentó llevarla de nuevo, suavemente, hacia el tema de la agresión.

—Le golpearon en la cabeza con un martillo. Estuvo treinta y seis horas desaparecida. Tuvo…

—Un regalo, tuve un regalo —repuso ella con rotundidad—. Rod iba a obligarme a ir a juicio y a airear públicamente todos nuestros trapos sucios. Y había muchos, se lo aseguro. No solo sobre mí, sino sobre mi familia. Mi madre, su negocio… Rod quería que ardiéramos todos en la hoguera. Pero luego me hizo ese regalo, ese obsequio salvaje y horrendo, y yo cambié mi silencio por mi libertad. Rod volvió a Wyoming con lo puesto. Y yo seguí con mi vida.

Faith miró el vaso que tenía en la mano. Callie Zanger hablaba en tono triunfal, como si se hubiera tomado la revancha. Pero cuanto más la oía, más convencida estaba Faith de que se equivocaba.

—¿Recuerda cómo llegó del coche al bosque? —preguntó discretamente.

—No. Los médicos dijeron que es normal tener amnesia después de un golpe fuerte en la cabeza. —Callie se había acabado el vodka. Señaló el vaso de Faith—. Cuando alguien solo finge beber, lo noto.

Faith deslizó el vaso hacia ella. Cuando tenía ante sí a una persona alcohólica, lo notaba.

—Recuerdo que me desperté en el bosque. —Callie echó la cabeza hacia atrás y se bebió la mitad del vodka—. La verdad es que me desperté varias veces. No sé si fue por el golpe en la cabeza o por la porquería que me obligó a beber, pero me quedaba dormida a ratos y a ratos me despertaba.

—¿Qué le hizo beber?

—No sé qué era, pero me dejó completamente grogui. Estaba delirando. No podía controlar mis pensamientos. Tan pronto estaba aterrorizada como flotando en el éter. No podía mover los brazos ni las piernas. Me olvidaba de dónde estaba y de quién era.

Faith se dijo que aquello se parecía mucho a los efectos del Rohypnol.

—¿Reconoció el sabor?

—Claro. Sabía como a pis con azúcar. Prefiero esto. —Callie levantó su vaso en un brindis y apuró el vodka de un trago.

El alcohol pareció surtir todo su efecto de golpe. Los ojos se le pusieron vidriosos y le costó volver a dejar el vaso vacío en la barra.

Faith acercó la mano y la ayudó.

—¿Sabe?, en parte tiene gracia que precisamente lo que hizo que me enamorara de Rod al principio fuera su perdición —continuó Callie—. Necesitaba tenerme controlada constantemente, así que no pudo dejarme allí para que me muriera. Tenía que volver. Tres o cuatro veces me desperté y allí estaba él.

—¿Llegó a verlo? —preguntó Faith—. ¿Le vio la cara?

—No, tuvo mucho cuidado. Pero noté que era él. —Movió

la cabeza lentamente de un lado a otro—. Siempre le encantó mirarme. Cuando nos conocimos, a mí me parecía supersexi su manera de mirarme. Iba a la cafetería o a la biblioteca y allí estaba aquel vaquero alto y guapo, escondido detrás de una esquina, con esa mirada tan intensa.

Faith la vio llevarse el vaso a los labios y fruncir el ceño al darse cuenta de que estaba vacío.

El barman había entrado en la cocina. Will se había sentado junto a la barra y estaba tomando una Coca-Cola con la vista fija en el espejo.

—Cuando eres tan joven, esas conductas te parecen increíblemente románticas. Ahora me doy cuenta de que me estaba acosando. —Callie lanzó a Faith una mirada cómplice—. Imagino que un hombre no demuestra lo mierda que es hasta que lleva tres meses follando contigo, como mínimo.

Faith intentó devolverla de nuevo al bosque.

—¿Qué más recuerda?

Ella se frotó los ojos con parsimonia. El vodka la había dejado amodorrada.

—Sombras. Hojas cayendo. El ruido de las botas camperas de Rod al pisar el barro. Llovía mucho mientras estaba allí. ¿Es posible que lo planeara así?

Faith no supo qué responder a su pregunta.

El coletero. El bosque. El Gatorade. La parálisis…

—Recuerdo que soñé que él me cepillaba el pelo —añadió Callie—. Empezó a llorar, y luego lloré yo. Fue muy extraño, porque me sentía en paz, ¿sabe? Estaba dispuesta a rendirme, a abandonar. Pero no lo hice. No quise hacerlo. Y lo mejor de todo es que es todo culpa suya. La cagó de verdad.

—¿Por qué?

—Porque me violó. —Callie se encogió de hombros como si aquel detalle careciera de importancia—. No era la primera vez. ¡Dios mío, qué iba a ser la primera! Qué aburrimiento, Rod. Siempre lo mismo.

Faith sabía que la aparente indiferencia con la que hablaba era solo un mecanismo de defensa.

—Esperó a que anocheciera —continuó Callie—. No pude verle la cara. No podía moverme. No sentía mi propia piel, pero mi cuerpo empezó a… —Se empinó apoyando los pies en el peldaño del taburete, se dejó caer y volvió a empinarse, simulando los movimientos del coito—. Y recuerdo que pensé: «Esta es la última vez que me haces esto, Rodney Phillip Zanger».

Volvió a encogerse de hombros, pero buscó con la mirada al barman.

—Callie, ¿qué…? —comenzó a decir Faith.

—¿Qué más, qué más, qué más? —farfulló Callie—. Me pasé quince años de matrimonio preparándome para el «qué más». Aprendiendo a encajar un puñetazo, a fingir que no tenía las costillas fracturadas o la clavícula rota, o que no me sangraba el ano.

Se tapó la boca con la mano como si hubiera dicho algo cómicamente inapropiado.

—¿Qué más? —preguntó Faith.

—Acabó de violarme. Me hizo beber ese brebaje. Yo me lo tragué. Él se marchó. Y yo vomité. —Sonrió—. Tengo que agradecérselo a esas brujas de mis compañeras de internado, que me enseñaron a vomitar a voluntad.

Faith notó que le ardía la garganta como si hubiera tragado fuego.

—Vomité con tanta fuerza que casi eché el estómago. —El orgullo con que hablaba Callie era desolador—. Tenía un color muy extraño —añadió pasándose la mano torpemente por la pechera de la blusa—. Tuve que tirar la ropa. No es que quisiera quedármela, claro, pero parecía uno de esos trajes que

llevan los de ese grupo de percusionistas, esos que bailan...
¿Cómo se llaman? ¿Los que van pintados de azul? ¿Esos que
tocan en Las Vegas?

—¿Blue Man Group?

—Eso. —Callie buscó de nuevo al barman con la mirada—. Parecía como si me hubieran violado en grupo los de
Blue Man Group.

Se rio, pero Faith vio que tenía lágrimas en los ojos.

—El caso es que lo vomité todo. Me levanté y eché a andar. A trompicones, en realidad, porque tenía las piernas
blandas como espaguetis cocidos. Encontré la carretera y me
recogió una pareja muy amable. Dios mío, qué mal me sentí. Estaba hecha un asco y ellos, preocupadísimos. Después
intenté pagarles, darles una recompensa por haberme salvado, pero se negaron. Seguí insistiendo y, al final, me pidieron que donara el dinero al fondo de su parroquia. Podía
habérmelo desgravado, pero no lo hice —añadió—. Por favor, no se lo diga a nadie, o se me hundirá el negocio.

Faith intentó tragar saliva. Seguía notando aquel ardor en
la garganta.

—¿Rod reconoció alguna vez que había sido él?

Callie volvió a reírse.

—No, qué va. Es demasiado cobarde. Ese es su secreto más
profundo. Por eso pega a las mujeres: porque le dan pavor. Y
ahora le doy pavor yo.

Faith juntó las manos. Saltaba a la vista que Callie estaba
borracha. ¿Cómo iba a decirle que su momento de triunfo, su
venganza final, no era tal?

Callie se volvió hacia ella y añadió:

—Rod y yo nos vimos un momento en el despacho de mi
abogado, los dos solos. Les dije a los abogados que se marcharan. Me solté el pelo, me lo sacudí como la puta Cindy Crawford

y le dije a Rod: «Tengo tu vida en mis manos, cabrón. Puedo destruirte con solo chasquear los dedos».

—¿Qué contestó?

—Lo de siempre. Me dijo que estaba loca, que me lo había inventado todo, pero yo se lo noté en la mirada —dijo Callie señalándose los ojos—. Me tenía miedo. Le temblaban las manos. Se arrastró, me suplicó que no acudiera a la policía, me aseguró gimoteando que él nunca haría algo así. Dijo que me quería. Que él nunca me haría daño. —Su risa amarga resonó en el local—. ¿Sabe qué le contesté?

Evidentemente, Callie esperaba una respuesta. Faith tuvo que tragar saliva de nuevo para preguntar:

—¿Qué?

—Me puse frente a él, lo miré directamente a esos ojillos de cerdo que tenía y le dije: «He ganado». —Dio un puñetazo en la barra—. Que te jodan, Rod. Gané yo.

23

Gina no podía abrir los ojos.

O quizá podía y no quería abrirlos. Había olvidado lo que se sentía al dormir. Al dormir de verdad, como cuando eres joven y llegas a ese paréntesis dulce entre la adolescencia y la universidad en el que puedes cerrar los ojos y despertar al día siguiente, a mediodía, en un estado de pura dicha.

¿Dónde estaba? No en un sentido metafórico, sino físico. O sea, ¿dónde coño estaba ubicado su cuerpo en el planeta Tierra en ese instante?

Entreabrió los párpados.

Penumbra, hojas, tierra, pájaros cantando, árboles que se mecían, insectos que hacían lo que quiera que hagan los insectos…

¡Ostras, sí que era realista la exposición de material de *camping* del Target! Casi notaba el olor de los malvaviscos tostados al fuego… O el de las alubias de lata, como en esa escena de *Sillas de montar calientes* en la que todos se tiraban pedos.

Gina se rio.

Luego tosió.

Después empezó a llorar.

Estaba tumbada boca arriba en el bosque. Le sangraba la

herida de la cabeza, la que le había hecho el martillo. Iban a violarla. Rápido, tenía que salir de allí.

¿Por qué no podía moverse?

No tenía conocimientos de anatomía, pero debía de haber alguna línea eléctrica que conectara su cerebro y sus piernas y las hiciera moverse arriba y abajo o de lado para que pudiera darse la vuelta y levantarse.

Mantuvo los ojos cerrados y trató de despejarse. Se imaginó la línea. Intentó mandar una corriente de energía por ella. «¡Despierta, línea! Haz que me mueva. ¡Eh, hola, línea!».

I am a lineman for the county...

¡Ay, cómo se rio su madre de ella cuando dijo que *Wichita Lineman*, la canción de R.E.M., era una pasada! ¡Si no era de R.E.M.! ¡Fue Glen Close quien la hizo famosa!

¿Glen Close?

No, Glen Campbell.

¿Alguien había visto a Michael Stipe últimamente? Parecía una mezcla de Julian Assange y el Unabomber.

Se le llenaron los ojos de lágrimas. Iban a violarla. Iban a violarla. Iban a violarla.

¿Por qué no podía mover las piernas?

Ni los dedos de los pies. Ni los pies. Ni los tobillos. Ni las rodillas. Ni los dedos de las manos. Ni los codos. Ni siquiera los párpados.

Nada se movía.

¿Estaba paralizada?

Oía una respiración, pero no le parecía que procediera de sus pulmones. Había alguien detrás de ella. Sentado detrás de ella.

El hombre del coche.

El del martillo.

Estaba sollozando.

Gina había visto llorar a un hombre adulto una sola vez en

su vida: a su padre, el Once de Septiembre. Ella estaba en la biblioteca cuando dieron la noticia de que se había estrellado el primer avión. Se metió en el coche de un salto y corrió al sitio más seguro que conocía, la casa de sus padres. Se apiñaron todos en torno a la tele. Gina, su padre y su madre. Su hermana Nancy estaba en el trabajo, confinada. Diane Sawyer llevaba puesto su jersey rojo. Vieron horrorizados cómo morían miles de personas. Su padre la abrazó, se aferró a ella como si temiera que se le escapara, y las lágrimas de ambos se mezclaron. Todo el mundo lloraba. El país entero había llorado.

Su padre murió de cáncer de pulmón menos de un año después.

Y ahora ella estaba en el bosque.

Y el hombre que lloraba no era su padre.

Iba a violarla.

Le había golpeado con un martillo.

La había llevado al bosque.

La había drogado.

Iba a violarla.

Gina le había visto la cara en el coche. Aquella imagen se agitaba en un rincón de su cerebro. No era capaz de recordar sus rasgos, pero tenía la sensación de que lo conocía de algo. Lo había visto antes. ¿En el gimnasio, quizá? ¿En el supermercado? ¿En la oficina, cuando iba a las reuniones mensuales?

Aquella cara era la del hombre que la había estado vigilando. Era el causante de su paranoia, la persona que había cogido su coletero rosa del cuenco de encima del fregadero. Era el motivo por el que se había encerrado en casa y había bajado las persianas y revisado una y otra vez las cerraduras.

Nancy no tenía ni idea de que ella había desaparecido. Habían hablado justo antes de que se fuera a hacer la compra. Y su hermana la llamaba más o menos una vez al mes. Su madre la llamaba una vez por semana, pero habían hablado el día anterior, así que tardaría seis días más en volver a llamarla.

Seis días.

El mocoso de su jefe ya tenía su informe para Pekín. Le mandaría un correo electrónico, pero Gina lo tenía entrenado para que no esperara respuesta inmediata a sus tediosos mensajes, porque las personas mayores como ella, claro, no entendían de ordenadores. La cotilla de su vecina no era, en realidad, tan cotilla. La única persona que notaría su ausencia sería el repartidor de InstaCart, y Gina sabía que tenía muchos otros clientes a los que atender.

Su cerebro volvió a ubicarse en el presente.

Los sollozos del hombre fueron apagándose, como el gorgoteo del agua al caer por un desagüe.

Sorbió una vez por la nariz enérgicamente.

Se levantó, se movió a su alrededor y luego hincó las rodillas en el suelo, a horcajadas sobre ella, y se le echó encima.

Iba a violarla. Iba a violarla.

Gina sintió que le clavaba los dedos en las mejillas. Intentaba hacerle abrir la boca. Ella quiso resistirse, pero no le respondían los músculos. Esperó a que le metiera el pene en la boca. Se preparó. Rezó para tener fuerzas, por que un arrebato momentáneo de energía hiciera que sus mandíbulas se cerraran cuando él empezara a violarla.

Notó un roce de plástico en los dientes.

Él le había acercado una botella a la boca.

Ella tosió, se atragantó, tuvo que tragarse el líquido que inundaba su boca. Sabía a… ¿A qué sabía?

A caramelo. A algodón de azúcar. A orina.

Tenía la boca cerrada.

El hombre se apartó de ella. Le levantó la cabeza. Se sentó entre las hojas. Apoyó la cabeza de Gina en su entrepierna. Por detrás, no por delante. Su pene semierecto le rozaba el cuello. Sus piernas descansaban a ambos lados del cuerpo de ella. La había apoyado en su regazo como si fueran una pareja de amantes viendo los fuegos artificiales del 4 de julio.

Gina sintió un tirón en el cuero cabelludo. Una presión en la cabeza. Un arañar suave, familiar.

Él le estaba cepillando el pelo.

24

Sara estaba nerviosa cuando entró en la sede central del GBI. La falta de sueño le estaba pasando factura. Había tardado tres horas, en vez de una y media, en volver del condado de Grant por culpa de un accidente y del atasco de hora punta. La monotonía del viaje la había sumido en un estado de semi-inconsciencia. Su ropa apestaba a formaldehído, del rato que había pasado en el trabajo de Brock, y a humedad, de su visita a los trasteros mohosos. Se moría por tomarse un café, pero ya llegaba tarde. Abrió bruscamente la puerta de las escaleras. Cuando empezó a subir, tuvo la sensación de que el cerebro le rebotaba dentro del cráneo.

—Doctora Linton. —Amanda la estaba esperando en el descansillo del primer piso. Despegó la vista del teléfono y dijo—: Caroline ha llevado a los Van Dorne a la sala de reuniones. Will y Faith están en el centro, hablando con una posible víctima.

Sara pensó de inmediato en Tommi Humphrey.

—¿Qué víctima?

—Callie Zaner, una abogada. Nos pondrán al día en cuanto vuelvan. —Amanda empezó a subir las escaleras—. He llamado a la funeraria que se encargó del entierro de Shay Van Dorne. Me han confirmado que la enterraron en un ataúd doble de resina sintética. Sellado, como me dijiste. Los padres se llaman Aimee y Larry. Se divorciaron poco después de que muriera ella. Caroline les ha dicho que estamos pensando en reabrir el caso, pero no ha concretado el motivo.

Sara se paró en seco.

—¿No has hablado tú con ellos? ¿Has dejado que se encargue Caroline?

—Sí, doctora Linton. Es mucho más sencillo decir que se desconocen los detalles del caso cuando es cierto. —Amanda siguió subiendo—. Caroline dice que la tensión entre ellos es muy palpable. Podemos trabajárnoslos juntas, tú y yo.

Sara prefirió no decirle cuánto le desagradaba aquel uso del verbo «trabajar». Los Van Dorne aún estaban de luto. Su hija había muerto inesperadamente tres años antes. Su matrimonio se había roto poco después. Ella no estaba allí para manipularlos, sino para darles a elegir.

—Prefiero hablar con ellos a solas —dijo.

—¿Por?

Sara estaba harta de discusiones.

—Porque sí.

—Como quieras, doctora Linton.

Amanda volvió a enfrascarse en su teléfono cuando empezó a subir el siguiente tramo de escaleras.

Sara se frotó los ojos. Notó que se le pegoteaba el rímel. Al ir hacia la sala de reuniones, entró un momento en el aseo para asegurarse de que estaba presentable. El espejo le dijo que lo estaba, por los pelos. Pero al menos no se le había corrido el rímel y no parecía un mapache.

Se echó agua en la cara. No podía hacer nada, salvo aguantar y tirar para adelante. Intentó armarse de valor mientras se dirigía a la sala de reuniones.

Los Van Dorne se levantaron cuando abrió la puerta. Estaban sentados cada uno a un extremo de la larga y ancha mesa de reuniones. No eran como Sara se los había imaginado. Sin saber por qué, tenía en la cabeza la imagen de una mujer mayor con vestido camisero y un hombre trajeado con el pelo cortado a cepillo.

Aimee Van Dorne vestía blusa de seda negra y falda de tubo del mismo color, con zapatos de tacón alto. Tenía el pelo elegantemente cortado a capas, con flequillo ladeado, y las puntas teñidas de rubio. Larry llevaba vaqueros anchos y camisa de trabajo de franela. Tenía el pelo gris, del color de las pelusas de la secadora, y más largo que Sara, recogido en una trenza que le caía por la espalda. Entre ambos representaban a la perfección el divorcio entre la gente de ciudad y la de campo.

—Soy la doctora Linton. Les pido disculpas por haberles hecho esperar.

Se dieron la mano, hicieron las presentaciones y procuraron ignorar la tensión nerviosa que zumbaba en el ambiente. Sara tuvo que sentarse en la cabecera de la mesa para poder dirigirse a los dos a la vez. Se recordó que lo único que podía hacer para que aquello fuera menos penoso para todos era ir directa al grano.

—Soy patóloga forense del estado —comenzó—. Sé que Caroline les ha dicho que estamos considerando la posibilidad de reabrir el caso de su hija. El motivo es que, al revisar el informe del juez de primera instancia, he encontrado ciertas incoherencias que…

—¡Lo sabía, Larry! —Aimee señaló con el dedo a su exmarido—. Te dije que había algo raro en ese accidente. ¡Te lo dije!

Él se había sobresaltado al oír su voz. Sara le dio un momento para que se repusiera y luego preguntó dirigiéndose a su exmujer:

—¿Puede decirme por qué dudaba del dictamen del juez de primera instancia?

—Por varios motivos —contestó Aimee, y añadió de inmediato—: En primer lugar, Shay nunca iba al campo. Nunca. Y, además, iba vestida para ir a trabajar al colegio. ¿Por qué iba a irse de excursión al monte cuando tenía que dar clase? ¿Y por qué iba a dejar su bolso y su móvil metidos en el maletero del coche? Luego estaba esa sensación rara que tenía. Yo sé que Shay intentó no darle importancia, pero una madre sabe cuándo a su hija le pasa algo.

Sara miró a Larry buscando confirmación. Él carraspeó.

—Shay estaba deprimida.

Aimee cruzó los brazos.

—No estaba deprimida. Estaba en transición. Todas las mujeres nos replanteamos nuestra vida cuando llegamos a los treinta y tantos. A mí me pasó, y a mi madre también.

Sara advirtió que no era la primera vez que tenían aquella discusión.

—¿Por qué cree que Shay estaba deprimida? —le preguntó a Larry.

—¿Por su vida en general? —respondió él—. Se estaba haciendo mayor. Había tiras y aflojas en su trabajo. Y las cosas no le habían ido bien con Tyler.

—Su ex —aclaró Aimee—. Estaban juntos desde la universidad, pero Shay no quería tener hijos y Tyler sí, así que acordaron que lo mejor era separarse. No fue fácil, pero fue una decisión que tomaron juntos.

—Por el atestado policial, deduje que Shay estaba saliendo con alguien —comentó Sara.

—Eso era una tontuna —afirmó Aimee—. Un ligue para pasar el rato.

—Pasaban muchas noches juntos —replicó Larry.

—Claro, de eso se trata: de divertirse —dijo ella, y añadió

mirando a Sara—: Shay seguía enamorada de Tyler. Yo pensaba que cambiaría de idea sobre lo de tener hijos, pero era muy terca.

—¿De quién lo sacaría? —se preguntó Larry en voz alta.

Aquel comentario podría haber provocado una discusión, pero surtió el efecto contrario. Aimee sonrió. Su exmarido, también. Sara intuyó que todavía había algo entre ellos. Ese algo, pensó, era su hija.

—No hay manera fácil de pedirles esto —dijo—, pero me gustaría volver a examinar el cuerpo de Shay.

Los padres no contestaron de inmediato. Se miraron. Luego se volvieron lentamente hacia ella. Larry fue el primero en hablar.

—¿Cómo? ¿Es que hay alguna máquina?

—Larry —dijo Aimee—, esta señora no se refiere a una especie de radar. Quiere desenterrar a Shay.

Él entreabrió los labios resecos, sorprendido.

—Oficialmente, se denomina exhumación —explicó Sara—. Pero sí, les estoy pidiendo autorización para sacar el cadáver de su hija de su tumba.

Larry se miró las manos. Las tenía deformadas por la artritis. Sara notó que tenía un callo entre el dedo pulgar y el índice de la mano derecha. Estaba acostumbrado a manejar herramientas, o a arreglar o fabricar cosas. Aimee era, en cambio, una profesional liberal; de los dos, era ella la que se encargaba de los detalles. Entre los padres de Sara existía esa misma dinámica.

—Permítanme que les explique los pasos que se siguen en una exhumación —dijo—. Pregúntenme lo que quieran. Contestaré con toda la franqueza que pueda. Luego puedo dejarles solos para que lo discutan, o pueden marcharse y hablar entre ustedes, para que ambos puedan tomar una decisión informada.

—¿Necesita nuestra autorización? —preguntó Larry.

Amanda podía encontrar la manera de exhumar el cuerpo sin el permiso de los padres, pero Sara no la ayudaría a conseguirlo.

—Sí —contestó—, necesito su permiso por escrito para exhumar el cuerpo.

—¿Es posible que Shay se…? —A Larry le costó encontrar las palabras—. Si fue ella misma quien lo hizo, ¿lo vería usted? ¿Podría decírnoslo?

—No puedo garantizárselo, pero, si hay indicios de autolesiones, es posible que pueda encontrarlos.

—Entonces, en realidad no sabe qué está buscando ni sabe lo que va a encontrar —repuso él.

Sara no pensaba darles detalles truculentos.

—Solo puedo prometerles que seré todo lo respetuosa y minuciosa que sea posible con el cuerpo de su hija.

—Pero… —dijo Aimee—. Usted sospecha algo. Cree que hay algo raro, porque, si no, no pasaría por esto. ¿Verdad?

—Verdad.

—Nosotros no… —Larry se interrumpió—. Yo no dispongo de mucho dinero.

—No tendrían que costear la exhumación ni el enterramiento posterior.

—De acuerdo. Está bien. —A Larry se le estaban agotando los motivos para negarse; ya solo podía alegar que se le rompería el corazón otra vez—. ¿Cuándo necesita que le contestemos?

—No quiero meterles prisa. —Sara miró a Aimee para que no se sintiera excluida—. Es una decisión importante, pero, si me piden un plazo, les diría que lo antes posible.

Él asintió despacio mientras asimilaba su respuesta.

—¿Y luego qué? ¿Escribimos una carta?

—Hay impresos que…

—Yo no necesito impresos, ni que me explique los pasos, ni

tiempo para pensarlo —dijo Aimee—. La desentierra, la examina y nos dice qué le pasó. Yo digo que sí, que adelante. ¿Larry?

Larry se había llevado la mano al pecho. Él no estaba preparado.

—Han pasado tres años. ¿No estará…?

—Cuando organizaron el entierro —explicó Sara—, pidieron ustedes que se la enterrara en un féretro con doble recubrimiento. Si el sellado está intacto, y no tengo motivo para creer lo contrario, el cadáver estará en buen estado.

Larry cerró los ojos. Se le escaparon las lágrimas. Había tensado todos los músculos, como si quisiera defenderse físicamente de la petición de Sara.

Aimee advirtió el dolor de su marido.

—Puede que sí necesite que me explique los pasos —le dijo a Sara en tono más suave—. ¿Cuál es el procedimiento?

—Fijaríamos la exhumación para primera hora de la mañana. Es lo mejor, para que no haya espectadores fortuitos. —Vio que Larry daba un respingo—. Pueden estar presentes, si lo desean. O no, como quieran. Es decisión suya. Todo esto es decisión suya.

—¿La…? —Larry volvió a interrumpirse—. ¿La veríamos?

—Yo se lo desaconsejo.

Aimee había sacado un pañuelo de papel del bolso. Se enjugó las lágrimas tratando de no correrse el rímel.

—¿La autopsia se haría aquí?

—Sí —contestó Sara—. La traeríamos a este mismo edificio. Le haría radiografías para detectar fracturas de huesos o la presencia de objetos extraños que quizá pasaran desapercibidos en el examen preliminar. Le haría la autopsia y examinaría los órganos y los tejidos. El proceso de embalsamamiento interfiere con los análisis de toxicología, pero es posible que obtengamos resultados del examen del cabello y las uñas.

—Si hay algo raro, ¿es muy evidente? —preguntó Aimee—. ¿Lo nota a simple vista?

Sara se calló de nuevo los detalles.

—Mi objetivo es poder decirles sin lugar a dudas si la muerte de Shay fue accidental o se debió a otras causas.

—¿Se refiere a que pudo ser un asesinato? —preguntó Aimee.

—¿Un asesinato? —balbució Larry con esfuerzo—. ¿Cómo que un asesinato? ¿Quién iba a hacerle daño a nuestra…?

—Larry —dijo Aimee con más ternura—. O bien Shay murió accidentalmente en el bosque, o bien se quitó la vida, o bien la asesinaron. No hay más alternativas.

Larry interrogó a Sara con la mirada. Ella asintió con un gesto.

—¿Y si…? —A él se le quebró la voz—. ¿También podrá saber otras cosas?

—¿Qué cosas? —preguntó Aimee.

Sara sabía qué era lo que temía Larry.

—Señor Van Dorne, si su hija fue asesinada, también es posible que la violaran.

Él no se atrevió a mirarla a los ojos.

—¿Lo sabrá usted, si es así?

—¿Cómo? —intervino Aimee—. ¿Por el esperma? ¿Podría conseguir el ADN del asesino?

—No, señora. Cualquier material genético se habrá reabsorbido a estas alturas. —Sara escogió sus palabras con cautela—. Pero si había hematomas o desgarros internos, las lesiones aún serán visibles.

—¿Desgarros? —preguntó Larry.

—Sí.

Él se quedó mirándola en silencio. Tenía los ojos de color verde claro, igual que ella.

Igual que su padre.

Eddie nunca le había preguntado a su hija por los pormenores de su violación y Sara nunca se los había contado, pero el peso de aquella experiencia había cambiado sutilmente su relación. Cathy, su madre, decía que era como cuando Adán probó el fruto del árbol del conocimiento. Los dos habían sido arrojados del paraíso.

—Larry… —Aimee había vuelto a cruzar los brazos. Era evidente que se esforzaba por reprimir sus emociones—. Tú sabes lo que opino, pero esto tenemos que decidirlo entre los dos. Shay es tan hija tuya como mía.

Él se miró las manos artríticas.

—Dos sí, uno no.

Sara conocía aquella expresión de cuando trabajaba como pediatra en la clínica. Muchos padres aceptaban la máxima de que, en las decisiones importantes, ambos padres tenían que estar de acuerdo. Si uno de los dos votaba en contra por la razón que fuese, se zanjaba la cuestión.

Larry se sacó el pañuelo del bolsillo de atrás y se sonó la nariz. Sara estaba a punto de ofrecerse a dejarlos solos cuando el padre la detuvo.

—Sí —dijo—. Desentiérrela. Yo también quiero saber.

Sara desplegó los documentos del caso de Leslie Truong entre varias mesas, tratando de descubrir qué era lo que la inquietaba. No se le encendió ninguna bombilla, ni se sintió traspasada por un rayo. Su concentración hacía aguas por todas partes. Había perdido el sentido de la lógica. Estaba de pie en la sala común en la que se habían reunido esa mañana, pero con otras doce horas encima que se habían sumado a una noche sin dormir.

La cronología. Había algo en la cronología que no le cuadraba.

Un bostezo la hizo perder el hilo. Los dos cafés que se

había tomado no habían surtido el efecto deseado. Lo único que quería era apoyar la cabeza en una mesa y dormir cinco minutos. Miró el reloj de la pared. Las siete y dos minutos de la tarde. Los ventanales de la sala mostraban la negrura opresiva del exterior. Se frotó los ojos. Aún tenía algunos pegotitos de rímel en las pestañas. Se había lavado en la ducha de la parte de atrás del depósito de cadáveres. Su uniforme hospitalario olía a los desinfectantes con los que Gary restregaba las mesas, pero prefería aquel olor al pestazo del formaldehído y el moho de los trasteros.

Volvió a mirar el reloj, porque seguía perdiendo la noción del tiempo. Era lo que sucedía cuando te pasabas toda la noche conduciendo por las calles hecha un manojo de nervios. Al menos Tessa se había partido de risa cuando se lo había contado.

Tuvo que mirar el reloj por tercera vez.

Las siete y tres minutos.

Su única esperanza era espabilarse un poco cuando empezara la reunión. Luego se iría a casa y se metería en la cama.

Que Will la acompañara o no, no dependía de ella.

—Doctora. —Nick puso su maletín de vaquero en una silla—. Amanda me ha dicho que has estado en Grant.

—Sí, solo un momento. Brock me dio las llaves de su trastero.

—¿Has encontrado algún cadáver disecado y con la ropa de su madre?

A Sara le repugnaban ese tipo de bromas.

—He encontrado los documentos que necesitamos para investigar este caso, y agradezco que Brock nos haya ayudado.

Nick levantó las cejas, sorprendido, pero no se disculpó. Cogió las gafas de leer que llevaba colgadas del cuello de la camisa y miró los papeles desplegados sobre las mesas.

—¿Esto es todo?

—Sí.

Él pasó los dedos por varios párrafos.

—Me cuesta aceptar que Jeffrey se equivocara.

—¿«El jefe», quieres decir?

Nick no despegó los ojos de la hoja, pero Sara advirtió que esbozaba una sonrisa burlona. Antes, él nunca había llamado a Jeffrey así.

—Nick, lo que estás haciendo con Will —dijo ella—, sé que Jeffrey te lo agradecería, pero yo no.

Él la miró por encima de las gafas y asintió escuetamente.

—Mensaje recibido.

—Doctora Linton. —La coronilla de la cabeza de Amanda apareció por la puerta. Como siempre, iba tecleando en el móvil—. He mandado el papeleo del caso Van Dorne a Villa Rica. Han fijado la exhumación para mañana a las cinco de la mañana. La información está en el servidor.

—Genial —dijo Sara, porque pasar un buen rato en un cementerio frío y oscuro al rayar el alba era mucho mejor que dormir en su cama, calentita.

—¿Qué tal ha ido la cosa con Zanger? —le preguntó Nick a Amanda—. ¿Es una víctima o esa tal Miranda nos está vendiendo la moto?

—Todavía no me han informado. ¿Sabes algo de Tommi Humphrey? —le preguntó Amanda a Sara.

Ella tardó un momento en reaccionar. Era raro que Faith y Will no hubieran informado a Amanda.

—No he podido encontrarla en Internet. Ni en nuestra base de datos, ni en redes sociales. Le he pedido a mi madre que pregunte por ahí.

—Es prioritario que hablemos con ella.

Sara se mordió la lengua para no decirle que *todo* no podía ser prioritario.

—Volveré a llamarla.

—Sí, hazlo.

Sara hizo una mueca de fastidio al salir al pasillo. Se apoyó contra la pared. Cerró los ojos. Estaba tan cansada que le temblaba todo el cuerpo. ¿Qué había sido de su espíritu de estudiante, cuando era capaz de encadenar guardias sin inmutarse?

Vibró su teléfono. Tuvo que parpadear varias veces para fijar la vista. Echó un vistazo a los mensajes. Agentes que le pedían informes. Gary, que quería tomarse unas horas libres para llevar a su gato al veterinario. El fiscal del estado, que quería ultimar el sumario de un caso que estaba a punto de ir a juicio. Y Brock, que le había escrito para asegurarse de que había encontrado todo lo que necesitaba en el trastero donde guardaba sus archivos.

La idea de tener que responder a uno solo de aquellos mensajes se le hacía insoportable, pero un sentimiento de culpa la obligó a contestar a Brock.

Lo tengo todo. Ha sido de gran ayuda. Te devolveré la llave lo antes posible. Gracias.

Se dijo que, ya que estaba, podía escribir también a su madre. Se sentía incapaz de llamarla por teléfono.

Hola, mamá, escribió con la formalidad que exigía Cathy. *¿Te ha dicho Tessie de mi parte que busques el número de teléfono de Tommi Humphrey o su dirección? También me valdría con la de su madre. Es para un caso muy importante. Necesitamos hablar con ella lo antes posible. Te quiero. S.*

Se guardó el móvil en el bolsillo. No esperaba que su madre le respondiera enseguida. Seguramente tenía el teléfono en la encimera de la cocina, conectado al cargador, que era donde solía dejarlo cuando estaba en casa.

Sin darse cuenta de lo que hacía, se llevó otra vez la mano al bolsillo. Sacó el teléfono. Pasó el pulgar por la pantalla. Era como una yonqui. Habían pasado horas desde su última dosis. No podía seguir resistiéndose a la tentación.

Abrió Find My.

En lugar de la dirección de Lena, el mapa mostraba un puntito. Will volvía a hacerse visible. Estaba dentro del edificio.

A Sara casi se le saltaron las lágrimas. Se acercó el móvil al pecho y se regañó por ser tan patética.

En ese instante se abrió de golpe la puerta de las escaleras. Will se apartó para dejar pasar a Faith, que avanzó rápidamente por el pasillo, delante de él. Sara pensó de inmediato que Faith tenía aún peor aspecto que ella. Iba encorvada y agarraba el bolso contra su pecho como si fuera un balón de *rugby*. Había perdido su aire alegre y contrariado de siempre y parecía agobiada por la angustia.

Al torcer a la izquierda para entrar en la sala, le dijo a Sara:

—Qué puta mierda de trabajo tengo.

Will parecía tan apesadumbrado como ella. En lugar de hablar con Sara, meneó la cabeza. Ella entró detrás de él en la sala.

—¿Y bien? —preguntó Amanda.

—¿Y bien? ¿Y bien? —Faith tiró su bolso sobre una mesa y su contenido se esparció por el suelo. Dio unos pasos hacia la ventana, se llevó las manos al pelo. Todos, menos Will, estaban atónitos. Faith nunca reaccionaba así. Sara siempre la había considerado imperturbable.

Miró a Will, pero él se había agachado para recoger las cosas de Faith y meterlas otra vez en el bolso.

—Habla —le ordenó Amanda.

Will dejó el bolso en la mesa y dijo:

—Llamamos a Callie Zanger desde el coche, enfrente de su oficina.

Relató con todo cuidado la conversación de Faith con la abogada. Siempre le había costado dirigir una reunión. Su voz se volvió monótona, como si estuviera recitando algo aprendido de memoria. Sara se sentó en la primera fila. Will hablaba para Faith, aunque evidentemente ella ya conocía los detalles del caso. Sara se dio cuenta de que estaba vigilando a su compañera, listo para intervenir si ella lo necesitaba.

—Zanger se sentó en la barra con Faith. Yo estaba en una mesa, a unos tres metros de distancia.

Sara notó que su voz se volvía algo ronca. Estaba tan impresionado como Faith por la historia de Callie Zanger, que expuso en todos sus horrendos detalles. El secuestro, y la certeza de Zanger de que era su exmarido quien la había asaltado, violado y dejado en el bosque para que muriera.

Mientras hablaba, se pasaba el pulgar por los nudillos heridos. Una gota de sangre se deslizó por sus dedos. Cuando acabó de contar la versión de Callie Zanger sobre su secuestro, había varias gotas de sangre en la moqueta, a sus pies.

—Zanger está convencida de que fue su marido —concluyó—. No le hemos dicho lo contrario.

Había hablado en plural, pero Sara comprendió que Will no había llegado a hablar con la abogada.

—El barman me ha dicho que se aseguraría de que no cogía el coche para volver a casa —añadió él—. Luego nos hemos ido. Y eso es todo.

—No podía contárselo. —Faith se dejó caer en una silla, aplastada por el peso de todo lo ocurrido ese día—. Callie cree que ganó ella. Es lo que dijo. «Gané yo».

Nadie habló de inmediato. Nick tiró de un hilo que había en una esquina de su maletín. Will se apoyó contra la pared, de espaldas. Amanda exhaló lentamente. Era la más veterana de todos ellos, pero también estaba muy ligada a la familia Mitchell. Al principio de su carrera, había sido compañera de Evelyn, la madre de Faith. Había salido con el tío de Faith. Jeremy y Emma la llamaban «tía Mandy».

—Nick —dijo—, hay una botella de *bourbon* en el cajón de abajo de mi mesa.

Nick salió a toda prisa.

—No quiero una copa —dijo Faith.

—Yo sí. —Amanda, que siempre estaba de pie, se sentó junto a ella y le preguntó a Will—. ¿Qué hay de ese tal Rod Zanger?

—Lo hemos localizado en Cheyenne. Lleva tres meses en la cárcel del condado de Laramie. También maltrata a su esposa de ahora.

Faith apoyó la cabeza en las manos.

—No he podido decírselo. La pobre casi no podía hablar de ello. Yo casi no puedo hablar de ello.

—¿Y el localizador que su marido le puso en el coche? —le preguntó Amanda a Will.

—No podíamos preguntar por él sin decirle el motivo.

—No iba a hacerle eso —añadió Faith—. No podía quitarle esa ilusión.

Amanda indicó a Will con un gesto que continuara.

—Rod es muy activo en redes sociales desde hace diez años —explicó él—. La semana de las agresiones en el condado de Grant, estaba en Amberes con Callie, en un congreso sobre legislación fiscal o algo así. Hay fotografías de ellos dos en unas escaleras mecánicas de color naranja muy famosas que hay en la ciudad.

—Si no recuerdo mal, no tenía coartada cuando secuestraron a su mujer, ¿no es así? —dijo Amanda.

—Sí —contestó Will—. Siempre lo negó todo.

—No fue él. —Faith se volvió hacia su jefa con incredulidad—. Dios mío, ¿por qué no dejas de negar lo evidente de una vez? Todo coincide. El coletero. El martillo. El mes y la hora del día. El bosque. El puto Gatorade azul. Todo lo que nos ha contado Callie coincide, igual que coincidían todos los datos esta mañana, cuando nos reunimos en esta misma habitación y nos dijiste, nos advertiste que no podíamos afirmar que se trataba de un asesino en serie cuando, de hecho, todas las pruebas indicaban que lo era.

Amanda hizo caso omiso del reproche y dijo dirigiéndose a Will:

—Quiero hablar con el inspector que investigó la desaparición de Zanger. Llama al conserje del edificio de Zanger. Puede que todavía tenga en la oficina los discos duros de hace dos años. Si podemos conseguir…

Faith se levantó. Estaba mirando las fotografías de la autopsia de Leslie Truong.

—Hay diecinueve mujeres, Amanda. Diecinueve mujeres agredidas. Quince están muertas; eso, sin contar a Tommi Humphrey. Y tú sabes lo que le hizo a esa chica. ¡Lo sabes!

Amanda la miró de frente.

—Sí, lo sé.

—Entonces ¿por qué coño estamos fingiendo que no hay ninguna relación cuando…? —Cogió una de las fotos. Le temblaba la voz—. ¡Mira esto! Esto es lo que hace ese individuo. Es lo que podría haberle pasado a Callie Zanger si no hubiera podido pensar, actuar, para salir de ese bosque ella sola.

Amanda la dejó desahogarse.

—¿Cuántas mujeres más puede haber? Ese tipo podría estar torturando a otra ahora mismo, Amanda. En este preciso instante, porque es un asesino en serie de mujeres. Eso es lo que es. Un puto asesino en serie.

Amanda asintió una sola vez con la cabeza.

—Sí, nos enfrentamos a un asesino en serie.

Faith perdió fuelle al oír sus palabras.

—¿Que lo llamemos así hace que te sientas mejor? —preguntó Amanda.

—No —contestó ella—. Porque no quisiste escucharme, y en cambio has hecho caso a la puta hoja de cálculo de Miranda Newberry.

—De dónde procedan los datos carece de importancia —repuso Amanda—. El azar favorece a quien está preparado.

—Esto es increíble —dijo Faith dejándose caer de nuevo en la silla.

Amanda fijó su atención en Will.

—Sin contar los casos del condado de Grant y el de Alexandra McAllister, los cadáveres se encontraron en trece jurisdicciones distintas. De momento, vamos a dejar fuera los tres casos en los que las víctimas consiguieron escapar. Quiero que mañana a primera hora Faith y tú os repartáis los condados con Nick. Que los teléfonos echen humo. Empezad a fijar citas y entrevistas. No le deis mucha importancia al asunto. Sed discretos.

Will seguía visiblemente preocupado por Faith, pero sugirió:

—Podemos decir que estamos haciendo un seguimiento aleatorio de casos de personas desaparecidas en todo el territorio de Georgia.

—Sí, muy bien —dijo Amanda—. Decidles que estamos estudiando cómo optimizar la tramitación de denuncias. Centraos en los nombres de nuestra lista. Necesito las declaraciones de los testigos, los informes de los jueces de primera instancia, todas las fotografías que haya, grabaciones, pruebas forenses, mapas, gráficos del lugar donde se encontró el cadáver, notas de los investigadores y el nombre de todos los implicados. E insisto, Wilbur: sed discretos. Las llamadas que he hecho esta mañana ya han causado cierto revuelo. Nuestro asesino podría esconderse si se entera de algún modo de que estamos preparando el terreno para montar una operación coordinada.

—Has estado haciendo llamadas esta mañana para montar una operación conjunta —dijo Faith—. Entonces ¿no era solo lo de la hoja de cálculo? Has estado haciendo preparativos desde la reunión de esta mañana, pero, por algún motivo que desconozco, ¿has omitido ese detalle y has seguido insistiendo en que ignoráramos lo evidente?

—He estado trabajando *discretamente* desde esta mañana. Tú pareces estar obviando ese detalle —repuso Amanda con énfasis—. No nos conviene que algún patán del cuerpo de policía del condado de Butts se vaya de la lengua y le diga a la prensa que tenemos entre nosotros a un nuevo Jack el Destripador. Así es como se evitan filtraciones. Pasito a paso.

Faith soltó un suspiro de exasperación.

Amanda parecía dispuesta a dar por zanjada la discusión, pero se lo pensó mejor y le dijo:

—Y sí, podría habéroslo dicho antes.

—¿Pero?

—Pero nada, solo eso. Que podría habéroslo dicho antes.

Era la primera vez que Sara oía a Amanda reconocer, aunque fuera de soslayo, que había cometido un error.

Faith no pareció satisfecha. Había algo más.

—No puedo decírselo, Mandy. Cuando llegue el momento, no puedo ser yo quien le diga a Callie Zanger que no fue su marido.

Amanda le frotó la espalda con la mano.

—Ya nos tiraremos por ese acantilado cuando lleguemos a él.

Nick regresó con el *bourbon* y un taza de cerámica de la cocina. Sirvió una dosis generosa y se la ofreció a Faith. Ella negó con la cabeza.

—Tengo que conducir.

—Conduciré yo —dijo Amanda—. Emma sigue con su padre. Iremos a casa de Evelyn.

Faith cogió la taza y se la acercó a la boca. Desde el otro lado de la sala, Sara la oyó tragar.

—Doctora Linton —dijo Amanda—, hablemos del hecho de que el asesino vuelva a las víctimas. El relato de Zanger confirma ese patrón.

Sara se quedó en blanco. Estaba tan agotada que su cerebro no reaccionó.

—¿Doctora Linton? —insistió Amanda.

Ella trató de esbozar mentalmente una hipótesis de trabajo. Will la sacó del apuro.

—El patrón es el siguiente: el asesino incapacita de algún modo a las víctimas, posiblemente con un martillo; luego, las lleva a una zona boscosa; las droga; cuando la droga hace efecto, procede a hacerles una punción en la columna vertebral con el objetivo de paralizarlas y tenerlas completamente a su merced. Vuelve una y otra vez a ellas, hasta que las encuentran.

—El hecho de que a Alexandra McAllister le seccionara los nervios del plexo braquial indica una progresión —apuntó Sara.

—¿Desde la agresión a Tommi Humphrey, quieres decir? —preguntó Amanda.

—Desde los tres casos del condado de Grant. —Sara había logrado despejarse por fin un poco—. Desde el principio me ha parecido que esas tres agresiones, las de Humphrey, Caterino y Truong, eran un ejemplo paradigmático de aprendizaje paulatino. El asesino estaba tratando de dar con la técnica adecuada, la dosis correcta de Gatorade, la mejor herramienta para dejarlas paralizadas y el momento más oportuno para hacerlo.

—¿A qué obedece lo del Gatorade? —preguntó Amanda—. ¿No podría paralizarlas inmediatamente?

Sara solo podía aventurar una conjetura.

—El Rohypnol va perdiendo eficacia con la administración de dosis sucesivas. A menos que el asesino tenga conocimientos de farmacología, es una droga muy difícil con la que experimentar. La muerte es un efecto secundario frecuente. La respiración llega al punto de la hipoxia y la muerte cerebral se da en cuestión de minutos.

—A no ser que se quede con ellas todo el tiempo —añadió

Will—, tiene que haber un periodo de tiempo entre el momento en que las droga y el momento en que las paraliza físicamente en el que tienen oportunidad de escapar.

—Ha tenido muchas mujeres con las que experimentar —dijo Sara—. Aprende con cada víctima.

—Según el perfil del FBI —comentó Nick—, a ese tipo le gusta arriesgarse. Puede que al principio le gustara darles la oportunidad de defenderse.

—Hay que tener en cuenta que Humphrey y Caterino sobrevivieron —repuso Will—. Y Zanger consiguió escapar.

Faith carraspeó. Seguía costándole contener sus emociones, pero aun así dijo:

—Callie me dijo que vomitó el líquido azul. Y no solo un poco. Dijo que casi había echado el estómago por la boca. Así fue como consiguió despejarse lo suficiente para levantarse y buscar auxilio.

—Miranda Newberry encontró a otras dos mujeres que según ella también sobrevivieron —añadió Will—. Las dos consiguieron salir del bosque, aunque con lesiones muy graves.

Sara logró por fin explicar en parte qué era lo que no le cuadraba del informe de la autopsia de Truong.

—Lo de Leslie Truong da la impresión de ser un caso aparte —dijo—. Su cadáver presentaba todos los rasgos distintivos del asesino: la mutilación, la punción en la médula espinal, el líquido azul… Pero la mató y la mutiló en un plazo de media hora. No hubo progresión. Lo hizo todo de una vez.

—El paquete completo —resumió Amanda.

—Estaba asustado —sugirió Nick—. Truong podía identificarlo.

Sara no quería sacar conclusiones precipitadas.

—Me extraña que no hubiera rastros de Rohypnol en la sangre o la orina de Truong. La droga se metaboliza rápidamente, pero la muerte detiene esa función. Deberían haberse encontrado rastros en el contenido de su estómago. Tenía una mancha azul en los labios, pero creo que el asesino la dejó a propósito. Ahora que lo pienso, recuerdo que en aquel momento tuve la clara impresión de que la escena del crimen estaba preparada, pero por la misma persona que había atacado a Beckey. Sé que no tiene mucho sentido, pero parecía... distinta.

—Jeffrey pensaba que el asesino fue más chapucero con Truong porque sabía que andábamos detrás de él —dijo Nick—. El campus estaba lleno de policías. Todo el pueblo estaba alerta.

Sara seguía sintiendo que había algo que no encajaba.

—No digo que fuera otro quien atacó a Leslie, pero cabe la posibilidad de que el móvil fuera distinto. Utilizó con tanta fuerza el martillo que lo rompió. A mí eso me suena a furia. Y hasta ahora nada de lo que hemos descubierto sobre el asesino indica una ira incontrolada. Al contrario, parece muy capaz de controlarse.

—Hace falta mucha fuerza para partir ese mango —comentó Will—. Hay que darle unos cuantos golpes.

—A Leslie Truong le desapareció una cinta de pelo —dijo Amanda—. Eso es lo único que me hace pensar que el asesino no la eligió simplemente porque podía identificarlo.

—Pero acuérdate de que Gerald no estaba seguro de eso —repuso Faith—. Leslie compartía piso con otras estudiantes a las que seguramente solo conocía desde principio de curso. Y los jóvenes se están quitando cosas constantemente. A mí me ponen de los nervios.

—Bien, saquemos la cinta de pelo de la ecuación —dijo Amanda—. ¿Sara?

—El asesino siempre ha sido muy cuidadoso a la hora de cubrir sus huellas. Ya cuando atacó a Tommi Humphrey llevaba consigo una toalla o un paño para limpiar su ADN. Y manipuló eficazmente los cadáveres de las víctimas posteriores para que su muerte pareciera un accidente. —Su cerebro se había reactivado por fin—. Pensadlo: en el caso de Leslie, dejó una prueba material a plena vista.

—El mango del martillo tenía un número de serie —dijo Faith.

—¿Eso es común? —preguntó Amanda.

—No —contestó Will—. Normalmente, el número de serie va grabado en la parte metálica.

Faith había sacado su cuaderno. Volvía a estar centrada en el caso.

—Así pues, A más B, igual a C, ¿no? La persona que atacó a Tommi, atacó también a Beckey y a Leslie.

—El problema es que Daryl Nesbitt era una sospechoso muy sólido —arguyó Nick—. Hay muchas pruebas en su contra.

—Muy bien —dijo Amanda—. Vamos a analizar ese punto. ¿Daryl era un buen sospechoso por…?

—Sobre todo, por Leslie Truong. —Sara comenzó a enumerar los datos incriminatorios que Jeffrey había señalado en sus notas—. El martillo que se encontró dentro del cadáver de Leslie era de un tipo muy concreto. Daryl tenía a mano las herramientas de Axle Abbott mientras su padrastro estaba en prisión. Conocía bien esa zona de bosque. Practicaba el *skate* con Felix en el campus. Más adelante se encontraron grabaciones de las cámaras de seguridad en las que se los veía practicando enfrente de la biblioteca. Daryl trabajaba cerca de la pista forestal que daba acceso al lugar donde apareció el cadáver de Leslie Truong. Posteriormente se encontró en su casa un teléfono de prepago que coincidía con el número que se encontró en la lista de contactos de Caterino y Truong.

—Voy a hacer de abogada del diablo —dijo Faith—. Si Daryl Nesbitt está en prisión por posesión de pornografía infantil y no por agresión y asesinato, es por algo. Todas esas pruebas son circunstanciales, o se les puede encontrar fácilmente una explicación no incriminatoria.

Sara no podía contradecir el argumento de Faith, si consideraba el asunto retrospectivamente. Ocho años atrás, sin embargo, ella había estado tan segura como Jeffrey de que Nesbitt era el culpable.

—¿Qué hay del vídeo que incluía el sumario de Truong? —le preguntó Amanda.

—Todavía no lo he visto. —Sara había confiado en poder verlo sola para prepararse, pero no había tenido ocasión de hacerlo.

Se acercó al enorme televisor. Will solía mirar el aparato de vídeo con desdén, pero por fin aquel cacharro iba a servir para algo. Sara metió la cinta de vídeo en el hueco. Bajó la tapa. Buscó el mando a distancia. Desenrolló el cable delgado mientras volvía a sentarse y pulsó el *play*.

La imagen de la pantalla zigzagueó y luego comenzó a avanzar. Will se encargó de ajustar los controles y, de pronto, Sara se vio a sí misma ocho años antes.

¡Qué joven parecía!, fue lo primero que se le vino a la cabeza. Tenía el pelo más lustroso. La piel más lisa. Los labios más carnosos.

Vestía una camiseta blanca, sudadera gris con capucha y vaqueros. Llevaba puestos unos guantes de nitrilo y el cabello recogido en una coleta. Mirando a la cámara, decía la fecha, la hora y la ubicación. «Soy la doctora Sara Linton. Estoy con Dan Brock, el juez de primera instancia del condado de Grant, y con Jeffrey Tolliver, el jefe de policía».

Sara se mordió el labio cuando la cámara enfocó a los dos hombres a los que su yo de ocho años antes había nombrado.

Jeffrey llevaba un traje gris oscuro y se cubría la boca y la nariz con una mascarilla de algodón. Parecía preocupado. Igual que todos.

Sara se vio a sí misma comenzar el examen preliminar del cuerpo usando una linterna de lápiz para buscar petequias y volviendo la cabeza de Leslie Truong para ver mejor la marca redonda y roja que tenía en la sien.

«Es posible que este fuera el primer golpe», decía la Sara más joven.

La Sara actual, la que vivía y respiraba, quería mirar a Will, observar su expresión para deducir qué estaba pensando. Pero no podía hacerlo.

En la pantalla, la cámara se movía. La lente se desenfocaba. Sara vio el blanco borroso de la mascarilla de Jeffrey. Aún se acordaba del hedor a heces y podredumbre que exhalaba el cuerpo. Incluso a ella le habían lagrimeado los ojos. Ahora, observó la mancha azul del labio superior de Leslie Truong. Esperaba ver una marca parecida a la que quedaría si la víctima hubiera bebido el líquido poco a poco. Vista ahora, transcurridos ocho años, le dio la impresión de que le habían vertido el líquido sobre los labios y habían dejado que se secase.

«¿Ningún taponamiento?», preguntaba Brock en voz muy alta. Era él quien sostenía la cámara.

Sara se escuchó a sí misma explicar sus hallazgos. Parecía tan segura… Ocho años después, rara vez hablaba con tanta convicción. Ese había sido el coste de los años que siguieron: comprender que había muy pocas situaciones que pudieran abordarse con certeza absoluta.

«Creemos que el asesino paraliza a la víctimas», decía Jeffrey.

Sara sintió un nudo en la garganta. No se le había ocurrido pensar que escucharía la voz de Jeffrey. Tenía el mismo timbre grave que recordaba. Ese timbre que hacía que se le acelerase el corazón.

Su yo de antaño le levantaba la camiseta a Leslie Truong y descubría que tenía una costilla dislocada.

Sara desvió la mirada y la fijó en el reloj del vídeo. Se oyó decirle a Brock: «Enfoca esto».

Abrió los labios. Respiró hondo. Sentía los ojos de Will clavados en ella. Casi le parecía oír las dudas que lo atormentaban. Era un poco más alto que Jeffrey, pero no tan guapo, en un sentido convencional. Will era más atlético. Jeffrey, más seguro de sí mismo. Will la tenía a ella. ¿Y Jeffrey? ¿Seguía teniéndola también?

En el vídeo, Brock decía: «Listo».

Sara miró la tele. Brock estaba ayudándola a ladear el cuerpo de Leslie Truong. Jeffrey manejaba la cámara. Había abierto el encuadre para enfocar el cadáver en su totalidad. La joven tenía tierra y ramitas sueltas pegadas al trasero desnudo. La Sara más joven aventuraba que quizá se había subido los pantalones, o se los había subido el asesino.

—Espera. —Faith se levantó—. Páralo. Dale un poco para atrás.

Sara buscó los botones, pero Faith le quitó el mando a distancia.

—Ahí. —Puso la imagen a cámara lenta—. Junto a los árboles.

Sara miró la pantalla entornando los ojos. Se veía gente a lo lejos, a unos quince metros de distancia, detrás de la cinta policial amarilla. No reconoció la cara de Brad Stephen, pero sí su tieso uniforme y su paso desgarbado mientras trataba de mantener apartados a los curiosos.

—Este tío. —Faith detuvo la imagen y señaló a uno de los estudiantes—. Lleva un gorro de punto negro.

Sara distinguió el gorro, pero la cara era un borrón.

—Lena resumió en sus notas lo que le dijo Leslie Truong después de encontrar a Caterino —explicó Faith—. Truong declaró que había visto a tres mujeres y un hombre en el bosque. Del hombre no recordaba nada, excepto que parecía un estudiante y que llevaba un gorro de punto negro, de esos anchos.

Sara se acercó al televisor para ver la imagen de cerca. La cinta era antigua, y la tecnología más aún. La cara de aquel individuo aparecía pixelada hasta el punto de parecer una masa amorfa.

—Reconozco a Brad porque es Brad, pero nada más.

Faith miró a Amanda con expresión suplicante. Ella frunció los labios. La probabilidad de que pudiera hacerse algo por mejorar la imagen era remota.

—Les diremos a los de informática que le echen un vistazo —dijo para tranquilizar a Faith.

Ella detuvo el vídeo y extrajo la cinta.

—Puedo llevar la cinta abajo ahora mismo.

—Sí, ve. —Amanda consultó su reloj—. Nos vemos en el vestíbulo.

Faith cogió su bolso. Sara la oyó correr por el pasillo. Como todos ellos, estaba ansiosa por encontrar una pista definitiva.

—Will —dijo Amanda—, mañana quiero que Faith no se mueva de su mesa. Hay muchas llamadas que hacer. Tenemos que vérnoslas con tres jurisdicciones. Nos vemos a las siete de la mañana en mi despacho para acordar el plan de actuación. ¿De acuerdo?

—Sí, señora.

—Nick —prosiguió ella—, que Will te ponga al día de todo lo que te hayas perdido. Una última orden para todos: idos a casa y dormid un poco. Hoy ha sido duro, pero mañana será peor.

—Sí, jefa —contestaron Nick y Will al unísono.

Sara empezó a recoger los papeles de la autopsia de Leslie Truong mientras oía a Will hablarle a Nick de la formación de una fuerza especial conjunta. El teléfono le vibró en el bolsillo. Deseó que fuera su madre, porque sabía que no podía posponer más el localizar a Tommi Humphrey.

Era un mensaje de Brock. Un signo de interrogación seguido por: *Me parece que esto era para Cathy. Puedo preguntar por ahí si quieres.*

Le había mandado sin querer el mensaje que había escrito para su madre. Escribió rápidamente una disculpa y luego copió y pegó el mensaje para Cathy. Su madre, curiosamente, contestó en cuestión de segundos.

Cariño, ya le he dado recado al pastor Nelson. Como sabes, es muy tarde para que la mayoría de la gente conteste al teléfono. Aun así, Marla cree que Delilah volvió a casarse y que se fue del estado después de que falleciera Adam. Papá te manda un beso, y yo también. Mamá. P. D.: ¿Por qué discutes con tu hermana?

Sara se quedó mirando la posdata. Tessa le había dicho a su madre que se habían peleado, lo que significaba que estaba más enfadada de lo que ella creía.

—¿Pasa algo? —preguntó Will.

Ella levantó la vista. Nick se había ido. Estaban solos en la sala.

—Mi madre está intentando localizar a Tommi.

Will asintió en silencio y se quedó allí, esperando.

—Siento lo de…, lo de Callie Zanger —dijo Sara—. Habrá sido…

—Hoy has ido a casa. —Él cogió el archivador vacío y lo puso sobre la mesa—. ¿Has tenido tiempo de ver a alguien?

—No, tuve que volver enseguida para reunirme con los Van Dorne, y pillé un atasco. He tardado un siglo en llegar. —Sintió una punzada de mala conciencia, como si le estuviera ocultando algo. Decidió hablar de ello sin rodeos—. La nave de los trasteros está justo enfrente del cementerio.

Él reunió las carpetas y las metió en la caja.

—No entré —añadió ella. Hacía años que había dejado de ir

con frecuencia al cementerio, por su propio bien—. Solo voy una vez al año a poner flores en su tumba. Ya lo sabes.

—Ha sido raro verte en el vídeo —comentó él—. Estabas distinta.

—Tenía ocho años menos.

—No me refiero a eso. —Will cerró el archivador. Parecía querer añadir algo más, pero se limitó a decir—: Estoy cansado.

Sara no sabía si se refería a que estaba cansado físicamente o a que estaba harto, como la noche anterior, cuando la había dejado plantada en su casa.

—Will…

—No quiero hablar más.

Sara se mordió el labio para que no le temblara.

—Quiero irme a casa, pedir una *pizza* y ver la tele hasta que me duerma —añadió él.

Ella trató de tragar saliva, pero notaba la garganta llena de algodón. Will se volvió para mirarla.

—¿Me acompañas?

—Sí, por favor.

25

Jeffrey se quedó mirando a Frank.

—¿Qué has dicho?

—Que ha llamado el decano —repitió Frank—. Ha desaparecido otra estudiante. Rosario López, veintiún años, lleva cinco horas desaparecida.

Jeffrey oyó abrirse una puerta. Lena salió del cuarto de observación. Llevaba su Blackberry en la mano.

—Chuck Gaines le ha dicho a su gente que ponga el campus patas arriba —dijo Frank—. Están peinando el bosque. El decano ha pedido voluntarios.

—Asegúrate de que busquen de dos en dos. —Jeffrey notó un sudor frío. Tres estudiantes en tres días. Su pesadilla se estaba haciendo realidad—. Avisa a Jefferson y White. Que se encarguen ellos de dirigir la búsqueda. Y necesito que reúnas toda la información que puedas sobre Daryl Nesbitt.

—¿Nesbitt?

—Tiene antecedentes. Su padre…

—Espera, espera. —Frank sacó su cuaderno—. Adelante.

—Su padre biológico está en la prisión estatal de Wheeler. Lo apodan Axle. Abbott, de apellido. Tiene una casa en

Avondale en la que ahora vive Daryl. Comprueba los datos del
catastro, a ver si hay planos del edificio o algún croquis que
muestre dónde está situada la casa dentro de la finca. Dile a
Matt que se pase por allí para ver si hay alguien. Llama al resto de los patrulleros que estén de servicio y diles que suspen-
dan la búsqueda de la furgoneta. No uses la radio. No sabemos
si Daryl puede estar escuchando nuestra frecuencia.

Frank seguía tomando nota cuando Jeffrey se volvió
hacia Lena.

—He llamado a Memminger —dijo ella—. Felix estaba durmiendo la mona en el calabozo la mañana en que agredieron a
Caterino y Truong. No salió hasta mediodía. Es imposible que
fuera él.

—Ven conmigo —ordenó Jeffrey.

Volvió a entrar en la sala de interrogatorio. Felix Abbott seguía pellizcándose el grano de la barbilla.

—Joder, tronco, ¿cuándo voy a…?

Jeffrey lo agarró de la pechera de la camisa y lo empujó contra la pared.

—¡Pero qué…!

Jeffrey le apoyó el antebrazo contra la garganta y empujó
con tanta fuerza que lo levantó del suelo.

—Presta mucha atención, chaval, porque ahora mismo
puedes servirme de algo o no. ¿Entendido?

Felix abrió la boca tratando de respirar y asintió con
un gesto.

—Beckey Caterino. Leslie Truong.

El chico abrió los ojos de par en par. Intentó decir algo,
pero Jeffrey le aplastaba la tráquea. Aflojó un poco la presión.

—¿Las conoces? —preguntó.

—Son… —dijo Felix jadeando—. Estudiantes.

—Las dos tenían el número de Daryl grabado en el móvil.
¿Por qué?

El chico respiraba con esfuerzo. Movía los pies frenéticamente. Sus labios empezaban a volverse azules. Tosió.

—Marihuana.

—¿Daryl vendía marihuana a Beckey Caterino y Leslie Truong? ¿Es un camello?

Felix empezó a pestañear rápidamente.

—S-sí.

—¿Desde cuándo? —El chico tosió otra vez—. ¿Cuánto tiempo lleva vendiendo marihuana en la universidad?

—A-años.

—¿Qué sabes de Rosario López?

—No… —Felix tragó saliva—. No puedo…

Jeffrey lo miró fijamente a los ojos.

—¿La conoces?

—Nunca… —Jadeó otra vez cuando Jeffrey volvió a clavarle el brazo en la garganta—. No.

Jeffrey lo soltó. Felix cayó de rodillas. Tenía la cara colorada. Empezó a toser.

—Espósalo a la mesa —le ordenó Jeffrey a Lena—. Que esté aislado. Nada de llamadas. Dale un poco de agua. Cierra la puerta con llave. Y luego reúnete conmigo.

—Sí, jefe.

Él se limpió las manos en la camisa mientras se dirigía a la sala común. Vio a Brad sentado frente a un ordenador. Marla estaba hablando por teléfono. Jeffrey notó que una especie de corriente eléctrica lo recorría todo. Otra estudiante desaparecida. Quizá estuvieran estrechando el cerco en torno al asesino.

—Matt va camino de la casa de Abbott —dijo Frank al salir del despacho, y añadió ojeando su cuaderno—: Daryl Eric Nesbitt, veintiocho años. De momento ha conseguido librarse de la cárcel, pero mi colega de Memminger dice que sus antecedentes juveniles son largos de cojones.

—¿Por?

—Lo típico en Dew-Lolly: peleas callejeras, hurtos, absentismo escolar. Pero ahora viene lo bueno: cuando tenía quince años, estaba cuidando de una prima suya de seis años y la niña volvió a casa con sangre en las bragas. La madre lo denunció, pero la familia consiguió que retirara la denuncia.

«Agresor sexual. Con antecedentes. Y conocido de las víctimas».

Jeffrey pensó en Tommi Humphrey. ¿Había coincidido alguna vez con Nesbitt? ¿La habría visto él cruzando el campus y había decidido ir a por ella?

—Jefe… —Brad señaló su ordenador.

Jeffrey vio la foto del permiso de conducir de Daryl Eric Nesbitt. Tenía pinta de delincuente. El pelo grasiento, los ojos astutos. Miraba a la cámara como si posara para una ficha policial.

—Nesbitt tiene pendiente de pago una multa por conducir con el permiso caducado —le informó Brad.

—¿Iba en una furgoneta?

—En una camioneta. Una Chevy Silverado de 1999. Está en el depósito de la grúa del condado. He encontrado la casa de Avondale. Está en Woodland Hills, en Bennett Way.

Jeffrey se acercó al mapa del condado que ocupaba toda la pared del fondo de la sala. Conocía aquella parte del pueblo, y no le extrañó en absoluto que un mecánico que se dedicaba a actividades ilegales viviera allí.

—¿Número?

—Tres, cuatro, seis, dos.

Jeffrey siguió con los dedos el trazado de la calle y marcó el lugar exacto con una nota adhesiva amarilla. Había otra hilera de casas detrás del domicilio actual de Nesbitt. Más allá, el bosque se extendía varios kilómetros, serpenteando junto al lago, hasta llegar al campus.

«Proximidad al lugar de los hechos».

—La casa tiene dos plantas. —Frank estaba mirando el monitor por encima del hombro de Brad—. El plano original figura en el catastro.

Brad pulsó unas teclas.

—Voy a imprimirlo.

La primera hoja estaba aún caliente cuando Jeffrey la cogió de la impresora. Era el alzado de la vivienda: una casa de estilo Cape Cod años cincuenta, con dos alturas, porche delantero cuadrado y dos habitaciones que sobresalían en voladizo de la fachada, en la planta de arriba.

La impresora expulsó la segunda página. El plano de la primera planta. Jeffrey giró la hoja para que la puerta delantera quedara junto a su pecho y la trasera frente a él.

La entrada daba directamente al cuarto de estar, que ocupaba la parte delantera izquierda de la casa. El comedor estaba a la derecha. El pasillo, muy corto, estaba flanqueado por un armario empotrado y dos tramos de escaleras, uno a cada lado. El salón quedaba a la izquierda. La cocina, a la derecha. La salida trasera daba a los escalones de la parte posterior de la parcela.

Lena se había reunido con ellos cuando la tercera hoja salió de la impresora.

La planta de arriba. Cuatro dormitorios, uno de ellos más grande que los demás. Dos ventanas cada uno. Armarios pequeños. Jeffrey dedujo que el techo estaría inclinado siguiendo el declive del tejado. Un cuarto de baño al final del pasillo. Bañera, váter, lavabo, una ventana pequeña.

La tercera página mostraba el sótano. Las escaleras de bajada estaban debajo de las que conducían a la planta de arriba. Según el plano, el sótano era un espacio diáfano con un cuartito para la caldera. Las columnas y los pilares de los cimientos estaban marcados con recuadros. Las reformas ilegales no figurarían en los planes del catastro, de modo que podía haber algún dormitorio allá abajo, o una sala de estar, un cuarto para la lavadora o incluso una jaula con Rosario López dentro. Sara había comentado que el asesino iba aprendiendo con cada víctima. Cabía la posibilidad de que con Caterino y Truong hubiera aprendido que necesitaba un lugar íntimo donde llevar a cabo sus actividades.

—Jefe —dijo Marla desde la zona de recepción—, Matt por la tres.

Jeffrey activó el altavoz.

—¿Qué hay?

—Acabo de ver a Nesbitt entrar en la casa —dijo el agente—. Llevaba dos bolsas, una de Burger King y otra de una ferretería.

Jeffrey sintió que se le encogía el estómago. El asesino había dejado el martillo dentro del cadáver de Leslie Truong. Necesitaría un repuesto.

—Conduce una furgoneta vieja, una GMC Savana de color gris oscuro —continuó Matt—. Matrícula 499 XVM.

Brad empezó a teclear.

—Está registrada a nombre de Vincent John Abbott —dijo.

—Axle, el padre —dijo Frank—. He comprobado que lleva tres meses en la cárcel de Wheeler.

—El sótano queda por debajo del nivel del suelo —les informó Matt—. No tiene entrada exterior, pero parece que hay dos tragaluces abatibles, uno a cada lado.

O sea, dos ventanucos que podían abrirse para que entrara el aire, pero demasiado pequeños para que cupiera por ellos una persona adulta, aunque fuera una mujer menuda.

—He tenido que arrancar, pero he visto de pasada el garaje —prosiguió Matt—. La puerta está abierta. Me ha parecido ver un carrito de herramientas con ruedas, como de metro y medio por metro y medio, lleno de cajones. A rayas verdes y amarillas.

—Son los colores de Brawleigh —comentó Frank.

Brawleigh era la marca del martillo hallado dentro del cadáver de Leslie Truong.

«Acceso al arma homicida».

Jeffrey miró la última hoja que había salido de la impresora. El plano mostraba el tamaño de la parcela y la posición de la casa. Había dos edificaciones exteriores: un garaje exento, del lado del cuarto de estar; y una caseta de nueve metros cuadrados, situada a unos cinco metros de la puerta trasera de la casa.

—Hay una caseta en la parte de atrás —le dijo a Matt.

—No la veo desde la calle.

—Está detrás de la casa. —Jeffrey consultó el mapa de la pared. Miró por encima de la nota amarilla—. ¿Llevas los prismáticos?

Oyó por el altavoz que Matt se removía y, a continuación, un chasquido. Había cerrado la guantera.

—Sí.

—Detrás de Bennett hay otra calle, Valley Ridge. Las parcelas son bastante pequeñas. Puede que desde allí puedas ver la parte de atrás de la casa.

—Voy a dar la vuelta —dijo Matt.

—Esperamos entonces.

Oyeron el ruido del coche mientras Matt daba la vuelta a la manzana. La radio del coche sonaba de fondo, suavemente. Matt carraspeó. Los frenos chirriaron cuando se paró en el stop. Se oyó el ruido suave que hicieron sus manos al deslizarse por el volante cuando dobló la esquina.

La tensión era casi insoportable. Miraban todos el teléfono, esperando. Brad se había dado la vuelta en la silla. Lena estaba inclinada hacia delante, como si se dispusiera a echar a correr. Frank se había sentado y tenía las manos entrelazadas con fuerza. En ese momento, había ocho agentes patrullando. Otros dos habían ido a sumarse a la batida de búsqueda en el bosque. Jeffrey disponía, por lo tanto, de diez peones para moverlos por el tablero.

Repasó la lista que tenía en la cabeza.

«Agresor sexual. Con antecedentes. Proximidad al lugar de los hechos. Conocido de Caterino y Truong. Acceso a una furgoneta oscura. Acceso al arma homicida. Trabajaba en la obra de la nave de trasteros, cerca de la pista forestal».

El detalle de la furgoneta procedía de Tommi Humphrey. Pero Tommi no había llegado a hacer una declaración oficial. La obra de los trasteros era un vínculo muy endeble, basado en un apodo. Y el hecho de que dos de las víctimas tuvieran grabado en el móvil el número de Daryl podía explicarse fácilmente, dado que trapicheaba con marihuana.

Jeffrey tenía indicios suficientes para llamar a la puerta de Daryl Nesbitt, pero no los suficientes para detenerlo. Y no podía arriesgarse a que aquel animal se le escapara por culpa de un tecnicismo.

Añadió otro dato más a la lista: «Rosario López, estudiante. Cinco horas desaparecida».

Una gota de sudor se deslizó por su espalda. Ignoraba qué vínculo podía haber entre Daryl y Rosario López. Tenía una corazonada, pero ningún juez de por allí le firmaría una orden basándose solo en eso.

Volvió a fijar la mirada en el teléfono fijo. Matt había vuelto a toser. Estaba tardando demasiado. Woodland Hills quedaba a unos cinco kilómetros de la comisaría. ¿Había mandado a uno de sus agentes a dar una vuelta por el barrio mientras a Rosario López su violador la dejaba paralizada para violarla y torturarla?

Tenía el estómago tan encogido que se le acalambraban los músculos.

Tommi Humphrey le había contado de lo que era capaz el asesino. El cadáver de Leslie Truong ilustraba con horrenda minuciosidad su grado de sadismo. ¿Cómo podían estar allí, de brazos cruzados, mientras a otra joven podían estar perforándole la columna con un punzón?

—Ya he llegado —dijo Matt por fin—. Tengo los prismáticos. Veo la parte de arriba de la caseta. Tiene el tejado empinado como una pista de salto de esquí y... Mierda... —Se oyó el chirrido de los frenos—. Hay una ventana en la parte de atrás. Tiene pintado el cristal, y una reja y... Joder. Veo la puerta del lateral. También tiene una reja. Hay un candado.

Jeffrey sintió que la atmósfera de la sala se tensaba como la soga de una horca.

Rosario López podía estar encerrada dentro de aquella caseta.

—¿Quiere que entre? —preguntó Matt.

—Todavía no. —Jeffrey no pensaba mandarlo solo. Se acercó de nuevo al mapa de la pared y siguió la calle con el dedo—. Aparca en Hollister. Si Nesbitt se marcha, tiene que pasar por allí para salir del barrio. No cuelgues. Quiero que oigas lo que voy a decir.

—Sí, jefe.

—Marla —dijo Jeffrey—, solamente teléfonos móviles. Necesito a Landry, Cheshire, Dawson, Lam, Hendricks y Schoeder. Diles que se reúnan con Matt. Con las luces puestas, pero sin sirena.

Marla se volvió hacia su centralita.

Jeffrey despejó de un manotazo la mesa que tenía más cerca, esparciendo papeles y bolígrafos por el suelo. Desplegó los planos de la casa: el alzado, el plano de la planta baja, la de arriba, la parcela. Buscó un bolígrafo.

—Atentos todos a lo que voy a decir porque cada uno va a tener que cumplir una función. ¿Matt?

—Aquí estoy.

—Quiero que Hendricks y tú cubráis la puerta delantera y vigiléis las ventanas y los tragaluces del lateral de la casa. Guardad las distancias. No quiero que Nesbitt se asuste.

—Hay un coche aparcado al otro lado de la calle, delante de su puerta. Podemos parapetarnos detrás —dijo Matt.

—Bien. Lena, tú llamas a la puerta. —Ella se quedó atónita—. Yo estaré justo detrás de ti —añadió Jeffrey—. Llamas a la puerta y le dices a Nesbitt que has ido por lo de la multa con el carné caducado.

Ella pareció algo más tranquila. Todo el mundo en el condado sabía que Jeffrey Tolliver era muy riguroso con las infracciones de tráfico. Las multas constituían la mitad del presupuesto del cuerpo de policía.

—Procura que no se altere —añadió Jeffrey dirigiéndose a Lena—. Dile que es una comprobación de rutina, nada importante. Que tienes que llevarlo a comisaría para que pague la multa o presente un aval. Si accede, estupendo. Si no, déjalo, no hagas nada.

Ella abrió la boca, sorprendida.

—Pero señor…

—Necesitamos una causa justificada para entrar en su domicilio —repuso Jeffrey eligiendo sus palabras con cautela—. Felix acaba de confirmarnos que Daryl les vendía marihuana a Caterino y Truong. Es posible que notes un olor a marihuana cuando te abra la puerta. O puede que oigas algún ruido dentro. Tenemos que poder explicarle con claridad al fiscal del distrito por qué hemos entrado en esa casa.

Lena asintió despacio. Ella sabía mejor que nadie en aquella sala lo que le estaba pidiendo Jeffrey.

—Lena, si crees que hay causa justificada para entrar en la casa, hazme una seña y apártate. Entro yo primero. —Jeffrey buscó el plano de la planta baja y dibujó una equis en el centro del pasillo—. Lena, aquí hay un cuello de botella. Si Nesbitt baja la escalera del sótano y sube a la planta de arriba, desde aquí podrás verlo.

Ella apretó los labios e hizo un gesto de asentimiento.

—El armario de los abrigos —prosiguió Jeffrey trazando un círculo en el plano de la casa—. No le des la espalda hasta que eches un vistazo dentro. Atenta a puertas y ventanas, ¿de acuerdo?

—Sí, jefe.

—Brad. —Jeffrey señaló con el boli la puerta de la cocina—. Tú te encargas de la parte trasera de la casa, junto con Landry. Acercaos desde el lado de Valley Ridge. Atentos a las ventanas laterales. Que no salga nadie.

Brad pareció asustado, pero dijo:

—Sí, jefe.

—Dawson y Cheshire estarán a ambos lados de la calle Bennett. Schoeder y Lam cortarán Valley Ridge por si acaso Nesbitt consigue llegar hasta allí. Frank, tú vigila la caseta.

Frank apretó los dientes.

Jeffrey le agarró del hombro para recordarle quién estaba al mando. No tenía tiempo de pensar en su orgullo herido, y no iba a dejar que Daryl Nesbitt se le escapase porque Frank no pudiera correr más de veinte pasos sin quedarse sin aliento.

—Si Rosario López está en esa caseta, quiero que la encuentres tú.

Frank no se dejó engañar.

—¿Y qué pasa si, cuando llame Lena, Nesbitt abre la puerta, se huele lo que pasa, agarra a Lena y la toma como rehén?

—Que le volaré la cabeza de un tiro antes de que le dé tiempo a cerrar la puerta.

Jeffrey se sacó las llaves del bolsillo mientras se acercaba al armero. Sacó dos escopetas, cartuchos, cargadores, balas y chalecos antibalas y los fue repartiendo.

Lena se quitó la chaqueta y se puso el chaleco. La parte frontal era más ancha que su pecho y la trasera le colgaba por debajo del culo. Jeffrey le ajustó el chaleco y le aseguró los cierres de velcro. Ella se quedó muy quieta, con los brazos estirados a los lados. Jeffrey nunca había vestido a un niño, pero no debía de ser muy distinto a aquello. La miró a los ojos.

Parecía asustada, pero también deseosa de actuar. Aquello era justamente por lo que había ingresado en la policía: por el peligro y la acción. Jeffrey vio reflejada en la cara de Lena su propia necesidad de ponerse a prueba la primera vez que vistió el uniforme de policía. Solo había vuelto a ver aquella expresión al mirarse al espejo en una ocasión, al vestirse para su boda.

—Vamos.

Mientras salían a la calle, siguiendo a Lena, comprobó su Glock para cerciorarse de que estaba cargada. Levantó la vista y torció el gesto, deslumbrado por el sol. El BMW de Sara estaba aparcado en su sitio de siempre. Se tocó el labio superior. Un hilillo de sangre se le había secado debajo de la nariz.

Lena casi desapareció de la vista, hundida en el chaleco antibalas, cuando se sentó en el asiento del copiloto. Jeffrey tuvo que hacer un esfuerzo para no agarrar el volante con todas sus fuerzas. Guardaron silencio hasta que salieron de la calle mayor del pueblo.

—Jefe, ¿me ha encargado que llame a la puerta de Nesbitt porque cree que no se asustará si ve a una mujer? —preguntó ella entonces.

—No, te lo he encargado a ti porque necesitamos un motivo sólido para entrar en la casa.

Lena asintió una sola vez. Comprendía que Jeffrey contaba con que mintiera.

—Trapichea con marihuana —dijo, echando mano de los argumentos que el propio Jeffrey le había proporcionado—. Olí a marihuana.

—Perfecto.

Jeffrey dobló bruscamente la curva que marcaba la linde entre los términos municipales de Heartsdale y Avondale. Sintió una punzada de dolor en la mandíbula al apretar los dientes. Cada segundo que pasaba le daba a Nesbitt la oportunidad de escapar. De salir de la caseta. De recorrer la calle. De adentrarse en el bosque con el martillo.

Tres mujeres. Tres días.

No podía permitir que Nesbitt siguiera libre un día más.

Contó seis coches patrulla del condado a la entrada de Hollister Road. Matt estaba dando instrucciones a Landry, Cheshire, Dawson, Lam, Hendricks y Schoeder. Tenía en la mano su teléfono y les estaba enseñando la fotografía del permiso de conducir de Nesbitt. Llevaban todos puesto el chaleco antibalas. Estaban revisando sus armas y cargando las escopetas. Su nerviosismo se manifestaba de la manera habitual: se empujaban unos a otro y se mecían, puestos de puntillas, mientras por dentro se les enroscaban las tripas como muelles.

Frank y Brad adelantaron al coche de Jeffrey. Se pararon a recoger a Landry y se dirigieron hacia Valley Ridge. Tres hombres en la parte de atrás de la casa. Cuatro delante. Cuatro coches patrulla asegurando el perímetro.

¿Sería suficiente?

Jeffrey detuvo el coche. Quería hablar cara a cara con sus agentes.

—Nada de hablar por radio —les dijo—. Tenéis tres minutos para ocupar vuestras posiciones.

—Sí, jefe.

Parecían un pelotón, pero eran maridos, hijos, novios, padres, hermanos. Y eran responsabilidad suya, porque era él quien los estaba mandando a la línea de fuego.

Los vio dividirse en dos grupos. Los cuatro coches se alejaron a toda velocidad. Matt y Hendricks avanzaron al trote hacia la casa de Daryl, con la mano en la funda del arma para que la Glock no les rozara la cadera.

Jeffrey miró su reloj. Quería apurar al máximo aquellos tres minutos de preparación. Necesitaba que sus agentes hicieran aquello para lo que estaban entrenados: ocupar sus posiciones, respirar hondo y esperar un instante para acostumbrarse al subidón de adrenalina que inundaría su torrente sanguíneo como una dosis de anfetaminas.

Vio que Lena abría la boca al tomar aire.

—¿Estás bien con el chaleco? —preguntó.

Ella hizo un gesto afirmativo, rozando con la barbilla el cuello del chaleco.

—Mañana mismo echaremos un vistazo al catálogo de equipación —le prometió él—. Seguro que también los hacen en rosa.

Lena pareció cabreada hasta que se dio cuenta de que estaba bromeando. Respiró hondo otra vez y sonrió, pero le tembló la mejilla por el esfuerzo.

—No estarías aquí si no supiera que puedes hacerlo —le aseguró él.

Ella tragó saliva. Volvió a asentir. Miró por la ventanilla, esperando.

Jeffrey observó cómo avanzaba el segundero por la esfera de su reloj.

—Vamos allá.

Avanzó por Bennett Street a menos de cincuenta por hora. Vio a Matt y Hendrick agazapados detrás de un viejo Chevy Malibú aparcado frente a la casa de Nesbitt. Paró el coche a menos de medio metro de la furgoneta, asegurándose de que le cortaba el paso. Miró la casa. Las persianas de las ventanas delanteras estaban subidas. La luz del porche, encendida. No se veían caras tras los cristales.

Se dijo que iba a ser pan comido. Nesbitt abriría la puerta. Lena le diría que saliera y le pondría las esposas. Encontrarían a Rosario López y meterían a Daryl Nesbitt en un agujero tan hondo que no volvería a salir de él.

—Adelántate, yo te sigo —le dijo a Lena.

Ella acercó la mano al tirador de la puerta. Tomó aire otra vez y lo retuvo un momento. Jeffrey la siguió cuando salió del coche. Ella se ajustó el chaleco y puso cara de pocos amigos. Evidentemente, había decidido enfrentarse a aquello como a cualquier otro arresto. Nada era nunca simple rutina, pero algunas cosas eran más fáciles que otras. Un vecino con una multa pendiente y una camioneta en el depósito de la grúa. Otros seiscientos dólares para el presupuesto policial. Una marca más en la cuota de multas por agente cuya existencia negaba Jeffrey.

Al pasar junto a la furgoneta gris, Lena rozó el parachoques trasero con los dedos.

Jeffrey hizo lo mismo. Miró hacia el interior del garaje. El carrito de herramientas verde y amarillo estaba cerrado con candado. Vio una herramienta dejada encima. Con rayas verdes y amarillas. Un mazo de seiscientos gramos relleno de arena, con recubrimiento de poliuretano. Era uno de los tres martillos del kit de Brawleigh.

Desabrochó su pistolera. Lena había llegado al porche. Él se detuvo delante de los escalones y separó los pies. Estaba a unos cuatro metros de la puerta. Espacio suficiente para que Daryl Nesbitt intentara escapar. Y para que él se lo impidiera.

Lena no esperó a que le hiciera una seña. Levantó la mano y aporreó la puerta. Luego dio un paso atrás y esperó.

Nada.

Jeffrey fue contando lentamente de cabeza. Cuando llegó a diecinueve, Lena volvió a llamar.

Él estuvo a punto de corregirla. Aquello era de manual: tenía que llamar a Nesbitt a gritos, por su nombre, y advertirle de que era una agente de policía.

—¡Joder! —gritó alguien dentro de la casa. Una voz de hombre, enfadada—. ¿Qué coño pasa ahora?

Pasos. El chirrido de una cadena. Ruido de cerrojos.

Se abrió la puerta.

Jeffrey reconoció a Daryl Nesbitt por su fotografía del permiso de conducir. Su pelo grasiento era del color de una piña piñonera. Vestía únicamente unos culotes de color amarillo y unos calcetines blancos de deporte con rayas azules en la parte de arriba. Tenía el pecho desnudo enrojecido hasta la cara. Incluso a cuatro metros de distancia, Jeffrey notó que tenía una erección. No olía a marihuana. Olía a sexo.

Lena levantó la barbilla. Ella también lo había notado.

—¿Qué pasa? —preguntó Daryl mirándola con enfado—. ¿Qué cojones quiere?

—¿Daryl Nesbitt?

—Ya no vive aquí. Se fue a Alabama la semana pasada.

Empezó a cerrar la puerta. Lena estiró el brazo. Todo sucedió tan deprisa que a Jeffrey solo le dio tiempo a pensar «¡No!».

Lena agarró a Daryl de la muñeca. Él intentó desasirse de un tirón y retrocedió. Lena cayó hacia delante. Su pie izquierdo cruzó el umbral. Luego lo cruzó el derecho. Estaba dentro de la casa. Siguió avanzando. El brazo de Daryl desapareció detrás del quicio de la puerta. Podía estar buscando un cuchillo, una pistola, un martillo.

La puerta empezó a cerrarse otra vez.

Jeffrey sintió que apoyaba el dedo en el gatillo de la Glock antes de darse cuenta de que había sacado la pistola de la funda y apuntaba con ella a la cabeza de Daryl.

Se oyó un disparo.

La puerta se astilló al cerrarse de golpe.

Jeffrey cruzó el porche de un salto. La puerta estaba cerrada con llave. Dio un paso atrás y la abrió de una patada. Apuntó hacia el interior de la habitación describiendo un semicírculo con la pistola, pero nada era como se lo esperaba. El comedor. El cuarto de estar. La cocina. No los veía por ninguna parte. Había puertas por todas partes, todas cerradas.

—¡A la izquierda!

Matt pasó corriendo a su lado. Hendricks apareció tras él. El disparo había sido como un pistoletazo de salida. Matt abrió de una patada la puerta endeble que daba al pasillo. Hendricks entró en el comedor. Jeffrey dio un paso. Golpeó algo duro con el pie. Vio que la pistola de Lena se desplazaba por el suelo.

—¡Lena! —gritó.

Sonó un disparo de escopeta.

Brad Stephens irrumpió en la cocina.

—¡Lena! —Jeffrey subió los peldaños de dos en dos. Había recorrido ya la mitad de la escalera cuando se acordó de que podía haber alguien arriba esperando para volarle la cabeza.

Se agachó y rodó por el suelo. Acabó en el cuarto de baño del pasillo. Miró hacia atrás. Cuatro dormitorios. Las puertas estaban cerradas.

Lena gritó.

Él corrió hacia el dormitorio principal. Abrió la puerta de una patada.

Lena estaba acurrucada junto a la cama. Le sangraba la cabeza. Había caído junto a un escritorio de madera. Jeffrey sintió una náusea al correr hacia ella. Aquello era culpa suya. La había cagado. Si Lena moría, sería responsabilidad suya. Le buscó el pulso y, al sentir el latido de la carótida en la yema de los dedos, su corazón latió una milésima de segundo más despacio.

Levantó la vista.

Vio el ordenador portátil en la mesa.

«Niñas».

Se tragó la bilis que se le vino a la garganta. Recorrió la habitación con la mirada. Una persiana barata de plástico en la ventana. Faltaba la puerta del armario. Ropa amontonada en el suelo. La cama era un colchón tirado en la moqueta. Había un calcetín blanco sucio hecho un gurruño en el suelo.

—¡Jefe! —gritó Matt desde el fondo del pasillo. Brad estaba detrás de él. Empezaron a abrir puertas a patadas.

—¿Jeffrey? —murmuró Lena.

Todo pareció ralentizarse cuando se volvió para mirarla. Ella nunca lo había llamado por su nombre de pila. Había algo muy íntimo en su forma de decirlo. Levantó el brazo y le tembló la mano por el esfuerzo. Señalaba la ventana. Las lamas de plástico chasqueaban, agitadas por la brisa.

—¡Mierda!

Jeffrey arrancó la persiana de un tirón. La ventana de guillotina estaba bajada del todo; el panel de arriba se había encajado detrás del de abajo. Daryl Nesbitt se hallaba a escasos centímetros de distancia, de pie en el voladizo que daba sobre la puerta de la cocina.

Jeffrey vio que tomaba carrerilla y saltaba extendiendo los brazos y pedaleando en el aire. Aterrizó con un golpe sordo en el techo de la caseta.

Jeffrey no se paró a pensar. Sacó las piernas por la ventana y salió al voladizo de metro y medio de ancho. Había otros tres metros hasta la caseta, cuyo techo era tan empinado como una pista de saltos de esquí, tal y como había dicho Matt.

Tomó carrerilla y saltó, agitando los brazos. Intentó alinear los pies para apoyarlos bien al caer y se descubrió calculando todo lo que podía salir mal. Podía no caer en el tejado. O traspasar el panel de contrachapado. O caer de lado. Romperse una pierna, un brazo, incluso el cuello, joder.

Cayó apoyando los dedos del pie derecho. Sintió que se le torcía el cuerpo por el golpe y que su columna se giraba con violencia. Apoyó el otro pie, se tambaleó y luego resbaló por el otro lado del tejado. Cayó de culo al suelo.

Tuvo que sacudir la cabeza para dejar de ver chiribitas. Se había quedado sin respiración. Miró a su alrededor.

Daryl estaba atravesando el patio de atrás a la carrera. Miró a Jeffrey un momento al saltar la valla del vecino. Jeffrey se levantó y echó a correr tras él, jadeante. Saltó la valla y resbaló en la hierba. Notaba un martilleo en el cráneo y tenía la sensación de que algo se le había desgarrado en la espalda. Recuperó el equilibrio y echó de nuevo a correr, rodeando la casa.

Vio que Daryl corría hacia la calle y agitaba los brazos al doblar bruscamente la esquina de Valley Ridge. Sus pies descalzos derraparon en el asfalto. Cuando Jeffrey dobló la esquina, ya estaba a treinta metros de distancia.

—No, no, no —suplicó Jeffrey en voz alta.

No iba a poder alcanzarlo. Corría demasiado. Jeffrey miró calle abajo buscando a Dawson. El coche patrulla estaba a unos cien metros de distancia. Dawson, que estaba fuera del coche, vio a Daryl y echó a correr hacia él.

El grito agudo de una mujer cortó en seco el alivio momentáneo que sintió Jeffrey.

El tiempo pareció ralentizarse de nuevo; las casas y los árboles que veía de soslayo, borrosamente, quedaron paralizados.

La mujer iba caminando hacia su coche. Jeffrey vio su boca abierta. Vio que Daryl echaba el puño hacia atrás.

—¡No! —gritó.

Demasiado tarde. La mujer cayó al suelo, desplomada. Daryl le quitó las llaves del coche.

Jeffrey siguió corriendo. Avanzó casi cinco metros mientras Daryl trataba de abrir la puerta del coche ranchera rojo de la mujer; otro metro y medio mientras intentaba poner en marcha el motor; y casi dos metros mientras metía la marcha atrás. Aprovechando la última gota de adrenalina que le quedaba, se lanzó hacia la ventanilla abierta del coche y agarró lo primero que pilló: un puñado del pelo grasiento de Daryl.

—¡Hijo de…! —Daryl le asestó un puñetazo sin apartar el pie del acelerador.

La cabeza de Jeffrey se torció con un chasquido. Sus pies

resbalaron por la calzada. Daryl le dio otro puñetazo, y otro. De pronto, los músculos de Jeffrey cedieron al cansancio. El pelo de Daryl se le escapó entre los dedos.

Cayó al pavimento. Se golpeó la cabeza contra el asfalto y algo le dijo que debía ponerse en pie de inmediato. Apoyó las manos en el suelo y miró hacia arriba.

Detrás del parabrisas, la boca de Daryl se torció en una sonrisa burlona. Iba a atropellarlo. Pisó a fondo el pedal del acelerador.

Jeffrey trató de levantarse. Pero en lugar de lanzarse hacia delante, el coche arrancó marcha atrás, pasó por encima del bordillo de la acera y se empotró contra la casa de enfrente.

Y no solo contra la casa.

También se llevó por delante el contador de gas.

Como cualquiera que hubiera encendido una barbacoa, Jeffrey había visto más de una vez cómo ardía el gas. Los vapores, al entrar en combustión, emitían un resplandor blanco azulado casi hipnótico antes de convertirse en espesas llamas. El contador de la fachada estaba lleno de vapores. Jeffrey observó, impotente, cómo se arrugaba la tubería bajo una tonelada de chapa. Esta vez no hubo ninguna imagen cautivadora; solo una chispa metálica, como si se encendiera una cerilla. Luego, de repente, el aire ardió lleno de luz.

Jeffrey levantó los brazos para cubrirse la cara.

La bola de fuego que produjo la explosión envolvió su cuerpo. Se rompieron los cristales. Saltó la alarma de un coche. Empezaron a pitarle los oídos. Sintió que tenía la cabeza dentro de un gong. Hacía un calor como el de una sauna. Intentó levantarse. Perdió el equilibrio y clavó la rodilla en el asfalto.

—¡Socorro!

Daryl seguía en el coche, atrapado entre los hierros. Golpeaba la puerta con el hombro, tratando frenéticamente de liberarse. Sus gritos eran como una sirena.

—¡Jefe! —Dawson estaba a cincuenta metros de distancia. Corría hacia él agitando los brazos.

—¡Socorro! —chilló Daryl, con el cuerpo medio fuera del coche—. ¡Ayudadme!

Jeffrey cruzó la calle a trompicones. El calor parecía morderle la cara.

—¡Ayuda! —gritó de nuevo Daryl.

Las llamas casi le rozaban la espalda. Estaba doblado sobre la puerta, arañando el suelo con las manos. Tenía la pierna atrapada dentro. No podía salir.

—¡Ayuda, por favor!

Jeffrey esquivó las llamas, le agarró por las muñecas y tiró de él.

—¡Más fuerte! —Daryl empezó a patear el volante con la pierna que tenía libre.

Las llamas eran cada vez más altas. El calor fundía la pintura del coche. Jeffrey vio que el fondo del depósito refulgía, incandescente.

—¡Tira! —le suplicó Daryl.

Jeffrey se echó hacia atrás con todas sus fuerzas.

—¡No! —gritó Daryl—. ¡Dios! ¡No!

Jeffrey oyó un petardazo, como el ruido del corcho de una botella de champán al volar por la habitación. Cayó hacia atrás. Daryl Nesbitt se desplomó sobre él. Jeffrey trató de apartarlo. El depósito de gasolina iba a estallar.

—¡Jefe!

Dawson lo agarró por debajo de los brazos y, arrastrándolo, lo alejó de las llamas. Alguien le echó agua en la cara y le envolvió los hombros con una chaqueta.

Jeffrey tosió, arrojando una bocanada de líquido negro que formó un charco en el suelo. Le escocían los ojos. Tenía la piel chamuscada y el vello de los brazos quemado.

—¿Jefe? —dijo Matt.

Brad estaba con él. Y Cheshire, Hendricks y Dawson.

Jeffrey se dio la vuelta. Le chorreaba sangre por el cuello. Otra vez se le había roto la nariz. Volvió la cabeza.

Daryl Nesbitt estaba tumbado boca arriba, con los brazos extendidos y los ojos cerrados. Inmóvil.

Igual que Tommi Humphrey.

Que Beckey Caterino.

Y que Leslie Truong.

Jeffrey se incorporó apoyándose en los codos. Vio un reguero espeso de sangre que partía del coche en llamas y llevaba hasta Daryl.

El corcho de champán.

Era el ruido que había hecho la articulación del tobillo de Daryl Nesbitt al desprenderse del pie.

26

Will tecleaba despacio, rellenando con cuidado la última casilla del formulario de solicitud judicial. Se había pasado por la urbanización de pisos de One Museum Place antes de ir a trabajar. Al conserje del edificio de Callie Zanger no le había hecho ni pizca de gracia levantarse de la cama a las cinco de la madrugada, pero por suerte estaba suficientemente despejado como para darle la información que necesitaba.

No tenía ningún disco duro de hacía dos años. El sistema de seguridad del edificio era tan moderno que todo se almacenaba en la nube. La aseguradora les exigía que guardaran los datos cifrados durante cinco años.

Will iba a solicitar al juez que concediera al GBI acceso a todas las grabaciones de los tres meses anteriores y posteriores al secuestro de Callie Zanger. Antes de enviar la solicitud, pasó el dedo por debajo de cada palabra para comprobar que no hubiera errores. Se recostó en la silla. La aprobación de la solicitud tardaría unas cuatro horas en llegar. Luego intervendrían los abogados, y pasaría un día más antes de que les transfirieran los datos. Había que tener en cuenta, además, que para revisar casi mil horas de grabaciones harían falta más ojos de los que él tenía en la cabeza.

Miró la hora. A las siete en punto, había dicho Amanda que empezaba la reunión. Iba a pedirle a su jefa que intentara meter prisa al juez para que aprobase la solicitud cuanto antes, pero de momento tenía ocho minutos de tranquilidad, antes de que el día empezara a complicarse.

Se concedió cuatro minutos para preocuparse.

En primer lugar, estaba Faith. La conversación con Callie Zanger la había dejado hecha polvo. Él también había quedado muy tocado. El trayecto de vuelta a la sede del GBI había sido muy duro para los dos; para Faith, porque trataba por todos los medios de no echarse a llorar, y para él porque ver así a su compañera le había dado ganas de ponerse a romper cosas.

Aguzó el oído hacia la puerta abierta del despacho. La de Faith estaba cerrada. Su compañera había llegado hacía quince minutos. No se había pasado a decirle hola y, aunque la oía trastear por el despacho, Will no estaba seguro de que quisiera que la molestasen.

Miró la hora en el ordenador. Un minuto menos.

Dejó que sus pensamientos volaran hacia la otra mujer que le preocupaba: Sara. La exhumación de Shay Van Dorne no iba a ser fácil, pero no era solo lo único que le inquietaba. La noche anterior se habían quedado los dos dormidos en el sofá; ella con la cabeza apoyada sobre su pecho como un peso muerto. Pese a todo, cada vez que pensaba en el lazo que los unía, su cerebro le devolvía la imagen del cable de un alargador extendido en el suelo, a medio metro del enchufe.

Y él no sabía qué hacer para volver a enchufarlo.

Sara le había dicho que el edificio de los trasteros quedaba justo enfrente del cementerio, y él la había creído cuando le aseguró que no había visitado la tumba de Jeffrey, pero cada vez que se descubría pensando en «el Jefe», le daban ganas de agarrar a Sara, echársela al hombro y encerrarla en una habitación como un cavernícola.

O como un asesino en serie.

Pellizcó el vendaje que Sara le había puesto en los nudillos. Nunca se había considerado celoso. Claro que Angie nunca le había pertenecido del todo. Había sido promiscua desde que tuvo edad suficiente para escaparse por la ventana. A él le irritaba a medias su mala fama, y le ponía furioso que se hubiera contagiado de sífilis, pero buscaba toda clase de justificaciones para explicar sus infidelidades. Los hombres le habían hecho tanto daño a lo largo de su vida que el sexo era su forma de recuperar parte del poder que le habían arrebatado. Él era el único hombre al que había querido de veras. Por lo menos, eso decía ella. Porque al estar con Sara, al conocer lo que era sentirse amado de verdad, a Will se le había caído la venda de los ojos y había visto por fin la magnitud de su mentira.

—Buenos días, chaval —dijo Nick entrando tranquilamente en el despacho—. Va a empezar la reunión.

Will sintió el impulso de darle un puñetazo.

—Mira, tío. —Nick se sentó en el sofá sin que se lo pidiera—. ¿Puedo ser sincero contigo?

Él giró la silla para mirarlo. Normalmente, cuando alguien preguntaba si podía ser sincero, era o bien porque ya había mentido antes o bien porque iba a empezar a mentir desde ese momento.

—Reconozco que, cuando me enteré de que estabas liado con Sara —dijo Nick—, me dieron ganas de darte una paliza que no te reconociera ni tu madre.

Will nunca se había «liado» con Sara.

—Todavía puedes intentarlo.

—No, hombre, me doy cuenta de que está loca por ti.

Will no supo qué decir a eso, así que prefirió quedarse callado.

—Pero la has cagado —añadió Nick sonriendo como un payaso colérico—. Hazme caso. Te lo digo yo: no hay mejor mujer que la que come de tu mano.

Se sostuvieron la mirada. Will sopesó varias respuestas, pero llegó a la conclusión de que no bastaría con decirle «No me digas, chaval» para que aquella pelea de gallos quedara en tablas.

Finalmente, optó por reaccionar como solía: soltó un gruñido, asintió y esperó a que Nick se marchara.

Volvió a mirar la hora en el ordenador.

Por culpa de Nick, había perdido el minuto de descanso que le quedaba.

El despacho de Faith quedaba de camino a la escalera. Will tocó a la puerta y entró para avisarla de que era la hora de ir a la reunión, pero se quedó parado al verla.

Tenía la cabeza apoyada en la mesa y la cara escondida en el hueco del brazo.

Él tragó saliva y trató de encontrar algo que decir.

—¿Faith?

Ella giró la cabeza y lo miró con los párpados entornados.

—Tengo una resaca del copón.

Will sintió una oleada de alivio mezclada con exasperación. Nunca había sido partidario del alcohol. De pequeño, cuando un adulto se emborrachaba, a él solía caerle una paliza.

—Son casi las siete.

—Genial. —Ella cogió su cuaderno y su café de Starbucks. Tenía la ropa arrugada y profundas ojeras—. Anoche, Amanda y mi madre me obligaron a ir a ensayar con el coro. Me quedé dormida cuando empezaron a hablar de sus fantasías sexuales con actores de *Patrulla Motorizada*. —Will dio un respingo—. Ya ves. —Faith cerró la puerta del despacho al salir—. Y eso que a mí me pone a cien Eric Estrada, pero ¿Larry Wilcox? ¡Venga ya, Amanda!

—Entonces ¿estáis bien? ¿Os habéis reconciliado?

—Bueno… Yo no voy a cambiar, ni ella tampoco. Somos tercas como mulas. —Faith se rio—. Y esa es la última broma sobre caballos que pienso hacer.

Will no estaba seguro de que fuera una broma, pero se alegró de que su compañera hubiera recuperado su socarronería de siempre.

Abrió la puerta de la escalera. La voz de Faith retumbó en el cemento cuando empezó a contarle que su ex había llevado a Emma y a unos amiguitos a jugar a un parque de bolas.

—Eso es la paternidad, amigo mío —comentó con una risa—. Pagar sesenta pavos para exponer a tu retoño a contagios.

Will abrió la puerta siguiente. Faith empezó a contarle otra anécdota. Él dejó que sus pensamientos vagaran de nuevo hacia Sara. Aún le parecía sentir el peso de su cabeza sobre el pecho. La noche anterior, ella lo había mirado de manera distinta. Parecía insegura, como si siguiera dudando de sus sentimientos. Y él se sentía mezquino porque en el fondo, en un rincón remoto, turbio e incluso sádico de su ser, le gustaba que se sintiera insegura.

Amanda no estaba en su despacho, pero Nick ya se había agenciado un sitio en el sofá y había apoyado una de sus botas de vaquero en el borde de la mesa baja. Faith se sentó a su lado y se puso a charlar con él. Will apoyó la espalda en la pared, un gesto que había hecho tantas veces que le sorprendía que sus omóplatos no hubieran dejado una marca en el yeso.

Oyó acercarse el tableteo de los piececitos de Amanda. Su jefa estaba exactamente igual que la víspera. El pelo canoso formando una especie de casquete. Falda y chaqueta a juego. Un poco de maquillaje aplicado con discreción. Si tenía resaca, no se le notaba.

—Tenemos que darnos prisa —dijo entregándole a Faith un fajo de papeles. Le lanzó una mirada a Nick y él retiró el pie de la mesa. Luego, como hacía siempre, se apoyó en el escritorio en vez de sentarse—. Tengo que ir al capitolio esta misma mañana para informar al jefe del comité de supervisión. Una de nuestras víctimas pertenece a su distrito electoral. No quiero que se ponga nervioso.

Will echó un vistazo a las hojas que les estaba repartiendo Faith. Reconoció algunos de los nombres de las trece jurisdicciones policiales donde se habían encontrado los cadáveres.

—¿Qué es esa solicitud que has presentado esta mañana? —le preguntó Amanda.

Will le informó de su visita al edificio de Callie Zanger.

—Sabemos por la policía municipal de Atlanta que no había nada en las cámaras del aparcamiento, pero también hay una en el pasillo de la planta de Zanger. Si puedes acelerar las cosas para que...

—Llamaré al juez cuando vaya para el centro —repuso ella—. Ya que estás esperando, necesito que asistas en mi lugar a la autopsia de Van Dorne. En cuanto Sara confirme o descarte que Shay Van Dorne fue asesinada, me escribes. ¿Entendido?

No esperó respuesta. Agregó dirigiéndose a Faith y Nick:

—Vosotros dos no despeguéis el culo de la silla esta mañana. Poneos con las listas. Fijad citas. Y acordaos de que supuestamente estamos revisando la recogida de datos relativos a denuncias de personas desaparecidas. Andaos con ojo al sondear a la gente. No quiero que nadie sospeche nada. Hacedlo...

—Con discreción —concluyó Faith.

Amanda enarcó una ceja mientras se miraban en silencio, retándose la una a la otra.

—Jefa, si me permite —dijo Nick.

Amanda tardó todavía un segundo en mirarlo.

—He estado pensando en lo de Daryl Nesbitt —dijo él—. Creo que he dejado bien claro lo que opino de Jeffrey Tolliver, y la verdad es que me cuesta mucho creer que metiera tanto la pata en este caso.

Amanda le hizo señas de que fuera al grano.

—¿Por qué de pronto estáis todos tan dispuestos a exculpar a Nesbitt? —preguntó Nick.

Will comprendió que nadie le había contado lo de Heath Caterino, el hijo de Beckey. Y no por descuido. Amanda estaba procurando que esa información no trascendiera porque el niño podía correr peligro mortal.

—Buena pregunta. —Amanda siempre había sido una mentirosa muy ágil. Apenas tuvo que pensárselo—. Nuestro laboratorio ha encontrado un informe de ADN antiguo de la autopsia de Truong. Lo hemos comparado con las muestras extraídas de un sobre que Daryl Nesbitt le mandó a Gerald Caterino. El ADN no coincide.

Nick se tiró de la barba. Evidentemente, estaba buscando fisuras en aquella historia. Will, que sabía la verdad, vio de pronto una muy grande en la que no habían reparado hasta entonces.

—¿Por qué estamos tan seguros de que fue Daryl quien chupó la solapa del sobre?

El despacho quedó en silencio. Solo se oía el ventilador del ordenador de Amanda.

—Jooooder. —Faith se volvió para mirar a Will—. ¡Qué listo es ese cabrón de Nesbitt!

—Nick —dijo Amanda mientras levantaba el teléfono de su mesa y empezaba a marcar un número—, vete a la cárcel ahora mismo. Quiero que el laboratorio tenga una muestra de saliva de Nesbitt a mediodía.

Esperó a que Nick se marchara para colgar el teléfono. Entonces le dijo a Faith:

—Habla.

—El informe de laboratorio que me dio Gerald Caterino era el original, no una copia. Mandó una muestra de saliva de Heath junto con el sobre de Nesbitt a un laboratorio acreditado, especializado en casos de paternidad. El resultado era tajante: Nesbitt no podía ser el padre de Heath.

—Pero Will tiene razón —añadió Amanda—. Esa información se basa en la premisa de que Nesbitt fuera quien lamió la solapa del sobre. —Se volvió para mirar a Will—. ¿Alguna idea?

—Nesbitt lleva ocho años en prisión. Los presos saben más de procedimientos forenses y pruebas de ADN que muchos policías.

—Nesbitt es muy manipulador. Hasta Lena Adams se dio cuenta. Siempre tiene una estrategia. Enfrenta a la gente. Sabemos que tiene acceso a Internet a través de teléfonos de contrabando. Es posible que averiguara de algún modo lo de Heath y que hiciera los mismos cálculos que nosotros.

Amanda asintió. Había tomado una decisión.

—Ya tenemos el ADN de Nesbitt en nuestra base de datos porque es un agresor sexual condenado a prisión. Necesitamos una muestra de ADN de Heath Caterino sin que haya ninguna duda sobre la cadena de custodia, pero no quiero solicitarla por vía judicial por razones obvias.

—¿Quieres que le pida a Gerald Caterino que nos proporcione voluntariamente una muestra de saliva de Heath? ¿De un niño al que hace pasar por su hijo porque le aterroriza que el individuo que atacó a Beckey se entere de la verdad? —preguntó Faith.

—Yo puedo… —dijo Will.

—No, lo haré yo —contestó su compañera—. Will tiene que encargarse de la exhumación y además está esperando la autorización judicial para ver esas grabaciones. Los dos tenemos cosas que hacer.

—Muy bien —dijo Amanda—. Pondré a otro equipo a trabajar en las llamadas. Puedes incorporarte cuando vuelvas de hablar con Caterino.

Faith dejó los papeles sobre la mesa baja. Will se tensó

visiblemente cuando ella se marchó. No sabía si quería detenerla o ir con ella.

—Wilbur —dijo Amanda—, ahora mismo es irrelevante que el ADN de Daryl Nesbitt coincida o no con el de Heath Caterino. Nos esperan un cadáver exhumado que podría ofrecernos nuevas pistas y una orden judicial que quizá nos permita acceder a un vídeo en el que aparezca la cara del asesino.

Will comprendió que su jefa le estaba diciendo que se pusiera a trabajar. Se metió las manos en los bolsillos mientras iba hacia la escalera. Seguía teniendo los músculos tensos, pero el súbito arrebato de energía que se había apoderado de él un momento antes se había disipado. Solo sentía ansiedad. No le gustaba la idea de dejar sola a Faith y le irritaba que no se le hubiera ocurrido verificar los resultados de ADN del laboratorio. Estaba ansioso porque Amanda tenía razón: no era Nesbitt quien había matado a quince mujeres ni torturado a otras cinco en los últimos ocho años.

Pero ¿quién había sido entonces?

Alguien que conocía a la perfección el *modus operandi* de aquellos crímenes. Alguien que tenía suficiente relación con Daryl Nesbitt como para incriminarlo. Alguien lo bastante inteligente como para borrar su rastro. Alguien que tenía una colección de cintas de pelo, peines, cepillos y coleteros.

¿Un discípulo? ¿Un imitador? ¿Un chalado? ¿Un asesino?

Dos días después, Will seguía haciéndose las mismas preguntas que se habían formulado en la capilla de la cárcel.

Salió por la puerta del final de la escalera. El depósito de cadáveres estaba detrás de las oficinas, en un edificio metálico que semejaba un hangar. El viento le tironeó de la chaqueta mientras avanzaba por la acera con los ojos fijos en el suelo. No había mucho que mirar en el cielo: nubarrones, algún que otro rayo. Sintió que finas agujas de lluvia le acribillaban la cara.

Había una furgoneta negra aparcada junto al muelle de carga, con las puertas de atrás abiertas de par en par. Gary estaba ayudando al conductor a colocar el ataúd de Shay Van Dorne sobre una plataforma con ruedas. Al pensar en la exhumación, Will se había imaginado trozos de tierra apelmazada y despojos; quizá incluso una mano esquelética asomando entre la madera podrida del ataúd. El féretro metálico, sin embargo, estaba intacto. La pintura negra relucía aún como un espejo. Lo único que indicaba que no acababa de salir de fábrica era la hilera de telarañas que colgaba de una de sus esquinas. Una araña se las había ingeniado para colarse dentro de la carcasa exterior de resina que había cubierto el ataúd.

Will cruzó el vestíbulo del depósito. Unos ventanales daban a la sala de autopsias, donde había ya dos forenses trabajando. Vestían delantales amarillos y uniforme sanitario de color azul, mascarilla quirúrgica blanca, gorros de colores y guantes de nitrilo blanquecinos.

Sara estaba en un cuartito al fondo del largo pasillo. Las paredes estaban decoradas con fotografías de crímenes. Aquel cuarto servía como despacho temporal para los patólogos que lo necesitaban. Había una mesa, un teléfono, dos sillas y ninguna ventana.

Will aflojó el paso para poder mirarla despacio.

Tenía los brazos extendidos sobre la mesa y miraba fijamente su iPhone. Se había puesto el uniforme sanitario y las gafas, y llevaba la larga melena rojiza recogida en un moño flojo en lo alto de la cabeza.

Will observó su perfil.

«Me doy cuenta de que está loca por ti».

Debería avergonzarse de sí mismo, porque Sara se había puesto prácticamente de rodillas y le había dicho una y otra vez que lo quería y que había elegido estar con él, y sin embargo le había causado una impresión mucho más honda que

Nick Shelton comentara como de pasada que ella prácticamente comía de su mano.

Sara aún no había advertido su presencia. Dejó el teléfono y Will vio que abría el cajón de arriba de la mesa, sacaba un tubo de crema y comenzaba a aplicársela en las manos y los brazos desnudos.

Will cayó en la cuenta de que, para estar seguro de no ser un asesino en serie, llevaba demasiado tiempo espiándola y dijo para anunciar su presencia:

—Amanda quiere que asista a la autopsia.

Ella levantó la vista y le sonrió, pero no con su sonrisa de siempre, sino con una sonrisa insegura.

—Mi madre ha conseguido el correo electrónico de Delilah Humphrey —dijo—. No sé qué decir.

Él tampoco lo sabía. Tenía que encontrar la manera de arreglar las cosas con Sara. Aquella desconexión ya duraba demasiado. Ocupó la silla libre, tocando con la rodilla la pierna de Sara. Ella bajó la mirada, pero aquel contacto no pareció suficiente.

—Yo…, eh… —Will se aclaró la garganta y le tendió la mano ilesa—. Yo también tengo la piel un poco seca.

Sara frunció el ceño, pero le siguió la corriente y comenzó a darle crema en la mano. Él observó como sus dedos le masajeaban la piel. La tensión de sus hombros comenzó a aflojarse. Su respiración se aquietó, igual que la de Sara. Poco a poco, la atmósfera del cuartito sin ventanas fue cambiando. Will advirtió que ella también lo notaba. Sara sonrió al apretarle cada dedo suavemente y luego siguió con el pulgar las rayas de su palma. La madre de Will había sido aficionada a la astrología. Él había encontrado entre sus pertenencias un póster que mostraba las líneas de la mano y su significado. Pensó en sus nombres mientras ella las trazaba con el dedo.

«Línea de la vida. Línea del destino. Línea de la cabeza. Línea del corazón».

Sara levantó la mirada.

—Hola —dijo él.

—Hola..

Y así, sin más, la clavija encajó en el enchufe.

Ella se inclinó y le besó la palma de la mano. Era una mujer extraña. Había sentido debilidad por la letra de Jeffrey, y ahora la sentía por las manos de Will.

—¿Quieres que te ayude a redactar el *email*? —preguntó él.

—Sí, gracias. —Ella volvió a coger su teléfono—. ¿Quieres que te lea lo que he escrito hasta ahora?

Will asintió.

—Empiezo saludándola, claro, y le doy mi número de teléfono por si acaso no quiere contestar por escrito. Luego he puesto: *Sé que es complicado, pero me gustaría hablar con Tommi. Será una conversación extraoficial, como las otras veces. Por favor, dígale que se ponga en contacto conmigo, pero solo si se siente preparada. Entiendo que tiene derecho a negarse y lo respeto.*

Will trató de imaginar cómo reaccionaría Delilah cuando leyera el mensaje. No había ningún motivo para que contestara, y mucho menos para que diera el recado a su hija.

—¿No deberías explicarle el motivo?

—Esa es mi duda. —Sara volvió a dejar el teléfono sobre la mesa, sin soltarle la mano—. Tommi no creyó nunca que Daryl Nesbitt fuera el culpable. Le enseñé la foto de su ficha policial y me dijo que no era él. Rotundamente.

Will dejó caer la misma bomba que había hecho que Nick y Faith se marcharan a toda prisa, cada uno a una punta del estado.

—Vamos a volver a analizar las muestras de ADN de Nesbitt y Heath Caterino.

Sara entreabrió los labios, sorprendida, pero se dio cuenta al instante de lo que ocurría; fue mucho más rápida que Will.

—Crees que Daryl le pidió a otra persona que lamiera la solapa del sobre —dijo.

—Sabemos que a Nesbitt le gusta jugar con la policía, y está claro que quiere vengarse. Nunca he conocido a un presidiario que no culpe a otra persona del lío en el que está metido.

—Nesbitt culpaba a Jeffrey de haber perdido el pie. Parte de su demanda fue por eso, por daños y perjuicios.

—¿Y las pruebas contra él?

Sara fue enumerándolas:

—El martillo era de la misma marca que el juego de herramientas que se encontró en el garaje de Nesbitt. La casa donde vivía estaba a dos calles del bosque. Nesbitt conocía bien el pueblo. Dos de las víctimas tenían grabado su número en el móvil. No tenía coartada para ninguna de las agresiones. Trabajaba en una obra cerca de la pista forestal. Conducía una furgoneta oscura como la que recordaba Tommi, aunque era muy dudoso que Tommi fuera a testificar, claro. Y luego estaba la caseta.

Will se recordó que debía tener cuidado. No quería pisotear el recuerdo de su marido muerto. Al menos delante de ella.

—Entiendo que Jeffrey estaba contra la espada y la pared por la desaparición de otra chica, la tercera, Rosario López. Pero, prescindiendo de eso, la verdad es que no era un caso muy sólido.

—No te lo voy a negar. Por eso Jeffrey no presionó al fiscal del distrito para que procesara a Nesbitt por los ataques contra las chicas —dijo Sara, y añadió—. Pensaba que, estando Nesbitt en prisión por posesión de pornografía infantil, se presentarían más testigos o aparecerían más pruebas. Estuvo un año investigando, tratando de encontrar algo más, lo que fuese, para poder acusar a Nesbitt de las agresiones. Pero no se presentó ningún testigo, y Jeffrey no consiguió fundamentar la acusación. Pasado un tiempo, Nesbitt se las arregló para que le acusaran de intento de asesinato de un funcionario de prisiones y al final…

Gary llamó en el marco de la puerta.

—Doctora Linton, estamos listos.

—Enseguida voy. —Sara volvió a coger el teléfono y fue leyendo en voz alta mientras escribía—. «Por favor, dígale a Tommi que me llame o me escriba. Es posible que tuviera razón en lo de la foto». ¿Qué tal suena?

—Depende —contestó Will—. ¿Quieres asustarla?

—¿No debería estarlo?

—Mándalo —dijo Will.

Ella esperó a que el mensaje se enviara. Luego, se guardó el teléfono en el bolsillo de atrás.

—Gary nunca ha hecho una exhumación —dijo—, así que vamos a ir despacio, ¿de acuerdo?

—Por mí perfecto.

Sara siguió agarrándolo de la mano mientras iban por el pasillo. No le soltó hasta que llegaron al armario de los suministros. Sacó un delantal amarillo, un gorro quirúrgico azul y dos mascarillas.

—Alexandra McAllister presentaba heridas incisas hechas con una herramienta parecida a una navaja de afeitar o un bisturí —le recordó—. El asesino sabía que la sangre atraería a los depredadores. Los nervios del plexo braquial estaban seccionados limpiamente. La punción de la columna estaba disimulada, pero ahora sé lo que tengo que buscar. Creo que sabré enseguida si Shay Van Dorne presenta lesiones parecidas.

—Amanda quiere que la avise inmediatamente.

—Menuda novedad. —Sara se acercó a él y le ató la mascarilla mientras decía—: El olor se habrá disipado casi por completo al romper el recubrimiento exterior del ataúd, así que seguramente no necesitarás esto, pero si lo necesitas, no pasa nada.

A continuación, se puso el delantal enrollándose dos veces los cordeles a la cintura, se remetió el pelo debajo del gorro y se puso los guantes de nitrilo. Will observó la transformación mientras ella se preparaba para hacerle la autopsia al cadáver de Shay Van Dorne. Los médicos bromeaban a veces para quitar hierro a situaciones muy dolorosas. Sara, sin embargo, nunca bromeaba. Abordaba cada examen *post mortem* con una seriedad cargada de respeto.

Gary había llevado el féretro a la antesala. Pegado a la tapa había un sobre de plástico transparente. Will vio que contenía documentos y un objeto parecido a una manivela de las que se usaban para abrir o cerrar las ventanas de aluminio antiguas.

Se aflojó la corbata. El calor de los focos caldeaba el aire. Sobresalían del techo como brazos robóticos. Había cámaras con micrófono por toda la habitación. Una de ellas apuntaba directamente al ataúd de Shay Van Dorne. Una camilla con una sábana blanca doblada y un bloque de goma para el cuello aguardaba al cadáver. Había también una mesa cubierta con papel marrón para evitar que la ropa se contaminase, y otra con una lupa e instrumental quirúrgico.

Gary había sacado una copia impresa del atestado original del levantamiento del cadáver de Shay Van Dorne, que dictaminaba que la muerte había sido accidental. Apiladas a un lado de los papeles había un montón de fotografías a color del lugar de los hechos.

Will, que no había descargado las fotos del servidor, les echó un vistazo. Shay Van Dorne había sido hallada tumbada boca arriba en pleno bosque. Vestía pantalones chinos de color verde y polo blanco de punto. La ropa estaba desgarrada donde los animales habían atacado el cuerpo: en los pechos, el torso y la pelvis. Tenía los labios y los párpados desgarrados y parte de la nariz había desaparecido.

—¿Preparados? —Sara esperó a que asintieran. Luego, tocó con el pie un pedal para encender las cámaras y los micrófonos.

Will la oyó decir en voz alta la fecha y la hora y presentarse a sí misma y a todos los concurrentes. No pudo evitar acordarse del vídeo de Leslie Truong que habían visto la víspera en el viejo aparato de la sala de reuniones. Sara estaba tan cambiada… Ocho años después, pese a decir básicamente las mismas cosas, parecía otra persona.

—Voy a efectuar el examen preliminar en esta sala. Luego Gary se llevará el cuerpo para radiografiarlo y después pasaremos a la sala de necropsias. —Sara concluyó con las formalidades y le dijo a Gary—: La mayoría de los ataúdes de madera se cierran con una hebilla metálica. Los modelos más caros tienen una cerradura que requiere una llave hexagonal.

—¿Como una llave Allen? —preguntó él.

—Exacto. —Sara despegó el sobre de plástico del ataúd, sacó la manivela y se la enseñó—. Esto es una llave de ataúd. El mango es más largo porque es de un ataúd metálico. La cerradura está siempre en el panel inferior, el de los pies. El panel que cubre la parte superior del cuerpo es la tapa. ¿Notas la junta de goma?

Gary pasó los dedos enguantados por el filo de la tapa.

—Sí.

—La junta es lo que sella el ataúd, aunque no herméticamente —prosiguió ella—. Recuerda lo que te dije sobre los gases que se liberan durante la descomposición. Si el sellado del ataúd o de la carcasa exterior que lo recubre es hermético, puede estallar alguno de los dos, o los dos. —Se acercó a los pies del féretro—. En algunos estados es obligatorio el ataúd doble. En otros, no. Hay que tener presente que la gente tiene que tomar decisiones sobre el entierro en momentos muy difíciles, así que recuerda siempre que, eligieran lo que eligieran, fue lo que les pareció mejor en ese momento.

—Mi abuela era muy fan de los Bulldogs de Georgia, el equipo de fútbol —comentó Gary—, así que la enterramos en un ataúd rojo y negro, con un bulldog pintado encima.

Will se preguntó si el joven se habría olvidado de que las cámaras los estaban grabando.

Sara, evidentemente, no lo había olvidado. Metió la llave en el agujero y prosiguió con la lección, que no solo iba dirigida a Gary, sino a un posible jurado.

—Los ataúdes de madera se abren girando la llave un cuarto a la izquierda. Los metálicos requieren varias vueltas. Vamos a abrir las abrazaderas que mantienen unida la tapa al panel de abajo. ¿Listo?

Esta vez no esperó respuesta. Sujetó la llave con las dos manos y la giró con fuerza. La junta se resquebrajó. Will oyó una especie de silbido, parecido al que hace un iPhone cuando se envía un correo electrónico.

Se llevó la mano a la mascarilla que le colgaba del cuello, pero Sara tenía razón: no la necesitaba. El olor que notaba era ese mismo tufo dulzón que sin duda había exhalado el cuerpo de Shay Van Dorne tres años atrás, cuando la habían introducido en la caja metálica y habían sellado el cierre.

Sara metió los dedos bajo el borde de la tapa, por el lado de los pies, y Gary hizo lo mismo por el otro extremo del ataúd. Tiraron los dos hacia arriba al mismo tiempo.

Will estaba detrás de Gary, pero su altura le permitía ver claramente el interior del ataúd.

Shay Van Dorne tenía la piel amarillenta y cerosa, el cuello tumefacto y la frente manchada de moho. Vestía blusa de seda negra y falda larga, también negra. El cabello moreno le caía lacio alrededor de los hombros. Tenía las mejillas extrañamente sonrosadas y rellenas, y los labios, la nariz y los párpados reconstruidos con habilidad mediante cera de tanotopraxia. Salvo por la diferencia de coloración, Will jamás habría adivinado que habían sido pasto de animales carroñeros. La piel muerta no absorbía el maquillaje.

La víctima tenía las manos cruzadas sobre el pecho. Las uñas eran largas y curvas. Shay Van Dorne llevaba tres años sosteniendo una bolsita de encaje. Sara la extrajo con cuidado de entre las manos del cadáver y la vació sobre la palma de su mano. Cayeron dos alianzas de boda: una sencilla y otra con un diamante de buen tamaño.

Will vio que a Sara se le humedecían los ojos. Ella guardaba su alianza de boda junto a la de Jeffrey en un cofrecito de madera. Cuando Will la conoció, el cofre estaba sobre la repisa de la chimenea. Ahora descansaba en un estante del armario del cuarto de invitados.

—Es muy habitual encontrar efectos personales dentro de los ataúdes. Hay que asegurarse de catalogarlos y fotografiarlos para volver a guardarlos en el ataúd antes de la inhumación.

Gary cogió la bolsita y la colocó con cuidado sobre el papel marrón.

—Vamos a pasarla a la mesa.

Sara acercó un taburete y Gary fue a buscar otro junto a la puerta. Will se apoyó contra la pared. No necesitaban su ayuda para trasladar el cadáver de poco más de cincuenta kilos a la camilla. Gary lo levantó por los hombros. Sara, por las piernas. Will vio que la mano de Shay resbalaba cuando la colocaron en la camilla. Miró sus pies descalzos. Las uñas estaban curvadas como garras de gato. Estiró el cuello y vio un par de zapatos de tacón dentro de una bolsa de plástico, en el interior del ataúd.

—La sustancia cerosa que se aprecia sobre la piel es la adipocira. La hidrólisis anaeróbica bacteriana de la grasa se da durante el proceso de putrefacción, la quinta fase de la muerte. Es una leyenda urbana que el pelo y las uñas sigan creciendo. Lo que ocurre es que se retrae la piel, lo que hace que las uñas parezcan haberse alargado. Los líquidos del embalsamamiento no llegan a los folículos, de modo que el pelo pierde su lustre.

Gary retiró el ataúd y colocó la camilla con el cadáver en su lugar, a la vista de las cámaras.

—¿Por qué no lleva los zapatos puestos? —preguntó.

—Es frecuente que sea así, sobre todo si son tacones altos. A veces te encuentras ropa interior metida en una bolsa, a los pies del cadáver. Y, si se le ha hecho la autopsia, también puedes encontrarte una bolsa sellada llena de órganos.

Él pareció sorprendido.

—Es una práctica normal en el sector de los servicios funerarios —explicó ella—. Vamos a desvestirla.

Will mantuvo la espalda pegada a la pared mientras trabajaban. Gary desabrochó la blusa y la colocó sobre el papel marrón. El sujetador se abrochaba por delante. El cierre de plástico estaba roto. Él lo retiró suavemente. Al cadáver le faltaba un pecho, y la copa de ese lado estaba rellena con algodón que se había adherido a la herida abierta. El brazo resbaló, separándose del tronco. La parte de la axila también estaba rellena de algodón.

—En el embalsamamiento —le explicó Sara a Gary—, se utiliza guata de algodón para tapar los orificios y las heridas abiertas. Así se impide que salgan los fluidos.

Retiró la falda tirando de ella hacia abajo. El cadáver no llevaba ropa interior. Se le abrieron los muslos. Will vio más relleno de algodón entre las piernas, casi como un pañal. No pudo evitar pensar en Leslie Truong, en Tommi Humphrey, en Alexandra McAllister y en las demás mujeres de la hoja de cálculo de Miranda Newberry.

Sara giró suavemente la cabeza de Shay. Le pasó el dedo por las vértebras cervicales. Luego le examinó las axilas. Tuvo que usar las pinzas para retirar la guata. Desde una distancia de metro y medio, Will vio que los nervios y las venas sobresalían de la axila de la mujer como un amasijo de cables arrancados de un ordenador. Sara observó la herida a través de la lente. Miró a Will y asintió en silencio. La herida de punción en la C5. Los nervios limpiamente seccionados del plexo braquial.

Shay Van Dorne presentaba las mismas lesiones que Alexandra McAllister.

Mientras ella recitaba sus hallazgos para que quedaran registrados en la grabación, Will se sacó el teléfono del bolsillo y, procurando que no apareciera en el encuadre de las cámaras, mandó un mensaje a Amanda: una mano con el pulgar en alto. Ella contestó con un *ok*. Will estaba a punto de volver a guardarse el móvil cuando se acordó de Faith. Miró su ubicación y vio que iba muy bien de tiempo: estaba solo a veinte minutos del domicilio de Gerald Caterino.

Pensó en mandarle un mensaje de aliento, pero le pareció mal enviarle solo una mano con el pulgar en alto. Faith ya había tenido que hablar ella sola con Callie Zanger, y Will no sabía cómo reaccionaría si Gerald volvía a echarse a llorar. Oír sollozar a aquel pobre hombre en su cuartito había sido espantoso. Le había recordado al llanto de los niños pequeños que a veces acababan en el hogar infantil. Lloraban durante días, hasta que se daban cuenta de que nadie iba a consolarlos.

Acabó mandándole el emoticono del boniato. Ella lo entendería.

—¿Por qué? —preguntó Gary.

Will levantó la vista.

—Porque no vamos a encontrar nada abriéndole los párpados —explicó Sara.

Él se guardó el teléfono. Sabía que Sara lo decía en sentido literal. Debido a la acción de los depredadores, las cuencas de los ojos estarían vacías debajo de los tapones de plástico que se utilizaban para mantener la forma del párpado. No había nada que examinar.

Ella retiró la cera de modelado que cubría los labios de Shay Van Dorne. La mandíbula se mantuvo cerrada. Sara dejó la cera en el papel marrón y, señalando la boca, le dijo a Gary:

—¿Ves los cuatro alambres sujetos a las encías, arriba y abajo?

—Se parecen a los de las bolsas de pan de molde —comentó él.

—El embalsamador usó un cierra-bocas, un aparato que parece un cruce entre una jeringa y unas tijeras, pero que en realidad funciona como un arpón en miniatura. El cierra-bocas inserta un clavo unido a una alambre directamente en los maxilares, arriba y abajo. Luego se enrollan los alambres para mantener la boca cerrada. Pásame los alicates pequeños.

Gary le puso la herramienta en la mano. Ella cortó los alambres. La boca se abrió, floja y ladeada, como si la mandíbula estuviera rota. Sara palpó el hueso.

—La articulación está dislocada.

Will notó por su tono que ese hallazgo la inquietaba. Cogió el informe del juez de primera instancia, que estaba en el carro. Era un formulario estándar. Sabía que el apartado reservado a la descripción de las heridas estaba en la tercera página. Siguió con el dedo el único renglón del apartado.

Actividad animal en órganos sexuales, como se detalla en el dibujo.

Observó el dibujo anatómico. Los pechos y la pelvis estaban rodeados por un círculo. Los ojos y la boca, marcados con una equis. En la mandíbula no había ningún símbolo. El juez de primera instancia del condado de Dougall era dentista de formación. Si la mandíbula hubiera estado dislocada, lo habría notado.

Will levantó la vista.

Sara estaba examinando la boca del cadáver con una

linterna. Acercó el taburete para encaramarse a él y ver desde arriba el fondo de la garganta. Abrió la boca de la muerta todo lo que pudo, bajándole la mandíbula. Luego usó la lupa para examinar el interior.

—Estoy examinando el cuadrante superior derecho —dijo para dejar constancia de lo que hacía—. Hay un trozo de látex o vinilo alojado entre el último molar y la muela del juicio.

Gary también había notado su cambio de actitud.

—¿Eso es raro? —preguntó.

Ella contestó con una evasiva.

—Las muelas del juicio suelen salir al final de la adolescencia o a los veintipocos años, como máximo. La mayoría de las veces están descolocadas. Pueden ejercer presión sobre el resto de los dientes, lo que causa fuertes dolores. Normalmente se extraen por pares o todas a la vez, así que es extraño que una mujer de treinta y cinco años tenga solo una.

Se bajó del taburete y Will dedujo por la mirada que le lanzó que había descubierto algo horrendo. Ella desplegó las fotografías del juez de primera instancia del condado de Dougall. Encontró lo que estaba buscando.

—El látex no estaba ahí cuando el juez de primera instancia hizo las fotografías de la boca.

—Pero el embalsamador llevaría guantes, ¿no? —dijo Gary—. Para evitar contagios.

—Sí —contestó ella, y añadió—: Necesito las pinzas.

Se acercó de nuevo al cadáver y movió la luz cenital. Metió las largas pinzas en la boca de Shay. El látex se estiró cuando intentó sacarlo. La mandíbula comenzó a ladearse.

—Sujétale la mandíbula —le dijo a Gary—. Está muy incrustado.

Gary agarró la barbilla de la muerta por ambos lados y le abrió la boca todo lo que pudo. Sara lo intentó otra vez, tirando del látex. Era un material muy fino, casi traslúcido.

Su teléfono empezó a sonar, amortiguado, en el bolsillo de atrás de sus pantalones. Se volvió hacia Will arrugando el ceño.

—¿Puedes cogerlo? Quizá sea…

No quería mencionar a Delilah Humphrey estando los micrófonos encendidos.

Will le sacó el móvil del bolsillo y le mostró la pantalla.

—Salgo un momento al pasillo —le dijo ella a Gary.

Will la siguió fuera de la sala. Ella mantuvo las manos enguantadas en el aire. No podía tocar el teléfono.

—Puedes oírlo —le dijo a Will.

Él tocó el icono del altavoz en la pantalla y le acercó el teléfono a la boca.

—¿Señora Humphrey?

Se oyó un chisporroteo. Will pensó que habían tardado demasiado en responder, pero el cronómetro seguía avanzando en la pantalla.

—Señora Humphrey, soy la doctora Linton. ¿Me oye?

Más interferencias. Luego, una voz de mujer dijo:

—¿Qué tal, doctora?

Sara puso cara de sorpresa.

—¿Tommi?

—Sí, la misma.

A Will le sorprendió que tuviera la voz tan grave. Se la imaginaba como una mujer tímida y abatida, pero la voz del otro lado de la línea sonaba dura como el acero.

—Siento molestarte —dijo Sara.

—«Es posible que tuviera razón en lo de la foto» —añadió Tommi citando su *email*—. Ya le dije hace ocho años que no era Daryl Nesbitt.

Sara apretó los labios. Will notó que no se había preparado para aquella conversación. Había escrito a su madre y a Delilah, pero no había querido pensar en lo que pasaría después.

—Tommi —dijo—, necesito saber si te acuerdas de algo más.

—¿De qué más iba a acordarme? —El acero se convirtió en cuchilla—. ¿Y por qué iba a acordarme?

—Sé que es muy duro.

—Sí, sé que lo sabe.

Sara asintió en silencio antes de que Will formulara la pregunta que tenía en la punta de la lengua: sí, le había contado a Tommi lo de su violación.

—Tommi…

Ella la interrumpió con un suspiro largo y trabajoso. Will se imaginó el humo del tabaco saliendo de su boca.

—No puedo tener hijos.

Sara volvió a mirar a Will y siguió mirándolo fijamente a los ojos.

—Lo siento muchísimo.

Will comprendió que se estaba dirigiendo a él. Negó con la cabeza. Sara no tenía por qué disculparse por eso.

—Yo quería ser feliz, ¿sabe? La veía a usted y pensaba: «Si la doctora Linton puede ser feliz, yo también».

Sara prefirió no ofenderla recurriendo a palabras huecas.

—Es difícil.

Otro silencio. Will oyó el chasquido de un mechero. Una boca aspirando el humo y expeliéndolo.

—No sé estar con un hombre si no me hace daño —confesó ella atropelladamente.

Will notó que Sara intentaba hacer lo mismo que él: ganar tiempo, encontrar el modo de sortear la certeza cargada de fatalismo con que hablaba aquella mujer. Ella sacudió la cabeza lentamente. No encontraba la manera de hacerlo. Solo sentía una profunda tristeza.

—¿A usted también le pasa? —preguntó Tommi.

Sara miró otra vez a Will.

—A veces —dijo.

Tommi exhaló un largo chorro de humo. Volvió a inhalar.

—Dijo que era culpa mía, eso es lo que recuerdo —dijo—. Que era culpa mía.

Sara abrió la boca. Tomó aire.

—¿Te dijo por qué?

Tommi se detuvo de nuevo para dar una calada: inhaló profundamente, exhaló despacio.

—Dijo que me veía y que me deseaba, y que sabía que me lo tenía tan creído que no le daría ni la hora, y que por eso tenía que obligarme.

—Tommi, tú sabes que no es culpa tuya —dijo Sara.

—Sí, ya sé que tenemos que dejar de preguntar a las víctimas de violación qué han hecho mal y empezar a preguntar a los hombres por qué violan —respondió ella con un retintín burlón, como si hubiera oído aquella consigna en un grupo de autoayuda.

—Sé que no puedes desprenderte de esa sensación usando la lógica. Siempre habrá momentos en los que te culpes.

—¿Es lo que hace usted?

—A veces —reconoció ella—. Pero no todo el tiempo.

—Yo sí, todo el tiempo. Todo el puto día.

—Tommi…

—Lloró. De eso es de lo que más me acuerdo. Lloró como un puto crío. Se puso de rodillas y empezó a gimotear y a mecerse como un niño pequeño.

Will sintió que se quedaba sin respiración. El sudor se le acumulaba en la nuca.

El día anterior había visto a un hombre llorar así: de rodillas, meciéndose y sollozando como un niño.

Había visto el armario que Gerald Caterino usaba como despacho. Su obsesión por la agresión que había sufrido su hija llenaba las paredes: informes judiciales, artículos de periódico, atestados policiales, declaraciones de testigos, resultados de ADN… Un cepillo. Un peine. Un coletero. Una cinta elástica.

Una pinza para el pelo. Nadie sabía tanto como él sobre los ataques contra Rebecca Caterino y Leslie Truong.

¿Un discípulo? ¿Un imitador? ¿Un chalado? ¿Un asesino?

Habían dado por sentado que Daryl Nesbitt había hecho trampa sobre el ADN del sobre.

Pero ¿y si el impostor era Gerald Caterino?

Will intentó sacarse el móvil del bolsillo. Faith estaría llegando a casa de Caterino. Tenía que avisarla.

Sara comprendió que ocurría algo.

—Tommi… —dijo.

—Su madre estaba en el hospital.

—¡¿Qué?!

Will se detuvo al oír la pregunta asombrada de Sara, formulada casi a gritos.

—Por eso lo hizo —continuó Tommi—. Ese era el motivo. Su madre estaba enferma, en el hospital. Tenía miedo de que fuera a morirse. Necesitaba que alguien le consolara.

—Tommi…

—Ya lo creo que le consolé. —Soltó una risa amarga—. Oye, Sara, hazme un favor. Olvídate de este número. No puedo ayudarte. Ni siquiera puedo ayudarme a mí misma.

Se oyó un chasquido. Había colgado.

Will tocó su teléfono, buscando el número de Faith.

—Tengo que…

—El látex —dijo Sara—. Will, no es de un guante. Es de un preservativo.

27

Jeffrey intentó no cojear mientras avanzaba por la calle mayor del pueblo. Había pasado una semana justa desde el asalto a la casa de Daryl Nesbitt y quería que la gente del pueblo viera que el jefe de policía se encontraba bien. Al menos, todo lo bien que podía encontrarse un hombre con la nariz partida, una contractura en la espalda y un pitido en los pulmones que parecía el ladrido de un chihuahua enfermo.

Rosario López no había corrido peligro en ningún momento. Técnicamente, ni siquiera había desaparecido. Se había ido a casa de un chico al que había conocido en la cafetería y, como tantos estudiantes, habían acabado pasando el día en la cama, comiendo comida para llevar y hablando de su infancia. La batida de búsqueda en el bosque y el temor de Jeffrey a que la joven estuviera retenida en la caseta habían sido infundados.

Podía atormentarse pensando en cómo podría haber planteado la detención de Daryl Nesbitt si el presunto secuestro de Rosario López no hubiera pendido sobre su cabeza, pero hacía mucho tiempo que había aprendido que fustigándose por el pasado solo conseguía hacerse la zancadilla y volver a tropezar en el futuro.

Además, había errores más graves que le quitaban el sueño.

Rebecca Caterino seguía en coma. Nadie sabía hasta qué punto estaba dañado su cerebro. Solo se podía esperar, a ver cómo evolucionaba. Jeffrey intentaba convencerse de que al final se recuperaría. No podría volver a caminar, pero estaría viva. Podría volver a estudiar, graduarse… La mutua aseguradora del condado ya estaba negociando un acuerdo económico con su padre, y la universidad tendría que soltar un montón de pasta. Y, aunque eso era lo de menos, él conservaría su empleo. De momento, al menos.

Bonita Truong había vuelto a San Francisco con los restos mortales de su hija. Desde entonces, lo había llamado dos veces. En ambas ocasiones, Jeffrey no había podido hacer otra cosa que oírla llorar. Nada de lo que dijera, ni él ni nadie, podía aliviar su pena. Como solía decir Cathy Linton, el tiempo era una tintura que todo lo curaba.

Jeffrey ansiaba ese elixir curativo. Quería que el reloj se acelerase para superar su propio duelo. Se había marchado de Birmingham huyendo de ese tipo de casos violentos y sobrecogedores. Pensaba que el condado de Grant sería su Valhala, un lugar donde lo peor que podía pasar era que robaran una bici o que un estudiante estrellara su coche contra un árbol.

Se decía que nada había cambiado. Daryl Nesbitt era una anomalía. Un psicópata de los que solo surgen una vez cada mil años. A partir de aquel momento, él pasaría su carrera profesional estrechando manos en reuniones del Rotary Club y ayudando a señoras mayores a encontrar a su gato.

Desenvolvió un caramelo para la tos y se lo echó a la boca.

La primavera empezaba a enseñorearse de la calle mayor. El centro del pueblo seguía teniendo un aspecto idílico, a pesar de los horrores ocurridos en el bosque hacía solo una semana. Las hojas de los cornejos temblaban con frenesí, agitadas por la brisa. Las flores plantadas por el club de jardinería estaban en su apogeo. Un banco de madera acompañaba ahora a la carpa expuesta frente a la puerta de la ferretería, y el perchero de rebajas de delante de la tienda de ropa estaba casi vacío.

Jeffrey volvió a toser.

Si le dolía la garganta no era solo por la inhalación de humo. Había pasado la hora anterior discutiendo con el fiscal de distrito y el alcalde sobre las pruebas contra Daryl Nesbitt. El martillo. La proximidad del sospechoso. El número de teléfono.

La caseta.

Se estremecía de horror cada vez que pensaba en la celda casera que Nesbitt tenía en su patio trasero. Para instalar las rejas de la ventana y la puerta se habían empleado tornillos de seguridad de ocho pulgadas. Habían tenido que usar un taladro para desatornillarlos y abrir la puerta. Dentro habían encontrado un camastro con una colcha de color rosa pastel. Un cubo en un rincón. Y un cepillo y un peine a juego, también rosas.

Había, además, una cadena sujeta a un argolla metálica encastrada en el suelo de cemento.

Ni sangre. Ni fluidos. Ni pelo. Ni ADN. La caseta parecía la celda de una prisión, pero tener una caseta que parecía la celda de una prisión no era un delito. Como tampoco lo era trabajar cerca de una pista forestal que ofrecía fácil acceso al lugar donde había aparecido un cadáver. O tener un mazo de seiscientos gramos que formaba parte de un kit concreto de la marca Brawleigh. O conducir una furgoneta de color gris oscuro. O que tu número estuviera grabado en la lista de contactos de dos mujeres que habían sufrido agresiones brutales.

La pornografía infantil, en cambio, bastaba para mandar a Daryl Nesbitt a prisión cinco años, como mínimo.

Cinco años.

Jeffrey podía conformarse con eso, de momento. Aparecerían nuevos testigos. La gente recordaría cosas. Y quizá Tommi Humphrey decidiera romper su silencio. Él dudaba de su respuesta negativa al ver la foto policial de Daryl Nesbitt, y quería hacer una ronda de reconocimiento en la que estuviera incluido el pederasta, para que Tommi tuviera tiempo de observar su cara al resguardo de la oscuridad. Ver una fotografía unidimensional era muy distinto a ver a un hombre en carne y hueso.

El principal obstáculo era el abogado de Nesbitt, un tipo de Memminger muy versado en la defensa de canallas como él. Sin duda se opondría a que se efectuara la ronda de reconocimiento. Ya se había negado a concederles acceso a su cliente, y había conseguido que Nesbitt quedara ingresado *sine die* en el hospital de Macon y no en la cárcel del condado. Pero lo peor de todo era que había presentado un escrito de solicitud de sobreseimiento basándose en la falta de un motivo justificado para que la policía irrumpiera en el domicilio de Nesbitt. Si el juez le daba la razón, Daryl Nesbitt quedaría en libertad.

Jeffrey y Lena eran los únicos que podían impedir que eso ocurriera. Ambos habían firmado declaraciones juradas, so pena de perjurio, y estaban dispuestos a prometer sobre la Biblia que decían la verdad.

Y ambos sabían que todo lo que dijeran sería mentira.

En derecho, había una doctrina llamada «el fruto del árbol envenenado»: básicamente, si no existía motivo justificado o causa probable para entrar en un domicilio particular, cualquier cosa que encontrara la policía al traspasar el umbral podía considerarse inadmisible ante un tribunal de justicia.

Lena, indudablemente, había entrado en el domicilio de Daryl Nesbitt sin motivo justificado. No había nada de ilegal en que uno estuviera en su casa con una erección. O en negarse a hablar con la policía. Incluso podía uno cerrarle la puerta en las narices. Lena había cometido el error de agarrar a Daryl del brazo. Él se había apartado y, en lugar de soltarle, ella había puesto un pie en la casa. Luego había dado otro paso. Y después se había cerrado la puerta y se había desatado el caos.

El argumento «olía a marihuana» se había desplomado en ese instante.

Por fortuna, Jeffrey y ella habían acordado una versión alternativa de los hechos, según la cual había sucedido lo que auguró Frank poco antes: que Daryl había agarrado a Lena por la fuerza y había cerrado la puerta.

Valía la pena soportar, a cambio, que Frank se pasara el día diciendo «Os lo dije». Matt y Hendricks respaldaban su versión de lo ocurrido. Jeffrey daba por sentado que creían que era cierta. Estaban a unos cinco metros de distancia, agachados detrás de un coche. A esa distancia, era difícil apreciar quién tiraba de quién.

Había multitud de detalles embarazosos que quedaban disimulados por aquella mentira. Por ejemplo, que Lena no hubiera advertido en voz alta al llamar a la puerta que era una agente de policía. Que Matt y Hendricks hubieran roto filas. Que Brad hubiera entrado en la cocina pegando tiros con la escopeta. Que Frank se hubiera desplomado al otro lado de la caseta. Que Lena hubiera perdido su pistola al perseguir a Daryl escalera arriba. Y, sobre todo, que Daryl la hubiera lanzado de un lado a otro de la habitación como si fuera una muñeca de trapo. Lena se había golpeado la cabeza contra la mesa y, con la vibración, el ordenador portátil se había «despertado».

Al fin y al cabo, habían tenido suerte, aunque fuera de chiripa.

La pornografía infantil era la única razón por la que Daryl Nesbitt se hallaba en prisión preventiva, en vez de estar acosando a su siguiente víctima. A un pederasta podían pasarle muchas cosas en prisión. Los hombres adultos no solían acabar entre rejas por haber tenido una infancia feliz. Habría, como mínimo, un recluso que estaría más que dispuesto a solventar el problema de Daryl Nesbitt. Y, aparte de eso, los individuos como Nesbitt tendían a encontrar toda clase de maneras de alargar sus sentencias en cuanto las cuatro paredes de la celda empezaban a agobiarles.

Jeffrey se bajó de la acera fingiendo que no se le apelotonaban los músculos contraídos de la espalda. Cuando llegó al Centro Médico Grant, ya se había acabado el caramelo para la tos. El aparcamiento estaba vacío, salvo por la furgoneta de Fontanería Linton e Hijas. Abrió la puerta lateral confiando en que Tessa usara el ascensor, pero sus esperanzas se vieron frustradas cuando estaba bajando el cuarto escalón. Oyó un silbido y miró por la barandilla esperando ver una melena de color rubio rojizo.

Otro mazazo.

Eddie Linton levantó la vista sonriendo.

Y entonces vio a su exyerno.

Jeffrey no estaba en condiciones de echar a correr, y apretar el paso no le serviría de nada. El padre de Sara estaba en muy buena forma para pasarse la vida debajo de fregaderos o moviéndose en espacios muy pequeños.

Eddie se paró en el rellano de más abajo. Llevaba puesto el cinturón de herramientas, a la altura de la cadera. Entre su empresa de fontanería y sus inversiones inmobiliarias, era seguramente uno de los hombres más ricos del pueblo, pero vestía como un sintecho. Camisetas rasgadas. Vaqueros rotos. Rara vez se peinaba y sus cejas se rizaban como *fusilli*.

—Eddie —dijo Jeffrey para romper el hielo.

El padre de Sara cruzó los brazos.

—¿Qué tal te va en la casa de los Colton?

—No me vendría mal un fontanero.

Eddie sonrió.

—Pues búscate un cubo metálico. El plástico absorbe los olores.

A Jeffrey le admiró la sincronía de aquella conversación, casi idéntica a la que había tenido con Tessa.

—¿Cuánto tiempo va a durar esto?

—¿Cuánto tiempo esperas vivir?

Eddie estaba bloqueando la escalera. Jeffrey no era tan tonto como para intentar pasar dándole un empujón, y su orgullo le impedía dar media vuelta y marcharse.

—He estado dándole vueltas a esta situación en la que estamos metidos —dijo Eddie.

Jeffrey se dijo que, en realidad, solo uno de los dos se había metido en aquella situación por decisión propia.

—Mi mujer me dijo una cosa muy profunda cuando nació Sara. ¿Conoces a mi mujer?

Jeffrey le lanzó una mirada.

—Creo que va a mi parroquia.

—Sí, bueno, pues es una mujer muy lista. Me acuerdo de una cosa que me dijo cuando nació Sara. Estábamos en la maternidad. Yo tenía en brazos a esa preciosa niñita pelirroja y mi mujer…, Cathy se llama…, me dijo que más valía que no me descarriase, porque las chicas tendían a casarse con hombres que se parecían a sus padres. —Esbozó una sonrisa melancólica—. Y allí mismo, en el hospital, juré que siempre sería amable y respetuoso con mi niña, escucharla y confiar en ella y dejarle claro que debía esperar siempre de mí lo mejor.

—Imagino que es una historia con moraleja —dijo Jeffrey.

—La moraleja es que perdí el tiempo. —Eddie se encogió de hombros—. Debería haberla ignorado para que aprendiera a vérselas con hombres que la trataran como si fuera una mierda.

Se agarró a la barandilla y siguió subiendo las escaleras. Al pasar junto a Jeffrey, le dio un empujón en el hombro. El músculo contracturado de su espalda chilló como un mono aullador, pero Jeffrey no iba a darle a Eddie Linton la satisfacción de demostrarlo.

Hizo una mueca al bajar un escalón. Sintió un latigazo de dolor en la columna, pero eso no fue nada comparado con cómo se sintió al ver la puerta cerrada del depósito.

Brock utilizaba el sótano de la funeraria de su familia para llevar a cabo exámenes *post mortem*, en su calidad de juez de primera instancia. Sara, en cambio, solía usar el depósito del centro médico. Su nombre seguía grabado en el cristal de la puerta, aunque hacía ya tiempo que no ocupaba el puesto de jueza. *Sara Tolliver*, ponía en el cristal, pero el apellido estaba tapado con cinta de carrocero y alguien había escrito encima *Linton* con rotulador negro.

Jeffrey se dijo que era una lástima que, entre todas las mujeres del pueblo, hubiera engañado a Sara con la única fabricante de rótulos del municipio.

Agarró por una punta la cinta de carrocero, pero su dignidad le impidió arrancarla. Ladeó la cabeza y prestó atención por si oía ruidos al otro lado de la puerta. No estaba de humor para que Tessa le echara otra charla. Pero no oyó voces. Solo música. Paul Simon, *50 ways to leave your lover*.

Sara estaba escuchando su canción.

Él cuadró los hombros haciendo caso omiso del tirón que notó en la espalda y abrió la puerta.

Sara estaba fregando el suelo de rodillas, con unos guantes de goma puestos y un pañuelo azul en la cabeza. Miró a Jeffrey por encima del borde de las gafas.

—¿Te has cruzado con mi padre?

—Sí. Me ha hecho una escenita melodramática.

Ella se contuvo para no sonreír. Dejó el cepillo de raíz en el cubo. Se quitó los guantes. Se levantó y se sacudió el polvo de las rodillas. Llevaba pantalones cortos y una camiseta manchada de pintura con el emblema descolorido, naranja y azul, del instituto de Heartsdale.

—¿Nesbitt? —preguntó.

—El fiscal del distrito va a retirar todos los cargos, salvo el de pornografía infantil. Entre nosotros, no me extraña. Es un caso con muy poco fundamento. Todas las pruebas son circunstanciales, como mínimo. Nos enfrentamos a una demanda por lo que ocurrió con Caterino y nadie quiere tirarse a la piscina sin saber si hay agua o no.

—¿Estás seguro de que es Nesbitt?

—¿Quién va a ser, si no? Olvídate de las pruebas circunstanciales. El asesino conoce el bosque. Sabe lo de la pista forestal. Está familiarizado con el campus. Vigiló a las víctimas. Les robó efectos personales. Conocía sus costumbres. Todo apunta a un individuo que pasa desapercibido fácilmente.

—Y a alguien que se ha criado en el condado de Grant —añadió ella.

—Daryl Nesbitt —concluyó Jeffrey.

—Atacó a dos mujeres con una diferencia de media hora. Y es muy significativo que no haya habido más ataques desde que Nesbitt está detenido —reconoció Sara.

—Espero que algún preso con traumas infantiles lo quite de en medio antes de que llegue el juicio.

Ella frunció el ceño. Podía permitirse el lujo de no creer en la justicia extraoficial. Jeffrey, en cambio, había aprendido a lo largo de su carrera que a veces había que hacer incursiones en el lado oscuro para asegurarse de que no saliera perjudicado ningún inocente. El truco estaba en procurar no pasarse la vida en él.

—¿Has hablado con Brock? —preguntó Sara.

Jeffrey había hablado más veces con Brock esa última semana que con cualquiera de sus agentes. El hombre quería estar al corriente de todos los pormenores de la investigación.

—Tengo cinco mensajes suyos en el móvil. Está muy agobiado por los ataques.

—No creo que sea por eso —repuso Sara—. Se siente muy

inseguro sin su padre. Y ya sabes cuánto le cuesta trabar relaciones. Su familia lo es todo para él.

Jeffrey se sintió culpable por no haber contestado a los mensajes de Brock, que era lo que pretendía Sara.

—Todavía tiene a su madre.

—No sé por cuánto tiempo —dijo ella—. Myrna estuvo a punto de morir el año pasado. Estaba sola en casa y le dio un ataque de asma. Fue Brock quien la encontró. Durante unas semanas, estuvo entre la vida y la muerte. Le he visto llorar otras veces, pero nunca así. Lloraba como un niño.

Jeffrey meneó la cabeza.

—No lo recuerdo.

—Yo sí, porque coincidió con el ataque a Tommi Humphrey. —Sara se quitó el pañuelo de la cabeza y se sacudió el pelo—. Myrna estaba en el hospital y Brock me pidió que fuera a verla. Su padre estaba borracho y él se encargaba de la funeraria. Estuve un par de horas con Myrna para que Brock descansara un rato. Cuando volvió para relevarme, estaba atacado de los nervios. Casi deliraba, supongo que por la falta de sueño y el miedo. Estuve toda la noche preocupada por él. Luego, al día siguiente, Sibyl me llamó al trabajo para decirme lo de Tommi.

Jeffrey captó la indirecta.

—Le devolveré la llamada.

—Gracias.

Ella cogió el cubo de plástico.

—¿Quieres llevarte esto a casa? —le preguntó.

—Me han dicho que es mejor el metal.

Sara sonreía al llevar el cubo al fregadero.

Jeffrey miró a su alrededor mientras ella aclaraba los residuos jabonosos que quedaban en el fondo del cubo. Hacía al menos un año que no bajaba al sótano. Todo seguía igual, como desde hacía casi un siglo. El hospital se había construido en la década de 1930, durante un periodo de prosperidad. El sótano no se había tocado desde entonces. Los azulejos de color azul claro de las paredes eran tan viejos que estaban volviendo a ponerse de moda. El suelo era de baldosas verdes y marrones. La mesa de autopsias era de porcelana, con los lados cóncavos y un desagüe en el centro. A los pies tenía una pila poco profunda y un grifo. Del techo colgaba una balanza como la que podía encontrarse en la frutería de un supermercado.

—Jeff... —Sara cerró el grifo y se apoyó contra la encimera—. ¿Por qué has venido?

—Echaba de menos tus bonitos ojos azules.

Jeffrey vio que ella giraba los ojos con expresión de fastidio. Era una broma antigua, de cuando estaban casados. Sara tenía los ojos verdes.

—Quería decirte que me alegro de que estés sustituyendo a Brock. El condado necesita un forense. Las cosas están cambiado. Hasta las zonas rurales están sufriendo una oleada de delitos violentos.

—¿Qué pasa? ¿Estás ensayando conmigo una charla sobre la importancia de la labor policial?

—Perdona —repuso él—. Estoy un poco desubicado sin un andamiaje emocional que me sostenga.

Ella lo miró a la cara por primera vez desde que había entrado.

—¿Qué tal tus pulmones? ¿Te recomendó el médico ejercicios de respiración?

—Sí. Tres veces al día. —Jeffrey tomó nota de que tenía que empezar a hacerlos—. Lo que más me duele es la nariz.

—Parece rota.

—Pues deberías ver cómo quedó mi contrincante.

Sara no sonrió. Se quitó las gafas y las limpió con el bajo de la camiseta. No levantó la vista hasta que acabó.

—¿De verdad me engañaste por eso? ¿Porque pasaba demasiado tiempo con mi familia?

Jeffrey se quedó de una pieza.

—Es lo que dijiste en mi despacho la semana pasada —añadió ella—. Entre otras muchas cosas. Dijiste que debería haber pasado más tiempo contigo y menos con mi familia.

Él se sacó un caramelo para la tos del bolsillo y lo desenvolvió lentamente.

—Has olvidado la secuencia de los acontecimientos —dijo Sara—. No me presenté en el pueblo a la mañana siguiente para presentar la demanda de divorcio. Antes hablé contigo. Te llamé al hotel esa misma noche. Estaba dispuesta a escucharte.

Jeffrey recordaba su primer noche de borrachera en el Kudzu Arms. Tenía a una mujer en la ducha y a Sara, furiosa, al teléfono.

—Te pedí que fuéramos a terapia de parejas —prosiguió ella.

Él se metió el caramelo en la boca.

—No quería pagar a otra mujer para que me dijera que soy un gilipollas.

Sara bajó la cabeza. Ambos sabían que habría sido ella quien extendiera los cheques.

—Podrías habérmelo dicho. Lo de mi familia. Que te molestaba.

—No hablábamos mucho en aquel entonces. —Jeffrey vio una oportunidad y decidió aprovecharla—. Antes de casarnos, hablábamos constantemente. ¿Te acuerdas?

Ella se quedó mirándolo con expresión inescrutable.

—Me encantaba hablar contigo, Sara. Me encanta cómo funciona tu cerebro. Ves las cosas como yo no puedo verlas.

Sara volvió a bajar la cabeza.

—Tenía la sensación de que tu vida se había convertido en un secreto que solo podía conocer tu familia —añadió Jeffrey.

—Es mi familia.

—Son un muro de Jericó que te rodea, y eso está bien. Ya lo sabía cuando me casé contigo —contestó él sinceramente—. Pero me has preguntado qué pasó. Que dejaste de hablarme. Ese fue en gran medida el problema.

Ella respondió a su confesión con una risa fugaz.

—Nunca me han acusado de no hablar lo suficiente.

—Me refiero a las cosas importantes. Cómo te sientes. Qué te preocupa. Los problemas del trabajo. Antes era tu confidente. Podías contármelo todo. Pensaba que me había casado con la chica de la que estaba enamorado —dijo, poniendo todas sus cartas sobre la mesa—. Y acabé teniendo una mujer muda.

—Advirtió cómo se tensaba su cuerpo, como ocurría siempre que se sentía atacada—. Eso —agregó tratando de que su voz sonara suave—, eso es lo que haces cuando intento hablar contigo.

—¿Y qué quieres que diga? —contestó ella casi en un susurro, otro indicio de que estaba dolida—. ¿Qué querías que dijera?

Él sacudió la cabeza. No podía mantener aquella conversación sabiendo que ella estaba sufriendo.

—Dime qué hice mal —le pidió Sara—. Dímelo, porque algún día conoceré a otra persona y no quiero volver a cometer el mismo error.

A Jeffrey le dieron ganas de echar abajo el edificio al pensar en que pudiera conocer a otro hombre.

—Ya te lo he dicho, no me importaba que estuvieras con tu familia. Pero a veces también quería que me prefirieras a mí.

—¿Eso habría cambiado algo? Habrías encontrado otro motivo. Has engañado a todas tus parejas. Solo eres feliz si vives en un estado constante de amartelamiento.

—Amartelamiento —repitió él intentando que su tono no sonara en exceso sarcástico—. ¿Esto es como cuando dijiste que ojalá fuera «semélparo» y me sentí doblemente humillado porque tuve que buscarlo en el diccionario?

Ella sonrió de mala gana.

—Es un estado de enamoramiento. Como cuando te enamoras por primera vez y te obsesionas con esa persona, estás eufórico y solo puedes pensar en ella.

—Qué bonito.

—Lo es, pero luego hay que sacar la basura y pagar las facturas y fingir que te caen bien tus suegros. En eso consiste una relación amorosa. El enamoramiento te conduce a ella, pero hace falta algo más para que se mantenga.

—Imagino que no me estás acusando de no haberte querido.

—Jeffrey...

—¿Qué puedo hacer para reconquistarte?

Sara soltó una carcajada espontánea.

—No soy un trofeo.

No sabía ella hasta qué punto lo era.

—Sigo queriéndote —dijo Jeffrey antes de que el sentido común le impidiera hablar.

Ella volvió a tensarse visiblemente. Jeffrey pensó en su piel. En sus curvas suaves y sus recovecos. Solo habían hecho el amor una vez desde el divorcio: Sara se presentó en su casa una noche y no le dio tiempo ni a preguntar qué hacía allí. Empezó a besarlo y un momento después estaban en la cama. Los dos tenían lágrimas en los ojos. Jeffrey no se había dado cuenta en aquel momento de que Sara lloraba por algo que había perdido. Él, en cambio, lloraba porque creía haber recuperado algo precioso.

—Todavía te quiero, Sara. —Cuanto más lo decía, más se daba cuenta de que era cierto—. No voy a rendirme. Seguiré empujando esa roca cuesta arriba, hasta que caiga.

Ella sacudió la cabeza.

—¿Qué resultado le dio eso a Sísifo?

—No lo sé. Lleva muerto dos mil años y todavía seguimos hablando de él.

Sara volvió a sonreír, aunque fuera con desgana.

—Sé sincero conmigo. No solucionará las cosas, pero ayudará a cerrar la herida.

Jeffrey sabía qué era lo que quería, pero aun así preguntó:

—¿Que sea sincero sobre qué?

—Sobre las mujeres con las que te acostabas. Si quieres que esto se arregle, dime la verdad. Sé que no fue solo Jolene.

En realidad, no sabía nada.

—Ya te lo dije, Sara. Fue solo Jolene, y solo un par de veces. Y no significó absolutamente nada.

Ella asintió en silencio, como si diera por zanjado el asunto.

—Me voy.

—Sara…

—Mis padres me esperan para comer.

Jeffrey la vio recoger el bolso y las llaves del coche.

—Esto no se ha acabado, Sara —dijo—. No voy a perderte.

Ella se acercó, posó las manos en sus hombros y se puso de puntillas para mirarlo a los ojos. Se quedaron así un momento, absortos el uno en el otro. Ella se mordió el labio, atrayendo la mirada de Jeffrey hacia su boca exquisita. Él hizo amago de acercarse. Ella le dio unas palmaditas en los hombros.

—Apaga las luces cuando salgas.

Jeffrey se quedó mirándola hasta que se cerró la puerta. Su sombra no se proyectó en el cristal esmerilado. Detrás de la cinta de carrocero aún se leía *Tolliver*.

Respiró tan hondo como le permitieron sus pulmones irritados por el humo. Echó otro vistazo al vetusto depósito de cadáveres. El despacho de Sara estaba al fondo. Vio que había comprado cajas de cartón para guardar sus archivos, un paquete grande de bolígrafos y otro de cuadernos, todavía sin abrir. El viejo compresor de la cámara frigorífica comenzó a chirriar al encenderse el motor.

Aparte de comprarse un coche de precio exorbitante, Sara

había tomado dos decisiones trascendentales al día siguiente de echarle de casa: inició los trámites del divorcio en el juzgado y le presentó al alcalde su dimisión como jueza de primera instancia. Apenas un año después, solo una de esas decisiones seguía en pie.

Quizá todavía le sonriera la suerte.

Sacó su Blackberry y buscó la sección de notas.

Era muy anticuado en todos los aspectos de su vida, salvo en uno. Seguía teniendo una agenda Rolodex, escribía a mano todas sus notas y recordatorios, usaba un calendario de papel y guardaba sus cuadernos en cajas, en el desván de su casa, donde seguramente seguirían cuando se jubilara.

Sara iba a vivir con él en aquella casa aunque fuese lo último que hiciera.

Miró la lista secreta de nombres y números de teléfono de la pantalla del móvil —Heidi, Lillie, Kathy, Kaitlin, Emmie, Jolene— y, uno a uno, fue borrándolos.

28

Sara se había quitado la camisa y estaba de pie con los brazos extendidos mientras Faith le sujetaba con cinta aislante el pequeño micrófono al pecho desnudo. Estaban en el furgón del equipo de investigación forense del GBI. Los monitores de la pared mostraban la imagen en vivo de las puertas negras del furgón, cerradas. La cámara estaba escondida dentro del bolso de Sara. El agujerito practicado en el cuero no era más grande que el contorno de su meñique.

Faith arrancó otro trozo de cinta del rollo.

Sara miró al techo. Intentaba que no se le saltaran las lágrimas, pero cada vez que pensaba en lo que había pasado por alto ocho años antes teniéndolo delante de los ojos, se sentía como si diera volteretas arrastrada por una avalancha.

El látex que había encontrado en la boca de Shay Van Dorne había provocado el primer temblor. Aún estaba tratando de asimilar la secuencia de los hechos —los restos de látex no estaban en la boca de Shay antes de que fuera embalsamada, pero sí después— cuando la había llamado Tommi Humphrey.

El segundo temblor lo había provocado una frase hecha.

El asesino le había dicho a Tommi que la culpa era suya,

que había tenido que secuestrarla porque se lo tenía tan creído que no le daría ni la hora.

«Ni la hora…».

Tenía grabado en la memoria cómo miraba Brock a las animadoras del equipo de fútbol del instituto cuando pasaban frente a él, camino de su mesa en el cafetería. «A mí ni me miran», le dijo una vez en voz baja. «Se lo tienen tan creído que no me dan ni la hora».

El tercer temblor fue su llanto.

Sara no conocía personalmente a Daryl Nesbitt, pero no se lo imaginaba llorando a lágrima viva por ninguno de sus crímenes. El único hombre que conocía que lloraba con frecuencia era el mismo que se había sentado a su lado en el autobús escolar durante diez años.

El cuarto y último temblor había hecho que el cielo se desplomara.

La madre de Brock estuvo ingresada la última semana de marzo. Sara no recordaba los pormenores, pero sí lo distinto que estaba él cuando fue a relevarla, de madrugada. Su obsequiosidad de siempre, rayana en el servilismo, había desaparecido. Estaba animado, casi exultante. Ella lo había atribuido a que estaba angustiado por la muerte de su madre. Cuando lo pensaba ahora, se daba cuenta de a qué obedecía ese cambio de actitud.

Era pura euforia.

—Ya casi está. —Faith estaba detrás de ella, sujetándole el transmisor del micrófono a la cinturilla de los pantalones.

Dan Brock había pasado dos años estudiando un grado medio en ciencias mortuorias. Las clases eran intensivas y exigían amplios conocimientos de tanatología, química y anatomía humana. Como juez de primera instancia del condado, había tenido que hacer un curso práctico de cuarenta horas en el Centro de Formación de Seguridad Ciudadana de Georgia, en Forsyth, donde había aprendido los rudimentos de la investigación forense y la criminalística. Todos los años tenía que hacer, además, veinte horas de formación adicional para mantenerse al día de los últimos avances en las ciencias forenses.

Sabía, sin duda, cómo dejar paralizada a una persona. Y cómo cubrir su rastro.

Bajo los cascotes de la avalancha, Sara había encontrado la pista final y definitiva.

Le había mandado una foto de Brock a Tommi Humphrey preguntándole *¿Es él?*

Pasados cuatro minutos interminables, Tommi había respondido *Sí.*

—Muy bien —dijo Faith—. Ya puedes volver a ponerte la camisa.

Sara se abrochó la camisa. Notaba los dedos entumecidos. Pensó en el razonamiento matemático de Faith durante la reunión del día anterior.

A + B = C.

El hombre que había violado y agredido brutalmente a Tommi Humphrey era el mismo que había atacado a Rebecca Caterino y Leslie Truong.

El mismo que había asesinado a las mujeres de la hoja de cálculo de Miranda Newberry y había secuestrado, drogado y violado a Callie Zanger.

Y ella, Sara, le había contado siempre entre sus amigos.

Se le llenaron los ojos de lágrimas. Estaba furiosa. Aterrorizada. Y rota.

Desde hacía más de treinta años, sentía verdadero cariño por Dan Brock. ¿Cómo era posible que aquel niño que se sentaba a su lado en la escuela infantil, que aquel adolescente desgarbado y torpón, tan humilde y divertido, fuera el monstruo que había torturado, violado y matado a tantas mujeres?

—Adelante. —Faith se llevó uno de los auriculares a la oreja.

Ella intentó que su voz sonara lo más normal posible:

—Uno, dos, uno, dos.

—Perfecto. —Faith dejó los auriculares en la mesa—. ¿Seguro que quieres hacerlo?

—No —reconoció Sara—, pero no tenemos cadáveres ni pruebas materiales. Solo conjeturas y una hoja de cálculo. Las familias merecen respuestas y esta es la única forma de conseguirlas.

—Podríamos jugárnosla —repuso Faith—. Detenerlo y meterle el miedo en el cuerpo. Puede que confiese.

Sara sabía que eso era imposible.

—En cuanto se dé cuenta de que lo sabemos, lo negará todo y los Van Dorne, Callie Zanger, Gerald Caterino y todas las víctimas que ha dejado a su paso nunca sabrán la verdad. No confesará, y menos aún mientras su madre siga viva.

Faith arrugó el ceño, preocupada, y abrió la puerta.

Will estaba apostado fuera, con el chaleco antibalas puesto y el rifle colgado del hombro. Estaba envuelto en un halo de peligro que emanaba de su cuerpo como sudor.

Miró a Sara en silencio, pero su silencio lo decía todo.

Sara se puso una chaqueta de lana azul con bolsillos grandes. Amanda subió al furgón y le dijo:

—La palabra clave es «ensalada».

Ella miró a Will, que sacudió la cabeza. No quería que hiciera aquello.

—En el momento que quieras abortar la operación por la razón que sea —prosiguió Amanda—, solo tienes que decir la palabra clave y entraremos corriendo. ¿De acuerdo?

Sara carraspeó.

—Sí.

Faith observó los monitores. Estaban a unos ochocientos metros de la nave de All Care, en la misma calle. La cámara colocada en el salpicadero del coche de Nick les mostraba la fachada delantera del edificio. Dentro no había ninguna cámara, por cuestiones de privacidad.

—Si confesara todos los crímenes, sería fantástico —dijo Amanda—, pero cualquier dato concreto que puedas sacarle sobre Caterino o Truong bastará para clavarle una aguja en el brazo.

Se refería a la pena de muerte.

—Tengo agentes fuera, en la zona del muelle de carga y en la parte de atrás, pero no podemos entrar. No sabemos si las persianas del despacho de Brock siguen cerradas. En cuanto entres en la nave, Will y Faith se apostarán en el pasillo. Es lo máximo que podemos acercarnos sin arriesgarnos a que se huela el pastel. Todo lo que capten la cámara y el micro irá a sus teléfonos. Ten en cuenta que, si dices la palabra clave, tardarán entre ocho y diez segundos en llegar al despacho y abrir la puerta.

Sara asintió en silencio. Tenía todo el cuerpo abotargado.

—Ten. —Faith le tendió un revólver cargado, con el cañón apuntando hacia abajo—. Si tienes que usarlo, sigue apretando el gatillo hasta que se vacíe el tambor, ¿de acuerdo? Seis disparos. No vaciles. No tires a herir. Tira a matar.

Sara sopesó el revólver y, lanzándole una mirada a Will, se lo guardó en un bolsillo de la chaqueta.

—¿Nick? —dijo Amanda acercándose la radio a la boca—, informa.

—El objetivo sigue dentro. —La voz del agente se oyó, rasposa, a través del altavoz—. La gente que come fuera ya ha salido. Los hemos parado en la calle. He cogido por banda al director y le he echado una buena charla. Hasta la una no empiezan a recibir envíos otra vez. Hemos cortado los dos extremos de la calle. Quedan nueve coches en el aparcamiento. Uno es el de Brock. Los otros son de empleados. El director dice que seguramente estarán en la sala de descanso.

—Faith —dijo Amanda—, lo primero es sacar de ahí a esa gente sin alertar a Brock.

—La sala de descanso tiene una ventana que da a la zona de embalsamamiento —repuso Faith, que había encontrado los planos del edificio a través de la página web del condado—. Habrá que tener cuidado.

—Hay que tenerlo siempre. —Amanda se volvió hacia Sara—. La decisión es tuya, doctora Linton. Podemos detenerlo ahora mismo. Tommi puede identificarlo. Será una buena testigo. No necesitamos una confesión para imputarlo.

«Shay Van Dorne. Alexandra McAllister. Rebecca Caterino. Leslie Truong. Callie Zanger. Pia Danske. Theresa Singer. Alice Scott. Joan Feeney…».

Sara se colgó el bolso del hombro.

—Estoy preparada.

Will la ayudó a bajar del furgón. Ella se aferró a su mano y lo besó en la boca.

—Cenaremos hamburguesas de McDonald's —dijo.

Will no le siguió la corriente.

—Si te toca, lo mato.

Ella le apretó los dedos antes de soltarle.

Cuanto más se alejaba de Will, más entumecida se sentía. Una especie de anestesia se extendía por sus miembros e inundaba su pecho. Cuando llegó a su coche, se movía como un robot. Se puso el cinturón de seguridad, encendió el motor, metió la marcha y arrancó.

Will y Faith la siguieron en un coche negro. Sara veía la expresión resignada de Will por el espejo retrovisor. El trayecto de ochocientos metros hasta la nave industrial se le hizo eterno. Tenía la mente llena de cosas y vacía al mismo tiempo.

¿Debía hacerlo? ¿Podía? ¿Y si Brock no hablaba? ¿Y si se enfadaba? Les había dicho a todos que Brock nunca le haría daño, que podía habérselo hecho hacía mucho tiempo si hubiera querido, pero ¿y si el Brock que ella conocía se transformaba de pronto en el Brock que disfrutaba torturando a mujeres? Ella había visto con sus propios ojos las pruebas de su locura. No se conformaba con violar. Destrozaba a sus víctimas. Y ella estaba a punto de conducirlo al borde del abismo. ¿Intentaría destrozarla a ella también?

Puso el intermitente. Dobló la esquina.

El edificio de All Care estaba igual que el día anterior. Había, sin embargo, algo distinto. Los SWAT ya estaban en la azotea, y al mirar al otro lado de la calle Sara vio que había un francotirador cubriendo la puerta delantera. Sabía que había otro vigilando la de atrás. Otros dos hombres vestidos de negro flanqueaban la escalera de cemento que llevaba a la entrada.

Si todo salía conforme a lo previsto, Brock estaría esperándola en su despacho desordenado y agobiante. Sara había llamado para decirle que iba a pasarse por allí para devolverle la llave del trastero y él había parecido encantado de que volvieran a verse. Estaría comiendo en su despacho. Se había ofrecido a compartir con ella un trozo de tarta que había traído de casa.

«Receta de mamá».

Sara aparcó en una plaza libre, junto a la puerta delantera. Debería tomarse un momento para respirar, para aquietar su corazón acelerado, pero sabía que sería un ejercicio inútil. Nada podía tranquilizarla.

Se colgó el bolso del hombro derecho al salir del coche, metió la mano izquierda en el bolsillo de la chaqueta y agarró con fuerza el revólver para que no le golpeara la cadera cuando echó a andar hacia la entrada. A cada lado de la escalera había un hombre armado con un rifle, con la espalda pegada a la pared. La siguieron con la mirada cuando subió los escalones.

Detrás de ella se apagó el motor de un coche. Se abrieron y se cerraron unas puertas. Sara no se volvió para mirar a Will, pero adivinó lo que estaba haciendo mientras la seguía desde

lejos. Su novio, que tenía obsesión por las listas, estaría enumerando mentalmente todos los posibles resultados:

1. Brock confiesa y se entrega.
2. Brock confiesa y no se entrega.
3. Brock toma a Sara como rehén.
4. Will le pega un tiro.

Sara añadió un punto más a la lista:

5. Brock le explica que se trata de un terrible malenten-
   dido.

Al entrar en el vestíbulo desierto, se recolocó el bolso para
que la cámara apuntara en línea recta. La recepcionista había dejado sobre el mostrador un cartel avisando de que había salido
a comer. Un reloj de plástico con manecillas ajustables marcaba la una, la hora de su regreso.

Sara tomó aire, agarró la tira de su bolso y asió con fuerza
el revólver.

Se sentía aturdida cuando avanzó por el pasillo. Oyó que
Will y Faith entraban en el vestíbulo. Estaba deseando volverse, pero sabía que no podría seguir adelante si veía a Will.

«Entre ocho y diez segundos».

Era el tiempo que calculaba Amanda que tardarían en irrum-
pir en el despacho de Brock. Sara dudaba de que Will tardara más
de tres.

La puerta de la sala de embalsamamiento estaba a solo cinco pasos. Una gota de sudor rodó por su pecho. La sintió res-
balar por debajo del micrófono oculto y posarse en su
sujetador. Miró las fotografías de la pared.

David Harper, empleado del mes.

Hal Watson, director gerente.

Dan Brock, director de servicios de embalsamamiento.

Junto a la foto de Brock colgaba un mapa de Georgia. Las áreas sombreadas en azul indicaban los condados a los que daba servicio la empresa. Era una versión más reciente del mapa que Brock tenía en su despacho. El condado de White estaba pintado de azul.

«Mi territorio».

Oyó susurros. Se dio la vuelta. Faith estaba haciendo salir a los empleados de la sala de descanso. Will tenía la mano en el rifle y el dedo apoyado en el guardamonte.

Se miraron a los ojos una última vez.

Ella respiró hondo. Abrió la puerta y entró en la sala de embalsamamiento.

Sus sentidos se sobrecargaron de inmediato: el olor a formaldehído, las luces desabridas del techo que afilaban cada esquina de la sala… Las treinta mesas de acero inoxidable estaban vacías, excepto una. Una embalsamadora acababa de lavarle la cabeza a la fallecida de la que se estaba ocupando. Su mano se movía con suavidad, adelante y atrás, desenredándole el pelo.

Sara comprobó que las persianas de madera del despacho de Brock estaban cerradas. Se aclaró la garganta. Le dijo a la embalsamadora:

—Hal me ha pedido que le diga que vaya un momento a su despacho.

—¿Hal? —contestó la mujer, sorprendida—. Tengo que…

Sara miró otra vez las persianas.

—Salga.

La mujer miró la ventana de la sala de descanso y fijó los ojos en ella. Dejó el peine, se quitó las gafas y se desató el delantal mientras se alejaba a toda prisa.

Sara sintió que se le aceleraba el corazón al aproximarse al despacho. Habían empezado a temblarle las manos. Sus años de experiencia como médica, cirujana y patóloga forense la habían dotado de la capacidad de silenciar sus emociones. Sin embargo, al detenerse frente a la puerta cerrada del despacho de Brock, descubrió que era incapaz de pulsar ese interruptor.

Brock era uno de sus mejores amigos.

Era un violador.

Un asesino.

Llamó a la puerta.

—¿Sara? ¿Eres tú?

La puerta se abrió y Brock le dedicó su sonrisa de siempre. Fue a abrazarla, pero ella se apartó.

—Pe-perdona —dijo, y se asustó al notar que tartamudeaba. Había previsto aquella situación. Sabía que él intentaría abrazarla porque siempre se abrazaban—. Me estoy resfriando y no quiero pegártelo.

—Trabajando en este sitio, tengo la constitución de una cabra. —Le hizo señas de que entrara—. Siento que no hayamos podido comer fuera. Tenía que prepararme para una reunión.

Sara seguía con la mano izquierda en el bolsillo. El revólver estaba cubierto de sudor. Obligó a sus piernas a moverse. Miró a su alrededor, esperando que todo estuviera igual que la víspera.

Pero todo había cambiado.

Brock había ordenado el despacho. Debía de haber estado en pie toda la noche. Había retirado las carpetas rebosantes de papeles, y los impresos y albaranes estaban pulcramente amontonados en bandejas, cada una con su etiqueta correspondiente. La mesa estaba despejada, salvo por dos archivadores de tamaño grande, de unos ocho centímetros de ancho, con tapas de vinilo de color verde oscuro. Sara distinguió el logotipo de All Care grabado en dorado en la parte delantera. Intentó disimular su nerviosismo al lanzar una mirada a las lamas cerradas de la persiana.

No podían ver el exterior. Y nadie podía verlos desde fuera.

—Siento que haga tanto calor aquí. —Brock se había desabrochado los puños de la camisa y se estaba remangando—. ¿Quieres agua o algo de beber?

—No, gracias. —Ella intentó que no le temblase la voz—. Has hecho limpieza.

—Ayer, cuando te marchaste, me dio mucha vergüenza que el despacho estuviera tan desastroso. No suelo dejar que se acumule tanto desorden. —Le indicó la mesita—. Siéntate. ¿Puedes quedarte un rato?

Ella dejó su bolso sobre la mesa, asegurándose de que la cámara apuntara hacia la otra silla, y procuró que quedara el mayor espacio posible entre ellos al sentarse.

—A lo mejor no debería arriesgarme a pillar ese resfriado —dijo Brock, y en lugar de sentarse frente a ella, ocupó la silla de detrás el escritorio.

Las gruesas persianas quedaban frente a él. Sara vio que apoyaba las manos en la mesa, pero la cámara no enfocaba a esa altura. El agujero del bolso estaba demasiado alto.

Will se pondría nervioso. Querría ver en todo momento las manos de Brock. Ella rezó por que no echara la puerta abajo.

—¿Conseguiste el número que estabas buscando? —preguntó él.

Ella notó que levantaba las cejas, desconcertada.

—El de Delilah —aclaró Brock—. Le pregunté a mi madre, pero ya sabes lo olvidadiza que es, la pobrecilla.

Sara sintió que empezaba a temblarle el labio. Aquello era demasiado normal. No podía permitir que fuera tan normal.

—¿Sara?

—Sí —contestó con esfuerzo—. Lo encontré.

—Me alegro. ¿Qué tal te han tratado Lucas y los demás en Villa Rica esta mañana?

Ella sintió que una expresión de sorpresa se extendía por

su cara. Lucas la había ayudado con la exhumación de Shay Van Dorne.

—Lucas recurre a nosotros para las labores de embalsamamiento —añadió él.

A ella no dejaba de temblarle el labio. No podía mantener aquella farsa.

—Había látex. —Él esperó—. En sus mu-muelas —tartamudeó ella de nuevo—. Encontré restos de látex en la boca de Shay.

Brock no se inmutó.

—De un preservativo —continuó ella—. *Post mortem.*

El rostro de Brock no se alteró. Enderezó los archivadores verdes para alinearlos con el borde de la mesa y dijo:

—¿Quieres que te cuente algo divertido, Sara?

A ella le dio un vuelco el estómago. Había ido demasiado rápido.

—Brock... —balbució.

—Ayer, cuando te marchaste, estuve pensando en la primera vez que me di cuenta de que éramos amigos. Apuesto a que tú ni siquiera notaste cuándo ocurrió, ¿verdad?

Sara no podía seguirle el juego.

—Dan, por favor.

—Siempre eras tan amable conmigo... Eras la única que me trataba bien. —Su voz había adquirido un aire soñador—. Recuerdo que pensé: «Bueno, Sara Linton es amable con toda la gente, y yo soy gente, por eso también es amable conmigo». Pero luego, un día, diste la cara por mí. ¿Recuerdas lo que hiciste?

Ella tuvo que morderse el labio para que dejara de temblarle. ¿Qué estaba haciendo Brock? Acababa de decirle lo del látex. Seguramente Ezra Ingle le había puesto al corriente de sus hallazgos al examinar el cadáver de Alexandra McAllister. Y había leído el mensaje sobre Tommi Humphrey que ella le había mandado sin querer el día anterior.

—Estábamos en sexto —Brock levantó las manos y movió los dedos—. El entrenador Childers.

Sara sintió que un recuerdo difuso se insinuaba en su memoria. Childers era un agricultor que complementaba sus ingresos trabajando en el colegio.

—Tuvo un accidente con una cosechadora —dijo.

—Exacto. Se enganchó con la máquina y los rodillos le cortaron todos los dedos de una mano y le arrancaron de cuajo el otro brazo —explicó él—. El pobre hombre se desangró antes de que pudieran auxiliarlo.

Sara sacudió la cabeza. ¿A dónde quería ir a parar? ¿Por qué le contaba aquella historia?

—Me acuerdo de cuando mi padre llevó al entrenador Childers al sótano, en la camilla. Mis padres no me permitían entrar allí solo, pero yo tenía que ver aquello. —Brock se rio como si le estuviera confesando una chiquillada—. Esperé que a se durmieran, bajé al sótano y abrí la cremallera de la bolsa. El entrenador Childers estaba allí tumbado, boca arriba. Tenía el brazo arrancado encima del pecho, metido en una bolsa de plástico. Los dedos, imagino que no pudieron encontrarlos.

Sara se acordó de pronto. Al día siguiente de la muerte del entrenador Childers, cuando subió al autobús de la escuela, los niños le increparon a coro. Todos conocían los detalles del accidente. Y sabían dónde habían llevado el cuerpo de Childers.

—Manos de muerto —musitó.

Brock esbozó una sonrisa carente de alegría.

—Exacto. Eso decían. Manos de muerto. Manos de muerto. —Movió las manos como habían hecho los niños del autobús. Se mofaron de él semanas enteras—. ¿Recuerdas lo que hiciste?

Ella intentó tragar saliva, pero no le quedaba saliva en la boca.

—Les grité.

—No solo eso. Te plantaste en medio del autobús y les dijiste que se callaran de una puta vez. —Él se rio como si aquello siguiera sorprendiéndole—. Creo que fue la primera vez que oímos esa palabra en voz alta. Qué digo, la mayoría ni siquiera sabía lo que significaba. Mi madre dijo: «Ese Eddie Linton es un bocazas, mira que hablar así delante de las niñas». Pero ¿qué recuerdas qué pasó después?

Aquello parecía tan normal… ¿Cómo podía ser normal?

—Que me castigaron en el colegio —contestó ella.

—Fue la primera vez que te metiste en un lío. —Su sonrisa se desvaneció—. Hiciste eso por mí, Sara. Fue entonces cuando supe que éramos amigos.

Ella apretó los labios. Hacía un calor opresivo en la habitación. El sudor le chorreaba por el cuello. No sabía qué hacer, qué decir.

—Por favor —suplicó.

—Ay, Sara… Sé que esto es difícil. —Brock juntó las manos sobre la mesa—. Lo siento.

Su voz sonaba tan conocida, tan llena de compasión… Sara le había oído utilizar aquel mismo tono para consolar a incontables familiares de personas fallecidas; también con ella, el día en que fue a la funeraria a arreglar los preparativos para el entierro de Jeffrey.

—Me llevé el brazo del entrenador al bosque —confesó él.

Sara se concentró en su mirada de angustia; a Brock siempre le había dado pavor el rechazo. Intentó pulsar el interruptor de su cabeza para acallar sus emociones.

—Estaba tan solo… —La observaba atentamente, intentando adivinar hasta dónde podía llegar—. Solo quería estar con alguien. Es lo único que he querido siempre, Sara. Alguien que no se riera de mí ni me apartara.

Ella se había llevado la mano a la boca. Su mente se resistía a entender lo que le estaba diciendo.

—Tardé algún tiempo en darme cuenta de que la sangre es un lubricante —añadió él.

Sara sintió que una náusea se agitaba en su garganta. Tragó saliva para contener la arcada y trató de serenarse. No podía perder el control. Tenía que conseguir que siguiera hablando. Por las familias. Y por las víctimas de las que aún no sabían nada.

—Les haces una punción aquí —explicó él pasándose los dedos por el pecho— y luego aprietas y la sangre inunda la boca.

Sara sintió una opresión en la garganta. Él hablaba casi con suavidad, pero el hecho era que Shay Van Dorne tenía la mandíbula dislocada. El preservativo se había roto al rozar los dientes. Tommi Humphrey presentaba desgarros graves. Y a Alexandra McAllister le habían raspado el interior de la vagina con una aguja de hacer punto.

Sara intentó olvidarse de esas imágenes y se obligó a mirarle a los ojos. Él la miraba con ansiedad, como esperando su permiso para continuar.

Como no sabía si podría articular palabras, asintió con un gesto.

—La primera fue Hannah Nesbitt —dijo él.

Ella sintió que se le cerraba la garganta.

—Yo acababa de volver de la universidad. Daryl era un crío, debía de tener diez u once años cuando murió su madre. Puedes buscarlo, ¿no?

Esperaba una respuesta. Sara sabía que la madre de Daryl Nesbitt había muerto de sobredosis cuando él tenía ocho años, pero aun así dijo:

—Sí.

—La familia pidió que el ataúd estuviera abierto durante el velatorio. Yo estaba en la sala, asegurándome de que estuviera todo perfecto. Y entonces sentía la necesidad de darle un último beso.

¿Un último beso?

—Fue un beso muy casto. Solo un roce de los labios. —Contuvo un momento la respiración antes de continuar—. Me di la vuelta y allí estaba Daryl. Parado, mirándome. Ninguno de los dos dijo nada, pero nos entendimos en silencio. Éramos dos personas solitarias que sabían que llevaban dentro algo muy retorcido.

Sara tuvo que hacer un esfuerzo para no decir nada. Había estado dentro de aquella sala. Podía imaginarse aquella escena repugnante. Daryl era un niño cuando había sorprendido a un hombre adulto profanando el cadáver de su madre. Seguramente estaba demasiado asustado, demasiado confuso, para entender lo que ocurría.

—Yo sabía que él se iría de la lengua. —Brock no pudo seguir mirándola. Fijó los ojos en la mesa—. Esperé a que fuera corriendo a contárselo a alguien, pero no lo hizo. Guardó el secreto. Así que yo tenía que guardar el suyo.

Brock tomó aire bruscamente y se pasó el dorso de la mano por la nariz.

—Mi padre se encargaba de diez o doce cadáveres al año de los Abbott, los Nesbitt o algún pariente suyo de Dew-Lolly —prosiguió—. Daryl siempre andaba rondando a las niñas pequeñas. Incluso a sus propias primas. Se frotaba con ellas. Jugaba con su pelo. A veces se las llevaba al baño y salían llorando. —Se le humedecieron los ojos—. Yo me enfadaba muchísimo, porque no podía denunciarlo. Daryl le hablaría de mí a la gente, y mis padres se enterarían, y mi vida se vendría abajo.

—Miró a Sara—. No podía hacerle eso a mamá. ¿Entiendes lo que digo? Ella no puede enterarse.

Sara asintió, aunque no porque estuviera de acuerdo. Su interruptor emocional se había apagado en cuanto él le había confesado que había hecho cómplice de sus repugnantes manejos a un niño. Se metió la mano en el bolsillo de la chaqueta y notó el revólver pegajoso de sudor.

—Mucha gente, cuando bebe, hace cosas horribles. Y luego, cuando se les pasa la borrachera, dicen «No fui yo, fue el alcohol». —Brock miró su mesa—. Pero yo siempre me he preguntado ¿y si son ellos de verdad, realmente, cuando están borrachos? ¿Y si es cuando están sobrios cuando están fingiendo?

Sara había descubierto un patrón: Brock se desviaba del tema y luego introducía un detalle que sabía que la mantendría pendiente de sus palabras. No tuvo que esperar mucho tiempo para que se repitiera la pauta.

—Axle, el padre de Daryl, trabajaba para nosotros —explicó él—. A veces te llega un ataúd de metal con una abolladura o una muesca. El seguro lo cubre, pero de todos modos puedes vender el ataúd si encuentras a alguien que te lo arregle. Alguien que sepa de chapistería.

—El kit de herramientas —dijo Sara.

—Axle se dejó el martillo en un ataúd. —Brock volvió a esbozar una débil sonrisa—. No sé por qué me lo quedé. Me gustó su peso. La cabeza acababa en punta. Me pareció útil.

De nuevo dejó de mirarla. Comenzó a pellizcar la esquina de uno de los archivadores haciendo un ruido rítmico como un tictac.

—Dejaste el martillo dentro de Leslie —dijo Sara—, a sabiendas de que podríamos localizar su origen por el número de serie del mango.

—Tenía planeado decir algo cuando lo sacaste, como «Uf,

yo he visto eso antes», pero no sabía que Axle estaba en la cárcel. Jeffrey le dijo algo a Frank mientras íbamos hacia el lugar del crimen. ¿Te acuerdas de aquel día en el bosque?

Sara se acordaba del vídeo. De la sangre que manaba entre las piernas de Leslie. Del martillo astillado sobresaliendo como un trozo de cristal roto.

—Oí a Jeffrey preguntarle a Frank por Daryl —prosiguió Brock—. Él ya tenía la idea en la cabeza. Yo sabía que Daryl tenía acceso a las herramientas porque a veces Axle lo traía a casa para que lo ayudara a arreglar un ataúd.

Sara quería que su confesión quedara registrada con toda claridad.

—¿Dejaste el martillo dentro del cuerpo de Leslie Truong para incriminar a Axle Abbott?

Brock respondió con una leve inclinación de cabeza que no era suficiente.

—El martillo estaba tan incrustado dentro del cuerpo que tuve que extraerlo haciendo una incisión —añadió ella.

Brock se pasó los dedos por la boca. Por primera vez, parecía arrepentido.

—Perdí el control. Tuve que…, tuve que darme mucha prisa. Ella ya casi había llegado al campus cuando la alcancé. No me dio tiempo a pensar.

No había pensado en absoluto. Había actuado dejándose llevar por sus instintos más turbios y abominables. Leslie Truong no había sido una de sus fantasías. Había sido un impedimento para que siguiera satisfaciendo sus deseos más repugnantes.

—¿Le quitaste algo a Leslie? ¿La estabas vigilando?

—Aquel día fue la primera vez que la vi.

El hecho de que no hubiera escogido a su víctima de antemano no hacía que la violación fuera menos espantosa.

—Sara, tienes que entenderlo. No tuve tiempo de planearlo. Ella estaba volviendo al campus. Yo sabía que me había visto en el bosque. Si tú no hubieras estado allí, tendría que haberle mentido a Jeffrey para poder marcharme y buscarla.

Sara recordó que lo había visto apoyado contra un árbol, sollozando por el reciente fallecimiento de su padre. Eso, al menos, había pensado ella. Ahora se preguntaba si no estaría llorando por miedo a que lo atraparan.

—Tuve que aprovechar la ocasión —continuó él—. Dispuse de muy poco tiempo para ocuparme de ella. Y tienes razón en lo del martillo. Yo sabía que el número de serie ayudaría a Jeffrey a juntar las piezas del rompecabezas. Por eso lo dejé. Pero pensaba que era Axle quien se metería en un lío. Y acabó siendo Daryl. Salió todo tan bien, Sara… Era como si Dios mismo lo hubiera dispuesto así.

No, era más bien pura potra.

—No metas a Dios en esto.

—Impedí que un pederasta hiciera daño a más niñas —repuso él—. Tú sabes lo de esa caseta, Sara. Daryl estaba planeando secuestrar a una niña. Lo tenía todo preparado. Yo impedí que eso ocurriera. Ayudé a meter en la cárcel a un violador de menores.

Ella se mordió la lengua para no contestar que los dos eran violadores. Aun así, Brock se dio cuenta de su reacción. Desvió de nuevo los ojos y siguió pellizcando la esquina del archivador.

Tic, tic, tic.

—Mi madre tuvo un ataque de asma en octubre, antes de que muriera mi padre —dijo—. Eso es lo que quieres saber, ¿verdad?

A Sara le dio un vuelco el corazón.

—Sí.

—Yo necesitaba consuelo —dijo él: lo mismo que le había dicho a Tommi Humphrey nueve años antes—. No tenía planeado hacer lo que hice, pero llevaba mucho tiempo observándola, y el deseo se volvió tan grande dentro de mí que casi sin que me diera cuenta acabamos juntos en el bosque.

Sara sabía que estaba mintiendo. Brock había preparado el secuestro de Tommi. Llevaba consigo el Gatorade con la droga disuelta y había mojado la toallita en lejía. Le había puesto una aguja de tejer en el cuello y le había producido desgarros tan brutales que Tommi no podría tener hijos. No era consuelo lo que buscaba aquel sádico monstruoso. Quería crear su propia versión macabra de una esposa silenciosa.

—Di su nombre —le dijo Sara. No se lo pedía por la grabadora. Se lo pedía por sí misma, por Tommi, por todas las mujeres a las que había destrozado—. Di su nombre.

Él hizo oídos sordos.

—Eso fue en octubre —dijo—. Luego, en marzo, murió mi padre.

Marzo. Rebecca Caterino. Leslie Truong.

—¿Te acuerdas de Johanna Mettes? —preguntó él—. Creo que atendías a sus hijos en las clínica.

De nuevo estaba dando un rodeo. Sara intentó acelerar las cosas.

—Murió en un accidente de tráfico.

—Yo estaba con ella cuando mi padre bajó al sótano por la escalera. Estaba… dentro de su boca cuando nos sorprendió.

Sara se llevó la mano al cuello.

—Mi padre se desplomó en el acto. Ni siquiera se agarró el brazo. Pensé que se había caído por la escalera. No fue el infarto lo que lo mató. Fue verme a mí.

Abrió el cajón de la mesa, sacó un paquete de pañuelos de papel y se secó los ojos.

—¡Qué vergüenza sentí! Pero también me sentí liberado. Ya no tenía que esconderme ni actuar a hurtadillas. Mi madre nunca bajaba al sótano. Podía hacer lo que me apetecía, pero…

—Se interrumpió—. La primera vez hice una chapuza. Nada salió como yo lo había planeado. No sabía cuál era la dosis correcta de Rohypnol. Ella se despertaba de vez en cuando y se movía. No conseguí de ella lo que quería. ¿Entiendes lo que digo, Sara? Necesitaba que estuviera quieta.

Sara había visto con sus propios ojos lo que había hecho Brock.

—Destrozaste por dentro a Tommi.

—Estaba tan seca, y yo necesitaba... —Bajó la voz y añadió en un susurro—: Sé que perdí el control. El martillo no paraba de atascarse y no me di cuenta de lo afilada que era la aguja de tejer, y además... estaba acostumbrado a que la sangre estuviera fría. Y ella estaba tan caliente... Como una mano que me envolvía. Quería más. Fue tan delicioso estar con alguien que era una cosa viva, que respiraba.

A Sara se le agolparon lágrimas de rabia en los ojos. Tommi no era una «cosa».

—Ella hizo todo lo posible por estarse quieta, pero aun así daba respingos, se movía —continuó él—. Por eso con Beckey tuve que usar el punzón. Para conseguir que no se moviera.

Sara pudo respirar por primera vez. Allí estaba su confesión. Por fin había dicho un nombre.

—Pero el punzón solo paralizaba las extremidades inferiores —añadió Brock—. Aprendí a solucionar ese problema mediante un proceso de ensayo y error.

Ella se preguntó cuántas víctimas habría requerido ese proceso de ensayo y error.

—Beckey no paraba de mover los puñitos. Y no acababa de tragarse el Gatorade. Así que tuve que golpearla para que parara. Pero esa es la cuestión. —Se inclinó hacia delante y Sara se echó hacia atrás—. Beckey escapó con vida, ¿verdad? —Levantó la mano, indicándole que no hacía falta que respondiera—.

Les daba una oportunidad. Las dejaba solas. Todas tuvieron oportunidad de dejarme en un momento u otro.

Sara sacudió la cabeza ante aquella mentira. Brock no les había dado ninguna oportunidad. Las drogaba hasta que la droga dejaba de funcionar y entonces utilizaba el punzón para dejarlas paralizadas. Algunas, muy pocas, habían tenido la suerte de aprovechar ese paréntesis para escapar.

—Cuando iba a visitarlas al bosque y veía que seguían allí, era… mágico. —Había algo claramente sexual en la forma en que se pasó los dedos por los labios—. A las que se quedaban conmigo, les dedicaba mucho tiempo. Les cepillaba el pelo, las maquillaba. No siempre se trataba de hacer el amor. A veces las cogía de la mano. Y cuando morían, se las dejaba a los animales. Es el orden natural de las cosas, ¿no? Cenizas a las cenizas, polvo al polvo.

Se estaba refiriendo a su conversación de la mañana anterior, pero Sara no iba a permitir que justificara sus delirios.

—Todas acababan aquí, ¿verdad? He visto el mapa del pasillo. Los condados en los que dejabas los cadáveres están dentro de vuestra zona. Así es como acabó Shay Van Dorne con un trozo de látex entre los dientes. Volviste a violarla cuando la trajeron aquí.

Brock abrió otro cajón de la mesa y metió la mano dentro. Sara se puso alerta, hasta que vio que sacaba un coletero rosa y lo dejaba sobre uno de los archivadores. La banda elástica estaba salpicada de margaritas blancas pintadas. Brock volvió a meter la mano en el cajón y sacó un pasador de plástico. Una cinta rosa para el pelo. Un coletero rojo de Chanel. Un cepillo de plata. Un peine de plástico. Y una pinza para el pelo de carey a la que le faltaba un diente. Sara perdió la cuenta de las gomas y coleteros que sacaba, hasta que extrajo el último de sus trofeos: una larga cinta blanca. No hizo falta que leyera las letras naranjas y azules para reconocer el emblema del instituto de Heartsdale.

—¿Eso es...?

—Yo jamás te haría daño, Sara.

Ella sintió que una oleada de calor inundaba su cuerpo. El equipo de tenis del instituto. Recordó que alguna vez se había recogido el pelo con una cinta exactamente igual que la que colgaba entre los dedos de Brock en ese instante.

—¿Me quitaste esa cinta? —preguntó con esfuerzo.

—Sí, pero solo para que no siguieras usándola. —Él extendió con cuidado la cinta entre los dos archivadores—. Así es como me fijaba en ellas. Por su forma de tocarse el pelo, o de pasarse los dedos por los rizos. Estaban en el supermercado o en el gimnasio y se llevaban la mano al pelo y... Eran esos gestos íntimos los que me atraían. Era especial, algo que solo notaba yo. Las veía rodeadas por una especie de luz. No era un foco, sino más bien un resplandor que les salía de dentro.

Sara sintió lágrimas en sus mejillas. Ahora se acordaba de la cinta. Se la pidió prestada a Tessa y luego la perdió. Su hermana y ella discutieron a gritos, dando portazos, y Cathy acabó mandándolas a sus respectivas habitaciones.

—Gina Vogel —dijo Brock.

Aquel nombre resonó dentro de la cabeza de Sara, que no podía apartar los ojos de la cinta.

—Vi a Gina en el supermercado hace un par de meses. Era muy graciosa. Te caería bien.

—¿Qué?

Sara solo alcanzó a imaginarse a sí misma en el supermercado y a Brock espiándola desde lejos mientras ella se desataba la cinta blanca del pelo.

—Sara. —Esperó a que ella lo mirara—. Me estaba reservando a Gina para marzo, pero tuve que adelantar mis planes. Sabía que no te engañaría otra vez.

Sara sintió que otra avalancha se precipitaba a su alrededor al comprender lo que él trataba de decirle.

Lo que más temían todos se estaba haciendo realidad.

—¿Has secuestrado a otra mujer? —preguntó.

—Gina es mi póliza de seguro.

Ella recorrió el despacho con la mirada, viéndolo desde una nueva perspectiva. Brock sabía que iba a pasar aquello. Las cajas estaban cuidadosamente etiquetadas y todos los papeles archivados. Era el despacho de un hombre que había decidido poner sus asuntos en orden.

—¿Quieres canjear a Gina? ¿A cambio de qué? No vas a escapar, Brock. Es imposible…

—Cuidarás de mi madre por mí, ¿verdad?

Sara se echó hacia delante para mirar por encima de los archivadores. Brock no pensaba escapar. Había colocado una jeringa fuera de la vista de la cámara. El líquido que contenía era de un color marrón turbio. El émbolo estaba sacado del todo.

Ella negó con la cabeza.

—No.

—Puedo decirte dónde está Gina.

—Brock…

—Eres muy buena persona, Sara. Por eso estás aquí. ¿No quieres que las familias sepan lo que les ocurrió a sus hijas?

Sara notó que dirigía una mirada a su bolso. Había sabido desde el principio que le estaban grabando.

—Gina todavía tiene salvación. Si la encontráis a tiempo —añadió él.

Ella buscó frenéticamente la manera de detenerlo. Iba a ponerse la inyección. ¿Qué podía hacer? ¿Sacar el revólver del bolsillo y amenazarlo? ¿Disparar? ¿Decir la palabra clave y confiar en que Will lo matara antes de que se suicidase?

Gina Vogel.

«Todavía tenía salvación».

—Eres una mujer inteligente, Sara. Resolverás el rompecabezas.

—Brock lanzó otra mirada a los archivadores. Le estaba diciendo lo que contenían—. No quiero que haya juicio.

—Dime dónde está Gina —le suplicó ella—. Podemos poner fin a esto ahora mismo.

Las manos de Brock se movieron metódicamente detrás del archivador. Quitó la capucha a la jeringa. Extrajo el aire.

—Sabes que me condenarán a muerte. Puede que me lo merezca. La verdad es que no les di posibilidad de elegir a esas mujeres. No estoy tan loco como para no darme cuenta.

—Por favor —le rogó ella.

—Quiero darte las gracias por tu amistad, Sara. Lo digo de todo corazón.

—Dan, podemos encontrar una solución. Dime dónde está.

—Wallace Road se cruza con la 515 más o menos a un kilómetro y medio al sur de Ellijay.

—Por favor…

La aguja se introdujo en la vena. Brock apoyó el pulgar en el émbolo.

—Gina está tres kilómetros en dirección oeste, a unos cincuenta metros de la pista forestal. Siempre me han gustado las pistas forestales.

Sara pronunció la última palabra que oiría Brock.

—Ensalada.

Él pareció desconcertado, pero ya estaba empujando el émbolo de la jeringa. El líquido marrón inundó la vena. Se le abrió la boca. Sus pupilas se contrajeron.

—Ah —jadeó, sorprendido por la velocidad con que actuó el fármaco.

Cuando Will irrumpió en el despacho, Brock ya estaba muerto.

29

Gina notó que un líquido le caía en la cara. Pensó que un perro estaba haciendo pis encima de ella, luego se dijo que estaba en la ducha y por fin se acordó de que estaba en el bosque.

Abrió los ojos.

Los árboles se mecían sobre ella. Nubes oscuras. Todavía era de día. Una gota de lluvia le cayó en el ojo.

¡Tenía los ojos abiertos!

Parpadeó. Luego volvió a parpadear para comprobar que podía hacerlo. Controlaba sus ojos. Miraba hacia arriba, veía cosas. Era de día. Estaba sola. Él se había marchado.

¡Tenía que huir!

Pensó en los músculos de su tripa. Los…, los abdominales. La tableta de chocolate. La tabla de lavar. ¿Qué le pasaba? ¿Cómo era posible que su único conocimiento de los músculos del abdomen pareciera sacado de *Jersey Shore*?

«Por el amor de Dios».

Él iba a volver. Le había dicho que volvería.

Contrajo los músculos. Todos. Cada tendón de su cuerpo. Abrió la boca y gritó una sola palabra tan fuerte como pudo, todo el tiempo que aguantó:

—¡Vamos!

Cayó pesadamente de lado. No sabía cómo había logrado darse la vuelta, pero lo había logrado, así que seguramente también podría conseguir otras cosas.

Pero estaba tan cansada y mareada que todo le daba vueltas.

Se le vino una náusea a la boca. El dolor de tensar la tripa era como una navaja que la desgarraba por dentro. No pudo evitar vomitar. El olor la mareó más aún. Tenía la cara pegada al vómito. Se le subía por la nariz. Era un líquido azul con motas negras. Estaba vomitando de color azul.

Un gemido salió de su garganta. Sorbió por la nariz. El pedazo de vómito que tenía dentro de la nariz le bajó hasta la garganta.

Cerró los ojos.

«¡No los cierres!».

Vio su mano en el charco de vómito, muy cerca de su cara. Notaba su olor. Su sabor. Vio que sus dedos se movían entre los pegotes azulados. Iba a levantarse. Sabía cómo hacerlo. Ahora lo notaba todo. Cada nervio de su cuerpo estaba vivo, ardía.

El dolor…

No podía permitir que el dolor la detuviera. Tenía que moverse. Debía salir de allí. Él iba a volver. Había prometido que volvería.

Le había suplicado que lo esperara.

«¡Muévete! ¡Muévete! ¡Muévete!».

Trató de incorporarse. Apoyó las rodillas en el suelo. Una flexión de chicas. Podía hacerlo. Le estallaba la cabeza. Su corazón rodaba como una noria. Sus párpados temblaban. Estaba tan cansada…

Oyó pasos.

«¡Muévete, maldita sea! ¡Muévete!».

Vio unas zapatillas. Unas Nike negras con rayas también negras. Unos pantalones negros.

Iba a violarla.

Iba a violarla.

Otra vez.

Cerró los ojos con fuerza.

«No te lo bebas. Escúpelo. ¡Huye!».

Oyó el ruido de sus rodillas al golpear el suelo, cuando él se agachó a su lado. Intentó abrirle los párpados. Iba a obligarla a mirarlo. Ella había intentado con todas sus fuerzas no verle la cara para poder decirle con toda sinceridad que no tenía ni idea de cómo era; que no se lo diría a la policía; que no podía identificarlo; que podía confiar en ella porque jamás se lo contaría a nadie, y ahora él iba a obligarla a verle la cara.

Movió los ojos frenéticamente, como un perro rabioso, y miró el suelo, el vómito, los árboles, todo menos su cara.

—¿Gina Vogel? —preguntó el hombre.

Sus ojos se movieron sin que ella pudiera impedirlo. Era más joven de lo que había creído. Llevaba una gorra de visera negra. Gina vio la palabra escrita encima de la visera. Letras blancas bordadas sobre negro.

Policía.

—¿Qué…? —dijo con voz ronca. Le dolía mucho la garganta. Del frío. Del mejunje que él le había hecho tragar. Del vómito.

«De su miembro».

—Se va a poner usted bien —le dijo el policía—. Voy a quedarme con usted hasta que llegue la ambulancia.

La tapó con una manta. Ella no podía sentarse. Estaba muy mareada. Veía destellos. Luces que iban y venían. Su cerebro era como una de esas cosas que giraban dentro de las sirenas de policía. Daba vueltas y vueltas; de vez en cuando captaba un fragmento de realidad y luego, con la misma velocidad, lo dejaba escapar.

—El hombre que le ha hecho esto ha muerto —le informó el policía—. No volverá a hacerle daño a ninguna mujer.

Gina se llevó el puño a la boca. Trató de aferrarse a las palabras del policía para que no se le escaparan. Había sobrevivido. Estaba viva. Volvería a casa. Haría cambios. Comería mejor. Haría ejercicio tres veces por semana. Llamaría a su madre más a menudo. Sería amable con su sobrina, aunque estuviera siempre malhumorada. Le diría al mocoso de su jefe que en realidad sí sabía cómo sincronizar su calendario de Outlook.

El policía le frotó el brazo.

—Respire e intenta calmarse, ¿de acuerdo? La han drogado.

«¡No me diga! ¡Qué sorpresa!».

—Ya casi han llegado —continuó él—. Ande, llore si lo necesita. Yo no voy a dejarla sola.

Gina se dio cuenta de que se había metido el puño en la boca. Se miró los dedos como un bebé asombrado. El índice. El corazón. El anular. El meñique. El pulgar. Podía moverlos todos. Cerró los ojos. Sintió que seguía moviéndolos. Ni siquiera tenía que pensarlo para moverlos.

Una risa escapó de su boca. Joder, qué pedo llevaba. ¿Cómo podía estar tan colocada cuando prácticamente había echado el estómago? Su vómito estaba desparramado por el suelo como mierda de pitufo. Volvió a mover los dedos tratando de atrapar las burbujas de jabón que flotaban como amebas en el aire. Tenían unos colores fabulosos. ¡Qué maravilla! Ella misma era una gema que rodaba dentro de un caleidoscopio. Un calcetín calentito y peludo que bailaba con indolencia en torno a otros calcetines igual de calentitos y peludos dentro de la secadora.

—¿Señora? —dijo el policía—. ¡Señora!

Qué putada, seguía siendo vieja.

30

Sara miraba por la ventana de su despacho. Se estaba poniendo el sol. El aparcamiento de la sede del GBI estaba casi vacío. Vio el coche de Will aparcado junto al Mini de Faith. El suyo estaba en casa. Esos últimos días, Will se había empeñado en llevarla al trabajo. El Acura de Amanda estaba aparcado unas plazas más allá, cerca de la entrada.

Volvió a concentrarse en el portátil. Había dejado en pausa el vídeo del despacho de Brock. Solo le interesaban los últimos dieciséis segundos de la grabación.

Observó el rostro de Brock.

Quería ver locura en él, peligro, agresividad… Pero solo veía su cara.

Él le había pedido que cuidara de su madre. Myrna Brock había sido hallada muerta en su habitación de la residencia de ancianos, peinada y maquillada. Sobre la mesilla de noche había una jeringuilla vacía. El residuo que quedaba dentro era de color marrón sucio. Los análisis demostraban que le habían inyectado una mezcla letal de heroína y fluido de embalsamar, las mismas sustancias halladas en la jeringa que Brock se había clavado en el brazo.

Él había designado a Sara como albacea de su testamento. Le había dejado instrucciones detalladas sobre cómo preparar a su madre para el entierro. Lo había pagado todo de antemano, una práctica habitual en el sector.

Ella se había asegurado de que Myrna tuviera un entierro cristiano en el cementerio de Heartsdale. La madre de Sara había estado presente, pero fue la única; no había acudido ningún otro vecino del pueblo.

En cuanto a los restos mortales de Brock, él no había especificado nada en sus documentos. Le había dejado a Sara el decidir qué hacer con su cadáver. Seguramente, se decía ella, porque suponía que sería «amable» con él.

Había pagado la incineración de su bolsillo y luego se había metido en el aseo del tanatorio y había tirado una y otra vez de la cadena, hasta que las últimas cenizas se fueron por el desagüe.

Pulsó la barra espaciadora para poner el vídeo en marcha.

«La verdad es que no les di posibilidad de elegir a esas mujeres».

Cerró los ojos, pero había visto la escena tantas veces que siguió viendo la tenue sonrisa en la cara de Brock. Él había sido dueño de la situación desde el instante en que ella entró en el despacho. Ella le había visto arremangarse, preparándose con tiempo para la inyección que tenía escondida dentro de uno de los archivadores. Se había asegurado de que su madre no se enterase nunca de sus crímenes. Y había dejado la vida de Gina Vogel en manos de Sara.

A diferencia de sus víctimas, Brock había muerto como había querido.

En el vídeo, decía: «Siempre me han gustado las pistas forestales».

Sara abrió los ojos. Esa era la parte que la obsesionaba. El único indicio de que Brock se estaba poniendo la inyección era un movimiento casi imperceptible de sus hombros.

Ella oyó su propio gemido en la grabación.

Él estaba presionando el émbolo.

Sara detuvo el vídeo.

«Gina Vogel. Todavía tenía salvación».

Cerró el puño. Los remordimientos de siempre volvieron a hacer acto de aparición, como titulares en la pantalla de una tele. Esta mano asía un revólver cargado. Esta mano podía haberle quitado la jeringa. Esta podía haberle dado una bofetada, un puñetazo, haberle machacado a golpes en lugar de permanecer a salvo, metidita dentro del bolsillo.

No sabía qué hacer con su ira. Había una parte de ella que deseaba ver a Brock con los grilletes puestos, arrastrando los pies en el juzgado, con la cabeza gacha, y su brutalidad expuesta a ojos de todo el mundo.

Y luego estaba la parte de su ser que había ocupado el otro lado en la sala del juzgado, que había sido una víctima viendo a su violador; que, con los ojos hinchados y la garganta en carne viva por el llanto, había tenido que subir al estrado y levantar casi sin fuerzas la mano para señalar al hombre que le había arrebatado su sentido del yo.

¿Podría haber hecho eso Tommi Humphrey? ¿Podría haber cruzado una sala atestada de gente y haber subido al estrado? ¿La habría ayudado a recuperarse el tener la oportunidad de enfrentarse a Brock? Sara no había tenido ocasión de preguntárselo. Tommi había bloqueado su número y Delilah había cerrado su cuenta de correo electrónico.

Callie Zanger, en cambio, no había podido escabullirse. Faith se lo había dicho en persona. Tenía derecho a saberlo. No era un secreto que ellos pudieran guardar.

Ninguna de las familias podría mantener el secreto mucho tiempo. Las demás jurisdicciones ya estaban exigiendo información detallada sobre el caso, amparándose en la legislación de Georgia. Querían acceso a los archivadores verdes.

Dan Brock había dejado un taco de hojas de quince

centímetros de grosor en el que describía meticulosamente sus crímenes tanto contra los muertos como contra los vivos. Sus diarios de acosador se remontaban al instituto. Había violado por primera vez en la facultad, cuando estudiaba ciencias mortuorias. Tommi Humphrey había sido su primera víctima con lesiones físicas graves. Rebecca Caterino, la primera a la que dejó paralizada. Leslie Truong, su primer asesinato.

Sus anotaciones incluían el color del pelo y los ojos de la víctima, su constitución física e información sobre su personalidad. Su colección de accesorios capilares robados estaba catalogada con todo detalle, incluyendo el lugar exacto donde había encontrado cada objeto. Había aplicado sus conocimientos forenses a la descripción del escenario de cada crimen, detallando las heridas y desgarros, las ubicaciones, las torturas, las visitas reiteradas, los efectos menguantes del Rohypnol, el momento en que decidía paralizar a sus víctimas de manera permanente, la hora aproximada de la muerte y la herramienta cortante que usaba en cada caso para extraer sangre de forma que los animales se encargaran de borrar las pruebas materiales.

Asesinato, violación anal y vaginal, agresión, acoso, profanación y mutilación de cadáveres, necrofilia.

Dan Brock les había proporcionado material para imputarle casi cien cargos distintos. Y luego se había asegurado de no tener que responder ante la justicia por ninguno de ellos.

—¡Socorro! —Faith tocó al quicio de la puerta al entrar en el despacho y le tendió a Sara su móvil—. ¿Esto es ébola?

Sara miró la fotografía del sarpullido que Emma tenía en la tripa.

—¿Has cambiado últimamente de detergente?

—Seguro que el capullo de su padre sí, con lo tacaño que es. —Faith se dejó caer en la silla—. Hemos acabado de revisar las grabaciones de las cámaras de seguridad del edificio de Callie

Zanger. Brock entró en su piso tres meses antes del ataque, como dice en su diario.

Sara estaba segura de que iban a pasar los meses siguientes verificando los datos de los archivadores de Brock. Solo un idiota aceptaría su palabra sin más.

—¿Qué hay del hombre del gorro negro del vídeo del levantamiento del cadáver de Leslie Truong?

—Nada. Es VHS. Solo se ve un borrón.

Sara volvió a mirar la imagen detenida de la pantalla del portátil. El pulgar de Brock apoyado en el émbolo de la jeringuilla hipodérmica. Quería dejarlo así, congelado para siempre, antes de que tomara el camino más fácil.

—Te lo digo como amiga —le dijo Faith—. Deja de ver ya ese vídeo.

Ella cerró el ordenador.

—Debería haber hecho algo.

—Ya lo hiciste: le salvaste la vida a Gina Vogel al entrar en ese despacho. Si hubieras intentado quitarle la inyección, podría haberte pinchado a ti. O haberte golpeado. O algo peor, Sara, porque aunque siempre se portara bien contigo era un psicópata que se dedicaba a torturar y a asesinar a mujeres.

Sara juntó las manos sobre el regazo. Will le había dicho lo mismo una y otra vez.

—Me pone tan furiosa que tuviera capacidad de maniobra. Que muriera como quiso morir.

—La muerte es la muerte —contestó Faith—. Salimos ganando.

En realidad, nadie había salido ganando en aquel caso. Todos habían perdido.

Todos, menos Lena Adams. Nada de lo que habían encontrado contradecía su testimonio sobre cómo había descubierto la pornografía infantil en el ordenador de Nesbitt. Lena había vuelto a irse de rositas. Y ahora, además, llevaba un bebé en brazos.

Sara no quería enfurecerse por eso también; ya tenía suficientes motivos para estar rabiosa.

—¿Qué tal está Gina Vogel? —preguntó para cambiar de tema.

—Bien, imagino. Al principio dijo que a lo mejor se iba a vivir a Pekín y luego que no podía marcharse de Atlanta. —Faith se encogió de hombros—. Tan pronto llora como ríe, y luego vuelve a llorar. Creo que va a superarlo, pero qué sé yo.

Sara tampoco lo sabía. Ella había encontrado de algún modo el camino de vuelta. No sabía cómo ni por qué. Algunas personas tenían esa suerte.

—Daryl Nesbitt está en el hospital. Tiene septicemia —comentó Faith con indiferencia—. Los médicos dicen que tiene mala pinta. Van a tener que cortarle otro trozo de pierna.

Sara sabía que aquello sería el principio del fin para Daryl Nesbitt. Su lado intelectual sentía el impulso de despotricar contra un sistema tan cruel, pero la parte más baja de su naturaleza se alegraba de que Daryl desapareciera del mapa. Perder a Jeffrey le había enseñado que a veces la justicia necesitaba un empujoncito.

—¿Qué hay de su oferta de informarnos sobre el contrabando de teléfonos móviles en prisión? —preguntó.

—Ahora que sabe que no va a librarse del cargo de pederastia, se la traen floja los teléfonos.

—Qué listo —dijo Sara remedando a Faith.

—Por lo menos, Gerald Caterino ha salido beneficiado. —Faith volvió a encogerse de hombros—. No quiere que comparemos el ADN de Heath con el de Brock, pero, por lo que he oído, ha matriculado al crío en el colegio. Algo es algo, ¿no?

—Sí, algo es algo.

Sara se preguntó si Caterino estaba tratando de curarse en salud. Algún día, Heath preguntaría por las circunstancias de su nacimiento. Y era más fácil mentir cuando no buscabas la verdad.

—He oído que Miranda Newberry ha conseguido hacer un trato con la fiscalía —comentó.

—Saldrá dentro de año y medio —dijo Faith con amargura.

Gerald Caterino no era la única víctima de Miranda, que había estafado decenas de miles de dólares a padres y cónyuges desesperados.

—La verdad es que hizo un buen trabajo de investigación —dijo Sara—. Acertó con casi todos los nombres de esa hoja de cálculo.

—Si quería ser detective, debería haber ido a la academia de policía o haberse sacado la licencia de investigador privado. —Faith se había esforzado mucho, y tenía poca paciencia con los que tomaban atajos—. Ya sabes lo que dicen: «Cuando haces el payaso, el payaso viene a morderte el culo».

—¿Jane Austen?

—Mo'nique. —Faith se levantó de la silla—. Me voy, amiga. Por favor, deja de mirar ese vídeo.

Sara esbozó una sonrisa tensa, hasta que Faith se marchó. Luego abrió el portátil y volvió a poner el vídeo.

Brock extendía la cinta blanca entre los archivadores verdes.

Ella ignoraba por qué recordaba con tanta claridad haber perdido la cinta. La pelea con Tessa había sido una de tantas. Siempre había tenido el pelo largo. A lo largo de su vida había perdido cientos de cintas y coleteros. No tenía ni idea de por qué le había robado Brock aquella en particular. Ni de por qué estaba tan convencida, al entrar en el edificio de All Care, de que él no le haría daño.

Ahora, en cambio, tenía sus dudas.

Su móvil emitió un tintineo. Will le había mandado un simbolito de un coche. Le contestó con una mujer corriendo y un hombre detrás de una mesa para que supiera que iría a buscarlo a su despacho.

Guardó el portátil en el maletín. La bolsa de papel marrón que había dentro del bolsillo exterior se arrugó. Tuvo que sacarlo todo y volver a colocarlo. Recogió su bolso del sofá, comprobó que tenía las llaves y cerró la puerta del despacho.

Llamó a Tessa mientras bajaba las escaleras.

—¿Qué pasa, obsesa? —dijo su hermana.

Sara la obsequió con una risa. Su hermanita no iba a permitir que olvidara nunca la noche que pasó buscando a Will como una loca por todo el pueblo.

—Estaba pensando una cosa.

—Pues ten cuidado, no te hagas daño.

Sara puso cara de fastidio. Abrió la puerta del depósito.

—Cuando lo pasé mal en Atlanta, volví a casa. Y luego, cuando lo pasé mal en casa, volví a Atlanta.

Tessa soltó un suspiro melodramático.

—Habla claro, que no lo capto.

—Tú estabas pasándolo mal y has vuelto a casa, y yo tengo que apoyarte.

—Vaya, por fin te has dado cuenta.

—Gracias por tu comprensión. —Sara apagó las luces del pasillo—. He hecho algunas llamadas y me han recomendado a un par de comadronas buenísimas. Siempre están buscando aprendices. Te mando los datos por correo cuando llegue a casa.

Tessa dejó claro con un soplido que no iba a dejarse aplacar tan fácilmente.

—¿Qué tal van las cosas con Will?

Sara miró hacia atrás y vio el despachito del fondo del depósito donde le había dado crema a Will en las manos.

—Tenías razón. Un poco de frotamiento y todo se arregló.

—Estupendo —dijo Tessa—. Pero sigo enfadada contigo.

Sara miró el teléfono. Su hermana había vuelto a colgarle.

Intentó canalizar su fastidio mientras caminaba hacia el edificio principal. Quería mucho a su hermana pequeña, pero ¡qué incordio era!

Subió otro tramo de escaleras, porque su jornada en el GBI era una pila interminable de piezas de Lego. Se cambió de mano el maletín, se recolocó el bolso. Notó un nerviosismo fugaz al pensar en ver a Will. Desde el suicidio de Brock, él había tenido muchísima paciencia. Ella se pasaba la noche dando vueltas en la cama y no le dejaba dormir, y aun así él se negaba a que durmiera en el sofá. Will había convivido con situaciones traumáticas toda su infancia y sabía que a veces lo único que podía hacerse era escuchar al otro.

El pasillo estaba a oscuras cuando abrió la puerta. Amanda y Faith ya se habían ido a casa. Solo la luz del despacho de Will proyectaba un triángulo blanco sobre la moqueta del pasillo. Sara oyó a Bruce Springsteen sonando en su ordenador.

I'm on fire.

Se llevó la mano a la cabeza y se quitó la goma para soltarse el pelo. Esperó a que Will se diera cuenta de que estaba en la puerta. Él sonrió.

—Hola.

—Hola. —Sara se sentó en el sofá de dos plazas del rincón y dejó el maletín y el bolso en el suelo—. Ven aquí —dijo dando unas palmaditas en el asiento de al lado—. Quiero enseñarte una cosa.

Will la miró con curiosidad y se sentó a su lado. Ella respiró hondo. Llevaba días ensayando aquel momento, y ahora que había llegado notaba un hormigueo en el estómago.

—¿Pasa algo? —preguntó él.

—No, amor mío.

Sacó la bolsa de papel marrón del maletín, la abrió y la puso en el sofá, entre los dos. Will se rio al ver el logotipo de McDonald's. Se inclinó y miró dentro de la bolsa.

—Es un Big Mac.

Sara esperó. Él sacó la caja de la bolsa y esbozó un sonrisa vacilante.

—Hay algo dentro, pero no pesa como un Big Mac.

—Ya hablaremos luego de cómo sabes cuánto pesa un Big Mac.

—Vale, pero ¿lo has tirado al cubo normal o al de los residuos de cadáveres?

—Olvídate de la hamburguesa, cariño.

Él seguía pareciendo desilusionado, pero Sara se dijo que eso cambiaría pronto. Abrió la caja y miró el cojincillo azul de Tiffany que Sara había colocado sobre un lecho de papel de seda blanco.

La alianza de boda de titanio y platino era oscura por fuera y clara por dentro. Will nunca llevaba joyas. El anillo de casado de su primer matrimonio se lo había comprado él mismo en una tienda de empeño. Angie nunca le había regalado nada.

Se quedó mirando la alianza, pero no dijo nada.

Sara pensó de inmediato en cómo podía disculparse, porque seguramente el anillo era demasiado grueso, o no le gustaba el color, o había cambiado de idea.

Tenía que preguntárselo.

—¿Has cambiado de idea?

Will depositó suavemente la caja en el sofá, entre los dos.

—He pensado mucho en mi trabajo. No en el dinero, que no es gran cosa, sino en cómo hago mi trabajo.

Sara apretó los labios.

—Lo que hago es intentar ponerme en el lugar de los criminales —prosiguió él—. Así es cómo los descubro.

Ella sintió una opresión en la garganta. Will estaba ignorando por completo el anillo.

—Puedo ponerme en el lugar de asesinos, ladrones, maltratadores y violadores —añadió—. Incluso puedo entender hasta cierto punto a Brock. Se me da muy bien imaginar cosas, pero no consigo imaginar qué haría si tú murieras.

Sara sintió que se le saltaban las lágrimas. La idea de perder a Will le resultaba tan insoportable como la posibilidad de que él tuviera que pasar por el calvario que había sufrido ella al morir Jeffrey.

—Te vi en el vídeo de Grant de hace ocho años y no te reconocí —dijo él.

Ella se secó los ojos. Parecía haber pasado toda una vida desde entonces.

—En el hogar de menores, cuando te pasaba algo malo, lo que hacías para superarlo era decirte a ti mismo que en realidad le había pasado a otra persona y no a ti. Te dividías y así esa otra persona podía seguir adelante.

Sara siguió callada. Will hablaba tan raras veces de su infancia que no quería darle motivos para parar.

Él miró el anillo de boda.

Era demasiado caro. No le gustaba el color. El metal pesaba demasiado…

—Sabes que mi madre era prostituta.

Estaba intentando disuadirla.

—Cariño, tú sabes que eso no me importa.

Él seguía mirando el anillo.

—Cuando me dieron sus pertenencias, tenía un montón de bisutería barata.

Sara se mordió la lengua. El anillo no era barato.

—Collares y pulseras y… ¿Cómo se llama eso tan feo que se pone Amanda en la chaqueta?

—Broche.

—Broche —repitió él—. Los collares estaban tan viejos que se desintegraron. Todas las pulseras de plata se habían puesto negras. Había por lo menos veinte. Supongo que se las ponía todas juntas. ¿Cómo se llaman ese tipo de pulseras?

—¿Brazaletes?

—Brazaletes. —Por fin apartó la mirada del anillo. Apoyó la mano en el respaldo del sofá y se puso a juguetear con las puntas del pelo de Sara—. ¿Y esos collares muy ajustados, como un collar de perro?

—Gargantillas. ¿Quieres que te enseñe unas fotos en el portátil?

Él le tiró suavemente del pelo. Sara comprendió que se estaba burlando de ella.

—Eres preciosa.

A ella le dio un vuelco el corazón. La sonrisa de Will tenía un aire soñador. Sara había estado enamorada antes, pero Will era el único hombre que había hecho que le flaquearan las rodillas.

—Tus ojos tienen un tono de verde tan raro… Es casi como si no fueran de verdad —añadió él. —Le puso un mechón de pelo detrás de la oreja y ella intentó no ponerse a ronronear como un gato—. Cuando te conocí, no paraba de pensar que yo había visto ese color en otra parte, y me volvía loco intentando recordar dónde. —Apartó la mano y volvió a posarla en el sofá—. Llevo meses mirando anillos. Diamantes con talla de pera, de esmeralda y de princesa… Y me entró el pánico cuando empecé a pensar que tendría que gastarme ochenta mil dólares.

—Will, no hace falta que…

Él se metió la mano en el bolsillo y sacó un anillito de plata: una baratija con el metal abollado y una piedra verde un poco arañada.

El color era casi idéntico al de los ojos de Sara.

—Era de mi madre.

Sara se tapó la boca con las manos. Will llevaba el anillo en el bolsillo. Había estado esperando el momento oportuno.

—¿Y bien? —preguntó.

—Sí, amor mío. Me muero de ganas de casarme contigo.

Sara no necesitó oír la pregunta.

Esta vez no metería la pata.

NOTA DE LA AUTORA

Queridos lectores:

Ojo, os aviso de que esta carta está llena de *spoilers*, así que, por favor, si vais a seguir leyendo antes de poneros con *Silenciadas*, tened en cuenta que el suspense quedará completamente arruinado y será culpa vuestra y de nadie más. ¡Lo digo en serio! Luego no me vengáis con que si leísteis esta nota y os chafó el argumento, porque os enseñaré este párrafo y os gritaré con mucho teatro «¡OS LO DIJE!».

Y ahora que ya hemos aclarado ese punto, quiero daros las gracias por leer mis libros, da igual que este sea el primero o que me hayáis leído desde el principio. Si los que pertenecéis a esta última categoría os estáis preguntando cuántos años han pasado desde *Ceguera*, os diré que son la friolera de diecinueve.

Sé lo que estaréis pensando: «¡Leí *Ceguera* cuando nació mi primera hija y ya voy a ser abuela!».

Pues que sepáis que no me interesan esas entrañables historias familiares: no quiero ni oír hablar de ese tema.

Cuando empecé a darle vueltas al argumento de *Silenciadas*, sabía que quería volver al condado de Grant pero también que, pasados diecinueve años (y dieciséis libros), y después de poner a Sara en todo tipo de situaciones horripilantes, no tenía valor para presentarla como una mujer de cuarenta años. De hecho, en los libros de la serie de Will Trent solo pasan cinco años entre la muerte de Jeffrey y las historias actuales, lo que funcionaba bien en el mundo de Will Trent, pero suponía un problema cuando me puse a estructurar la nueva novela, sobre todo debido al enorme salto tecnológico que hay entre las dos series de libros. En 2001, Yahoo y Blackberry eran tecnología punta. Todavía no se habían inventado Facebook, Google y el iPhone o, si se habían inventado, estaban en pañales. Recuerdo que tenía un CD de America Online como posavasos junto al monitor de tubo de mi ordenador mientras trabajaba en aquel primer libro. ¡Madre mía, pero si mi portátil pesaba casi tanto como mi gato!

Teniendo en cuenta tales dificultades, decidí aprovechar el hecho de que mis libros son ficción. En lugar de diecinueve años, entre *Ceguera* y *Silenciadas* pasan solo ocho. (Curiosamente, eso es exactamente lo que he envejecido en el mundo real). En el condado de Grant, Sara conduce ahora un Z4, en vez de un Z3; Lena tiene una Blackberry; y Marla Simms sigue usando una máquina de escribir eléctrica, pero eso ya se consideraba una antigualla en 2001. Si os estáis preguntando a qué obedece el cabreo de Gina Vogel, ya lo sabéis.

Espero que me perdonéis ese salto cuántico. He disfrutado un montón estando otra vez con Jeffrey, sobre todo en ese punto de su relación con Sara sobre el que no había escrito hasta ahora. Pero también me he acordado de cuánto quiero a Will, y de que, cuando decidí poner fin a la historia de Jeffrey, me dije que el mejor modo de rendirle homenaje era conseguir que Will se ganase a pulso el amor de Sara. Y, si habéis estado atentos, sabréis que así ha sido. Para mí, la frase que resume los dos grandes amores de Sara aparece casi al principio de *Silenciadas*: *Siempre había sabido que había decenas, incluso centenares de mujeres que podían haber querido a Jeffrey tanto como lo quería ella; en cambio, a Will, ella era la única mujer sobre la faz de la Tierra que podía quererlo como se merecía, y era muy consciente de ello.*

Apuesto a que no os habíais dado cuenta de que, en el fondo, lo que escribo son historias de amor. Historias de amor muy violentas y descarnadas, pero historias de amor al fin y al cabo.

Al comienzo mismo de mi carrera, hace diecinueve largos años (u ocho, en Años Karin), decidí que quería que las cosas sobre las que escribía en un libro influyeran en el devenir de los siguientes. Por eso decidí dejar marchar a Jeffrey. Y por eso decidí escribir abiertamente sobre la violencia contra las mujeres. Sentía que era importante hablar sin tapujos de cómo es esa violencia e indagar en sus efectos duraderos y traumáticos con el mayor realismo posible. Mi intención ha sido que los lectores vean estas dos series como relatos honestos, de los que no se oyen a menudo, sobre supervivientes, luchadoras, madres, hijas, hermanas, esposas, amigas y renegadas.

Y para contestar a la pregunta que confío en que os estéis haciendo, va a haber más historias de Sara y Will. Me apetece muchísimo embarcarme en ese nuevo viaje.

Karin Slaughter
Atlanta, Georgia

AGRADECIMIENTOS

En primer lugar, gracias, como siempre, a Kate Elton y Victoria Sanders, que han estado conmigo desde el principio. Después, quiero dar las gracias al equipo de HarperCollins tanto en casa como en el extranjero (y son mayoría en el extranjero), incluidas todas aquellas personas cuyos nombres utilizo para las víctimas de esta novela. ¡De nada! También quisiera hacer extensivo mi más sincero agradecimiento a Hilary Zaitz Michael de WME y VSA, a Diane Dickensheid, Bernadette Baker-Baughman y Jessica Spivey.

¡Un hurra por mis compañeros escritores! Caroline De Robertis me ayudó otra vez con mi deplorable español. Alafair Burke me prestó asesoramiento legal no vinculante. Charlaine Harris me aconsejó en otras materias. Lisa Unger me habló de unicornios hasta que me quedé dormida. Y Kate White estuvo espléndida en todo, como es propio de ella.

Por el lado médico, el doctor David Harper fue tan amable y tan atento como siempre a la hora de echarme una mano. David lleva ayudándome a asesinar violentamente (y a veces a salvar) a mis personajes desde las primeras novelas del condado de Grant, y le estoy eternamente agradecida por su paciencia. Cualquier error es mío, así que, si sois médicos, por favor tened en cuenta que esto es una obra de ficción y, si no lo sois, por favor no probéis a hacer nada de esto en casa.

La doctora Judy Melinek me hizo numerosas y estupendas sugerencias en lo relativo a la patología forense. El doctor Stephen LaScala me habló de ligamentos y articulaciones. Carola Vriend-Schurink me dejó fascinada hablándome de técnicas mortuorias. La jubilación de la agente especial Dona Robertson, del GBI, fue una gran pérdida para el estado de Georgia, pero una oportunidad maravillosa para mí (y para la biblioteca de su barrio). La doctora Lynne Nygaard me ayudó con el lenguaje científico. Theresa Singer, que aparece en este libro como Rennie Seeger, ganó mi concurso de baile para aparecer en la novela. ¡Espero que valiera la pena!

Por último, gracias a D. A., que lleva ocupando el centro de mi corazón mucho más de ocho Años Karin, y a mi padre, que sigue trayéndome sopa cuando estoy escribiendo, aunque este año se ha olvidado un par de veces de traerme pan de maíz y me siento obligada a dejar constancia por escrito de que considero inadmisible ese descuido.

Un último apunte sobre el contenido de la novela: quiero que quede claro que no he mencionado a propósito el nombre del individuo que mató al menos a cuatro personas en parques nacionales de Georgia, Florida y Carolina del Norte entre 2007 y 2008. Asimismo, aprovecho para hacer expreso mi apoyo al proyecto de ley 1322 del estado de Georgia.